PAOLA BARBATO

VENGO A PRENDERTI

PIEMME

Questo romanzo è un'opera di fantasia. Personaggi e situazioni sono invenzioni dell'autore e hanno lo scopo di conferire veridicità alla narrazione. Qualsiasi analogia con fatti, eventi, luoghi e persone, vive o scomparse, è puramente casuale.

Pubblicato per

PIEMME

da Mondadori Libri S.p.A.

ISBN 978-88-566-7506-1

I Edizione giugno 2020

Anno 2020-2021-2022 - Edizione 2 3 4 5 6 7 8 9 10

Finito di stampare presso Grafica Veneta S.p.A.
Via Malcanton, 2 – Trebaseleghe (PD)

VENGO
A PRENDERTI

A mio padre
che mi ha insegnato la storia
del prete e del cane.

Prologo

La testa era sotto la pietra più grande.

Ci vollero due persone per sollevarla, gli altri si fecero indietro d'istinto. Non sarebbe stato un bello spettacolo per dei soccorritori professionisti, figuriamoci per un grappolo di contadini strappati alle loro stalle. Ma, spostato il masso, il viso comparve intatto. Pieno di sangue, certo, ma nel cadere i detriti si erano accatastati in modo da premerlo senza schiacciarlo. Nessuno aveva il coraggio di voltarsi, sua madre era lì dietro, a dieci passi, una scarpa stretta nella mano e l'attesa di sapere se sotto quel cumulo ci fosse suo figlio. Lo capì da sola, cercò di buttarsi avanti, provarono a fermarla senza riuscirci, la lasciarono andare. Nessuno pensò alla polizia o ai medici, non c'era niente da medicare, non c'era niente da indagare. Giovannino Marinoni si era infilato in un vecchissimo casotto di caccia in pietra, aveva urtato con la testa l'ultima trave marcia che lo teneva in piedi e ci era rimasto sotto. Una cosa del genere era sempre stata nell'aria, aveva già del miracoloso che Giovannino avesse superato i quarant'anni senza essere caduto in un burrone, finito sotto un'auto o soffocato dalla sua stessa lingua. Tutti nel paesino della Val Trebbia sapevano che era matto, matto sul serio, fin dalla nascita, mai una parola, mai imparato ad allacciarsi le scarpe, sua mamma lo lavava e lo vestiva ogni giorno come se fosse il primo. Le avevano detto che non sarebbe stato nemmeno in grado di camminare, all'inizio c'era il dubbio che fosse pure cieco o sordo. Invece Giovannino ci vedeva e ci sentiva e a camminare, anche se un po' in ritardo, era arrivato perfettamente, anzi, ne era diventato un maestro. La mattina presto, una volta vestito, usciva dalla porta di casa e cominciava ad andare. Girava per tutto il paese, conosceva ogni strada, ogni viottolo e in breve tempo aveva iniziato a percorrere i sentieri di montagna, inutili le raccomandazioni della mamma, lui voleva andare. Trovava sempre qualcuno lungo il percorso che gli allungasse un panino o un uovo, i più anziani gli scarruffavano anche i capelli e il barbone, perché sapevano che Giovannino era innocuo. Urlava ai bambini, questo era vero, ma i bambini gli tiravano i sassi, come è tradizione da che mondo è mondo, e ogni cosa tornava. Tutti si erano abituati a lui, tutti si aspettavano di vederlo spuntare da un angolo o da un cespuglio, il passo deciso di chi deve andare a fare qualcosa di importantissimo.

Poi, un giorno di sei anni prima, Giovannino era sparito.

Si era mobilitato l'intero paese per cercarlo, avevano guardato nei fossi, nelle vasche d'acqua, salendo sempre più in alto sul monte Antola, ma niente.

"Gli è venuto addosso qualcosa. Una frana, un albero"

avevano pensato i più, a meno che non se lo fossero mangiato i lupi, ma allora almeno le ossa dovevano trovarle. La madre non se n'era fatta una ragione e aveva continuato a cercarlo, certa che il suo bambino dovesse essere ancora lì. Erano passati sei anni e un giorno era arrivata una telefonata: lo avevano trovato. A chilometri e chilometri di distanza, nel Reggiano, chiuso in gabbia come un animale, prigioniero con altri disgraziati di un pazzo vero, infinitamente peggiore di lui. Giovannino Marinoni era riuscito a sopravvivere alla prigionia ed era tornato tra le braccia della madre. Due giorni dopo il suo ritorno a casa eccolo lì che ricominciava ad andare in giro, la gente gli accarezzava la testa e gli porgeva le uova, i bambini gli tiravano i sassi. Per un anno era andata bene. Poi, nel 2018, Giovannino era scomparso di nuovo. Ma quella volta sua madre non si era fatta trovare impreparata, con l'aiuto del parroco gli aveva messo addosso un medaglione che conteneva un tracciatore GPS. Lei non aveva un telefono di quelli complicati, ma il parroco sì, e quando la sera non era tornato a casa lo avevano localizzato. Il segnale diceva che si trovava in montagna, il guaio era che pioveva a dirotto. Giovannino però non si muoveva e sperarono tutti che si fosse riparato da qualche parte. Partirono in sei con le torce, tutti intabarrati, girarono a vuoto per un po' finché non trovarono a terra il medaglione vicino a una delle sue scarpe. Solo il mattino dopo arrivarono al casotto crollato. Spuntavano i piedi sotto le pietre, uno era nudo. La madre li aveva raggiunti, tenendo stretta la scarpa, per essere certa doveva vedere. Ora era lì, riversa sui sassi, ad accarezzare il viso senza vita del figlio con un pensiero che avrebbe ripudiato fino alla fine dei suoi giorni: almeno quella volta aveva un corpo su cui piangere. Alla fine il medico era arrivato e anche la polizia. Le pietre erano state tolte tutte, in certi punti il corpo presentava deformazioni impressionanti dovute allo schiacciamento. La madre si era sentita male e l'avevano portata via, l'ambulanza era tornata e il dilemma con essa.

«Lo spostiamo?»

La domanda dei paramedici era rimasta sospesa a mezz'aria. Per loro Giovannino Marinoni era solo un povero disgraziato che si era riparato dalla pioggia nel posto sbagliato, ma per la polizia era invece una delle vittime della più grande indagine irrisolta degli ultimi anni, stava a loro decidere. Un agente risalì il sentiero, trafelato.

«Hanno chiamato da Firenze.»

Tutti si zittirono, un brivido li attraversò come una scarica elettrica.

Firenze.

Sapevano chi si trovava a Firenze.

«Dicono di non toccare niente, se si rimette a piovere

dobbiamo preservare la scena del crimine con un telo di plastica.»

«Ma quale scena del crimine? Gli è solo crollato addosso il casotto» aveva protestato qualcuno.

«Lui ha detto così.»

Lui.

Nessuno ebbe bisogno di domandare, le bocche si chiusero automaticamente per non nominarlo invano, come si sarebbe fatto con un dio.

Lui era l'uomo che aveva liberato Giovannino e i suoi compagni dalla prigionia.

Lui era l'eroe nazionale a cui tutti si ispiravano.

Lui era Francesco Caparzo.

Parte Prima

Cecco

«Sta uscendo!»

«Eccolo!»

«Arriva! Arriva!»

I flash avevano illuminato a giorno la facciata del commissariato di Sassuolo. I due agenti usciti per primi avevano strizzato gli occhi, il terzo no. Aveva tenuto la testa bassa, un berretto calato sulle orecchie, le spalle a malapena coperte da un giubbotto troppo piccolo per lui, ma era l'unico che avevano trovato.

«Agente Caparzo! Agente Caparzo, guardi qui!»

Gli altri due si erano fatti da parte e lui era stato investito dalle luci, gli obiettivi, i continui richiami.

«Caparzo! Caparzo! Francesco! Che cos'ha da dire? Ha una dichiarazione da fare?»

Così lui aveva alzato gli occhi, limpidi, azzurrissimi, e aveva sollevato appena una mano. Subito si era fatto silenzio.

«Scusate. Non sono un uomo studiato, non sono bravo a parlare. Non vi devo dichiarare niente, non ho fatto niente che i miei colleghi al posto mio non facevano. Non mi pensate grande, ho fatto solo il mio lavoro.»

Era seguito un nuovo boato di voci e luci, ma lui non aveva indugiato e si era infilato nella ressa di corpi e telecamere, svettando su tutti, gigantesco. Quelle poche parole, umili e sgrammaticate, sarebbero bastate. Come già accaduto a un Papa che non conosceva bene la lingua e aveva chiesto con modestia di essere corretto, nella primavera del 2018 l'agente Francesco Caparzo con la sua umiltà era entrato nel cuore di tutti gli italiani. Fino al giorno prima veniva considerato dai colleghi del piccolo commissariato di Firenze in cui lavorava come un gigante innocuo, trasferito anni prima dalla Celere di Napoli per comportamenti violenti, ma sempre tranquillo alla sua scrivania, diligente, schivo. Quella notte di un febbraio veramente freddo, invece, si era trasformato in un eroe leggendario di cui si sarebbe parlato per anni e anni. Sulla carta non aveva il *physique du rôle*, a meno che non lo si volesse accostare a certi supereroi massicci, come Hulk o La Cosa: era un uomo di quasi cinquant'anni, enorme, taurino, i capelli rasati a zero e un'espressione bolsa negli occhi chiari, nascosti da tanta carne. Ma quella montagna d'uomo, da solo e armato esclusivamente della pistola d'ordinanza, aveva ucciso uno dei peggiori criminali della storia del paese e salvato nove delle sue vittime. Salito sulla volante che lo avrebbe riportato a casa, si era girato per guardare un'ultima volta la folla di giornalisti che lo avevano atteso per ore davanti a quel commissariato di provincia in cui aveva rilasciato il proprio memoriale. Era stato allora che qualcuno aveva scattato la foto che sarebbe poi diventata iconica, mostrata sempre per prima sui motori di ricerca. Il viso di tre quarti, le labbra tese, gli occhi che vagavano in cerca di qualcosa in un'espressione tra l'ispirato e il mistico. La foto giusta può fare molto. Può far dimenticare al popolo le origini modestissime, l'ignoranza e l'inadeguatezza a parlare in pubblico, le voci su trascorsi non proprio edificanti, le ombre sul proprio operato.

La gente ha sempre bisogno di eroi.

È per questo che crea i mostri.

«Ma stiamo scherzando? Un anno di indagini e quell'animale si prende tutti i meriti?»

L'ispettore Patrizio Ridenti, della Questura di Firenze,

era a colloquio privato con il vice questore aggiunto Angelo Gambino. Quello che si era presentato come il più grande caso di omicidio, sequestro di persona plurimo e sevizie degli ultimi trent'anni era scoppiato loro in faccia cogliendoli del tutto impreparati. A peggiorare la situazione c'era il fatto di essere stati messi in ombra da un loro agente, che in teoria non avrebbe dovuto avvicinarsi nemmeno per sbaglio a un caso simile.

«Caparzo è un eroe come io sono una ballerina! È ignorante come la malta, non sa nemmeno parlare in italiano, si esprime in una lingua tutta sua. Un passacarte che non aveva nessuna idea di quello che stava facendo.»

Gambino fece cenno a Ridenti di abbassare la voce.

«Tu hai ragione, Patrizio. Ma ormai è andata così.»

«Andata così un cazzo! E non gli fanno nemmeno un richiamo? Tu lo sai come ci è arrivato, laggiù? Se ci mettiamo a scavare vedi quante magagne escono fuori, te lo dico io.»

«Ma noi non ci metteremo a scavare.»

Gambino cercava di restare calmo, quel caso era troppo importante, non sarebbero mai riusciti a ritagliarsene una fetta se alcuni, tra vittime e carnefici, non fossero stati proprio di Firenze. Per tenerselo stretto ci voleva estrema cautela.

«Caparzo lavora per noi e questo ci mette in una posizione di vantaggio.»

«Ma che lavora e lavora, sono anni che non fa un appostamento, un giro nella volante, sta sempre chiuso in ufficio.»

«Ce lo avete chiuso voi, in ufficio.»

«E cosa dovevamo fare? Ma lo sai i danni che ha fatto a Napoli? Lo sai che lo chiamavano "la Bestia"? Meglio tenerlo fuori dalla zona calda uno così, dammi retta.»

Gambino in realtà aveva saputo dell'esistenza di Francesco Caparzo solo quella mattina, quando era stato buttato giù dal letto da una telefonata del questore, a sua volta contattato da sfere più alte.

«Uno dei tuoi ha ammazzato un serial killer!»

gli aveva detto, e anche se la realtà non era proprio così

la prima cosa che si era premurato di fare era controllare subito chi fosse quell'"uno dei suoi", per non scoprire poi che pubblicava su Facebook foto imbarazzanti o che aveva passioni scomode. Invece Caparzo sui social proprio non esisteva e il primo giro di telefonate gli aveva restituito informazioni confortanti, confermate di fatto anche da Ridenti. Caparzo era un bifolco inoffensivo che, sì, in gioventù aveva commesso qualche sbaglio, ma ora si era dato una calmata e il suo sovrintendente lo descriveva come un elemento integerrimo, di una dirittura morale assoluta. Insomma, tutto sommato che il bifolco passasse per salvatore della patria non era neanche un male.

«Direi che così come siamo messi non abbiamo alternative. Ci teniamo Caparzo eroe e andiamo avanti.»

«Quello non è un eroe, Angelo» aveva insistito un'ultima volta l'ispettore.

«Ma li ha trovati lui, Patrizio. Non tu, non io, non chiunque sia passato per quelle strade di campagna negli ultimi sei anni. Settantadue mesi che questa storia andava avanti e non se n'era accorto nessuno. Dodici fascicoli d'indagine aperti, appelli in tv, persino un libro, e non un'anima che avesse mai sospettato che fossero lì. E ci starebbero ancora, se non fosse stato per lui.»

«È stato un caso, li ha trovati per sbaglio, gli è andata di culo!» borbottò Ridenti.

«Esatto. E il culo era il suo. Fattene una ragione, Patrizio, Francesco Caparzo è l'uomo del momento, e tu non puoi farci niente.»

Aggio sbagliato.

Non aveva bisogno di andare alla finestra e di guardare in strada per sapere che erano ancora tutti lì ad aspettarlo, facendo domande ai vicini e fotografando il campanello. Erano così, i giornalisti, prevedibili, facevano sempre le stesse cose. Se avesse voluto sarebbe potuto uscire dai garage o dal retro del caseggiato, se ne sarebbero accorti troppo tardi, bastava accendere una luce in casa, magari in bagno, per far calare l'attenzione. Ma non gli importava niente di loro, non di sfuggirgli, non di parlarci, per lui questa ondata di fama e di gloria non era niente.

Aggio sbagliato.

Francesco Caparzo era solo un agente e sarebbe rimasto un agente per tutta la vita, non c'erano margini di carriera per quelli come lui, non aveva né i titoli né lo stato di servizio necessario. Non che fosse un problema, della carriera non gliene importava niente. Tutti avevano sempre creduto che avesse il destino scolpito addosso, figlio di delinquenti, cresciuto nell'ignoranza, la violenza come unico linguaggio conosciuto, c'era una sola strada. E invece no, Caparzo aveva deciso di essere altro, era entrato a fatica nella divisa da poliziotto e ancor più in un codice di regole che non riusciva a capire, perché sapeva che era tutta una questione di volontà. Poteva essere e poteva diventare. Non era andata sempre bene, si era guadagnato quel soprannome banale, "la Bestia", ma aveva imparato ad aggiustare il tiro, a gestire una natura di cui sentiva di non avere alcuna colpa, ad abbandonare il manganello e abbracciare la macchina da scrivere, in attesa che arrivasse qualcosa per lui, l'occasione di dimostrare che poteva essere diverso. Non aveva ambizioni di pezzi di carta o stellette, lui voleva ciò che gli era stato negato da sempre: la stima, il rispetto, l'ammirazione. Voleva che quando la gente lo guardava non vedesse un energumeno capace di stritolargli il collo con una mano, ma un esempio, un modello, un'ispirazione. Francesco Caparzo voleva essere un eroe.

Aggio sbagliato.

Aveva aspettato, giorni, mesi, anni. Aveva visto i casi migliori sfilargli davanti, i colleghi uscire di corsa, le macchine partire mentre a lui veniva detta sempre la stessa cosa

«Tu resta qui a coprire l'ufficio».

Lui ci rimaneva, mai un commento, mai una lagnanza, sfruttava l'attesa per prepararsi a qualcosa di meglio, perché il suo momento sarebbe arrivato. E un giorno eccola: Marilena Bacarelli, una donna, ancora giovane, ancora bella. Era arrivata fino alla sua scrivania facendosi forza, con disperazione.

«Devo denunciare un caso di stalking» aveva detto.

Ma poi non ce l'aveva fatta, troppa paura, si era rialzata ed era scappata via.

Nessuno aveva visto niente, nessuno si sarebbe ricordato di lei.

Tranne Caparzo.

Quale eroe non ha bisogno di una fanciulla da salvare?

Era un segno, la sua occasione, un caso che, una volta risolto, lo avrebbe trasformato nell'uomo che voleva diventare. Così non aveva detto niente a nessuno, aveva rintracciato la donna e, senza i permessi e l'avallo dei superiori, si era fatto un'indagine in casa, lasciando da parte la Bestia e facendosi dare da lei un soprannome nuovo di zecca, Cecco. Uno schifo, ma andava meglio dell'altro. Pensava sarebbe stato uno scherzo, che gli ci sarebbero voluti un paio di pomeriggi liberi, invece ci era voluto quasi un anno.

Aggio sbagliato.

Per scoprire lo stalker aveva fatto diverse cose che non avrebbe dovuto fare. Cose che, se fossero state scoperte, lo avrebbero messo nei guai. Ma alla fine ci era arrivato, a perseguitare la donna era quel povero stronzo del fidanzato. Quando non stavano insieme aveva messo in piedi un bel teatro di messaggi e telefonate anonime per spaventarla, stando nascosto come un ratto, poi si era fatto avanti spacciandosi per il cavaliere che l'avrebbe protetta. Un gioco a due facce. Caparzo non era stato a chiedersi se fossero vere le cose con cui la spaventava, non gli importava. Lo teneva in pugno, il povero stronzo, lui e chiunque lo aiutasse, perché non poteva aver fatto tutto da solo. Gli sarebbe bastato aspettare che commettesse un errore, tutti i poveri stronzi prima o poi inciampano, soprattutto merde che non valevano niente, lo sguardo molle, le spalle cascanti. Ne era così convinto che aveva abbassato la guardia, certo di avere tutto sotto controllo.

Aggio sbagliato.

Invece il povero stronzo lo aveva giocato.

Aveva rapito la sua fanciulla da salvare in pieno giorno, in un luogo pubblico, l'aveva caricata a forza in macchina e se l'era portata via. Caparzo era stato preso in contropiede, li aveva inseguiti risoluto a voler fare ancora da solo, ma poi li aveva persi, persi senza appello, usciti dal suo piccolo radar. E lì si era dovuto arrendere al fatto che, se il povero stronzo uccideva la fanciulla da salvare, tutto il suo piano andava a puttane. Si era trovato costretto ad allertare i colleghi, trovare una scusa plausibile, far rintracciare l'auto e poi correre, correre per arrivare almeno per primo. A notte già scesa aveva lasciato la macchina in mezzo al nulla e proseguito a piedi verso il punto indicato. Credeva ancora di avere davanti solo due opzioni, salvare la fanciulla o perdere tutto

invece

improvvisamente

ecco la terza opzione: davanti a lui era apparsa un'altra ragazza, nuda, in mezzo alla campagna, piena di ferite.

Fuggita?

Da dove?

Da chi?

Non gliene fregava niente, in realtà, ma una voce nella sua testa aveva iniziato a bisbigliargli che forse quelle cose con cui il povero stronzo aveva spaventato la sua fanciulla erano vere, che aveva sbagliato a ignorarle. Ma non poteva pensarci in quel momento, diede il suo giubbotto e il telefono all'altra ragazza e continuò la corsa. La macchina del povero stronzo era abbandonata davanti a un capannone industriale, così si era diretto alla porta, pompando forza nei muscoli, la pistola in mano, il freddo che gli mordeva le spalle, ripetendosi che ce la stava facendo, ce l'aveva quasi fatta, ce l'avrebbe fatta, se solo lei non moriva. Era entrato.

Poi un colpo di fucile.

Era corso verso il suono che rimbombava e il povero stronzo era lì, con l'arma puntata verso la fanciulla da salvare.

Così gli aveva sparato.

E solo dopo

solo dopo

si era guardato intorno.

Aggio sbagliato.

«È stata resa nota l'identità dell'uomo ucciso dall'agente Francesco Caparzo a seguito del sequestro della trentatreenne fiorentina Marilena Bacarelli. Si tratta di Lucio Donadio, ventisette anni, originario di Pistoia ma anch'egli residente a Firenze. Secondo le fonti delle forze dell'ordine, nell'arco di quattro anni Donadio ha sequestrato e segregato all'interno di un capannone industriale, chiuse in undici vecchi carrozzoni da circo, quattordici persone, nove uomini e cinque donne, tra cui la sua ex fidanzata. Tre delle sue vittime sono decedute, altre due sono scomparse e sulle loro identità si mantiene ancora uno stretto riserbo. La Bacarelli, attuale fidanzata di Donadio, avrebbe dovuto essere la sua quindicesima vittima.»

I colleghi gli avevano dato pacche sulla spalla, sia quelli che lo conoscevano che quelli che lo vedevano per la prima volta.

«Bravo, Caparzo, un colpo da maestro.»

Qualcuno aveva annunciato che era in arrivo un suo superiore, l'ispettore Patrizio Ridenti della Questura di Firenze, ufficialmente a capo dell'indagine, e un altro ispettore da Reggio Emilia, Lorenzo Righi, visto che il capannone era nel suo territorio di competenza. Righi aveva preso un elicottero per essere lì il più presto possibile.

Presto che presto è comunque tardi.

Un'ora dopo aver lanciato l'allarme, Caparzo aveva ripercorso lentamente i suoi passi tra le gabbie del capannone, le narici piene di quell'odore di stalla umana, osservando gli sforzi degli altri per aprirle, ci vuole un tronchese, possiamo far saltare la serratura, perché non usiamo la fiamma ossidrica, sono piene di paglia, non fate cazzate. Si stava muovendo in equilibrio sul confine tra il noto e il reale. Il noto erano le informazioni che gli agenti di Sassuolo e i primi colleghi di Firenze andavano man mano acquisendo

«Ci sono dei documenti in questo scatolone. E vestiti, effetti personali!»

mentre setacciavano il capannone palmo a palmo, fotografando tutto, interrogando le uniche due vittime coscienti, Marilena Bacarelli, la sua fanciulla da salvare, e la ragazza nuda a cui aveva dato il suo giubbotto. Da loro avrebbero ottenuto informazioni concrete, fatti, posti, tempi, tutte cose che sarebbe stato facile misurare prima e verificare poi. Gli altri disgraziati chiusi nelle gabbie stavano dormendo sotto l'effetto di un forte narcotico e per un bel po' non avrebbero potuto fornire informazioni su niente. Questa era metà del mondo che Caparzo stava attraversando piano, ascoltando distratto i nomi sui documenti che venivano declamati ad alta voce

«Karina Lusa!»

mentre le vittime venivano identificate. L'altra metà, il mondo del reale, erano le cose che sapeva solo lui, cose scoperte in dodici mesi di pedinamenti, rilievi, intercettazioni, scatti rubati, abusi di potere di cui non poteva parlare. Frammenti che ora

«Giorgio Guccione!»

andavano a collocarsi in un puzzle infinitamente più complesso, il cui significato sarebbe sfuggito a tutti, tranne che a lui e alla sua fanciulla. Marilena Bacarelli non aveva raccontato ancora niente, era là fuori insieme alla ragazza nuda, il cui nome non sarebbe rimbalzato tra le pareti del capannone perché sarebbe stata lei a dirlo ai poliziotti. Finiti i controlli le avrebbero caricate in una macchina e le avrebbero portate via, visto che erano le sole che potessero reggersi sulle proprie gambe. Mentre le ambulanze raggiungevano con fatica quel pezzo di terra dimenticato da Dio, sobbalzando su un sentiero sterrato invisibile dalle vie principali, le prime gabbie venivano finalmente aperte

«Giulio Castagnoli!»

e i paramedici ci si buttavano dentro a capofitto, cercando di capire chi potesse essere subito spostato e per chi, invece, ci volesse maggiore cautela. Caparzo aveva scelto di levarsi dalla zona di passaggio e si era fermato a un paio di metri dai due soli cadaveri presenti nel capannone, già circondati dal nastro che impediva a chiunque di contaminare la scena, altrimenti quelli della Scientifica gli avrebbero fatto il culo. Uno era il povero stronzo, Lucio Donadio. Se ne stava lì faccia a terra, accanto al fucile con cui aveva ammazzato l'altro tizio. Caparzo non provava nessuna pena.

Colpa sua, se non sparava non lo sparavo nemmeno io.

Il colpo di fucile era partito appena entrato, era stato quel suono a guidarlo al buio, a farlo piegare a sinistra con l'arma già alzata, a prepararlo a premere il grilletto. Aveva temuto che avesse sparato a lei, alla sua fanciulla da salvare, e per un istante ne era stato così certo da escludere a priori di poterlo risparmiare, lo avrebbe messo a terra qualunque cosa avesse visto girato l'angolo. E così era stato. Sarebbe bastata un'imprecisione, che avesse mirato alla spalla, o a una gamba, o al ventre. Ma lui aveva puntato alla testa, da dieci metri, quasi al buio.

Ed era stato preciso.

Aveva ucciso l'unico uomo che non doveva morire, quello che avrebbe potuto fargli risolvere il caso, un anno di indagini, di sospetti, di congetture che se ne andavano via così, in un rigagnolo di sangue e cervello.

Amen.

L'altro tizio morto era invece uno dei sequestrati, chiuso dentro a una gabbia. La Bacarelli aveva detto che forse era il padre del povero stronzo, che lo aveva chiamato "papà".

Della faccia sua non rimaneva granché, il colpo era stato esploso da molto vicino. E ora eccoli lì fianco a fianco, faccia a terra, niente faccia.

Perché lo ha ucciso?

La domanda non fece presa, perché mentre se lo stava chiedendo la voce annunciò

«Alessandra Gatteschi!»

e i due mondi si sovrapposero per un istante in un'unica realtà nota. Conosceva quel nome, e questa era una delle poche informazioni che poteva condividere con i colleghi. Alessandra Gatteschi era stata la fidanzata di Lucio Donadio prima che si interessasse a Marilena Bacarelli. Una donna più grande di lui, finanziariamente benestante, brutta come la fame ma evidentemente con altre virtù. La primavera precedente la Gatteschi si era improvvisamente licenziata ed era letteralmente scomparsa. Donadio aveva fatto denuncia, niente da dire, lacrime di coccodrillo e perfino un appello in tv. Ma nessun ritorno a casa, e dopo un po' si consolava avvicinandosi alla sua protetta. Eccola lì, la verità. Il povero stronzo aveva aspirazioni da Barbablù.

Perché lo ha ucciso?

La domanda era tornata, e quando una domanda tornava Caparzo le dava retta. A cosa era servito far saltare la faccia a suo padre? Donadio si sentiva in pericolo? Sapeva che Caparzo era sulle sue tracce? Immaginava che lo stesse seguendo, che fosse sul punto di catturarlo? Aveva ucciso quel poveraccio per primo programmando di farlo con tutti gli altri e poi magari uccidersi? Andava così, certe volte, uno fa un lavoro certosino per anni, poi non appena stanno per beccarlo si tira un colpo e via. Lo aveva fatto anche quello là, quell'austriaco che aveva segregato una ragazzina, lei era scappata e lui via, sotto un treno. Mezzi uomini. A quel punto del ragionamento

«Domenico Donadio!»

Caparzo pensò di aver sentito male. Fuori arrivava forte il rumore delle pale dell'elicottero che stava atterrando, presto sarebbe entrato un altro pezzo di cavalleria.

«Che?»

gridò, convinto che nessuno lo avrebbe sentito, del resto perché avrebbero dovuto dare retta a lui? Invece da dietro uno dei carrozzoni spuntò il viso di uno degli agenti, lo guardò un istante e poi gridò indietro

«RIPETI IL NOME!».

«DOMENICO DONADIO!» fece la voce.

Urlavano tutti per via del frastuono dell'elicottero, ma questa volta non c'era dubbio. Caparzo raggiunse l'agente che stava facendo lo spoglio dei documenti e quello gli allungò subito un libriccino rosa, una patente con inserito il tesserino delle guardie forestali. La Bacarelli aveva ragione, appartenevano a un uomo che per nome, aspetto ed età poteva benissimo essere il padre del loro assassino. Dunque era andata come pensava? Donadio si era sentito braccato, era corso al capannone e aveva sparato al padre, subito prima che lui arrivasse? Perché al padre? Perché era iniziato tutto da lui? Forse era stato la sua prima vittima? Plausibile.

Eppure.

Perché lo ha ucciso?

L'ispettore Righi entrò dalla porta tagliafuoco passando di fianco alle prime barelle.

«Chi è il responsabile, qui?» tuonò.

Io

fu il pensiero istintivo di Caparzo.

Ma intendevano due cose diverse.

Domenico Donadio, ex guardia forestale, era il padre del pluriomicida Lucio Donadio, ucciso la notte scorsa in un capannone sul confine tra la provincia di Reggio Emilia e quella di Modena. L'uomo, pensionato, si era allontanato da casa sul proprio mezzo, ritrovato poi nella stazione di Montevarchi-Terranuova, nel mese di marzo del 2013. Sino a oggi nessuno aveva messo in dubbio l'allontanamento volontario, dato che per diversi anni l'uomo, che i colleghi definiscono di carattere ombroso e collerico, aveva minacciato di volersene an-

dare dal paese. Alla luce del ritrovamento in una delle gabbie del suo corpo, freddato dal figlio poco prima dell'arrivo dell'agente della polizia di Firenze Francesco Caparzo, si aprono le strade per due nuove ipotesi. La prima è che il figlio lo abbia sequestrato, facendone di fatto la prima vittima della sua follia, e che in questi anni l'uomo sia stato torturato e costretto a vivere in uno spazio angusto in cui gli era impossibile alzarsi in piedi. Trapelano però le indiscrezioni anche di una seconda ipotesi, ovvero che l'uomo abbia aiutato il figlio a portare avanti il proprio piano criminale, diventando di fatto il guardiano del suo zoo privato, nel quale viveva stabilmente. La domanda a questo punto è: Domenico Donadio era una vittima o un carnefice?

«Era un misantropo. Ci hanno mandato diverse note disciplinari sul suo conto, un fanatico ambientalista e animalista, odiava il genere umano, ci dava la colpa per tutto.»

L'ispettore Righi controllava sul cellulare tutto il materiale che gli veniva inviato dalla Centrale. Si era già fatto un'idea ben precisa.

«*Folie à deux*» aveva sentenziato.

Due erano le ragioni che lo spingevano a credere che Domenico Donadio fosse complice del figlio. La prima era che nella sua gabbia, in un doppio fondo, erano stati trovati tre fucili caricati con fiale di narcotico, tutti e tre in dotazione alla guardia forestale. La seconda era che quel carrozzone era l'unico a non essere chiuso.

«Il retro consiste in due pannelli a scorrimento. E non c'è serratura. Il padre poteva entrare e uscire a suo piacimento.»

Righi si era intimamente congratulato con se stesso per aver voluto prendere l'elicottero, risolvere il caso la sera stessa sarebbe stata la punta di diamante della sua carriera. Il capannone e i carrozzoni erano risultati appartenere a un certo Eraldo Zavatta, deceduto otto anni prima. Le serrature delle gabbie erano già state forzate quasi tutte quando le chiavi vennero ritrovate nel posto più logico, tra i tanti macchinari posti su un tavolo in mezzo al capannone, che poi sarebbe stato definito la "postazione di controllo". C'erano delle telecamere, montate sulle gabbie, le immagini venivano rimandate su un laptop, senza però venire registrate. Un circuito chiuso molto semplice, alimentato da batterie.

«La ragazza che è scappata è stata inseguita da Donadio padre, poi probabilmente lui ha sentito arrivare l'auto, è rientrato, si è spogliato e si è nascosto in una gabbia per fingersi una delle vittime» pontificava Righi rivolto a un piccolo pubblico di agenti che simboleggiava le future conferenze stampa che avrebbe tenuto.

Caparzo lo ascoltava con un orecchio solo, quello destinato alle cose note, mentre la metà che si stava occupando del reale osservava la volante con dentro le due donne lasciare quel luogo. Alla fine ce l'aveva fatta, aveva salvato la fanciulla.

Ma no dal pericolo che credevo.

Volev'acciaccare 'nu scarrafone e agg'acciso 'nu drago.

Ma era 'nu drago?

Non andava bene, era tutto sbagliato.

Il noto e il reale si sfioravano e lambivano per poi lasciarsi di nuovo, rendendolo inquieto.

Io so cose.

Statt' zitto, France'.

La Scientifica era arrivata mentre le prime ambulanze si allontanavano e lui si era fatto da parte. Gli altri agenti gli passavano di continuo delle telefonate, prima il questore, poi Ridenti, poi i messaggi di colleghi che si congratulavano e gli ricordavano che in quell'anno gli avevano fatto favori, alcuni pure scomodi, come ricerche di impronte sul database senza autorizzazione.

Io so cose.

Alla Scientifica non poteva dirlo, ma lui un'impronta del complice di Donadio ce l'aveva. L'aveva rilevata sulla macchina del povero stronzo, molto tempo prima, e anche in uno dei posti da cui avevano spiato e perseguitato Marilena Bacarelli. Aveva fatto fare tutti i confronti ma quell'impronta non corrispondeva a nessuno di quelli che giravano intorno a Donadio, eppure doveva essere del complice, per forza. Ma questo Caparzo non poteva dirlo, perché non si va in giro a rilevare impronte, se non sei autorizzato. Avrebbe scoperto uno dei suoi altarini, e un altarino ne chiama un altro.

Statt' zitto, France', ormai è morto, sono morti tutti e due.

Quel coglione di Righi, chiunque fosse, diceva che il complice era il padre, Donadio lo aveva fatto fuori e allora basta, poteva finirla lì, era un eroe, aveva salvato la fanciulla da salvare, cosa cazzo voleva ancora?

Agg'acciaccato lo scarrafone, no lu drago.

Era il seme di un'idea, un sassolino con la coda. Scese e si portò dietro tutta la frana.

Donadio era 'nu povero stronzo.

No, Donadio era un grande criminale. Aveva avuto sotto gli occhi uno dei più efferati delinquenti del paese e lo aveva liquidato come un ragazzino scemo.

Donadio era 'nu povero stronzo e io non l'aggio fatto piccolo, perché l'aggio seguito per un anno della vita mia e lo sapevo che non era capace a fare da solo.

Infatti si faceva aiutare dal padre.

E allora perché lo ha ucciso?

Era suo padre, era suo complice, avrebbe potuto parlare.

Ma se aveva l'armi nella gabbia perché non si è difeso?

Forse non credeva che il figlio gli si sarebbe ritorto contro.

No. Non la fai una cosa così per anni e poi muori come 'nu cane.

Ripercorse a memoria il corpo dell'uomo senza faccia, il corpo di un vecchio, scarno, rachitico. C'erano un sacco di persone di cui occuparsi lì dentro. Da nutrire, da lavare, da tenere a bada.

Non poteva farlo lui. Ci voleva una persona forte.

Lo facevano insieme, padre e figlio.

No. A Donadio ero la sua ombra. Non si muoveva da Firenze per giorni, per settimane. C'era qualcuno qui, che s'è finto in gabbia. Ma no il padre. Il padre l'ha ucciso per farci perdere tempo.

La coda del pensiero si muoveva.

L'ha ucciso così non guardavamo da un'altra parte.

E poi.

Accussì non vedevamo 'o drago.

E prima di ripensarci aveva raggiunto gli uomini della Scientifica e aveva chiesto loro di rilevare un'impronta e mandarla per un confronto a un suo collega di Napoli. C'era stato un attimo di esitazione, Righi era al telefono e l'autorizzazione avrebbero dovuto chiederla a lui, però... Il meccanismo che avrebbe portato Francesco Caparzo a essere visto come il cavaliere dall'armatura scintillante era composto di tanti piccoli ingranaggi, e avevano già iniziato a girare. Tutti lì sapevano quello che aveva fatto, erano lì grazie a lui, quelle persone si erano salvate solo per merito suo, perché negarglielo? A scansionare un'impronta ci si metteva un minuto.

«Dove?» gli avevano chiesto.

Caparzo avrebbe dovuto indicare il carrozzone del morto, invece il suo dito si era spostato e aveva indicato altrove.

«Lì.»

Loro si erano mossi e gli occhi di Caparzo li avevano seguiti.

La coda frustava, la frana scendeva, ed era una frana di errori e preconcetti e cose che aveva dato per scontate, ma era anche una frana di convinzioni vere, basate sul reale, su tutte le cose che sapeva di Donadio, il molle Donadio, piagnucoloso e pedante, appiccicoso e insulso, sempre piegato, a trascinarsi nella vita, peso morto, zecca, sanguisuga, parassita, una natura che non puoi fingerla per ore, giorni, settimane, mesi, non con addosso gli occhi di un poliziotto che ha tutto da guadagnare e che può avere sbagliato a guardare intorno a te ma non ha sbagliato a guardare te, povero stronzo, perché questo eri, povero stronzo e debole, povero stronzo e succube, non si era sbagliato, non si era sbagliato, aveva davvero schiacciato lo scarafaggio e non il drago, non il drago.

Lo strumento del dattiloscopista bippò.

«Corrisponde» disse qualcuno.

«Fermate le ambulanze!» gridò Caparzo.

Ma sapeva che era tardi.

Per primi avevano trovato i due paramedici, un uomo e una donna, riversi in un fosso a lato strada. Poi era stata rintracciata l'ambulanza tramite il GPS, poco distante, qualche chilometro in linea d'aria rispetto al capannone. Si trovava davanti a un cascinale mezzo diroccato, la portiera aperta, i fari accesi, accanto a un fuoristrada polveroso intestato a Domenico Donadio. Dentro la costruzione c'erano un paio di materassi a terra, coperte, viveri. Sul lato ovest, in un fienile, una Mercedes coperta da un telo. Accanto alla Mercedes una cisterna scavata sottoterra e coperta da un vecchio cancello fermato sui quattro lati con blocchi di cemento. Il cancello aveva una porticina spalancata da cui era stata fatta passare una scala a pioli. Nella cisterna c'erano delle bottiglie d'acqua, un altro materasso, altre coperte, altri viveri e un vaso da notte pieno. Solo il giorno dopo, accanto al fuoristrada, sarebbero state rilevate nuove tracce di pneumatici, gomme comuni da utilitaria.

Di Alessandra Gatteschi, ex fidanzata di Lucio Donadio, non c'era traccia.

5 gennaio 1976

Un buco nero.

Questo era ciò che Umberto Gatteschi aveva visto quando gli avevano presentato la sua bambina.

Un enorme, raccapricciante buco nero in mezzo a una minuscola faccia.

«Nulla di irreparabile» gli aveva detto il medico. «È un labbro leporino, c'è una palatoschisi importante, ma la piccola è sana, è forte, si può intervenire e aggiustare tutto, vedrà.»

Lui aveva mandato giù il deserto che gli restava in bocca.

«E Mariella come sta?»

«Sta bene.»

«Ma l'ha vista?»

«L'ha vista, l'ha baciata, è felicissima. Vedrà che si risolve tutto.»

Ma a nulla era servito essere un uomo colto, con una solida esperienza di imprenditore alle spalle e un conto in banca che avrebbe consentito alla figlia le mani migliori in cui mettersi. Lui quel buco nero non riuscì a toglierselo mai dagli occhi. Amava sua moglie e sì, amava anche la bambina, quell'Alessandra dal nome importante, lunga lunga e magra magra, che non riusciva a succhiare come si deve il latte dal seno di una madre raggiante, che la guardava come se fosse bellissima. A casa, da solo, aveva pianto a lungo, la faccia nelle mani. Piangeva per tante cose, ma soprattutto per quella vergogna che non lo avrebbe abbandonato mai. Non ne aveva parlato con Mariella, né quando lei e la piccola erano tornate a casa né quando, dopo un tempo troppo breve, le aveva riaccompagnate in ospedale per la prima operazione. Lui non assisteva, non rimaneva in sala d'aspetto, si chiudeva in macchina e attendeva lì, mangiandosi il cuore di vigliaccheria. Le radiografie avevano detto che Alessandra non avrebbe sviluppato correttamente i quattro incisivi, che l'osso poteva non essere sufficiente per un impianto, che le avrebbero messo una protesi e ci si sarebbe abituata. Una protesi, era ancora una neonata e già sapevano che era destinata a mettere una protesi. Lui le avrebbe pagato i denti d'oro per tutta la bocca, ma come faceva ad assistere a cose del genere, le operazioni, prima una, poi tre, poi si era parlato perfino di sette, perché il difetto era molto grosso, poi la logopedia per farla parlare normalmente, ma come avrebbe fatto? Mariella sembrava assolutamente serena, una volta sola aveva ammesso con lei

«Mi sembra qualcosa di troppo grande da affrontare, per una bambina».

«Ma no,» aveva risposto la moglie «c'è di peggio.»

Mariella era così, era sempre stata così, fatalista ai limiti dell'incoscienza, con un afflato animista, vedeva segni e significati in tutte le cose, e ogni segno secondo lei faceva parte di un grande disegno, quindi doveva per forza essere una cosa buona.

«Siamo noi a sbagliare, sforzandoci di capire. Capire non serve.»

Era una creatura tenera, appassionata e gentile e Umberto sentiva da sempre di non meritarla. Aveva tenuto duro per lei tre lunghi anni in cui prendeva Alessandra in braccio lo stretto necessario, voltandole la testa così da non dover vedere i punti di sutura, le gengive vermiglie, gli occhi tanto simili ai suoi. Aspettò che si fosse addormentata, quella sera, e si chiuse in camera con Mariella. Parlò, e pianse, e più volte guardò verso la finestra, chiedendosi se non avesse più senso buttarsi di sotto. Ma lei aveva semplicemente risposto

«Va bene»

e lo aveva aiutato a fare i bagagli. Non era andato a vivere molto lontano, un tiro di schioppo, non aveva avuto altre relazioni, lui e Mariella non avevano mai divorziato. Le passava un assegno mensile che la moglie spendeva solo in parte, le cure mediche per la bambina richiedevano cifre che venivano saldate direttamente all'ospedale senza passare attraverso di lei. Mariella aveva via qualcosa e alla morte dei suoi genitori, quando Alessandra aveva prima cinque e poi otto anni, aveva venduto tutto e vincolato il contante in un fondo a cui la figlia avrebbe potuto accedere una volta maggiorenne. Lei e il marito si ritrovavano di tanto in tanto, gli portava le foto della bambina

«Guarda, hai visto com'è cresciuta? Ecco, in questa le hanno messo i primi denti, visto come sta bene?»

che lui guardava a malapena, aveva preso il suo naso curvo, invece di quello grazioso di Mariella, e la sua stessa corporatura, era troppo alta, dio, che condanna, che condanna. La moglie gli stringeva la mano e lo comprendeva senza giudicarlo.

«Non decidiamo noi se nascere forti o deboli. Tu non ti sei sottratto alle tue responsabilità, Alessandra è una bambina normale e serena anche grazie a questo. Non essere troppo severo con te stesso.»

Lui la guardava, che occhi bellissimi e limpidi che continuava ad avere, quanto l'avrebbe amata ancora e sempre. Ma non le confessava mai che le informazioni che lei gli dava erano solo una piccola parte di quelle che riceveva da diverse fonti. Che sapeva che Alessandra non era una ragazzina normale. E che era tutto fuorché serena.

La mano della mamma era appoggiata sul suo petto.

«Respira insieme a me, Alessandra, respira insieme a me.»

Lei lo faceva, tirava in dentro l'aria il più possibile, si sforzava fino a diventare paonazza, perché se non ci avesse provato, se si fosse semplicemente infilata in bocca l'inalatore, sarebbe stata una sconfitta. Per due volte, nelle settimane precedenti, era finita a terra con il flaconcino lì accanto, il corpo scosso da tremiti che erano più di paura che altro, e sua madre era accorsa sollevandola, cercando di aiutarla, ma lei non voleva aiuto Aveva sette anni, era in seconda elementare e l'asma le era strisciata dentro un anno prima, insieme all'ansia per il primo confronto con i suoi pari.

«Mi prenderanno in giro» aveva detto alla mamma.

«E tu lasciali dire» si era sentita rispondere con il solito sorriso.

Sua mamma sorrideva sempre, era una cosa quasi insopportabile. Le altre mamme quando la incontravano e vedevano l'enorme cicatrice sul labbro e i denti finti le facevano le vocine, la accarezzavano, dicevano cose come "povera creatura" e "sei proprio coraggiosa". La sua invece no. Sembrava quasi che non vedesse tutte le cose spaventose che non andavano in lei, quelle cose che le cantilenavano i bambini al parco o che lo specchio le restituiva ogni santo giorno. Erano quelle cose che avevano fatto andare via papà, mentre la mamma sembrava cieca, o forse stupida, con la mania di proporle in continuazione di fare cose che lei non voleva fare, come partecipare alle feste di compleanno, andare per negozi, salire su quelle giostre dove poi ti scattano una foto. Alessandra non voleva foto, lo sapeva com'era la sua faccia. Lei era brutta. Lo sarebbe stata anche con i denti e una bocca normale, era brutta perché aveva il nasone, gli occhi piccoli, le gambe troppo lunghe e secche e le mani enormi.

«Sei bellissima» le diceva invece la mamma, ed era una bugia bella e buona. Come quella che a scuola si sarebbe fatta tanti amici, che le maestre sono delle seconde madri, che tutte le cose nuove che avrebbe imparato l'avrebbero resa più forte, e invece era stato tutto il contrario. Così, a contrastare le bugie di sua madre, era arrivata l'asma.

«In parte è nervosa, ma in parte è una reazione prevedibile del suo apparato respiratorio a tutti gli interventi subiti» aveva detto una dottoressa.

La mamma aveva sorriso e le aveva comprato una serie di inalatori, pronti per l'uso se avesse avuto una crisi. Per farle dispetto Alessandra non li usava e ogni volta che il respiro le si chiudeva in gola cercava i suoi occhi sperando di trovarvi allarme, se non paura.

Non c'erano mai.

E non poteva imputare questo fatto alla mancanza di affetto, perché la sua mamma la adorava, era sempre con lei, le raccontava storie, la ascoltava, condivideva ogni cosa con quel perenne sorriso stampato in faccia. Alessandra non la ricambiava, perché sorridere senza denti era una cosa brutta e farlo con i denti finti era ancora peggio. I compagni di scuola, in prima, avevano chiesto di toccarli e lei glielo aveva lasciato fare. Ma quando all'inizio della seconda una compagna con le trecce le aveva detto "sdentata" Alessandra si era levata l'apparecchio, l'aveva gettato a terra e poi l'aveva morsa con quello che le rimaneva in bocca. La maestra l'aveva giustificata, i genitori dell'altra ragazzina erano stati convocati e le avevano dato una lavata di testa. Ma non era per quello che aveva smesso di chiamarla "sdentata", i bambini sanno recepire il vero pericolo e la compagna non aveva fatto eccezione. Anche Alessandra lo conosceva, lo sentiva addosso in quel momento, avvinta nell'abbraccio della mamma che per la millesima volta le diceva

«Respira, Alessandra, respira».

Quel pomeriggio, quando la gola aveva ricevuto lo spruzzo mentolato e l'aria aveva ripreso a entrare, si era arresa e le aveva chiesto

«Perché sei sempre così buona?».

La stretta si era accentuata, ma non era quello che Alessandra voleva. Lei cercava lo scontro.

«Perché sei sempre così buona, mamma, perché sei sempre così felice? Cosa c'è da essere felici?»

Mariella Nanni le si era messa davanti.

«Hai presente quella storia delle anatre che ti ho raccontato? Di quell'uomo che è diventato la loro mamma?»

Alessandra odiava il fatto che sua madre iniziasse ogni discorso con una storiella, ma annuì lo stesso.

«Bene, tutti parlano di questa cosa, che si chiama "imprinting" portando lui, Konrad Lorenz, come esempio. Ma le anatre sono solo alcuni degli animali che imparano così, seguendo l'esempio degli altri. Ho letto un libro bellissimo che parla dei gorilla, e anche i piccoli dei gorilla imparano tutto solo osservando i loro genitori. Ma non si tratta di imitazione, stai attenta. Quello che ci viene mostrato diventa parte di noi. Se un piccolo di gorilla vede sua madre compiere atti di coraggio, per esempio opporsi al capobranco, anche lui diventerà coraggioso. E se tu, che sei nata con qualche ostacolo sul tuo cammino, vedi me, che degli ostacoli non ho paura, cosa succederà?»

La bambina strinse le labbra per non risponderle.

«Tu non sei diversa da qualunque altro animale, amore mio. E io non posso darti miglior insegnamento del mio esempio. È la natura, funzioniamo tutti così.» Le fece una carezza. «Sii il mio gorilla.»

Ma Alessandra non voleva essere il gorilla, lei voleva solo essere una bambina deturpata che si nascondeva dietro alle gonne di una madre piangente, voleva avere un padre che spaccasse la faccia ai bambini del parco, voleva vivere chiusa in una torre d'avorio e tenere tutti lontani, voleva che anche la compagna con le trecce avesse una cicatrice che le andava dal labbro al naso, voleva piangere e urlare e morire soffocata così che tutti si sarebbero sentiti in colpa, voleva che la vita ammettesse di essere ingiusta e feroce. Ma a sette anni questi sentimenti, così facili da provare, sono difficili da esprimere, quindi poté rispondere a sua madre soltanto con il silenzio e un pensiero che le si formava pian piano.

Io non sarò mai un gorilla.

La preside del liceo linguistico aveva la faccia di Alessandra Gatteschi marchiata a fuoco nella mente, sotto la categoria "peggiori elementi", primo posto. La Gatteschi era un problema multiplo, perché apparteneva alla schiera degli intoccabili, i ragazzi con handicap (per quanto ormai il labbro leporino fosse ampiamente risolto e la protesi in bocca non si notasse per niente) ed era figlia di Mariella Nanni, uno dei membri di istituto. Aveva esaurito tutto il campionario di azioni sanzionabili, da buttare fuori dalla finestra il banco di una compagna a fare a botte in cortile, a fumare erba nei bagni. Non era stupida, anzi, col minimo dello sforzo aveva voti perfettamente nella media, se si fosse impegnata solo un po' sarebbe stata tra le prime della classe. Ma la Gatteschi non si voleva impegnare, sembrava essersi fatta un punto d'onore di avere la peggior fama possibile. Era alta e molto magra, i capelli tinti di nero, un grosso naso aquilino e gli occhi di un colore strano, tra il marrone chiaro e il verde oliva. Dal collo in giù era una bella ragazza, forse con le mani un po' troppo grandi, ma la faccia era un disastro. In una scuola elitaria, straripante di paninari, era il solo elemento che sembrava fregarsene delle mode. Come tutti i bulli che si rispettino anche la Gatteschi aveva un codazzo di seguaci, soprattutto due compagne della stessa sezione, Sara e Isabella, una grossa e scema e una antipatica come la morte. Quelle tre facevano il bello e il cattivo tempo, soprattutto con le ragazzine dei primi due anni, che se ne arrivavano belle fresche dalle medie. La Gatteschi incaricava le altre due di rubare loro le cose più carine e le faceva ritrovare alle legittime proprietarie affogate nei cessi o dentro un cestino dell'immondizia dato alle fiamme. Non teneva mai niente per sé e non permetteva alle altre due di farlo, non aveva bisogno di nulla, avrebbe potuto farsi comprare qualunque cosa ma non le interessava. Non le importava nemmeno di piacere ai ragazzi, con loro aveva un rapporto strano. Per un periodo era stata presa in giro, anche pesantemente, poi un giorno aveva chiesto un incontro con il più popolare di loro, un trascinatore di idioti, firmato dalla testa ai piedi. Si erano dati appuntamento nel bagno dei maschi, lei era entrata a testa alta, lui tracotante, seguito da uno stuolo di risatine. Quando erano usciti, dieci minuti dopo, lui non rideva più. Da quel giorno i ragazzi avevano preso a ignorarla e poi, con il tempo, a rispettarla. Il suo unico scopo sembrava fosse sfidare le autorità per farsi punire, ma ogni volta che le sarebbe toccata una lezione esemplare, come la sospensione da scuola, intervenivano l'elemento handicap e il nome della madre a smorzare la rigidità del contrappasso. Mariella Nanni non aveva mai chiesto nulla, in verità. Veniva convocata in presidenza, ascoltava la sequela di bravate della figlia e alla fine sorrideva e sospirava. La preside insisteva che non sarebbe stato possibile tollerare più a lungo l'atteggiamento della ragazza, insomma, ha sedici anni, bisogna rendersi conto che tra altri due sarà perseguibile penalmente, se non le mettiamo un freno adesso poi sarà troppo tardi. La madre rispondeva semplicemente

«Ha ragione»

e sorrideva. Così la figlia si beccava dei compiti aggiuntivi, le veniva negata la ricreazione, era costretta a trascorrere i pomeriggi per ricatalogare i volumi della biblioteca e il giorno dopo ricominciava come prima.

Fino a quella mattina.

Quando la bidella era entrata nell'ufficio la preside aveva capito subito che stavolta era successo qualcosa di grave, perché le mani della donna erano sporche di sangue.

«Si è fatto male un ragazzo?» aveva chiesto subito.

L'altra aveva scosso la testa.

«Alessandra Gatteschi ha rotto il naso al professor Morato.»

Il professor Morato era il più amato della scuola, un giovane vicario che faceva lezione di religione. Gli volevano bene tutti, ma proprio tutti, perché era sempre disponibile, giocava a pallone in cortile con un foglio accartocciato, ascoltava le pene d'amore delle ragazze di quinta e faceva una discreta imitazione di Jovanotti e Vasco Rossi. Della Gatteschi aveva sempre parlato bene

«Ha un gran cuore, non fatevi ingannare dai modi, è una ragazza che ha sofferto».

Tutti alzavano gli occhi al cielo, ma da Morato cos'altro c'era da aspettarsi? Era un pezzo di pane e vedeva del buono anche in un sasso. Il professore si trovava nella saletta degli inservienti, il naso sanguinava copiosamente, diversi fazzoletti imbevuti di rosso erano nel cestino accanto a lui.

«Bisogna portarlo in ospedale» aveva insistito la bidella.

La preside aveva scoccato un'occhiata alla figura seduta nel lato opposto della stanzetta. La Gatteschi sedeva composta come una brava scolaretta, un sorriso appena accennato e nessuna aria di pentimento.

«È stato un incidente» aveva detto a mezza voce Morato. «Mi sono rialzato troppo in fretta e sono andato a sbattere.»

«Non è stato un incidente» era intervenuta di nuovo la bidella. «I ragazzi mi hanno detto che lei era uscita interrogata, ha fatto cadere una penna a terra, lui si è chinato per raccoglierla e lei gli ha dato una ginocchiata proprio sul naso, lo ha fatto apposta!»

«È vero?» chiese la preside.

«Penfa che darei del bugiardo al profeffore?» fu la risposta.

Perché parla così?

e prima che la risposta più ovvia arrivasse, la Gatteschi le aveva sorriso: si era staccata la protesi e al posto dei quattro incisivi superiori aveva una voragine. Mariella Nanni fu convocata per l'ennesima volta, prese la mano della ragazza senza un rimprovero, chiedendo solo

«Quanti giorni?».

«Tre.»

«Va bene» e se la portò via.

La preside le aveva osservate andarsene insieme e si era resa conto di quanto la donna fosse magra.

Con una figlia così
aveva pensato.
Invece no.

La discussione era esplosa già in auto.

«Avanti, dimmi che ho fatto bene! Dimmi che è stato grandioso che mi levassi i denti e spaccassi la faccia al professore!»

Sua madre scuoteva la testa, sorrideva e diceva

«No, non è stato grandioso. Ma ormai l'hai fatto».

Alessandra aveva sperato che almeno quella volta sua madre si sarebbe arrabbiata, che avrebbe mollato quell'aria zen e le avrebbe tirato due ceffoni, o tagliato i viveri o rinfacciato che le stava rendendo la vita un inferno. E lo faceva, oh se lo faceva, era sostanzialmente il suo scopo principale. Ma Mariella guidava serena la sua Saab, dopo aver lasciato la farmacia in cui aveva preso la pasta per riattaccare la protesi a sua figlia.

«E quindi ti va bene anche questo. A te va bene tutto, sempre.»

«Non mi va bene, preferirei che trovassi un'altra maniera per esprimere le tue emozioni, ma se è questa allora pazienza.»

«Io non sto esprimendo le mie emozioni, io spacco la faccia alla gente. Non tutto ha una spiegazione elevata e morale, a volte la merda è solo merda, la pesti e puzza.»

«D'accordo allora» aveva sospirato Mariella. «Se merda deve essere, merda sia.»

«Oddio, mi fai impazzire!» tuonò Alessandra. «Ma non ti rendi conto di essere ridicola? Quelle in cui credi tu sono stronzate. Non c'è niente di nobile in quello che faccio o in quello che sono! Io non diventerò buona solo perché tu sei buona, non sarò una persona dedita, retta e onesta perché lo sei tu. Io non sono te! Non c'è nessuno di più lontano da te!»

«Non è vero, tesoro. Tu sei buona, hai un gran cuore, io lo so.»

«Ma Cristo santo, mi sembra di parlare con una deficiente, cazzo! Io sono cattiva, lo sanno anche i sassi! Ho preso dall'altro ramo della famiglia, da quello stronzo che ci ha mollate tutte e due!»

«Tuo padre non è cattivo, tesoro, è solo debole. Tu invece sei forte, e lo sai.»

«E tu lo sai a cosa mi serve la forza? A mettere sotto gli altri! E perché? Perché meno sempre tutti? Perché fumo?»

«Fumi?»

«Sì, fumo!»

«Non ti fa bene all'asma fumare. Scegli qualcos'altro di trasgressivo, se proprio devi bevi, ma il fumo no.»

«Mi piace proprio perché mi fa male. Perché fare male, a me o agli altri, è la cosa che mi riesce meglio! Io non sono come te, e non voglio assomigliarti.»

«Tu mi assomigli già.»

«NON È VERO!»

«Capisco benissimo che trovi la cosa irritante, ma è così. E non puoi farci niente, perché è la tua natura, sei quel che sei tuo malgrado.»

«NON È VERO!»

«E lo sarai sempre di più, diventerai una donna meravigliosa, perché hai tanto, delle risorse enormi che ti aiuteranno ad affrontare qualsiasi cosa.»

«NON È VERO! SMETTILA!»

«Io la smetto, ma non per questo le cose cambieranno.»

Aveva iniziato ad accostare, anche se erano ancora a dieci minuti da casa.

«Sono tutte balle che ti racconti, questa cosa dell'imprinting è una stronzata, come le altre faccende animaliste! Gli animali non sono migliori degli uomini, siamo tutte bestie, tanto quanto.»

«Sono perfettamente d'accordo, per fortuna è così» sorrise Mariella, e spense il motore.

«Io non sono un cazzo di gorilla! Sono il tuo peggior fallimento, con me hai sbagliato su tutta la linea!»

«Come vuoi, tesoro, ora calmati, la nostra non è una gara.»

«Ma mi ascolti? Sto dicendo che io ho ragione e tu hai torto!»

«Ho capito, Alessandra.»

«Devi ammetterlo! Io ho ragione e tu hai torto!»

«Va bene.»

«IO HO RAGIONE E TU HAI TORTO!»

«No, amore. Io ho il cancro.»

Nell'auto calò il silenzio.

«Ma non ho paura, perché so che ce la farai benissimo, perché ho fatto in tempo a prepararti e sei esattamente come speravo che diventassi. Anche se sbraiti e fai un mucchio di sciocchezze per dissimularlo, ma del resto è proprio una cosa che appartiene alla nostra specie.»

Le accarezzò il viso oblungo, bagnato dalle prime lacrime di una lunghissima serie.

«Tu sei il mio gorilla.»

I primi due mesi furono terapie in ospedale. Poi decisero tutti insieme che era inutile accanirsi, la forma era troppo aggressiva, lo stadio avanzato, meglio che rimanesse a casa. Alessandra usciva da scuola, prendeva due autobus e tornava a casa, tutto il contorno era sparito. Da quel giorno non si era più tolta la protesi, aveva smesso di fumare, usava regolarmente il nebulizzatore e nessuno era stato picchiato. Quello che le stava succedendo era noto all'intero istituto, ma lei della pietà non se ne faceva niente. Presero due infermiere, una per il giorno e una per la notte. Dopo tre settimane la seconda venne mandata via perché Alessandra le aveva detto che la madre preferiva affidarsi a una professionista con esperienza ospedaliera. Quella del giorno fece la stessa fine con l'inizio delle vacanze estive. Alla sorella e al cognato di Mariella la nipote chiese di non passare, perché l'agitavano troppo. Ci volle diverso tempo e i sospetti di tutto il parentado per capire che la ragazza aveva mandato via tutti e si occupava da sola della madre, dall'igiene personale ai massaggi, dalla somministrazione dei farmaci allo svuotamento della padella. Provarono ad alzare la voce, non si poteva affidare una malata terminale a una ragazzina di sedici anni, ma Alessandra li sfidò a chiamare un medico per dimostrare che non stava facendo le cose esattamente come andavano fatte.

«Lasciatela stare» bisbigliava Mariella. «Sta uscendo dalla crisalide.»

Sopravvisse fino alla fine di agosto, le labbra secche, gli occhi infossati, le costole che sporgevano sempre più, eppure non rinunciava a raccontare storie alla figlia, trascinate fuori dalla gola con la voce stentata.

«Una volta avevano sequestrato un cane cattivissimo a un padrone ancora più cattivo, e siccome nessuno lo voleva ed era destinato a essere soppresso lo aveva preso un prete. Il cane era così feroce che sbranava chiunque gli si avvicinasse, così il prete lo teneva in giardino, legato, con un lungo bastone attaccato al collare così che non fosse necessario avvicinarsi. Tutti i giorni il prete gli portava da mangiare e il cane cercava di saltargli addosso, ma grazie al bastone non gli riusciva. Al prete dispiaceva per il cane, così, dopo un po' di tempo, aveva deciso di sostituire il bastone con una catena corta. Il cane cercava comunque di saltargli addosso, ma lui gli spingeva vicino la ciotola con una scopa e non si avvicinava. Passati altri giorni il prete aveva deciso di allungare la catena, così facendo lui non poteva muovere che pochi passi in giardino, ma il cane se ne andava in giro. Alla fine il cane si era placato, non gli abbaiava più, lo ignorava quando gli portava il cibo, e il prete aveva deciso che sarebbe bastato essere molto prudente quando fosse uscito, così lo aveva liberato. Finché un giorno aveva aperto la porta sul giardino, con la ciotola in mano, e non aveva visto il cane. Subito si era preoccupato ed era uscito, solo di qualche passo. Aveva sentito un rumore alle sue spalle e aveva capito subito che era troppo tardi. Il cane lo aveva buttato a terra con un salto e istintivamente il prete si era coperto il viso con le braccia. Aveva sentito il naso del cane addosso, sul collo, sulle mani, e poi una leccatina sul mento. Allora lo aveva abbracciato piangendo, e aveva detto: “Hai capito, hai capito”.»

Arrivata a questo punto stringeva con le poche forze rimaste la mano di Alessandra.

«Quindi tu sei il prete e io sono il cane. E pensi che sia stato sufficiente trattarmi con amore e gentilezza perché io imparassi a essere amorevole e gentile» aveva concluso la figlia.

«È più di questo. Tu sei più di questo.» Gli occhi erano velati, come se nemmeno la vedesse più. «Ora che hai imparato, insegna.»

Non erano state le sue ultime parole, ma erano quelle che Alessandra avrebbe ricordato per sempre. Prima di avvisare tutti aveva dormito un’intera notte abbracciata al cadavere, lasciando scivolare via da sé tutta la rabbia. Legalmente sarebbe toccato a suo padre occuparsi di lei, ma si fecero avanti solo gli zii. Alessandra fece loro un discorso lucido e sensato che li convinse a supervisionare la situazione ma a lasciarla sola a casa. Mancavano solo un anno e quattro mesi alla maggiore età. Al funerale salì al leggio per fare un discorso su quanto sua madre fosse troppo lieve per rimanere su questa terra, poi scese, sedette in prima fila e fissò suo padre, seduto in disparte, finché non lo costrinse ad alzarsi e andarsene. Completò gli ultimi due anni di liceo con una buona media, il giorno dopo il diploma mise in vendita la casa e svincolò i soldi che sua madre aveva messo via per lei. Entrò come volontaria a Greenpeace, trascorse due anni con loro e rientrò con la convinzione che lavorare su vasta scala non servisse a molto. Poteva essere più di aiuto se contestava gli allevamenti di polli in batteria a casa sua che sventolando una bandiera su una nave. Entrò a far parte di una serie di associazioni animaliste che si costituivano e scioglievano come niente, rimase in un rifugio calabrese per sei mesi e poi prestò servizio in un canile-lager per due anni.

Più passava tempo con le bestie e più capiva che il problema erano gli uomini. Accarezzò l'idea di una laurea in veterinaria, poi scelse di sfruttare la sua rete di conoscenze per costruire ponti tra teste che la pensavano diversamente. Fece tanti lavori, prendendo prima in affitto una casa a Imola per poi spostarsi a Pistoia, finché, grazie anche alla conoscenza di tedesco e inglese, non venne assunta come stagista per una ditta che commerciava in materiale veterinario, la CO.LI.SAN, vicino a Firenze. Lì dentro fece carriera, occupandosi di forniture per gli enti nazionali e le guardie forestali. Comprò un appartamento in periferia e un'Opel Astra Station Wagon di seconda mano con i tergicristalli che cigolavano, che attrezzò per il trasporto animale, collaborando come staffetta per vari gruppi animalisti, italiani e non, legali e non.

Come sua madre era diventata assoluta, onesta a ogni costo, pronta a contrastare le leggi degli uomini in favore di quelle della natura.

A differenza di sua madre, non sorrideva mai.

Lena

«Sì, ma come si fa a essere fidanzata con uno e non capire che è uno psicopatico?»

«Cioè, per andare a occuparsi di tutte quelle persone doveva stare via ore se non giorni, e lei dove pensava che andasse?»

«E sul serio a casa si comportava normalmente? Nessun segno? Io non ci credo.»

«Che poi era pure cornuta, perché lui là aveva la sua ex. Più che cieca è cretina!»

«Secondo me in parte la responsabilità è anche sua, perché se si faceva venire qualche dubbio lui lo avrebbero preso molto prima e avrebbe risparmiato della sofferenza alle vittime.»

«Si parla di due pervertiti che costringevano i loro prigionieri a fare sesso, vogliamo credere che con la fidanzata facesse tutto normalmente?»

«Se fosse toccato anche a lei, e Francesco Caparzo non l'avesse salvata, le sarebbe stato bene. La sua era omertà.»

«Francesco è troppo buono a difenderla. Lei non se lo merita.»

Si chiamava Marilena, ma tutti la chiamavano Lena.

Non aveva potuto chiudere i suoi profili social perché servivano per le indagini, ma li aveva oscurati per smettere di ricevere insulti. Non aveva rilasciato dichiarazioni, aveva consentito che la gente parlasse di lei e del suo rapporto con Lucio Donadio senza mai controbattere. Era stata fatta salire con la forza su un'auto, drogata, chiusa nel bagagliaio, portata fino a un capannone dove l'aspettava una gabbia spalancata, si era trovata un fucile puntato addosso e aveva visto morire due persone, ma agli occhi del pubblico era solo la fidanzata idiota di un assassino.

Non era il mio fidanzato.

Ma non poteva dirlo.

Quando era rientrata a Firenze, il mattino dopo, non aveva trovato nessuno ad aspettarla a casa, perché nessuno aveva saputo che fosse sparita. Era stata lei ad andare dai suoi genitori per avvisarli

«Mamma, papà, volevo farvi sapere che sto bene»

andando incontro solo a rimproveri e dichiarazioni di vergogna, gli ennesimi. Negli ultimi anni Marilena Bacarelli aveva disatteso molte delle aspettative di famiglia. Da brava figlia giudiziosa si era trasformata in un'ingrata incosciente, prima andando via da casa, poi fidanzandosi con uno sbandato, quindi cambiando stile di vita e infine facendosi coinvolgere in tutta una serie di situazioni discutibili che avevano costretto i genitori a giustificarsi con amici e vicini.

«Avevi tutto e hai dovuto buttarlo via!»

Avevi tutto.

Era vero, c'era stato un periodo in cui aveva avuto tutto. Casa, lavoro, un bell'aspetto, ma non era quello, il suo tutto. Il tutto di Lena si chiamava Saverio Bartolomei, e a buttarlo via non era stata lei. Per due anni lo aveva pianto, dato per morto, un giovane scapestrato che tutti gli indizi dicevano fosse caduto in Arno durante una notte di pioggia, completamente ubriaco. Avevano fatto il funerale a una bara vuota e lei era stata costretta ad andare avanti in quella che non le sembrava più vita. Poi qualcuno le aveva lasciato un cellulare nella cassetta delle lettere, e su quel cellulare erano arrivati dei messaggi anonimi e delle immagini che le mostravano Saverio vivo, prigioniero di qualcuno che lo teneva in una gabbia. Per i mesi seguenti aveva ubbidito a tutti gli ordini che riceveva su quel cellulare, terrorizzata dalla minaccia di vedere il suo amore ucciso. Non era bastato. L'ultimo video mostrava il ragazzo che correva nudo nella notte mentre un fucile puntato contro di lui esplodeva un colpo.

Per un po' era morta anche lei.

Dopo i fatti del capannone le voci si erano rincorse, l'ispettore Ridenti l'aveva convocata una, due volte, alla terza le si era seduto accanto e glielo aveva detto piano

«Abbiamo la ragionevole certezza che Saverio Bartolomei sia ancora vivo».

Era una buona notizia, ma lei lo sapeva già.

E lo sapeva perché glielo aveva detto quell'uomo, Francesco Caparzo, Cecco, l'eroe, il mostro che aveva invaso la sua vita come una pianta infestante, che l'aveva perseguitata tanto quanto quegli altri due

non pensare a loro

tormentandola con la sua protezione non richiesta, una protezione estrema, tossica, corrosiva. Da quando l'aveva rintracciata, dopo la denuncia che non aveva avuto il coraggio di presentare, era diventato un'ombra che aveva avvolto tutto, se lo ritrovava ovunque, sapeva che le entrava in casa, che frugava nelle sue cose, nel suo computer, nel suo telefono, nella sua vita. Non aveva potuto fermarlo, era troppo spaventata, troppo debole. E alla fine lui aveva vinto. Si era ritrovata in quell'orribile capannone, in mezzo a gabbie piene di sconosciuti, il sangue di Lucio

non pensare a lui

schizzato sulle scarpe, le sirene della polizia che iniziavano a tagliare l'aria, e Cecco, l'eroe, l'orco, le si era avvicinato e le aveva detto

«Non l'ha sparato, piccere'. Non te l'ho detto perché volevo che succedeva qualcosa, ma io ne so di spari, non l'ha sparato a lui, all'uomo tuo, ha sparato davanti ma no a lui. È caduto o s'è buttato a terra, ma aveva la schiena pulita. Guardatelo bene, il filmino, guardatelo, perché quel cadavere non lo trovano»

liberandola da un lato e legandola per sempre a sé dall'altro. Lui era l'unico che sapeva tutto quello che era stata disposta a fare pur di riavere Saverio e restava l'unico in grado di salvarla, nonostante tutto. Anche per questo lo odiava. Non avrebbe potuto dire una parola contro di lui, il viaggio di ritorno a Firenze era servito a imbastire una tela di "non so" e "non ricordo" che poi avrebbe dovuto vendere alle forze dell'ordine, sperando se la bevessero. Rientrata a casa aveva controllato il video, come le aveva detto Cecco, ed era vero, maledetto lui, Saverio scappava e poi cadeva, ma non c'erano ferite sulla sua schiena.

Non l'ha ucciso perché era suo amico.

Non pensare a lei.

In poche ore la stampa e l'opinione pubblica avevano smesso di vederla come una vittima e le erano saltate addosso, biasimandola, come poteva non essersi accorta che il suo fidanzato fosse un mostro?

Perché non era il mio fidanzato.

Ma non poteva dirlo.

Undici carrozzoni che provenivano da diversi circhi americani falliti durante i loro tour nell'ex Unione Sovietica e comprati da un collezionista di Rimini.

Un trattore della ditta Morenghi-Salviati di Cerredolo con la pubblicità dell'azienda, completa di indirizzi e numeri di telefono stampati sui lati, tenuto sempre coperto.

Tre fucili in dotazione alle guardie forestali per sparare fiale di narcotico.

Un fucile a pallettoni.

Centinaia di cartucce di narcotico con dosaggio per animali di 80/100 kg.

Fogli di carta da macellaio, pastelli a cera di vari colori, bigliettini stropicciati.

Tre cellulari, un tablet, un laptop, nove microcamere con visione notturna, di cui una non funzionante, powerbank, batterie di varia potenza, un caschetto con visore notturno e videocamera.

Scope, stracci, candeggina, ammoniaca, secchi, ciotole.

Farmaci, creme antibiotiche, integratori, agocannule, disinfettante, un trespolo.

Un chilo di cocaina.

Una cassa piena di bottiglie di soluzione fisiologica, lattato e glucosato.

Quattro stufe a gas con bombola.

Un nebulizzatore per l'asma.

Questo, oltre agli effetti personali delle vittime, era il bottino di quello che la stampa aveva prosaicamente ribattezzato "il Capannone degli Orrori". I nomi di alcuni sopravvissuti erano stati resi noti: Nicola Scherillo, 58 anni, originario di Napoli ma residente a Poggibonsi, Giorgio Guccione, 47 anni, di Arezzo, Karina Lusa, 34 anni, di Faenza, Giulio Castagnoli, 41 anni, di San Pietro in Casale, Giovannino Marinoni, 48 anni, di Cantalupo Ligure, Yuri Vignoli, 32 anni, di Marano sul Panaro, Sveva Cugini, 26 anni, di Parma, Anna Baroni, 27 anni, di Modena. C'era poi una donna cieca senza documenti, forse straniera, con cui era stato impossibile comunicare. Finiti i rilievi avevano messo i sigilli alle porte e avevano iniziato a scavare. Tra i nove sopravvissuti, portati in ospedale per verificare le loro condizioni di salute e le conseguenze di una così prolungata assunzione di narcotici, c'era un obeso, un uomo enorme, più di 200 chilogrammi, estrarlo dalla gabbia era stata un'impresa. Si era svegliato prima degli altri, e, dopo un comprensibile shock aveva subito detto

«Ce n'erano altri tre! Sono morti! Mino, Vasco e Saverio!».

Gli inquirenti avevano preso questa informazione con cautela, interrogando prima la ragazza che era riuscita a scappare e man mano tutti gli altri, che avevano puntualmente confermato: Lucio Donadio e Alessandra Gatteschi in quegli anni avevano rapito altre tre persone e le avevano uccise. Non ci volle molto agli agenti per collegare ai sequestri il ritrovamento di un cadavere, l'estate precedente, abbandonato nudo in un fosso a margine di un campo incolto. Era morto di fame. Si chiamava Fermo Berselli, era di Firenze, e frequentava lo stesso ambiente animalista di Alessandra Gatteschi. Della seconda vittima vennero trovati i resti cinque giorni dopo, nel boschetto dietro al capannone, sepolti in una vera e propria fossa. Il dna corrispondeva a quello di Vasco Zavatta, erede del proprietario di carrozzoni, struttura e terreno, scappato quasi due anni prima per evadere il fisco, si era detto. Nessuno lo aveva cercato davvero, nemmeno la madre. Forse era stato a sua volta complice del duo Gatteschi-Donadio, come anche Berselli, noto alle forze dell'ordine per crimini minori. Quando avevano smesso di essere utili i due li avevano uccisi. Restava un solo nome nella lista, ed era un nome che portava guai: Saverio Bartolomei. Ex fidanzato di Marilena Bacarelli, amico della Gatteschi, come testimoniava una foto di gruppo scattata nel 2012 dopo un raid animalista, scomparso per un presunto suicidio in Arno una notte di quasi tre anni prima. Poteva essere il terzo complice, benché tutti i sopravvissuti testimoniassero che viveva esattamente come loro, nudo in gabbia, prigioniero.

«Ma anche la Gatteschi lo faceva. Potevano fingere entrambi.»

Bartolomei aveva trascorsi per droga, un arresto e un'overdose che lo aveva segnato nel fisico e nella mente. Era fragile, insomma, esattamente come Lucio Donadio. Forse la Gatteschi aveva cercato di sobillare lui prima di ripiegare sul fidanzato? Sta di fatto che gli altri avevano testimoniato che una notte Bartolomei fosse riuscito a fuggire e che uno dei due sequestratori, forse la Gatteschi, forse Donadio, lo avesse inseguito fuori dal capannone e gli avesse sparato.

«È morto!» si disperava l'obeso, che sosteneva di essere il suo migliore amico. «È morto!»

Ma non c'erano tracce dei resti di Saverio Bartolomei, né nel boschetto né altrove.

C'erano invece le sue impronte all'interno della cisterna nel cascinale diroccato, solo lì e da nessun'altra parte.

«Potrebbero averlo solo ferito e spostato lì. C'era un grosso cancello di ferro a bloccare la cisterna, non poteva uscire.»

L'ipotesi più accreditata era che la Gatteschi, dopo l'intervento di Caparzo, avesse aggredito i due paramedici e, preso possesso dell'ambulanza, fosse andata a prenderlo per avere un ostaggio con sé.

«Perché lui e non i paramedici?»

Forse lasciare in vita Bartolomei era rischioso perché sapeva troppe cose, e quindi tornava l'ipotesi del complice.

Di fatto erano spariti entrambi ormai da sei giorni.

Non sono niente.

La rabbia ribolliva, l'angoscia gli rimestava dentro mentre il fallimento se lo mangiava vivo. Aveva salvato la fanciulla

e allora?

guadagnandosi il rispetto dei colleghi e dei superiori

e allora?

che gli avevano spiegato che non avrebbero comunque potuto promuoverlo

e allora?

ma avrebbe avuto un aumento, la nomina ad agente scelto e una stanza nel commissariato dove collaborare all'indagine, visto che incidentalmente aveva conosciuto uno dei colpevoli meglio di chiunque altro.

Uno dei colpevoli.

Uno solo.

«Come lo hai capito che l'ex fidanzata era una complice?»

«Avevo indagato il soggetto, signore. Sapevo che lo aveva lasciato e s'era scappata via. E quando l'abbiamo ritrovata lì m'è venuto da pensare che forse non s'era scappata davvero. Così ho fatto confrontare le impronte della gabbia sua con una che avevo rilevato per scrupolo al tempo della scomparsa, anche se so che non era un'indagine mia. E c'era corrispondenza, ma ormai era tardi.»

«Tutto qui? Hai avuto un'intuizione?»

«Due erano quelli lì dentro che lui conosceva: il padre e la fidanzata. C'era da pensarci.»

«Hai fatto una bella pensata, Caparzo.»

«Grazie, signore.»

Là dove tutti vedevano un grandissimo risultato, Francesco Caparzo vedeva una sconfitta assoluta, gli altri si complimentavano perché aveva salvato dieci vite, lui si tormentava perché aveva ammazzato solo metà del mostro.

Lo avevano chiamato i suoi ex superiori da Napoli.

«Hai visto, Caparzo? Te l'avevamo detto, le tue doti sono sempre state evidenti, dovevi solo indirizzarle nella maniera giusta.»

Non era vero, non gliel'avevano mai detto, e non aveva dimostrato proprio niente. Che gliene importava se ora tutti quei poveracci non se ne stavano più nelle gabbie ma a casa loro? Non era per loro che aveva perso un anno di vita, non l'aveva cercata quella vittoria, con l'eroe del capannone lui ci si puliva il culo. Quella non era mai stata la sua missione, lui doveva salvare la fanciulla, e anche se collateralmente lo aveva fatto non era questo il modo giusto, non così, non per caso, non a metà.

A tutti e due dovevo trovarli.

Era stato così vicino a raggiungere il suo obiettivo, la mano a un niente dall'armatura scintillante. E ora invece gli restava quel fracasso di latta, l'applauso inutile per un'impresa che era una cacata di mosca. Non poteva impedire alla gente di amarlo. Di vedere la sua faccia sui giornali e sugli schermi, di sentirsi lodare quando camminava per strada, perfino di farsi stringere la mano dagli sconosciuti e accettare gli abbracci delle vecchie. Era il loro lo sguardo che aveva sempre cercato, ma non sopportava come l'aveva ottenuto, con la gloria falsa cadutagli addosso come merda d'uccello.

Non sono l'eroe loro.

Non sono niente.

Invece la ragione di tutto, il primo motore, lo guardava come si guarda il diavolo. Marilena Bacarelli la incontrava soltanto in commissariato, dove veniva se obbligata, mandata a chiamare, costretta a fornire ancora un dettaglio e poi un altro. La loro storia reggeva, il poliziotto buon samaritano che aiuta la donna indifesa che non vuole denunciare. L'avevano fatta passare per un'iniziativa di entrambi, lui che aveva contravvenuto ai suoi doveri per proteggerla, lei che aveva fatto pressioni sul suo buon cuore per avere aiuto. Era stata brava, aveva capito che meno diceva e meglio era. Avevano fatto cose, loro due, in quell'anno, che era meglio non si sapessero. Ora lei lo odiava, e gli stava bene, era un suo diritto, l'odio è un legame come un altro. Aveva comunque il vecchio fidanzato a cui pensare, redivivo, mai morto, vittima, complice, erano dettagli. Serviva a farla stare buona, chiusa nella sua torre in attesa che lui finisse il lavoro che aveva iniziato. Ma ancora

non è cosa

non ci riusciva. Il successo improvviso gli aveva legato le mani. Non poteva più fare indagini private, esporsi, aveva addosso gli occhi di tutti, dentro e fuori dal corpo di polizia. La Gatteschi lo stava giocando per la terza volta. La prima quando l'aveva creduta amica della Bacarelli, la seconda quando non aveva pensato a lei per l'impronta, mano da uomo, s'era pensato, la terza quando l'aveva presa per una delle vittime e così ora lei aveva messo in gabbia lui, chiuso in un ufficio che ufficio non era, con davanti scatoloni per tutti, uno scatolone per ciascun morto, uno scatolone per ciascun sopravvissuto, uno scatolone per ogni testimone e uno scatolone bello grande pure per lei. Se ancora non aveva perso il controllo e fatto qualche stronzata era solo perché restava concentrato sul pezzo mancante, il drago che aveva fatto del male alla sua fanciulla da salvare.

Non il povero stronzo, lei.

Era stata più brava di lui, era stata più furba di lui, era riuscita a giocarlo per un anno intero e per quelle due ore di troppo nel capannone.

Ma poteva ancora recuperare, se la trovava per primo.

Perché lui non ci credeva, che fosse sparita come dicevano, la gente non sparisce così, non improvvisando, soprattutto se è stata capace di tenere in piedi un circo simile per tanti anni. La Gatteschi era riuscita a scappare perché era preparata a farlo, il piano di fuga già c'era, programmato per chissà quando. Forse, mentre lui si concentrava sul povero stronzo, lei aveva avuto la sensazione di avere l'acqua alla gola, e si era organizzata.

Ma perché rapirne un'altra, allora?

Perché prendere anche la Bacarelli, se avevano a scappare?

Questo non gli tornava, ma non ci avrebbe perso il sonno. La Gatteschi aveva un piano? I piani si fanno un pezzo alla volta, e lui avrebbe potuto ricostruirlo. Sarebbe bastato conoscerla, impararla, ragionare come lei, entrare nel capannone della sua testa e aprire le gabbie una per una. Se fosse stato abbastanza bravo l'avrebbe potuta scovare, e allora sì, allora avrebbe vinto.

Devo imparare a essere come a lei.

Molti non ci sarebbero riusciti, identificarsi in una pazza assassina era contrario alla loro coscienza, ma lui invece ce l'avrebbe fatta. Perché da tanto tempo la coscienza di Francesco Caparzo si era smarrita chissà dove.

Non era un ospedale come gli altri, si trattava di una clinica privata a Bologna e Lena aveva fatto fatica a trovarla, pur seguendo le indicazioni che le aveva dato l'ispettore Ridenti. Non avrebbe voluto andarci, lo aveva detto chiaro e tondo sin da subito, lei era stata perseguitata per un anno, poi rapita e rilasciata, questo era quanto le era successo, niente altro, con i nove sopravvissuti del capannone non voleva averci niente a che fare, non avevano niente in comune, esperienze lontane, lontanissime, tranne che erano finiti tutti nel mirino di Lucio e Alex.

Non pensare a loro.

Ma uno di quei sopravvissuti aveva chiesto di lei.

«Posso parlare con Maria?»

Tutti la chiamavano Lena, qualcuno la chiamava ancora Marilena, ma c'era stata una sola persona al mondo che l'aveva chiamata sempre Maria, e quella persona era Saverio. Dapprincipio aveva rifiutato di vedere quell'uomo, la scusa era che non se la sentiva, e poteva starci, nessuno aveva il diritto di obbligarla. Ma l'ispettore aveva deciso di intercedere.

«Vede, signorina Bacarelli, quest'uomo, Giulio Castagnoli, dice di essere stato molto amico del suo fidanzato, quello di prima, Saverio Bartolomei.»

Non c'era un prima, non c'è stato un dopo.

Ma non poteva dirlo.

«Castagnoli è affetto da una patologia, è un uomo abbastanza fragile, lo stress di quest'esperienza lo ha confuso e fa fatica a ricordare. Ci tiene molto a parlare con lei, forse se lo incontra riuscirà a raccontarle molte più cose di quelle che ha detto a noi.»

Lena non voleva andarci. Ma aveva alzato gli occhi verso il poliziotto che sedeva poco più dietro Ridenti, intento a leggere qualcosa, forse una deposizione, forse una serie di fogli bianchi, chissà. Caparzo non aveva ricambiato il suo sguardo, ma lo stesso aveva annuito. Lena aveva mandato giù anche questo rospo, il figlio di puttana continuava a darle ordini, a controllarla, ma del resto la sua posizione aveva ancora troppe ombre, se non avesse collaborato avrebbe attirato l'attenzione. Così aveva preso l'indirizzo e ci era andata. La targa di fianco al cancello diceva CLINICA MARRAGGI - CHIRURGIA BARIATRICA e lì intorno stazionava ancora qualche giornalista locale che sperava di strappare una dichiarazione o un'intervista. Ottenere una foto di Castagnoli sarebbe stato straordinario, perché quelle scattate dopo la liberazione erano sfuocate e confuse. Lena aveva mostrato il proprio permesso ed era stata condotta dentro da infermiere vestite come suore, tutte molto eccitate dall'idea di incontrarla di persona.

«Lei è stata graziata» le avevano detto. «Com'è Francesco Caparzo di persona?»

Non aveva saputo cosa rispondere, non esistevano parole adatte.

Nella stanza in cui l'avevano condotta c'era solo lui. Giulio Castagnoli era un obeso patologico, Lena non avrebbe saputo stimarne il peso, superava di certo il quintale e occupava un letto molto più grande di quelli classici da ospedale. Non si erano mai visti prima, ma forse qualcuno gli aveva mostrato una foto, perché nel vederla era subito scoppiato a piangere e le aveva teso entrambe le mani, come un bambino. Lena era a disagio, ma le aveva prese.

«Maria! Hai tagliato i capelli!»

aveva detto lui tra i singhiozzi, e lei si era ritrovata a rispondere

«Si erano rovinati»

rendendosi conto di quanto la situazione fosse surreale. Un poliziotto era entrato e aveva piazzato un registratore su un piccolo tavolo tra di loro. Non aveva chiesto il permesso a nessuno, non aveva nemmeno salutato, nessuno finse che ci fosse qualcosa di strano. Giulio aveva la schiena appoggiata a diversi cuscini, Lena immaginava che fosse per consentirgli di respirare.

«Come sta Argo?»

La prima domanda era stata per il cane di Saverio, che lei aveva ereditato e mai amato davvero. Dopo il rapimento lampo era stato affidato a una volontaria sua amica, Astrid, che per il momento non glielo restituiva, perché prima avrebbe dovuto superare il trauma e anche lui è scosso, povera creatura, è vecchio, non può subire certi stress, meglio che resti con me per un po'. Non si era opposta, sapeva che Saverio l'avrebbe biasimata, ma stava meglio con Astrid che con lei, in attesa che il padrone tornasse.

Non ha mai smesso di aspettarlo, lui.

Per questo non mi accettava.

Ma era un discorso troppo lungo da fare a uno sconosciuto, così si limitò a rispondere

«Bene».

Giulio sembrò sinceramente sollevato.

«Io ero amico di Saverio.»

«Me l'hanno detto.»

«Parlava sempre di te.»

«Sono contenta.»

«Diceva che non lo avresti mai abbandonato, che avresti continuato a cercarlo.»

«È così.»

Ascoltava quell'uomo parlarle dell'amore della sua vita, notizie vere, reali, informazioni preziose dopo anni, e non provava niente, non riusciva a provare niente. Guardava le braccia e le gambe dell'obeso piene di lesioni, piaghe, cicatrici, annusava l'odore di crema e disinfettante e quell'altro odore sotto, nascosto

pus, infezioni, cancrena

è *stato fermo troppo a lungo*

pensando soltanto ad andarsene via. Quanto sarebbe dovuta rimanere? Dieci minuti? Mezz'ora?

«Non credere a quello che ti diranno.»

«Come, scusa?»

«Le cose che ti diranno su di lui, non crederci.»

«Ma quali cose?»

«Che era un loro complice. Non è vero. Non è vero perché nessuno si fa ridurre in quello stato per fare finta, non come era conciato lui. Soffriva, soffriva tantissimo e non ha mai, mai saputo chi lo avesse preso e perché.»

Lena si era trattenuta.

Lei ha finto, e tutti le hanno creduto. Compreso te.

Non devo pensare a lei.

«Lo so, non ci credo, stai tranquillo» aveva invece risposto.

«E non credere anche a quella cosa di Anna.»

Un brivido, il primo.

«Chi?»

«Anna, Anna Baroni, quella che è scappata. Ti diranno che loro stavano insieme, be', non crederci.»

Giulio si era infervorato, il viso rosso, e quando aveva pronunciato il nome di Anna aveva arricciato le labbra, come se avesse sentito un cattivo odore. Lena era sinceramente stupita, con un principio di divertimento.

«Non ho dubbi che non stessero insieme, come avrebbero fatto?»

«Oh, non credere, là potevano succedere tante cose. Anche io e Saverio non ci siamo mai incontrati davvero, ma ci siamo visti e parlati, mi ha raccontato tutto di sé e io gli ho raccontato tutto di me, tipo quando lui è andato in overdose e io mi sono rotto la caviglia scivolando sulle scale. Tutto, hai capito? Per questo siamo diventati amici.»

Nonostante il tono concitato e un po' sopra le righe Lena aveva iniziato ad ascoltare con maggior attenzione quello che l'uomo le diceva.

«Ti ha raccontato dell'overdose?»

«Sì, era con quel suo amico, quello col nome strano, Mometto. Ed è da allora che ha iniziato a balbettare, e dopo tu lo hai mandato da una dottoressa e ha cominciato a dire "pam!" per sbloccarsi, te lo ricordi?»

Lena se lo ricordava. Ricordava la dottoressa, per ringraziarla Saverio le aveva dipinto una miniatura. Iniziò a sentire caldo.

«E questa Anna allora? In che senso stavano insieme?»

«Oh, tu non crederle, non crederle mai. Anna è cattiva. Saverio diceva di essere cattivo anche lui, ma non era vero, al massimo era un po' dispettoso, ma mi ha sempre aiutato, se non fosse stato per lui io sarei impazzito, quando ero da solo non riuscivo ad andare avanti, poi è arrivato lui e insieme...»

«Sì, ma questa Anna?»

Lena lo aveva interrotto e i poliziotti stavano ascoltando.

Chi se ne frega.

Giulio cercò di afferrare il triangolo sopra il letto, le dita gli scivolarono, ci riprovò e Lena glielo tenne fermo finché non riuscì a mettersi un po' meglio. Era paonazzo, il respiro corto e acre.

«Era cattiva. Gli ha fatto credere di amarlo, di considerarlo speciale. E allora lui si è fatto coinvolgere, ma solo perché a qualcosa dovevamo aggrapparci! O alla speranza di essere liberati o alla speranza di morire o gli uni agli altri. Io mi ero aggrappato a lui e a...»

Si fermò. Le labbra grassocce da putto gli tremavano, una goccia di sudore esitò sulla conchetta, poi gli rotolò in bocca. Lena sentì una morsa allo stomaco e si piegò in avanti.

Non ha detto il suo nome, non lo ha detto.

Non devo pensare a loro.

Non devo pensare a lei.

«Sai, quando mi hanno preso non mi hanno addormentato bene. Perché sono grosso.» La voce di Giulio si era fatta trasognata. «E così io mi sono svegliato un po', ed ero in un posto, un posto che devo ancora capire, perché non vedevo bene, un posto con odore di acqua e di metallo, con un grande tubo curvo. Sapevo di non essere a casa mia, ho avuto paura. Così mi sono agitato e mi sono fatto male con un gancio che spuntava da terra. Un gancio nel cemento, quello me lo ricordo. Mi hanno fatto una puntura per sedarmi e dopo la puntura una mano mi ha disinfettato la ferita. Era una mano gentile. Lei era così gentile.»

Aveva mollato il triangolo, si era coperto la faccia con le mani e aveva gridato

«Anche lei era mia amica. Oh Dio! Dio!»

e la fatica di quei giorni venne vinta, il muro crollò, tutti i ricordi di Lena rotolarono fuori. Alex seduta sul suo divano mentre sorseggiava il tè, Lucio che le portava la zuppa di farro, la loro casa piena di ninnoli di coppia, Alex che l'abbracciava cercando di farle forza, Lucio che giocava con Argo, Alex che fingeva di essere scomparsa, Lucio che fingeva di piangere, Lucio che le puntava il fucile in faccia, Alex che si fingeva in coma nella gabbia.

Erano miei amici.

Era mia amica.

Alex lo era stata di Saverio prima e sua poi, o almeno così le aveva raccontato. Forse non era vero niente. Fu come se Giulio avesse sentito il suo pensiero.

«Non la conosceva, Maria. Ti giuro che non la conosceva.»

«Non chiamarmi così.» Si alzò in piedi. «Non credo di essere ancora pronta per questo.»

Giulio riprese a piangere.

«Non la amava davvero Anna, ne sono sicuro! Se resti ti racconto ancora!»

Ma io non resto.

Si mosse veloce verso la porta, ma la voce di Giulio la raggiunse.

«Un'ultima cosa.»

Si fermò ad ascoltare. Il tono improvvisamente si era trasformato, diverso, serio, adulto.

«Non credere che sia andato con lei di sua volontà. Lo ha preso, Maria. Lo ha preso ed è scappata con lui.»

Alex aveva preso Saverio.

Per la seconda volta.

Uscì.

In macchina aveva pianto come non piangeva da secoli. Aveva pianto per il tradimento dell'amica, aveva pianto per il tradimento del suo uomo, aveva pianto perché glielo avevano sottratto tutti quanti, in tutti i modi possibili, aveva pianto per l'invidia provata verso quel grassone schifoso che aveva potuto guardare il suo Saverio, e parlarci, per anni, aveva pianto perché subiva tutto questo e non poteva farci niente, se non aspettare che passasse, di abituarsi, di nuovo.

Un suono l'aveva distratta, un suono nuovo, alieno.

Era il cellulare, la polizia le aveva sequestrato quello che aveva al momento del rapimento ed era stata costretta a comprarne uno nuovo, di certo già sotto controllo. Non si era ancora abituata alla suoneria.

Lo schermo diceva "Numero sconosciuto".

Ma lei lo sapeva, chi era.

E urlò contro quegli squilli che le trapanavano il cervello, urlò per tutte le parole che non poteva dire e che l'avrebbero soffocata, prima o poi.

Urlò.

E non servì a niente.

A cento chilometri di distanza Caparzo interruppe la chiamata.

Sapeva già tutto quello che era successo nella clinica e sapeva che lei era ancora lì, a disperarsi nel parcheggio.

Per questo l'aveva chiamata.

Non perché gli rispondesse, non aveva nulla da dirle.

L'importante era che sapesse che lui c'era.

Che non lo dimenticasse mai.

7 gennaio 2012

«Non ha ancora ventitré anni.»

«Davvero?»

«Sì, ma è fuori come un balcone.»

Alessandra non era stata granché fortunata, con gli uomini, e non per il suo aspetto fisico, lei non lo viveva più come un limite da diverso tempo. Aveva capito che poteva conquistare un uomo esattamente come la più bella delle ragazze, le ci sarebbe voluto solo un po' più di tempo e armi diverse, come la personalità, l'intraprendenza e una testa che funzionava. Il guaio era che dopo la conquista quasi tutti si sgonfiavano, fiorivano di debolezze e capricci, le si appoggiavano a peso morto e lei non aveva voglia di sostenerli. Sapeva di essere forte, più forte di ciascuno di loro, ma la forza andava bene impiegata, era una risorsa da non sprecare. Avrebbe sostenuto un uomo solo se in lui avesse visto qualcosa, un nucleo di potenziale, una prospettiva inespressa. Avrebbe voluto incontrare qualcuno che fosse all'altezza delle proprie parole, che promettesse e mantenesse, che riuscisse a vedere davanti a sé senza voltarsi e scappare indietro.

Un condottiero.

Un gorilla.

Ma forse i condottieri bazzicavano territori che lei non conosceva. Aveva chiesto a tutti di chiamarla Alex, era un diminutivo che sua madre non aveva mai usato. Le piaceva anche che fosse un po' androgino, a volte si presentava con tutto il campionario a dei veterinari che si aspettavano un uomo e trovare lei li spiazzava, facendo abbassar loro le difese.

Era brava a vendere.

Era brava a vendere perché credeva in ciò che vendeva.

La prima cosa che aveva fatto, subito dopo l'assunzione, era stata visitare i magazzini della CO.LI.SAN e farsi spiegare le varie tipologie di prodotti, sia quelli realizzati in sede che quelli che arrivavano da fuori. Il catalogo era immenso ma lei sapeva che il settore che più la interessava era quello farmaceutico. Conosceva talmente tanti veterinari che la maggior parte dei prodotti li sapeva a memoria, poteva persino indovinare il dosaggio sulla base del peso dell'animale. C'erano alcuni farmaci che ai medici piacevano, altri meno, vuoi perché troppo costosi, vuoi perché gli effetti collaterali potevano creare problemi ai proprietari e quindi, indirettamente, a loro. Quando si era presentata con la sua valigetta nei primi ambulatori non aveva mai proposto fuffa, realizzando grandi ordini di quei prodotti su cui avrebbe puntato se il medico fosse stato lei. Dopo sei mesi era stata chiamata dalla dirigenza per ricevere un encomio, era stata la miglior rappresentante. Non aveva chiesto spostamenti o avanzamenti, ma aveva spiegato in maniera netta che lei sapeva cosa stava proponendo e quali fossero davvero i farmaci su cui puntare, quindi di lasciarle gestire i veterinari sul suo territorio come credeva meglio. Aveva ottenuto il permesso e l'aveva fatto fruttare, allargando sempre di più il suo raggio di azione, affiancando colleghi diffidenti e spiegando loro come si tratta con chi ha a che fare con gli animali, che la giacca e la cravatta hanno effetto su una minoranza, i medici di campagna diffidano di certa roba, bisognava essere un po' psicologi. La realtà era che lei giocava su entrambi i fronti. Aveva smesso con il volontariato ufficiale, ma continuava a muoversi sottotraccia, smerciando campioni ai rifugi in difficoltà, ottenendo sconti per le associazioni e partecipando in seconda fila a quelle azioni ambientaliste che avrebbero potuto procurarle guai.

«Ma come fai? Lo sai come li testano i farmaci che vendi?» l'accusavano.

«So che ne salvano a mazzi, quei farmaci. Se tu preferisci curare il parvovirus con l'acqua accomodati.»

Si era fatta dei nemici tra le frange più estremiste, ma ci conviveva tranquillamente. La sua buona fede era fatta salva, lei non mentiva mai, onestà a tutti i costi, era una delle sue regole, e se l'intento era onesto allora anche le deroghe valevano. Un codice morale tutto suo che gli altri animalisti avevano imparato a rispettare. A patto che una volta ogni tanto lei dimostrasse loro di avere ancora gli stessi principi. Il giorno del suo compleanno aveva preso una cosa al bar con un'amica, Marta, veterinaria e pasionaria, che le aveva detto del raid.

«Lo organizza uno che conosco, dice che possiamo assaltare il Mombello, ha le mappe e gli orari di sorveglianza, secondo lui con la catena umana riusciamo a portare fuori tutti i cani.»

Alex conosceva il Mombello per sentito dire, fosse stata vera anche solo la metà delle cose che le avevano riferito c'era solo da piazzargli dentro una bomba. Ovviamente non si poteva, perché il Mombello era un allevamento di future cavie destinate legalmente a varie atrocità e distruggere il centro significava ucciderle. Ma in nessun modo si riusciva a entrare, ci aveva provato anche una trasmissione tv, troppi agganci in alto, il centro era blindato. Non aveva idea di come pensasse di fare questo tizio che diceva di volerlo assaltare, ne aveva conosciuti di condottieri impreparati, gradassi che a parole avrebbero voluto spaccare tutto ma che poi al momento dei fatti dimostravano di essere solo dei coglioni immaturi. L'amico di Marta probabilmente non faceva eccezione, e poi era troppo giovane. Ma diceva di essersi procurato le planimetrie e la connivenza di qualcuno che lavorava dentro al Mombello, quindi se esisteva anche solo una possibilità di farcela lei ci sarebbe stata.

«Com'è che si chiama, il tuo amico?»

«Saverio Bartolomei. Ti avviso, ogni tanto balbetta, tu non farglielo notare.»

La notizia si diffuse, le comunicazioni avvenivano solo di persona, niente di scritto, niente telefonate, singoli elementi di vari gruppi animalisti, satellite di questa o quell'associazione, superarono le differenze di posizione per coalizzarsi in una specie di commando di trenta elementi, di cui solo una ventina operativi. Per Alex avevano garantito Marta e Francesca, una volontaria italo-greca che aiutava a far entrare di frodo i randagi destinati all'abbattimento e che era in debito con lei. La sera del raid tutto quello che sapeva era il luogo dell'appuntamento e il dress code: solo abiti neri, passamontagna, guanti. Aveva lasciato a casa la medicina per l'asma, la teneva a bada bene dopo vari corsi di autocontrollo che le avevano consentito di gestirne la parte psicologica, e si era calata il passamontagna sul viso. I sorveglianti del Mombello erano due, il terzo era in malattia e nessuno aveva pensato a farlo sostituire. L'allarme non aveva suonato perché un tale, amico di Bartolomei, aveva fatto saltare la centralina esterna della zona perimetrale, diceva che gli era bastato un barattolo di miele e un formicaio, ma non si capiva se stesse scherzando oppure no. Avevano usato una scala per scavalcare il muro, a cavalcioni del quale, armati di bombolette spray, in quattro avevano oscurato le telecamere. Poi si erano riversati dentro come una mandria impazzita, passandosi scale a pioli e spranghe di ferro, avevano spaccato le finestre, forzato le porte, l'allarme interno era scattato ma avevano costretto uno dei due poveracci di sorveglianza a staccarlo, prima di gonfiarli entrambi di botte e chiuderli in un ripostiglio. A coordinare tutta l'operazione era lui, Saverio Bartolomei, biondino, occhi azzurri, secco come un'acciuga, che correva, saltava, si arrampicava come se non avesse fatto altro in vita sua. C'era in lui una forza primordiale, ferina, una sorta di potere istintivo, che con il senno di poi Alex avrebbe battezzato il "Potere del Giusto". Contagiata dall'adrenalina generale anche lei aveva scavalcato come gli altri, il passamontagna calato sul viso, le vampate di calore che si mescolavano ai brividi di paura ogni volta che si rendeva conto che stavano di fatto commettendo un reato. Poi aveva visto i cuccioli, piccoli, malnutriti, chiusi in gabbiette troppo strette come conigli e aveva perso ogni inibizione. Le aveva aperte una dopo l'altra, bisbigliando parole di conforto alle creature che estraeva e passava alle mani di fianco, che a loro volta le deponevano in altre mani, finché non era rimasto che il vuoto delle griglie metalliche. Lo stesso si era attardata a fare un ultimo giro e poi un ultimissimo, quando in lontananza si sentivano già le sirene della polizia. Allora, dal buio più totale, le era piombato addosso Bartolomei, come una saetta, a viso scoperto, anche lui reduce da un ultimo controllo, afferrandola per un polso e correndo come il vento, trascinandola con sé, ragazzona di un metro e ottanta, massiccia il doppio di lui, eppure se la portava via come un aquilone, su per la scala, fermandosi in cima, a cavalcioni del muro, alzandole il passamontagna con il viso così raggiante da essere luminoso.

«Hai v-visto cos'abbiamo fatto?»

le aveva detto, stringendole le mani per scambiarsi l'energia, la consapevolezza, una commozione mista a esaltazione primordiale, orgoglio visionario, e lei sì, aveva sentito tutto questo passare da lui a lei e poi di nuovo da lei a lui. L'aveva fatta scendere mentre restava un attimo ancora in piedi, a camminare in equilibrio sulla recinzione rischiando di cadere e rompersi l'osso del collo, ridendo, gridando, preda di un'euforia primitiva. Alla fine gli altri l'avevano tirato giù, eran corsi via sparpagliandosi nel bosco, ritrovando i mezzi nascosti, salendo a casaccio e contandosi come potevano. Erano scappati a fari spenti, guidava uno che doveva conoscere la zona, perché non aveva preso nemmeno un ramo. Poi si erano divisi, ancora e ancora, sul pick-up che portava lei c'erano anche Bartolomei e altri cinque ragazzi, tutti attaccati a lattine di birra spuntate da chissà dove, e Alex si era sentita parte di un tutto, trionfalmente al suo posto. Qualcuno aveva insistito perché si fermassero in una certa osteria, lì avevano preso ancora da bere, stavolta roba fresca, e si erano scattati una foto di gruppo, i calici alzati, i passamontagna gettati a mostrare i visi pieni di chi è riuscito in un'impresa. Poi la separazione definitiva, un ragazzo che lavorava lì avrebbe portato tre di loro in città e Alex approfittò del passaggio. L'ultima immagine di Saverio Bartolomei era stata in piedi sopra a un tavolo, insieme a un amico corpulento che lo abbracciava come un fratello. Un condottiero vittorioso.

Un eroe.

Un gorilla.

Aveva fatto fatica a sapere che fine avessero fatto i cuccioli, ma anche per quel dettaglio l'organizzazione aveva funzionato a dovere, erano stati smistati in vari gruppi, non più di due o tre alla volta, sarebbero rimasti nascosti un mese e poi dati in adozione sicura. I giornali parlarono del raid a lungo, si levarono quasi solo voci contro, li chiamarono delinquenti, terroristi, vandali, falsi animalisti, pur con qualche timida difesa di chi sosteneva che però gli animali nella struttura c'erano e che le autorità giudiziarie non avevano trovato che fosse proprio tutto in regola. Ad Alex non importava quel che la gente pensava, lei si era fatta un'idea, e a fianco di quell'idea si era sviluppato un sogno, una piccola fantasia romantica che vedeva sorgere all'orizzonte una figura da seguire, da emulare, qualcuno a cui fare riferimento che non fosse se stessa o sua madre: Saverio Bartolomei. Ma anche se sepolta da anni di autodeterminazione, aggressività, autostima costruita millimetro dopo millimetro e scorza dolorosa cucita a mano, Alex manteneva un fondo di insicurezza. Una parte di lei le diceva che doveva solo rintracciarlo, questo ragazzo, andare da lui e offrirgli da bere per ricordare insieme quella grandiosa serata in cui avevano salvato il mondo. L'altra parte le sussurrava che sarebbe chiaramente sembrata una donna più vecchia e brutta che ci prova con un ragazzino bello e giovane sull'onda emotiva di qualcosa che nulla dovrebbe avere a che vedere con il sesso o le relazioni personali. Aveva paura del ridicolo, lo spauracchio di una vita che non voleva saperne di farsi da parte. Ma lei davvero lo stimava, quel ragazzo pieno di vigore e sprezzo del pericolo, che se ne fregava della propria incolumità in nome di qualcosa che è giusto, giusto e basta.

Io gli sono solo grata

si ripeteva.

Lo ammiro perché mi ha dimostrato che la gente come lui esiste, che non si tratta di idealisti che poi non sanno sporcarsi le mani.

Ma non poteva negare che su di lei avesse esercitato un fascino più profondo di così. Non era un sentimento adolescenziale, Alex si era RICONOSCIUTA in Saverio, nella sua convinzione, nella sua dedizione. Per la prima volta non si era più sentita l'unica della sua specie, la pecora nera, la mosca bianca, l'unico gorilla in circolazione. Per la prima volta non era stata sola. E una cosa così doveva per forza andare oltre l'età o l'aspetto o il ceto sociale o chissà quante mille altre cazzate. Era una cosa preziosa e andava preservata, coltivata, mantenuta in vita perché crescesse e prosperasse. Ma sì, l'altra voce, la voce della vergogna, persisteva, e allora i primi tempi l'aveva presa alla larga, si era fatta un giro negli ambienti animalisti che in teoria lui avrebbe dovuto frequentare, poi aveva individuato quel suo amico che lo aveva abbracciato sopra il tavolo e alla fine aveva trovato lui. Si muoveva nell'underground fiorentino, frequentava gruppi politici, movimenti musicali e artistici, non sembrava avere un lavoro o una famiglia, nemmeno una fissa dimora, a dirla tutta, andava e veniva da casa di questo o quello. Con lui c'era sempre un cane, un molosso nero non più tanto giovane e cieco da un occhio, con cui viveva in simbiosi. Alla fine aveva scelto di avvicinarlo su un terreno neutro, una semplice sagra di paese in cui si raccoglievano fondi per un nuovo rifugio poco fuori città. Sapeva che lui ci sarebbe andato ed era plausibile che ci si ritrovasse anche lei.

Niente scorciatoie.

Aveva deciso che lo avrebbe avvicinato e basta, che sarebbe andata lì e si sarebbero messi a parlare. Di lei si era accorto per primo il cane, sollevando il muso incuriosito, e Alex si era automaticamente accoccolata a terra consentendogli di annusarla senza sovrastarlo. Saverio, che sedeva su una panca e stava scribacchiando qualcosa sul retro di un opuscolo, aveva dato uno strattone blando al guinzaglio che teneva intorno al polso e aveva detto un generico

«Buono, Argo».

«Non mi fa niente, riconosce gli amici» aveva risposto Alex, sedendosi.

«Beato lui» aveva commentato Saverio.

Le aveva lanciato una breve occhiata, per verificare che non stesse facendo gesti sbagliati con il cane, poi aveva ripreso a scrivere.

Nient'altro.

Alex era rimasta lì, interdetta, ad accarezzare il bestione. Forse preferiva evitare di parlarle perché quella sera avevano commesso un reato e non era prudente dimostrare che si conoscevano? Li aveva raggiunti il tipo corpulento che lo aveva abbracciato sul tavolo, gli si era seduto di fronte e avevano iniziato a parlare di "pupetti". Il tipo rideva spesso, Saverio invece si era arrotolato una sigaretta sbriciolandole dentro una specie di gommina scura. Si erano alzati, Saverio aveva tirato il cane, erano andati via e lei era rimasta lì, a masticare una verità amara.

Non sa chi sono.

Non l'aveva riconosciuta, non aveva avuto il minimo sospetto che ci fosse una ragione per sedersi accanto a lui, l'aveva guardata in faccia, una faccia che, dio, lo sapeva com'era la sua faccia, che pure aveva visto da vicino quando le aveva alzato il passamontagna, quella notte in cui erano stati solo loro due in cima al muro. Ma lo stesso non l'aveva riconosciuta. E il perché era una ragione larga come le pupille del ragazzo, come una gommina sbriciolata, come i "pupetti" che aspettavano lui e il suo amico. Non c'era stata alcuna elevazione di spirito, quella sera, il solo motivo per cui quel ragazzetto magro aveva trascinato venti esaltati, lei compresa, oltre un muro di cinta per liberare un centinaio di cuccioli era riassumibile in un paio di formule chimiche.

Niente eroe.

Niente condottiero.

Niente figura di riferimento.

Nessuna convergenza di anime.

Niente gorilla.

Anche quella sera al Mombello, come in tutte le altre sere della sua vita, era stata sola.

I mesi passarono, Alex si sforzò di non pensare più a Saverio, anche se ogni tanto si ritrovava a farsi un giro dalle sue parti. Ebbe un aumento di stipendio dalla CO.LI.SAN e iniziò le manovre per spostare il suo raggio d'azione verso la fauna selvatica. Voleva collaborare con i centri di recupero e soprattutto con le guardie forestali. Sapeva che era tutt'altro genere di clientela, persone che non lavoravano in ambulatori lindi e puliti ma in mezzo alla natura, maneggiando escrementi, leggendo tracce e segni sulle cortecce degli alberi, persone che recuperavano bestie che si erano scontrate frontalmente con l'uomo, a volte in maniera diretta, sotto un'auto, a volte attraverso un proiettile o un boccone avvelenato, a volte nella sua cattiveria e basta. Le guardie forestali erano spesso persone che nutrivano astio per l'uomo, persone che disprezzavano la sua mancanza di rispetto per la natura, persone che idealmente tra uccidere una bestia o un loro simile non avrebbero avuto alcun dubbio. Le prime volte Alex aveva fatto una fatica tremenda. Per loro non importava quanto volontaria e animalista fosse, non importava se si ponesse come filtro tra le necessità del mondo animale e quelle del mercato, era un'estranea che veniva dalla città cercando di vendere loro un narcotico che costava di più al posto di uno che costava di meno. Alex sapeva che sarebbe andata così, aveva conosciuto tutte le fazioni degli animalisti borghesi e sapeva che non avevano nulla a che fare con la diffidenza degli ambientalisti più selvaggi. Si era guadagnata la loro fiducia sul campo, chiedendo di accompagnarli, perdendo giornate intere di ferie in giro per la montagna, imparando cosa fare e cosa evitare assolutamente, sempre un passo indietro. Alla fine era diventata la referente di fiducia della CO.LI.SAN per diverse sedi del corpo forestale, l'unica che veniva contattata direttamente e, ovviamente, la rappresentante con il maggior numero di forniture portate a casa. Era stato un momento importante, per lei, quasi una chiave di volta per cambiare mestiere. Fino all'uccisione della cerva. Non era stato nulla di che, in sé, una cosa che non si era annunciata, semplicemente quel sabato pomeriggio era in programma il censimento di un piccolo branco di cervi della zona, non c'erano più cuccioli a cui badare, il talloncino era stato messo a tutti, si trattava di fare una verifica veloce. Su un sentiero particolarmente scosceso aveva sentito un bramito molto flebile. Non si era nemmeno sognata di segnalarlo, sapeva di avere le orecchie meno fini di tutti gli altri, che avevano immediatamente cambiato direzione, seguendo il caposquadra. La femmina di cervo era caduta insieme a una piccola frana, probabilmente provocata da lei stessa. L'avevano raggiunta con fatica solo due guardie, Alex era rimasta con gli altri sul sentiero come da indicazioni. Nessuno aveva detto niente, ma il caposquadra aveva estratto un grosso coltello mentre la collega cominciava a risalire.

«Ehi» aveva detto Alex, ma la donna l'aveva sorpassata scuotendo la testa.

«Ehi» aveva ripetuto Alex, e la guardia si era fermata per guardarla. Così si era fatta coraggio. «Non si può medicarla?»

«Si è rotta la schiena» le aveva risposto.

«Ma...» aveva insistito lei «e se chiamassimo un elicottero? Magari si può metterle una protesi, le zampe davanti si muovono ancora.»

«No.» Lo sguardo dell'uomo era fermo, aspettava solo che lei finisse di dire quello che doveva dire. «Questi animali si lasciano morire, se gli levi la dignità. Una cerva non se ne fa niente di una mezza vita, non sono come noi.» Poi guardò l'animale e lo sguardo gli cambiò, pieno di ammirazione. «Non vogliono vivere a tutti i costi» e le tagliò la gola con un colpo secco. Una parte di Alex fluì via insieme al sangue della cerva, mentre il guardiacaccia risaliva il sentiero senza fare il minimo accenno allo spostare o al coprire la carcassa, perché in natura le cose vanno come devono andare e ci avrebbero pensato gli uccelli e i vermi e tutti i piccoli predatori di cui la zona era piena. Le passò accanto come se nemmeno valesse la pena prendere atto del suo dolore, forse perché il dolore di un essere umano, per lui, non valeva niente.

Fu così che Alex conobbe Domenico Donadio.

Domenico Donadio era un animalista della frangia più estrema. Figlio di contadini, era cresciuto nel culto della natura, tra animali da cortile e bestie selvatiche. Dove viveva lui non arrivavano opuscoli del WWF o di Greenpeace, la convinzione che l'animale fosse migliore dell'uomo se l'era fatta da solo, sul campo. Aveva trascorso parte della giovinezza a liberare gli uccelli da richiamo dei cacciatori di zona e a far baccano nei boschi non appena si apriva la stagione venatoria. Si era quasi beccato una fucilata e questo lo aveva ancor più convinto di essere nel giusto. Ottenuto con fatica il pezzo di carta, che i genitori lo avevano supplicato di conseguire, era entrato nel Corpo Forestale di Pistoia. Da subito si era svincolato dai compiti più semplici, come il recupero della fauna selvatica, chiedendo mansioni che lo tenessero a stretto contatto con la natura e lontano dall'uomo. Il primo soprannome che gli avevano affibbiato era "l'eremita", perché passava tantissimo tempo nei rifugi con il compito di censire la popolazione sempre più esigua di orsi e lupi, e non appena tornava chiedeva immediatamente un altro incarico, non importava quanto difficile. I colleghi non avevano da ridire su questo, in fondo loro la pensavano come lui, la natura sempre al primo posto, ma molti avevano colto da subito la sua scarsa propensione per il lavoro di gruppo. Non solo non condivideva le informazioni, ma guardava tutti dall'alto in basso, talvolta arenandosi in discussioni sterili su cosa significasse essere un vero ambientalista. Rifiutava incarichi di coppia, la sola volta che lo avevano costretto ad accettarlo l'altra guardia forestale aveva raccontato come fosse riuscito a fargli perdere le sue tracce, costringendolo dopo un po' a tornare indietro da solo. Erano andati in due a cercarlo e a entrambi era parso che, quando erano sbucati davanti al rifugio scelto per la sosta, lui stesse puntando loro addosso il fucile.

«Lo stavo solo pulendo, ho alzato la canna e loro erano lì» aveva raccontato Donadio, ma da allora nessuno aveva più accettato di andare in missione con lui.

Da "l'eremita" era diventato "lo svitato", da "lo svitato" era diventato "il pazzo" e la voce era giunta ai piani alti. Il suo supervisore lo aveva chiamato per un incontro faccia a faccia.

«Donadio, il tuo stato di servizio è eccellente, ma tu sei un pubblico ufficiale, porti un'arma, se qualcuno ti segnala come persona non equilibrata ti giochi la carriera.»

«E cosa devo fare perché quelle facce di merda mi considerino "normale"?» aveva ribattuto Domenico.

«Avere una vita al di fuori del lavoro, come fanno tutti.»

«Tutti chi?» aveva chiesto.

«Tutti.»

Così un giorno Domenico Donadio era sceso dalla montagna, era tornato al paesello natale, a casa dei suoi, e due mesi dopo era tornato in città con una moglie nuova di zecca, vent'anni appena, di origini slave o russe o chissà che. L'aveva piazzata nel suo appartamento a Pistoia ed era tornato in montagna, una volta al mese scendeva a farle visita, restava con lei un giorno e ritornava su. Paradossalmente questa pantomima quietò molte voci e per un paio d'anni non successe niente di grave. Poi la moglie rimase incinta e Domenico cambiò. Andava a casa molto più spesso, investì parecchi soldi per ristrutturarla, fece mettere anche una porta blindata, e i maligni bisbigliarono alle sue spalle

«Della moglie non glien'è fregato mai niente, potevano pure entrarle in casa e violentarla in cinquanta, ma del figlio gli importa eccome. Lo considera una sua proprietà».

E il figlio nacque, pallido e delicato, i capelli rossi come i suoi. Domenico non manifestò gioia, si limitò a diventare ancora più teso e nervoso. I vicini dicevano che in casa lo sentivano alzare spesso la voce contro la moglie, diceva che non si faceva così, di lasciar stare, che lei non era buona. Quando andava via le imponeva di non uscire, né lei né il bambino, che aveva chiamato Lucio, come suo padre, perché non si fidava a farli andare in giro.

«Lo sai dove lo vuoi portare?» le aveva urlato dal pianerottolo. «Lo sai cosa c'è là fuori? Non crederai mica di poterlo difendere tu?»

Una volta, prima che il piccolo compisse un anno, li aveva chiusi dentro. Ventiquattr'ore dopo lei aveva chiamato la polizia, lo avevano rintracciato e lui si era mostrato sbalordito: ma come? Sua moglie aveva il proprio mazzo, com'era possibile che fossero rimasti chiusi dentro? Lei non aveva sporto denuncia, riconoscendo l'errore, la polizia era rimasta con il sospetto che forse soffrisse ancora di depressione post partum. Sei mesi dopo si era ripresentata alle forze dell'ordine tenendo il bambino tra le braccia e giurando di essere certa che Domenico volesse ucciderla. Non aveva segni sul corpo e sì, doveva ammettere che lui non l'aveva toccata, ma le faceva certi discorsi sull'inferiorità della sua razza, sul ruolo delle femmine nel branco, quando era a casa non le lasciava toccare il bambino, dicendo che aveva una pessima influenza su di lui. Di nuovo Domenico venne convocato, di nuovo disse di non sapere di cosa stessero parlando, al massimo la moglie poteva accusarlo di stare troppo lontano dalla famiglia, ma cosa volevano, c'era solo lui a portare a casa lo stipendio, lei si sentiva sola, non aveva stretto amicizie, cosa poteva fare? Gli venne dato un permesso speciale, tre mesi di ferie per poter stare vicino alla moglie. In quei tre mesi i vicini non la videro più, lui usciva con il bambino, mai portandolo nel passeggino, sempre a piedi, e se lo portava via per ore intere, mentre lei rimaneva a casa. Poco prima di riprendere il lavoro mise in vendita la casa e affittò un appartamento a Migliana, vicino all'Appennino, portando solo il bambino con sé. Per andare a trovarlo la moglie doveva prendere tre autobus, e quando finalmente arrivava Domenico sorvegliava i suoi incontri col figlio. Quando Lucio compì tre anni Domenico lo iscrisse a un asilo privato con la restrizione ben precisa di essere il solo a poterlo prendere e lasciare, nel caso fosse venuta la madre dovevano avvisarlo. La casa di Pistoia venne finalmente venduta e per un po' la signora Donadio andò a stare in una pensione di Vaiano, perché a Migliana Domenico non ce la voleva. Lavorava come donna delle pulizie e una volta al giorno prendeva la corriera e andava davanti all'asilo di Lucio per vederlo almeno uscire. Dopo sei mesi smise di andare, lasciò la pensione e non si fece più vedere. Domenico crebbe da solo il figlio, seguendo quelle che erano le sue convinzioni, portandolo in montagna da subito, anche in condizioni poco adatte a un bambino, e insegnandogli a usare il fucile. Ma invece di attingere energia dalla natura e diventare forte e robusto, Lucio si era dimostrato delicato e cagionevole, pativa l'aria rarefatta e il freddo pungente. Il pediatra disse a Domenico che gli avrebbe fatto bene un po' di mare, ma l'uomo gli rise in faccia. Rimasero lì fino alla fine delle elementari, con le scuole medie tornarono a Pistoia, perché come i suoi genitori anche Donadio voleva che il figlio prendesse il suo pezzo di carta ed entrasse nelle guardie forestali con lui. A Lucio gli animali piacevano, e lui piaceva a loro, ma non era adatto agli ambienti selvatici. Il padre gli lasciò tenere tutti i cani e i gatti che voleva, deluso dalla fiacchezza del figlio ma deciso a non mollare. Lucio cresceva bellissimo e fragile, una preda facile per quella specie che il padre tanto disprezzava. La prima donna a metterselo tra le gambe fu una vicina di casa, 38 anni lei, 13 lui. A ruota l'insegnante di sostegno di un compagno e, in prima liceo, due ragazze di quinta. Lucio lasciava fare, non sapeva che peso dare a questa cosa. A quindici anni disse al padre che aveva un gran prurito e gli trovarono le piattole. Traslocarono, Domenico iniziò a chiudere in casa anche lui, ma Lucio non se ne lamentava, non si ribellava mai. Una parte di lui non era cresciuta, bloccata nella deprivazione dell'amore materno, dall'assenza di baci e carezze che non sapeva associare che al sesso. Domenico se lo portava dappertutto, lasciandolo per ore in macchina se aveva da fare, impedendogli di fare amicizia con i nuovi compagni e di frequentare le nuove compagne. A diciannove anni Lucio gli portò il pezzo di carta.

«Ora cosa devo fare, papà?»

Domenico era sempre stato infastidito dal fatto che non lo chiamasse "babbo", lo costringeva a chiamarlo così davanti agli altri, ma da soli era sempre "papà".

«Tu cosa pensi di dover fare?»

Lucio aveva abbassato lo sguardo.

«Quello che fai tu.»

«No, tu non sei buono a fare quello che faccio io.»

Aveva tamburellato a lungo le dita sul tavolo, mentre il ragazzo restava in piedi, in attesa.

«Se pensassi che sei in grado di arrivare fino in fondo ti direi veterinaria. Ma non lo penso. Scienze naturali non la considero più nemmeno una laurea, di biologia non me ne faccio niente. L'esercito no. Sei debole, come tua madre.» Esitò un attimo. «Infermiere?»

Lucio aggrottò la fronte.

«Gli infermieri curano le persone.»

Domenico si spalancò in un sorriso inatteso.

«Eh già.»

«Ma a te non importa delle persone.»

«Eh già» ripeté il padre.

Lucio non ritenne fosse il caso di insistere, e infermieristica fu.

Il rapporto di Alex con Domenico si era evoluto lentamente. Era un noto misogino, si raccontava che avesse fatto scappare la moglie e che non andasse nemmeno con le puttane, quindi ci erano voluti diversi incontri per superare la sua diffidenza. Lei non assomigliava alla sua idea di donna, sempre ammesso che ne avesse una, e col tempo finì per vederla come un essere ibrido e asessuato. Solo allora iniziò a parlarle e a metterla a parte delle sue idee.

«Stanno sbagliando tutto. Anche il corpo delle guardie forestali, tutto. Non sono le bestie a dover essere contenute, ma noi. Dovremmo costruire delle mura intorno alle nostre città e chiuderci dentro invece che dare limiti a ciò che di limiti non ne può avere.»

Le bestie erano gli animali selvatici, soprattutto i predatori, per cui Donadio aveva una vera e propria venerazione. Aveva trovato dei punti di osservazione e aveva trascorso diverse giornate all'addiaccio, arrampicato su un albero, per registrare le abitudini di una piccola colonia di lupi nella zona sopra Bagnone. Gli era andata meno bene con gli orsi, più sfuggenti, ma aveva buona esperienza con le linci. La sua teoria, del tutto svincolata dalla realtà, era apocalittica ma affascinante.

«Basterà solo abbassare la guardia, lasciar andare la ripopolazione, tanto non sorvegliano quanto dicono, sono tutte balle. Quando sarà il momento vedrai che ci sarà uno scatto evolutivo e invece delle pecore inizieranno a mangiarsi noi. E sarà comunque troppo tardi.»

«L'uomo ha dimostrato di saper tenere sotto controllo le altre creature che popolano il pianeta, Domenico. Se i lupi ci attaccheranno noi li stermineremo, come abbiamo sempre fatto» lo ridimensionava Alex.

«E allora ci penseranno le formiche rosse.»

Faceva discorsi insensati che si basavano sempre e soltanto sulla prossima distruzione del genere umano.

«Siamo una specie ignobile, priva di dignità. Incapaci di amalgamarci con l'ambiente o di preservare la razza, ci teniamo tutte le copie fallate, indebolendoci.»

«Alcune copie fallate, come dici tu, hanno fatto scoperte straordinarie, pensa solo a Hawking.»

«E a cosa serviranno? Basterà un terremoto a inghiottirci tutti, storpi inclusi.»

Mentre facevano questi discorsi lasciava che Alex lo accompagnasse per i censimenti, seguendo i tracciatori degli esemplari già catalogati nel database e smantellando le trappole dei bracconieri.

«Quanto vorrei che ce ne cadesse dentro qualcuno. Quanto li vorrei vedere dibattersi in una buca senza poter uscire, magari con una gamba rotta.»

Alex sapeva che se fosse mai successo Domenico si sarebbe guardato bene dall'avvertire le autorità. Odiava i cacciatori, ma odiava anche gli escursionisti, i campeggiatori, gli alpinisti.

«Tronfi figli di puttana che credono di poter affrontare qualcosa di più grande di loro, vanno a infilare un dito nel culo a Dio e poi, quando si sfracellano, pretendono anche che si pianga.»

Alex riforniva tutto il corpo forestale di Pistoia di farmaci veterinari e siringhe di narcotico, comprese quelle da fucile. A Domenico passava sottobanco qualche munizione in più perché stava scritto da qualche parte che in casi speciali prima di sparare bisognava avere l'approvazione, e lui non era affatto d'accordo.

«Se la bestia è in pericolo di vita io non aspetto niente e nessuno!»

Forse Alex non condivideva i suoi metodi, ma sapeva che le intenzioni di Donadio erano le migliori. Ogni tanto le arrivava una chiamata in cui lui le chiedeva qualcosina in più, Alex faceva risultare i rifornimenti spalmandoli tra diverse forniture e poi distribuiva i pagamenti. Non teneva mai un soldo per sé, quel che guadagnava bastava e ce n'era d'avanzo. Un giorno aveva ricevuto una richiesta per una partita particolarmente grossa.

«Che te ne fai di tutto quel sonnifero?»

«Non al telefono» le aveva detto Donadio.

Quindi si erano incontrati dalle parti di Bibbiena.

«Meglio essere prudenti» aveva detto.

Le aveva raccontato di avere trovato finalmente gli orsi, non uno ma tre.

«Sono in un brutto posto, troppo vicino a ville fighette di quelli che vogliono la casa con vista sulla valle e poi comprano la legna al centro commerciale. Li voglio spostare.»

«Vuoi spostare da solo tre orsi? Ma non sei in pensione?»

«Ho i miei metodi.»

Era un'idea così balzana che ad Alex sembrò tutto sommato fattibile. Aveva imballato le munizioni in uno scatolone e lo aveva tirato giù dal bagagliaio della sua Opel Astra per metterlo sul fuoristrada di Domenico. Solo allora si accorse che l'uomo non era solo, al posto del passeggero sedeva un ragazzo. Da lontano Alex non gli avrebbe dato più di sedici anni, ma avvicinandosi si rese conto che doveva avere superato i venti.

«Questo è mio figlio Lucio» si limitò a dire Domenico.

Alex si avvicinò al finestrino e gli sorrise. Il ragazzo alzò su di lei due occhi colmi di disperazione, occhi da canile, occhi da "portami via". Era bellissimo, pelle bianca, capelli castani con qualche riflesso rosso, iridi azzurre che contenevano un grido perpetuo.

Si guardarono per poco più di un attimo e in quell'attimo passò tra loro qualcosa di ancestrale, si stabilì un collegamento. Alex annuì piano, non avrebbe saputo dire a cosa. Poi Domenico risalì in macchina e partì. Alex dovette aspettare nove giorni, prima che Lucio trovasse il coraggio di chiamarla.

«Sono il figlio di Domenico» disse.

«Finalmente» rispose Alex.

E cominciò tutto lì.

Anna

Non guardarle le mani.

L'ispettore Ridenti aveva fatto accomodare la ragazza nella stanza che gli avevano preparato, niente di troppo austero o formale, non voleva che sembrasse un interrogatorio. Avrebbe dovuto ripetere il procedimento altre sei volte, con il gruppo restante dei sopravvissuti del capannone, escludendo naturalmente i due che erano dementi. Lei era stata convocata per prima perché per prima aveva preteso di uscire dall'ospedale, per prima aveva parlato spontaneamente ai giornalisti e per prima, di fatto, era stata ritrovata. Anna Baroni era stata l'ultima vittima, in ordine di tempo, di Lucio Donadio e Alessandra Gatteschi, rapita l'8 ottobre e ritrovata da Francesco Caparzo quasi cinque mesi dopo, nuda, in mezzo alla campagna, mezza assiderata. Sedeva su una delle sedie di metallo, una sigaretta in mano, le gambe accavallate, bellissima.

«Non sapevo che fumasse.»

«Ho appena cominciato.»

Ridenti si era sporto con l'accendino, cercando di tenere lo sguardo lontano dalle dita. Per quanto gliele avessero ripulite e disinfettate erano ancora gonfie, la carne viva esposta, diverse unghie mancanti. La Baroni avrebbe potuto farsele fasciare, ma gli avevano riferito che aveva detto di no, che voleva poterle guardare ogni volta che voleva. Con quelle mani, con le unghie perse e con pochi frammenti di legno strappati dal fondo del suo carrozzone, quella ragazza dall'aspetto diafano e sofisticato era riuscita a scavarsi un buco nella gabbia e a fuggire. Per questo Ridenti la ammirava, non c'era dubbio, ma già durante il loro primissimo incontro in ospedale, quando ancora si portava addosso quella puzza terribile che due docce non erano riuscite a cancellare, all'ammirazione si era sovrapposta una certa inquietudine. Era per i suoi occhi. Occhi belli, per carità, non si discute, scuri, profondi, ma con una luce cupa.

È normale, con quello che ha passato.

Eppure Ridenti qualche esperienza con le vittime di eventi traumatici ce l'aveva, e quel tipo di espressione non l'aveva vista mai. C'era invece negli occhi dei pazzi che fanno una strage in famiglia e poi ti chiamano per venire a prenderli. Quando arrivi li trovi tranquillamente seduti a tavola o sdraiati accanto alle loro vittime e ti guardano così, come a dire: "Non ho ancora finito".

Questo dicevano gli occhi di Anna Baroni: non ho ancora finito.

«Possiamo cominciare?» le aveva chiesto.

«Lui dov'è?»

L'ispettore sospirò. Aveva sperato tanto che quell'impuntatura, emersa in ospedale, fosse stata momentanea, dovuta allo stordimento di trovarsi libera dopo quasi cinque mesi di prigionia. Lui era andato a visitare tutte le vittime e raccogliere le prime testimonianze, ma con lei non c'era stato verso.

«Parlerò solo con il poliziotto» se n'era uscita.

«Io sono un poliziotto» le aveva sorriso.

«No.» Lo aveva inchiodato con quegli occhi sinistri. «Il poliziotto.»

È stata la prima persona che ha visto da donna libera, sarà una cosa di imprinting, come quella delle anatre

aveva pensato Ridenti, confidando che con il senno di poi ci avrebbe ripensato. Invece eccola lì.

«Signorina Baroni...»

«Voglio che mi interroghi lui.»

«Ma noi non la stiamo interrogando. La ascoltiamo come testimone, come persona informata sui fatti, le sue saranno considerate dichiarazioni spontanee» aveva tentato.

«E allora informerò spontaneamente solo lui.»

«Non è la procedura.»

«Non me ne frega un cazzo.» Lo aveva detto come avrebbe chiesto di passarle il posacenere. «Io parlo con lui o non parlo con nessuno.»

Ridenti era stato sul punto di aggiungere qualcosa, poi lei aveva avvicinato la sigaretta alla bocca, tenendo le dita stese, e lui aveva di nuovo intercettato, dietro alle croste di sangue, il suo sguardo.

"Non ho ancora finito."

Così si era alzato, era andato alla porta e aveva chiamato Francesco Caparzo.

Anna Baroni era scomparsa da Modena in una tiepida mattina d'autunno. Era uscita da un bar diretta a un appuntamento di lavoro a cui non si sarebbe presentata mai e puf. Nessuna telecamera l'aveva ripresa, la prima registrazione di sorveglianza attiva in quella via, duecento metri dopo, non l'aveva vista passare. Per ritrovarla era stata messa in piedi un'operazione massiccia che aveva riguardato l'intero paese, sconfinando all'estero, eppure niente. Se n'era parlato tantissimo, la madre e la sorella erano andate in tutte le trasmissioni tv locali e nazionali disposte a ospitarle. Anna era una giovane bella, seria, nessuna ombra nella sua vita, nessuna minaccia a incombere su di lei. Per qualche settimana la sua scomparsa aveva tenuto banco, poi la gente si era stufata e aveva smesso di parlarne. La notizia della sua liberazione era arrivata ai media molto prima che si venisse a sapere dell'esistenza del capannone. La donna era riuscita a scappare, aveva scavato un buco a mani nude nel fondo del suo carrozzone, approfittando delle cattive condizioni del legno, vecchio e parzialmente marcito, e della disattenzione dei suoi carcerieri. Scoperta la fuga era stata inseguita, e sarebbe stata uccisa se là fuori, nel gelo di febbraio, il rumore di un'auto in avvicinamento non avesse fatto precipitare la situazione. Anna aveva corso con tutte le forze che il suo corpo, martoriato da cinque mesi di fame, incuria e terrore, le aveva concesso, fino a imbattersi in Caparzo, che l'aveva avvolta nel suo giubbotto e le aveva lasciato il proprio cellulare, dicendo che i soccorsi erano in arrivo. Con la possibilità finalmente di comunicare, dopo l'isolamento completo dal mondo, Anna aveva chiamato sua madre. Le urla della donna avevano attirato i vicini e attivato una serie di telefonate a grappolo che avevano generato su Facebook un primo status a caratteri maiuscoli: ANNA BARONI È STATA RITROVATA. Il popolo di internet si riscoprì improvvisamente partecipe della vicenda e la notizia cominciò a rimbalzare. I giornalisti chiamarono la Questura di Modena, la Questura di Modena si adoperò per verificare subito l'informazione, che trovò conferma in una nota della Questura di Firenze a nome dell'ispettore Ridenti. Una buona fetta di quotidiani riuscì a far uscire la notizia in prima pagina, i tg 24 ore non parlarono d'altro finché non iniziarono a filtrare i dettagli sul capannone. Era stata la prima a poter raccontare cosa succedesse dentro a quel blocco di cemento, la prima a fare dei nomi e a ricostruire per sommi capi quante fossero state le vittime del duo diabolico Donadio-Gatteschi. Poi, improvvisamente, si era zittita. Del sequestro non aveva voluto più parlare con nessuno, né medici o psicologi, né parenti o amici. Alla domanda se volesse andare a far visita ai suoi compagni di sventura aveva risposto con l'unica sonora risata sentita dalla liberazione. E quando le era stato detto che ci si aspettava da lei che rilasciasse un memoriale, le sue parole erano state le stesse pronunciate in ospedale

«Parlerò solo con il poliziotto».

Francesco Caparzo era entrato con calma nella stanzetta, si muoveva lento, come un pachiderma, aveva raggiunto la sedia nell'angolo e si era messo giù. Anna Baroni lo aveva seguito con lo sguardo.

«Buongiorno» aveva detto per prima.

«Buongiorno» aveva risposto lui.

La sola presenza lì di Caparzo era un'ammissione di sconfitta, per Ridenti. Era lui che si occupava delle indagini, ma la realtà era che se si trovava lì lo doveva a Caparzo. Quella specie di bisonte veniva osannato dalla folla come se avesse fatto chissà che, mentre se fosse stato per lui gli avrebbe dato un richiamo ufficiale, altro che riconoscimento. Ma il vice questore aggiunto Gambino gli aveva detto di starsene buono, non potevano promuoverlo, c'era da star tranquilli, gli avrebbero solo dato un aumento e lo avrebbero reso partecipe delle indagini. All'ispettore era toccato portarselo dietro di malavoglia, e quell'altro sempre zitto, testa bassa, come se non sapesse di avere il coltello dalla parte del manico.

«Possiamo procedere?» aveva chiesto senza riuscire a trattenere il sarcasmo.

La ragazza aveva annuito, aveva spento la sigaretta e se ne era riaccesa un'altra. Ridenti era partito subito, seguendo il protocollo.

«Allora, partiamo dall'inizio. Lei è stata rapita l'8 ottobre dell'anno scorso. In pieno giorno. Ricorda com'è successo?»

«No.»

«Qual è il suo ultimo ricordo?»

«Che ero al bar, credo. Stavo facendo una telefonata, o forse scrivevo un messaggio.»

«Niente altro?»

«No.»

«E si è risvegliata nella gabbia il giorno stesso.»

«Non lo so. Poteva anche essere il giorno dopo.»

«Certo.»

L'ispettore aveva iniziato a controllare gli appunti e la ragazza aveva lanciato un'occhiata al poliziotto nell'angolo. Il poliziotto guardava a terra.

«E cosa, cos'è successo il primo giorno? Ha avuto modo di capire dove si trovasse? Ha avuto dei contatti con i rapitori o gli altri prigionieri?»

Lei aveva scosso i capelli, come se avesse voluto scacciare lo stesso ricordo che stava ricostruendo.

«C'erano tre di loro, vicino a me. Erano sempre gli stessi, per tutti i nuovi arrivati. Per primi dovevamo incontrare il Rosso, Bella e il coccodrillo, perché con loro non potevamo parlare, erano i pazzi e ci avrebbero fatto ancor più paura.»

«Si riferisce a...» Ridenti controllò gli appunti. «Giovannino Marinoni, che ha effettivamente una disabilità mentale, la donna cieca che non è stata identificata, presumibilmente una senzatetto, e Domenico Donadio, il padre del rapitore, che chiamavate "coccodrillo".»

«Non lo chiamavamo. Lui ERA il coccodrillo.»

Ridenti prese nota.

«Quindi non ha parlato con nessuno?»

«C'erano delle voci, ma erano lontane» aveva risposto vaga.

«E i rapitori non hanno comunicato con lei.»

Aveva sbuffato una specie di risata.

«Non la definirei "comunicazione". Hanno cercato di terrorizzarmi, questo sì.»

L'ispettore passò oltre.

«E dopo i primi giorni cos'è successo?»

«Ci ha addormentati. Una volta alla settimana ci addormentava tutti, attaccava i carri al trattore e li faceva girare nel capannone, così ci addormentavamo da una parte con qualcuno davanti e ci svegliavamo da un'altra parte con qualcun altro vicino. La settimana dopo quella dei pazzi era la settimana degli idioti, che ti davano tutte informazioni senza capo né coda, e dovevi arrivare alla terza per essere messa con i saggi. I saggi ti spiegavano le regole. Dei saggi ti fidavi, perché erano lucidi, razionali, erano di esempio perché si erano adattati.» Tirò una profonda boccata di fumo. «Uno dei saggi era lei.»

Finalmente si guadagnò l'attenzione di Francesco Caparzo, che smise di guardare il pavimento e voltò la testa. Questo le diede la spinta giusta.

«Era nella gabbia del serpente. Tutta nuda, le tette cascanti, i capelli unti con una ricrescita lunga cinque dita e quel buco orrendo nella bocca. Fingeva di avere l'asma, non faceva che rantolare, e quando parlava non si capiva un cazzo perché non riusciva a pronunciare le esse e dio, dio, sembrava così devastata, così sottomessa e spaventata, quella maledetta TROIA!»

Aveva urlato, le dita in poltiglia le tremavano e la cenere cadde sul vestito. La spazzò via con un colpo.

«Non ha mai avuto il sospetto che Alessandra Gatteschi potesse essere uno dei vostri carcerieri?» chiese cauto Ridenti.

«No.»

«E non l'aveva mai vista prima?»

Lo aveva guardato con scherno.

«Una faccia così si ricorda.»

«E Lucio Donadio, invece? Lo aveva mai incontrato?»

Anna aveva riso e aveva risposto rivolta verso Caparzo.

«Ma lui cosa? Non l'avete capito che faceva tutto lei? Lui per me non esisteva, là non ci veniva, io lo so. Conosco la sua faccia perché l'ho visto in tv, ma mai incontrato prima. Una volta sola l'ho sentito, c'erano dei rumori in giro per il capannone, cose che venivano spostate, oggetti urtati. Quella volta c'era lui, perché non sapeva proprio come muoversi lì dentro.»

«E come sapeva che fosse lui e non lei?»

«Perché lei ce l'avevo davanti.» La donna inspirava veloce. «Era lì davanti a me, mentre dietro il mio carrozzone qualcuno faceva casino, ed era con trucchetti come questo che mi ha convinta di essere una povera vittima, quella schifosa bastarda!» Il respiro le accelerò ancora. «Di giorno ti spiegava come funzionava lì dentro, e mentre lo faceva ti veniva pena per le sue tette avvizzite, per quel fischio che emetteva, perché le credevi. Poi di notte tornava con la lancia, colpiva le sbarre, ti picchiava, rovesciava il cibo. E tu dormivi sempre con l'orecchio teso, morendo di paura e di freddo sperando che quella sera non toccasse a te essere punita.»

Ormai era quasi senza fiato, gli occhi solo per Caparzo.

«Lei la deve prendere» gli disse. «La deve prendere o tornerà per finire quello che ha iniziato, glielo dico io.»

«Stiamo facendo del nostro meglio, signorina Baroni...» tentò di rispondere Ridenti, ma Caparzo lo interruppe.

«Punita per cosa?»

Calò un attimo di silenzio.

«Chi non rispettava le regole veniva punito. Di notte, con la lancia. Con il razionamento del cibo. Con la posizione della gabbia. Se ti comportavi bene ti metteva vicino a chi ti piaceva, se ti comportavi male ti trovavi quelli che non volevi.»

«E tu a chi non volevi?»

intervenne di nuovo Caparzo. La Baroni fece un sorriso falso.

«Mi facevano schifo tutti.»

Aveva arricciato le labbra, scoprendo i denti, e in quel momento a Patrizio Ridenti non sembrò più una graziosa ragazza sfortunata ma una belva pronta ad attaccare. Caparzo invece non si era per nulla scomposto.

«Quindi come era era venivi punita.»

«Certo. Lei mi odiava. Puniva me più di tutti.»

«E perché?»

«Perché non mi piegavo, non mi adattavo.»

«No.» Caparzo l'aveva interrotta, calmo ma netto. «Perché ti odiava più di altri, attè?»

«Gliel'ho detto, perché non ubbidivo.»

Il poliziotto aveva scosso la testa.

«Non mi faccio convinto.» Si era fatto pensoso. «Se era

solo lei che comandava io non capisco perché ha preso a te. Hanno rapito amici loro, colleghi di animali, gente che stava nella stessa città, ma tu perché?»

«Ma che ne so. Perché era matta.»

«Era matta e apposta a Modena viene per trovarti, che da Firenze so' 130 chilometri?»

Le dichiarazioni spontanee si erano tramutate in interrogatorio.

«Mi sta chiedendo se fosse colpa mia? Come si chiede alle donne stuprate come fossero vestite?» lo aggredì Anna.

«No. Ma non penso che era un caso. Nessuno di voi era un caso. Voi magari non lo sapete, ma lei lo sapeva.»

«Mi avrà scelta perché non le piaceva la mia faccia, o forse perché avevo tutto quello che mancava a lei, o forse perché non le piaceva il colore del mio vestito, che importanza vuole che abbia? »

«E l'uomo tuo? Saverio Bartolomei era l'uomo tuo, no? Ma era anche un suo amico.»

Le labbra di Anna cominciarono a tremare e se le morse subito.

«Non lo so, non me l'ha detto.»

«E doveva esserlo, se è scappato con lei.»

Subito Anna gli mostrò i denti.

«Non è scappato CON lei, lei lo ha PORTATO VIA, sono due cose diverse!»

Caparzo aveva annuito.

«Ma pure lui era scappato, come te.»

«Non è scappato. Gli ha fatto trovare le sbarre aperte, poi quando è uscito se l'è preso.» Anna aveva avvicinato il filtro della sigaretta, ma era così scossa che non riusciva a centrarsi la bocca. «Lo ha fatto per punirmi. Lo ha portato via per punire me.»

«E poi te ne sei scappata pure tu.»

Improvvisamente la faccia della donna si era spenta, il tono diventato incolore.

«Pensavo di essere stata furba. Pensavo che non si fosse

accorta del buco. Il carrozzone non me lo puliva più, perché io mi comportavo male, e allora...» Era rimasta un attimo a fissare il vuoto. «Ho lavorato tanto. Di notte più che di giorno. Ho usato tutto quello che avevo, e lei lo ha sempre saputo. Per settimane ha fatto finta che non fosse così, ha aspettato che il buco fosse abbastanza grande. E quando sono uscita mi ha inseguita con il fucile per darmi la caccia. Come aveva fatto con Saverio.»

«E perché?»

«Perché mi odiava.»

«E perché ti odiava?»

Anna aveva sorriso.

«Un sacco di gente mi odia.»

Caparzo era sembrato soddisfatto e si era ritirato nel suo angolo, gli occhi al pavimento. Ridenti ne approfittò per tentare un colpo di coda.

«Dunque lei crede che la sua fuga sia stata in qualche modo programmata? Prevista, insomma?»

Anna aveva annuito.

«Ma per fortuna l'epilogo è stato diverso e lei si è salvata.»

«Oh, no.» Con una mano Anna si era spostata i capelli, con l'altra aveva preso una nuova sigaretta. «Non fate questo errore. Non c'è nessun epilogo.»

Aveva tirato una boccata, lo aveva guardato e aveva sorriso a sua volta.

«Lei con noi non ha ancora finito.»

Alta, un naso enorme, quattro denti mancanti e una protesi in bocca, capelli tinti di rosso, quarantadue anni appena compiuti, di cui quasi uno intero nascosta al mondo, Alessandra Gatteschi avrebbe dovuto spiccare come un papavero nel deserto. E invece era sparita nel nulla. Era stata diramata una foto, avevano messo blocchi su tutte le strade, allertato i confini, ma nessuna segnalazione attendibile era arrivata nelle prime 12 ore, nessuna entro le 24, poi erano arrivati i mitomani. Vennero riaperti tutti i casi di persone scomparse, alla coppia diabolica vennero attribuiti tutti gli omicidi e le sparizioni compatibili con il cosiddetto periodo di "attività", i sopravvissuti furono messi sotto protezione fintanto che la loro aguzzina era ancora in giro. Del capannone venne fatto un plastico con tutti i modellini delle gabbie, i sopravvissuti raccontarono a più voci la loro esperienza, le indagini si propagarono per tutto il paese e oltre i confini. Era iniziata una vera e propria caccia alla strega. Donadio ormai era morto, alla gente non restava che concentrare su Alessandra Gatteschi tutto il proprio odio, le proprie paranoie, la propria paura. Gli avvistamenti si susseguivano sempre più numerosi, nelle stazioni, in aeroporto, sugli autobus, in procinto di imbarcarsi, appostata davanti a una scuola, nascosta in un vicolo, in fuga nelle campagne, armata, folle, senza denti, rideva, dio come rideva. Per contro, bisognoso di una figura autorevole, onesta e coraggiosa che lo rassicurasse, il popolo aveva continuato a riversare un amore sproporzionato sull'uomo che da solo aveva salvato tutti. Francesco Caparzo li faceva sentire al sicuro e loro lo amavano. Nelle settimane seguenti, non si parlò d'altro. Poi iniziarono a circolare le prime informazioni sul prossimo *royal wedding* e ora di maggio tutti avevano dimenticato, tranne i protagonisti della vicenda, gli inquirenti e, naturalmente, Caparzo.

Per registrare l'intero memoriale ci erano voluti tre giorni e infinite sigarette. Anna Baroni aveva raccontato che Donadio e la Gatteschi avevano dei criteri personali per la distribuzione del cibo, della paglia per tenerli caldi durante l'inverno e di altri oggetti che potessero rendere la prigionia meno dura. Chi si comportava male subiva privazioni e umiliazioni, come la mancata pulizia del carrozzone o l'isolamento, le sbarre rivolte contro un muro, invece che di fronte a un'altra gabbia. Tra le forme vessatorie c'erano le ronde con una sbarra di ferro con un lato appuntito che loro definivano "lancia" e che veniva usata per picchiarli e punzecchiarli quando si comportavano male. Un altro metodo punitivo era colpire i compagni con cui si creavano legami, chi disubbidiva non ne pagava le conseguenze ma assisteva al castigo di un amico. E poi c'era il sesso. I soli chiusi in una gabbia collettiva erano i quattro che Anna chiamava "le scimmie", due uomini e due donne. A loro era consentito avere rapporti soltanto durante il ciclo mestruale delle donne, ma c'erano stati casi di violenza e stupro.

«Le donne non sempre erano d'accordo» aveva raccontato la Baroni. «Ci sono stati degli incidenti.»

Indagando era emerso che il più giovane degli uomini aveva usato violenza, non solo sessuale, sulla più giovane delle donne. Anna non era andata nel dettaglio, diceva che era successo di notte, che non aveva visto bene, ma che sapeva che il colpevole era stato punito. Quando Ridenti le aveva chiesto di parlare dei suoi compagni lei non aveva omesso nessun dettaglio, ma di molti di loro non aveva mai pronunciato il nome, solo il soprannome. Gli altri avevano confermato che i dati personali là dentro erano vietati, ma lei sembrava proprio non voler riconoscere loro una dimensione umana al di fuori della prigionia. Erano le scimmie, il coccodrillo, il Rosso, Bella, i soli nomi che pronunciava erano quelli di Giulio, Nicola e Saverio, che nonostante tutto continuava a considerare il suo uomo.

«Lei ci ha fatto credere di averlo ucciso. Invece lo voleva tenere tutto per sé. Ma se riesce a sfuggirle tornerà da me.»

Tra le poche cose che univano Ridenti e Caparzo c'era l'incredulità che Bartolomei avesse avuto un simile ascendente sulle donne coinvolte in quella storia assurda. Marilena Bacarelli era quasi finita in gabbia per andarselo a prendere, Anna Baroni era riuscita a sopravvivere aggrappandosi al pensiero di lui e Alessandra Gatteschi aveva rischiato la cattura per poterlo portare con sé. Cosa avesse di speciale quel tossicodipendente biondo ed emaciato non riuscivano proprio a capirlo.

Firmato il memoriale, Anna aveva chiesto di essere portata a casa da Caparzo, ed era stata accontentata. In macchina erano stati zitti un po'.

«Ci sono microfoni qui dentro?» gli aveva chiesto.

«È la macchina mia.»

«E allora? Potrebbero averglieli messi i suoi colleghi.»

«La macchina mia la controllo io.»

Anna aveva estratto il pacchetto di sigarette e Caparzo aveva detto, semplicemente

«No»

così lo aveva rimesso via. Poi glielo aveva chiesto

«Come lo sapeva, lei, delle gabbie?».

Caparzo non aveva risposto, ma una parte di lui si era sentita sollevata. Tenere separati noto e reale era una fatica maggiore di quella che aveva creduto. La ragazza insistette

«Quando mi ha trovata lei mi ha chiesto dove erano le gabbie. Eravamo in mezzo a un campo, il capannone non si vedeva, ma lei lo sapeva già».

Caparzo aveva annuito e Anna si era rilassata.

«E loro non lo sanno, la polizia non sa che lei lo sapeva.»

Caparzo aveva annuito di nuovo.

«Perché?»

«Perché non posso dire come lo sapevo.»

«C'entra quella, quella che ha inseguito fino a lì, Maria?»

Di nuovo l'uomo aveva fatto di sì.

«Allora so come lo sa.»

L'auto si fermò davanti a casa di lei, dove li aspettava un'auto civetta a cui Caparzo fece i fari. La Baroni aprì lo sportello e si voltò verso di lui.

«Abbiamo un segreto, non è bello?»

«Più che uno ne abbiamo.»

Anna esitò un istante, poi annuì.

E con questa minaccia reciproca si salutarono.

Si sarebbero rivisti fin troppo presto.

Caparzo aveva iniziato a lavorare sui telefoni trovati nel capannone solo quando i colleghi avevano smesso di occuparsene. Erano parecchi, alcuni appartenevano alle vittime, altri erano degli usa e getta da pochi soldi che i due sequestratori usavano a turno per comunicare. Tutti gli spostamenti erano stati tracciati, chiamate e messaggi catalogati, la maggior parte erano tra Donadio e la Gatteschi, la mappa delle varie celle un reticolo intricato, impossibile da sbrogliare. A differenza dei colleghi, però, lui aveva un vantaggio, un reperto privato: il telefono su cui Marilena Bacarelli aveva ricevuto le minacce per un anno intero. Leggendo in sequenza tutti i messaggi che aveva ricevuto lì sopra, senza fare alcuna distinzione, aveva iniziato a sentire due voci: quella di Donadio e quella della Gatteschi. Quelle voci le aveva ritrovate nelle loro conversazioni private, lui era impulsivo, pressante, a volte inviava messaggi a raffica, preda di qualcosa di simile all'ansia da abbandono.

HAI FINITO?

A CHE ORA TORNI?

PERCHÉ NON MI RISPONDI?

DEVI DIRMI COSA FARE.

Lei era più diretta, essenziale, pratica.

PARTO TRA UN'ORA E MEZZA, CHIUDI TUTTO ED ESCI, PASSA DAL GIARDINO SUL RETRO, PULISCI BENE DOVE HAI TOCCATO.

Caparzo aveva avvertito il disequilibrio tra i due, lei era la mente, lui il braccio, ma un braccio piccolo, rachitico.

Lui non decideva niente, solo lei.

Eppure era stato lui da solo a rapire la sua fanciulla da salvare, mentre la Gatteschi era rimasta nel capannone a seguire la fuga di Anna Baroni. Gli aveva mandato un messaggio, al povero stronzo:

ANNA ESCE, QUESTIONE DI ORE. LA GABBIA DI SAVERIO È PRONTA

e lui aveva risposto, col solito tono vorace

MI STAI DICENDO CHE POSSO PRENDERE LENA?

CAZZO, NON CI SPERAVO PIÙ!

ORGANIZZO TUTTO SUBITO.

L'HO CHIAMATA, CI TROVIAMO AL PARCO TRA MEZZ'ORA.

Ho preso la siringa nell'armadio, il dosaggio è giusto.

Dimmi se ti sta bene l'orario.

Sto per uscire. Poi la porto direttamente lì!

Mandami l'ok.

Sono quasi al parco, cosa faccio con Argo?

Sta arrivando, lo lascio qui.

È con me.

Fatto, sto arrivando, perché non mi rispondi?

Tutti i messaggi erano stati cancellati subito dopo l'invio, dopo l'ultimo aveva cominciato a chiamarla, sette volte man mano che si avvicinava al capannone, lasciandole messaggi in segreteria.

«Sono io, l'ho presa. Ho tolto il tracciatore dall'auto, sono per strada, devo sapere se dormono e se la sua gabbia è pronta. Richiamami o mandami un messaggio.»

Poi era arrivato al capannone ed era andata com'era andata. Sette chiamate e dodici messaggi, e la Gatteschi non aveva mai risposto, non aveva mai visualizzato, perché si stava occupando della Baroni.

Così importante era, lei che scappava, da lasciare il povero stronzo da solo?

«Un sacco di gente mi odia»

gli aveva detto la Baroni, soprattutto la Gatteschi, sosteneva.

Ma la odiava tanto da far saltare tutto?

Da sapere che l'uomo suo era stato sparato perché lei non aveva risposto al telefono?

Era una sbavatura enorme in un piano che fino ad allora aveva funzionato perfettamente.

Sulla carta i giornalisti non avrebbero dovuto esserci, era un servizio fotografico esclusivo per una rivista, ma lo stesso davanti al cancello si era assiepato un centinaio di persone, tra cui almeno una troupe. Le macchine erano sfilate lentamente, all'interno del cortile veniva richiesta la massima attenzione per evitare rumori che potessero turbare i pazienti.

La struttura non accoglieva nessuno senza il versamento di una quota mensile, ma il caso era stato così eclatante che la direzione si era detta che il ritorno d'immagine per un'offerta così generosa sarebbe valso i soldi persi. Così avevano allertato le autorità e reso disponibile una stanza singola al secondo piano. Delle nove persone salvate dalle gabbie nel Capannone degli Orrori l'unica di cui non si era rintracciata l'identità era una donna cieca di età stimata sui settant'anni che tutti chiamavano Bella. A detta dei suoi compagni di sventura non sapeva parlare ed era stata una delle prime a essere rapite.

«È sempre stata lì» aveva raccontato un sopravvissuto. «La prima volta che mi sono svegliato è lei che ho visto.»

Bella era stata visitata a lungo e giudicata innocua. Il suo aspetto da vecchia strega era frutto di un'incuria molto più antica di quella subita da Gatteschi e Donadio. Nessun documento che le appartenesse, niente vestiti, ma sul corpo i segni di anni di vita di strada, ferite guarite male, quasi tutti i denti persi. Gli psicologi avevano provato a rivolgerle domande in diverse lingue, inglese, francese, tedesco, spagnolo, russo, ma la donna non aveva mostrato di riconoscere alcun idioma e avevano concluso che fosse italiana, una barbona scomparsa da una grande città senza che nessuno se ne accorgesse.

«Sei anni sono tanti per chi si è lasciato dietro una famiglia, figurati per chi non aveva niente e nessuno, è come se avesse vissuto due vite» aveva concluso l'ispettore Ridenti. L'opinione pubblica si sarebbe certamente sollevata, se non fosse stata trovata una sistemazione per Bella, l'ultima degli ultimi, e aveva esultato quando la struttura psichiatrica di Prato si era fatta avanti per accoglierla. Oggi, un mese dopo la liberazione, i suoi compagni di prigionia venivano a trovarla per la prima volta. Non potevano esserci tutti, Giovannino Marinoni non sarebbe stato una presenza opportuna e Giulio Castagnoli non poteva essere spostato. Una terza persona era assente, una delle cosiddette scimmie, Yuri Vignoli, che dopo il memoriale dei compagni aveva avuto i guai suoi, vittima o non vittima. Così alla casa di cura si erano presentati in cinque, e tra loro c'era Anna Baroni. Ne avrebbe fatto volentieri a meno, ma sua madre e il suo avvocato le avevano fatto un discorso.

«Che prendano o non prendano la Gatteschi, ci sarà un processo. E in questo processo molto farà la tua immagine. Sei la ragazza che è riuscita a scappare, sei la prima che è stata salvata dal poliziotto, ma sappiamo che i favori del pubblico non sono dalla tua parte. Appari troppo forte, troppo sicura, e i tuoi compagni di prigionia non sembrano amarti molto. Dobbiamo ottenere il massimo da quel processo, quindi non ci devono essere ombre su di te.»

Anna sapeva perché i suoi compagni non l'amavano, luridi animali che avevano tutte le ragioni per essere stati rinchiusi lì, compreso Giulio che le aveva spalato addosso tutta la merda possibile, altro che amico. L'esperienza in gabbia non aveva tirato fuori il meglio di lei. Ma era vero anche che non tutto era stato detto, alcune cose successe nel capannone erano rimaste nel capannone, nessuno ne aveva parlato.

Perché abbiamo colpa tutti quanti.

A lei del processo non importava, ma di non avere la gente contro sì. Stavano tutti vedendo cosa capitava a chi finiva nella lista dei cattivi, quella povera merdina di scimmia non poteva nemmeno più uscire di casa, e lei una cosa del genere non la voleva. Quindi si era vestita bene, si era messa un paio di guanti per coprire le mani martoriate ed era andata a fare visita a quella vecchia pazza di cui non le fregava assolutamente nulla. Erano state piazzate le luci, loro cinque erano stati messi in fila e poi avevano aspettato. Perché il servizio era solo in parte su di loro, e lo sapevano, comprimari di contorno al protagonista. Francesco Caparzo aveva fatto il suo ingresso stretto in una divisa che gli stava esplodendo addosso. Le scimmie e Nicola gli si erano avvicinati con fare ossequioso, lui li aveva guardati come una cesta di gattini ciechi salvati dall'annegamento, erano superflui, ma ci voleva benevolenza. Anna gli aveva fatto un cenno di saluto e lui aveva ricambiato, anche lei era solo una gatta, ma almeno ci vedeva. Bella era stata portata fuori dalla sua stanza lo stretto tempo necessario per scattare la foto, e poi tutti erano andati ipocritamente a salutarla, trattenendo la ripugnanza che nel capannone avevano sempre manifestato. Anna sapeva che i fotografi stavano scattando anche allora e che era importante fingere affetto per quella vecchia mostruosa e i suoi bulbi oculari deformi. Quando era arrivato il suo turno, mentre gli altri erano passati alle foto di coppia, si era chinata a baciarle la guancia, rendendosi conto che Bella non puzzava, incredibile che nessuno di loro puzzasse più, e quella era scattata. Le aveva tirato un cazzotto in bocca, infilandole per pura casualità il pugno tra i denti. Anna si era ritratta, toccandosi gli incisivi, e si era ritrovata sulle dita dei granelli rossi.

Ma non è sangue.

La vecchia si agitava ancora, le inservienti non volevano legarla davanti ai membri della stampa, ne andava del buon nome dell'istituto, così la accarezzavano cercando di calmarla a parole. Anna prese la mano che l'aveva colpita, attraverso il guanto non riusciva a sentire bene, ma le sembrava che tenesse qualcosa tra le dita.

«Che cos'hai in mano, Bella?»

Gliel'aveva aperta facendo grandi sorrisi alle inservienti, che fraintendessero quella confidenza fisica per abitudine, senza collegare che tra i prigionieri i contatti fisici fossero stati impossibili, e aveva estratto un mozzicone di pastello. Un pastello a cera, innocuo, rosso. Avvertì una leggera nausea.

Lei.

Lei ci faceva usare i pastelli per scrivere.

Poche volte nei carrozzoni era stata richiesta una comunicazione scritta, e il mezzo era un frammento di carta da macellaio insieme a un pastello a cera. Perché con un pastello non ti puoi ferire ma nemmeno lo puoi cancellare.

«Perché Bella ha un pastello?»

«Oh, li usiamo nelle attività ricreative» avevano risposto le inservienti, continuando a tenerla ferma a furia di sorrisi.

Attività ricreative con i pastelli per una donna cieca?

Anna si era guardata intorno, ma non c'era nulla da vedere, a parte luci troppo forti e il cicaleccio dei suoi ex compagni che facevano i carini con Caparzo.

Lui ci vedrebbe una coincidenza.

Poi pensò alla reazione degli altri alla vista del pastello. Si sarebbero agitati, ecco, lo vedi? La maledetta stronza che cerca di farci star male anche in questo momento di rinnovata serenità, che se loro erano sereni lei era una suora laica. Lo aveva fatto cadere a terra e poi, senza una vera ragione, lo aveva pestato col piede e frantumato.

Il rumore della cera che si crepava aveva subito calmato Bella.

I fotografi avevano scattato.

Qualcuno aveva riso.

Anna restava con gli occhi sui granuli rossi a terra, sparsi sul linoleum.

La voce che usciva dalle sue labbra aveva detto

«Devo raggiungere gli altri».

Mentre la voce nella sua testa diceva

non ha ancora finito con noi.

5 luglio 2012

Con Lucio si erano visti di nascosto sin dalla prima volta.

«Mio padre non vuole che frequenti i suoi amici.»

Alex avrebbe voluto dirgli che non era una sua amica, ma andò oltre, meglio essere prudenti, non si sa mai. Dapprincipio aveva sviluppato verso il ragazzo un istinto protettivo squisitamente materno. Vedere Lucio nell'abitacolo di quell'auto era stato come vedere un qualunque animale in trappola abbandonato a morte certa.

Come i cani del Mombello.

Alex era una donna pratica e pragmatica, metteva la razionalità davanti a tutto, come filtro per dirimere la fuffa dalle cose importanti. Sapeva riconoscere una situazione di vera emergenza da una gestibile, una creatura in pericolo di vita da una che se la sarebbe cavata, un animalista miope da uno bene a fuoco. Si fidava del suo istinto e si affidava al suo istinto. E il suo istinto le aveva detto che dietro a quel finestrino c'era una creatura che da sola non ce l'avrebbe fatta.

«Ti picchia?» gli aveva chiesto in un bar, davanti a un succo di frutta.

Lucio aveva scosso la testa.

«Ti dice cose brutte, ti minaccia?»

Di nuovo no. Poi il ragazzo aveva cercato di spiegare.

«Tiene la mia vita in mano. A volte la stringe un po'.»
Alex aveva annuito.
«Ma non te ne puoi andare?»
Lucio aveva spalancato gli occhi davanti all'enormità appena sentita.
«Non mi lascerebbe mai andare via. Mi troverebbe.»
Per quel giorno non indagarono oltre tutto il sepolto e il non detto, parlarono delle scuole, gli studi, il corso da infermiere che non aveva dato i risultati sperati.
«Non sono molto bravo, con le persone.»
Non avevo alcun dubbio.
Quando l'orario di libera uscita era stato agli sgoccioli, Lucio aveva iniziato a mostrarsi nervoso, e Alex lo aveva accompagnato alla fermata dell'autobus. Aveva aspettato che stesse per salire e gli aveva detto
«Senti, a te ci penso io. Un passo alla volta. Vedrai che ce la facciamo»
portandosi via quegli occhi pieni di incredula speranza dietro ai vetri delle porte chiuse. Era stata prudente, aveva pianificato tutto, si era procurata gli orari di Domenico e quelli di Lucio, riuscendo a incastrarsi per bene in tutte le zone morte che l'uomo non poteva controllare. Andava a prendere il ragazzo al lavoro, lo caricava in macchina e lo portava a mangiare in qualche posto tranquillo, con una bella vista, magari un pochino di musica. Lucio non amava avere troppi stimoli tutti insieme, non era abituato, così come non era bravo a parlare, sia di argomenti specifici che di sé. Ma Alex aveva pazienza.
«Vedi, i cambiamenti sono sempre infinitesimali, non te ne accorgi finché non si accumulano. Tu stai cambiando, non lo sai ma stai cambiando. E stai cambiando perché stai mangiando questo piatto di crespelle, con questo vento tiepido, davanti a una pianta di ulivo, con me. È nella natura umana, come anche nella natura animale. I gorilla fanno così, assimilano dall'ambiente circostante, si muovono per assonanza emotiva.»

Lucio sorrideva appena, non riusciva a crederle e andava bene così.

Grazie ad Alex prese in esame l'idea di cambiare lavoro senza vanificare i propri studi.

«Non è mica obbligatorio avere a che fare con i pazienti, ci sono un sacco di lavori dietro le quinte, basta saperli cogliere.»

Ad Arezzo si teneva un corso per diventare tecnico di sterilizzazione degli strumenti e lei lo spinse a iscriversi.

«Di' a tuo padre che si guadagna come per un infermiere, ma con orari migliori. Non è del tutto una bugia, vedrai che non si opporrà.» Poi, dopo una breve esitazione aveva aggiunto: «Digli che avresti accesso a moltissimi farmaci».

Domenico aveva fatto molte domande, si era informato e alla fine non si era opposto. Lucio era passato all'esame, era in lista d'attesa per Firenze, dove viveva Alex, ma all'inizio faceva avanti e indietro da Arezzo ed era felice. A volte Alex viaggiava con lui. Era contenta, stava recuperando un essere umano proprio come sua mamma aveva recuperato lei, Lucio era il suo grande successo. Rientrando, una sera, aveva trovato l'auto di Domenico parcheggiata davanti a casa sua. Non aveva avuto paura, tutti erano terrorizzati da quell'uomo, ma non lei. Era al posto di guida, aveva tirato giù il finestrino e le aveva chiesto

«Scopi con mio figlio?».

Alex aveva riso con sincerità. Poi aveva risposto

«Gli faccio da madre».

Domenico le aveva ficcato in faccia quegli occhi tanto simili a quelli del figlio, tanto diversi.

«Le madri non servono a un cazzo.»

«Dillo ai cuccioli di lupo.»

Erano rimasti ancora un po' così, a fissarsi. Poi Alex aveva avuto la bontà di spiegarsi.

«Gli sto solo insegnando a cavarsela. Non è bravissimo, se non lo hai notato.»

«Non toccava a te. Io ho dei progetti per lui.»

«Non è un oggetto di tua proprietà, Domenico. I progetti se li deve fare da solo.»

L'uomo aveva masticato amaro.

«È debole.»

«La debolezza si può curare.»

L'aveva fissata ancora.

«Sei troppo vecchia per lui.» Una pausa. «E troppo brutta.»

Alex gli aveva sorriso, canticchiando

«Son tutte belle le mamme del mondo...».

Domenico aveva messo in moto e se n'era andato.

Gli servo. Non farà lo stronzo con me o gli taglio i fondi per qualunque cosa abbia in mente di fare.

Lucio ottenne il trasferimento a Firenze dopo solo due mesi, lui e Alex iniziarono a vedersi regolarmente, spesso a casa di lei. Erano incontri sereni, lei scherzava molto, lo chiamava "Lumino" per prendere in giro quella sua aria sempre seria e lui sembrava apprezzare. Un giorno lo vide uscire dall'ospedale accompagnato da una giovane infermiera. Lei rideva, rideva, come se lui stesse dicendo qualcosa di divertentissimo, e vedendoli insieme Alex avvertì per la prima volta una fitta. Una cosa del genere le era successa la prima volta che aveva fatto ingresso nel suo radar la nuova fidanzata di Saverio, Marilena Bacarelli, vista di sfuggita in uno dei suoi controlli casuali. Una bella ragazza, ben vestita, lavorava alla reception di un hotel.

È normale. È giusto così

aveva pensato. Con grande sforzo era riuscita a disciplinare la sua ossessione per Saverio, grazie anche alla dedizione per Lucio. Ora avrebbe dovuto lasciar andare anche lui. Glielo disse subito, non voleva tenerselo dentro a sedimentare, rischiava di farlo diventare qualcos'altro.

«Ora sei avviato bene e puoi andare avanti da solo» gli aveva buttato lì durante un pranzo a casa sua.

Nessuna risposta.

«Io resto qui, sempre, ogni volta che vorrai, ma puoi avere altre cose, oltre a me, altre persone.»

Niente, di nuovo.

«Tuo padre ha allargato le maglie, lascia entrare qualcuno.»

Gli scese una lacrima

«Perché vuoi mandarmi via?»

e Alex si maledisse mille volte, aveva sbagliato tutto, era troppo presto. Andò all'altro lato del tavolo e lo abbracciò forte.

«Ma no che non ti mando via, Lumino mio, sei matto? Ti pare che ti mando via, proprio io?»

«Perché non ti piaccio?»

E lì arrivò un sincero senso di straniamento. Domenico l'aveva accusata di scoparsi Lucio, e aveva senso, Lucio le aveva raccontato delle sue esperienze precoci, ed era così bello, chiuso sotto la campana di piombo del padre, che era normale pensare che anche lei volesse approfittarsene. E invece, forse, a vederla sotto quella luce non era stato Domenico, se non di riflesso. Guardò il ragazzo, i suoi occhi umidi, di nuovo disperati.

«Lucio, ma sei serio? Sono troppo vecchia per te.» Sentì l'eco delle parole di Donadio e già che c'era completò la frase. «E troppo brutta.»

«Sei la cosa più bella della mia vita» disse Lucio, e la baciò.

Alex rimase incredula e spiazzata per tutto il tempo, mentre le mani di Lucio, voraci e infantili, la spogliavano, mentre si inginocchiava e le baciava le cosce, in un misto tra la seduzione e la supplica. Se lo portò nel letto e condusse lei il gioco, perché, nonostante le plurime esperienze, lui non era granché. Cercò di convincerlo ancora

«Io sono proprio vecchia dentro, mi porto addosso tutto un carapace di robaccia e non posso cambiare, è troppo tardi. Ma tu hai vent'anni, santo cielo, il mondo là fuori è pieno di leggerezza.»

«Non la voglio, la leggerezza.»

«Ma non ti basta tuo padre? Vuoi pure me?»

Lucio la fulminò con gli occhi, in una delle pochissime volte in cui le si sarebbe ribellato in tutti quegli anni.

«Tu sei l'esatto opposto di mio padre. Non dire mai più che sei come lui!»

Ma non ci vado lontano.

Non lo disse perché non voleva ammetterlo nemmeno con se stessa, eppure, per certi versi, sapeva che era la verità.

I danni che Lucio aveva subito dall'educazione di Domenico si erano resi palesi molto presto. Non aveva una scala di valori morali o etici e non era in grado di valutare correttamente le proprie risposte emotive o quelle degli altri. Per la maggior parte del tempo era atono, privo di reazioni, quasi il suo cervello rimanesse in stand-by, poi improvvisamente qualcosa lo scuoteva e lo gettava in stati estremi di paura, sofferenza e rabbia implosa. C'era un seme di crudeltà mascherato da indifferenza, ma Alex lo aveva percepito per quel che era.

È solo un seme, siamo in tempo, possiamo bloccarlo prima che germogli.

Però c'era. Della madre Lucio non voleva parlare, lei lo aveva ricondotto alla ragionevolezza, facendogli capire che difficilmente poteva essere andata come gliel'aveva venduta Domenico, ma ormai il rancore che il ragazzo provava era troppo radicato per riuscire a estirparlo.

«Non c'è stata, non c'è, so solo questo»

e se lei insisteva, lui fissava un punto fino ad assentarsi, fino a quando Alex non lasciava perdere. In realtà non lo faceva mai, in nessun caso, prima di allora, le era sembrato che la teoria dei gorilla di sua madre calzasse. Ma non era possibile pensare di poter rieducare Lucio passando per la sua ragione, quella era compromessa, i dettami del padre l'avevano intossicata. Era possibile però mostrargli un modo diverso di essere, trasmettere le informazioni giuste attraverso la pelle.

«Vieni con me»

era la frase che preludeva ogni nuova lezione di vita. Lui sorrideva e faceva di sì per ritrovarsi poi a fare il bagno sterile a cani con la rogna, ad allattare gattini col contagocce, a inerpicarsi nei torrenti secchi per salvare un tasso intrappolato. Alex lo coinvolgeva nelle riunioni animaliste e negli scontri con gli allevatori, se lo portava dietro ai corsi di aggiornamento e ai mercati in cui gli insegnava a riconoscere le diverse pellicce, gli faceva incontrare gattare psicolabili con 50 bestie in casa e politici che proponevano lo sterminio delle nutrie.

«Devi conoscere ogni tipo di persona, esplorare tutti i punti di vista e cercare di capirli anche se ti fanno schifo. Se conosci bene ogni testa puoi capire dove agganciarti, come fare leva. Questo non è un mondo in cui essere rigidi, bisogna adattarsi, ma è un mondo in cui essere saldi.»

Lui la seguiva sempre, affascinato, devoto imparando a memoria le cose che lei gli insegnava, sulla natura, sul mondo e soprattutto sul genere umano. Ma era sempre la ragione a impararle, sempre e solo la ragione, l'anima rimaneva distaccata. Alex non demordeva.

«Se davvero credi che io e tuo padre siamo agli estremi dello spettro ricorda che tu in questo spettro puoi metterti dove vuoi, puoi andare lontanissimo da Domenico e avvicinarti a me, oppure sistemarti nel mezzo, basta che la scelta sia tua. Devi credere di poter diventare chiunque vorrai, di poter sempre essere migliore di così. Puoi farcela, Lucio. Niente è stabilito, niente è scritto, puoi, credimi, puoi. Sii migliore di così, sii il mio gorilla.»

Lucio la stringeva e poi si abbandonava sul suo seno. Quando lei si addormentava rimaneva ad ascoltarla a lungo, facendosi cullare dal suo respiro. E quando finalmente tornava perfettamente calmo rispondeva

«Io non sarò mai un gorilla».

Saverio si vedeva poco in giro.

Dovendosi occupare di Lucio, Alex aveva diradato le visite a distanza, le era parso che se la stesse cavando tutto sommato bene, ma quell'assenza l'aveva toccata comunque. Con la scusa di un nuovo antinfiammatorio era passata da Marta, la veterinaria che per prima le aveva parlato di Saverio, e si era portata dietro Lucio, una specie di alibi morale: se era con lui significava che quello per Saverio era puro interesse umano. Aveva fatto il giro largo per arrivarci, tirando in ballo il Mombello, la fedina penale ancora immacolata, non si sa mai come possano finire certe cose e Marta le aveva detto

«Sai il ragazzo che aveva organizzato tutto? È entrato di nuovo in un brutto giro di droga. Già una volta è finito in overdose, lo hanno preso per i capelli. Si era cotto il cervello, faceva fatica a parlare, anche ora balbetta un po'. Coglione lui a comprare certa merda»

ed erano passate a un altro argomento, Marta che era tutta un sorrisetto e un ammiccamento a indicare Lucio

"Dove lo hai trovato un simile bocconcino?"

e Alex che cercava di tenerle il gioco mentre dentro aveva un senso di corrosione.

Saverio, brutto deficiente, cosa fai? Perché ti butti via così, che potresti essere un re?

Lucio non si era accorto di niente, perso in un silenzio che si faceva più spesso col passare dei giorni. Alex prese a seguire di nuovo Saverio, con i primi freddi se lo ritrovò a passeggiare lento sul lungarno, la sigaretta che pendeva al lato della bocca, le ginocchia piegate come un vecchio, l'inutile fidanzata che gli trotterellava dietro. Vivo, per certi versi, in agonia per altri.

Se solo potessi fare con lui quello che faccio con Lucio.

Un pensiero colpevole, sbagliato, tanto che con Lucio non stava facendo più progressi, non lo vedeva sereno, non rideva mai, sorrideva per farla contenta ma era un pessimo attore.

Forse più di così non è possibile recuperarlo.

Non è vero!

Si era scrollata a forza Saverio dalla testa ed era tornata alla carica, a testa bassa, trascinando Lucio all'estero per rientrare con tre galgo salvati da una *perrera*, portandolo con sé a Genova per pulire le ali di alcuni germani reali finiti in uno sversamento di petrolio e poi in un'azienda agricola per farlo assistere al parto di una mucca. Ma non serviva a niente, il ragazzo andava spegnendosi in maniera inesorabile, anche a letto, sempre più pallido, inappetente, silenzioso.

«Mi dici cosa c'è?»

«Le solite cose»

mentiva. Un paio di volte si era assentato dal lavoro per una fantomatica malattia e si era reso irrintracciabile anche con lei.

Non va bene.

Poteva consentire che Saverio affondasse da solo nella sua miserabile nicchia fatta di droga e falsi orizzonti, ma Lucio non lo avrebbe lasciato andare. Gli aveva teso un agguato sotto casa, aspettando di vederlo uscire un pomeriggio in cui Domenico non c'era, via sulle montagne con alcuni ex colleghi a vantarsi di quanto peggio lavorassero rispetto a lui. Lucio non aveva aperto le finestre, la sua presenza in casa era testimoniata solo dalla luce del bagno che una volta si era accesa e poi spenta. Alex gli aveva prima telefonato

«Oggi non sto bene, è meglio se non ci vediamo»

poi aveva suonato al campanello e infine si era messa a battere come una forsennata con la mano aperta sulla porta.

«Apri! Se non apri chiamo qualcuno e dico che sospetto che ti stia suicidando! Pianto un casino che non te lo immagini, Lucio, apri!»

Prima che i vicini si affacciassero lui aveva socchiuso la porta, il viso bianco, le occhiaie nere.

«Credo di avere un virus, non voglio attaccartelo.»

«Virus un cazzo!»

Era entrata come una furia, spalancando tutto, prendendolo e portandolo in bagno, a controllargli le ghiandole e la sclera. Aveva un aspetto terribile, ma fisicamente sembrava star bene.

«Ora tu mi dici che cos'hai.»

«Non posso.»

«Puoi, perché io non mi muovo da qui.»

Ma lui gemeva e scuoteva la testa.

«È Domenico, Lucio? Ti ha fatto qualcosa Domenico?»

Altri gemiti piccoli, squittii, pigolii.

«Dimmi cosa ti ha fatto.»

«Niente. Non ancora.»

Lo sapevo. Brutto figlio di puttana.

«Allora dimmi cosa intende farti.»

«Non posso. Io devo proteggerti.»

Era rimasta strabiliata: LUI voleva proteggere LEI?

«Mi so proteggere da sola, stella.»

«Non da questo. Se te lo dico poi non possiamo più tornare indietro.»

«Mai tornata indietro in vita mia, per me puoi procedere.»

Lucio aveva iniziato a tremare, aveva allungato la mano verso le scarpe, poi l'aveva ritirata, poi l'aveva allungata ancora, come se stesse cercando di afferrare un pensiero, o il coraggio.

«Giurami...» ma non riusciva a dire cosa.

«Lo giuro» gli promise Alex.

E lui si arrese, infilò le scarpe e prese il cellulare.

«Ti devo far vedere una cosa.»

Avevano abbandonato da un pezzo l'ultima strada degna di questo nome e ora passavano tra le sterpaglie a margine di campi incolti. Erano in viaggio da un paio d'ore e Alex aveva smesso di chiedere a Lucio se fosse sicuro che la via fosse quella, perché guardandolo ne aveva continue conferme. Si mordicchiava le pellicine intorno alle unghie, incassava sempre più la testa nelle spalle, correva con lo sguardo a destra e a sinistra, anche se da ambo le parti c'era solo un nulla desolato. Aveva paura, una paura che aveva nome e cognome e grado di parentela. A un certo punto aveva alzato la mano, indicando di prendere a sinistra, costeggiando un boschetto. Cinquecento metri dopo, Alex aveva intuito la sagoma di un cubo di cemento.

Esiste.

Perdio, esiste davvero.

Lungo la strada era riuscita a estorcere a Lucio poche parole. C'era un "posto", che era il posto di suo padre.

«Ma cos'è, una casa, una baita, un magazzino?»

«È un capannone.»

Lei aveva quasi riso, ma non voleva offenderlo con la sua sfiducia. Neanche lavorando mille anni Domenico sarebbe stato in grado di comprarsi un capannone industriale, a malapena avrebbe potuto farlo lei mettendo insieme tutte le sue eredità. E invece il capannone esisteva, e non era nemmeno messo malissimo, per essere – a detta di Lucio – abbandonato da almeno vent'anni. Una grande colata di cemento con un piccolo ingresso frontale e una fila di finestre in alto. Le entrate per i camion dovevano trovarsi sui lati, ma a colpo d'occhio non si vedevano.

«Dietro. Metti l'auto dietro. Così se arriva non la vede.»

Con santa pazienza Alex costeggiò il lato frontale contornato di ghiaia, svoltò una volta, passando accanto a due vecchi portelloni dipinti di grigio, svoltò una seconda volta e parcheggiò dove la natura l'aveva avuta vinta sull'idea di un cortile. Era rimasta così, le mani sul volante, ad aspettare che Lucio smettesse di tremare.

«Bene» aveva detto. «Ci siamo, eh? Ora siamo qui, nel posto segreto di tuo padre. Adesso mi dici cosa troviamo lì dentro, altrimenti riaccendo la macchina e torniamo a casa.»

Non voleva essere una minaccia, Alex aveva preso in esame diverse ipotesi, durante quel viaggio, nessuna rassicurante, compreso che là dentro ci fosse della refurtiva, o peggio. Però, man mano che macinava chilometri, si era resa conto che la paura di Lucio non riguardava lui stesso, non era rivolta a lei e nemmeno era rivolta davvero a cosa ci fosse chiuso lì dentro. Lucio aveva solo paura che suo padre lo scoprisse mentre le rivelava quel segreto. E se aveva così paura allora il segreto doveva essere bello grosso, molto brutto e pericoloso.

Qualcosa di criminale.

Armi, droga.

Un cadavere.

Le sembrava impossibile, Domenico Donadio si sentiva così superiore, così indifferente alle bassezze umane, non li avrebbe voluti, i soldi degli uomini, non lo avrebbe voluto, il potere degli uomini, e non aveva sufficiente interesse per loro da diventare un serial killer.

E allora cosa?

Le era passato per la testa il satanismo e poi lo aveva lasciato andare, nessuna forma di spiritualità poteva associarsi a quella grandissima testa di cazzo. E così, volente o nolente, aveva iniziato a sentirsi inquieta anche lei. Detestava il dubbio, detestava non sapere. E Lucio restava muto come un pesce, le mani strette in una preghiera convulsa, gli occhi al cruscotto, la fronte bagnata di sudore. Sembrava stesse per venirgli un colpo.

«Ohi!» Alex lo scosse. «Non farti venire un infarto, sai? Sono qui, sono qui con te, dimmi cosa c'è dentro, entriamo e poi la risolviamo.»

Ma lui faceva segno di no, le labbra strette eppure tremanti, che formavano piccole bolle piene di parole che non riusciva a dire. Senza cambiare posizione, scivolò di fianco e le si schiantò addosso, su una spalla, rigido eppure scosso da tremiti.

«Se entro lì non ci esco più. Me lo ha detto lui» sputò fuori.

«Oh, ma basta!»

Alex si era tirata indietro, aveva spalancato la portiera della macchina ed era semplicemente scesa in un freddo cane, sbraitando ai quattro venti il suo rifiuto a farsi intimorire da Domenico Donadio.

«Ha detto, ha detto, ha detto! Mica è il demonio, è solo tuo padre. È pazzo? Certo che è pazzo, ma la pazzia non dà l'onnipotenza! Scuoia la gente? Ha un laboratorio di metanfetamina? Alleva barracuda? D'accordo, andiamo a vedere questi barracuda e poi decidiamo cosa fare!»

Era arrivata a grandi passi sul lato frontale del capannone, rifiutandosi di buttare un'occhiata al sentiero da cui erano venuti, decisa a mettere da parte il padre del suo fidanzato per dare alla ragione tutto lo spazio di cui aveva bisogno.

Vaffanculo, in fondo ho vissuto abbastanza.

Aveva spalancato la porta e non era successo niente. Non c'era nulla di spaventoso, nessun odore di morte, il capannone era un capannone pieno di cose, di container coperti da drappi, cassoni, quello che erano. C'era luce dappertutto, nessun angolo buio, nessun argano appeso, nessun cadavere pendente.

Ha saputo che venivamo e ha spostato tutto.

Sì, vabbè.

Era rimasta lì sull'uscio, le mani sui fianchi, a guardare tutto quello spazio innocuo.

E poi aveva sentito un rumore.

Ah, ecco.

Si fece un film di proiezione breve, Domenico diceva a Lucio che la sua ragazza non gli piaceva, troppo brutta, troppo vecchia, doveva portargliela lì e lasciarla a lui, che l'avrebbe messa a posto. Il film se ne andò come l'ipotesi di satanismo. No, Lucio non l'avrebbe fatto. Non era certa che la amasse più di quanto temeva il padre, ma sapeva di essere davvero una delle poche cose buone della sua vita.

Lo ha ingannato. Domenico gli ha detto che non sarebbe venuto e invece è qui.

Di nuovo il rumore, uno strascichio. Allora guardò meglio i container. La maggior parte erano meticolosamente coperti con dei drappi lunghissimi che dovevano

proteggerli?

impedire alla sporcizia di accumularsi lì sopra, ma due,

un po' dietro agli altri, erano scoperti, le coperture erano a terra tutte calpestate, attaccate alle ruote.

Ruote?

Ruote di legno, le sembrava, dipinte di bianco alcune e di rosso altre.

«Non sono container.»

Lo aveva detto a voce alta, e in risposta alla sua voce c'era stato di nuovo quel fruscio e poi un suono profondo, tra un lamento e un grugnito.

Le gambe erano partite prima che la voce tuonasse scandalizzata.

«CAZZO, SONO GABBIE! HA MESSO DELLE BESTIE IN GABBIA!»

Ma come, Donadio, brutto figlio di puttana, le gabbie, tu, tu le gabbie con tutto quello che dici?

E ci era quasi finita contro prima di vedere, prima di capire. Le gabbie scoperte erano due. In una c'era un uomo, tra i quaranta e i cinquant'anni. Nell'altra una donna molto più vecchia. Da entrambi proveniva un fetore orrendo e lo conosceva, lei, quel fetore, erano le piaghe, le infezioni, forse anche la cancrena. La donna non si muoveva, l'uomo poco, emetteva suoni a strappi, si lamentava.

Lo ha fatto.

Ha sempre detto che il peggio sarebbe dovuto toccare alla nostra specie.

Ed ecco, lo ha fatto.

«Li tiene drogati.»

La voce di Lucio era nascosta come lui, alle sue spalle. Alex si scosse dalla paralisi, finalmente.

«Come si aprono?» gli rispose, iniziando a tirare le sbarre.

«Non puoi farli uscire, sono sempre mezzi addormentati. E non possono morire perché lui mi ha fatto portare dall'ospedale il necessario per tenerli in vita.»

Alex correva con gli occhi all'interno, c'erano avanzi di cibo, due ciotole

ciotole, ciotole vere

con un fondo di acqua sporca, escrementi a terra e ovunque su quel che restava dei vestiti di quei due, niente altro.

«Chi sono?»

Si voltò a cercare il viso di Lucio, terreo, nascosto dietro a un altro di quei container che non erano container.

«Lui era il matto di un paese dove mio papà andava a levare le trappole. Era sempre in giro che camminava, camminava, non faceva altro che camminare.»

«E lei?»

«Lei è una barbona. Non so dove l'ha presa. È cieca.»

«Da quanto sono qui?»

«Non lo so. Non me li ha fatti vedere subito. Credo qualche mese.»

Alex si era voltata definitivamente verso di lui.

«E tu da quanto tempo lo sai?»

Lucio aveva capito dove sarebbero andati a parare e cominciò a piangere subito.

«Diceva che era uno scherzo, che li avrebbe liberati. Ma lui non ha mai scherzato, prima.»

«Da quanto lo sai, Lucio?»

«NON DEVO FARTI SCHIFO!» le aveva gridato, e in quel frangente era proprio l'ultima cosa di cui gli sarebbe dovuto interessare.

Non riesce a vedere al di là di se stesso.

È stato tutto inutile.

Ho fallito.

Anche questa era una delle ultime cose a cui avrebbe dovuto pensare. Tornò a guardare le gabbie.

«Come si aprono?» ripeté.

«Ti prego, ti prego, ti prego, non lo fare, se scopre che ti ho portata qui, se scopre che li abbiamo liberati mi uccide, Alex, mi uccide.»

«No che non ti uccide, voglio vedere come fa a ucciderti dalla galera.»

E aveva iniziato a trafficare con il meccanismo della gabbia dell'uomo, che si trovava sotto al bordo.

«Mi ucciderà perché in galera ci sarò anche io.»

Alex si era fermata.

«Come "anche tu"? Non sei stato tu a fare questo.»

«Ma lui dirà di sì. E gli daranno ragione perché tracceranno il mio cellulare e io sono stato qui molte volte ad accompagnarlo, quindi sono un complice.»

Lei esitò.

Si odiò per quella esitazione, ma non lo aveva appena accusato anche lei di avere saputo senza fare niente?

Non è vero che non ha fatto niente.

Ha portato qui me.

«Ascolta, Lucio, mettiamo le cose in ordine di priorità. Queste due persone sono ancora vive, se muoiono tuo padre viene accusato di omicidio e anche tu, se riusciamo a salvarle, a farle curare, invece, è sequestro di persona, che non è una bella cosa ma è molto meno grave.»

«Non le possiamo salvare.»

«Ascoltami! Tu mi aiuti a tirarle fuori e le portiamo via, okay? Io testimonierò che questa è stata una TUA scelta, che sei TU che li hai liberati. E i giudici lo vedranno che tipo è tuo padre, capiranno che persona è, avrai tutte le attenuanti.»

«No, perderò tutto, il lavoro, la casa, mi rinchiuderanno da qualche parte...»

«Questa è una cazzata che ti ha messo in testa Domenico, nessuno chiude nessuno da nessuna parte.»

«Lui vuole farlo.»

Un pezzo che va a posto. Clic.

"Io ho dei progetti per lui."

«Cos'hai detto?»

«Lui ha detto che il prossimo sono io. Perché di me non si fida. Perché sono uno scemo. Perché non sono migliore di loro.»

Alex aveva dimenticato i due corpi alle sue spalle. Tutti i

pensieri razionali lasciarono posto a una singola immagine: Lucio chiuso in gabbia, pieno di piaghe, drogato.

«E quando te lo ha detto, questo?»

Il ragazzo abbassò la testa.

«È un po' che lo dice. Dovevamo venire oggi, per dargli il cibo e l'acqua, e diceva che magari mi lasciava qui. Ma poi lo hanno chiamato per andare in montagna ed è questo che mi ha salvato.»

Alex tornò a voltarsi verso le gabbie, stranita.

Non è così pazzo da farlo.

Davvero?

"Io ho dei progetti per lui."

I due corpi nelle gabbie erano lì da vedere. Il telefono di Lucio iniziò a ronzare. Alex guardò lo schermo per leggere il nome del chiamante.

«Non rispondergli.»

Ma la paura era troppo forte e Lucio si allontanò da lei.

«Pronto, papà?»

La guardava, gli occhi sempre più grandi.

«No, sono da Alex.»

Gli vide il poco colore defluire dalle guance.

«Sì, scusa, pensavo che fosse tutto rimandato.»

Si appoggiò con la spalla a un carrozzone.

«Mi dispiace farti fare tutto da solo.»

Abbassò la mano con il cellulare, e anche se non era necessario disse

«È tardi. Sta venendo qui».

Yuri

Aveva scostato la tenda.

Guardato a destra, guardato a sinistra, non c'era nessuno.

Yuri Vignoli, la quarta scimmia, non aveva paura di Alessandra Gatteschi, non ne aveva il tempo. Il suo terrore era di incontrare qualcuno che lo conoscesse, e ormai lo conoscevano tutti. La sua prima soluzione era stata quella di rasarsi i capelli a zero e tenersi invece la barba lunga, ma questo lo aveva reso, se possibile, più riconoscibile ancora. Quindi si era tagliato anche la barba, aveva comprato degli occhiali scuri e diversi berretti da calarsi in testa, e per fortuna che a fine marzo faceva ancora freddo. Le tre settimane dopo la liberazione dal capannone erano state le peggiori della sua vita, senza alcun dubbio. Non faceva nemmeno paragoni con quando era stato costretto, tutto nudo, a vivere in una gabbia, mangiare per terra in mezzo alla merda e coprirsi con la paglia come le vacche, quello era stato il paradiso, al confronto. Si era svegliato in ospedale e se l'era fatta subito addosso, perché tutta quella luce, le lenzuola, i medici e la faccia di sua madre che si allungava su di lui erano stati troppo. Era stato via, gli avevano detto, 423 giorni, dalla notte di capodanno 2017 alla fine di febbraio 2018. L'allarme era partito tardi perché i suoi non ci avevano badato, che non fosse rincasato all'alba del 1° gennaio, solo a pranzo sua madre si era incazzata e aveva iniziato a chiamarlo sul cellulare, che era staccato, e suo padre aveva mandato i ragazzi dell'officina in giro per verificare che non fosse finito in qualche fosso. Si erano preoccupati verso sera, va bene che era un coglione, va bene che quando si ubriacava non era capace nemmeno di stare in piedi, va bene che quella era la stessa serata in cui l'anno prima era finito chiuso nel cesso di un locale e lo avevano trovato con le braghe calate piene di vomito e senza più un soldo, ma erano quasi 24 ore da quando era uscito. Avevano trovato la macchina a pochi chilometri, a Savignano sul Panaro, parcheggiata vicino alla stazione, chiusa. Che avesse preso un treno? E per andare dove? Così avevano di nuovo rimandato la denuncia, Yuri era così imbecille che poteva essere andato dietro alla prima figa che gli prometteva che gliela dava e ora magari era finito in Bielorussia. Ma il 2 gennaio erano scattate le ricerche, spari nel buio perché nessuna telecamera utile, tra il locale dove aveva trascorso la mezzanotte e la stazione dove si trovava l'auto, lo aveva ripreso. Telefono spento alle 3, gli amici avevano raccontato che gli era venuta la sbronza triste perché aveva toccato il culo a una cameriera e quella gli aveva tirato uno scappellotto, non un ceffone o un cazzotto, che lo avrebbero fatto sentire maschio, uno scappellotto come si fa con i chierichetti in chiesa. Yuri lo aveva fatto, il chierichetto, e lo odiava. Il prete era cattivo, vecchia maniera, gli tirava certi ceffoni. Non che non ci fosse abituato, anche in casa volavano schiaffi come piovesse, più su di lui che su sua sorella Giada, la stronza era brava a nascondere le magagne, e poi prendeva bei voti a scuola. Yuri a scuola era una capra, aveva preso da suo padre, solo che Genziano Vignoli compensava con la classica furbizia contadina, che gli aveva permesso di fare il salto sociale a cui la sua famiglia ambiva da generazioni. Gli piacevano le auto e si era fatto insegnare tutto il possibile dal meccanico del paese. Poi aveva smontato la macchina di suo nonno, che non andava più, rivendendola pezzo per pezzo. Ci aveva fatto abbastanza da comprare un'altra macchina vecchia e fare lo stesso. Da lì aveva costruito un impero come sfasciacarrozze, rivendita di auto usate e di ricambi. Si erano fatti una bella casa, lui e la sua Milva, e avevano stabilito che i due figli avrebbero lavorato nell'attività di famiglia. Genziano si era immaginato l'insegna luminosa: YURI VIGNOLI & C., dove "C" sarebbe stata la sorella, in quanto femmina. Ma ci era arrivato abbastanza alla svelta, a capire di aver puntato sul cavallo sbagliato. Yuri non assomigliava per niente all'intraprendente uomo di mondo che aveva sognato diventasse, era lì, smunto, flaccido, la faccia equina, l'espressione ebete, la cosa che gli sentiva dire più spesso era

«Eh?»

mentre sua sorella, quella sì, era sveglia, ci capiva soprattutto di numeri, l'aveva fatta studiare e l'aveva messa sui registri. Dopo un patetico servizio civile, Yuri aveva annunciato alla famiglia che non voleva più studiare, il suo miserabile 60 preso per compassione, e il padre si era chiesto dove metterlo. Meccanico no, che non sapeva dove infilare le mani, in ufficio men che meno, restavano i rapporti col pubblico, vendere. Gli aveva spiegato come fare, il venditore deve essere aggressivo, non deve lasciare tempo al cliente di pensare troppo e capire dove si trova la fregatura. Ma Yuri non era veloce di lingua, se gli facevano domande troppo tecniche gli veniva l'ansia e iniziava a sudare alla radice dei capelli radi. I ragazzi dell'officina gli volevano bene, un po' perché era figlio del padrone e un po' perché non c'era gusto a prendersela con uno come lui. Allora quando arrivava un cliente uno di loro andava ad affiancarlo, magnificando l'auto come se avesse appena finito di sistemarla, candele nuove, un carburatore perfetto, ha una ripresa che te la sogni e lo aiutavano a piazzarne una su dieci. Yuri abbozzava, meglio quello che non vendere affatto.

Poi gli era venuta un'idea.

L'unica e sola della sua vita, ma abbastanza buona da poter funzionare. Suo padre aveva stivato in uno dei cortili interni quelle auto ancora funzionanti che non avevano praticamente mercato, troppo vecchie e malandate. Una persona competente e capace di capire di cosa si stava parlando non le avrebbe comprate mai, ma una persona impreparata che non capiva bene la lingua? Così aveva stampato dei volantini e li aveva lasciati nelle aziende agricole dei dintorni, nelle industrie, nei mercati. Un'auto funzionante a poco più di mille euro, compreso il passaggio di proprietà. Aveva promesso un piccolo bonus a uno dei meccanici, che aveva qualche vizio da alimentare, e lui aveva dato una sistemata alle auto, che si presentassero bene e basta. Poi aveva iniziato a venderle ai poveri disgraziati che andavano al lavoro in bicicletta, si accordavano in quattro per mettere insieme i soldi e se ne andavano su una carretta che, se fosse andata bene, sarebbe durata un anno.

«Se dovesse rompersi puoi sempre rivendercela, che noi la smontiamo e usiamo i pezzi» raccontava, sapendo che non sarebbe stato vero, era già molto che non chiedessero soldi per ritirarla e smaltirla.

Sua sorella Giada aveva registrato tutto senza battere ciglio, lei non conosceva i veicoli. Il padre se ne accorse quando il primo nero venne a protestare che la sua macchina lo aveva lasciato a piedi in mezzo alla campagna e non aveva i soldi per il carro attrezzi. Genziano Vignoli gli aveva riso in faccia e poi lo aveva minacciato di rifargliela, ma dopo era andato in ufficio a vedere i registri. Yuri aveva svuotato metà del cortile, mettendo in circolazione almeno sette vetture sul limite della truffa. Era andato a prenderlo, quello si era giustificato dicendo che lui spiegava bene ogni cosa all'acquirente, se lui accettava l'auto così com'era ed era d'accordo perché non doveva vendergliela? Il padre aveva un registratore di cassa al posto del cuore, ma non era stupido, sapeva che il punto non era farci soldi, era che se succedeva qualcosa che coinvolgesse quelle auto ci sarebbe andato di mezzo lui. Glielo aveva fatto capire con le cattive e Yuri aveva smesso.

Poi c'era stato l'incidente.

Sull'auto erano in cinque, nessuno era stato capace di spiegare cosa fosse successo, forse i freni, forse lo sterzo, chissà. Ne erano morti due subito, altri due in ospedale. I carabinieri erano passati sotto la nuovissima insegna GENZIANO VIGNOLI & C., avevano fatto due parole con suo padre, controllato le carte e poi lo avevano mandato a chiamare. Yuri aveva accusato il meccanico. Diceva che aveva problemi di droga, il che era abbastanza vero, che sul lavoro non era più efficiente e che era stato lui a dare il via libera per vendere quella macchina. Il meccanico era stato licenziato, la ditta se l'era cavata e i morti erano stati rimandati nel loro paese d'origine due mesi dopo, quando le famiglie avevano potuto pagare il viaggio, aiutate anche da una raccolta fondi della parrocchia a cui i Vignoli non avevano partecipato. Genziano non aveva levato Yuri dalle vendite, perché sarebbe stata un'ammissione di colpa, ma aveva imposto che ogni contratto dovesse avere la sua firma.

A capodanno Yuri era sparito.

Quattordici mesi dopo lo ritrovavano chiuso in una gabbia, sottopeso, i capelli a chiazze, la barba lunga. Lo avevano abbracciato felici, perfino Giada, che dopo la sua scomparsa si era presa anche il reparto vendite. Yuri era solo, quando lo avevano salvato, chiuso in una gabbia verde, ma i suoi compagni di prigionia avevano detto che fino a poco tempo prima era stato in un carrozzone più grande, insieme ad altri tre. Lui aveva confermato, sì, erano in quattro, due uomini e due donne.

Quindi nessuna domanda per un giorno intero, quando lui già sognava le dimissioni e il rientro a casa, nella sua Marano.

Poi gli avevano messo un poliziotto fuori dalla porta.

Poi sua madre aveva smesso di venire.

Poi aveva sentito la voce di suo padre gridare nel corridoio.

Quindi nella stanza era entrata sua sorella, e sarebbe stata l'ultima volta che l'avrebbe vista di persona.

«Dicono che hai quasi ammazzato una donna, lì dentro. Ha raccontato che la stupravi regolarmente e che poi hai iniziato a picchiarla. Gli altri hanno confermato. Ti ha denunciato, Yuri. In tutti questi mesi abbiamo pensato che fossi morto. Peccato che non era così.»

Uscì prima che lui riuscisse ad articolare una risposta.

I media fecero il resto.

Per sette volte aveva rischiato il linciaggio della folla.

La prima era stata all'uscita dell'ospedale, i carabinieri lo avevano fatto salire sulla loro auto e scortato fino al paese, dove era andato a dormire da dei parenti, perché i suoi non lo volevano. La seconda, per poco i suoi concittadini non gli erano entrati dritti in casa e per questo aveva lasciato Marano. Non aveva avuto modo di accedere ai suoi account social, ma li aveva fatti chiudere dalle autorità perché gli insulti e le minacce di morte si erano accumulate sotto ogni post e ogni foto, razziati per venire pubblicati altrove e creare dei meme. Sua sorella, mossa a pietà, gli aveva procurato un appartamento in affitto a Fiorano Modenese, abbastanza lontano da non essere riconosciuto subito ma abbastanza vicino perché gli inquirenti non lo perdessero di vista. L'avvocato però, glielo aveva detto chiaro e tondo, se lo sarebbe dovuto pagare lui. Nessuno aveva avuto pietà per i suoi trascorsi, non gliene fregava niente a nessuno che fosse stato prigioniero, maltrattato, affamato e mezzo congelato, tutti vedevano in lui un potenziale assassino e uno stupratore.

Ma non era vero!

Cioè, sì, era vero che Sveva l'aveva picchiata, ma era successo una volta sola, aveva perso la testa, non avrebbe saputo dire nemmeno lui cosa gli fosse preso. Insomma, non erano condizioni normali, lo aveva detto anche ai carabinieri, la gente va fuori di testa per molto meno, era già tanto che loro quattro non si fossero massacrati a vicenda. Però non gli era sembrato di ricevere comprensione né pietà, quasi fosse stato lui il peggiore di tutti, e non lo era. Non l'aveva uccisa, Sveva, e no, non l'aveva stuprata mai. Il suo nome glielo aveva sussurrato lei una notte, perché avevano il divieto di usarli, glielo aveva detto Giorgio il giorno che si era svegliato nella gabbia.

«Niente nomi, niente posti.»

Erano state le prime parole sentite lì dentro, pronunciate da un uomo sui cinquant'anni, abbastanza bello, i capelli grigi e ricci. Con lui c'era una donna bionda, avrebbe scoperto più avanti che si chiamava Karina e che era stata la seconda a entrare nella gabbia. Erano tutti e due nudi, mentre lui aveva ancora addosso i vestiti dell'ultimo dell'anno. Aveva pianto, Yuri, tanto, tantissimo, e quei due niente, l'uomo gli aveva appoggiato un attimo la mano sulla spalla ma poi se n'era andato in un angolo, lei nemmeno quello. Sveva era arrivata sei mesi dopo, circa, per quel che gli era parso, ed era la ragazza più bella che avesse mai visto. Ma Yuri non si sarebbe sognato mai di metterle le mani addosso, nemmeno in quella situazione, primo perché aveva paura delle reazioni degli altri due, secondo perché era davvero troppo bella, e pure se gli veniva duro ogni volta che la guardava, con quelle tettine in su e la bocca imbronciata, non avrebbe tentato mai un approccio. Era stata lei a cercarlo, sin da subito, era bisognosa di gesti, calore, affetto, e se li prendeva e basta. Giorgio e Karina erano freddi, ma lui aveva tutte le ragioni del mondo per ricambiarla. Avevano iniziato a scopare prima di subito, nemmeno era passata una settimana, lei aveva ancora i suoi vestiti.

Allora erano stati puniti.

Mentre lo facevano, subito, il carrozzone era stato tempestato di colpi, poi tra le sbarre era stata infilata una spranga di ferro che tutti chiamavano "la lancia" e li aveva separati a forza. Sveva aveva pianto, aveva urlato, aveva chiesto perché, e anche se non era sveglissimo Yuri aveva capito che per lei il sesso era fondamentale, ne aveva bisogno per sopravvivere. Yuri le aveva detto a mezza bocca che Giorgio e Karina scopavano quando lei aveva il ciclo e che non venivano puniti, perché erano i giorni in cui lei non sarebbe rimasta incinta, e così si adeguarono anche loro. Non l'aveva stuprata, Sveva, mai.

Ma lei diceva di sì adesso.

Diceva di sì e tutto il mondo le credeva.

Avrebbe dovuto picchiarla più duro, quell'unica volta.

Era strisciato fuori dalla porta, il berretto calato fino alle sopracciglia, gli occhiali scuri pure se erano le sei di sera. Non era certo che la sorveglianza davanti all'appartamento fosse ancora attiva, non riconosceva nessuna macchina, nessuna faccia, temeva di essere stato abbandonato. Ma doveva uscire, doveva, quella volta doveva proprio. Prese a camminare veloce, la testa incassata nelle spalle, un giubbotto informe addosso, le mani nelle tasche. Camminò fino in fondo alla via, pregando che l'auto fosse già lì, e c'era. Grigia, anonima, una Seat Toledo come quelle che suo padre aveva smerciato in tutte le salse. Salì senza nessuna esitazione.

«Non sono in ritardo, vero?»

«No.»

Yuri si era voltato a guardare indietro.

«Ma ci seguono?»

«No.»

«E la cosa, il pericolo di fuga? Non hanno paura che scappi?»

L'uomo si era girato a guardarlo, mentre metteva in moto. Era così grosso che occupava da solo metà abitacolo.

«E dove te ne scappi?»

C'era molta roba in quella domanda, derisione, commiserazione, disprezzo, ma a Yuri non importava nulla. Sentiva i muscoli che si rilassavano, presto gli avrebbero fatto malissimo le spalle, le cosce e dietro al collo, come gli succedeva ogni volta che si sentiva al sicuro. E lui si sentiva al sicuro solo vicino a quell'uomo. Lo ricordava in ospedale, tra le persone che erano venute nei primi giorni, sua madre che entrava nella stanza con gli occhi rossi e un sorriso mai visto, aggrappata alla mano di quel gigante.

«È lui, Yuri, è lui che ti ha salvato.»

Francesco Caparzo, si chiamava, era il poliziotto che aveva trovato il capannone e liberato tutti. Gli aveva detto solo "grazie", allora, ancora troppo stanco e traumatizzato. Qualche giorno dopo gli era franata addosso quella cosa dello stupro, le botte date a Sveva e tutto il resto, e subito se n'erano andati tutti, ma lui no. Era tornato a guardarlo, non gli chiedeva molto, era più Yuri a parlare, a giurargli che non era vero niente, no, che insomma, era vero un po', ma lui mai avrebbe potuto, mai. E il poliziotto lo ascoltava come se gli stesse parlando del tempo, calmo, indifferente.

«La prego, mi creda» lo aveva supplicato tra le lacrime.

«E come, non devo crederti? Certo che ti credo» gli aveva risposto.

Yuri si era sentito invadere da una gratitudine fresca e liquida, non gli pareva vero.

«Ma l'altri non ci crederanno, perché lei è femmina, che parla.»

Nuova doccia fredda, nuove lacrime.

«Ma se tu parli a me io ti posso aiutare.»

Gli avrebbe detto qualsiasi cosa, qualsiasi.

«No qualsiasi, che ci faccio con qualsiasi? Tu a me devi dire le cose che non dici a loro.»

Yuri non aveva capito.

«Tu a loro racconterai tutte le cose brutte, e va bene, ma ci sono cose che invece non dirai, e io lo so, perché sono le cose che ti vergogni, sono le cose che vuoi dimenticare. E va bene che te le dimentichi, ma prima le dici a me.»

Yuri glielo aveva giurato, e dopo essere tornato a casa aveva aspettato che lo contattasse. Era successo, lo aveva aspettato fuori dalla porta con quella Seat Toledo grigia, la scorta pronta a seguirli, i giornalisti ancora in agguato li avevano immortalati mentre se lo portava lontano, fino a Firenze dove aveva parlato con un ispettore arcigno che lo guardava come se fosse una cacca di mosca. Caparzo aveva assistito al colloquio seduto in un angolo, non aveva preso appunti, non aveva fatto domande. Yuri aveva detto tutto quello che ricordava, del capannone, di Alessandra Gatteschi, di quell'altro che non aveva mai visto, di Sveva che non l'ho stuprata, lo giuro su Dio, tutto il resto è vero ma non le ho fatto niente senza il suo consenso. Il suo avvocato non era presente, quello era un altro procedimento, Yuri ci pensò solo dopo, che non era stata una grande idea. Sulla strada del ritorno Caparzo gli aveva detto

«Sei stato bravo» e gli aveva chiesto di lei: «Dimmi com'era, lei».

Yuri non aveva capito subito, aveva pensato che stesse parlando di Sveva, invece no. Parlava di Alessandra Gatteschi, che loro conoscevano come Sandra, la donna serpente rinchiusa in una gabbia senza i suoi denti.

«Sembrava così buona. La prima volta che ci ha visti, quando il suo carrozzone era davanti al nostro, aveva detto "Oh santo cielo", non così bene, lei aveva, sa, quella cosa dei denti, parlava strano. Ma le si erano riempiti gli occhi di lacrime, come se vederci tutti ammassati le desse un grande dispiacere. Sembrava buona, se lei sapesse come ci sembrava buona...»

Caparzo aveva riflettuto a lungo su questa cosa. Poi gli aveva chiesto

«Secondo te perché tu stavi lì?»

e di nuovo a Yuri ci era voluto un po' per capire, ma poi ci era arrivato, il poliziotto gli chiedeva perché lei, loro, insomma, quei due avessero deciso di prendere proprio lui e aveva risposto

«Io ci ho pensato tanto e alla fine credo che fosse per i negri. Ero lì perché avevo fatto ammazzare i negri».

Gli aveva detto dell'incidente, ma Caparzo lo sapeva già, si capiva da come annuiva, sembrava un maestro con un alunno somaro che finalmente capisce le moltiplicazioni.

«Pure io lo penso.»

Si era fermato davanti al palazzo dove viveva in affitto e lo aveva guardato con qualcosa di simile alla tenerezza.

«Io credo che sei una merda. Credo che siete tutti delle merde, altrimenti non vi prendeva. Io penso che ve lo siete meritato.»

Yuri era rimasto appeso a un "ma" che doveva arrivare, sperava con tutte le sue forze che arrivasse. E arrivò.

«Ma non è così che si fanno le cose. Non è il modo.»

Poi si era allungato oltre lui e gli aveva aperto la portiera.

«Devo fare qualche parlata ancora e poi torno a prenderti. Quella volta saremo tu e io, non una cosa ufficiale. E tu mi dovrai dire le cose che agli altri non diresti mai perché fanno troppo schifo. Ma io è quello schifo che ho bisogno.»

Yuri era sceso e la sua vita era tornata a essere un inferno.

Ora quella volta era venuta e loro due viaggiavano nella luce che si spegneva sempre di più e si sentiva così bene che si sarebbe potuto addormentare da un momento all'altro. Non gli importava se Caparzo pensasse che fosse una merda e che si fosse meritato quello che gli era successo.

Lo aveva salvato.

Gli aveva creduto.

E nessuno aveva mai fatto per lui nemmeno una sola delle due cose.

Lo aveva capito solo dopo mezz'ora di strada e si era subito messo a uggiolare come un cane.

«Per piacere, no, no, per piacere.»

«Vedrai che t'aiuta la memoria.»

C'erano una transenna e dei nastri che bloccavano il sentiero, ma Caparzo scese e li spostò con grande delicatezza. I fari illuminarono il capannone. Yuri smontò dall'auto, certo che non sarebbe rimasto in piedi, invece seguì il poliziotto che avanzava tranquillo con una torcia in mano, staccava un altro nastro, apriva la porta ed entrava. Dentro non c'era più quell'odore di stalla che Yuri cercava ancora di strapparsi dalle narici, ora era più polvere, qualcosa di acido, muffa. Gli sembrava grandissimo, immenso, eppure più piccolo di come lo ricordava. Non lo aveva mai visto da uomo libero, solo nelle fotografie della polizia e nei filmati in tv. Molti dei suoi compagni erano andati ospiti in varie trasmissioni, a lui invece non lo aveva invitato nessuno, la pecora nera.

«Perché i carrozzoni sono ancora tutti qui?»

«E dove li portano? È proprietà privata, pure il capannone lo è. Finita l'indagine va tutto al padrone suo.»

Il padrone suo era morto, ma Yuri non lo disse per non sottolineare l'ovvio, ci sarebbero stati degli eredi. Passò di fianco al tavolo su cui la Gatteschi

Sandra

aveva la sua postazione del computer, nel centro esatto della struttura, il retro di tutti i carrozzoni a proteggerla da occhi indiscreti. Gli sembrò piccolo anche quello, poco più di un banco di scuola, e avvertì una fitta di dispiacere per lei che doveva starsene rannicchiata lì, al freddo, silenziosa per non far intuire a loro la sua presenza.

Era cattiva, non devo dimenticarmelo.

Passò oltre mentre cercava di convincersi e arrivò là dove Caparzo lo stava aspettando. Aveva vissuto per più di un anno in quella enorme cassa di legno che se ne stava lì immobile, la lunga griglia alzata, come un invito a entrare. Guardò il poliziotto, poi il carrozzone, il carrozzone e poi il poliziotto. Quindi, con un senso di predestinazione, fece un passo avanti per andarci dentro.

«Che fai?»

«Entro.»

«Non serve.»

Caparzo spostò la luce dal carrozzone a lui, come negli interrogatori del cinema.

«Perché l'hai picchiata?»

«L'ho già detto, perché rideva di me, credo. O perché rideva e basta. Era lì, potevo farlo e l'ho picchiata.»

«No.»

Yuri abbassò gli occhi.

«Lei cos'ha detto?» chiese come un topo in trappola.

«Niente ha detto. Ha detto che stava lì e tu sei arrivato e hai cercato di ammazzarla. Ha detto che gli altri due si sono messi in mezzo e tu li hai allontanati. Agli altri due. Li hai allontanati. Tu.»

Non suonava credibile, eppure era andata proprio così.

«Ero fuori di me.»

«Perché?»

Il ricordo gli si muoveva dentro come un serpente, ma non voleva farlo uscire.

«Fai che io lo so. Fai che qualcuno me lo ha raccontato. Fai che aspetto che me lo dici come lo so io.»

La voce era paziente, la faccia non la vedeva, perché era dietro la luce. Un pezzo di serpente gli si infilò tra i denti.

«L'ho picchiata perché me l'ha detto Anna.»

Nel pronunciare il suo nome la bocca gli si riempì di bava. Era come il cane di Pavlov.

«Anna la ragazza che è scappata?»

«Sì.»

Contrariamente a quanto credeva, nessuno aveva raccontato a Caparzo questo dettaglio. Nessuno gli aveva raccontato niente di niente, a dirla tutta, Sveva ricordava solo il dolore e la paura, gli altri due avevano detto che era successo tutto all'improvviso, al buio, che si erano messi in mezzo, ma Yuri era una furia

«Mai visto così» aveva raccontato Giorgio Guccione e non erano riusciti a fermarlo. Nessuno aveva fatto il nome di Anna, eppure lei era lì, aveva sentito tutto, e questo era un dettaglio interessante, il dettaglio segreto. Di lei non si parlava, tutti dicevano poco.

«Anna ti ha detto di ammazzarla?»

«Sì.»

«E perché?»

Yuri cercò di formulare una risposta.

Perché lui dedicava troppe attenzioni a Sveva e troppo poche ad Anna.

Falso.

Perché Anna era gelosa di Sveva.

Falso.

Perché Anna era pazza ed era pazzo anche lui.

Falso.

Il serpente gli girava intorno, si muoveva così forte che rischiava di strozzarlo. E allora lo disse.

«Me lo ha fatto fare contro Sandra. Cioè, Alessandra, cioè, il rapitore che non sapevamo chi fosse. Alessandra non voleva che ci facessimo male. Non voleva che litigassimo o che dicessimo parolacce.»

«E lei questo ti ha chiesto, la Baroni, di picchiare la piccoletta.»

«Sì.»

«Così era come se lei picchiava la Gatteschi.»

«Sì.»

Caparzo abbassò di poco la torcia. Aveva un'espressione che Yuri non riusciva a decifrare.

«E perché la Baroni voleva fare male alla Gatteschi?»

Yuri si sforzò, perché il concetto lo aveva afferrato, ma non aveva le parole per esprimerlo.

«Perché loro due si odiavano. Lei e il rapitore, lei e Sandra. Sandra odiava Anna e Anna odiava Sandra. E anche se Anna era in gabbia e Sandra era fuori.»

Il poliziotto annuì.

«Poco poco erano in gabbia tutte e due. Diverse, ma tutte e due.»

Yuri si mangiucchiò le labbra, staccando le pellicine, cercando le parole.

«Anna non aveva paura di lei. Era come una regina, come se fosse stata libera anche se era qui dentro. E penso che questo facesse sentire Sandra prigioniera anche se era libera.»

«E tu cosa c'entravi, con Anna?»

Yuri si perse per un attimo, il sapore del sangue che gli entrava in bocca dalle labbra spaccate.

«Mi chiamava Romualdo, come il principe di *Fantaghirò*. Noi quattro non potevamo dire i nostri nomi, era una delle regole. E allora lei mi aveva dato un altro nome, come aveva dato un nome al coccodrillo. Che non era il coccodrillo, adesso lo so, ma allora non lo sapevo. Era vietato dare un nome al coccodrillo, ma Anna lo aveva fatto. Lei mi faceva sentire importante. Mi faceva sentire qualcuno.»

«Non eri qualcuno» osservò Caparzo, il tono astratto quanto il suo. «Eri qualcosa.»

«E cosa?»

«Eri un'arma.»

Yuri annuì.

«Ci sono altre cose che mi devi dire, della tua regina?»

Yuri scosse la testa.

Stava mentendo.

E lo sapevano tutti e due.

Lo aveva lasciato davanti alla porta e prima di farlo scendere gli aveva indicato un'auto scura parcheggiata poco distante.

«Non t'hanno abbandonato.»

Yuri salì le scale fino al suo appartamento, le gambe gli facevano davvero male, ma nulla in confronto a spalle e collo. Forse quella notte sarebbe riuscito a dormire. Girata la chiave spinse e la porta fece resistenza. Spinse ancora e finalmente si aprì, lasciando a terra una lunga strisciata nera. Yuri si chinò per vedere cosa ci fosse incastrato sotto, ma qualunque cosa fosse si era mezza spappolata. Il segno però veniva via, lo grattò con l'unghia e lo vide staccarsi in riccioli, la familiare consistenza del pastello a cera. Sentì la faccia riempirsi di piccole punture, gli venne un capogiro, si sedette a terra e appoggiò la mano su qualcosa, un pezzo di carta che avevano infilato sotto la porta prima di spingere il pastello. Lo prese in mano.

Era la vecchia copertina di un VHS.

Su sfondo blu, in mezzo a ghirigori dorati, troneggiava l'immagine di una ragazza col caschetto nero.

Sotto, una sola parola: FANTAGHIRÒ.

3 dicembre 2012

Alex era abituata a prendere decisioni rapide, ma quella era una decisione troppo grande e il tempo era troppo poco. Domenico era pericoloso, probabilmente armato e stava arrivando al capannone. Aveva pensato di ripartire subito, ma non sapeva dove si trovasse Domenico, e se fosse stato a due chilometri da lì? La strada era stretta, se lo sarebbero trovato davanti. Potevano restare nascosti e aspettare che se ne andasse, ma chi le garantiva che non avrebbe pensato anche lui a parcheggiare l'auto sul retro del capannone? C'era un altro posto dove nascondersi? Non aveva visto sentieri oltre a quello che avevano percorso. Vagò con lo sguardo sul pavimento in cemento, concentrata ad ascoltare rumori che potessero venire da fuori. Niente.

«Va bene, cerchiamo di stare calmi. Come li droga, questi due?»

«Gli spara.»

Sollevò la testa, sorpresa.

«Gli SPARA? Col narcotico? Quello che usa nei boschi?»

Le tornarono in mente le richieste per tutte quelle munizioni sottobanco.

Ecco perché, altro che spostare gli orsi.

Era quasi ammirata dalla follia di questa cosa. Lucio annuì.

«È qui il fucile?»

Il ragazzo corse a frugare dentro una delle altre gabbie e le porse l'arma. Alex la prese, gli occhi fissi sulle sbarre.

«Ma da dove arrivano questi? Sono carrozzoni da circo, di quelli che viaggiavano su binari, no? Devono essere vecchi.»

Lucio scrollò le spalle.

«Forse» tentò «papà ha capito che sono qui con te e non verrà.»

Lei sorrise amaro. Domenico Donadio non era uno che scappava, se esisteva una persona con il delirio di onnipotenza era lui.

«Siamo in due, lui è uno» improvvisamente decise. «Lo aspettiamo e lo fermiamo.»

«Alex,» Lucio le si aggrappò addosso «se lui arriva mi ci chiude davvero, in una gabbia.»

«Col cazzo» aveva concluso lei.

E prima che potessero dirsi altro sentirono da lontano il rombo di un motore.

Il rumore dell'auto era stato l'unica alternativa a vento e uccelli, in quella campagna vuota e malevola. Alex aveva spinto Lucio in uno dei carrozzoni, quello più lontano dalla porta. Il ragazzo si era piegato in due solo all'idea, certo che non ne sarebbe mai più uscito, e allora lei aveva trovato un modo per rassicurarlo. Le sbarre scorrevano di lato, le aveva aperte e aveva infilato un pezzo di corda nel binario così che anche volendo non si potessero più chiudere. C'era un grosso telo a spiovere su quella gabbia, sarebbe bastato che lui si rannicchiasse dietro e sarebbe stato invisibile.

«Penso io a tuo padre, ci parlo io.»

«Non puoi parlarci, è inutile, lui non ascolta nessuno, è andato troppo in là.»

Lucio era terrorizzato, batteva i denti, si era morsicato l'interno della guancia e spruzzava sangue.

«Devi stare attenta o rinchiuderà anche te. Se rinchiude anche te io impazzisco.»

Alex cercava di restare calma, si era infilata in bocca il nebulizzatore e aveva ricacciato giù l'asma mentre valutava se arrampicarsi sopra uno dei carrozzoni. Molti avevano dei ghirigori intorno, pieni di buchi da cui spiare, altri avevano dei pannelli con su scritte incomprensibili, c'era modo di nascondersi. Ma alla fine scelse di aprire il retro di una delle gabbie e issarsi dentro per metà, che non le si vedessero i piedi a terra ma potesse uscirne velocemente. Lucio le aveva detto di tenere il fucile, ma lei lo aveva rimesso a posto.

«Se ne accorgerebbe subito.»

Aveva però preso delle munizioni, piccole siringhe di narcotico che conosceva benissimo, ne aveva vendute a centinaia. Il fuoristrada di Domenico si era fermato lì davanti, grattando sulla ghiaia, e lui era sceso.

È come un film, ora entra e fa un discorso ai suoi prigionieri, oppure ci canta una canzoncina dicendo che verrà a prenderci.

Invece Domenico era entrato, aveva bloccato la porta e aveva iniziato a scaricare delle cose dal fuoristrada, senza degnare i suoi prigionieri nemmeno di uno sguardo. Acquattata nell'ombra, Alex lo vedeva andare e venire solo attraverso quattro delle sbarre del carrozzone, e man mano l'irrealtà di quella situazione iniziò a farla sentire distaccata, come se non stesse succedendo a lei. Era solo Domenico, solo quel matto di Domenico Donadio che aveva fatto due prigionieri, credendosi chissà che. Sarebbe bastato portare lì due poliziotti e mandarne altrettanti a casa sua, lei avrebbe passato qualche guaio per le forniture sottobanco, forse avrebbe addirittura perso il lavoro, ma Lucio sarebbe finalmente stato libero, nessuno lo avrebbe accusato, con un padre del genere, sai quanti testimoni a favore avrebbe trovato? Ma mentre la sua mente razionalizzava la situazione al massimo, Alex non si muoveva, non faceva rumore, sospesa su se stessa, gli occhi sul pugno destro stretto.

Quanto è grande la mia mano.

Era grande, la pelle ruvida, le unghie corte, le giunture perfino un po' nodose.

Sembra la mano di un uomo.

Era una considerazione che non si portava dietro nulla, nessuna amarezza. Tra quelle dita la siringa con il liquido verde sembrava minuscola, un gessetto, un pastello a cera. Domenico aveva finito di scaricare e aveva chiuso la porta. Uscì dalla visuale limitata di Alex e iniziò a trafficare con le cose che aveva portato. Carta che si strappa, qualcosa di pesante che viene spostato, un tintinnio. Poi lo scatto noto del fucile che veniva caricato. E tutto cambiò.

Lucio!

Era una paura insensata, Domenico non aveva detto niente, non aveva canticchiato con la voce di Jack Nicholson, non aveva fatto il giro del capannone, ma il panico che risalì in Alex non aveva nessun aggancio con la realtà, era figlio puro dell'istinto. Scese a terra e si piegò fin quasi ad appoggiare la testa sul pavimento. Le gambe di Domenico erano oltre due gabbie messe parallele, quella di Lucio molto più indietro, ma i piedi dell'uomo si muovevano nella direzione giusta. Si fosse trattato solo di lei forse Alex avrebbe messo insieme una strategia, invece si rialzò e camminò verso il punto da cui sarebbe spuntato, una fiala di narcotico per mano. Domenico si fermò, l'aveva sentita, Alex girò oltre l'angolo di un carro e non fu per niente come in un film. Domenico la guardò sbigottito, il fucile in mano e nessun accenno a sollevarlo. Disse

«Oh, quel coglione»

e Alex gli fu addosso, una mano alzata con la siringa pronta. Domenico le sbatté contro la pancia la canna del fucile e le afferrò il polso per bloccarla. Alex non riusciva a respingerlo, però lo teneva a bada.

Sono forte come lui.

Chi l'avrebbe detto che sono così forte.

Con la mano libera cercò di conficcargli una siringa nel collo, come aveva visto fare in *Dexter*, ma non era possibile, e allora gliela iniettò tra il fianco e l'ascella, in un punto ibrido. Nei film l'effetto dei narcotici è immediato, la realtà raccontava un'altra storia, prima c'era l'intorpidimento, poi la confusione, la perdita di equilibrio, ci voleva qualche minuto perché

la persona

l'animale si addormentasse. Domenico mollò il fucile ma non smise di lottare, prese con due mani il polso di Alex, che impugnava l'altra fiala, riuscì a fargliela cadere, poi barcollò, tirò un'enorme boccata d'aria, un rutto all'incontrario, quindi cadde sulle ginocchia e istintivamente lei lo sorresse. Lui le si aggrappò al bordo dei jeans, ancora forte, le alzò contro uno sguardo pieno d'odio e Alex si buttò a terra per riprendere la seconda fiala. E mentre era lì che l'afferrava sentì il rumore di metallo che striscia per terra

CAZZO, IL FUCILE!

e pensò fuggevolmente che era proprio una maniera cretina di morire. Poi si voltò e vide Lucio che teneva in mano l'arma e premeva il grilletto contro il padre.

Non successe niente.

Lucio premette e premette, mentre Domenico le stramazzava addosso, come a voler compiacere il gioco infantile del figlio.

Non era carico. Mi sono sbagliata.

Pensava che fosse finita lì. E non capì perché il suo ragazzo, il suo principino dolente, la candida vittima dell'uomo che le stava bloccando le gambe con il peso del corpo girasse il fucile, lo tenesse per la canna e lo sollevasse in aria. Il primo colpo prese la testa di Domenico solo di striscio, il secondo la centrò sulla nuca, il terzo più in alto, e non ci fu un quarto perché Alex si mise a sedere e, ancora bloccata, si piegò col busto sulle spalle dell'uomo gridando

«BASTA! BASTA!».

Nei film fanno grandi discorsi, anche mentre lottano, si sparano, muoiono. Ma i film non sono la realtà, e nessuno di loro, Domenico compreso, avrebbe mai creduto che

«Oh, quel coglione»

sarebbero state le sue ultime parole.

C'era un avvallamento nel cranio di Domenico Donadio che non avrebbe dovuto esserci. Alex afferrò il fucile per il calcio e lo lanciò lontano.

«Ma perché lo hai fatto? Ti avevo detto che ci avrei pensato io, lo avevo narcotizzato!»

Lucio restava a guardarli, svuotato, come un pupazzo.

«Non mi avrebbe mai lasciato in pace. Non ci avrebbe mai lasciati in pace. Lui non lascia in pace nessuno.»

Alex si sfilò da sotto il corpo di Domenico e controllò se respirasse. Era vivo.

«Se fosse sveglio si lamenterebbe, farebbe qualcosa, ma così non si capisce. Come devo metterlo? Qual è la posizione?»

Lucio non rispondeva.

«Lucio, perdio! Sei tu l'infermiere, come devo metterlo perché non si soffochi con il suo vomito?»

Senza accennare un gesto, Lucio le diede le istruzioni per la posizione laterale di sicurezza e Alex la eseguì. Ora bisognava prendere una decisione.

«Dobbiamo portarlo in ospedale.»

«Se lo porti in ospedale finisco in prigione.»

«Diremo che è stata legittima difesa. Racconteremo di questo posto, di quello che faceva, diremo che mi hai portata qui per farlo smettere, che poi è la verità, no?»

«Non ci crederanno che non ero d'accordo.»

«Crederanno a me.»

«Davvero?»

Lucio le aveva rivolto uno sguardo pieno di cinismo, un cinismo che non riguardava lei ma il mondo intorno a lei.

Chi crederebbe alla fanatica animalista con il labbro leporino, brutta, sgraziata, coi capelli tinti di rosso, che si scopa un uomo più giovane di quattordici anni?

Aveva ragione, ed era una verità che faceva meno male del previsto, ma non aiutava a trovare una soluzione.

«Non possiamo lasciarlo così. E anche gli altri due non li possiamo lasciare rinchiusi lì. Dobbiamo liberarli.»

«Se li liberi moriranno. Non sanno vivere fuori da qui. Lui li ha scelti apposta, li ha scelti perché potessero rimanere i suoi giocattoli per sempre.»

«Ma tu lo sai chi sono? Sai almeno dove li ha presi?»

«No.»

«E allora molliamoli davanti a un ospedale, se ne occuperanno i medici.»

«Se tu li porti in ospedale allora devi portarci anche mio padre, e se porti mio padre in ospedale verranno a prendermi, e tu lo sai cosa mi faranno in galera, tu la vedi la mia faccia, sai cosa faranno alla mia faccia, ai miei denti, al mio cazzo e al mio culo, tu lo sai.»

Alex lo guardava tremare, la saliva che gli usciva tra i denti come una leggera schiuma.

«E allora qual è la tua soluzione? Cosa mi stai chiedendo, Lucio?»

«Uccidiamoli tutti e andiamo via. Andiamo via io e te, all'estero. Mio padre ha dei soldi nascosti, ma anche senza soldi, anche senza niente andiamo via, andiamo via io e te.»

Alex si sentì morire dentro

amore mio, quanto c'è da riparare

e gli fece una carezza.

«Lucio, noi non uccidiamo nessuno.»

Le afferrò il polso, si strinse la mano contro la faccia.

«E allora sono fottuto, allora faccio prima ad ammazzarmi.»

Alex si sentì presa in mezzo, come in una tenaglia. Ecco dove andava a finire la sua onestà a ogni costo, ecco i saldi principi, si passava sopra a tutto nel nome della giustizia, ma se sotto le ruote avevi il tuo ragazzo vedevi come cambiava. In tutto quel delirio una cosa sola le andò a fuoco come definitiva: se Domenico fosse morto per Lucio sarebbe stata la fine, comunque, in ogni caso. Avrebbe anche potuto portarlo via con sé, all'estero, in capo al mondo, nasconderlo in un buco, ma la consapevolezza di avere ucciso suo padre avrebbe distrutto il buono che c'era in lui, e c'era, Alex lo sapeva.

Sempre se non lo prendono.

Perché anche quello che gli succederebbe se lo prendessero è vero.

Si aggrappò di nuovo alla razionalità.

«Hai detto che tuo padre teneva qui dei farmaci, che ti ha chiesto di prenderli dall'ospedale per tenere in vita queste persone anche contro la loro volontà.»

Lucio annusò la speranza e annuì.

«Sono qui dentro? Li ha qui da qualche parte?»

«Sì, in uno degli scatoloni.»

Alex lo guardò fissa, uno sguardo che non ammetteva repliche.

«Non deve morire. Al resto penseremo poi, ma non deve morire.»

Lucio abbassò gli occhi.

«Posso curarlo io.»

E scoppiò a piangere, voltandole le spalle per andare a prendere le medicine.

Non piange per il rimorso, piange all'idea di dover aiutare suo padre.

Dio, quanto lo odia.

Lei si mosse per andare in cerca di un posto dove metterlo, non potevano lasciarlo lì per terra. Delle gabbie vicine ce n'era una verde, bassa e lunga, mezza coperta da uno dei teli. Alex lo tirò giù, scoprendo la scritta

крокодил

che lingua è, russo?

cercando a tentoni il meccanismo per aprirla. Era sul retro, a scorrimento.

Questi carri sono tutti diversi, non vengono dallo stesso posto, è una specie di collezione.

Lo ripulì dalla polvere, più tardi sarebbe tornata a Firenze per prendere coperte, lenzuola, cuscini, tutto l'occorrente per rendere l'ambiente il più sterile possibile.

Quindi hai già deciso.

Ignorò il pensiero, doveva concentrarsi sul qui e ora, Domenico doveva sopravvivere e, se si fosse ripreso, non doveva scappare.

Lo cureremo chiuso qui dentro, quando si riprende prepareremo la nostra fuga e prima di andarcene avviseremo la polizia di venire qui. Lasceremo un memoriale, se non dovessero crederci pazienza.

Le sembrava un buon compromesso, chiamò Lucio e gli chiese di aiutarla a spostare il padre lì dentro, poi gli avrebbero attaccato le flebo, e così fecero.

Da quella gabbia, Domenico Donadio non sarebbe uscito mai più.

Per due giorni non se n'era andata da lì. Aveva dato a Lucio indicazione di portar via la macchina di Domenico, lasciarla vicino alla stazione di Montevarchi-Terranuova, tornare a casa del padre e nasconderci il telefono con aperta qualche app che consumasse la batteria. Quindi rientrare al lavoro e da lì chiamarlo almeno due volte. Da parte sua lei aveva chiesto telefonicamente un permesso per malattia e glielo avevano accordato senza problemi, aveva un'infinità di arretrati. In quelle quarantotto ore aveva tenuto spesso la testa di Domenico in grembo, siringandogli l'acqua in bocca e battendogli piano piano sulla gola perché la deglutisse di riflesso.

«Una cosa sola devi fare per tuo figlio, Domenico, una, l'unica che avrai mai fatto nella vita: non morire.»

L'effetto del narcotico doveva essere passato, il dosaggio nella fiala era per animali di taglia media, cerbiatti o tassi, non per cinghiali o cervi, quindi se non si svegliava era per i colpi alla testa. Aveva attaccate delle flebo che non gli davano che un nutrimento base, Lucio aveva promesso che si sarebbe procurato di meglio, ma non aveva più un mezzo per portarle nulla, sarebbe dovuta rientrare lei, prendere nuove scorte e tornare al capannone. Aveva imparato a conoscere i due ospiti delle gabbie, cercando di capire se fossero pericolosi o meno. Di uno solo, l'uomo irsuto, Alex sapeva il nome, ricamato sul taschino della maglietta, forse lavoro delle suore di qualche istituto: GIOVANNINO. Alex aveva provato a parlarci, ma non sembrava che lui la capisse.

Era già così, non ci è diventato. Una di quelle che Domenico chiamava "tare della razza".

Stesso risultato per la donna cieca, con la differenza che probabilmente lei non era sempre stata così, aveva ancora degli atteggiamenti, soprattutto avversi, dettati dalla volontà. Non parlava, non capiva, ma ad Alex sembrava una scelta. Bloccando la porta e tenendo il fucile a portata di mano aveva provato ad aprire la gabbia a entrambi. Lei non si era mossa, ribellandosi a quel cambiamento con una serie di colpi che dava alle pareti di metallo del suo carrozzone, lui invece era sceso subito, mite come un bambino, e aveva iniziato a camminare a grandi falcate in giro. Alex non aveva granché da dar loro, si era allontanata solo una volta per fare rifornimento in un supermercato di Sassuolo, non fidandosi a farsi vedere nei paesi più vicini, e aveva preso lo stretto indispensabile. A Domenico aveva siringato in bocca un po' di omogeneizzato diluito, agli altri due aveva dato tonno in scatola, pane e banane.

Andrebbero lavati, ne hanno parecchio bisogno.

Ma una cosa simile non poteva farla, avrebbe significato troppe cose.

Aspetto solo che Domenico si riprenda. O che peggiori. O che muoia. Tutto il resto viene dopo.

Tornata a Firenze aveva preso i farmaci di Lucio, altre coperte, lenzuola pulite, per quanto assurdo e ipocrita le sembrasse.

È dentro a una gabbia, a che gli servono le lenzuola?

Il ragazzo le era sembrato provato, era quasi venuto il momento di telefonare al corpo della guardia forestale per sapere se suo padre fosse stato richiamato per una consulenza, visto che non gli aveva risposto al telefono e che a casa non c'era, ma lei era titubante, non sapeva se avrebbe retto alla tensione.

«Tuo padre lo faceva, di andarsene in montagna per conto suo anche per una settimana intera. Aspetta, ora come ora la tua preoccupazione suonerebbe come un eccesso di zelo. E se qualcuno si accorgesse che sei teso di' che avete litigato e basta, crederanno anche a questo.»

Tornata al capannone aveva trovato Domenico con gli occhi aperti

«Era ora, ci hai fatto ammattire»

e per un attimo aveva sperato che tutta quella situazione si potesse infine risolvere con due cerotti e una chiacchierata. Ma Domenico non le rispondeva, non si muoveva, si faceva tutto nel pannolone che gli aveva messo e la fissava senza vederla. Dunque non era morto ma nemmeno si poteva dirlo vivo. Era in un limbo, una via di mezzo che lo incatenava a lei.

Ha bisogno di assistenza continua, se voglio che sopravviva non posso andarmene.

Di nuovo pensò di portarlo in ospedale, di nuovo scartò l'idea, pensò di fare una segnalazione anonima, ma chissà quante impronte e quanto dna c'erano lì dentro, e forse alla polizia sarebbe bastato tracciare il cellulare di Domenico, e poi quello di Lucio e poi il suo.

«Siamo in trappola. Hai visto? Non ti serviva nessun carrozzone, ci hai messi in trappola lo stesso» aveva detto a quello che restava dell'uomo, e lui le aveva guardato attraverso, gli occhi vuoti.

Si era concessa un quarto d'ora di disperazione

è una punizione, deve esserlo, per forza

poi era uscita per snebbiarsi la mente. Aveva camminato verso il boschetto, lo aveva attraversato riprendendo contatto con il mondo, era sbucata davanti a una foresta di gelsi, l'aveva fiancheggiata e là in fondo, tra i campi incolti e le piante, aveva visto una costruzione. Aveva fatto fatica a raggiungerla, quel che rimaneva del sentiero era dal lato opposto, infestato di erbacce. Era un vecchio cascinale diroccato, una parte del tetto era crollata e un'altra aveva ceduto piegandosi in avanti su quello che un tempo doveva essere un fienile. Alex ci era girata intorno, era entrata e aveva assaporato quella sensazione di fresco umido delle vecchie costruzioni in pietra. Non entrava quasi luce, se non dal tetto, le finestre erano state tappate da anni di abbandono e di crescita selvaggia di piante e cespugli.

Non è un brutto posto.

Dicevano sempre che non si doveva entrare nelle strutture cadenti perché ti sarebbero potute crollare in testa, ma perché proprio in quel momento, dopo aver resistito a temporali, nevicate, vento? Sedette per terra e cercò di ridurre le ipotesi a due soltanto.

Uno: io e Lucio scappiamo, facciamo trovare Domenico e gli altri due ma ce ne andiamo all'estero, sperando che non ci prendano mai. Per fare questo abbiamo bisogno di soldi, documenti e un posto sicuro in cui rifarci una vita.

Due: ci occupiamo di Domenico e degli altri due esattamente come si fa con un parente disabile, ci organizziamo, facciamo dei turni e la viviamo come una qualunque vita di volontariato, non è diverso dal gestire un canile.

Nessuna delle due era una vita comoda, nessuna delle due era un sogno realizzato, ma questa era la situazione. Un'ipotesi, poi, non escludeva l'altra. Avrebbero potuto occuparsi del capannone fintanto che non mettevano via i soldi, preparavano dei documenti falsi e studiavano un piano di fuga che assomigliasse a un'aspirazione, qualcosa a cui pensare sorridendo.

Ci prendiamo un paio di mesi, gestiamo il capannone e organizziamo tutto.

Ora si sentiva meglio, quel posto le aveva fatto bene.

È anche vicino al capannone, potremmo usarlo come base.

"Base" per cosa restava fumoso, evitò di pensarci tornando indietro, la mente sgombra pronta ad accogliere una novità positiva: Domenico si era messo supino, da solo. Poteva muoversi, e se poteva muoversi era possibile che riuscisse anche a mangiare.

Due mesi, forse uno e mezzo.

Invece durò quasi sei anni.

Sveva

«Io non la conosco. Non posso dire di sapere chi sia, lei non ha mai voluto avere niente a che fare con me.»

La luce si appoggiava morbida sul contorno di Umberto Gatteschi, gli accarezzava la giacca sopra le spalle curve, sfiorava i capelli radi e il naso adunco. Pover'uomo, diceva quella luce.

«Non ha mai accettato la separazione mia e della madre, è sempre stata una bambina inquieta, credeva di esserne la ragione e non c'è stato modo di farle cambiare idea.» Fece una lunga pausa. «Forse è colpa mia.»

Noooooo, mormorò il pubblico in sala e

«No» fu la parola della conduttrice che si allungò a prendergli la mano.

«Quando mia moglie, Mariella, è morta, lei non è voluta venire a stare con me. Mi ha cacciato dal funerale, e io me ne sono andato perché non volevo turbarla ancora di più.» La voce prese a tremargli. «Era solo una ragazzina, sedici anni.»

«Crede che sia iniziato tutto allora?»

L'uomo scosse la testa.

«Aveva dentro un male di vivere... lo ha sempre avuto. La madre non voleva vederlo, ma io sì, io sì. Per questo non le ho fatto mancare mai niente, ma erano cose materiali, i suoi vuoti erano altri...»

«Se potesse parlarle adesso cosa le direbbe?»

«Non mi ascolterebbe comunque.»

«Ci provi, Umberto. Immagini che Alessandra sia qui, di poterle dire qualcosa, convincerla a far smettere tutta questa follia...»

Il padre dolente strinse la mano che la conduttrice ancora teneva nella sua. Poi guardò la telecamera.

«Torna indietro. Costituisciti. Lascia andare quel povero ragazzo. Se vuoi prendertela con qualcuno vieni da me, io sono pronto a incontrarti.»

Poi era scoppiato a piangere.

La conduttrice lo aveva abbracciato.

Il pubblico si era alzato in piedi applaudendo.

E nel calore della luce anche Umberto Gatteschi aveva cominciato a credere alla favola che stava raccontando.

Mentre il Padre del Mostro parlava e la Conduttrice Empatica lo ascoltava, dietro di loro troneggiavano a tutto schermo le immagini di Alessandra Gatteschi bambina, Alessandra Gatteschi adolescente, Alessandra Gatteschi adulta. Immagini prese dai suoi profili social, elargite da amici, parenti, conoscenti, colleghi di lavoro. Era stata una gara di testimonianze, sembrava che mezza Italia l'avesse già incontrata, almeno una volta. Era brutta, questa era sempre la prima cosa che dicevano tutti, anche quando aggiungevano un "ma" alla frase. Esprimevano costernazione e incredulità di fronte alla sfilza di crimini commessi dalla donna, ma senza alcuna eccezione si dicevano certi di avere intuito qualcosa già prima. Tanti atteggiamenti bizzarri, quella maniera imperativa di parlare, e poi il fidanzato, santo cielo, si era mai resa conto di quanto fossero improbabili, come coppia? Eppure, nella conta dei fatti, la polizia aveva evidenziato come, dal punto di vista criminale, quella coppia improbabile avesse funzionato benissimo, anche troppo. Ma ora non c'era più spazio per pensare a lei, il pubblico nello studio televisivo era entrato in fibrillazione, perché dopo il padre dolente era il turno dell'eroina, la figura simbolica del capannone, insieme a Francesco Caparzo, del bene che sconfigge il male. Marilena Bacarelli a malapena sapeva come si chiamasse, Anna Baroni l'aveva liquidata come "la scimmia più piccola" e Yuri Vignoli avrebbe solo voluto non averla mai incontrata. Ma agli occhi del popolo Sveva Cugini era la nuova santa Maria Goretti.

Sveva non era una stupida.

Da piccola sua mamma la vestiva come una bambola, tutta trine e falpalà, perché, Dio, era così carina! Capelli castani un po' mossi, gli occhi nocciola, la pelle bianca bianca, come una statuina di ceramica. Sveva era la principessina di casa, camminava in punta di piedi, l'orgoglio della mamma, la gioia di papà, l'amore dei due fratelli maggiori, sempre un sorriso o una smorfietta per i parenti e i vicini. Aveva vissuto tutta la vita in una via dell'entroterra emiliano, piena di casette e cortili e parchi, sempre qualcuno con cui giocare che poi si ritrovava anche in classe o a catechismo o a danza. Era così brava a danza e con il tutù era, Dio, così carina! E mentre tutti perdevano tempo a adorarla la principessina trascorreva quell'infanzia quieta e rassicurante osservando il mondo dall'angolazione dell'invisibile, prendendo appunti. Non sapeva perché lo facesse, ma sapeva che era importante osservare gli altri. A loro non dava fastidio, del resto come si sarebbe potuto considerarla una minaccia? Era sempre serena, tranquilla, inserita, mentre gli altri bambini si accapigliavano, piangevano, manifestavano rabbia, frustrazione, paura, affrontavano ambizioni e fallimenti, soffrivano, desideravano. Lei, invece, guardava e basta, stivando cognizioni in maniera istintiva, rapace. Crescendo aveva colto che anche i grandi lasciavano trapelare cose non dette, la maestra con gli occhi gonfi, il macellaio che rideva solo quando non c'era sua moglie, il nonno che guardava fisso il cestino con le chiavi della macchina. Lei li fotografava mentalmente, man mano che attraversava la vita nei vestitini di voile che sua mamma le comprava in quantità industriale. Del resto, Dio, era così carina! Con l'adolescenza il suo corpo era fiorito dandole la grazia di un giunco e rendendola una creatura delicata ma selvaggiamente appetibile. Avrebbe potuto approfittarne, passando a stivali e minigonne, invece scelse di continuare a vestirsi con gli abiti della mamma, un filo di trucco, un niente di tacco, che amore di ragazza. Le altre bisbigliavano alle sue spalle, acqua cheta, gattamorta, avvertendo in lei la presenza di qualcosa che a loro mancava: il potere. Potere che aveva sulla sua famiglia, sui compagni di gioco, sugli insegnanti, sui ragazzi, il potere della grazia, che purtroppo era un potere a termine. Forse i suoi l'avrebbero sempre vista come la principessina di casa, ma il mondo là fuori non sarebbe stato benevolo a lungo. A questo l'avevano preparata gli anni di osservazione, a capire che il potere era tutta una questione di leve tra la forza e la debolezza, e che la conoscenza era il perno per sfruttare l'una e l'altra. Sveva aveva imparato dove si annidassero le debolezze negli altri e come sfruttarle. Il senso di colpa di suo padre che lavorava tutto il giorno con tre figli a casa che crescevano senza di lui. I complessi della sua migliore amica che si vedeva grassa perché lo erano tutti, in famiglia. L'ansia da prestazione del bullo della scuola che una volta aveva fatto cilecca e temeva si ripetesse. A lei bastava fiutare l'aria, con la consapevolezza del predatore perfettamente camuffato, una lupa vestita da pecora, per capire dove si nascondesse la debolezza di chi aveva davanti. Andava cercando un potere tutto nuovo che era lì, a portata di mano, il potere del forte sul debole. Non si era sopravvalutata, sapeva che erano tantissime le categorie che non sarebbe riuscita a soverchiare, così, dopo qualche cauta esperienza che le consentisse di prendersi le misure, aveva messo a fuoco la sua tipologia di preda: gli uomini bisognosi. Uomini vecchi, maltrattati, brutti, insicuri, uomini fragili, frustrati, disillusi, soli.

E ricchi, ovviamente.

Non uomini di potere, no, gli uomini con qualsiasi forma di potere potevano diventare pericolosi in un attimo, chi lo sapeva meglio di lei? Anche lei aveva ancora il potere del suo corpo, della sua faccia, della sua grazia. Lei era, Dio, così carina!

Il primo era stato proprio il padre della sua migliore amica, produceva salumi, grasso da far schifo. Dopo il sesso era crollato in ginocchio, aveva pianto, le aveva chiesto scusa e lei lo aveva rassicurato. Le aveva fatto molti regali, alcuni davvero pacchiani ma facili da rivendere. Non poteva offrirle un lavoro, non era certo tipo da insaccare e nemmeno da mandare alle fiere, però l'aveva presentata a un amico che commerciava in rubinetteria e sanitari e lui sì, lui l'aveva messa a uno stand, dove lei se l'era cavata benissimo, un talento vero nel convincere i clienti. Il figlio del commerciante era un ragazzone cavallino devastato dall'acne e Sveva si era fatta corteggiare per due mesi prima di abbandonarsi alla sua passione. Da lui aveva ottenuto un'utilitaria color malva e una vacanza a Palma di Maiorca. Ma il ragazzo era troppo giovane e i cordoni della borsa li tenevano ancora i suoi, così sull'utilitaria color malva Sveva era migrata verso Parma per lavorare in un'azienda che faceva idromassaggi. Il loro miglior cliente aveva una catena di alberghi, sessantatré anni e due ernie. Sveva piazzò le loro vasche in tutte le suite e il suo culo in un attico in centro, si prese un cane da borsetta e una pelliccia di volpe bianca. Ruppe la relazione solo quando andò a lavorare per la moglie dell'albergatore, moldava, biondissima, la terza in ordine d'arrivo, che le offrì, in cambio della pace matrimoniale, la gestione della vendita e promozione delle nuove poltrone massaggianti per i centri commerciali. Arrivata lì aveva bruscamente cambiato il suo target. Possedeva un buon lavoro, una macchina, una casa e un discreto seguito sui social, ma gli uomini che la avvicinavano erano sempre più spavaldi, in carriera, bellocci, e lei non se ne faceva niente di uomini così.

Lei aveva bisogno del bisogno.

Così era andata in cerca di divorziati, falliti, sfruttati, complessati, deboli, e gli si era offerta come un raggio di sole, la mano di Dio, per poi sottrarglisi di colpo, quando finalmente cominciavano a crederci. Nel tempo era diventata una dipendenza, era così bello sentirsi unica, venerata, sapere di poter chiedere qualunque cosa, di poter fare qualunque cosa e poi guardarli cadere e soffrire quando finalmente li abbandonava, una volta che non rimaneva più niente dentro di loro. Piangevano, piangevano tutti, come piangevano. Uno aveva minacciato di uccidersi e ce l'aveva quasi fatta, era stato uno dei momenti più esaltanti della sua vita.

Ancora oggi, quando ci ripensava...

Oggi.

Oggi che aveva ventisei anni. Che vestiva ancora di voile, aveva i capelli del suo colore naturale, le ciglia lunghe e la pelle pallida. Che aveva tre milioni di follower su Instagram, altrettanti su Facebook, contratti per molte migliaia di euro e un posto garantito in ogni trasmissione radio e tv. Sveva, l'eroina del Capannone degli Orrori, quella che aveva combattuto a rischio della propria vita, senza mai perdere la dignità o la speranza.

Quella che era stata stuprata e picchiata.

Quella che era sopravvissuta.

E in nome di quello che aveva passato la gente l'amava, la vedeva vera, semplice, sincera, capace di mantenere il sorriso, non come le altre prigioniere, donne orribili, dozzinali e spregevoli, quelle se l'erano cercata, chi mai al mondo avrebbe voluto eroine simili?

Mentre Sveva era, Dio, così carina!

«Non nutro rancore, per niente e per nessuno. E non chiedo vendetta, perché non credo nella vendetta, ma chiedo giustizia.»

Aveva stretto appena le labbra in una smorfia di amarezza trattenuta. Poi aveva perso tempo a sistemarsi il vestito d'organza a fiori. Quindi aveva rialzato la testa, il mento teso, con quell'espressione di indomita dignità che tutti avevano imparato a conoscere.

«Non cambierò niente della mia vita. Niente. Qualunque cosa quella donna abbia visto in me pensando che fosse sbagliato, be', quel qualcosa resta dov'era.»

Applausi.

La Conduttrice Empatica, commossa, le sfiorò la mano e iniziò con la solita sequela di domande, prima di tutto cosa credeva rappresentassero loro quattro, le scimmie.

«Tutti pensano alle scimmie in maniera dispregiativa. Io invece le considero creature semplici, che gioiscono di ciò che hanno. Io, Karina, Giorgio e...» un tremito della voce «anche Yuri avevamo questa colpa, eravamo persone normali, di una normalità che lei non avrebbe conosciuto mai. Per questo ha voluto provare a distruggerla.»

La gente aveva mormorato indignata, lei era tanto nobile da parlare così dei tre superstiti con cui aveva condiviso il carrozzone, che erano anche stati i suoi aguzzini. Si erano approfittati del suo fisico minuto, soprattutto uno dei maschi, quello schifoso, la galera ci voleva, la castrazione chimica e la galera! La gente non riusciva a decidersi se compatirne qualcuno o disprezzarli tutti, soprattutto la donna, Karina Lusa, che in teoria avrebbe dovuto difendere una ragazza così giovane. Evaso l'argomento scimmie la conduttrice iniziava a rimestare nel torbido.

«Hai detto di avere perdonato Yuri, il tuo stupratore, per il quale si aprirà un processo a breve, che ti ha quasi ridotta in fin di vita, dentro a quel carrozzone. Perché?»

«Perché la debolezza non è una colpa. Fuori da quel capannone Yuri non avrebbe mai fatto a una donna quello che poi ha fatto a me, ne sono certa. I suoi famigliari sono venuti a parlarmi, sono brave persone e mi hanno assicurato che anche lui lo era, nella normalità. Ma quello che ci è successo non era normale, e in situazioni simili non puoi sapere cosa ti scatta dentro. Io stessa, all'inizio, non ero certa di come sarei diventata in circostanze simili. Potevo tranquillamente trasformarmi in una donna orribile, crudele, spietata.»

«Come è stata Anna Baroni nei tuoi confronti?»

Sveva aveva quasi riso.

«Quelle di Anna erano solo parole. Urlava la sua rabbia, la sua disperazione. Le parole scivolano via.»

«Eppure sulle parole si costruiscono filosofie, idee politiche, religioni.»

«Quelle di Anna erano solo parole. Poco più che rumore.»

Restava il colpo di coda.

«E Alessandra Gatteschi? È ancora là fuori, da qualche parte, forse la farà franca, dopo tutto quello che vi ha fatto. Lei non la odi? Neanche un po'?»

Sveva sembrò concentrarsi davvero sulla risposta.

«Mi fa pena. È una creatura infelice e sola. Io vorrei che qualcuno la aiutasse.» Guardò in camera. «Sandra, fatti aiutare. Io non ti odio.»

E venne giù il teatro.

Aveva mentito su tutto, tranne che su una cosa.

Col cazzo che lei e gli altri tre imbecilli rappresentavano la normalità, là dentro non c'era nessuno di normale, figurarsi loro.

Di quell'impedito di Yuri non gliene fregava niente, si beccasse tutte le mazzate che gli toccavano, così imparava a metterle le mani addosso.

E Anna, la troia maledetta, doveva solo morire.

Ma mentre la truccatrice le toglieva il cerone, emozionata per i suoi occhi umidi e le labbra che tremavano, Sveva pensava ad Alessandra, Sandra, Alex, comunque si chiamasse.

Ed era vero, non la odiava.

All'inizio sì, un po', quando era convinta che si trattasse di un uomo, un pazzo maniaco che l'aveva rapita direttamente dal letto, dopo una notte brava con un tizio di cui a malapena ricordava il nome. Ma con il tempo aveva trovato che ci fosse una logica nel modo in cui il suo rapitore gestiva le cose, la logica di un pazzo, ma pur sempre una logica. Loro quattro, per esempio. Lei lo sapeva cosa accomunava loro quattro, era un segreto che si erano scambiati bisbigliando nel silenzio della notte. Tutti gli altri a lamentarsi, a dire "cosa ho fatto per meritarmelo?", mentre loro no, loro lo sapevano benissimo cosa avevano fatto. Niente filtri, niente mezze verità, erano quattro carogne e lo sapevano, avevano sempre convissuto pacificamente con questa consapevolezza. Dunque erano lì per essere puniti, e ci stava. Non che fossero d'accordo, ma tutti e quattro avevano ciò che mancava agli altri: un perché. E a lungo avevano avuto anche un "chi", perché Giorgio, quell'emerito coglione, era convinto di sapere chi fosse il rapitore: il prigioniero che tutti chiamavano "coccocrillo".

«È un pazzo, mi odia, a momenti mi ammazzava, qualche anno fa» aveva raccontato, ma poi alla fine il nome di quel tale non lo sapeva davvero, e soprattutto non si ricordava per niente del fatto che avesse un figlio e che quel figlio potesse essere uno dei loro due carcerieri. Loro tre gli avevano creduto, certo, cos'altro potevano fare? E così ne avevano avuto terrore e rispetto, mentre davanti a loro, in una gabbia spartana dai colori scrostati, la loro vera carnefice li osservava, cercando di vedere

cosa?

qualcosa. Li aveva messi insieme perché erano simili, si vedevano come riflessi in altrettanti specchi. Cane non mangia cane, e loro in effetti non si erano dati che qualche ringhio di avvertimento. Sveva era arrivata per ultima, non sapeva come si fossero organizzati Giorgio, Karina e Yuri prima del suo arrivo, ma delle regole erano state stabilite.

Se scopavano lontani dal ciclo venivano puniti.

Se si insultavano venivano puniti.

Se si mettevano le mani addosso venivano puniti.

Nessuna scorrettezza veniva tollerata e se capitava che perdessero il controllo di notte arrivava la lancia, una sbarra appuntita con cui li punzecchiavano e colpivano, senza mai insistere troppo, due lividi e via. Visto che dicevano sempre le cose sbagliate avevano scelto di tacere per gran parte del tempo, e questo era stato apprezzato. Parlavano di notte, solo tra loro, a bassa voce, creando una complicità molto più solida di quelle degli altri. Sveva e Karina si erano divise gli uomini, un po' per età e un po' per affinità. Giorgio era più adatto per la bionda, ombrosa e spiccia, Yuri era l'uomo perfetto per Sveva, un debole frustrato. Lo aveva messo sotto in due mosse, appagando il bisogno di lui e il suo bisogno del bisogno. Soffrire insieme a qualcuno era mille volte meglio che soffrire da soli, le scimmie non erano impazzite grazie a questo. Tutti li disprezzavano, ma loro erano i più forti. Sveva non ci aveva messo niente a capire come funzionasse: comportati bene e sarai premiata. Aveva addirittura sviluppato una teoria che si teneva per sé, cioè che il loro rapitore non si facesse mai vedere per poterli liberare, un giorno, quando avessero dimostrato di avere imparato. E allora si era regolata, era stata carina con Yuri, corretta con Karina, rispettosa con Giorgio, aveva fatto la brava per guadagnarsi una possibilità di salvezza. La manovra aveva dato i suoi frutti, le scimmie venivano lasciate in pace molto più di altri, che strillavano e piangevano tutto il giorno.

Deboli.

Sveva invece si era adattata, aveva addirittura cominciato a vedere una nota positiva in quell'esperienza: era un'ottima posizione per osservare. Nessuno badava a lei, era solo la scimmia più piccola, trascurabile, irrilevante. Aveva preso nuovi appunti mentali, scattato fotografie, si era fatta un'idea ben precisa di chi abbaiasse senza mordere, come Vasco, e chi, invece, potesse essere davvero pericoloso, come Nicola. E aveva iniziato a studiare lui, il rapitore, prima di sapere che fosse una lei, basandosi sulle punizioni destinate agli altri. Non tollerava alcuna forma di violenza, fisica o verbale, puniva con la privazione o l'isolamento e poi pazientemente ricominciava. C'erano alcuni prigionieri particolarmente duri, come Mino o come Saverio, che non vedevano l'unica strada percorribile, quella dell'obbedienza. Altri, quelli pazzi, venivano trattati con i guanti, cibo e acqua in abbondanza, nessuna richiesta, nessuna aspettativa. Il sequestratore era equo, stesso metro per tutti, stesso metodo anche quando i risultati mancavano.

Ci tiene, a insegnarci, per lui è importante

aveva pensato. Ed era stata così impegnata a osservare tutto che non aveva colto subito il cambiamento che avveniva in se stessa. Aveva smesso di ubbidire per salvarsi la vita, ora lo faceva per dimostrare quanto fosse brava, per compiacere il suo carceriere. Lui aveva del potere su di lei, ed era il primo, l'unico. Lì dentro non aveva modo di sfuggirgli, lo sentiva muoversi la notte, passare tra le gabbie durante la ronda, e allora si avvicinava alle sbarre e quando credeva che fosse lì davanti gli sussurrava

«Sono stata brava?».

Non le aveva mai risposto, ma era certa che l'ascoltasse. Non la puniva se gli rivolgeva la parola, avrebbe potuto, ma non lo faceva.

È contento

e in qualche modo incomprensibile era stata contenta anche lei.

Poi era arrivata la troia.

Anna Baroni, reginetta di 'stocazzo, lei e la sua laurea e la sua spocchia e la sua parlantina. Aveva puntato Yuri da subito, in una maniera che Sveva aveva riconosciuto immediatamente, oh, se l'aveva riconosciuta. Ma non era un problema, quelle di Anna all'inizio erano davvero solo parole, Yuri nella gabbia ce l'aveva lei, e per quanto Anna facesse tanto l'innamorata di Saverio, bellino ma troppo magro e col cervello fulminato, alla fine non poteva avere nessuno dei due, mentre Sveva poteva scoparsi Yuri come le pareva e piaceva, e se le girava poteva farsi pure una doppietta con Giorgio. Lo vedeva come schiumava, la troia, quando avrebbe voluto averceli lei, due uomini a disposizione, soprattutto dopo che Saverio era stato

liberato?

ammazzato per aver tentato la fuga. Ma l'aveva sottovalutata, Anna era stata capace di trasformare le parole in azioni, solo che le mani non erano le sue. Aveva fatto il lavaggio del cervello a Yuri e lo aveva convinto a ucciderla. Era successo allora, quando lui ci era quasi riuscito, che Sveva aveva conosciuto il loro carceriere. Tra le botte in testa e il tentativo di strangolamento era svenuta, ma era tornata in sé non appena aveva sentito l'acqua. Aveva gli occhi chiusi, gonfi, come se fosse cieca. L'acqua ci passava sopra, delicata, a pulirla, la nuca appoggiata su qualcosa allo stesso tempo ruvido e morbido.

Le sue ginocchia.

La mia testa sulle sue ginocchia.

Credeva fosse un uomo, sì. Un pazzo che aveva trascinato Yuri in un'altra gabbia, che le stava pulendo e disinfettando le ferite, che le appoggiava delle bustine di camomilla tiepida sugli occhi, che la medicava e mentre lo faceva le accarezzava i capelli con una delicatezza che nessun vecchio bavoso aveva mai avuto. Attraverso le sue dita Sveva aveva sentito scorrere quel potere che non aveva conosciuto, il potere del Giustiziere, infinitamente più grande di qualunque altro.

Dovrei stare alla larga dagli uomini di potere.

Ma era tardi. E così si era abbandonata a quei tocchi delicati, pieni di cura e affetto e commiserazione. Nel buio, quando la gabbia era stata richiusa, aveva sentito Anna blaterare delle scuse ed era stata certa che lui le avesse fatto del male, per lei, per vendicarla. La giustizia, anche esercitata da un pazzo, era il vero potere. La sua obbedienza si era trasformata in ammirazione e, quando aveva scoperto che si trattava di Sandra, addirittura in devozione.

Una donna capace di tutto questo!

Quel che aveva tentato di fare era un progetto straordinario, e per quanto concordasse con il mondo che quella donna brutta e senza denti fosse assolutamente folle, non la odiava.

Anzi.

Non ricordava nulla della liberazione, solo di essersi svegliata in un letto, la sua famiglia intorno, quindi i poliziotti e poi i giornalisti. Tutti la guardavano con occhi nuovi, pieni di compassione e di ammirazione. Al suo arrivo in ospedale un reporter le aveva scattato una foto, bianca bianca sulla barella, una mano che scivolava giù, il viso reclinato, le labbra socchiuse, sembrava uscita da un quadro. La versione angelica de *La morte di Marat*. Il pubblico aveva iniziato ad amarla da quell'immagine, come era successo con Francesco Caparzo. Aveva scoperto di essere stata inserita in un libro da un criminologo che raccontava storie edificanti di giovani donne scomparse, *Ladri di angeli*, si chiamava. Grazie a quello e al tragico racconto della sua prigionia era diventata una fonte di ispirazione, un esempio di solidità morale, un invito alla compassione. E non ce n'era forse tantissimo bisogno?

Non sei quello che sei ma sei quello che fai.

Sandra sarebbe stata orgogliosa di lei.

Aveva imparato la lezione.

Era uscita a piedi dal teatro.

«Signorina Cugini, non è prudente»

aveva detto uno degli uomini della sicurezza. Lei gli aveva riservato il migliore dei suoi sorrisi

«Anche la vita non lo è»

ed era scappata in passetti piccoli, lieve come una farfalla, seguita dall'ennesimo sguardo di ammirazione. Nella tasca del cappottino leggero aveva infilato una mano, nella mano stringeva un tesoro. Lo aveva trovato al termine della trasmissione, appoggiato con grazia sulla manica, e prima ancora di capirlo lo aveva sentito, annusato. Era una bustina vuota di camomilla, e dentro c'era un mozzicone di pastello a cera rosa. Era rosa, quello che aveva usato nella gabbia, la prima volta che aveva trovato il pezzettino di carta da macellaio in un angolo, con scritta sopra una domanda. Aveva pensato bene alla risposta da dare ed era certa che fosse quella giusta.

«Costituisciti» diceva a gran voce davanti alle telecamere

torna

pensava dentro di sé, perché lei di Alessandra Gatteschi non aveva paura.

Mi ha cambiata. Ha aperto la mia mente, ha abbattuto i miei limiti.

Mentiva al resto del mondo dalla mattina alla sera, aveva raccontato dello stupro perché era una versione della realtà molto più edificante, aveva taciuto una serie di dettagli che, se svelati al momento giusto, avrebbero potuto metterla in cattiva luce. E se tutte queste erano cattive azioni, la realtà era che senza di lei, senza quei mesi di prigionia, senza lo scotto di quella violenza alla fine abbastanza sopportabile non sarebbe arrivata a ottenere il potere che aveva adesso. Si infilò in una via laterale, poi in una seconda, poi in una terza e man mano cominciò a rallentare.

È qua fuori. Il pastello significa questo. Devo solo farmi trovare.

Alla fine si era fermata nel freddo della notte milanese, maggio, eppure sembrava ancora febbraio, come l'ultima volta che erano state vicine. Aspettava, i rumori del traffico lontani. Poi ecco, un fruscio, un passo, un altro. Non si era voltata.

«Sandra?»

aveva chiamato, ma a voce bassa, come le frasi che le bisbigliava di notte, quando la sapeva davanti alla gabbia, ferma a osservarla.

«Non è cosa di stare fuori di notte da sola.»

Una scossa, che dal tallone le si era arrampicata sul polpaccio, lungo la coscia, ed era finita là dove non doveva andare. Era così ogni volta da quando si era svegliata in ospedale e se lo era ritrovato davanti, un uomo grande come un dio, così come era stata Sandra.

Dovrei stare alla larga dagli uomini di potere

si era ripetuta allora. Ma dai salvatori non si sfugge, né la prima né la seconda volta.

«Perché mi sta seguendo, agente?»

«Perché credi che era la Gatteschi?»

Sveva si voltò a guardare Francesco Caparzo.

«I passi nel buio mi fanno pensare a lei.»

Caparzo aveva annuito, come se quella fesseria romantica potesse avere un senso, e Sveva non pensò nemmeno per un attimo di averlo fregato. Le era sempre girato al largo, l'eroe del capannone. Di poche parole, aveva assistito alla stesura del suo memoriale ma niente di più, apparentemente. Invece lei lo sapeva, lo aveva capito subito, perché questa era la sua disciplina olimpica: Caparzo la osservava. All'ospedale, in commissariato, in pubblico, a quella ridicola pantomima nel manicomio di Bella, lui l'aveva sempre tenuta d'occhio, aspettando che la sua debolezza emergesse. Erano simili, lui e lei, target diversi ma stessa modalità: cercavano di ottenere il potere del forte sul debole.

Anche lui ha bisogno del bisogno.

E ora eccoli lì in un vicolo buio. Se solo avesse potuto se lo sarebbe scopato a sangue, ma dubitava che Caparzo si sarebbe fatto vincere facilmente.

«Allora, me lo dice perché mi ha seguita? In studio non l'ho vista.»

«Che non mi hai visto non vuol dire che non c'ero.»

Lo sa.

Di colpo ne fu certa, c'erano alcune cose, avvenute nel capannone, che nessuno di loro aveva raccontato. Ne era sicura, perché se le avessero sapute l'atteggiamento della gente nei confronti di tutti, compresa lei, sarebbe cambiato.

Sa che c'è un segreto. Non sa quale sia ma sa che c'è.

Caparzo restava in attesa, bovino. Non voleva che rimanesse là fuori, forse perché aveva visto la bustina prima di lei. Forse perché non era stata Sandra a lasciarla, ma lui stesso.

Non abbocco, mio caro. Vorrei ma non abbocco.

Lo stesso si era diretta verso di lui, stringendo il cappottino con una mano e la bustina di camomilla con l'altra, pensando fuggevolmente che sarebbe stato carino che lui si levasse il giubbotto e glielo mettesse sulle spalle, per scaldarla. Poi ricordò che una cosa del genere l'aveva fatta con Anna, la maledetta troia. Allora andava bene anche il freddo, purché le rimanesse quel calore doloroso in mezzo alle gambe.

Dovrei stare alla larga dagli uomini di potere.

E aveva sorriso.

Caparzo metteva insieme le tessere del puzzle. Erano tante, e tutte sparpagliate, ma iniziavano a dare un senso al quadro generale. Il polverone mediatico si era posato, del caso non si parlava quasi più e le luci della ribalta restavano accese solo su alcuni dei sopravvissuti. Gatteschi e Bartolomei spariti.

Spariti.

Come si sparisce in un mondo pieno di telecamere?

Con tutto pronto, si sparisce.

E qui stava la discrepanza tra il suo pensiero e quello degli altri inquirenti. Le indagini ufficiali erano a un punto morto. L'enorme mole di elementi raccolti era stata catalogata, non restava più niente, la storia era tutta lì: tredici sequestri, tre cadaveri, un disperso e una dei responsabili latitante con lui. Una criminologa aveva stilato un profilo precisissimo della Gatteschi e di Donadio, due disadattati con carenze affettive e figure genitoriali assenti, uniti dalla classica *folie à deux*, lui sobillato da lei che era la dominante nella coppia. Quando Caparzo aveva letto la relazione della criminologa gli era sfuggito uno sbuffo, una cosa simile a una risata.

«Non ti convince, Caparzo?» aveva chiesto Ridenti.

«Queste sono tutte cose che stanno fuori.»

«Cioè?»

«Sono quello che si vede sopra sopra. Che è facile a vederlo. Due matti che pigliano la gente, la chiudono, la ammazzano, fine.»

«Questi sono i fatti.»

«Sono pochi fatti. Alcuni. I fatti veri non sono così facili. Se vuoi fare male a qualcuno gli fai male. Lo chiudi e butti la chiave finché muore. Non gli dai da mangiare per quattro anni. Non gli pulisci il culo per quattro anni. Non gli dai le medicine, che alcuni sono stati curati con gli antibiotici e con gli aghi in vena quando non volevano mangiare. Non fai tanta fatica e poi a uno gli torci il collo, all'altro gli levi l'acqua e il cibo finché crepa, al terzo lo spari.»

«E allora secondo te com'è andata?» aveva sbottato Ridenti, disperato per essere d'accordo con lui.

Caparzo non aveva risposto, perché una risposta completa non l'aveva. Quelle della criminologa erano tutte balle, paroloni come cassetti per buttarci dentro le cose che non capisci. La Gatteschi non era nessuna delle cose che dicevano le carte ufficiali. Non era pazza, perché i pazzi non le sanno organizzare così bene le cose, non era un'assassina perché non era dimostrato che avesse ucciso nessuno, non era disadattata perché a parlare di lei c'erano le montagne di persone e con tutti quella donna aveva avuto relazioni normalissime, anche se ora faceva bello dire di no.

A parole a parole tra 'nu poco pure il padre racconta quanto le voleva bene.

Aveva ascoltato la mezza messa raccontata da Umberto Gatteschi e non gli aveva creduto, così come non aveva preso per oro colato quello che gli dicevano gli altri sopravvissuti, che potevano essere divisi in due categorie ben precise: quelli che proteggevano la Gatteschi e quelli che l'accusavano. Caparzo aveva parlato con tutti, li aveva osservati da lontano, aveva accumulato tutte le informazioni pubbliche e una buona fetta di quelle private. Aveva capito su quali poteva fare leva, gli animi più deboli, intrisi di paura, e quali invece prendere alla lontana, aspettando che si scoprissero da soli. Era certo, nel profondo, che tutti nascondessero ancora qualcosa, che ci fossero dei dettagli di quell'esperienza comune che non avrebbero svelato. Come, per esempio, il perché Donadio e la Gatteschi avessero scelto proprio loro.

Non era un caso.

Li avevano scelti uno per uno, Caparzo ci si sarebbe giocato la testa. Ma su questo nessuno si sbottonava. Cosa avevano in comune? Cosa aveva visto in loro?

Finché una sera, in un vicolo di Milano dietro agli studi televisivi, la risposta era uscita dalla boccuccia della più popolare di loro, la nuova fidanzatina d'Italia Sveva Cugini. Lo aveva preso a braccetto mentre lui la accompagnava a prendere un taxi e dal niente se n'era uscita così.

«Ho imparato una grande lezione, da Sandra. Non sei

quello che sei ma sei quello che fai. Lei lo sa perché mi ha presa, agente?»

«Perché tieni 'nu bello faccino?»

Sveva aveva riso, comprendendo tutti i significati che c'erano dietro a quella frase.

«Diciamo di sì. Diciamo che prima non ero una santa. E non lo sono neanche adesso, se è per questo. Ma ora so come comportarmi. E sa dove l'ho imparato? Là dentro. Da lei.»

Caparzo aveva annuito.

«Non c'erano brave persone in quel capannone, agente. Forse i due matti e quel povero rottame del coccodrillo, ma di noi nessuno. Nella nostra gabbia lo sapevamo tutti, siamo stati molto onesti su questo. E capiamoci, non sto dicendo che sia stata un'esperienza paragonabile a una buona psicoterapia, ma qualcosa ha fatto.»

«Quindi non era per tortura.»

«No. Io dico che ci rieducava. Azione, reazione. Ci comportavamo bene? Premiati. Ci comportavamo male? Puniti. Semplice.»

Semplice, il poliziotto era d'accordo. Rinchiudendo tredici persone dentro a delle gabbie Alessandra Gatteschi non si era vendicata di un torto subito, non aveva cercato di dimostrare il suo potere, il suo scopo era un altro. Quello del capannone era un bizzarro modello educativo, e a capo dei modelli educativi c'erano solo due figure.

I maestri e i genitori.

Il primo da rieducare doveva essere stato il povero stronzo, Donadio, lo aveva protetto sin dall'inizio ma forse il metodo non aveva funzionato. E quindi ecco gli altri tredici, che nell'ottica di quella donna folle non erano prigionieri.

Le erano figli.

Non era padrona, era madre.

E Saverio Bartolomei era l'unico figlio che le era rimasto da salvare.

15 maggio 2014

«Ti ho preso un gatto.»

Lucio l'aveva colta del tutto alla sprovvista, una sera che era tornata stanca morta dal capannone dopo aver pulito il materasso antidecubito di Domenico e aver tagliato le unghie a Giovannino. Era trascorso più di un anno e ora vivevano a casa di lei, a Firenze.

«Ma come un gatto, ma non ci danno già abbastanza da fare quei tre?»

Il ragazzo aveva sollevato raggiante un batuffolo bianco e rosa, la soddisfazione dipinta in viso per averla sorpresa.

«I gatti si arrangiano, tu lo dici sempre, e poi possiamo tenerlo in casa, un sacco di gente lo fa. Ci penserò io, quando tu non ci sei, te lo prometto!» le aveva detto, arrotolandosi il gattino sul polso, e ad Alex era sembrato così felice che non aveva discusso più. Da quando avevano rinchiuso Domenico, Lucio era cambiato, stava vivendo a posteriori un'infanzia negata fatta di frivolezze e capricci e lei lo lasciava fare, anche se questo significava che la cura dei loro tre prigionieri restava quasi completamente sulle sue spalle, perché lui spesso si rifiutava di aiutarla.

«Al capannone io ci vengo solo se copri la sua gabbia» pestava i piedi.

«Ma che senso ha coprirlo? Lo sai che è lì dentro»

e allora Lucio accampava scuse su scuse che la sfiancavano, così a occuparsi dei tre ostaggi era solo lei.

Il gatto lo avevano chiamato Jumbo, perché la sua predisposizione a ingrassare era evidente, ma Alex si era rifiutata di tenerlo solo in casa, lo aveva fatto castrare, gli aveva messo un collarino con i loro numeri e si era affidata alla sorte.

«Deve essere capace di sopravvivere, se lo facciamo noi per lui mortifichiamo la sua natura.»

Era una frase che aveva un doppio significato, in fondo contro quel principio stavano trattenendo tre persone che da sole non avrebbero saputo sopravvivere.

«Li hai solo salvati»

diceva Lucio.

Da chi?

pensava lei.

Però le cose erano andate meglio del previsto, Domenico mangiava autonomamente, in maniera istintiva, e nessuno dei tre si era ammalato, né in inverno, grazie anche a delle stufe a gas con cui li tenevano caldi, né durante l'estate, che era stata torrida. Dopo una formale denuncia per scomparsa la polizia aveva archiviato l'assenza di Domenico come allontanamento volontario e aveva restituito a Lucio il fuoristrada ritrovato alla stazione. Con due auto le cose si erano fatte più semplici, per andare al capannone si usava solo il fuoristrada e in città solo l'auto. Alex si era azzardata a pianificare una visita alle gabbie solo un giorno su due, lasciando abbondanti cibo e acqua, e così facendo, alternandosi con Lucio quando accettava di farlo, riusciva ad avere orari di lavoro pressoché normali. Non aveva smesso di progettare la loro fuga, aveva contattato un paio di volontarie che le dovevano dei favori, nell'Europa dell'Est, per procurarsi un'auto con targa straniera e un'infarinatura su come ottenere documenti falsi. Si convinceva che sarebbe successo presto, ma nel frattempo si era abituata a quella nuova routine. Pensava di rado a Saverio, sapeva che lavorava stabilmente nel negozio del suo amico Mattia, che stava sempre con la brunetta slavata, che era infelice.

Ognuno fa le proprie scelte.

Ma lei aveva Lucio, a cui pensare, e i tre ospiti del capannone, e il suo lavoro e la sua vita. Un equilibrio fragile che riusciva a mantenere miracolosamente intatto.

Finché Jumbo non morì.

L'avevano avvisata

«Signora, c'è il suo gatto sul bordo del marciapiede»

ed era andata di corsa, già piangendo, maledicendosi per i suoi principi, cosa c'era di male poi nel volersi sostituire all'istinto di sopravvivenza di un gatto! Ma quando lo aveva preso in braccio si era accorta subito che non era stato investito. Il sangue che gli era sgorgato dalla bocca era rosato e schiumoso, c'erano anche dei grumi.

È stato avvelenato.

Lo aveva portato da Marta, gli aveva fatto fare l'autopsia e poi le aveva chiesto di farlo cremare perché non voleva che Lucio lo vedesse così.

«Che figli di puttana!» aveva detto la veterinaria. «Io non capirò mai perché lo fanno.»

Alex era rimasta seduta in macchina, le mani ancora sporche del sangue di Jumbo, la voglia spasmodica di vomitare, ma non poteva farlo, perché prima doveva dirlo a Lucio e poi quella sera sarebbe dovuta salire al capannone. Non voleva provare quello che provava, perché a differenza di Marta lei sapeva cosa aveva spinto qualcuno a uccidere il suo gatto. Era gente come Domenico, che si scagliava contro tutto ciò che non amava e per cui provava disprezzo.

Non vogliono che nessuno ami ciò che loro odiano.

E nonostante sua madre le avesse insegnato la comprensione e lei si fosse sforzata spasmodicamente di applicare le sue lezioni alla lettera, dopo tanti anni di autodisciplina e tolleranza sentiva riemergere in sé qualcosa che aveva sepolto. Desiderio di vendetta, rabbia, violenza.

Io non sono più così, mamma, te lo giuro, non sono più così.

Ma era stato difficile reprimere il rigurgito di odio, così limpido e immediato, davanti al dolore di Lucio. Lei cercava di rieducarlo, di salvarlo da se stesso e qualcuno lo sottoponeva a una pena così intensa che il risultato era stato di immediata regressione.

«Dovremmo trovarli e ammazzarli!» aveva pianto il ragazzo, e poi, approfittando della situazione: «Anche quei tre nel capannone, dovremmo ammazzarli tutti!».

«Noi non uccidiamo nessuno» aveva risposto stancamente Alex.

Si erano giurati reciprocamente che non avrebbero preso più nessun gatto, si erano abbracciati, avevano fatto l'amore e a notte fonda lei aveva imboccato Giovannino con pasta e fagioli tiepida, dopo averlo fatto camminare in giro. Prima di ripartire aveva guardato a lungo Domenico, la bocca ancora sporca di omogeneizzato al pollo.

«Ti sbagli. Quelli come te si sbagliano. Non ottenete niente facendo così.»

Due settimane dopo Marta l'aveva chiamata.

«Lo ha rifatto.»

Questa volta il boccone lo aveva mangiato un cane, salvo solo perché di taglia grande, e altri pezzi erano stati trovati lungo la via.

«Li ho esaminati e ho fatto denuncia, ma tanto non servirà a niente. Attaccherò dei cartelli lungo la strada, probabilmente cambierà zona.»

Alex aveva atteso qualche minuto prima di posare il telefono. Sentiva il cuore pulsare nelle orecchie, la gola calda, il respiro troppo lento.

Se lo trovo lo ammazzo.

Era stato un pensiero spontaneo e non poteva fingere di non averlo avuto. La zona a cui faceva riferimento Marta era comunque la sua, intorno alla sua casa. Una ricognizione un po' più ampia le aveva fatto recuperare un altro boccone, finito sul bordo di un'aiuola. Veleno per lumache, aveva detto

Marta, fuori discussione trovare dove fosse stato acquistato, lo avevano perfino alcuni ferramenta.

Smetterà, ora che ci sono i cartelli. Starà buono per un po' e poi lo rifarà di nuovo.

Di colpo le sembrò insopportabile.

Come se qualcuno fosse entrato nel capannone per avvelenare Giovannino, o la donna cieca che aveva iniziato a chiamare Greta, in onore di Greta Garbo, o perfino Domenico. Loro erano indifesi, come gli animali. E allora le venne un'idea.

Erano poche le persone di cui Alex si fidava, e una di loro era Fermo Berselli. Si conoscevano da anni ma non potevano dire di essere amici, non avevano mai valicato quel confine sottile che trasforma la comunanza di idee in un legame. Fermo non era un purista o un estremista, era un animalista sui generis. Amava le bestie, se ne occupava da sempre, ma non le considerava il fulcro della sua vita. Aveva una sorta di canile privato, nessun permesso e un occhio chiuso da parte delle autorità. Teneva i cani in pensione, dentro delle gabbie che assemblava insieme a un paio di amici metalmeccanici, non troppo grandi e non troppo piccole. Erano sistemazioni provvisorie, le teneva pulite e accettava solo bestie vaccinate. Ci faceva abbastanza per campare, il rustico in cui aveva messo in piedi la pensione era di sua proprietà, ma non gli rimaneva molto d'avanzo. Tutte le associazioni animaliste della città gli facevano la guerra, colme d'indignazione per questo sfruttamento delle sacre creature, Alex invece era tollerante.

«Ci sono cani che vivono sui terrazzi o tra l'androne e le scale, soli e disperati. Almeno le sue intenzioni sono buone, li tratta bene, non ho mai visto un animale stressato, mentre stava da lui.»

Certo, Fermo non era nemmeno uno stinco di santo, arrotondava in varie maniere, piccolo spaccio, quasi solo erba e qualche farmaco veterinario. Lei stessa di tanto in tanto gli passava qualcosa sottobanco, mai in quantitativi nocivi, solo cose che potessero quietare proprietari nevrastenici.

«I problemi dei cani sono al 90% i padroni» sentenziava.

Di Fermo le piaceva quel suo essere schietto, poche parole, nessuna ipocrisia. Le aveva dato qualche contatto di *perreras* spagnole, soprattutto per riscattare i galgo, lui non ci metteva un soldo, ma se serviva un corriere non si tirava indietro, gli bastava essere pagato e che qualcuno badasse ai cani in sua assenza. Aveva una testa che funzionava e soprattutto era una persona fidata. Gli raccontò cos'aveva in mente.

«Che dici, si può fare?»

Fermo era rimasto fedele al suo nome, i capelli unti, la stempiatura alta, poi aveva scrollato le spalle.

«Si può provare.»

Tempo qualche giorno le aveva procurato, da fonte ignota, una serie di microcamere con ripresa notturna, abbastanza piccole da essere nascoste, e un accrocchio che serviva a intercettarne il segnale.

«Non farti beccare con questa roba, che non è proprio legale. Piazzale vicino a casa tua e cerca di collegare almeno le prime due al tuo wi-fi, per le altre prova a far rimbalzare il segnale come ti ho insegnato. Non ti garantisco che funzioni perfettamente, e guarda che le batterie non durano in eterno, ma per un po' dovrebbe andare.»

La notte stessa Alex aveva piazzato le microcamere e aveva iniziato a sorvegliare il quartiere. Lucio si era avvicinato con diffidenza al portatile, e quando gli aveva spiegato cosa stesse facendo non aveva dato segno di grande interesse. La seconda sera l'aveva vista stanca e le aveva detto

«Vai a dormire, sorveglio io».

Lucio si era dimostrato un bravo vigilante, registrava solo le immagini che lo insospettivano e il giorno dopo, quando le avevano visionate insieme, le cancellava per fare posto a quelle nuove. Non lo faceva con entusiasmo, ma aveva capito che ad Alex questa cosa faceva bene.

«E se poi lo becchiamo?» le aveva chiesto.

«Lo denunciamo. Diciamo che lo abbiamo visto, ci inventiamo una storia.»

Lui non faceva obiezioni, ma Alex aveva il dubbio che non le credesse.

Non mi credo nemmeno io.

Il decimo giorno, alle tre del mattino, l'aveva svegliata.

«Ci siamo.»

Era corsa accanto allo schermo e lui le aveva mostrato il filmato di un uomo magro, non troppo alto, con una sigaretta in bocca, che faceva avanti e indietro nella via. In apparenza passeggiava e basta, poi ogni tanto faceva scattare il polso, in prossimità di una zona verde, e anche se non si vedeva nulla Alex era certa che avesse lasciato cadere qualcosa.

«Non perderlo d'occhio» aveva detto a Lucio, si era infilata il cappotto sul pigiama ed era uscita. Credeva che non lo avrebbe intercettato, invece dopo un paio di minuti lo vide lì davanti, il fumo che lo accompagnava lungo la via, le mani in tasca e l'aria di qualcuno che è solo venuto a prendersi una boccata d'aria in una bella notte di primavera. Alex si era fermata ad aspettare che girasse l'angolo, poi aveva preso il cellulare e aveva iniziato a filmare prima di seguirlo. Aveva svoltato due volte ancora, poi aveva aperto la porta di metallo di un magazzino ed era entrato. Alex aveva raggiunto la porta, senza smettere di filmare, poi aveva ripreso tutti i veicoli lì davanti, in particolare un grosso furgone rosso. Quindi era tornata indietro, aveva chiamato Lucio e si era fatta guidare per ritrovare tutti i punti in cui l'uomo avrebbe potuto lasciare i bocconi. C'erano, dodici esatti. Quando era rientrata aveva trovato Lucio agitatissimo.

«E se ti vedeva?»

Peggio per lui.

Avevano spento tutto ed erano andati a letto. Alex era rimasta immobile per il resto della notte, gli occhi al soffitto, la volontà che combatteva contro la furia.

Lo denuncio.

Se lo denuncio la fa franca, gli danno una multa e ricomincia da un'altra parte.

Cercava di tenersi a bada, ma sentiva parti di sé che cedevano, si scoperchiavano, uscivano dal controllo dopo tanto tempo, e non voleva, non voleva, eppure Jumbo, eppure Giovannino, e l'odio, l'odio feroce.

Lo ammazzo.

No.

E allora cosa?

Cosa?

«Cosa?»

La voce era quella di Lucio, seduto accanto a lei nel letto, l'aria di chi altrettanto non ha chiuso occhio. Alex lo guardò.

«Non ho capito.»

«Cosa intendi fare? Con quello?»

Aprì bocca e si sentì dire

«Lo aiuto».

Lucio spalancò gli occhi.

«Lo aiuti? E a far cosa?»

Alex avrebbe voluto avere più tempo, da sempre e per sempre. E invece disse

«A cambiare».

Aveva chiuso la gabbia da pochi minuti e osservava l'uomo, accoccolata a terra. Lo aveva seguito per dieci giorni, gli aveva piazzato un tracciatore GPS per cani sul furgone rosso e aveva spiato i suoi giri da Firenze a Poggibonsi, da Piacenza a Napoli. Fino a quella sera, quando si era addormentato nel furgone dopo aver nascosto della merce. Sapeva molte cose di lui, si chiamava Nicola Scherillo e uccidere animali domestici non era il suo unico peccato, insieme a lui avevano preso una pistola e una scatola di munizioni. Sapeva anche qualcosa di più di se stessa, perché quella volta non era stato Domenico, era stata lei, e quello non era uno scarto umano ma un'anima da recuperare.

Questo è l'unico posto in cui può capire come si sentono le creature indifese. Qui dentro può imparare.

Lucio la guardava sorridendo, per la prima volta sembrava a suo agio nel capannone.

«Allora cosa facciamo? Lo isoliamo o lo lasciamo con gli altri?»

«Lasciamolo con gli altri, gli servirà più di tante altre cose.»

«Gli lasciamo da mangiare?»

«Non oggi. Solo l'acqua. Poi se si comporta bene gli daremo del cibo.»

«E se si comporta male?»

«Imparerà che si deve comportare bene.»

Lucio si mise a terra accanto a lei.

«Mi piace questa cosa.»

Alex gli diede un bacio.

«Durerà poco.»

Alex aveva smontato tutte le telecamere disseminate lungo la via e le aveva portate al capannone. Lì, con in sottofondo le urla del primo uomo che aveva sequestrato per scelta, le aveva inserite lungo le cornici dei carrozzoni. Fermo le aveva spiegato come ricaricare le batterie in assenza di prese elettriche e lei si era procurata il necessario. Non pensava a quello che stava facendo, pensava a tutto quello che non aveva fatto.

Non l'ho ucciso.

Non l'ho fatto uccidere.

Non gli ho permesso di continuare a fare del male.

Avrebbe dovuto vivere con disagio quei momenti, ma era certa, sinceramente convinta che avrebbe liberato quell'uomo, quella maledetta merda sadica, molto presto, quando fosse cambiato. L'aveva messo nel carrozzone davanti a quelli di Greta e Giovannino e quello aveva dato in escandescenze, per paura, aveva dapprima pensato Alex, poi si era resa conto che ciò che lo terrorizzava era l'incomunicabilità. Chiamava

«C'è qualcuno?»

come se gli altri due nemmeno esistessero. Questo le era sembrato un buon segno.

«È un animale sociale» aveva spiegato a Lucio. «Gli renderà più semplice capire, empatizzare.»

Lucio le teneva il broncio, si era stufato presto del giocattolo nuovo, al capannone ci andava ancora malvolentieri per via di Domenico, ma non era solo questo.

«Se deve diventare un centro di recupero allora anche io voglio portarci qualcuno.»

Alex sorrideva di quell'infantilismo.

«Noi non siamo migliori di lui, non lo stiamo punendo, lo stiamo rieducando»

ma non gli diceva la verità più grande.

Attraverso di lui io rieducherò anche te.

Sperava che Lucio avrebbe imparato a prendersi cura di Nicola, e in seconda battuta di Giovannino e Greta, fino ad arrivare a Domenico. Poteva essere il percorso giusto, poteva mostrargli la via per diventare la miglior versione di se stesso. Per questa ragione cominciò ad accettare di tenere dei corsi per i nuovi venditori della CO.LI.SAN, che l'avrebbero tenuta lontana da Firenze ogni tanto, durante i weekend, così che Lucio avrebbe dovuto sostituirla.

«Basterà che tu ci vada un giorno solo, il sabato magari. Vai, li controlli dalle telecamere e quando vedi che stanno bene te ne vieni via.»

Era contraria a tenerli sedati, soprattutto Nicola che doveva evolvere rapidamente e già mostrava i primi segni di comprensione del suo nuovo stato. Lucio non si era opposto a sostituirla, borbottando che non aveva senso che due adulti si occupassero di altri quattro adulti, che se esisteva la selezione naturale c'era un perché e che un figlio avrebbe preferito averlo neonato.

Un figlio.

Per Alex l'idea di un figlio era una spina nel fianco. Aveva trentotto anni, quasi fuori tempo massimo, e fino ad allora si era ripetuta che doveva trovare la persona giusta con cui farlo, perché da sola avrebbe potuto essere troppo

simile a mia madre

ingombrante, rischiava di soffocarlo. Ma la persona giusta

Saverio

non era arrivata, e Lucio era troppo piccolo, come età, come vedute, come maturità. Inoltre far coesistere un neonato con quattro persone sequestrate era impossibile. Le sue amicizie all'estero le avevano trovato una Polo blu con targa macedone e sarebbe andata a prendersela presto. Poi l'avrebbe parcheggiata nel cascinale e avrebbe pensato alla prossima mossa.

Aveva tutto sotto controllo.

Lucio le aveva messo sotto il naso il cellulare.

«Ho il prossimo.»

Sullo schermo l'immagine confusa di un giardinetto in ombra con alcune persone sedute.

«Il prossimo cosa?»

«Il prossimo che prendiamo, il prossimo da rieducare.»

Due volte aveva iniziato a rispondergli, poi si era trattenuta perché sapeva di dover azzeccare il tono, non troppo paternalistico e nemmeno troppo leggero.

«Lumino mio, non stiamo davvero allestendo un centro di recupero, se non avesse fatto quello che ha fatto a Jumbo non avremmo preso nemmeno Nicola.»

«Ma lo ha fatto e lo abbiamo preso. E tu hai detto che lo abbiamo fatto per aiutarlo. Ecco, anche io voglio aiutare questo qui.»

Alex aveva allungato di nuovo l'occhio sullo schermo.

«Questo quale?»

«Questo qui.»

Aveva indicato un uomo alto, con i capelli grigi. Alex decise di dargli un minimo di corda.

«E come lo hai scelto?»

«Non l'ho scelto io. Lo ha scelto mio padre.»

Aveva sentito tutto il sangue defluirle dal volto, e Lucio ci aveva fatto sopra una risata, piena, sincera.

«Ma non adesso! È stato qualche anno fa. L'ho conosciuto alla scuola per infermieri ad Arezzo. C'erano questi incontri con i diversi tipi di professionisti, e lui è venuto in rappresentanza delle case di riposo. Quel giorno c'era mio padre con me, era andato in pensione da poco e quando non sapeva cosa fare veniva con me ad ascoltare e poi inveiva contro tutto e contro tutti mentre tornavamo a casa. Ma quella volta lì, tu non hai idea di come ha reagito quella volta lì. Questo tizio aveva parlato, no? E aveva detto tutte quelle cose sulla delicatezza da usare con gli anziani, i modi, il linguaggio, le difficoltà tecniche eccetera. E mentre parlava mio padre continuava a dire: "Bugiardo". Non so da cosa lo avesse capito, ma lo sai com'era mio padre, la gente la annusava. Quando la lezione è finita lo ha aspettato fuori e non so bene cosa gli abbia detto, ma quello se l'è fatta sotto ed è scappato via. Mentre tornavamo mi fa: "Tu non ci lavori in casa di riposo, non importa quanti soldi ti danno. Perché per lavorare con i vecchi tu li devi amare o li devi odiare. Mentre a te non frega niente, come a quello là, e io non voglio che finisci come lui". Io ero abituato alle sparate di mio padre, però pensandoci ho capito che aveva ragione, io i vecchi nemmeno li vedo, è come se non capissi perché vivano ancora. Perciò non l'ho fatto, vedi che non sono andato in casa di riposo? Non l'ho fatto, perché era sbagliato. E invece lui lo fa. Lui lo fa.»

Alex non aveva riso e nemmeno sorriso, anche se il racconto di Lucio le sembrava puerile e contorto. Il fatto che fosse stato Domenico a decidere secoli prima che quell'uomo fosse una merda era il peggior punto di partenza possibile.

Vuoi andare a discuterne con lui?

Il senso di debito verso il padre di Lucio non le era mai passato e fu per questo, una ragione sbagliata come un'altra, che gli promise che sarebbero andati a vederlo, questo tizio alla casa di riposo, e se si fosse dimostrato cattivo lo avrebbero preso.

Pensava fossero solo parole.

Lucio ci aveva messo un po' per individuarlo, perché non lavorava in centro ad Arezzo ma a Santa Firmina e non ne ricordava il nome corretto, quindi avevano dovuto recuperare la documentazione dei corsi. Lo aveva seguito per conto suo prima di dirlo ad Alex e non le aveva portato grandi informazioni, solo che lavorava in una casa di riposo, che non era sposato e che si chiamava Giorgio Guccione. Era un bell'uomo, alto, brizzolato, lineamenti regolari, il camice bianco gli donava moltissimo. Alex si chiese se il suo aspetto non avesse influenzato l'acredine di Domenico, per una sorta di confronto tra pari. La prima volta si era fermata con Lucio davanti alla residenza per anziani.

«Cosa facciamo? Entriamo?» aveva fatto lui.

«E chi diciamo di essere? Parenti di qualcuno? Ci noterebbero, si ricorderebbero di noi.»

Quindi lo avevano seguito per un po' fuori dalla struttura, un uomo noioso, prevedibile, si ritrovava al bar con gli amici, la domenica andava a pescare, una sera era uscito a cena con una donna molto più giovane ma l'aveva cavallerescamente accompagnata a casa e niente di più.

«Non mi sembra così malvagio, Lucio. È un uomo ordinario.»

«Mio padre non si è mai sbagliato. Può avere esagerato ma non si è sbagliato.»

Il fatto che parlasse di Domenico le era sembrato un buon segnale, così Alex aveva portato pazienza, ancora qualche appostamento, due o tre gite e poi con tutta la delicatezza del mondo gli avrebbe detto che non avrebbero rapito un uomo solo perché non piaceva a suo padre. Erano nel pieno dell'estate, l'aria era irrespirabile, una pioggia leggera li colse fuori dalla casa di riposo, nel cortile limitrofo di un centro ricreativo, mentre fingevano di giocare a carte, e Alex la accolse come una manna.

«Ora andiamo via, altrimenti sembriamo due matti, a restare sotto l'acqua.»

Proprio allora Giorgio Guccione era uscito nel giardino della casa di riposo con una donna sulla sedia a rotelle, si era sistemato sotto la tettoia e si era messo una sigaretta tra le labbra.

«Mamma» aveva chiamato la vecchia.

Giorgio aveva acceso la sigaretta e tirato una boccata.

«Mamma. Bagnata.»

Alex la osservò bene. Era decrepita, poteva avere mille anni, sulla sedia ci stava appesa tutta storta, i piedi con addosso dei calzini corti, le gambe nude coperte a metà da un plaid buttato lì.

«Mamma. Bagnata.»

Non faceva freddo, la pioggia le arrivava alla punta dei calzini e sul bordo del plaid, le gambe restavano immobili. Non era in pericolo, non le stava succedendo niente.

«Mamma.»

Giorgio fumava.

Guardala. Almeno guardala, perdio.

La vecchia teneva le mani vicine, le dita tremavano come a voler trattenere qualcosa.

«Mamma. Bagnata.»

Un altro tiro, lo sguardo perso sulle chiome degli alberi, Giorgio si godeva la sua pausa. Non la stava picchiando, non la stava umiliando, non la stava insultando.

«Mamma.»

Un morso cominciò a dilaniare Alex dentro lo stomaco.

È peggio.

È peggio, non la vede, per lui è una cosa.

La sta facendo scomparire.

«Mamma. Bagnata.»

Anche Alex era bagnata, le lacrime sulle guance, i denti stretti, le labbra che tremavano. Giorgio aveva buttato il mozzicone, impugnato i manici e riportato la vecchia dentro. Lucio le aveva stretto la mano e lei non aveva avuto più bisogno di altro.

«Lo prendiamo domani» gli aveva promesso.

E così avevano fatto.

Giorgio Guccione era incredibilmente abitudinario, non ebbero bisogno di chissà quale piano, lo presero di ritorno dalla partita a carte del venerdì sera, bastò avvicinarlo di spalle e mettergli un panno davanti alla bocca. Avevano scelto la gabbia più grande per lui, quella in cui ci poteva stare più di una persona, e al momento di chiuderla Alex aveva avuto un'idea.

«Dovrebbe svegliarsi con davanti Greta e Giovannino, come è successo a Nicola. O anche con Domenico. Insomma, iniziare nelle stesse condizioni.»

Avevano fatto un sacco di manovre col trattore per sistemare tutti e quattro, i carrozzoni avevano ruote di ferro adatte ai binari ferroviari e sul cemento facevano resistenza. A differenza di Nicola, per i primissimi giorni Giorgio non fece un fiato, immobile nel suo angolo a fissare le gabbie davanti alla sua, soprattutto quella di Domenico.

«Io dico che lo ha riconosciuto» aveva sostenuto subito Lucio.

Alex non ne era così convinta, una bocca in più da sfamare, una gabbia in più da pulire, queste erano le cose su cui si era concentrata. Lucio invece aveva l'aria soddisfatta, aveva chiesto di sua spontanea volontà un paio di turni in più, si interessava alla gestione del capannone e chissà, forse il meccanismo si era avviato.

«Dovremmo dar loro delle regole. Così sarebbe più semplice.»

Le aveva buttato lì la frase nell'hamburgeria vicino all'ospedale, tra la vetrina dei dolci e l'angolo bambini, perennemente deserto. Aveva parlato con la bocca piena, come faceva sempre quando sentiva di esporsi a un rischio. Col boccone rischiava di non essere ben compreso e faceva in tempo a rimangiarsi tutto. Alex se lo immaginò chino sul piatto a mormorare "Papà, non lo voglio più fare" in bilico tra il desiderio di salvarsi e la speranza che Domenico non avesse capito. D'istinto gli fece una carezza.

«E quali regole vorresti dargli?»

«Be', li stiamo rieducando, no? Se hanno delle regole da seguire è più difficile che sbaglino.»

«Ma l'errore fa parte della rieducazione, tesoro» gli spiegò paziente.

«E come lo capiscono, che è un errore?» insistette Lucio mordendo il panino.

Lo facevano sempre, parlavano di quello in mezzo alla gente, Alex gli aveva spiegato che non ti vedono e non ti sentono, se non cerchi di nasconderti.

«Non li abbiamo messi in collegio. Non spieghiamo loro che i gomiti vanno tenuti vicini al corpo o che non si parla con la bocca piena» gli sorrise. Lucio alzò lo sguardo diffidente, poi capì lo scherzo. «In natura non si punisce l'errore ma viene premiata l'azione corretta, e spesso il premio è la vita stessa. Se ci concentriamo sui loro errori...»

«Ma lì non sono in natura» tirò dritto il ragazzo, cocciuto. «Non hanno punti di riferimento, e se li hanno non sono gli stessi per tutti.»

«Lucio, non comincerò a punirli.»

«Mica dico punirli. Dico dare delle regole.»

Alex si prese un momento, perché quella sì, era una regola, una regola sua: se non era assolutamente certa di avere ragione allora doveva ascoltare quello che dicevano gli altri.

«Per esempio?»

«Che non si spreca il cibo, per esempio. O l'acqua. Che la gabbia va tenuta bene.»

«E vorresti chiedere roba simile a Giovannino? O a Greta, o a tuo padre?»

«Ma no che non lo chiedo a loro. Ma agli altri due sì.»

Alex ripensò ai nuovi ospiti.

«E come gliele comunichiamo, le regole?»
Lucio si illuminò tutto, aveva fatto breccia nella convinzione di Alex, aveva vinto! Prese il sacchetto unto del panino, ne strappò un angolo e iniziò a frugarsi nelle tasche. Alex si allungò fino all'angolo del tavolino multiattivo per bambini e prese tra due dita un pastello a cera blu. Glielo porse e lui scrisse veloce, in stampatello

NON SPRECARE IL CIBO.

Finito, glielo mostrò.

«Glielo facciamo trovare quando si svegliano. Una volta sola, una regola sola. Magari una regola per ciascuno, e poi se le scambiano.»

«E se non collaborano? Se non se le dicono?»

«Allora succede come hai detto tu, che avviene come in natura. Uno pulisce e l'altro lo vede, ha un esempio, se lo segue lo premiamo, se non lo segue...»

Si sospese tutto insieme.

Erano arrivati al punto.

«Se non lo segue tu vuoi che lo puniamo, vero?»

Lucio si mordicchiò il labbro, non poteva rimangiarsi le parole non dette che Alex aveva sentito benissimo. Lei si allungò a prendergli entrambe le mani, attese che la guardasse.

«Noi non uccidiamo nessuno, Lucio. E non puniamo nessuno. Noi li rieduchiamo naturalmente, aspettiamo che ci arrivino da soli, a capire. E poi li premiamo. È così che abbiamo detto che avremmo fatto ed è così che faremo.» Poi, a parziale compensazione, prese il bigliettino. «Questo però è un buon suggerimento. Vado a ritirare i caffè.»

Si alzò mentre Lucio finiva di cacciarsi in bocca quel che restava del pacchetto di patatine. E quando fu abbastanza lontana mormorò masticando

«Cambierai idea».

Nicola

Nicola Scherillo era un uomo minuto, i capelli ancora nerissimi nonostante l'età, qualche piccolo precedente penale e una ditta di trasporti che consisteva in lui e nel suo furgone. Era sparito nel maggio del 2014 e a segnalare la cosa alle autorità era stata l'ex moglie, che viveva a Pizzo Calabro e non riusciva più a mettersi in contatto con lui.

«Nun m'arricordo buono. M'ero addormuto 'ncoppo 'o furgone dopo mangiato, credo, e poi niente, me so' scetato lì.»

Di tutte le vittime di Alessandra Gatteschi era il più loquace e il più preciso, aveva spiegato come funzionassero le cose nel capannone, quali le regole da rispettare e che se ti comportavi bene potevi avere dei vantaggi. Premio dopo premio aveva ricevuto delle cose da conservare nella sua gabbia, dosi extra di acqua, sigarette, pastelli a cera e carta da macellaio con cui comunicare con la sua rapitrice.

«Nunn'o sapevo ch'era essa, mai sospettato.»

Grazie a carta e pastelli aveva tenuto il conto delle giornate e gli era stato possibile datare con una certa precisione la morte degli altri tre.

«Mino faceva nu caver' 'e pazz', estate ma proprio piena piena, io ho segnato fine luglio, inizio agosto, ma poteva essere metà. Saverio a novembre, due settimane dopo i morti, Vasco dieci giorni dopo.»

Gli inquirenti non gli avevano detto nulla, ma una delle date era sbagliata.

Nel doppio fondo della gabbia che Alessandra Gatteschi fingeva di occupare c'era un cellulare su cui era stata filmata la fuga di Saverio Bartolomei. Era uscito, completamente nudo, da una delle porte del capannone il 2 dicembre 2017. Mentre correva veniva inquadrato da una telecamera a infrarossi, si era vista la canna di un fucile che si alzava, lo sparo e Bartolomei che cadeva. Dopo qualche secondo però si era rialzato, il tempo di essere raggiunto dalla sua aguzzina che si era chinata su di lui, poi immagini confuse, forse di lotta, quindi il corpo bianco dell'uomo a terra, le mani che toccavano la telecamera e la spegnevano.

«L'ha fatto scappare per inseguirlo. Pazziava accussì» aveva concluso Scherillo.

Il primo morto, Fermo Berselli, detto Mino, era stato ritrovato in un fosso il 2 settembre, in stato di decomposizione, morto di fame e sete, su questo il medico legale non aveva avuto dubbi. Il secondo cadavere, del proprietario del capannone, Vasco Zavatta, era invece stato sepolto poco lontano dal capannone, all'ombra di alcuni alberi, dove il terreno era più morbido. All'appello mancava solo Saverio Bartolomei, il cui destino di prigioniero aveva continuato a consumarsi nella cisterna del cascinale e ora chissà dove, legato a filo doppio alla Gatteschi.

Nicola Scherillo era stato dimesso ed era tornato a casa.

I giornali si erano occupati di lui come di tutti gli altri, ma l'interesse era scemato presto in favore di chi aveva maggiore appeal. Una volta uscito dal cono dei riflettori si era precipitato a contattare degli amici suoi per dire che il carico non era andato perduto, lo aveva nascosto bene, ora poteva dirgli dov'era, per carità, non avrebbe mai fatto uno sgarro del genere. Venne creduto perché la sua storia aveva avuto conferme innegabili e la sua condanna a morte venne revocata. Gli vennero persino fatti i complimenti, in quasi quattro anni nessuno aveva trovato la roba, neppure loro. Nicola aveva fatto visita all'ex moglie, era tornato a Napoli, accolto come un eroe, aveva fatto un mese di ospitate e poi era tornato in su, a Poggibonsi. Lì aveva finalmente potuto stare male. Tutta quell'aria, tutto quel cielo addosso negli ultimi due mesi lo aveva schiacciato. Non riusciva a mangiare bene, ogni cosa che inghiottiva se ne voleva tornare su, come un parente feroce.

La verità era che aveva paura.

Non aveva mentito, lui non lo sapeva che Alessandra Gatteschi fosse il suo sequestratore, non aveva nemmeno idea che in realtà fossero in due. Lei nel capannone era conosciuta con il nome di Sandra, era stato quell'imbecille di Saverio a chiamarla così, lui aveva la passione per i nomignoli, aveva provato a ribattezzare anche lui, ma gli aveva fatto passare la voglia. E Nicola sapeva bene di non averla trattata come si deve. "'O cess" era stato l'appellativo più carino. L'aveva derisa, bullizzata e umiliata sin dalla prima volta, una donna brutta e senza denti, schiava dell'asma, per lui era stato un banchetto. Piccolo e nero da sempre, piccolo e nero e sfruttato, piccolo e nero e dileggiato, terrone, camorrista, nano, di tutto gli avevano detto. E Nicola non aveva mai avuto il potere di ribellarsi, erano tutti più grossi di lui, a dieci come a cinquant'anni, tutti con più frecce al loro arco. Lui si era nutrito di rancore, imparando ad allisciarsi le persone in ordine d'importanza, imparando la vendetta laterale, di sponda, non faccio del male a te ma lo faccio a qualcuno che ami, così funzionava. La faccenda degli animali gli dava una sensazione di potere enorme, ma era un potere solitario e nascosto, il potere vigliacco di chi non può goderne alla luce del sole. Poi la gabbia e finalmente una posizione di comando, il luogotenente del loro sequestratore, il primo con cui aveva comunicato, pronto a ubbidire e a imparare. Là nel capannone lui era stato qualcuno, era l'uomo con l'acqua, era l'uomo con la carta, le sigarette, la birra quando faceva davvero bene. Lui era il portavoce, il conoscitore di tutte le regole, era importante. Li aveva visti passare, gli altri, li aveva sentiti piangere quando le sue lacrime si erano ormai asciugate, li aveva sentiti urlare quando la sua gola si era spenta, aveva sempre saputo quello che provavano da un punto di vista privilegiato: era il primo sopravvissuto. Neanche con se stesso lo avrebbe ammesso ma era stato il momento di maggior gratificazione della sua vita.

E ora questo.

La consapevolezza di aver mandato tutto a puttane, di aver maltrattato proprio la persona che serviva con devozione. E non c'erano più sbarre a difenderlo, nemmeno quelle che si era fatto montare alle finestre, o la polizia, o gli occhi amorevoli di chi aveva accanto, perché accanto non aveva proprio nessuno.

Lei era là fuori.

Nicola lo sentiva, lo sapeva, erano tutte balle quello che raccontavano, scappata all'estero, fuggita tra le montagne, ma quando mai? Lei era intelligente. Pure quando la credeva una povera sciagurata senza dignità aveva capito che era intelligente. Le persone intelligenti non le cogli di sorpresa, mai del tutto. Per questo non l'avevano presa. Aveva riempito la casa di ceri per i santi e la Madonna, si era scoperto una religiosità che non aveva mai avuto, aveva perfino cominciato ad andare in chiesa, guardandosi le spalle. Ma la paura non passava. Sentiva di avere gli occhi di qualcuno addosso e aveva abbastanza esperienza da sapere quando era vero e quando no. Quella volta era vero. Rientrava da un rosario che la sera era scesa appena, quasi nessuno per strada, solo i suoi passi a seguirlo insieme alla sensazione di essere spiato. Si era fermato. Niente. Era ripartito e gli occhi con lui. Aveva fatto una corsa leggera, guadagnando la porta di casa, era rientrato in quell'odore di candele consumate e aveva stretto il rosario ancora.

«Maronn' mia d'o Carmene bella, ajutam'.»

Fuori solo un vento leggero che spostava le foglie, ma le foglie non c'erano, era estate, che foglie si spostavano in estate? Un fruscio, l'ombra sotto la porta.

TOC TOC

A Nicola il respiro si era bloccato in gola. In strada non c'era nessuno, aveva guardato bene, chi bussava stava nascosto e nessuno si nasconde senza un motivo.

TOC TOC

Non erano i giornalisti, non era il prete che gli portava qualcosa scordato in canonica, non era la vicina che chiacchierava sempre cercando particolari succosi da raccontare alle amiche.

TOC TOC

«Aggio sbagliato» aveva detto.

Silenzio.

«Nunn'o sapevo, nunn'avevo capito.»

Silenzio.

TOC TOC

Dita pesanti.

Era tutto inutile, i ceri, la Madonna, i santi, le suppliche che gli stavano schiumando fuori dalla bocca, niente serviva a niente perché lei sapeva cosa significasse essere più grande di tutto, era stata il loro Dio per anni e lo era anche adesso. E se Dio bussa tu gli apri, soprattutto se sei piccolo e nero, perché è così che vanno le cose. Aveva allungato la mano, aveva aperto la porta crollando in ginocchio e stringendo il rosario. Ma oltre la porta non c'era Alessandra Gatteschi a far cadere la sua furia su di lui.

Se possibile, era peggio.

"Guardie e ladri" suona poetico, "delinquenti e sbirri" molto meno. Sono due fazioni che si contrastano e si conoscono tanto dal finire con l'assomigliarsi più di quanto non vorrebbero. Nicola Scherillo di poliziotti ne aveva incontrati troppi, nella sua vita, ma questa frequentazione gli era stata utile nell'unica occasione in cui, invece che come colpevole, era stato interrogato come vittima. Aveva saputo come rivolgersi a loro, quali codici usare, rendersi credibile. Eppure stava mentendo, esattamente come tutte le altre volte. Più che di bugie si trattava di omissioni, cose che si era tenuto per sé, in attesa che gli altri sopravvissuti parlassero e lo accusassero. Ma non era successo, l'aveva fatta franca, anzi, era stato considerato il più attendibile dei testimoni. Tranne che per quel poliziotto, che poliziotto non era.

N'ommo e malavita 'o cunosce a uno comm'a isso.

Non erano stati i modi o l'italiano stentato a fargli capire che era lui l'elemento pericoloso, ma qualcosa sottotraccia, un codice Morse udibile solo da quelli come loro. Gli aveva parlato più di una volta, ma sempre in presenza di terzi, lo aveva visto quando erano andati a festeggiare il ricovero della povera Bella, ma anche allora non avevano scambiato più di qualche parola. Dopo era stato troppo occupato dalla paura del ritorno di Sandra e i sospetti sul poliziotto erano rimasti a decantare a margine. E ora, che non era preparato, eccolo lì.

«E perché dovrebbe venire a prendere attè?»

Caparzo aveva rifiutato il caffè e pure la sedia, lo ascoltava lì in piedi, immobile, mentre Nicola aveva preso l'uno e l'altra.

«Pecché l'aggio trattata male. Le dicevo cierti cose... Maronn' cosa nun l'aggi' ritt', guaglio'.»

Non avevano un'origine comune, ma Caparzo a Napoli aveva vissuto per un po' e questo rendeva meno difficile per Nicola parlargli, ma non avrebbe abbassato la guardia, almeno fino a quando sarebbe stato in grado di tenere a bada il terrore. Nicola quelli come Caparzo

'o poliziotto no, 'o salvatore no, e nemmanco l'eroe ca tutte vedono comm'a 'nu dio

li conosceva. Tu li vedi e pensi che siano solo l'amico grosso e scemo del boss di turno. Non li calcoli, pensi solo che dovrai schivarli, tanto sono sempre lenti e ottusi. E invece, quando non te lo aspetti, scopri che sono loro il boss e che sanno correre più veloce di te. Erano gli uomini come Caparzo che ti calavano nel cemento a presa rapida, erano loro che ti tagliavano le dita col tronchese, falange per falange, finché non parlavi, erano i predatori naturali, quelli che sanno uccidere per istinto, perché di questo son fatti, pure se indossano la divisa. Non ci ragioni, con una Bestia.

«E pensi che invece che nascondersi perde tempo a venire ad ammazzare attè?»

«Aggio ritt' tutto, alla polizzia. Tutto aggio ritt'.»

Caparzo aveva appena scosso le spalle, erano tutte sciocchezze.

«La fai stupida. Non è stupida.»

«Ossacc'.»

«E manco io.»

«Nce mancasse, non lo penserei mai.»

«E però...»

Caparzo non finì la frase. Se ne stava lì a guardarlo dall'alto in basso come se avesse del tutto finito il discorso.

«Quanti chili erano?»

Nicola era sobbalzato.

«Cosa?»

«L'amici tuoi. Quanti chili erano?»

Nega! Nega!

Ma non c'era da negare, e Nicola lo sapeva. Quanto ci aveva messo, quell'uomo, a trovare quello che nessuno aveva trovato in quattro anni? Eppure lo aveva trovato. E lo aveva lasciato lì perché potesse consegnarlo e sopravvivere, e ora era in casa sua a dirglielo.

«Tre. Tre soli.»

«Avrei detto quattro.»

«Forse erano quattro.»

Caparzo allungò la mano verso una sedia e finalmente si accomodò. Anche questo codice Nicola lo conosceva bene. Stava per dargli una scelta, due possibilità, la prima era ovvia e lo avrebbe portato in galera.

«Tu ora mi devi dire le cose.»

«Quali cose?»

«Le cose che non hai detto prima perché avevi paura. Le cose che pensi che se le dici lei viene qui davvero. Le cose che per gli altri non sono importanti ma per me sì.»

Il labbro di Nicola aveva iniziato a tremare. Si accese una sigaretta solo al quarto colpo.

«E lei mi difende?»

«Io sempre tutti difendo. Quello che so io lo so io.»

«Nunn'o saccio si so' cose 'mpurtante.»

«Ma sai che non le hai dette, perché quelli come atté si tengono sempre qualcosa per dopo, metti che gli viene fame.»

Nicola aveva annuito.

Poi, finalmente, aveva iniziato a parlare.

Il poliziotto se n'era andato e con lui tutto l'ossigeno che c'era in casa. Nicola boccheggiava, forse aveva sbagliato, ma che scelta aveva? Niente, morire subito o morire poi, e poi non era subito. Aveva sprangato porte e finestre, il corpo scosso dai tremiti. Aveva bisogno di qualcosa che lo aiutasse. I suoi amici gli avevano fatto un piccolo regalo per la sua fedeltà, dieci grammi soli, per momenti come quello. Lo avrebbe aiutato a pensare. Era andato in camera da letto, lo teneva nel comò, sotto ai calzini di cotone. Aveva aperto il cassetto ed era balzato indietro con un urlo.

«E perché dovrebbe venire a prendere attè?»

Pecché m'aggio purtato malamente.

Sopra la bustina trasparente, piena di polvere bianca, erano appoggiati un pezzo di carta da macellaio e un pastello giallo.

Un altro pezzo era andato a posto.

Aveva seguito meticolosamente tutti i passi della Gatteschi a partire dal primo rapimento, quello del povero Giovannino Marinoni. C'erano un sacco di zone d'ombra, ma la sequenza gli era sembrata abbastanza lineare. La Gatteschi era estremamente organizzata, razionale, non c'era nessuna improvvisazione, almeno all'inizio. Avevano rapito tredici persone senza mai farsi vedere ed erano riusciti a gestirle bene fino a quell'estate. Poi il caos. Avevano perso il controllo, LEI aveva perso il controllo, la situazione degenerata, i rischi, i crimini, i delitti.

Lei regge col cervello.

Ma la frega l'emozione.

Per esempio la morte di Fermo Berselli.

Qui è dove devo guardare

si era sempre detto. Una settimana prima della sua presunta data di morte uno dei cellulari del capannone si era mosso verso la frontiera con la Slovenia e lì era stato spento. Caparzo aveva controllato i turni di lavoro ed era emerso che Donadio in quei giorni si trovava in ospedale a lavorare.

Lei è andata via.

Berselli è morto.

Causa, effetto, come aveva detto la piccoletta nel vicolo. Dunque era stato Donadio a farlo morire di fame, tecnicamente.

E quando lei è tornata lo hanno portato in campagna e lo hanno fatto trovare.

Hanno corso un rischio.

Perché?

Invece quando era morto Vasco Zavatta i cellulari erano tutti lì, nel capannone. La Gatteschi c'era, quando l'uomo era morto, e quella volta lo avevano sepolto.

Trattamento diverso.

Berselli era un amico, c'erano prove di questo fatto, tutti raccontavano che Berselli veniva trattato diversamente, ma anche Zavatta aveva dei privilegi, lì dentro.

Trattati uguali in vita, trattati diversi in morte.

Berselli era una responsabilità di Donadio, per Zavatta, invece, la colpa era anche della Gatteschi.

Seppellire è nascondere.

Nascondi gli errori.

Doveva capire la meccanica dei due decessi per poter avere un vantaggio.

E per fortuna aveva saputo a chi chiedere.

Nicola aveva acceso nuove candele e raddoppiato i rosari, ma la paura non se ne andava. C'era un fondo di superstizione, nel suo terrore, l'idea maligna che carta e pastello fossero comparsi per magia subito dopo che aveva confessato tutto a Caparzo.

Lei sta qua.

Era una follia, lei non era più nel paese da quattro mesi, chissà a quanti chilometri di distanza tirava un sospiro di sollievo, del tutto dimentica di loro, di lui.

Sicuro?

Nel dubbio aveva pensato a cosa scrivere sul pezzetto di carta. Quando erano in gabbia lei lasciava delle domande e loro dovevano rispondere, ma questo era intonso. Alla fine aveva vergato una parola sola, tutta in lettere maiuscole: SCUSA. E aveva rimesso carta e pastello nel cassetto, casomai fossero spariti per magia così com'erano comparsi.

Sto ascenno a 'mpazzi'.

Da settimane non c'erano più i poliziotti davanti alla porta, era stato dichiarato il cessato pericolo, nessun avvistamento di Alessandra Gatteschi, di recente, anzi, nessuno attendibile dalla fine di febbraio in poi, poteva dormire sonni tranquilli. Il rumore era arrivato mentre ci stava provando. Una cosa da nulla, un fruscio, come carta che striscia per terra. Si era alzato e aveva preso il coltello che teneva sul comodino, un coltello per sfilettare il pesce, ma quello aveva. In soggiorno non c'era niente, le finestre socchiuse sulle grate facevano entrare solo l'aria, così era andato all'ingresso. Sotto la porta spuntava un pezzo di carta da macellaio, stavolta con su scritto qualcosa. Lo prese con la punta delle dita e lo tirò dentro. Sempre con un pastello giallo c'era scritto

TRADITORE.

Nunn'è 'o ver'.

Nicola aveva iniziato a scuotere la testa, lui non aveva tradito, ma quando mai, tradire lui? L'esatto contrario, era pronto a dimostrarle che la sua fedeltà era ancora intatta, che quello che aveva detto a Caparzo non l'avrebbe potuta danneggiare, erano solo dettagli. Corse al cassetto in camera e lo aprì: il suo biglietto c'era ancora, niente magia. Prese il pastello, corse in soggiorno, frugò in un cassetto, prese un bloc-notes e trascrisse sopra un indirizzo. Tornò alla porta e ci infilò sotto il biglietto corretto, che rimase lì a metà. Nicola fece due passi indietro e aspettò. Un minuto, poi due. Da sotto la porta il suo biglietto cominciò a muoversi e strisciò lentamente fuori fino a sparire.

È qui davanti.

Nicola tremava da capo a piedi, il coltello ancora in mano, una goccia di sudore che dondolava sulla punta del naso.

Poi il telefono in camera squillò e lo fece urlare.

Mosse un passo, ma significava allontanarsi dalla porta, e però il telefono squillava, ma il biglietto era stato preso e lei era là fuori. Era paralizzato. Quando lo squillo cessò le candele sulla finestra scoppiettarono e poi presero fuoco una dopo l'altra, e il fuoco attaccò le tende e la tovaglietta acrilica sul tavolino. Nicola si precipitò verso il divano, abbandonando il coltello, prese un plaid e lo buttò sul tavolino, poi afferrò le tende, si scottò, corse in cucina, prese il guanto da forno, lo inzuppò d'acqua, tornò e le strappò, facendole cadere a terra. Alla porta qualcuno bussava

«Signor Scherillo, tutto bene?»

i vicini del piano di sopra, preoccupati per le sue urla. Pensò di ignorarli, ma se avessero chiamato la polizia? Così era andato ad aprire.

«Scusate, non volevo creare scompiglio, è caduto un cero e ha appicciato 'o tavolino, per fortuna che stavo ancora sveglio.»

Loro avevano dato un'occhiata dentro, mentre Nicola con la coda dell'occhio controllava i loro piedi e lo zerbino, ma niente biglietto, niente di niente. Si erano salutati con tante scuse, loro con l'aria di considerarlo scemo, con tutte quelle candele in casa per forza prima o poi qualcosa prendeva fuoco, lui con la fretta di restare solo. Era tornato in camera senza badare alla mano che gli doleva per la scottatura e che non gli avrebbe dato tregua per diversi giorni. Aveva preso il telefono, una chiamata senza numero. Ma c'era un messaggio in segreteria. La voce di Sandra, garrula e cristallina, lo aveva preso allo stomaco.

«Ciao stella, sono io. Volevo solo sapere come te la cavavi. A poi.»

Lo riascoltò.

Lo riascoltò ancora.

Era abituato a sentirla parlare senza denti, con quel difetto che trasformava le S in F, ma la voce era la sua.

Ciao stella, sono io

mentre la sua casa andava a fuoco

volevo solo sapere come te la cavavi

con la finestra aperta e il biglietto che scompariva sotto la porta

a poi

e quell'indirizzo che lui aveva scritto tutto in maiuscolo, col pastello giallo.

«Dimmi c'aggia fa', e io lo faccio»

aveva detto alla stanza vuota che sapeva di bruciato. Una volta, nel capannone, Nicola aveva dato fuoco a un carrozzone, e l'odore era proprio quello.

Era stata Sandra a ordinarglielo, e lui aveva ubbidito.

Avrebbe ubbidito ancora.

27 ottobre 2014

Il primo a cui lasciarono dei bigliettini fu Nicola, che accolse con entusiasmo la possibilità di comunicare. Non si limitò a scrivere sul pezzo di carta da macellaio ma usò il pastello anche sulle pareti del carrozzone, sulla ciotola dell'acqua e sul sacchetto di carta in cui Alex gli lasciava il cibo. In un italiano sgrammaticato non faceva che chiedere scusa, scusa, sempre scusa. Non era chiaro per cosa lo chiedesse, sia lei che Lucio erano certi che non li avesse collegati a Jumbo e a tutti gli altri animali che aveva avvelenato, probabilmente era lunga la lista di peccati che aveva preso in esame e per i quali chiedeva di essere perdonato. Alex era benevola verso questo atteggiamento

«È un'attrizione forzata, come nel film *Seven*, ci si pente perché costretti, però è un primo passo»

mentre Lucio era più scettico

«Fuori da qui non si sarebbe pentito mai».

Giorgio era tutto un altro paio di maniche. Aveva paura, di fare, di non fare, di comunicare, di non comunicare, era chiuso in una sorta di paralisi da cui aveva escluso tutto e tutti. Nemmeno quando il napoletano si era accorto della sua presenza e aveva iniziato a urlare dall'altra parte del capannone

«Guaglio', finalmente qualcuno con cui parlare, guaglio'!»

Giorgio aveva trovato la forza di intavolare una conversazione.

È completamente privo di risorse, fuori dal suo ambiente scompare.

Come faceva scomparire le persone di cui si occupava.

Così Alex si era decisa

«Li addormento entrambi»

e da sola aveva spostato i carrozzoni, mettendoli uno di fronte all'altro. Era stata una fatica, ma alla fine era soddisfatta, si era resa conto che poteva creare una specie di schema, nel capannone: lei sarebbe rimasta al centro con il computer appoggiato su un tavolo e i carrozzoni sarebbero stati in cerchio intorno a lei rivolgendole il retro. Così nessuno l'avrebbe vista, si sarebbe potuta spostare come voleva, avrebbe potuto osservarli a video e ascoltarli. Nicola si comportò molto bene, cercò di confortare Giorgio, di dargli una spiegazione razionale della situazione, un mazzo di ipotesi e consigli non richiesti. Seppur a monosillabi Giorgio gli aveva risposto, e Alex ne era stata entusiasta.

«Funziona, Lucio! È come se si vedessero in uno specchio, e la condivisione gli consente di uscire da quel loop mentale che li fa concentrare solo su loro stessi.»

Lucio non condivideva il suo entusiasmo. Il suo interesse per Giorgio era scemato quasi subito e quando era il suo turno di occuparsi dei carrozzoni Alex trovava sempre qualcosa fuori posto: l'acqua torbida, meno cibo del previsto e qualche livido in più addosso ai reclusi.

«Lucio, li hai picchiati?»

«No.»

Non gli credeva, ma non poteva avere nessuna testimonianza, Lucio si occupava di loro solo se addormentati, come faceva suo padre. Aveva rimesso in auge il fucile con il narcotico e ogni tanto li addormentava tutti. Alex si era arrabbiata, avevano litigato

«Non sappiamo che effetto gli fa, sulla lunga distanza»

ma lui per una volta le aveva tenuto testa

«Decidi tutto tu, fai tutto tu, io arrivo ed eseguo, non ho facoltà di scegliere niente! Mio padre era una merda, ma se aveva deciso di usare il narcotico forse ci aveva ragionato su! Era lui la guardia forestale, non tu! E lo faceva con le bestie, e lui le bestie le amava!».

Alex non si era convinta, ma aveva abbozzato, perché questi segnali di ribellione da parte di Lucio da un lato erano sani e dall'altro la preoccupavano. Le chiedeva di frequente di avere quel figlio che non poteva dargli

con che animo lo lascerei da solo con lui?

e, contrariamente a Nicola, non sembrava sviluppare alcuna empatia con i prigionieri, nemmeno con quelli più innocenti, come Giovannino.

Non progredisce.

Sto fallendo proprio con lui.

Così aveva cominciato ad astrarsi, a vedere quello che stavano facendo sempre più come un esperimento di medio-lunga scadenza, smise di pensare a quando avrebbe liberato Nicola o Giorgio, si limitò a segnarsi i miglioramenti e le peculiarità dei rapporti tra i due.

Nicola è più intelligente, non è istruito ma è sveglio, in gamba. Giorgio impara ma poco, perché non lo vede come un suo simile.

C'era la possibilità che l'infermiere non recuperasse nulla, che regredisse addirittura.

Non lo avrebbe salvato, lo avrebbe danneggiato.

E questo era insopportabile.

Alex teneva un corso di aggiornamento a Faenza, negli uffici sopra un supermercato. Nell'ora di pausa scendeva, si faceva preparare un panino e andava a mangiarlo sulle panchine del parco, all'aperto. Le scuole erano iniziate da un mese, fuori era tutto un vociare di ragazzini e le piaceva sentire quel rumore. Di fronte al parco c'era una scuola materna con nido integrato, aveva visto i bambini pranzare in giardino, una specie di picnic, e poi venire ritirati dai genitori per l'uscita dell'una.

Era lì che l'aveva vista per la prima volta.

Non lei, a dirla tutta, aveva visto prima la bambina. Era graziosa, i capelli biondi sottili e scarmigliati, le braccia paffute, avrà avuto tre o quattro anni. Nel momento in cui le aveva posato gli occhi addosso il braccio destro era viola. La madre glielo stringeva così forte, mentre la trascinava via, da averle bloccato la circolazione. L'altro bambino avrà avuto due anni, la donna ce l'aveva dal lato opposto e non gli faceva toccare terra con i piedi, perché lo teneva sollevato. Una madre wrestler, sembrava. Alex pensò di aver interpretato male, perché alla fine il piccolo mise i piedi giù proprio mentre la sorellina veniva lanciata in avanti e atterrava corricchiando.

Forse è un gioco.

Stanno giocando, solo che la mamma non ha gestito bene la sua forza.

Li vide correre via, i bambini davanti, la madre wrestler dietro, nell'aria un suono di pianti, ma chi poteva dire da che parte venissero, con tutto quel chiasso?

Cercò di non pensarci più.

Il giorno dopo era venerdì, fece un giro nel parco ma non vide nessuno, né la bambina, né il bambino, né la madre. Sabato il corso finiva, parco gremito, nessuna traccia dei tre.

Smetti di pensarci.

Tornò a casa, diede il cambio a Lucio, col buio somministrò un po' di Talofen procurato da Lucio a Nicola e Giorgio e poi fece passeggiare Giovannino. Mentre rassettava il capannone alla luce di un faretto che aveva collegato a una batteria portatile continuava a pensare a quel braccino viola.

È un mondo pieno zeppo di madri stanche e bambini nevrastenici, non vedere cose che non ci sono, anche fosse che li aveva presi e trascinati alla brutta non vuol dire niente.

Non era la prima volta che notava cose del genere, aveva sempre avuto un radar per la debolezza altrui, per quella fragilità che sua madre le aveva insegnato a tutelare

«I forti siamo noi, Alessandra. È nostro dovere allungarci su di loro come un ombrello».

All'epoca le era sembrata l'ennesima giustificazione per la debolezza del padre ma oggi capiva che si trattava di un discorso più ampio. La debolezza, quando è esposta, può lacerare in una maniera che non si ricompone mai.

Il mercoledì della settimana seguente aveva la giornata libera e invece di andare al capannone prese la strada per Faenza. Si piazzò davanti alla scuola, osservò i bambini mentre mangiava e dopo un po' individuò la piccola bionda che correva con gli amici. Non aveva niente di particolare, era una bambina che giocava.

Sei una cretina, Alex. Fatta e finita.

Lo stesso aspettò l'ora di uscita e l'arrivo della madre. La osservò bene, era più giovane di lei, ma non di molto. Un po' corpulenta, abbastanza alta, gli occhi azzurri e la bocca dritta, severa. Aspettò davanti al cancello senza scambiare una parola con nessuno, poi entrò e uscì con i due bambini. Anche in quel momento Alex dedicò la sua attenzione alla piccola. Non rideva più, camminava tenendo stretto un sacchettino verde con dentro forse un libro. Andava spedita, eppure la madre continuava a spingerla avanti, spinte che si fecero presto spintoni. Alex si alzò e iniziò a camminare dietro a loro, tenendo il cellulare all'orecchio

«Ciao, sì, ho finito adesso. Mah, penso che riprenderemo verso le tre...»

La donna e i bambini attraversarono il parco, nessuno dei due alla vista dei giochi fece cenno di chiedere di salirci o di fermarsi. Precedevano la madre in una piccola corsa, il maschietto incespicava spesso e la donna lo prendeva di peso per un braccio e lo riportava in avanti. Arrivarono a un condominio ed entrarono. Alex tirò dritta.

Basta così. È una madre brusca, probabilmente sarebbe stato meglio che non avesse avuto figli, ma non vuol dire.

Fece per tornare all'auto, poi venne indietro di nuovo e passò davanti al palazzo. Ancora una volta nella direzione opposta e una volta ancora. Dall'altro lato della strada c'era un bar, andò a prendere un caffè sempre tenendo d'occhio il portone. Niente. Nessuno dei tre si vide per il resto del pomeriggio, qualcun altro usciva o entrava ma loro zero.

C'è bel tempo, non li porta fuori?

Avranno da fare, guarderanno la tv, Alex, perdio!

Chiamò Lucio e gli disse che non rientrava.

«Giovannino ha avuto la diarrea, devo pulire dappertutto, mi fermo qui, dormo nel sacco a pelo che abbiamo lasciato al cascinale.»

Prese una stanza per la notte, uscì all'alba e tornò davanti al palazzo.

Alle sette e mezza li vide uscire, le sembrava presto, forse la madre doveva andare al lavoro. Stesso percorso, stessi spintoni, non una parola tra i tre, non un gesto, la bambina davanti abbracciata al sacchetto verde, il piccolo che arrancava. A metà del parco partì lo schiaffone, che prese la bambina su un orecchio e la fece quasi cadere. Quasi, però, perché era stata brava a non perdere l'equilibrio. Aveva subito accelerato, protesa verso l'asilo, le maestre, la salvezza. Alex non era abbastanza lontana da non sentire e il suono dello schiaffo le era arrivato forte e chiaro, ma non aveva sentito una parola, la bambina non aveva detto niente, la mamma non aveva detto niente, il fratellino non aveva detto niente. Perché l'aveva picchiata? Li vide entrare nell'asilo, due minuti e la madre era già fuori a ripercorrere a ritroso la strada. Rientrò nel palazzo e non ne uscì che dieci minuti prima dell'una.

Lucio l'aveva accolta con le labbra strette, pallido, le braccia tese.

«Ora tu me lo dici.»

Alex gli aveva aperto lentamente i pugni.

«Dobbiamo prenderne un'altra» aveva detto.

Si erano appostati per una settimana e avevano raccolto abbastanza informazioni. I bambini avevano un papà che lavorava, faceva l'operaio, stava via tutto il giorno e tornava la sera. La madre era disoccupata, casalinga, non si capiva. Odiava i bambini. Quando Lucio era riuscito a entrare nel palazzo, perché Alex temeva di dare troppo nell'occhio, aveva individuato subito la porta. Il bambino piangeva sempre, inconsolabile. La bambina invece no, lei si sentiva di rado. A far la parte del leone era la madre: parolacce, bestemmie, rumore di schiaffi e oggetti che volavano. Le erano passati vicini entrambi, al mattino, mentre era al supermercato, e non c'era odore di alcol, le braccia scoperte non avevano segni, non dava l'idea di essere strafatta. Il marito, uomo mite e pensieroso, la domenica portava i bambini al parco. Lei non veniva mai, e tutti e tre non sembravano sentirne la mancanza. Quando si faceva sera e dovevano rientrare la bambina diceva

«No, papà, ti prego»

e sarebbe stato bello credere che volesse solo giocare ancora.

«Va fatto quando i bambini sono all'asilo, così sappiamo che sono al sicuro» aveva stabilito Alex.

Con Nicola era stato uno scherzo, lui dormiva nel furgone quando andava a fare le consegne, era bastato spruzzarci dentro un po' di protossido d'azoto, il gas dei topi da appartamento che su internet si comprava con poco, Giorgio era stato ancora più facile, ma questa donna, che si chiamava Karina, andava presa in pieno giorno, ed era un rischio.

«Con cosa la addormentiamo? Vuoi che passi in ospedale?» aveva chiesto Lucio.

Ma Alex aveva pensato che potevano sfruttare le scorte di Domenico, in fondo non sembrava che a Giovannino e Greta avessero fatto male. Si erano tenuti pronti, l'avevano seguita per altri due giorni, al terzo eccola che metteva l'auto in un parcheggio sotterraneo, usciva, faceva la spesa, rientrava. Lucio le era alle spalle, aveva guardato in giro per controllare che non ci fossero telecamere e aveva fatto cenno ad Alex che la via era libera. Mentre Karina aveva iniziato a caricare la spesa nel bagagliaio lei le era andata alle spalle e le aveva iniettato la fiala nel collo, piegandosi poi con lei sui sacchetti. Diversamente da Domenico la donna aveva perso conoscenza quasi subito, lei e Alex sembravano due amiche che stavano sistemando insieme qualcosa di ingombrante. Lucio aveva accostato, insieme l'avevano messa sul sedile del passeggero ed erano ripartiti, dopo aver chiuso bagagliaio e spesa. Lungo la strada si erano guardati e sorrisi, perché era andato tutto benissimo. L'avevano messa con Giorgio, nella stessa gabbia. Lucio non riusciva a capire

«Perché lei sì e Nicola no?»

e Alex gli aveva spiegato

«Loro sono simili, hanno lo stesso tipo di crudeltà, se la prendono con chi è più debole di loro e non sa difendersi».

«E Jumbo allora?»

«Non è la stessa cosa. Uccidendo gli animali domestici Nicola colpisce i padroni, che faccia a faccia non saprebbe affrontare. È una crudeltà vigliacca, di sponda, cerebrale, la soddisfazione del miserabile che sa di essere tale. Giorgio non sa di essere una merda, e neppure Karina. Nicola invece sì. Con loro il lavoro è più complesso, devono prima di tutto capire la loro natura e poi cambiarla.»

Al risveglio Karina aveva iniziato a urlare e imprecare all'istante, terrorizzando Giorgio. Aveva preso a sbattere la testa contro le pareti laterali, a minacciare qualunque cosa, dal fatto che sarebbe uscita e li avrebbe fatti a pezzi, all'ammazzarsi e farli condannare per omicidio. Era colma di un rancore universale molto grezzo, primitivo, ripeteva sempre le stesse cose, non articolava discorsi, urlava, insultava, sbatteva contro le pareti. Alex si era preoccupata, temeva che potesse usare i propri vestiti per farsi del male, così li aveva addormentati entrambi e li aveva spogliati.

«Non moriranno a stare nudi, e così le leviamo tutti i mezzi per farsi del male.»

Aveva sostituito le ciotole di plastica con due di silicone e aveva dato a lei e a Giorgio solo cibi soffici, così non avrebbe potuto usarli per ferirsi. Nicola si era ritrovato nudo anche lui, dall'altro lato del capannone, ma non aveva sottolineato la cosa, come se fosse normale.

«Siamo animali, e che, gli animali hanno vestiti, signo'?»

Alex sapeva che era tutto teatro, una scena che recitava a suo beneficio, ma il risultato di sentire una terza voce, lì dentro, era stato di far crollare Karina e consentirle una reazione diversa dalla rabbia, cioè il pianto. Quando si era tranquillizzata finalmente Giorgio aveva provato ad avvicinarsi.

Eccola, l'empatia

aveva sperato Alex, mostrando con fierezza l'immagine dello schermo a Lucio, che aveva scrollato le spalle. Tutti stavano progredendo, lì dentro, tranne lui.

Lucio si comportava come un bambino cattivo di sei anni che aveva gli strumenti di un quasi trentenne. Uno strapotere fisico per un cervello acerbo. Si divertiva a tormentare i prigionieri nel sonno, con la lunga asta a punta che loro avevano ribattezzato "la lancia". Alex non ne era contenta, ma aveva deciso di allargare le maglie e lasciarlo fare

«Non fargli male, e colpiscili solo quando se lo meritano»

stando attenta a che non esagerasse.

Colpa di suo padre

cercava di giustificarlo, ma vedeva sempre più una matrice patologica nei suoi comportamenti. Continuava a essere ossessionato da Domenico, rifiutava di vederlo e di occuparsi di lui, ma non voleva che nessun altro ci avesse a che fare, che gli parlassero o che cercassero di interagire con lui, soprattutto Giorgio.

«Lo ha riconosciuto! Io lo so che lo ha riconosciuto!»

«E allora? Non è per questo che lo abbiamo preso? Non sa nemmeno il suo nome.»

«E non deve saperlo!»

Così, quando una sera l'infermiere aveva provato a indovinare come si chiamasse quel tizio che lo aveva quasi menato davanti alla scuola per infermieri, Lucio gli aveva dato una bella ripassata con la lancia, e da quella notte Nicola aveva creato la leggenda che non si potesse dare un nome al coccodrillo.

«Perché coccodrillo?»

si era subito allarmato Lucio.

«È la parola scritta sulla sua gabbia, l'unica che si capisce abbastanza bene. Deve essere russo. Coccodrillo va bene, no?»

lo aveva placato.

E coccodrillo era rimasto.

Alex aveva tradotto tutte le scritte sulle gabbie, "leone", "elefante", "coccodrillo", "iena". C'era anche, appoggiato lungo una parete, un lungo pannello con su scritto

зоопарк

"parco zoologico" e questo l'aveva convinta ancor di più che quella dovesse essere una collezione di carrozzoni antichi, magari di valore.

E allora perché l'hanno abbandonata qui a marcire?

Non le piaceva, il proprietario poteva piombare lì da un momento all'altro, doveva programmare sul serio la loro fuga per ogni eventualità. Aveva fatto arrivare la Polo blu e l'aveva parcheggiata nel fienile del cascinale, vicino a una specie di cisterna scavata nel terreno.

«Dobbiamo stare attenti a non cascarci dentro, al buio non si vede.»

Per i documenti ci voleva più tempo, non si era rivolta direttamente alle volontarie di Bucarest con cui collaborava, il loro era un legame troppo stretto e facilmente ricostruibile, se lei e Lucio fossero dovuti sparire, ma aveva trovato un buon canale secondario. Aveva deciso che non avrebbero preso più nessuno, si dovevano occupare già di sei persone, era una follia. Giorgio e Karina intanto avevano fatto un paio di tentativi di accoppiamento al buio, sventati al volo con una secchiata d'acqua, come si fa coi cani.

«Ma come si può avere voglia di fare sesso in una condizione come la loro?» si era indignata Alex, e Lucio aveva riso così tanto che l'aveva fatta sentire una vecchia bigotta. Aveva scritto un biglietto: SOLO DURANTE IL CICLO e lo aveva lasciato nel carrozzone. Preferiva occuparsi di Giovannino a cui aveva assegnato la gabbia del leone, maestoso come lui. Le faceva tenerezza, lo coccolava e, quando gli altri si trovavano in posizioni da cui non lo potevano vedere, gli metteva coperte e cuscini e gli regalava cioccolatini. Era il suo preferito e non sopportava l'idea di lasciarlo andare.

«Speriamo che ritrovi la sua famiglia» diceva. «Da solo come potrebbe prendersi cura di se stesso? È il più fragile, qui dentro.»

Ma il primato sarebbe stato superato presto.

Non andavano in cerca di nessuno, quel 31 dicembre 2014, volevano solo festeggiare il capodanno e cercavano un posto nuovo in cui andare a mangiare. Era Lucio quello delle stellette su internet, la fiducia infantile nelle opinioni degli altri.

«No, qui non ci possiamo andare perché hanno servito pesce non fresco. E crudo. Li hanno pure denunciati.»

Tutto qui.

Alex era andata a guardare sul sito il commento e lo aveva trovato feroce. Il gestore aveva risposto e il critico aveva alzato la voce e trascritto un referto medico di intossicazione. L'aveva fatta sorridere lo username dello stroncatore "Parmenide", che voleva sottolineare come si trattasse di una persona colta, non come i bifolchi qualunque che mangiavano ogni cosa. Ci aveva cliccato sopra, voleva vedere quante altre recensioni avesse lasciato. Erano 947. Come se ogni giorno in quasi tre anni quel tizio fosse andato in un ristorante diverso. Era certificato come contributore di altissimo livello, ma le sue erano quasi tutte stroncature, pochissimi "molto buono", diversi "nella media", una marea di "scarso" e vaste praterie di "pessimo". Nessun eccellente.

«È uno stroncatore seriale» aveva riso Lucio e sembrava finita lì.

Nel locale del pesce non fresco però ci erano voluti andare lo stesso e avevano chiacchierato con i camerieri, raccontando della loro titubanza.

«Non sembra, ma certe stroncature ti tagliano le gambe. Noi abbiamo retto bene perché eravamo ben avviati, ma se ti arrivano un paio di recensioni come quella e magari hai appena aperto...»

Alex ci aveva pensato su.

Era tornata sul sito, aveva riletto la recensione e poi era andata a guardarne altre a caso, finché ne aveva trovata una seconda ancora più avvelenata, stessi toni, stessi termini ma un nome diverso. La battuta di Lucio ora suonava più cupa. Sono tante le persone che usano le proprie frustrazioni contro gli altri, nelle maniere più bizzarre, ma qui si parlava di un bel po' di soldi spesi per mangiare col solo scopo di massacrare il ristorante. Si era appassionata a questa cosa e invece di guardare i cuochi in tv aveva spulciato le recensioni, mettendo insieme Parmenide, Seurat, Brahms e Molière, con l'accento corretto. Forse ce ne erano altri, ma su questi quattro avrebbe messo la mano sul fuoco, si trattava della stessa persona. Prediligeva andare nei locali il giorno dell'inaugurazione, meglio se si trattava di un'attività gestita da gente giovane che proponeva un menu alternativo. Con loro andava giù di machete, allegava foto di bagni sporchi, forchette incrostate, tovaglie con macchie e poi faceva a pezzi il cibo, troppo salato, unto, servito freddo, porzioni troppo piccole e ogni tipo di critica alla materia prima. C'era un grande accanimento, una costruzione meticolosa di ogni stroncatura, e se gli rispondevano apriti cielo, argomentava con le indicazioni dell'ufficio d'igiene e minacciava denunce. Lucio le si era accoccolato accanto come prima faceva Jumbo e aveva ronfato

«Andiamo a prenderlo?».

«Non si prende qualcuno solo perché scrive delle cattive

recensioni, ci toccherebbe ammassare centinaia di persone e non ne abbiamo lo spazio.»

«Almeno andiamo a vederlo.»

«E come facciamo? Non c'è il suo nome o la sua foto, e non sappiamo nemmeno di che zona sia!»

Lui l'aveva guardata di sottecchi.

«Io so che se vuoi ce la fai.»

L'avevano preso come un gioco, quella volta non avevano davvero in mente nulla. E per gioco avevano fatto una mappa degli ultimi posti stroncati, e per gioco ci erano andati, a San Giovanni Persiceto, Sasso Marconi, Monghidoro. A tempo perso Lucio aveva trovato tre locali nuovi ancora non stroncati, in uno lo lisciarono, perché ci arrivarono il giorno dopo la recensione, nel secondo ci mangiarono ma lui non c'era, nel terzo lo videro entrare nella giornata speciale delle tapas e seppero subito di averlo trovato.

A trent'anni Giulio Castagnoli era ancora autonomo. Guidava un pick-up americano comprato grazie alla consistente eredità dei nonni e abbastanza largo da accogliere i suoi 200 chilogrammi. L'America, patria dell'obesità, il paese in cui non sarebbe mai potuto andare a causa della sua mole, era la sua fissazione. Collezionava oggetti d'arte e memorabilia, la casa era un museo di cimeli trash e gagliardetti di squadre sportive che in realtà non conosceva affatto. Lavorava come ispettore sanitario, aveva studiato sodo, visto l'isolamento forzato a cui il peso lo aveva costretto, e aveva i titoli necessari. Il lavoro non gli mancava, ma parallelamente aveva messo in piedi una seconda attività, quella di food blogger. Recensiva i ristoranti, le trattorie, le tavole calde, quando aveva un po' di tempo prendeva la macchina e andava a mangiare in due, tre posti di fila, e poi scriveva le proprie impressioni. Non si era fatto chissà che nome, ma nella zona di Bologna un po' lo conoscevano. A volte i gestori intuivano chi fosse, altre no, in alcuni casi si presentava con il biglietto da visita e veniva trattato con deferenza, ottenendo pure uno sconticino, ma c'erano stati anche alcuni episodi spiacevoli in cui un cliente tanto ingombrante aveva creato problemi e il trattamento non era stato dei migliori. Pubblicamente Giulio sapeva che se volevi avere una buona reputazione nell'ambiente non potevi rivalerti con una cattiva recensione, ma si era voluto levare la soddisfazione di lasciare una stroncatura su TripAdvisor e un paio di altri siti. Il gestore gli aveva risposto per le rime, e allora, qualche tempo dopo, si era creato un secondo account e si era dato manforte, rincarando la dose e ottenendo l'appoggio di un paio di altri clienti. Gli era sembrato un trionfo che lo aveva messo di ottimo umore, fatto più unico che raro. E allora aveva continuato, occupandosi sempre meno del blog e sempre più delle stroncature anonime, facendo prima attenzione a non accanirsi sui posti in cui veniva inviato come ispettore sanitario e poi rivalendosi anche su quelli perché aveva trovato la lattuga appassita o i fornelli poco lucidi. Traeva un senso di potere dal suo nuovo ruolo di stroncatore, passava da uno username all'altro con meticolosità, in modo che non ci fossero dubbi sulla veridicità delle sue parole. A volte criticava fisicamente anche i camerieri, una ragazza aveva pianto dopo l'appunto sul suo taglio di capelli poco igienico. Arrivato alla soglia dei quarant'anni si era reso conto che questo hobby non sarebbe durato a lungo, perché faceva sempre più fatica a camminare e ormai aveva bisogno di sua madre anche per le attività più semplici, come lavarsi e vestirsi. Quel pomeriggio, dopo la visita alla trattoria Al Mulino di Occhiobello, vicino a Ferrara, Giulio si era sentito poco bene. Era salito in macchina e aveva pensato di chiamare sua madre, e questa era l'ultima cosa che si ricordava.

Alex era rimasta costernata nel vedere che a prendere di mira quelle persone fosse un uomo con un'evidente disabilità. Subito aveva cercato di trovare delle motivazioni, se vivi nel disagio spesso ti isoli, vivi ogni successo altrui come un'ingiustizia verso di te, pensi di avere il diritto di fare quello che vuoi nel nome di ciò che ti è stato tolto.

«Sì, anche mio padre la pensava così» aveva osservato Lucio, mettendola in scacco.

Da quando lo avevano individuato lo avevano seguito, non potendo mangiare sempre dove andava lui, in molti locali si fermavano nel bar all'ingresso, prendevano un caffè e lo ascoltavano strillare come un maiale dalla sala. A Giulio piaceva fare scenate, adorava mettere la gente in imbarazzo, soprattutto i camerieri che non osavano rispondergli a tono. Quando usciva dai locali aveva l'espressione sempre più soddisfatta proporzionalmente a quanto riteneva di aver mangiato male, e il giorno dopo, puntuale, arrivava la stroncatura. Dei due era Alex quella che non voleva farsi vedere da lui, la sua faccia era troppo riconoscibile, così in più occasioni si era sacrificato Lucio e le aveva riferito parola per parola tutto quello che Giulio diceva. C'era stato un episodio in particolare in cui aveva rifiutato di prendere il piatto portato da una ragazza di colore e quando il cuoco era uscito per chiedergli quale fosse il problema, aveva detto che lei si era asciugata il moccio del naso con le dita prima di prendere il piatto, e siccome la ragazza era raffreddata il cuoco gli aveva creduto.

«Non è vero, Alex. Si è soffiata una volta il naso col fazzoletto, e poi si è andata a lavare le mani.»

Non era stata allontanata, ma si era licenziata da sola qualche tempo dopo.

«Rovina la vita alla gente. E lo sa. E lo fa lo stesso.»

Alex aveva esitato, vedeva che c'era qualcosa di patologico nel comportamento di quell'uomo, qualcosa che avrebbe dovuto essere curato perché si era trasformato in un vizio, una dipendenza.

L'inebriamento del potere per chi è sempre stato piegato.

Ma qualcuno lo avrebbe aiutato a liberarsene? Le persone come lui venivano sempre compatite, i malati, i deformi, gli handicappati

il labbro leporino

avevano un foglio di via automatico, si passava sopra, si

andava oltre. Era la pena a condannarli, a inchiodarli a qualcosa che un giorno si sarebbe rivoltato contro di loro.

Se non lo aiutiamo noi nessuno lo farà.

Così aveva ceduto. Era stata un'operazione difficilissima, complicata, pianificata a lungo, avevano affittato un furgone e avevano puntato tutto sulla sostituzione, al bancone del bar, della bustina di zucchero sulla tazzina da caffè, un trucchetto che a Lucio riusciva bene una volta su due. Quella volta gli riuscì. Seguirono Giulio finché non lo videro accostare e aspettarono che fosse troppo intontito per capire che una donna sconosciuta stava salendo sul suo pick-up, gli faceva un'iniezione, si sedeva praticamente in braccio a lui e lo guidava fuori dalla strada principale. Avevano individuato il posto dove fare il trasferimento dentro al furgone, una chiusa sul Po che non aveva sorveglianza, lontano dalle piene. Dopo mezz'ora di tentativi erano riusciti soltanto a estrarlo e metterlo a terra, quando lo avevano sentito lamentarsi.

Il dosaggio non è sufficiente

aveva pensato Alex, mentre lui iniziava a tremare e agitarsi, sbattendo gambe e braccia sui ganci arrugginiti, graffiandosi e ferendosi. Lo aveva medicato e gli aveva dato una seconda dose di narcotico, ci erano voluti ancora venti minuti per caricarlo sul furgone, poi avevano portato la sua auto sulla riva del fiume e l'avevano lasciata lì, con le chiavi nel cruscotto.

«O qualcuno la ruba o penseranno a un suicidio.»

L'ingresso nel capannone fu ancora più complicato, gli altri addormentati, i portelloni laterali della struttura aperti a fatica, la gabbia messa attaccata al furgone, ma alla fine Giulio giaceva riverso nel carrozzone dell'elefante. Restarono a guardarlo col fiatone, ora avrebbero dovuto metterlo vicino a Giovannino, Greta e Domenico, e poi chissà. Lucio era proprio soddisfatto, schioccò un bacio ad Alex e le chiese

«Quanti ne prendiamo ancora?».

Lei scosse la testa, avrebbe voluto dire basta così, invece rispose

«Tutti quelli che servono».

Giovannino

Giovannino non tratteneva alcuna memoria della sua prigionia. La sua mente era astratta, fissava solo dei lampi cognitivi grazie ai quali riconosceva cose, persone, luoghi, ma non aveva alcuna percezione del tempo che scorreva o dei rapporti causa/effetto. Era passato dal freddo del capannone e dalla costrizione in pochi metri quadri alla vastità dei prati e all'abbraccio di sua madre senza avvertirne il trauma. In una maniera del tutto istintiva amava sua madre, ma sempre in quella maniera istintiva amava anche Alessandra Gatteschi. Entrambe lo nutrivano, entrambe lo accarezzavano, entrambe gli dicevano cose a lui del tutto incomprensibili. Era stato bello, per Giovannino, tornare a casa, riconoscere i posti, gli odori, le facce. A differenza dei suoi compagni si era riabituato subito al letto e al bagno caldo e non aveva perso un grammo di appetito. Ma c'era una cosa sola di cui Giovannino sentiva il bisogno impellente, sia nel capannone che a casa: camminare. Che fosse cemento, asfalto, erba o terra sassosa lui doveva andare. Sua madre aveva cercato di trattenerlo, poi i primi giorni era voluta assolutamente andare con lui, infine si era arresa. Per Giovannino non faceva differenza, aveva le gambe, aveva i piedi, solo questo contava. E così si era rifatto tutte le vie del paese, poi il campo di calcio e il cortile dell'oratorio, la nuova pista ciclabile, i sentieri lungo i filari degli alberi da frutto e infine lei: la montagna. La montagna era un'attrazione irresistibile, così piena di diversi tipi di terreno, di vegetazione che cambiava, di odori unici. La montagna lo aveva chiamato e, nonostante un nuovo tentativo di opposizione di sua mamma, lui aveva risposto. Ma non era più la stessa montagna di prima. Quei sei anni avevano spianato alcune zone e fatto crescere gli alberi in altre, avevano fatto nascere muretti lungo il torrente e portato le voci. Le voci erano interessanti, per Giovannino, anche se non sapeva cosa dicevano. Le voci lo chiamavano. Erano spesso voci di bambini, una differenza che coglieva a fatica, e all'inizio si limitava a seguirle. Sentiva il suo nome e cercava di prenderlo, ma il suo nome non lo portava a nessuna faccia e a nessun luogo, era dappertutto e poi spariva così com'era venuto. Giovannino non aveva paura, era un sentimento troppo difficile da provare, richiedeva di proiettarsi, di immaginare, e lui non ne era capace. Ma dopo un po' cominciò a provare qualcosa che, se fosse stato in grado di capirlo, avrebbe definito come familiarità. La voce che lo chiamava era una voce conosciuta. Non la associava a una faccia, ragionamento troppo complesso, ma a una serie di sensazioni, odore di paglia, legno duro, freddo. Un'associazione come le altre, sufficientemente intensa da seguirla con entusiasmo, comunque lo chiamasse

«Giovannino!»

oppure

«Rosso»

che sapeva essere il suo altro nome.

«Giovannino! Vieni, Giovannino!»

La voce lo chiamava e l'aria era bella frizzante, carica di una promessa di pioggia. Giovannino aveva addosso un gilet imbottito, perché il giubbino proprio non lo voleva e sua mamma era stata costretta a escogitare altre maniere per tenerlo caldo, ed era contento di seguire la voce su per il sentiero. Era quasi un gioco, da giorni succedeva che proprio in quel punto, al crocevia tra un muretto a secco e una delle fontane, la voce arrivasse dalle siepi a chiamarlo.

«Giovannino! Rosso!»

Giovannino la seguiva fino a quando la voce si lasciava seguire, poi a un certo punto si ritrovava là, in mezzo al sentiero, senza più niente a cui dare la caccia, e tornava indietro. Ma quel pomeriggio la voce l'avrebbe acchiappata eccome. Era salito su, sempre per la stessa strada, superando la vecchia cascina di mattoni e sassi, poi la statuina della Madonna, poi quella specie di palo spezzato, e finalmente la voce gli aveva parlato, ma da un'altra parte, a sinistra, in mezzo agli alberi.

«Sono qui, Giovannino. Vieni che giochiamo.»

Era così chiara, la voce, così vicina, molto più vicina delle altre volte. Una voce nota. Una voce amica. E lui era andato. L'erba era alta, lassù, e faceva baccano non solo quando si spostava lui, ma anche quando si spostava la voce. Poi c'era stato silenzio e si era girato di qui e di là, in cerca, in attesa.

Era stato allora che la pietra lo aveva colpito.

Giovannino aveva sentito prima caldo e poi male, più caldo che male, poi più male che caldo quando era arrivato il secondo colpo. Era incespicato e caduto bocconi, sfilando il tallone dalla scarpa che la mamma gli metteva con le stringhe lente perché se gliele tirava lui iniziava a urlare. Lì la pietra era calata la terza volta. Poi, mentre tutto si era fatto ovattato e confuso, qualcuno gli aveva frugato il collo con delle mani strane, appiccicose, che Giovannino cosa fossero i guanti non lo sapeva. Uno strattone e il medaglione che gli aveva messo la mamma era andato via. Avvertì la tensione sotto le ascelle e poi il ruvido dell'erba che si piegava di malavoglia sotto il suo peso.

«Sei dimagrito, si vede che a casa non ti danno da mangiare bene»

disse la voce. E Giovannino, che non aveva mai avuto paura, socchiuse gli occhi cercando di vedere il volto di sua madre.

Invece ne vide un altro.

La telefonata era arrivata mentre era nel suo inutile nuovo ufficio a ragionare sugli spostamenti all'estero della Gatteschi.

«Parlo con Francesco Caparzo?»

La voce tremava, ma non era paura, era emozione. L'aveva vista sui volti di tutti i poliziotti di provincia, quelli che non si credevano chissà chi e non immaginavano di poter mai e poi mai eguagliare le sue gesta.

«Mi chiamo Ermanno Balduzzi e sono un agente della Polizia Locale Unione Montana Valli Borbera e Spinti» aveva continuato dal telefono tutto d'un fiato.

Caparzo non era un uomo emotivo, anzi, si sarebbe potuto definire come quasi del tutto privo di impulsi, ma in quel momento sentì qualcosa afferrargli lo stomaco e stringere.

«C'è stato un incidente» insistette il tizio al telefono.

«Chi?»

«Giovannino Marinoni, uno dei nove sopravvissuti del capannone, ce l'ha presente? Aveva dei problemi mentali.»

«Come è morto?»

Mentre parlava Caparzo si era alzato, aveva preso il giubbino e le chiavi della macchina, ricordandosi solo dopo che stava parlando al telefono della scrivania e non al cellulare.

«Si è riparato dalla pioggia in un casotto di caccia, in montagna, e gli è crollato addosso.»

Non è 'o vero.

La sentì arrivare tutta insieme, vecchia amica, compagna di mille avventure, la rabbia. Ma non poteva accoglierla, non in quel momento.

«Non toccate niente, arrivo.»

«Ma se si rimette a piovere...»

«NON TOCCATE NIENTE FINCHÉ NON ARRIVO IO!»

E aveva sbattuto il telefono, forte. Un collega si affacciò sulla porta.

«Tutto bene, France'?»

Ma lui non si sentiva France', non più di quanto si sentisse Cecco o

statt'accuorto

la Bestia.

Diccelo. Diccelo del morto. Diccelo, riferisci.
Invece buttò fuori un
«Devo usci'»
e gli passò accanto sapendo che stava commettendo un errore già fatto, e lo ricordava bene com'era andata a finire, quella volta.
Ma lo stesso non disse nulla a nessuno.

Era arrivato al paese già col buio. Lo avevano accolto il parroco e i colleghi di Novi Ligure che avevano raggiunto quelli dell'Unione Montana, accollandosi il fastidio. Prima era andato su al cumulo di pietre, rimanendo un po' a fissarlo, tra la commozione generale verso l'eroe raccolto forse in preghiera, forse in un afflato mistico che lo riconnetteva a Giovannino per dirgli, per la seconda volta, "Va', sei libero!". Quindi aveva fatto delle foto e solo allora aveva chiamato Firenze per avvisare Ridenti. Lo aveva ascoltato sbraitare all'altro capo cose sulla gerarchia e poi gli aveva chiesto l'autorizzazione a far venire la Scientifica prima che cominciasse a piovere.
«La Scientifica? Ma cosa ti sei messo in mente, razza di megalomane?!»
«Anche l'autopsia vorrei.»
«Per uno che è morto schiacciato da un rudere?»
«Per uno che lo sanno tutti cosa gli era successo e se non lo facciamo poi finisce che raccontano storie.»
Ridenti lo aveva stramaledetto, ma poi aveva pensato ai giornalisti e alla pioggia e alle tegole che sarebbero cadute solo addosso a lui, così aveva detto sì, sì, maledizione, fai l'accidente che vuoi, e Caparzo aveva fatto venire un'unità scientifica. Si era liberato dei giornalisti locali con un cenno della mano ed era andato dalla madre di Marinoni, accolto come il figliol prodigo, lacrime e abbracci di cui non sapeva che farsene, ma si era dovuto abituare nell'ultimo anno e mezzo.
«È male per chi resta, non per chi parte»
aveva detto, e tutti si erano sentiti travolgere da un'on-

data emotiva per la profonda saggezza di quelle parole. Gli avevano mostrato il medaglione e la scarpa, poi il cellulare aveva squillato per avvisarlo dell'arrivo della Scientifica. Ci vollero tre ore e l'alba per consentire lo spostamento del corpo, metterlo sulla barella e coprire con un telo di plastica quel che restava del casotto. Lo avrebbero portato ad Alessandria per l'autopsia, il medico legale era già stato avvisato. Caparzo era partito dietro all'ambulanza, rifiutando cibo e doni, promettendo di tornare per il funerale, e lungo la via aveva valutato approfonditamente cosa rispondere a eventuali domande dei suoi superiori, perché ci stava che si fosse precipitato, Marinoni l'aveva salvato lui, c'era quella cosa che se salvi una vita ne diventi responsabile, e lui lo sapeva quanto fosse vero. Gli avrebbero detto che era suo dovere avvisare, dato il suo coinvolgimento nell'indagine.

Non è la stessa indagine.

Il pensiero gli era venuto così, non sapeva da dove.

Ma sapeva che era vero.

Il corpo era stato ripulito e giaceva tutto contorto sul tavolo di metallo. La donna stava finendo di dare gli ultimi punti all'incisione a Y sul petto, muovendosi con calma, le mani piccole e paffute ad andare avanti e indietro. Nemmeno si voltò, quando sentì la porta dell'obitorio aprirsi, era abituata alle invasioni di campo. Dal silenzio seppe chi era entrato.

«L'aspettavo prima. Ha trovato traffico?»

«Con la fretta non si fa niente. Volevo che finiva, prima.»

La voce profondissima, un brontolio da orco, l'italiano improbabile. Non alzò gli occhi e non si levò gli occhiali, dell'uomo appena arrivato, il poliziotto, l'eroe, sapeva già tutto quello che le serviva, oltre a una serie di dettagli inutili che però non aveva potuto ignorare.

«Per un referto completo dovremo aspettare l'istologico» gli comunicò.

«E aspettiamo.»

Se lo sentì dietro le spalle e si rassegnò a voltarsi. Era piccola, sempre stata, e superati i cinquanta aveva avuto l'impressione di essersi ulteriormente accorciata. Ma anche avesse mantenuto tutti i suoi centimetri gli sarebbe arrivata comunque poco sopra il gomito. Era enorme, esattamente come appariva in televisione.

«Se fa due passi indietro riesco a vederla in faccia» disse senza ironia.

L'uomo ubbidì senza guardarla mai, come se quella donna ingrigita e chiatta facesse parte dell'arredo. Il morto, invece, se lo mangiava con gli occhi. Quasi per dispetto lei si levò il guanto e allungò la mano.

«Giuditta Licari» gli disse.

«Francesco Caparzo» rispose lui.

«Un cognome inusuale.»

«Lo teniamo in pochi.»

Non sarebbero andati oltre con le formalità, non era cosa. Si occuparono dell'unico elemento che interessava davvero a entrambi.

«Allora, c'è poco da dire. Morte per trauma cranico, quando la gabbia toracica è stata sfondata il cuore era già fermo. Il fegato è esploso per la pressione e tutti gli altri organi interni sono stati danneggiati dallo schiacciamento, ma non ha sofferto, è stata una cosa immediata.»

L'agente annuì e si mosse per girare intorno al corpo, mettendosi dietro alla testa. Era straordinariamente aggraziato, per avere la mole di un bisonte.

«Non c'è la forma della pietra? Sulla testa, dico.»

La dottoressa gli si mise accanto e indicò con la mano guantata gli avvallamenti.

«Il cranio rientra qui e qui. Ma penso che la frattura principale sia questa. Cos'è che vuole sapere?»

Le spalle gli si mossero impercettibilmente.

«Com'era il sasso che l'ha ammazzato.»

Un altro medico di fronte a un altro poliziotto forse

avrebbe liquidato la cosa con una battuta, ma non quel medico davanti a quel poliziotto. Giuditta Licari era considerata una delle professioniste più serie e affidabili del paese, si occupava di crimini violenti da trent'anni e aveva visto cose che la maggior parte dei suoi colleghi non avrebbero retto o compreso. Francesco Caparzo, dal canto suo, si era ritrovato ad affrontare da solo quello che per tutta la nazione era diventato un incubo e un'ossessione, dimostrando un'intelligenza e una prontezza che nessuno gli avrebbe mai attribuito. Lo avevano chiamato "la Bestia" per anni, ora per tutti era un eroe. Dettagli trascurabili, per lei. Invece era molto interessante che quel giorno fosse lì e le stesse facendo quella domanda. Certe domande attiravano la sua completa attenzione.

«Potremmo refertare tutte le pietre, prendere un calco della testa e identificare quale sia quella che l'ha ucciso.» Fece una pausa. «Se è importante.»

Di nuovo una leggera vibrazione nelle enormi spalle del poliziotto.

«A capire com'era questo posto che è crollato e come ha fatto lui a rimanerci sotto si fa pace con un po' di cose» le brontolò.

No, non è questo. Non mi imbrogli.

«Una struttura che crolla è una variabile imprevedibile» cominciò. «Pioveva, la vittima non era lucida, potrebbe essere andata in molti modi.» E mentre il poliziotto non smetteva di guardare il corpo, Giuditta Licari aggiunse: «Certo, potrebbero anche averlo colpito altrove, trascinato dentro il casotto e poi fatto in modo che crollasse. Tutto è possibile».

Caparzo non reagì e l'anatomopatologa seppe di aver centrato il punto.

«A proposito, aveva una cosa in mano.»

Andò dietro il tavolo autoptico e gli mostrò una bustina trasparente. Dentro c'era un mozzicone di pastello a cera marrone.

«Lo teneva?»

«Era nella mano.»

«Ma lo teneva?» insistette lui.

«Era nella mano» ribadì lei.

Caparzo annuì, pensando che quella donna era intelligente, pure se era femmina.

«Se faccio refertare tutte le pietre devo giustificare la cosa» gli puntualizzò.

Un cenno di diniego, appena accennato.

«Oppure posso suggerire di farle portare via per una questione di ordine pubblico, di decoro. Gente che va a fare foto morbose, imbecilli che cercano di ricostruire il casotto, bisogna pensare alla madre, povera donna.»

Il poliziotto abbassò il mento, un assenso.

«Per il calco invece posso trovare qualche buona ragione.»

«Sono in debito.»

«Ci mancherebbe. Ho letto grandi cose su di lei, è una celebrità. Sarà un onore collaborare.»

«Che poi sarebbe pure normale che alla fine è una disgrazia.»

«Naturalmente, è la mia prima ipotesi.» Lo squadrò da sotto in su. «A meno che.»

Caparzo le restituì la busta col pastello.

«A meno che.»

«Scusate, è appena arrivata una notizia che mi costringe a sospendere per un attimo il gioco, perché devo parlare con una delle nostre ospiti.»

In studio era sceso il silenzio, un mormorio preoccupato accompagnò il conduttore mentre si avvicinava ai personaggi famosi che stavano impastando i tortelli caserecci da mettere all'asta per beneficenza. Sveva Cugini aveva uno sbaffo di farina sulla guancia, incorniciato da uno dei suoi adorabili ricci impertinenti. Lo vide avvicinarsi

i miei sono in studio, alla peggio è schiattato un parente e amen

e subito iniziò a far tremare le labbra.

«C'è una brutta notizia, tesoro, te la do in diretta perché so quale profondo legame ti unisca ai tuoi compagni di sventura» disse il conduttore in tono accorato.

«Oddio!» Noncurante della mano sporca d'impasto si era toccata in viso, in un gesto così vero, così spontaneo.

«Giovannino Marinoni è morto. Un terribile incidente, pare.»

Chissà che mi credevo, quello morto o vivo è uguale.

Sveva aveva dovuto appoggiarsi al banco, un'attrice ormai al tramonto l'aveva sorretta.

«Il Rosso» aveva solo detto.

Poi era scoppiata a piangere.

«Signora Lusa! Signora Lusa! Ha saputo della morte di Giovannino Marinoni?»

«Chi?»

«Nessun commento da parte di Yuri Vignoli, il controverso sopravvissuto al Capannone degli Orrori. Chiuso nel suo appartamento, si è rifiutato di rilasciare dichiarazioni sulla triste sorte del suo compagno.»

In tre avevano dovuto tenerlo fermo, mentre l'infermiera andava a cercare la fiala di tranquillante. Giulio Castagnoli aveva pianto fino a farsi venire le convulsioni, chiedendo a più riprese

«Ma non ha sofferto, vero? Ditemi che non ha sofferto»

come se a morire non fosse stato il matto di un altro paese ma un suo fratello di sangue.

Il vicario della parrocchia di S. Giuseppe Artigiano si era opposto con fermezza al fatto che i giornalisti entrassero in chiesa.

«Dovete lasciarlo stare, è sconvolto per l'accaduto e ha chiesto il conforto di don Graziano» aveva detto, confermando la presenza di Giorgio Guccione nell'edificio.

Anna Baroni si era accesa una sigaretta un istante dopo aver chiuso la porta alle spalle di Francesco Caparzo. Era la prima volta che si vedevano a casa sua e non in territorio neutro. Non si era seduto e lei non gli aveva offerto nulla, sarebbe stata una cosa breve.

«So' stato anche dall'altri, sono tranquilli, hanno capito. Ma co' tte è diverso. Non voglio che vai in giro a dire cose.»

«Cose come? Tipo che il Rosso è stato ammazzato?»

«Accussì. Non è 'o vero. S'è ucciso da solo, 'nu brutto accidente, succede.»

«Da solo. Il Rosso. Il Rosso che non sapeva bere da solo nemmeno un bicchier d'acqua si è ucciso. Un'evoluzione repentina.»

Caparzo si era limitato ad alzare le sopracciglia e ad appurare che c'era un sacco di roba verde a casa della Baroni, poltrone, tende, cose così.

«Mi hanno chiamato dei giornalisti, volevano sapere cosa ne pensassi.»

Anna aveva spento la sigaretta e stava per accendersene un'altra quando lo sguardo di Caparzo l'aveva fatta desistere. E allora aveva deciso per l'affondo.

«Voi non avete niente in mano. Sono passati sei mesi, l'indagine è morta, Sandra e Saverio sono scomparsi e ora iniziano ad ammazzarci. Ma dobbiamo stare zitti e bravi al nostro posto, giusto?»

«Solo non create scompiglio. Non dite cose che non sapete.»

«Noi non sappiamo NIENTE!» era sbottata. «E scommetto che anche voi brancolate nel buio, non sapete bene nemmeno come sia morto il Rosso.»

«S'è schiacciato sotto un casotto di pietra.»

«Io non ci credo.»

Caparzo l'aveva osservata con intensità, poi aveva annuito.

«È giusto che tieni le idee tue. Ma tenerle devi, no parlarne.»

«È una minaccia?»

«'Nu consiglio.»

Il colloquio era finito. Caparzo era stufo di tutto quel verde e stava per prendere la porta.

«Quindi non farà niente?» lo aveva inseguito lei.

«'Na preghiera per la povera anima di Giovannino.»

«Ma non vuole nemmeno prendere in considerazione...» poi si era fermata di colpo. Caparzo aveva atteso paziente, la mano sulla maniglia.

«Lei lo sa. Sa che è lei.»

Nessuna reazione.

«Sa che è lei e la sta lasciando fare. Ci usa come esca. Lascia che ci colpisca, fino a quando non riuscirà a catturarla e a coronare la sua fama di eroe. Cosa importa se ne uccide un paio? Chi se ne frega se ora noi non possiamo più vivere normalmente?»

«Si' sempre accussì agitata» aveva concluso Caparzo aprendo la porta.

«MI GUARDI BENE!» gli aveva gridato dietro Anna. «MI GUARDI BENE PERCHÉ POTREBBE ESSERE L'ULTIMA VOLTA! IO SARÒ LA PROSSIMA! ERO QUELLA CHE ODIAVA PIÙ DI TUTTI!»

Ma Caparzo aveva tirato dritto ripensando alla stanza di Giovannino Marinoni, non un libro, non un foglio, non una penna, figuriamoci poi i pastelli a cera. Eppure il cadavere aveva un pastello in mano, uguale a tutti i pastelli che avevano trovato nel posto dove l'aveva liberato. Se lo sarebbe tenuto per sé, perché

se avesse detto che aveva un dubbio

se avesse detto che voleva controllare le pietre

se avesse detto cosa ci fa un pastello in mano a un matto

se avesse fatto capire che secondo lui Giovannino Marinoni era stato ucciso

tutti sarebbero arrivati alla stessa conclusione.

Il mostro era tornato.

4 aprile 2015

Giulio diventò la nuova vittima preferita di Lucio. Chiedeva ad Alex dei turni in più solo per tormentarlo. Andava dietro al suo carrozzone e lo colpiva per svegliarlo di notte, lo punzecchiava con la lancia, a volte gli buttava addosso dell'acqua solo per il gusto di bagnare la paglia con cui avrebbe dovuto tenersi al caldo, visto che era inverno inoltrato. Alex interveniva tutte le volte che poteva, perché Giulio era già difficile da gestire senza tutte queste cazzate. Non aveva il fisico per stare in gabbia, non riusciva a mettersi mai in posizioni comode, piangeva, si lamentava, chiamava la mamma e le faceva pena. Una volta una delle piaghe che gli si erano formate sul sedere si era infettata, aveva avuto la febbre, lei gli aveva fatto prendere troppi antibiotici, basandosi sul peso, e quasi lo aveva ucciso per la dissenteria. Gli altri prigionieri non lo aiutavano, Karina e Giorgio lo ignoravano, Nicola rideva di lui. Non stava andando per niente come aveva sperato, nella sua testa quella situazione avrebbe dovuto avvicinare i prigionieri, non allontanarli.

«Anche se non mi vedono è impossibile che non abbiano capito il principio per cui sto facendo tutto questo» diceva a Lucio, tormentandosi le mani.

«E come fanno a capirlo? Sono delle merde, la feccia della società, è per questo che li abbiamo presi.»

«Ma possono migliorare, con il giusto esempio, esattamente come accade ai gorilla.»

«E se nessuno di loro fosse un gorilla? Se non lo fossi nemmeno tu?»

Era stato cattivo, si era pentito subito, le aveva chiesto scusa, ma ormai era fatta. Il seme di quel dubbio si era insinuato in Alex già da tempo, lei non aveva le granitiche certezze di sua madre, non aveva mai sentito di avere la verità in mano.

Tranne una volta.

E sempre a quella notte di tre anni prima tornava, quando era davvero a terra e dubitava del proprio ruolo, a un gruppo di scalmanati che vogliono cambiare il mondo e al loro leader. Così di nascosto andava a vedere Saverio.

Posso essermi sbagliata così tanto?

Lo aveva osservato per settimane, mesi, anni. Faceva sostanzialmente sempre le stesse cose, ciondolava nel negozio in cui lavorava come commesso, ciondolava nel retro del negozio quando era chiuso, ciondolava in giro con i suoi amici, la sua fidanzata, il suo cane. Alex non si era più avvicinata e si riservava ipotesi che preferiva non formulare.

Non devo avercela con lui, è solo un poveraccio.

Non voleva ingannarmi, ho fatto tutto da sola.

Eppure restava ancorata alla convinzione di aver visto qualcosa in lui, quella notte, qualcosa che non era riconducibile solo allo sballo, all'eccitazione del momento, qualcosa che veniva da un luogo più profondo.

Una vocazione.

Parolona. Eppure.

Io l'ho vista.

Prima se n'era tenuta lontana perché si vergognava di quella fantasticheria romantica, poi perché si era arrabbiata con se stessa, poi perché era arrivato Lucio. Una parte di lei aveva cercato di minimizzare, Saverio non era mai stato davvero importante, l'idea che si era fatta di lui, quella sì, aveva avuto peso. Ma non era del tutto vero, e se si segue la legge dell'onestà a ogni costo allora la cosa andava ammessa, almeno con chi aveva il diritto di saperla. Così una sera, rientrando dal capannone, in un momento in cui si era sentita particolarmente stanca, aveva confessato tutto a Lucio.

«Qualche tempo fa mi sono innamorata di un tizio. In realtà non lo conosco per niente, ma abbiamo fatto un raid, sai quella cosa del Mombello? Era lui a guidarci. E quella sera io l'ho visto come un eroe, un condottiero, un puro, hai presente? Pensavo ci fosse stato uno di quei contatti tra spiriti affini, ci ho ricamato un po' su, poi l'ho incontrato di nuovo e lui nemmeno si ricordava di me. Ma qualche volta vado a vedere cosa fa, perché spero di vedere ancora qualcosa di buono in lui. Però non è importante, solo volevo che lo sapessi.»

Lucio non aveva risposto subito, guardava la strada di campagna che si srotolava davanti a loro con aria assente. Alex lo conosceva abbastanza da sapere che quel silenzio significava che il ragazzo si stava caricando, come fosse stato un'arma.

«Se ha ingannato te vuol dire che ha recitato bene.»

«Non ho mai detto che stesse recitando.»

«Hai detto che non ti ha riconosciuta, un condottiero riconosce i suoi soldati.»

«Probabilmente quella sera era drogato.»

Nuovo silenzio, nuovo proiettile in canna.

«Quindi da drogato tu lo ammiravi e ti sei innamorata, invece da pulito no. Giusto?»

«Non è mai del tutto pulito, per quel che ho visto. Ma non è mai stato più così drogato.»

Altro silenzio.

«E quale dei due è quello vero? Quello drogato o l'altro?»

Alex si era presa due secondi, due di numero, perché Lucio non poteva essere lasciato in sospeso, tendeva a innervosirsi e poi si fissava.

«L'altro, purtroppo.»

L'onestà a tutti i costi la azzannò alla gola, bugiarda! Bugiarda! ma non sarebbe stata certa di nessuna delle due risposte, quello era il male minore, non era importante.

«Quindi ti sei sbagliata.»

«Immagino di sì.»

«Strano, credevo non ti sbagliassi mai.»

Il viaggio proseguì tranquillo, molte volte Alex fu sul punto di fermare l'auto, scuotere forte Lucio, rimetterlo al suo posto, che la smettesse, la smettesse di metterla in discussione, e altrettante volte ricacciò indietro l'impulso, perché se lei lo stava rieducando l'unica posizione da cui farlo era il giusto assoluto, e lei non era nel giusto e nemmeno nell'assoluto.

Saverio Bartolomei rimase tra loro da quel giorno.

Andava tutto male.

Andava tutto malemalemale, anche se no, in realtà andava tutto bene. Giulio aveva smesso di piangere di notte, le piaghe erano guarite, ma già ora si vedevano i primi risultati, nei toni, nei modi.

Forse funziona, forse funziona davvero.

Eppure Alex non riusciva più a sentirsi sicura di sé, seguendo le insinuazioni di Lucio aveva iniziato a mettere in discussione ogni propria scelta, da dove venivano le sue decisioni, quanto erano arbitrarie, quante variabili influivano sul suo comportamento. Avrebbe preso Nicola, senza quella faccenda di Jumbo? Avrebbe preso Karina se quel pomeriggio invece che al parco fosse rimasta in aula? E Giorgio, soprattutto Giorgio, quale scelta era emersa dal grembo del fato più di quella di Giorgio?

Se metto in discussione le mie scelte, però, non vale più niente.

Ma scelte quali, scelte quante, la componente di casualità era forte, troppo. Forse la sua non era una missione, forse stava diventando qualcos'altro. Si era incupita, Lucio se n'era accorto e aveva cominciato a riempirla di piccole attenzioni irritanti che non facevano che sottolinearlo. Avrebbe voluto trascorrere più tempo al capannone e invece continuavano a spedirla a destra e a manca a tenere corsi e presentare nuovi farmaci. Ce n'era uno in particolare che le interessava, aveva chiesto più volte ai veterinari di farle sapere se funzionava, perché avrebbe potuto sostituire il composto che somministrava attualmente agli inquilini delle gabbie. Meno effetti collaterali, possibilità di usarlo con maggior frequenza, scorte infinite perché lo produceva la CO.LI.SAN. Ci aveva riempito una siringa a dardo e la teneva sempre in borsa, sarebbe sembrato meno strano che avere una siringa normale, col mestiere che faceva. Lei e il dardo si facevano compagnia, ogni tanto infilava la mano tra portafogli, mentine, fazzoletti di carta e ne accarezzava il piumino verde. Era come una promessa. Marzo stava finendo, c'erano state un paio di giornate tiepide e aveva preso l'abitudine di passeggiare sul lungarno, dal lato del Terzo Giardino, prima di rientrare a casa. C'era una ragione e quella ragione portava il cane lì, durante la pausa per il pranzo in cui chiudeva il negozio. Non lo trovava sempre, Saverio, ma abbastanza spesso da voler provare. Anche quando se lo chiedeva in piena onestà non riusciva a spiegarsi perché lo seguisse ancora. Era passato tanto tempo, lui fisicamente era deperito, sciupato, spento. Aveva ancora la stessa fidanzata che lo seguiva adorante, ma di lei ad Alex non importava nulla. La realtà era che il dubbio non si era mai spento del tutto.

Cosa ho visto, quella notte?

Un ragazzo strafatto preda dell'esaltazione, diceva la logica. Non si era mai più comportato così, mai stato più pieno di vita.

Forse non riesce a esserlo da solo.

Ma no, la spinta del gruppo non bastava, frequentava anche alcuni balordi, erano andati insieme alle manifestazioni per spaccare tutto e non era cambiato.

"Quindi ti sei sbagliata" aveva detto Lucio.

E lei aveva risposto di sì, ma dentro una voce le urlava

invece che no, no, era successo davvero, si erano riconosciuti, in cima a quel muro, che fosse stata la droga o una missione in cui credeva davvero, una parte di Saverio che viveva dentro di lui si era svegliata quella sera. Come un assassino dentro a una persona innocua, ma al contrario. L'eroe, il condottiero, l'anima pura dentro di lui c'era. Era lì, forse in agonia, costretta a un letargo forzato da quello schifo che erano la vita, le convenzioni, la società.

Forse se smettesse di drogarsi...

Sì, forse. Ma sembrava che a nessuno importasse, era quello messo peggio, dei suoi amici, eppure continuavano a passargli roba, a lasciarlo vivere ai margini, anche la fidanzata.

Perché nessuno ti aiuta, Saverio?

Perché nessuno ti vuole davvero bene?

Quel giorno, al Terzo Giardino, lo aveva visto guardare alternatamente il cane e il fiume, il fiume e il cane. Seduta in mezzo all'erba alta e alle sterpaglie Alex aveva tenuto stretto il dardo, le gambe pronte a scattare.

Se si butta lo vado a prendere.

Ma poi il ragazzo aveva abbracciato forte Argo, che gli aveva leccato insistentemente l'orecchio, e si era rassegnato ad alzarsi e tornare al lavoro. La sua infelicità era palpabile.

Perché nessuno la vede?

Tornata a casa non aveva detto niente a Lucio, era il primo segreto tra loro, l'onestà a ogni costo messa da parte. Aveva tenuto d'occhio Saverio con il freddo e i primi soli, assistendo a uno spreco di vita incalcolabile. Di giorno, quando Argo era con lui, si tratteneva, ma la sera, da solo in mezzo a frotte di amici, si dilaniava pezzo per pezzo. Per questo non era andata come per Nicola o Karina o Giorgio, per questo la sua anima aveva finalmente trovato modo di placarsi, perché con Saverio aveva deciso.

Se non valesse niente potrebbe anche buttarsi via.

Ma io so cosa ho visto.

Pioveva, una pioggia torrenziale come non se ne vedevano da un po', a Firenze. Saverio era rimasto solo, i falsi amici seminati, la fidanzata a casa sua, il cane chiuso in negozio. Era uscito dal secondo bar ubriaco perso e aveva marciato verso il ponte alla Carraia, una bottiglia di birra in mano e l'assenza negli occhi. Aveva appoggiato sul parapetto il suo portafogli e poi ci era salito sopra, sbottonandosi la patta per pisciare. Alex lo aveva aspettato paziente. Poi lo aveva afferrato per la vita e tirato indietro, mentre gli conficcava il dardo attraverso la maglietta. Saverio non si era dibattuto, le era piombato addosso a peso morto e solo grazie all'allenamento del capannone lei era riuscita a rimanere in piedi. Tenendolo per la vita, la testa incastrata tra spalla e collo, lo aveva portato dall'altro lato del ponte, poi aveva chiamato Lucio. Era venuto a prenderli senza una parola, lo sguardo torvo.

«Ce ne hai messo per deciderti.»

Lei gli fece una carezza. Forse quella volta sarebbe riuscita a salvare entrambi.

Saverio aveva pianto, e pianto, e pianto.

Come tutti era stato messo con Giovannino, Greta e Domenico, ma non ne era sembrato turbato, a lui facevano impazzire le sbarre, l'idea di non essere più libero. Dopo un'intera giornata di urla e strepiti aveva iniziato a minacciare chiunque di qualsiasi cosa, compresi Alex e Lucio che lo ascoltavano da dietro i carrozzoni, scrivendosi biglietti per commentare la cosa.

«TI STRAPPO LE BUDELLA, FIGLIO DI TROIA! E POI LE USO PER IMPICCARMI! TU NON MI CHIUDI QUI DENTRO, STRONZO!»

MA HA SEMPRE FATTO COSÌ?

«TANTO NON OTTIENI NIENTE, FROCIO DI MERDA! NON TE LA DO LA SODDISFAZIONE DI SUPPLICARTI!»

NO, DI SOLITO È ABBASTANZA TRANQUILLO.

Alla fine di ogni frase Saverio faceva questo verso, "pam!", che serviva per sbloccarsi quando iniziava a balbettare. Giovannino si era molto innervosito per il frastuono e aveva cominciato a urlare a sua volta, Greta lo aveva seguito dando grandi pugni alle pareti del carrozzone.

«OHI, ROSSO, CREDI DI FARMI PAURA, ROSSO? NON MI FAI PAURA, E NEMMENO TU, BELLA!»

"pam!"

Alex non poteva saperlo allora, ma Saverio aveva la passione per i soprannomi, ne dava a chiunque e negli anni di capannone non si sarebbe smentito. Giovannino divenne il Rosso per tutti, Greta si trasformò in Bella e la stessa sorte sarebbe toccata al suo futuro migliore amico, Giulio. Si conobbero la settimana seguente, la fragilità dell'obeso e l'aggressività del tossico si incontrarono, e invece di scontrarsi si accolsero. Giulio aveva paura di Nicola e non si fidava di Giorgio e Karina, ma Saverio gli sembrò un appiglio a cui aggrapparsi.

«Finalmente una persona normale, qui sono tutti cattivi» si era lamentato.

«Le gabbie non sono di certo un posto per buoni.»

"pam!"

Dopo una settimana in cui non aveva potuto nemmeno fumarsi una canna, Saverio aveva iniziato a stare male, ma non voleva darlo a vedere.

«Non gliela do questa soddisfazione» ringhiava tra i denti.

Gli faceva male la pancia, non voleva mangiare, a volte batteva i denti e restava con le dita dei piedi sempre contratte in giù.

«Mangia, invece» lo supplicava Giulio. «Se non mangi verrai punito.»

«Voglio vedere. Voglio vedere COS'ALTRO PUÒ PORTARMI VIA, IL BASTARDO FIGLIO DI PUTTANA! NON HO NIENTE DA PERDERE!» aveva inveito Saverio, e Giulio era scoppiato a piangere, così gli aveva detto: «Sta' zitto, pustola» e il soprannome gli era sembrato molto divertente, così lo aveva ripetuto, ancora e ancora.

Quella notte era arrivato addosso a Giulio un secchio di acqua gelata, mentre dormiva, e per la paura era andato in iperventilazione.

«È solo acqua, pustola, è solo acqua, cazzo. Magari ce l'avessi io tutta quell'acqua!»

Il giorno dopo non aveva mangiato niente e la notte la lancia era entrata nella gabbia di Giulio e gli aveva rovesciato il contenitore del cibo, sparpagliandolo ovunque e terrorizzandolo.

«Ti prego!» lo aveva supplicato il mattino dopo. «Ti prego, mangia. Comportati bene o continuerà a tormentarmi!»

«E chi se ne frega! Nemmeno ti conosco, pustola.»

Allora Giulio si era messo seduto con un'espressione da bambino disilluso e aveva detto

«Hai ragione. Questo non è un posto per buoni».

Saverio aveva resistito fino a sera. Poi aveva preso dal sacchetto che si trovava in fondo alla gabbia una manciata di riso e se l'era messa in bocca.

Quella notte Giulio era riuscito a dormire sereno.

Saverio non lo aveva chiamato più "pustola".

Alex ne era stata felice.

Dopo i rapimenti, Alex e Lucio cercavano le notizie riguardo alle loro vittime nella cronaca locale. Su Nicola non era uscito nulla per un sacco di tempo, per Giorgio c'erano voluti due giorni, di Karina si era parlato la sera stessa anche su Teleromagna mentre Giulio aveva avuto risonanza nazionale perché la madre aveva fatto molti appelli in tv. Quando il caso esplodeva si facevano un giro nella zona insieme agli altri curiosi, ascoltando le chiacchiere e i pettegolezzi. Si parlava spesso di suicidio, e Saverio non aveva fatto eccezione. I giornali avevano raccontato di un idiota tossicodipendente che, ubriaco, si era messo a fare equilibrismi sul ponte alla Carraia e poi era caduto, o forse si era buttato. Fine, niente altro, presto le ricerche erano state sospese e la famiglia aveva deciso di celebrare il funerale con una bara vuota. Questo aveva reso Alex inquieta. Per la prima volta gli effetti delle sue azioni erano davanti ai suoi occhi, nella sua città, coinvolgevano persone che conosceva, come Marta, che l'aveva chiamata in lacrime per raccontarle l'accaduto.

«Dio, Alex, se penso che sono stata io a fartelo conoscere!»

Era stata sul punto di dire qualcosa, poi le era sembrato più prudente restare in silenzio. Passando davanti al negozio in cui abitava Saverio aveva visto la fidanzata andarsene via col cane. Era stata una delle sue remore, il riguardo nei confronti del cane.

Soffrirà.

Se gli levo il padrone soffrirà.

La scelta di Saverio di riscattare quel molosso vecchio e cieco da un occhio era stata una delle tante cose che l'avevano colpita di lui.

Un sacco di ragazzotti si prendono il cane grosso per machismo.

Ma questo poteva essere davvero una bestia pericolosa e Saverio era un uccellino spiumato, non sembrava in grado di gestirlo.

Invece l'amore tra cane e padrone era stato evidente, assoluto, intriso di devozione reciproca. Ad Argo non piacevano gli altri cani, ma se Saverio faceva la voce grossa si tratteneva. Erano stati inseparabili fino all'ultima notte e forse se il cane fosse stato con lui Alex avrebbe desistito dal prenderlo. Per tre anni aveva osservato Argo da lontano, e solo ora che il padrone era stato messo al sicuro da se stesso poteva finalmente stabilire un contatto con lui. Se qualcuno avesse parlato di canile, o peggio di soppressione, si sarebbe fatta avanti dichiarandosi vecchia amica di Saverio e lo avrebbe preso lei. Invece, a sorpresa, se l'era sobbarcato la fidanzata, quella donnina scialba e ossequiosa che trottava dietro al ragazzo con più solerzia del cane.

Non ce la farà

aveva pensato Alex quando l'aveva vista uscire dal negozio portandolo al guinzaglio. E in effetti era goffa, impacciata, sembrava non avere nessuna confidenza col cane. Così, quando era stato annunciato il funerale di Saverio, bara vuota e tutto, Alex si era detta

perché no?

Io ho fatto il danno, i cocci sono anche miei

e aveva deciso di parteciparvi con Lucio. Era nota nel mondo animalista, nessuno avrebbe dubitato che lei e Saverio si conoscessero, potevano pure essere amici per la pelle da quanto i vari gruppi non si parlavano tra loro. Si erano mescolati agli altri, facendo un cenno con la testa a Marta e alle conoscenze comuni e avevano aspettato che quella inutile cerimonia terminasse. Poi Alex era andata da lei, da quella Marilena Bacarelli vista finora solo da lontano, il viso regolare, i capelli castani massacrati in grappoli di dreadlock, le si era avvicinata dicendole quattro fesserie, ero amica di Saverio, avevamo fatto questo e quello, aveva citato il Mombello e lei, invece di dire la cosa più logica, ovvia, evidente, cioè che strano, lui a me di te non ha parlato mai, si era limitata ad alzarle addosso due occhi acquosi che chiedevano aiuto disperatamente, proprio quell'aiuto che chiedono i vitelli strappati alla mamma prima di montare sul camion, e le aveva detto

«Senza di lui io non so cosa fare».

Alex era stata presa in contropiede. Lei e Lucio al funerale ci erano venuti per altre ragioni, per il cane, per stare a vedere, in fondo era successo anche altre volte che stessero a vedere, no? Avevano assistito a false contrizioni, dolori di latta, avevano ascoltato l'eco della malvagità di coloro che avevano preso, coloro che avrebbero rieducato. Ma a quella disperazione profonda, sincera, assoluta, a quella non era stata pronta.

«Hai da mangiare, a casa?»

le era venuto spontaneo rispondere, diretta, pratica. Lucio le aveva scoccato un'occhiataccia, Alex aveva scrollato le spalle. Lena non era stata in grado di rispondere, i genitori improvvisamente accanto, il padre che cercava di condurla via con aria imperiosa.

«Ce la fai con Argo?» chiese di getto.

«Non lo so.»

«Domani veniamo a trovarti e proviamo a organizzarci insieme.»

Era cominciata così, con una manciata di parole in mezzo alla folla.

«Ma perché lo hai fatto?» aveva protestato Lucio.

«Nessuno rimpiange gli altri, lo hai visto. Giusto la madre di Giulio, ma capirai che vita faceva con un figlio simile, l'abbiamo liberata, povera donna. Ma Saverio aveva degli affetti, e la fidanzata gli voleva bene. E poi sono preoccupata per il cane. È vecchio, povera bestia, quella non so mica se ce la fa a gestirlo.»

«Ci metterai nei casini.»

Ma poi le aveva preso la mano e lei gliel'aveva stretta, mentre intorno a loro gli amici di Saverio sciamavano via verso le loro vite senza di lui.

«La mia Maria, se voi sapeste com'è la mia Maria. È bellissima, ma non fuori, cioè, anche fuori, ma è bellissima soprattutto dentro. È un'anima candida, è pulita, pura, incontaminata. Ma oh, non è mica scema, eh? È sveglia, intelligentissima, è laureata, sa tre lingue, proprio come se ci fosse nata. E i libri, non avete idea dei libri che non ha letto. La mia Maria è superiore a tutti, non solo a voi, che siete delle merde, dei rifiuti umani, lei è una spanna sopra anche a tutti quelli che conosco fuori, quelli che mi hanno preso per il culo per una vita, quegli stronzi dei miei e pure quel bastardo che ci ha presi, tutti. Se c'è qualcuno che ci tirerà fuori, quella sarà la mia Maria. Perché lei non ci crederà mai che io me ne sia andato, nossignore, lei non se la beve, lo sa che non l'avrei fatto, lo sa che non avrei abbandonato Argo così, lei mi conosce. E capirà chi è stato, seguirà ogni pista, senza fermarsi mai, la vedo già là fuori incatenata davanti a Montecitorio a tirar su un casino che metà basta, a parlare con i giornali, a fare lo sciopero della fame. La mia Maria non si fermerà davanti a niente, perché lei mi ama, non so cosa abbia fatto per meritarmelo ma lei mi ama come nessuno mi amerà mai e arriverà qui e a quel merdoso gli farà il culo a strisce e ci salverà tutti, come Rambo. È come Rambo, la mia Maria.»

Alex ascoltava Saverio farneticare, inciamparsi ogni due parole, condire di "pam!" ogni frase, la balbuzie che peggiorava o migliorava a seconda dello stress e si chiedeva

Ma di chi sta parlando?

Aveva iniziato questa tiritera della sua Maria dopo qualche giorno che si era svegliato in gabbia. Si raggomitolava in un angolo e lanciava lunghi lamenti simili ai versi di un gatto in amore.

«Mariiiiiiiaaaaaa! Mariiiiiiiaaaaaa!»

Le ci era voluto un po' per capire che non si stava riferendo alla Madonna ma alla fidanzata, Marilena, che tutti chiamavano Lena tranne lui. Anche lei era stata colpita dalla sua fissa per nomignoli e soprannomi.

Ha una bella fantasia.

Assodato il fatto che la Maria di cui parlava non esisteva, Marilena, Lena, la fidanzata vera, era quanto di più lontano dalla sua descrizione. Debole, di una debolezza molle e senza forma, succube, smarrita, incapace di reagire e di affrontare il dolore. Dal giorno del finto funerale Alex l'aveva vista quasi quotidianamente, era stata a casa sua, l'aveva accompagnata al lavoro, le aveva insegnato come gestire il cane e mai, mai, mai nemmeno una volta Lena aveva dato prova di un barlume di nerbo.

«La mia Maria mi salverà» piangeva il ragazzo.

La tua Maria non sa nemmeno allacciarsi le scarpe, senza chiedere consiglio a qualcuno.

E non verrebbe a salvarti nemmeno se le dessi una mappa e la chiave della tua gabbia.

Saverio inneggiava a un fantasma, la sua fidanzata non si era capacitata della sua morte e se aveva avuto dubbi non li aveva mai espressi. Per quanto ne sapevano lei e Lucio la polizia le aveva fatto due domande in croce, informali, una vera e propria indagine non c'era stata, la famiglia aveva piazzato la lapide in fretta e tutti avevano fatto un passo indietro davanti a un tizio così imbarazzante da cadere da un ponte da solo.

Non ti cerca, Saverio, nessuno ti sta cercando.

Eppure lui continuava a pontificare, convinto della superiorità morale della sua donna, la sua salvatrice, la Santa.

«Lei non mi ha mai giudicato per quello che facevo, lei ha sempre visto cos'ero, vedeva me, ME, avete capito, coglioni? Me vedeva. E nessuno mi aveva visto, prima, e nessuno dopo mi vedrà mai. HAI CAPITO, STRONZO? TU A ME NON MI VEDI!»

Alex lo ascoltava strepitare, senza mai prendersela, attraversata da un brivido di inquietudine. Perché Saverio era così convinto dell'irreprensibilità di Marilena? Perché la raccontava come un'eroina ottocentesca quando avrebbe sfigurato anche come personaggio di terza fila in una telenovela? Stava mentendo a se stesso mentre magnificava il loro sogno di sposarsi ad Assisi, nella cappella di Santa Maria degli Angeli, secondo un rito mormone o quacchero o giù di lì? Erano tutte balle la scelta della canzone degli Articolo 31 *Ohi Maria* come inno del loro amore di cui raccontava a chiunque gli capitasse a tiro? O davvero credeva a tutte quelle balle?

Potrebbe averlo intortato lei.

Se si era fatto intortare da una simile idiota allora non c'era nulla in lui del condottiero, nessuna nobiltà, nessun potenziale per diventare un uomo migliore.

No. Io non mi sbaglio.

Se avesse messo in discussione l'elevazione di Saverio avrebbe dovuto mettere in discussione tutto il resto, e non se lo poteva permettere.

Forse è davvero una Santa.

Forse non l'ho osservata abbastanza a lungo.

Era allora che si era ripromessa di stare più vicino a Lena. Molto, molto più vicino.

Con l'arrivo di Saverio, per Alex nel capannone tutto era cambiato. Andava e veniva più spesso, osservava le immagini, ascoltava i dialoghi, prendeva appunti. Aveva scoperto che il ragazzo aveva una cicatrice per l'unico morso che gli aveva dato Argo, e che quando sentiva la mancanza del cane se l'accarezzava pensoso. Interagiva sempre di più con gli altri, come aveva intuito era una creatura empatica, poteva berciare quanto voleva ma alla fine non era capace di danneggiare nessuno. Ogni volta che si comportava male lei colpiva chi aveva di fronte, davvero o per finta, perché Greta e Giovannino non li avrebbe mai toccati, e lui reagiva subito. Bastava un rumore forte o l'idea che qualcosa stesse per succedere e

«VA BENE, VA BENE, STRONZO, LA SMETTO! LA SMETTO!».

Quando il meccanismo era stato ben compreso e lo aveva ritenuto pronto, gli aveva lasciato il primo biglietto, scritto in stampatello

COSA VUOI FARE?

e lui si era tormentato a lungo su cosa rispondere, poi aveva ceduto davvero per la prima volta

FARÒ IL BRAVO.

Alex aveva conservato il biglietto, soddisfatta, le sembrava che il meccanismo complessivo cominciasse a ingranare. Aveva recuperato fiducia in sé, le piaceva pensarsi il gorilla, le piaceva immaginarsi prete in mezzo a tanti cani feroci. E soprattutto le piaceva occuparsi delle sue otto anime. Il momento più bello arrivava una volta alla settimana, quando tutti dormivano lei indossava le galosce, la tuta, il visore notturno, caricava il fucile con il narcotico, passava di gabbia in gabbia e sparava. Andavano addormentati uno alla volta, con metodo e seguendo un ordine ben preciso, perché potesse controllare la progressione dei risvegli nelle ore seguenti. Una volta finito preparava i secchi di acqua, gli asciugamani, il sapone, il disinfettante, i detersivi e gli spazzoloni. Poi, con le prime luci, iniziava. Apriva le gabbie di Giovannino e Greta, lui usciva cauto, gironzolava, toccava gli altri attraverso le sbarre, lei si metteva seduta per farsi lavare. Alex era pratica e metodica, così come lo era stata con sua madre più di vent'anni prima. Giulio era il più complicato da pulire, doveva occuparsi delle pieghe della pelle, le ulcere, le piaghe da decubito che lo affliggevano insieme a Domenico. Farlo da sola era una fatica immane, ma chiamava Lucio solo quando si rendeva conto che non sarebbe riuscita a stare nei tempi. Sul soffitto della gabbia dell'elefante avevano fissato un passante in metallo attraverso cui infilava delle fasce di tessuto con cui lo avvolgeva. Gli sollevava di volta in volta le gambe o il busto, lo faceva ruotare, sempre evitando di metterlo prono perché temeva che potesse soffocare. Lo lavava piano, asciugando le ulcere, cospargendolo di pomate e borotalco, facendo iniezioni di antibiotico e antinfiammatorio quando le sembrava necessario. Giulio era già molto cambiato, un po' troppo fragile però per poter esercitare una volontà matura, aveva bisogno ancora di tempo.

«Devi saper fare da solo» diceva al suo corpo addormentato mentre finiva di raderlo.

Quando era arrivato lì camminava ancora, ma entro un anno il peso in più e l'inattività glielo avrebbero reso impossibile.

Una volta tornato a casa potrà dimagrire e recuperare la mobilità

si raccontava.

Quando la sua gabbia era richiusa si occupava dei carrozzoni, che venivano puliti e attrezzati in proporzione al comportamento dei loro occupanti. Se erano stati bravi, ligi alle regole e rispettosi allora toglieva tutta la sporcizia, dava una bella lavata con lo spazzolone e rimpinguava le scorte di cibo e acqua. Altrimenti li lasciava com'erano oppure spargeva il cibo per terra in mezzo agli escrementi, contaminava l'acqua, sceglieva alimenti che si sarebbero deteriorati in fretta, imponendo ai suoi prigionieri un ordine ben preciso di consumazione e conservazione. Partiva dai bisogni primordiali, cercava di immettere in loro l'automatismo fai bene/vivi bene, fai male/vivi male. Quando aveva finito tutto andava davanti alla gabbia di Saverio e lo guardava dormire. Non lo sfiorava mai, le sarebbe sembrata una mancanza di rispetto verso Lucio, e nemmeno gli parlava. Ma lo osservava, cercando di trovare chissà quali segnali nel suo respiro, quali conferme. Averlo lì aveva dato senso a molte cose. Nei giorni più ispirati si fermava ad attendere il risveglio di tutti in una delle gabbie vuote, la più brutta e spoglia, con le sbarre ravvicinate e fitte.

Chissà che animale ci mettevano.

Gli altri cercavano sempre di trovare una correlazione tra loro stessi e la parola scritta sulle gabbie, quando invece era solo una casualità, e questo la faceva sorridere del suo piccolo ecosistema, di cui era un dio ma anche una discepola. Si sentiva in pace, tutto stava andando come previsto.

Poi però era arrivato Vasco.

Karina

Rosa si svegliava piangendo, coperta di sudore, il piumino di Peppa Pig finito a terra. Di solito accorreva il papà, qualche volta però lui stava dormendo con Luca e allora veniva la nonna.

«Cos'è successo, amore di nonna?»

«Ho sognato la mamma.»

Allora lei l'abbracciava nella sua camicia da notte di flanella che aveva sempre un odore strano e se la portava in camera, dopo neanche dieci minuti russava e Rosa si sentiva più tranquilla. Per aiutare lei e Luca negli ultimi anni l'asilo non aveva più organizzato la festa della mamma ma la festa dei parenti, partecipava chi voleva, anche zii e nonni, e Rosa ne era stata felice perché anche Luca aveva potuto preparare il suo lavoretto senza sentirsi triste. Le maestre erano buone con lei, soprattutto Silvia, che era mora con i capelli ricci, e Rosa aveva già deciso che da grande se li sarebbe fatti fare come lei, non lisci e biondi come quelli che aveva. L'ultimo anno di materna era stato particolarmente bello, alla festa di Carnevale il papà le aveva preso un costume bellissimo da Minnie, a casa si era messo lui le orecchie e avevano riso. Era un evento, perché papà non rideva praticamente mai ed era sempre troppo magro, la nonna glielo diceva

«Sei magro, Giovanni, se vai avanti così ti ammalerai»

ma lui ogni volta lasciava qualcosa nel piatto, ci metteva

sopra la pellicola e lo mangiava il giorno dopo. I colleghi avevano offerto al papà le loro ferie per stare a casa con lei e Luca, ma lui aveva risposto "grazie, no".

«Lavorare mi aiuta» aveva detto.

E Rosa non si era arrabbiata, perché lo sapeva che papà lavorava tantissimo per mantenerli e potergli comprare delle cose speciali, come il suo costume di Minnie, ci avrebbe messo tanto ma alla fine avrebbe preso una casa tutta loro, di quelle col giardino e i gradini davanti. Lo aveva promesso e lo avrebbe fatto, papà non era uno che mentiva. Le scuole elementari erano state un mondo tutto nuovo dove si era mossa finalmente da sola, sentendosi importante, il grembiulino rosa a quadretti su cui la nonna aveva ricamato le sue iniziali. Quel giorno, quando suonò la campanella, la maestra le disse di non prepararsi, di restare in aula con lei ad aiutarla a mettere a posto, così Rosa pensò che la nonna dovesse essere in ritardo, ogni tanto capitava. Invece poi la maestra la fece sedere, accarezzandole la testa, le diede un foglio e le disse di disegnare. Era nervosa e continuava ad andare alla porta, e anche Rosa cominciò a guardare verso la porta, perché c'era di sicuro qualcosa che non andava.

E poi vide entrare suo padre.

Non lo aveva mai visto così, bianco bianco, gli occhi gonfi, la faccia che sembrava essere dimagrita tutta insieme, e poi il papà non veniva mai a prenderla, mai, mai, mai successo, nemmeno all'inizio. Gli corse incontro, poi intravide la nonna alle sue spalle con Luca in braccio e il petto che sobbalzava. Rosa guardò fisso il papà, che le si inginocchiava davanti, prendeva fiato, poi tremava, ci riprovava ma gli usciva solo un suono strano, le prendeva le spalle e stringeva troppo, ma non era quello, non era quello. Finché ce l'aveva fatta, l'aveva guardata negli occhi e aveva detto

«La mamma è tornata».

E Rosa, che aveva solo sei anni e mezzo e non avrebbe dovuto essere capace di formulare un pensiero simile, pensò che voleva morire.

Karina era stata visitata dalla cima dei capelli alla punta dei piedi. Era magra, sottopeso rispetto alla sua altezza e alla sua struttura fisica, ma senza dubbio era quella che stava meglio dei nove sopravvissuti nel Capannone degli Orrori. Le avevano fatto molte domande per capire se il suo stato mentale avesse subito alterazioni, le avevano prelevato campioni di ogni genere e poi le avevano fatto fare una doccia. Quando era tornata in camera, indossando un pigiama non suo, era arrivata la polizia. Le avevano chiesto se ricordasse il giorno in cui era stata rapita, dov'era e cosa stesse facendo. Le chiesero di raccontare per sommi capi cosa le fosse successo nel capannone, poi sarebbe stata convocata per rilasciare un memoriale a chi si stava occupando dell'intera vicenda. Quindi le chiesero di Alessandra Gatteschi.

«Chi?»

La sua sequestratrice, Alessandra Gatteschi, che aveva agito insieme al fidanzato, Lucio Donadio.

«Sandra? Ma siete scemi?»

Capivano la sua incredulità, ma non c'erano dubbi. La Gatteschi si era finta una vittima, forse per poterli sorvegliare più da vicino, per quasi un anno. C'era un poliziotto in particolare che le indicarono come il suo salvatore, un tizio pelato grande e grosso che non aveva detto nemmeno una parola. Karina aveva deciso di imitarlo, per quel giorno non avrebbe detto altro. Dopo di loro altre visite, altre analisi, finché era venuta una psicologa a spiegarle che non poteva vedere subito i suoi figli, che era necessario andare per gradi perché i bambini fossero preparati, soprattutto il più piccolo, che probabilmente non si sarebbe ricordato di lei, dopo più di tre anni di assenza. Il marito invece sì, il marito voleva vederlo?

Karina aveva risposto di no.

Tutti erano stati comprensivi, poverina, lo shock.

Quella notte si era girata e rigirata nel letto dell'ospedale, poi si era alzata ed era uscita in corridoio. Nella stanza a fianco aveva visto l'ultima arrivata, Anna, che dormiva.

Le avevano detto che era riuscita a scappare da sola, e lei non faceva fatica a crederci. Di sicuro prima o poi la polizia le avrebbe chiesto di lei, degli altri, dei suoi tre compagni di gabbia, Giorgio, Yuri e Sveva. Karina non avrebbe detto niente finché non avessero parlato loro per primi, non si prendeva nessuna responsabilità. Avrebbe detto che non ricordava. Vide un poliziotto che entrava in reparto con in mano un caffè e tornò nella sua camera.

Avrebbe voluto desiderare anche lei un caffè.

Avrebbe voluto essersi goduta la doccia e il primo cibo caldo dopo due anni.

Avrebbe voluto avere voglia di raccontare com'era andata e cosa aveva provato.

Invece non aveva voglia di niente.

Nemmeno di vedere i suoi figli.

Tolse dal letto la coperta, si sdraiò per terra e dopo un'ora si addormentò.

Rispetto ad altri l'avevano lasciata in pace.

Per la prima settimana le tv, i giornali e internet avevano parlato solo di loro, dei nove sopravvissuti, come fossero stati degli eroi. Dei due pazzi, il barbuto e la cieca, non c'era stato molto da dire e l'attenzione si era concentrata sugli altri sette. All'inizio volevano sapere soprattutto di Anna, Anna che si era liberata da sola, Anna che era scappata. Poi Sveva aveva sganciato la bomba dello stupro e tutti gli occhi erano stati per lei. Avevano cominciato a fare a pezzi lei e i suoi compagni, ma Karina se l'era cavata per la faccenda dei bambini. Era una mamma, faceva pena, i suoi figli non la riconoscevano e non volevano stare con lei, che senso aveva darle addosso? Così si era defilata, mentre il tribunale popolare stabiliva che di figure eroiche, in quella faccenda ce ne fosse una sola.

Anzi, due.

Il poliziotto grosso e calvo, quello che parlava poco o niente, veniva trattato come un semidio, come se avesse fatto qualcosa di più che inciampare in quel capannone per caso. A Karina non importava, anzi, che parlassero di tutti gli altri e si dimenticassero di lei. Quando Giovanni era venuto in ospedale, accompagnato da quella megera della madre, non avevano nemmeno provato a fare finta. In tre anni lui si era fatto se possibile ancora più brutto di prima. Le aveva detto che non poteva tornare, Rosa e Luca erano troppo sconvolti.

«Mi devi trovare una casa.»

«Non ho i soldi.»

«Sei tu il marito, mi devi trovare una casa.»

Era intervenuta la polizia, c'era la possibilità di un accomodamento provvisorio, visto che tutti i suoi parenti stavano lontano, a Savona, e che dopo una breve visita erano tornati laggiù senza nemmeno offrirle di raggiungerli.

«E il mio cellulare? Me lo ridate?»

Le avevano spiegato che serviva per le indagini, ma la suocera aveva detto di poterne prendere uno con i punti del supermercato, la tessera gliela comprava lei, bastava che lasciasse in pace suo figlio e i suoi nipoti. Karina avrebbe voluto sputarle in faccia, ma c'era gente e doveva stare buona. L'avevano dimessa e riaccompagnata a Faenza in un appartamento vuoto, un residence d'inverno, una cosa così. Lì era rimasta tre settimane, a guardare la tv, giocare con il telefono, mangiare e dormire. Ogni tanto passavano a prenderla e la portavano a parlare con quelli che stavano cercando Sandra. Di Sandra parlavano tutti, la maggior parte la voleva morta, gli altri speravano che soffrisse le pene dell'inferno, a Karina non fregava niente.

«Le sono mancati, i suoi figli?» le aveva chiesto l'ispettore che indagava.

Lei era stata cauta, aveva scrollato le spalle.

«È normale. Ma stavo tranquilla, perché c'era mio marito con loro.»

«E le mancano, adesso?»

Non aveva risposto, avrebbe dovuto piangere, disperarsi,

lanciarsi contro quel marito su cui, almeno all'inizio, si era allungata l'ombra del sospetto, ma non poteva.

Perché la risposta era no.

No, i suoi figli non le erano mancati.

E no, non le mancavano neanche adesso.

Le avevano portato delle foto, guarda come sono cresciuti, ma aveva fatto fatica a riconoscere il più piccolo, l'altra invece sì, la piccola stronza lagnosa piagnona, e vederli non le aveva fatto nessun effetto. Se c'era stato un lato positivo in quei tre anni di prigionia era stato proprio di non dover rivedere nessuna delle loro facce. L'ispettore e l'opinione pubblica non lo sospettavano, preferivano pensare che fosse troppo traumatizzata o addirittura che si stesse trattenendo per non danneggiare i piccoli. Ma era sicura che invece lui, quel poliziotto, quel Francesco Caparzo che vedeva ovunque e non le parlava mai, lo sapesse. Non avrebbe saputo esprimere il perché a parole, ma aveva sviluppato un sesto senso, dietro alle sbarre, forte a sufficienza. Non forte abbastanza da riconoscere la sua aguzzina nella gabbia di fronte, però.

Sandra.

Come l'aveva presa per il culo, come li aveva presi per il culo tutti! E continuava a farlo, ne era convinta, altro che scappata all'estero, altro che morta, era ancora lì, non se n'era mai andata. Cinque settimane dopo la liberazione, il marito l'aveva chiamata per pronunciare la parola "divorzio" e Karina gli aveva messo giù solo per il gusto di mandargliela di traverso. Quasi subito anche la psicologa che le avevano assegnato aveva mollato il colpo, tanto ai colloqui o non si presentava o faceva scena muta, guardando fuori dalla finestra. La diagnosi fu che fisicamente stava bene, mentalmente non aveva avuto nessun trauma, poteva essere reinserita nella società e trovarsi un lavoro. Non che Karina avesse mai lavorato, si era messa via qualche migliaio di euro con alcune interviste esclusive, di così poca soddisfazione che non gliene avevano proposte altre, e non aveva aspettative sugli alimenti che le avrebbe passato Giovanni. In meno di sei mesi i soldi finirono e capì che doveva mettere insieme un piano per tirare avanti da sola.

Ed era allora che era cominciata.

La voce di Giovanni al telefono era diversa.

«I bambini volevano ringraziarti, ti passo Rosa.»

Karina aveva ascoltato la voce della figlia che le diceva che la Barbie era bellissima, non aveva mai visto una Barbie così bella, e che anche Luca era tanto felice del suo pupazzo di Buzz. Aveva risposto solo sì, sono contenta, poi si era fatta ripassare il marito.

«Guarda che non sono stata io a regalarglieli.»

«Sono arrivati in un pacco, c'era un biglietto. Non li hai mandati tu?»

«No. Cosa dice il biglietto?»

L'uomo aveva frugato un po', poi aveva letto.

«"Grazie per aver aspettato questi tre anni, mie piccole stelle." Ma davvero non lo hai mandato tu?»

«No.»

Aveva spento il telefono con un senso di inquietudine. Chiunque avrebbe potuto mandare quei giocattoli, i bambini erano stati travolti di riflesso da un'ondata di fama, tutti sapevano dove vivessero, Faenza mica era una metropoli.

E allora perché non ha firmato il biglietto?

Nove mesi che era uscita dal capannone e ancora dormiva per terra, il riscaldamento sempre acceso anche quando faceva caldo, aveva preso dodici chili mangiando in continuazione, vomitando le prime volte perché lo stomaco non era più abituato a essere pieno. Una parte di lei era ancora là dentro e fu quella parte a dirle che non si poteva più permettere di non riconoscere chi stesse nella gabbia di fronte.

Non è vero, non lo farebbe mai, non farebbe male ai bambini.

E poi un pensiero troppo rapido per poterlo fermare.

Lei non è come me.

Aveva richiamato Giovanni.

«Non hai buttato il pacco, vero? Vediamoci oggi, portamelo, e porta anche il biglietto.» E poi, per impedirgli di obiettare: «Porta pure le carte, firmo».

Si erano trovati in un bar di via Naviglio, lui le aveva passato l'involucro bianco tutto strappato e lei aveva letto il timbro.

«Il pacco è partito da qui.»

Nella stessa via c'era l'ufficio postale.

«Ma sei preoccupata?» C'era una nota d'allarme nella voce dell'uomo e lei, di riflesso lo aveva rassicurato.

«No, è che mandano dei regali anche a me e allora volevo capire se era la stessa persona.»

Per un po' non avevano saputo più cosa dirsi, poi, a mezza voce, Giovanni aveva detto

«Vuoi vedere i bambini?».

Karina aveva alzato gli occhi, azzurri come quelli di Luca, preda di un'emozione nuova che non sapeva riconoscere.

«Sono qui?»

«In auto con mia madre. Li ho fatti venire nel caso...»

Si sentì spinta indietro da una mano invisibile.

No, non devo! Non mi deve vedere con loro.

«Forse è ancora presto.»

Infilò una mano nella borsa e tirò fuori due leccalecca, li aveva comprati sovrappensiero dal tabaccaio, quella mattina.

«Daglieli.»

Era suonato un po' troppo come un ordine, un sapore di bei tempi andati, ma lui li prese con un sorriso e le allungò una scatoletta.

«C'era anche questo, nel pacco.»

Era una confezione di pastelli a cera.

Karina firmò le carte per il divorzio senza aggiungere altro.

Aveva mostrato in posta il pacco, il timbro, la data e una foto di Alessandra Gatteschi. Il direttore l'aveva fatta entrare, inorridito, le aveva chiesto se ne fosse sicura, se avesse avvisato la polizia, ma Karina si era ritratta subito, che polizia? Il suo era solo un sospetto, possibile che non sapessero chi lo aveva spedito? Possibile che non ci fossero delle telecamere? Le telecamere c'erano, le spiegò il direttore, ma le immagini vengono cancellate ogni tre giorni, se non è successo niente di particolare, e quel pacco era partito più di una settimana prima.

«Ma se l'aveste vista l'avreste riconosciuta?»

«Be', certamente, chi non la riconoscerebbe?»

Karina aveva trafficato col cellulare e gli aveva mostrato un'altra foto.

«E lui? Lo avreste riconosciuto, lui?»

La foto di Saverio Bartolomei non era granché fedele all'aspetto che aveva l'ultima volta che l'aveva visto, aveva molti più chili addosso e capelli in testa, però grossomodo la faccia era quella lì.

«Non lo so, immagino di sì.» Ma c'era della titubanza.

Karina se n'era andata così com'era venuta. Sotto casa aveva trovato un drappello di quei giornalisti pidocchiosi

«Signora Lusa! Signora Lusa! Ha saputo della morte di Giovannino Marinoni?»

«Chi?»

ed era venuta a sapere della morte del Rosso.

È morto il primo che ha preso.

E i miei figli hanno dei nuovi giocattoli.

In casa aveva controllato ancora l'involucro del pacco, poi aveva aperto i pastelli, smontando la confezione, cercando qualcosa dentro, e schiacciato sul fondo aveva trovato un pezzettino di carta da macellaio ben piegata.

«Brutta troia!»

Si era alzata, aveva passeggiato, aveva scagliato il cellulare sul divano, lo aveva ripreso. Sentiva le punte delle dita che formicolavano. Poi si era arresa e aveva composto il numero.

Il pachiderma ci aveva messo due ore ad arrivare da Firenze e il suo gigantesco culo era sprofondato nel suo divano già da venti minuti, ma ancora non parlava. Gli aveva mostrato l'involucro del pacco e il biglietto, la foto dei giocattoli, i pastelli e il pezzettino di carta da macellaio eppure quel grandissimo stronzo, quell'eroe dei suoi coglioni non stava chiamando la cavalleria, non faceva rilevare le impronte sulla carta, non mandava una pattuglia a proteggere i suoi figli.

«Ma perché se l'avrebbe presa coi guaglioni?»

«Per me. Per colpire me. Per colpire me, cazzo, non è evidente?»

Francesco Caparzo aveva fatto una smorfia, che significava scetticismo ma anche qualcos'altro, forse disprezzo.

«Non mi torna.»

Karina era sbottata.

«Lei mi ha presa per i miei figli. Lo capisce? Lo ha capito? Lei mi ha presa perché ero una madre di merda, perché li picchiavo, li maltrattavo, perché io li odiavo, i miei figli.»

«E che mi significa, allora, come minaccia?» aveva obiettato Caparzo. «Lei con loro non ci sta. Non l'ha mai nemmeno visti. Non gli manda i regali, ha firmato il divorzio. Perché a loro? Se voleva colpire a qualcuno a lei doveva colpirla.»

La mente di Karina rimase sospesa un attimo. Poi

perché sa che ora mi importa.

Perché me lo ha insegnato lei.

Un pensiero come una meteora. Qualcosa che non aveva voluto sapere fino a quel momento, perché era un seme troppo doloroso da far crescere, le si apriva nella carne e non voleva, non voleva, non aveva mai voluto.

«E il Rosso, allora?»

«Un incidente» aveva risposto laconico Caparzo, alzandosi. «Comunque io la carta la faccio analizzare, anche il pezzettino, vado dal marito suo, o quello che è, e mi faccio dare il biglietto. Capace che è qualcuno che vuole farle paura, a farsi i nemici se si è famosi è 'nu momento. E se lei vede cose che non quagliano mi chiama.»

«Tipo la stronza che va ad ammazzare i miei figli?»

«Tipo gente intorno a casa. Posta strana. Rumori, cose che non è abituata, anche se sono stupidaggini lei me le dice, me lo scrive al numero mio e io controllo.»

Le aveva dato un numero di cellulare, si era preso il pacco, i pastelli e il pezzettino di carta da macellaio e se n'era andato. Karina pensò che nessuno l'avrebbe aiutata, perché non le avevano creduto, perché nessuno sapeva che la ragione per cui era stata rapita era adesso la stessa ragione per cui era vulnerabile.

Nessuno lo sa.

Solo lei.

Ogni mattina usciva alle sette di casa per andare davanti a scuola. Lì aspettava Giovanni che veniva a portare Rosa. Rosa non aveva più i boccoli, i capelli le erano diventati lisci, così simili ai suoi che ora avevano tanto grigio in mezzo. Quando Giovanni se ne andava Karina faceva un altro pezzo, fino al parco giochi vicino alla loro vecchia casa, e aspettava di veder passare quella strega della suocera con Luca, che saltellava allegro, ed era diventato alto. Dopo che Luca era entrato seguiva la suocera, con il sospetto che fosse stata lei a tirarle quello scherzo, ma la vecchia negli anni si era parecchio acciaccata, tornava a casa e non usciva mai, come aveva sempre fatto lei stessa, prima. Attraverso l'ufficio di collocamento aveva fissato dei colloqui di lavoro, uno per andare a pulire le scale da qualche parte, che non le andava per niente, e uno per andare a pulire le cucine di un grande ristorante self service in un centro commerciale, e quello se l'era fatto andare bene, anche perché lavorando di notte aveva tutto il tempo per pedinare i suoi figli di giorno. Si ripeteva che lo faceva solo per proteggerli da Sandra, che dio la maledicesse, lei e quel frocio di Saverio che sicuramente la stava aiutando. Ma spesso rimaneva a guardarli anche quando non c'era nessun pericolo, lui che sgambettava in giro per il giardino della materna, lei il quarto d'ora di ricreazione in cortile. Sembrava più grande della sua età, più matura, aveva un atteggiamento protettivo nei confronti dei compagni, anche i maschi, anche quelli più grossi di lei.

Fa da mamma a tutti.

Aveva imparato presto, per compensazione, e anche se Karina non conosceva questa parola il senso le era chiaro.

Sono stata io, è colpa mia.

Non si era mai chiesta perché non avesse amato i suoi figli, non pensava che ci fosse una ragione, era accaduto e basta. E quel che provava adesso non sapeva se fosse amore o cosa, era un sentimento nuovo, crudele, che la prendeva a morsi. Giovanni era gentile, le mandava foto dei bambini senza sospettare che lei li vedesse più spesso di lui, e Karina lo ringraziava perché non voleva comunque perdere quel privilegio. Un giorno le era arrivato un invito tramite WhatsApp, la scuola materna di Luca, nonostante ora lui una mamma ce l'avesse, aveva deciso di organizzare comunque la "Festa dei parenti" in un'altra data, lontano dalle ricorrenze classiche, e Giovanni aveva pensato che potesse essere una buona occasione per incontrare i bambini, visto che anche lui e Rosa avrebbero partecipato. Karina guardò l'invito. Lo guardò, e lo guardò, e vide solo la faccia di Alessandra Gatteschi.

Se c'è un'occasione perfetta per colpirli è questa.

Ci sarebbero stati genitori, nonni, zii, una folla di volti estranei che avrebbero consentito a lei e a Saverio di confondersi. Così Karina aveva aspettato che la suocera ritirasse Luca ed era entrata, dopo tre anni e mezzo, nella scuola materna. Le maestre l'avevano accolta con gioia circospetta, che bello che potesse di nuovo partecipare alla vita di Luca, ma non se l'erano dimenticato il cambiamento di quel bambino da quando la mamma era scomparsa, com'era fiorito, come aveva iniziato finalmente a ridere e ad aprirsi. Karina era brava a non lasciare segni sul corpo dei suoi figli, ma ci sono luoghi dove è impossibile nasconderli. Però quando si era offerta per aiutare a organizzare la festa non si erano opposte, moltissimi genitori partecipavano, era una maniera corretta e rispettosa di far parte della vita del suo bambino senza invaderla. Per un'intera settimana Karina andò tutti i pomeriggi a ritagliare ghirlande, incollare fiori finti, gonfiare palloncini, e nel frattempo osservava e catalogava le facce della gente, chi era la madre di chi, chi conosceva suo figlio, chi sapeva di lei. Era stata Sveva, la piccola stronza, a insegnarle come imparare qualcosa dalle facce, non pensava che le sarebbe mai servito. Tra i pedinamenti ai figli, i preparativi della festa e il lavoro Karina aveva pressoché smesso di dormire. Si era fatta una mappa della scuola materna, dove fossero gli ingressi, le cucine, i bagni, quali aule avevano un accesso dal corridoio e quali dall'androne. Il giorno della festa avrebbe controllato tutto, setacciato le facce, sorvegliato i figli, Luca che avrebbe cantato con gli altri bambini grandi e Rosa che sarebbe stata tra il pubblico.

Ti becco, troia maledetta, vi becco tutti e due!

Rientrata dal lavoro, la notte prima della festa, aveva mandato un messaggio a Caparzo.

DOMANI QUELLA STRONZA CERCHERÀ DI COLPIRE I MIEI FIGLI, E VISTO CHE LEI NON FARÀ UN CAZZO CI PENSERÒ IO.

Era una provocazione solo a metà, in cuor suo sperava che finalmente il poliziotto le credesse e mandasse qualcuno alla scuola. Invece nulla, nessuna risposta. Si era fatta la doccia, si era vestita e si era guardata allo specchio. Era brutta e magra, aveva occhiaie nere e labbra screpolate. Ma era l'unica versione di mamma che poteva offrire ai suoi figli. Aveva preso un modesto coltello da cucina, l'unica arma che possedesse, ed era uscita. Era arrivata a scuola in anticipo, sorridendo così tanto agli altri genitori che la pelle della bocca si aprì in più punti, facendola sanguinare. Alle tre e mezza iniziò ad arrivare gente. Tanta, tantissima, più di quanta non ne avesse prevista. In mezzo a loro vide Giovanni, la suocera e Rosa e ancora quell'emozione nuova la morse allo stomaco, facendola scappare in bagno a nascondersi.

Non distrarti, non distrarti, cazzo! Lei è qui!

La festa cominciò, Giovanni si guardava intorno e lei gli

fece un cenno da lontano. Le indicò Rosa e lei fece ruotare l'indice, un segno per dire: "dopo". I bambini iniziarono a cantare e Karina passò in rassegna le facce, chi portava ancora il berretto, chi rimaneva nascosto sul fondo, chi si muoveva troppo. Ma per quanto si sforzasse non riusciva a vedere tutti, cercava di spostarsi il più possibile dietro ai bambini che si esibivano ma la folla sembrava espandersi. E poi, improvvisamente, lo vide. Enorme, un armadio appoggiato in un angolo, gli occhi azzurri fissi su di lei: era venuto! Francesco Caparzo era venuto a sorvegliare la festa, e questo voleva dire solo una cosa: che le credeva, e non per fiducia in lei, ma perché aveva trovato qualcosa sulla carta, o sul biglietto, o all'ufficio postale, una prova che testimoniasse che sì, era stata Alessandra Gatteschi a mandare i giocattoli ai suoi bambini, i suoi bambini a cui lei non aveva mai regalato niente, se ne fregava, ci aveva sempre pensato Giovanni. Le salì un panico assoluto e insensato, e in quel momento la musica finì, ci fu un applauso, poi la direttrice prese il microfono e iniziò a ringraziare a destra e a manca, poi la guardò e

un'esitazione

nel contempo fumo dietro a un tendone, odore cattivo, come di zolfo, come di bomba. Karina si voltò verso Caparzo, urlò

«Lo sta per fare!»

estrasse il coltello e si buttò sul gruppo dei bambini grandi, smarriti per le sue urla

«GIOVANNI, TIENI ROSA! STAI GIÙ!»

piombando su Luca, terrorizzato, buttandolo a terra e coprendolo con il suo corpo.

«Così mi schiacci, mamma!»

Mi ha chiamata mamma.

Si sollevò il giusto per farlo respirare.

«No, amore, lo giuro, non ti schiaccio più.»

E in quel momento le furono addosso tante mani, per prime quelle di Giovanni che voleva solo spostarla e riprendersi il figlio, poi quelle della suocera

«DISGRAZIATA PAZZA! GLI VUOI ROVINARE LA VITA, A QUESTE CREATURE!»

e infine quelle di uomini sconosciuti che si muovevano all'unisono, fermi ma garbati, sotto le direttive di Caparzo

«Piano, che pare che maneggiate un bue, piano!».

Karina si guardava intorno stranita, gli occhi orripilati di parenti e maestre tutti addosso, nell'angolo una torta con la glassa rosa a fiorellini su cui troneggiava la scritta BENTORNATA KARINA e sei candele a fontana che andavano miseramente spegnendosi in una puzzolente nube solforosa. I poliziotti in mezzo alla folla e Caparzo erano lì per lei, sì, ma allertati da Giovanni, a sua volta allertato dalle maestre, tutti sapevano che pedinava i figli, non si capiva perché non volesse incontrarli ma bisognava essere comprensivi, con quel che aveva passato, povera donna, però meglio essere prudenti, insomma, e se facesse qualche gesto insano?

Alessandra Gatteschi non c'entrava niente.

Lì il mostro era lei.

21 marzo 2017

Lucio non sapeva a chi appartenesse il capannone, Domenico ne aveva sentito parlare da qualcuno e aveva dato per scontato che ormai fosse abbandonato. Alex qualche tentativo di scoprirlo lo aveva fatto, non tanto per la struttura quanto per i carrozzoni, una bizzarra collezione di cui il proprietario si era stufato. Avrebbe potuto fare una ricerca, ma la posta in gioco era troppo alta, quelle cose lasciavano tracce, autostrade intere che avrebbero portato prima a lei e poi a Lucio. Se le cose fossero finite male, lei la galera l'avrebbe sopportata, lui no. Così aveva semplicemente sperato che nessuno si facesse mai vivo. Non era stata ascoltata. Era appena rientrata da un corso di aggiornamento quando Lucio le aveva telefonato dal capannone, il tono concitato, parlando senza nessuna prudenza.

«È arrivato uno! Ho sentito il rumore della macchina, ho preso il fucile e mi sono nascosto! È entrato! È entrato dritto e allora gli ho sparato! Ho provato a spostarlo da solo, ma è enorme! Cosa faccio? Dove metto la macchina?»

Qualcuno.

È arrivato qualcuno.

Alex aveva cercato di calmarlo, gli aveva detto di stendere una delle coperte a terra, sistemarci sopra l'uomo e trascinarlo via dall'ingresso.

«Chi ha visto? Chi lo ha visto?» gli aveva chiesto.

«Nicola.»

«Bene, con Nicola possiamo trattare. Hai addormentato tutti, ora?»

«Cazzo, sì. Ma non posso fare da solo!»

Alex aveva interrotto la chiamata cercando di non andare nel panico, il fiato che le si riduceva a un rantolo per l'asma maledetta che tornava con lo stress. Aveva spento il cellulare lasciandolo lì, si era cambiata e aveva preso la macchina. Era arrivata di notte, trovando Lucio in piena crisi isterica. Era riuscito a trascinare lo sconosciuto fino al centro del capannone e da lì non si era più mosso per il terrore che si svegliasse.

«Hai controllato se avesse un cellulare?»

«Certo, non sono cretino!»

«E lo hai spento?»

«Sì.»

Non era molto ma era un buon punto di partenza. Alex era uscita e aveva spostato sul retro la grossa Mercedes, ancora con le chiavi nel cruscotto. Aveva letto il libretto, l'uomo si chiamava Vasco Zavatta, risiedeva a Rimini e da quello che vedeva doveva avere parecchi soldi. Sul sedile c'era un foglio di quaderno con sopra scritti gli appunti per arrivare lì.

«Questo posto è suo» aveva detto a Lucio, rientrando.

«Ammazziamolo» le aveva risposto.

Con pazienza gli aveva spiegato per l'ennesima volta che loro non ammazzavano nessuno, non era per quello che si trovavano lì. Poi insieme avevano preparato una gabbia, Alex lo aveva spedito ad Arezzo a comprare del cibo

«In un centro commerciale, mi raccomando, aspetta mezz'ora dopo l'apertura»

perché non erano attrezzati per nutrire un uomo in più, grande e grosso, peraltro. Ma non c'era scelta, conosceva il capannone, aveva visto Nicola, in nessuna maniera avrebbero potuto lasciarlo andare.

A meno di non andarcene anche noi.

Il piano di Alex, la macchina, i documenti, gli amici all'estero, in Serbia, Grecia, Spagna, Romania, era ancora in stallo. Non sarebbe stato difficile chiedere a quei volontari un posto in cui stare, nascondersi, e da lì spostarsi ancora e ancora, fino a far perdere le loro tracce, ma nonostante avesse sempre saputo che quel momento sarebbe potuto arrivare non si era mai decisa a concretizzare tutto. Che cosa la tratteneva? Cosa aveva di tanto importante da non poter lasciare?

Loro. Le mie creature.

Ma soprattutto

Saverio

che era a buon punto, mentre gli altri miglioravano gradualmente. Le ci sarebbe voluto ancora qualche mese, bastava che non prendessero nessun altro, e proprio mentre lo pensava l'uomo, sdraiato in una delle gabbie più spaziose, sospirò, segnale che si sarebbe svegliato presto. Alex gli aveva fatto un'altra iniezione, poi aveva iniziato a spostare i carri per mettere il nuovo arrivato vicino a Greta, Giovannino e Domenico, così come il rituale chiedeva.

Ma non è un prigioniero.

È un ospite.

Il mattino dopo lo aveva ascoltato risvegliarsi, urlare, insultare tutti, aveva avuto conferma che fosse il proprietario del posto, da dove venisse, dei soldi che offriva per il proprio riscatto. Era un uomo rozzo, volgare, dedito probabilmente a molteplici attività illegali, ingestibile lì dentro, figuriamoci fuori.

Ma non l'ho scelto.

Era lì per sbaglio, e per questo lei gli doveva un trattamento speciale. Dal primo giorno aveva sempre avuto più cibo degli altri, l'acqua non lo interessava, i vestiti se li era levati da solo e li aveva buttati fuori, pisciandoci sopra e iniziando a tirare la merda ai prigionieri. Ad Alex non piaceva, ma tollerava ogni cosa perché non aveva nessuna intenzione di rieducarlo. Sarebbe stato trattato come gli altri nell'ordine generale delle cose, ma nessuna punizione, nessun contrappasso, era un ospite e lo avrebbe gestito come tale.

Solo qualche mese ancora.

Poi li libero tutti.

Ma c'era un'altra cosa che avrebbe dovuto risolvere, in quel mese.

Decidere cosa fare con Lena.

Le era sempre piaciuto *La finestra sul cortile* e sin dalla prima visita a casa della fidanzata di Saverio aveva notato i palazzi che si affacciavano sul retro, circondati da un enorme giardino condominiale. Erano case popolari, non degli alveari come si vedevano in altre zone, ma belle dense, trenta appartamenti per palazzo. Alex ci era già entrata, Marta aveva diversi pazienti là dentro e una di loro, una mezza balorda, una volta aveva raccolto una gatta randagia che aveva consegnato a lei. Il palazzo era abitato prevalentemente da anziani e due file di finestre erano perennemente chiuse, le tapparelle abbassate.

Chi ci viveva lì?

si era chiesta, cominciando già a calcolare. Un pomeriggio era passata di là e si era fotografata i campanelli davanti all'androne. Chiacchierando del più e del meno con gente di zona aveva saputo che uno dei due appartamenti era di proprietà di una famiglia che aveva traslocato e lo teneva via per il figlio che si doveva sposare. L'altro era vuoto, ci aveva vissuto un ex militare, Rinaldo Piangiani, uomo altissimo, fumatore di pipa, morto sei mesi prima. Se lo ricordava, lo aveva visto uscire più di una volta, si levava il cappello quando la vedeva, un uomo garbato, d'altri tempi. Ora la casa era rimasta lì, strattonata dagli eredi, non c'era il cartello di vendita, ma un'agenzia aveva le chiavi. Alex e Lucio ci avevano fatto un giro, con la scusa di voler cambiare casa, prendere le chiavi, farne una copia e rimetterle a posto non era stato particolarmente complicato. Era entrata nell'appartamento stando attenta a non toccare niente e aveva sollevato un po' la tapparella del bagno. La visuale sul soggiorno di Lena era ottima, si arrivava fino all'angolo cottura.

«Ma perché dobbiamo spiarla, adesso?» aveva chiesto Lucio.
«Non lo so ancora.»
Lui non aveva ribattuto.
Tra di loro restava sospesa l'ombra di Saverio.

Sullo strillo della «Gazzetta di Modena» c'era un titolo tremendo a proposito di quattro persone morte in uno schianto in auto. Alex lo aveva letto in un bar mentre tornava dal capannone, era sera ed era stanca. Ne avevano parlato gli avventori, i soliti discorsi, se stavano a casa loro erano tutti vivi, se avevano i soldi per il cellulare allora potevano prendersi una macchina decente, quattro di meno. Lei aveva ascoltato e provato schifo, ma non si può rinchiudere l'intera umanità, e metà della gente dice cose simili al bar ma poi scappa se la guardi storto, quindi se n'era quasi dimenticata. Dall'ospedale, qualche giorno dopo, Lucio era tornato con la storia di un tizio investito perché l'auto lo aveva lasciato a piedi e lui aveva camminato a bordo strada, forse l'avevano fatto apposta. Anche lui era nero.
«Il mondo fa schifo» aveva chiosato, tanto per dire qualcosa.
Ad Alex era venuto un rigurgito di rabbia ed era andata a cercarsi la notizia su internet, ma invece delle informazioni sull'investitore di quell'uomo aveva trovato aggiornamenti sui quattro morti nell'incidente di Modena. Pareva che ci fosse una ditta di auto usate che aveva venduto loro una macchina non in grado di circolare. "Vignoli & C." Li aveva cercati, non c'era molto, un rivenditore è un rivenditore, ma il profilo del figlio, quello accusato della truffa, era interessante. Yuri Vignoli condivideva ogni tipo di idiozia, sessista, razzista, qualunquista, e questo faceva di lui un imbecille e basta, ma Alex rimase stregata dalle sue foto. Era un ragazzotto bruttino, glabro, precocemente stempiato, il viso un po' da cavallo, un pizzetto spiumato. Quando rideva sembrava che annaspasse.

È brutto quasi quanto me

aveva pensato amareggiata. Come per Giulio non capiva come si potesse usare la propria sfortuna contro gli altri. Ma aveva lasciato perdere, c'era già tanto di cui occuparsi, Lucio, il lavoro, il capannone, Lena e Argo. La fidanzata di Saverio non riusciva a rimettersi in sesto, aveva un bel codazzo di gente che l'aiutava, i genitori, colleghi, amici, eppure niente, non riusciva a reagire.

La Santa.

Qualche volta era andata a spiarla dalla casa del vecchio, sperando di cogliere qualche cambiamento quando era sola, ma nulla, Lena era un elettroencefalogramma piatto, restava un mistero la visione che ne aveva il fidanzato. L'andamento di Saverio non era migliore, stava vivendo un momento di debolezza e regressione a causa di Vasco. Ne aveva paura, una paura immotivata, perché il vitellone riminese era un cane che abbaiava, tutto parole e volgarità, eppure qualcosa in lui era riuscito a intaccarlo.

Deve imparare a reagire.

Ma non ce la faceva, le sembrava un pesce troppo piccolo, scivoloso, che pur essendo veloce non sa opporsi a un grosso polpo.

Gli servirebbe un esempio, un altro pesce piccolo che gli insegni.

Non avrebbe saputo dire chi, nessuno dei suoi prigionieri era un pesce nella maniera in cui lo era Saverio. Lo osservava attraverso lo schermo mentre, accoccolato in un angolo, si strappava i capelli per il nervosismo. E fece un'associazione. Saverio era un bel ragazzo che si era tenuto malissimo, al punto da diventare bruttarello. Quell'altro tizio, quello Yuri Vignoli, invece, era bruttarello sul serio, e indubbiamente un debole che aveva cercato una forma di potere nel modo sbagliato, com'era già successo a Giorgio e Karina. Se si fosse confrontato con lui Saverio si sarebbe sentito forte.

Stai attenta, Alex, non è una buona motivazione.

No, non lo era. O forse lei era troppo coinvolta per saper cogliere un'evidenza, c'era un margine di discrezionalità eccessivo, così decise che avrebbe fatto scegliere a Lucio. Gli aveva raccontato tutto, della truffa, i quattro uomini morti, le auto malandate vendute sulla loro pelle e gli aveva chiesto se gli andasse di stargli un po' dietro, a questo Yuri. Lucio ne era stato entusiasta, gli piaceva avere un ruolo attivo, e con quello là era tutto facile perché bastava andare per locali, i soldi da spendere evidentemente li aveva, e gli amici si aggregavano solo per quello. Gli ci erano volute tre settimane di pedinamenti per decidere

«Sì, assolutamente sì»

e poi, tutto d'un fiato, aveva aggiunto in tono vorace

«Ho anche un'altra persona, se vuoi, se vorrai»

ma Alex gli aveva detto di no, non dovevano esagerare, se c'era un buon motivo

il tuo motivo non è buono

d'accordo, tanto poi li avrebbero dovuti lasciar andare, lo sapevano, no? Lui aveva fatto spallucce e aveva detto solo

«È una ragazza, carina. Ha fatto piangere un uomo che poteva essere suo nonno. Non ho mai visto piangere nessuno così. E lei lo guardava e ti giuro, sembrava se lo stesse mangiando, il suo dolore».

«Ma in un locale l'hai vista?»

«Sì, su verso Parma.»

«Sai come si chiama?»

«So il nome e so cosa fa di lavoro.»

«Uno alla volta, okay?»

E a capodanno erano andati a prendere Yuri Vignoli per regalarlo a Saverio.

Sto sbagliando tutto. La situazione mi sta sfuggendo di mano.

Avevano messo Yuri con Giorgio e Karina, Lucio protestò che c'erano altre gabbie, ma una era davvero troppo piccola e le altre due Alex se le voleva tenere da parte per ragioni a cui non voleva ancora pensare.

«Loro si assomigliano» aveva cercato di spiegargli. «Hai visto che insieme Giorgio e Karina sono migliorati? Succederà anche a Yuri. Devono imparare a ragionare per il gruppo e non per il singolo.»

Ma Lucio non era convinto. Secondo lui le scimmie, come le aveva battezzate Saverio, si erano solo limitate, non parlavano, non agivano e non raccoglievano le provocazioni. Avevano una paura matta di Domenico, e questo rendeva più semplice punirle perché bastava metterglielo davanti, ma non avevano dato segni di evoluzione o consapevolezza.

«Non sei abbastanza dura con loro.»

Ed era vero, ma come faceva a spiegargli che da quando aveva preso Saverio l'unico recupero di cui veramente le importasse era il suo?

Non è una faccenda romantica, non lo è, io amo Lucio.

Anche questo era vero, la sua ossessione per Saverio si era fatta più e più astratta, basandosi su qualcosa che credeva di avere visto in una singola notte di troppi anni prima. Non si illudeva che Lucio potesse diventare un faro per l'umanità, le bastava salvarlo da se stesso, ma restava certa che in Saverio si annidasse un nucleo straordinario che aveva bisogno solo di essere attivato. Eppure qualcosa lo bloccava, lo costringeva a rimanere piccolo e immaturo. E Alex andava convincendosi che la responsabilità fosse di Lena.

Lei è il suo ideale irraggiungibile, se la considera una Santa e l'unica ambizione che ha è di assomigliarle non andrà da nessuna parte.

Anche perché Lena santa non lo era, non per come l'aveva conosciuta.

E se mi sbagliassi?

Se in lei ci fosse lo stesso potenziale che ho visto in Saverio?

Se per farlo emergere avesse bisogno anche lei di un percorso?

Se avessi sbagliato a separarli?

Ma non poteva restituirglielo, ormai lui aveva intrapreso quel percorso e non era possibile interromperlo, ma poteva fare qualcos'altro.

Posso cercare di attivare lei. Darle lo stimolo giusto.

Una speranza.

Latente, da qualche parte nel suo subconscio, la consapevolezza di aver perso lei stessa i contatti con la razionalità annaspava cercando di farsi sentire. Per metterla a tacere Alex si concentrò su questa nuova idea di tirar fuori la Santa da Lena. Aspettò a parlarne con Lucio, pensò prima di chiedere l'aiuto di Fermo.

«Mi procuri un paio di schede telefoniche?»

gli aveva semplicemente detto, e lui dopo qualche giorno gliele aveva date, senza dirle da dove provenissero.

«Senti, e se volessi tenere sotto controllo il telefono di qualcun altro senza che il proprietario lo sappia cosa dovrei fare?»

Niente domande anche quella volta, Fermo le aveva dato le istruzioni, come deviare un backup, criptare una chiamata, bloccare le telefonate in uscita e qualche altro trucchetto.

«Devi avere il tempo di fare tutto, però, non ci vogliono cinque minuti.»

Alex aveva annuito e gli aveva detto

«A buon rendere»

sapendo che Fermo di favori aveva sempre bisogno. In un pomeriggio di pulizie nel capannone aveva riacceso il cellulare di Saverio, un vecchio Samsung grigio pieno di graffi che di tanto in tanto ricaricava per non far annullare la scheda, come faceva con i cellulari di tutti gli altri. Aveva scaricato tutti i suoi dati e poi aveva tolto la scheda mettendola in un muletto da due soldi. Una volta resettato il Samsung era rimasta un po' a guardarlo.

Una Santa sarebbe disposta a tutto pur di salvarlo.

Avrebbe uno scopo, una missione, un percorso.

Ma per cercare di salvarlo dovrebbe prima sapere che è ancora vivo.

Si era rigirata tra le mani il telefono, poi dalla borsa aveva preso una scheda di Fermo e l'aveva inserita.

Se è una Santa riconoscerà subito il telefono e capirà che lui è ancora vivo.

Si avvicinò alla gabbia di Saverio, ancora narcotizzato, e lo filmò mentre dormiva, per un minuto circa, poi tagliò il filmato in diverse parti, tenne la più breve sul telefono e trasferì le altre sul portatile.

«Torno presto» gli disse, e partì per Firenze.

«Ho pensato di restituire a Lena il telefono di Saverio.»

«E perché?»

«Per vedere se questo la cambia.»

Lucio non aveva alzato gli occhi dal piatto.

«E poi?»

«Poi boh, poi provo a buttarle lì due cose e vedo come reagisce.»

«Cose come?»

«Cose di Saverio. Cose che sanno solo loro due. Darle speranza, insomma.»

Il ragazzo aveva annuito.

«E la ragazza di Parma?»

Alex sospirò.

«La andiamo a vedere dopo aver fatto questa cosa.»

Masticarono un po'.

«E quando glielo dai, il telefono?»

«Pensavo la settimana prossima.»

«C'è qualcosa dentro?»

Alex aveva sorriso e gli aveva accarezzato la mano.

«Sì, c'è qualcosa dentro.»

Aveva fatto fare una copia delle chiavi di Lena mille anni prima, una volta in cui lei e Lucio si erano offerti di tenerle il cane. Al computer e al cellulare della ragazza aveva lavorato solo una settimana prima, invece, mentre lei si faceva la doccia dopo aver portato Argo da Marta per un piccolo intervento.

Quel 21 marzo Lena era ancora al lavoro e lei era entrata in casa per decidere dove lasciarle il cellulare. Lucio era nell'appartamento della casa di fronte, quello del povero signor Piangiani, e seguiva gli spostamenti del cellulare di Lena, sotto il loro controllo come il Samsung che le avrebbero fatto trovare.

Magari non servirà a niente.

Ma magari sì.

Alex aveva coccolato a lungo Argo, sempre felicissimo di stare con lei, e aveva immaginato cos'altro potesse fare per dare alla Santa il giusto stimolo. Non le venne in mente granché, Lena era desolatamente priva di fantasia. Stava già per rassegnarsi a lasciarle il cellulare di Saverio nella cassetta delle lettere e basta, quando si era accorta che la fasciatura alla zampa di Argo si stava disfacendo, tutta sbavata dai suoi reiterati tentativi di togliersela. E allora le era venuta l'idea. Portava sempre con sé nella borsa un piccolo kit di pronto intervento in caso di zuffe nelle aree cani, e tra le altre cose c'erano un paio di bende belle robuste. Ne prese una e la stese sul tavolo.

Nel caso il cellulare non bastasse.

Con un pennarello nero scrisse, in maiuscolo

CIAO MARIA

sulla trama. Poi disfò quel disastro sulla zampa e fece ad Argo una fasciatura come si deve. Richiuse la porta, andò alla cassetta delle lettere, l'aprì e depositò dentro il cellulare. Uscì, si rimise in macchina e chiamò Lucio.

«Ha già lasciato l'hotel?»

«Sì, da pochi minuti.»

«Okay, dimmi cosa fa quando arriva.»

Lucio vide rientrare Lena mezz'ora dopo, sempre con quell'aria tragica, da vittima sacrificale.

«Ha trovato il telefono?»

«Sì.»

«E cosa fa?»

«Niente, lo ha guardato un po', poi lo ha appoggiato ed è andata in camera, o in bagno, non vedo.»

«Ma ti è sembrata agitata?»

«Sono troppo lontano, però mi pareva di no.»

Alex aveva stretto le labbra.

È troppo scema per capirlo da sola.

Santa Cretina, altroché.

Prese il cellulare con un'altra scheda di Fermo da cui aveva deciso che le avrebbe scritto da allora in avanti, si diede ancora una manciata di secondi per decidere se davvero voleva giocare a quel gioco. Poi digitò un sms, tutto maiuscolo come faceva Saverio.

SAI CHI SONO?

Basterà?

Ne scrisse un secondo.

IO SO CHI SEI.

E si rimise in attesa. Lucio le confermò, li aveva ricevuti, li aveva letti. Ma niente, aveva rimesso giù il telefono e stava per uscire col cane. Alex li vide sbucare dal portoncino, gironzolare, poi lei si accoccolò vicino al molosso cingendolo in un goffo abbraccio. Alex la fotografò, aspettò che rientrasse e le inviò la foto. Questa volta Lucio le riferì che una reazione c'era stata, Lena sembrava agitata, poi

«Si è messa a disfare la fasciatura di Argo». Sembrava perplesso. «Ora sembra davvero terrorizzata.»

Alex aveva sorriso.

«Okay. Adesso aspettiamo.»

Non avrebbero saputo dire quando fossero passati dall'esperimento al fare le cose sul serio. Era stato un cambiamento graduale ma inesorabile. Alex e Lucio conoscevano perfettamente Lena, la sua casa, le sue abitudini, gli orari, il cane, gli amici e i colleghi di lavoro, avevano le chiavi per entrare e una postazione sicura da cui spiarla. Inoltre Saverio aveva fornito loro tutte le informazioni possibili sui loro segreti di coppia, praticamente un intero arsenale da usare contro di lei. Ma quello che era partito come uno stimolo a sbloccarla l'aveva, se possibile, resa ancora più debole e smarrita.

Così Alex aveva cercato di spingere un po' di più, dai messaggi anonimi e dalle foto erano arrivati a telefonate mute e scherzi più o meno inquietanti, anche con la collaborazione di Fermo, che eseguiva e non domandava, ma lei non aveva reagito. Allora le avevano fatto delle richieste assurde, le avevano spruzzato il protossido d'azoto in camera da letto per appesantirle il sonno e avevano fatto in modo di spaventarla, spaventarla sul serio. Eppure niente. Lena non reagiva, non aveva portato il cellulare a controllare e nemmeno si era ingegnata per riuscire a superare il semplice blocco delle chiamate al numero da cui la contattavano. Tutto quello che faceva era piagnucolare. Alex era sconcertata, quasi indignata da questa sua fiacchezza, ogni volta che si incontravano faceva di tutto per mostrarsi forte e indomita

imitami, brutta cretina, imitami, ce la puoi fare! Come cazzo fai a vivere schiava di un telefono?

ma Lena si chiudeva sempre più in se stessa. Forse il gioco si sarebbe esaurito da solo, ma poi era arrivata Betta. Betta era una vecchia amica di Lena, mai viste due persone più diverse, un'avvocatessa rampante, arida, volgare, così snob da viaggiare solo in taxi e molto, molto intelligente. Si era accorta che c'era qualcosa che non andava nell'amica e aveva iniziato a torchiarla. Questo preoccupava Lucio.

«È una che non molla»

e Alex era d'accordo. Detestava Betta, tutte le volte che si erano incontrate avevano finito per saltarsi alla gola, ma per certi versi si assomigliavano, anche se si trovavano agli estremi dello stesso spettro.

«È un'opportunista, è spietata, difenderebbe anche Hitler pur di farsi due soldi! Ma i suoi amici li sa proteggere.»

E ora si era messa in testa di aiutare Lena, l'ottusa Lena, che negava tutto chiudendosi in un silenzio che insospettiva ancor di più quell'altra. Così Betta non la mollava più.

«La farà crollare, vedrai» pronosticava Lucio, e Alex temeva che avesse ragione.

Loro due marcavano stretto Lena, ma anche l'avvocatessa

non scherzava, e così un pomeriggio di pioggia si erano ritrovati tutti e tre a occuparsi della fidanzata di Saverio, Alex riparata da un ombrello, Lucio in auto ad attenderla vicino al rifugio di Fermo e Betta che trascinava l'amica in un bar.

Ora crolla

si era detta Alex, e le era sembrato il momento perfetto per darle una spintarella. Aveva mandato un messaggio a Lucio.

CHIAMALA ADESSO, NON DIRE UNA PAROLA

e si era messa vicino alla vetrina per godersi la scena. Se Lena avesse detto ogni cosa a Betta, lei e Lucio si sarebbero liberati della scheda da cui la chiamavano e ciao, basta, gioco finito. Lucio, chiuso in macchina sotto la pioggia battente, aveva chiamato Lena.

E lei era impazzita.

Convinta che al telefono ci fosse Saverio si era buttata fuori dal bar urlando, inseguita da Betta, Argo che sfuggiva al controllo e andava in mezzo alla strada, Alex dimentica di tutto pronta a uscire dal suo nascondiglio e correre in avanti, ma poi le auto si erano fermate e il molosso era piombato addosso a dei tizi dall'altra parte, un uomo e una donna che avevano sollevato appena in tempo il loro yorkshire prima che venisse azzannato. Betta aveva gestito la situazione in maniera mirabile, aveva preso Argo, aveva soccorso Lena, aveva discusso con la tizia del cane, una fighetta spocchiosa che minacciava chissà quali querele. L'avvocatessa non aveva perso la calma e dopo un po' quell'altra le aveva allungato un biglietto da visita. Alex, ancora con il cuore in gola, si era ritratta pensando

stronza.

Una donna era a terra in lacrime, pioveva che dio la mandava, il traffico era bloccato e quella cretina non aveva di meglio da pensare che querelare una povera disgraziata a cui era sfuggito il cane.

Ringrazia che non ho il tempo di occuparmi di te

aveva pensato allontanandosi.

Ma quel tempo sarebbe venuto.

Giulio

Lena passava le mani sul bordo della scatola azzurra.

Avrebbe scelto l'azzurro anche lui?

Dentro c'erano le ceneri di Argo, il cane di Saverio che non era mai stato davvero suo, morto di vecchiaia a quasi sedici anni in un rifugio privato. La proprietaria del rifugio, Astrid, il cane non glielo aveva mai restituito, ma le ceneri sì, bontà sua.

«Mi hanno già rotto troppe volte le scatole con le norme sanitarie, non posso seppellirli in giardino, non posso spargere le ceneri, finché erano 40 chili d'ingombro posso capire, ma una scatola di legno dovresti riuscire a gestirla» erano state le sue parole magnanime.

E ora eccola lì, la scatola, a ricordarle la sua incapacità.

E oltre la scatola, l'uomo, che aveva la stessa funzione.

Nei primi mesi dopo la liberazione Francesco Caparzo, detto Cecco, era stato prudente, veniva a casa sua solo in veste ufficiale, ammantato del ruolo di salvatore. Ma loro due sapevano come stavano le cose, lei gli doveva la vita e non solo nel modo che vedevano tutti. Era stato la sua ombra per un anno, l'aveva protetta a ogni costo, mettendosi tra lei e Alex, tra lei e Lucio, tra lei e la sua stessa debolezza. Senza di lui forse l'avrebbero presa molto prima, senza di lui probabilmente si sarebbe uccisa. Se salvi la vita di una persona poi ne sei responsabile, si dice, ma si dice anche che quella vita un po' ti appartiene, ed era questo possesso che Caparzo rivendicava in silenzio, telefonandole a ogni ora del giorno e della notte, facendosi trovare in casa senza essere invitato, solo perché voleva, solo perché poteva.

«Era 'nu bravo cane» aveva commentato davanti alla scatola.

Non era vero, Argo era stato un molosso scontroso e disubbidiente, non l'aveva mai amata. Ma era di Saverio e per questo se l'era tenuto.

«Sei stato gentile a venire, ma non pensavo di fare una veglia funebre. Non ti chiedo nemmeno come lo hai saputo.»

Lena voleva essere sarcastica e invece suonava disperata, come di fatto era.

«Non sto qui per il cane.»

«Ah.»

«Sto qui per il morto e per il casino della bionda.»

«Sì, ho sentito.»

Aveva guardato altrove, come sempre quando si toccava l'argomento del capannone. Lei non voleva sentire di farne parte, era una cosa che non la riguardava. Caparzo aveva tenuto gli occhi sulle dita che seguivano il bordo della scatola, dal basso in alto, da destra a sinistra, erano quasi sensuali.

«T'hanno chiamato i giornali?»

«Un paio.»

«Che hai detto?»

«Niente, non avevo niente da dire. Vorrei che mi lasciassero in pace, tutti quanti.»

«Hai fatto buono.»

Il telefono di Lena aveva iniziato a squillare e lei aveva respinto la chiamata.

«Chi era?»

«Un altro con cui non voglio parlare.»

Per un momento di silenzio, lungo, non avevano aggiunto nulla. Poi

«Statt'accuorta, piccere'»

aveva detto Caparzo.

«Perché?»

«Perché non sai mai come vanno le cose. Vedi com'è capitato al povero scemo. Tu non ci pensi, ti infili in qualcosa e questo ti cade addosso.»

«Non ho capito.»

Caparzo aveva alzato le spalle, fare discorsi alla fanciulla era una cosa che gli riusciva difficile, come parlare davanti ai giornalisti, imparare a pronunciare bene "stress post-traumatico", visitare la stanza del povero Giovannino senza dare a vedere che cercava dei pastelli colorati.

«Io sto qua, come prima. Per qualsiasi cosa. 'O sai?»

E come faccio a dimenticarmelo?

«Cosa c'entra questo con il tizio che è morto? Non è stato un incidente?»

Caparzo si era sporto in avanti e le aveva levato dalle mani le ceneri di Argo.

«A volte capitano le cose brutte. Capitano a tutti e così è. Ma se stai accuorta allora capace che non succedono.»

Lena aveva iniziato a tremare, il telefono aveva di nuovo suonato, lo aveva spento.

«Cosa mi stai dicendo?»

Caparzo aveva stretto la scatoletta di legno come se l'avesse voluta spaccare.

«Io non voglio che ti succede niente attè, piccere'.»

E allora era stato il suo telefono a squillare, e non avrebbe risposto, non avrebbe risposto se non avesse letto chi era. Lo aveva fatto, aveva detto

«Caparzo»

e dall'altra parte avevano iniziato a urlare.

Si era svegliato dall'incubo e istintivamente aveva chiamato

«Mamma!»

non ricordando che sua madre era morta due anni prima. Era ancora un concetto astratto, la sua mente rimaneva ancorata all'idea che premendo il campanello a terra avrebbe sentito i tonfi sul soffitto, la sedia che si spostava, i passi, il rumore della porta che si apriva, le ciabatte sulle scale e poi lei che sarebbe sbucata dalla porta in una delle sue mille vestagliette a fiori, facendo una domanda che non gli sarebbe piaciuta.

«Non sei caduto ancora, neh?»

Quanto lo faceva incazzare quel "neh", lo strascico di una piemontesità che quarant'anni di Emilia non avevano corroso. E ora niente più ciabatte o vestagliette a fiori, niente colazione preparata, niente guanto da doccia a sfregargli la pelle, niente caffè bevuto insieme davanti alla finestra in uno dei pochi momenti di pace. Mamma se n'era andata male, gli avevano detto, consumata dal dolore e dall'angoscia, dimagrita in maniera orribile mentre aspettava notizie di lui. Non era mai stata convinta che fosse morto, suicida nel Po vicino a cui avevano trovato la macchina. I segnali c'erano tutti, glielo avevano ripetuto, Caterina, guarda che era depresso, non era mica contento, le leggevi le cose che scriveva su Facebook? Ma lei non ci credeva e non si dava pace.

«Chi lo curerà? Chi gli darà da mangiare? Lo sanno che deve prendere le pillole per la pressione?»

Aveva insistito perché la intervistassero in un'emittente locale e aveva dato tra le lacrime tutte le istruzioni ai presunti rapitori perché si occupassero bene del figlio, nell'imbarazzo generale. Ma glielo avevano fatto fare, perché Caterina Bo, vedova Castagnoli, era una carissima persona e a San Pietro in Casale tutti le volevano bene, chi da prima chi da dopo la tragedia del figlio. "Madre coraggio" avevano detto, e non a sproposito, perché lei si era dedicata anima e corpo al suo Giulio, una dedizione che le aveva divorato ogni aspetto della vita, e "divorato" non era una parola casuale. Giulio era stato obeso sin da piccolo, dalla morte del padre, un uomo robusto ma non grasso, eppure fu al peso che venne imputato l'infarto. Caterina sapeva che non era vero, che non era giusto, che era stata solo la via più breve per liquidare una morte che non interessava a nessuno. Del resto anche se avessero indagato cosa potevano risolvere?

Morto era morto. E così quando il piccolo Giulio, di soli otto anni, aveva iniziato a insistere per avere una fetta di pane e Nutella in più lei si era guardata bene dal negargliela. Poi erano raddoppiate le merende e le porzioni di pasta, poi c'erano stati gli spuntini e le vaschette di gelato in estate, ed era stato un attimo in effetti prima che il pediatra le facesse notare che sessanta chili a dieci anni erano troppi, stia attenta che poi con lo sviluppo la cosa potrebbe sfuggire al controllo. Ma Giulio era così sensibile, introverso, dal carattere debole e lamentoso, così abituato a essere protetto a oltranza da chiudersi in una torre di capricci e scene madri che l'avevano straziata. Così aveva ceduto su tutto, sui soldatini americani e i berretti da baseball, passione ereditata dal padre, e sempre più sul cibo, col ragazzino che lievitava, pur sviluppandosi anche in altezza, un metro e ottanta, anche il babbo era un omone. I primi problemi erano stati alla schiena, poi erano sopraggiunte le apnee notturne, la bilancia aveva detto duecento e la pressione aveva iniziato a saltare. Superata la pubertà Caterina aveva diviso in due la casa, piano di sotto solo per Giulio, piano di sopra per lei, con ingresso indipendente. Lui aveva pestato i piedi perché facesse chiudere la scala interna con una botola, casa mia, casa tua, non voglio che entri quando non ci sono, e lei si era rassegnata a salire e scendere da quella esterna quando lui chiamava col campanello. Questo lo riempiva di rabbia che sfogava su di lei, insultandola, dandole la colpa del proprio stato, papà non mi avrebbe fatto ridurre così, perché non sei morta tu invece che lui? E Caterina piangeva, avrebbe dato tutto per quel figlio che amava, e lo amava, lo amava tanto, perché era così cattivo con lei? All'inizio del 2015 era scomparso, suicidio, si era detto, e lei ne era morta. Tre anni dopo la polizia lo aveva trovato, imbottito di narcotico, ed era stato necessario far venire un mezzo speciale per toglierlo dalla gabbia e metterlo nell'ambulanza bariatrica. Per tutto il tempo, nonostante il suono della fresa e le sirene e il balzo nel vuoto quando era stato estratto dall'enorme scatola di legno, lui aveva dormito. Il bianco dell'ospedale gli era sembrato accecante, le parole dei medici quasi incomprensibili. Il suo corpo aveva subito dei danni, l'immobilità in cui era rimasto aveva danneggiato le giunture, c'erano moltissime piaghe da decubito che erano state curate, sì, ma non tutte erano guarite, e il cuore era messo male. Però era vivo, e c'era uno stupore dilagante su questo, Giulio era stato tenuto in vita dal suo rapitore, anzi, dalla sua rapitrice, grazie a una dedizione assoluta. Lavato, medicato, spostato non si sa come, non si sa con che forze, visto che ogni volta che si occupava di lui lo addormentava con un narcotico per orsi. Ma si era presa cura di lui, Alessandra Gatteschi, che Giulio chiamava solo Sandra e che aveva creduto sino ad allora essere una prigioniera come tanti. Aveva pianto, quando gliel'avevano detto, più di quanto non avesse fatto alla notizia della morte della madre. Sandra era una dei buoni! Sandra non era cattiva con lui come Nicola, o come Vasco, Sandra era gentile e affettuosa e lo aveva sempre rincuorato. Non poteva essere stata lei a torturarlo in quegli anni in gabbia, non poteva averlo punto con un'asta di ferro durante la notte per spaventarlo, non poteva aver picchiato improvvisamente contro il fondo della gabbia per fargli paura, Sandra non era così, non era così. Ma gli inquirenti non avevano dubbi, non l'ispettore con l'aria triste che era andato a visitarlo prima in ospedale e poi a casa e non il poliziotto enorme che li aveva salvati tutti. Francesco Caparzo gli era piaciuto subito. Si era avvicinato al suo letto in ospedale, Giulio gli aveva preso la mano e gliel'aveva baciata piangendo. C'erano state due reazioni nell'agente, la prima Giulio la conosceva, ed era quell'immobilità che maschera il disgusto delle persone che non vogliono manifestarlo, per educazione o per dovere, mentre l'altra era stata una specie di sollievo, quasi si aspettasse altro da parte sua. Così gli aveva poggiato la mano sulla spalla, gli aveva dato due colpetti e aveva detto

«Mo' si' grande, si 'nu grande guaglione. Hai da esse forte. Vabbuò? Forte hai da esse, che si' grande» e che con "grande" intendesse "adulto" oppure "grosso" non faceva differenza, sembrava credere davvero che Giulio avesse delle risorse a cui attingere.

E invece no.

Negli anni di prigionia Giulio aveva perso tutto.

La rabbia, la speranza, la razionalità, era diventato una massa gelatinosa di paura, regredito allo stadio infantile, lo stesso di quando suo padre era morto. Otto anni mentali per quasi trecento chili. Uno staff di psicologi aveva seguito tutti loro, e man mano che gli altri tornavano a casa l'attenzione rimaneva su di lui. Aveva sviluppato un'ossessione mistica per i simboli e i segnali, seguendo i dettami di un qualche santone americano che aveva scritto un libro sugli equilibri del cosmo. Si prevedeva il futuro con l'I Ching fino a venti volte al giorno, aggrappandosi a significati che vedeva solo lui per negare il concreto del reale, troppo difficile da gestire. C'erano state delle donazioni per intervenire in fretta e furia sulla casa, ormai di sua esclusiva proprietà, la porta andava allargata, il piano di sotto adattato a un disabile, ci voleva un letto ospedaliero e la sorveglianza dei servizi sociali. Dovevano tentare di farlo dimagrire e poi provare con la riabilitazione, anche se le possibilità di farlo tornare a camminare erano quasi nulle. Da pochi mesi aveva rinunciato alla sorveglianza notturna, dopo infiniti colloqui e verifiche. Il peso scendeva gradualmente, quasi quaranta chili, era stato bravo e ubbidiente. L'obbedienza gliel'aveva insegnata Sandra ed era diventata un riflesso. Ma ancora rifiutava di alzarsi in piedi e il fisioterapista non riusciva a motivarlo, ogni volta che ci provava Giulio gli spiegava infantilmente che avrebbe camminato al momento giusto, quando avesse colto un segno che gli dicesse che era il momento.

Ma poi il Rosso era morto.

Giulio non lo aveva mai più visto, l'ultimo ricordo che ne conservava era mentre russava nella sua gabbia, con l'aria beata di chi sta benissimo dov'è. Non era potuto andare a trovarlo là in Piemonte, dove viveva *come la mamma, neh?*

così come non era potuto andare a trovare Bella in clinica con tutti gli altri. Avrebbe voluto che fosse possibile, avrebbe voluto andare da ciascuno di loro, toccarli e baciarli e dire che gli mancavano, sì, gli mancavano sul serio, gli mancavano tutti. Non erano rimasti altri legami nella sua vita, dei parenti non gli importava niente, amici non ne aveva mai avuti, il lavoro era andato. Aveva solo quelle otto anime con cui aveva condiviso l'inferno.

E Saverio.

E Sandra.

Non poteva dirlo a nessuno, non a voce alta, ma non riusciva a odiarla. Non poteva essere stato tutto finto, non quando giocavano a inventarsi le sequenze da bussare sul bordo del carrozzone, non quando gli diceva che era forte, più forte di quanto credesse, non quando lo guardava con gli occhi umidi sforzandosi di sorridere senza denti.

Su quello non può avere mentito.

O sull'asma.

Aveva stabilito che a condurre il gioco dovesse essere il fidanzato, quel tizio che aveva visto solo in foto e che forse era l'unico cattivo di quella storia, era lui che lo aveva punto con la lancia e che gli tirava i secchi d'acqua di notte, e doveva essere stato lui a dare la caccia a Saverio e a uccidere Mino, era andata così, ne era sicuro.

Ma ora il Rosso era morto, Karina era impazzita e Giulio aveva paura.

Dicono che sono cose che capitano.

Ma non ci credeva. Credeva fosse stato il destino a trascinarlo in quella chiusa del Po, e sempre il destino a liberarlo tre anni dopo.

È un segno.

Il grande disegno.

Il poliziotto grande e grosso era andato a spiegargli e a metterlo tranquillo, non c'era nulla di cui avere paura. Ma se non c'era perché aveva sentito il bisogno di confortarlo? Da allora stava così, riverso sul letto a uggiolare, l'acchiappasogni di vera fattura artigianale Lakota che pendeva su di lui, il cellulare in mano, il pensiero al Rosso che era morto. Ogni tanto si addormentava e si svegliava convinto di essere ancora in gabbia, poi le lucine notturne sparpagliate per la stanza lo confortavano, chiamava la mamma, ma la mamma era morta e allora

TOC TOC

Si scosse.

Cosa mi ha svegliato?

Fuori era buio, il telefono diceva che erano le 21.48.

TOC TOC

Di nuovo.

Giulio rimase immobile nel buio, l'enorme torace glabro che si sollevava e si abbassava in mezzo alle lenzuola bianche. Non era un sogno.

Sarà il vento.

Le persiane erano vecchie, ballavano, e anche se lui aveva fatto montare i fermi e la volontaria che passava per ultima la sera a portargli una cena sana ed equilibrata gli aveva garantito di averle bloccate, a volte succedeva che col vento forte facessero rumore.

TOC TOC

Non era il vento. Il suono non veniva dalla finestra e nemmeno dalla porta. Il suono veniva dal piano di sopra, nel punto in cui i gradini erano stati chiusi con una botola di legno.

Attenta a non aprirla, mamma, o caschi giù.

TOC TOCTOCTOC TOC

Una sequenza.

Vediamo se riesci a farla uguale?

Quel gioco lo aveva inventato Saverio e quando lui era

morto

scappato lo aveva ripreso Sandra. Sandra lo faceva vincere, delle volte.

TOC TOCTOCTOC TOC

Non è lei. È il vento, sono i ghiri, è il fantasma di mia madre, chiunque ma non lei.

Si era messo seduto e aveva guardato il deambulatore e la sedia a rotelle, col fiato rotto. Da solo non ce l'avrebbe mai fatta, non sapeva nemmeno stare in piedi.

TOC TOCTOCTOC TOC

Prese il cellulare e pensò di chiedere

cosa?

aiuto a una delle volontarie, qualcuno che venisse lì ad assisterlo, ma poi gli prese la paura, era riuscito a ottenere di restare da solo la notte, se li chiamava i servizi sociali gli avrebbero rimesso in casa qualche megera a fissarlo mentre dormiva e lui non voleva, non ne poteva più, no no. Poggiò i piedi a terra.

Ma dove credi di andare? Quella ti prende prima che arrivi alla porta!

Scosse la testa, non c'era nessuna "quella", ma c'era la macchina fuori, il suo pick-up pieno di meraviglie statunitensi, la mamma non lo aveva venduto e glielo avevano appena revisionato per portarlo in giro alla prima occasione, al parco oppure al ristorante, in una saletta privata. Se fosse arrivato all'auto...

TOC TOCTOCTOC TOC

Sempre la stessa sequenza, non cambierà finché non rispondo.

Tutto il castello di congetture costruito negli ultimi mesi gli crollò addosso. Il fidanzato di Sandra era morto, i morti non bussano dalle botole, la gente si riempiva la bocca di Alessandra Gatteschi, ma era stato lui, non loro, ad aver trascorso tre anni in una gabbia da elefante aspettando ogni notte che Sandra

non il fidanzato

venisse a torturarlo, pregando perché non succedesse, scoprendo che pregare non serviva a niente, lui aveva vissuto sulla sua pelle quanta tenacia e pazienza e ferocia la spingesse

lei, non lui

che di giorno era così tenera e buona, con il suo buco in mezzo alla bocca e l'aria da vecchia, ma che di notte si trasformava in un orco e un drago e un mostro pieno di zanne che si nutriva delle paure più primordiali, come questa, questa di adesso che gli scatenava bussando alla botola

TOC TOCTOCTOC TOC

per vederlo rovesciare la lampada, aggrapparsi al comodino, dire con voce tremante

«Sono stato bravo, Sandra! Sono stato ubbidiente, non ho fatto niente di male!»

mentre cercava di alzarsi mentre ripensava a Saverio

Saverio! Diglielo! Diglielo, Saverio!

che non c'era, non c'era più da tanto tempo, se n'era morto da qualche parte e lo aveva lasciato solo con lei al piano di sopra e non era vero che tutto era finito, che Sandra fosse lontana, forse morta, la gabbia gliel'aveva impiantata nel cervello e quella tortura non sarebbe finita mai, mai, mai

TOC TOCTOCTOC TOC

come questo calore che gli si arrampicava lungo le spalle e gli levava il respiro

TOC TOCTOCTOC TOC

mentre perdeva l'equilibrio e cadeva a terra, il cellulare ancora stretto nella mano

non sei caduto ancora, neh?

la botola che da lì si vedeva benissimo, così vicina, e se si fosse aperta...

impazzirò

perciò aveva allungato la mano a terra e aveva bussato anche lui.

TOC TOCTOCTOC TOC

Silenzio.

Silenzio.

Silenzio.

E poi

TOCTOC TOC TOC TOCTOC

Sentì il sangue defluire.

Ora svengo.

Ma non poteva. E allora aveva chiamato la sola persona

che Saverio gli aveva sempre detto che li avrebbe salvati, lei, la Santa: Maria.

Maria, aiutami.

Ma dopo due squilli la linea era caduta, e lui si era messo sulla schiena. L'arcata gli faceva un male del diavolo e non riusciva a respirare.

Devo mettermi su un fianco.

TOCTOC TOC TOC TOCTOC

Poi un tonfo, la sedia che si spostava, i passi verso la porta.

Sta venendo!

Aveva rifatto il numero

Maria! Maria! Rispondimi, Maria!

ma di nuovo la chiamata era stata interrotta. Di sopra la porta si apriva e lui riprovava a fare il numero, ma l'utente desiderato non è al momento raggiungibile mentre la scala esterna rimbombava dei passi, e allora aveva fatto il solo altro numero possibile, e quando aveva sentito

«Caparzo?»

aveva iniziato a urlare, e urlare, finché il peso del petto non gli aveva schiacciato il fiato e tutto si era fatto buio e buio ancora.

Giulio Castagnoli non aveva avuto un infarto.

Caparzo aveva inviato un'ambulanza a casa sua e i paramedici lo avevano trovato a terra, collassato e in stato confusionale ma in condizioni generali buone. L'appartamento del piano di sopra era effettivamente stato ritrovato aperto, ma non mancava nulla, era probabile che semplicemente non fosse stato chiuso a chiave e che qualcuno fosse entrato a curiosare. Un'ora dopo il poliziotto arrivava insieme a Marilena Bacarelli. Per tutto il viaggio la donna aveva pianto, dicendo che non era giusto, che lei quel tizio non lo conosceva, che aveva solo diviso la prigionia con il suo fidanzato, il che non lo legava a lei e non gli dava il diritto di chiamarla quando pensava di stare per morire. Ma lo stesso era andata a Bologna insieme al suo aguzzino, perché le sue erano solo parole. Giulio era subentrato nel vuoto di affetti di Saverio quando lo avevano portato via da lei, gli era stato amico, aveva pianto la sua scomparsa e lei gli doveva gratitudine per questo. Era entrata in quella casa estranea a braccia conserte, aveva osservato a distanza gli infermieri che tenevano monitorate le condizioni dell'obeso e Caparzo che gli si sedeva accanto e diceva

«Hai fatto brutti pensieri, sì? Hai pigliato paura, è normale, pure che tutto solo stai. Epperò te l'agg'a dicere che non fa 'bbuono accussì»

mentre quell'omone gigantesco piagnucolava, gli baciava le mani e poi, come già avvenuto in clinica, tendeva le proprie verso di lei come un bambino alla mamma.

«Maria, vieni qui.»

Non mi chiamare Maria.

Gli si era seduta accanto mentre Caparzo parlava con i colleghi. Giulio l'aveva tratta a sé, aveva abbassato la voce e in tono cospiratorio le aveva detto

«Lei era qui».

«No che non era qui» gli aveva risposto ragionevole.

«Sì, era qui, giocava a bussare, lo facevamo sempre nei carrozzoni.»

«Ti sarai sbagliato.»

Ma Giulio scuoteva la testa con forza, gli occhi gonfi per il troppo piangere e la troppa paura.

«Diglielo tu, Maria. Diglielo che sono stato bravo, che non ho detto cose brutte. Diglielo.»

Lena si era svincolata da quell'abbraccio parassita.

«Ma diglielo a chi, Giulio, santo cielo!»

Gli occhi dell'obeso erano velati, non del tutto presenti, il tranquillante che gli avevano somministrato stava facendo effetto.

«A Saverio.»

Un brivido di freddo l'aveva percorsa da capo a piedi.

«Saverio non c'è, Giulio. Saverio non torna più.»

«Oh sì, invece.»

La mano paffuta era caduta oltre il bordo del letto, a indicare una delle gambe del comodino. Lena si era chinata e aveva preso da terra un pastello blu scuro.

«Se segui i pastelli lo trovi. Portano alla chiusa del Po» aveva biascicato l'obeso. E prima che la donna potesse chiedergli altro, aveva rovesciato gli occhi e si era addormentato.

Il motore brontolava regolare, la velocità era fissa sui 120, erano le tre di notte ma Lena non sarebbe riuscita a dormire in nessun caso. Pensava a Giulio, pensava a Saverio e soprattutto pensava a Caparzo, così vicino a lei che ne sentiva il calore. Se in quel momento fosse scoppiata una gomma e si fossero schiantati morendo sul colpo ne sarebbe stata felice. Tutto, pur di non avere più paura di lui.

«Non sta a te.»

La sua voce aveva rotto il silenzio, un ruggito basso.

«Che cosa?»

«'O ciccione. Non sta a te. Nessuno 'e quelli sta a te. Penso io a loro.»

«Lo so come pensi alle persone.»

Credeva di aver formulato la frase nella sua mente, e invece aveva parlato. Stava per imbastire delle scuse quando Caparzo aveva messo la freccia. Non c'erano autogrill in vista, l'auto si fermò su una piazzola di emergenza e il poliziotto spense il motore.

Non disse niente, non dissero niente.

Lena sentiva caldo, la temperatura saliva di secondo in secondo, traspirata direttamente dal corpo dell'uomo. Non si era resa conto di quanto l'aria fosse satura del suo odore che era un non odore, un misto di aspro e dolce e untuoso e nessuno dei tre. Invadeva i suoi pori, le sue molecole, si nutriva del terrore che produceva a ogni respiro di attesa.

Fai qualcosa.

Fammi qualcosa.

Qualunque cosa ma smettila di non fare niente.

Lo schifo che provava per lui, l'odio e l'orrore erano così

viscerali da avere un retrogusto quasi erotico, come quei cibi che mangi apposta perché ti facciano vomitare. Era tossico, velenoso, e lei non poteva farne a meno, come lui non poteva fare a meno di lei. Caparzo si stava trattenendo. Tratteneva le mani e gli occhi e quella pressione stupida in mezzo alle gambe. Stava implodendo per non esplodere. C'era qualcosa nell'ingratitudine di quella donna che lo toccava nel profondo, forse facendogli del male, forse no. Era un richiamo molto antico, qualcosa che aveva provato da ragazzino, quando tirava il collo ai polli e sua madre gli rifaceva la schiena a suon di legnate. Un senso di appartenenza.

Io non sono quello.

Io non voglio essere quello.

Respirava profondamente, contando tra il pieno e il vuoto, il dentro e il fuori, assaporando la paura acida di lei, il sudore, il vago sentore di urina.

La fanciulla da salvare.

Non si stupra la fanciulla da salvare.

Non si uccide la fanciulla da salvare.

Eppure voleva così tanto salvarla che l'avrebbe divorata. Sentì qualcosa alle mani, una corrente che le percorreva, e non era un buon segno. Allora chiuse gli occhi e pensò ad Alessandra Gatteschi. Ai pastelli a cera. Alle ore trascorse a pulire la merda nei carrozzoni, alla pomata sulle piaghe, ai guanti di spugna passati negli incavi dei corpi, ai polmoni pieni dello scarico del trattore, ai morsi della delusione.

La stimava.

Quanto la stimava quella donna brutta e pazza che lo aveva messo in scacco.

Riaprì gli occhi quando si sentì nuovamente calmo.

«Non sta a te» ripeté a Lena, e mise in moto.

L'aveva lasciata davanti a casa col cielo che si rischiarava appena. Subito dentro era corsa in bagno e aveva vomitato anche l'anima. Quando era riuscita a riprendere fiato le erano caduti gli occhi su una virgola viola alla sua sinistra.

Sul bordo della vasca la aspettava un pastello a cera.

4 aprile 2017

Il gioco era finito. Betta era sul piede di guerra e Alex e Lucio erano d'accordo che mettere in allarme un avvocato sarebbe stata davvero una mossa stupida. Stavano tirando i remi in barca quando Fermo aveva chiamato Alex.

«Sono nella merda» le aveva detto.

Era andata da lui e se l'era trovato davanti tutto sudato, il viso paffuto che sembrava di legno, i capelli neri e radi unti d'angoscia. Dopo anni di piccolo traffico aveva accettato di prendere una partita di roba più grossa.

«Non volevo pestare i piedi a nessuno, solo farmi due soldi.»

Invece qualcuno si era incazzato e ora era bloccato tra l'incudine e il martello, con della roba che non gli consentivano di vendere e il rischio di venire scoperto.

«È la volta che mi beccano.»

«No, non ti beccano. Sei stato un coglione ma non ti beccano. Dalla a me.»

Fermo non aveva nemmeno finto di meravigliarsi, aveva chiamato Alex perché sapeva che gli avrebbe detto qualcosa del genere. Le consegnò una grossa busta gialla, nemmeno l'ombra di un dubbio che lei non ne avrebbe fatto alcun uso ma si sarebbe limitata a nasconderla.

«Ti devo un favore»

le aveva detto, per nulla consapevole che stava giusto per farglielo.

«Conosco un avvocato, una donna, una stronza che non ti immagini, però è brava. Ti scrivo il suo numero, chiamala e dille le cose come stanno, vedrai che ti aiuta.»

Gli aveva dato il nome di Betta, magari con un caso in più di cui occuparsi si sarebbe distratta mentre lei e Lucio chiudevano la questione di Lena. Ma Fermo l'aveva richiamata poco tempo dopo, nel panico, da un numero mai visto.

«Mi stanno mandando la polizia.»

«Come lo sai?»

«Me l'ha detto l'avvocato. Devo levarmi di torno per un po'.»

«Sai dove andare?»

«No.»

«Ce l'ho io un posto.»

Lucio le aveva chiesto se fosse impazzita ma Alex aveva fatto spallucce.

«Mi fido ciecamente di lui.»

Così nottetempo aveva caricato Fermo e lo aveva portato nell'appartamento disabitato di fronte alla casa di Lena. Fermo non aveva fatto nessuna domanda, non aveva voluto sapere del posto e perché Alex gli avesse detto di tenersi alla larga dalla finestra del bagno.

«Mi sto occupando ancora di Lena, tu non ti preoccupare. Aspettiamo che si calmino le acque e poi ti mando da una mia amica all'estero.»

Gli raccomandò di non toccare nulla, usare i guanti e mangiare sempre sopra un telo che aveva steso per terra. Fermo la ringraziò tanto e le promise che avrebbe fatto qualunque cosa per lei.

Qualunque cosa.

I sospetti di Lucio e Alex erano stati confermati: Betta aveva capito che non c'era Saverio dietro a quel telefono, che Lena veniva raggirata e che forse non bisognava cercare molto lontano. Aveva iniziato ad andare in giro e fare domande a tutti gli amici e conoscenti della ragazza, ed era andata pure da loro, affrontandoli a muso duro. Alex le aveva dato ragione su ogni cosa, si era mostrata preoccupata e scossa, aveva promesso che avrebbe indagato, soprattutto negli ambienti animalisti, e aveva chiesto a Lucio di riaccompagnare Betta a casa, invece di farle prendere il taxi, in segno di pace.

In auto era successo qualcosa.

Il tergicristallo dell'Opel Astra cigolava forte, erano anni che dicevano di doverlo cambiare, ma poi tornava il sole e non ci pensavano più. Quando Lucio aveva chiamato Lena al bar e Betta le aveva strappato il telefono, il tergicristallo era acceso. Un rumore piccolo, banale, che Betta, salendo in auto, aveva riconosciuto. Tornata a casa aveva scritto un messaggio e l'aveva inviato alla casella mail collegata alla scheda procurata da Fermo. Come lo avesse scoperto non lo avrebbero saputo mai, era un avvocato, aveva tecnici e insider in chissà quanti servizi, qualcuno di loro era riuscito a rintracciare il numero. Il messaggio recitava

"Potresti metterci due gocce d'olio".

Nient'altro.

Uno sparo nel buio, forse non era affatto convinta di averci preso, forse ci stava solo provando. Se Alex avesse letto per prima il messaggio probabilmente sarebbe riuscita ad aggirare l'ostacolo o a depistare la donna.

Ma non era stata Alex a leggerlo per prima.

Alex aveva deciso di chiudere la faccenda di Lena col botto. L'avrebbe mandata ad Assisi per un appuntamento all'alba con Saverio, il loro matrimonio ideale, e lì l'avrebbe lasciata andare. Stava seguendo sul portatile i movimenti del cellulare di Lena, quando Lucio l'aveva chiamata. Un filo di voce che in realtà era un urlo.

«Devi venire subito da Betta, subito!»

Alex aveva sentito il calore andarle via dalle guance.

«Ma cosa ci fai lì?»

«Sono venuto con Fermo. Aveva scoperto che eravamo noi.»

«Che cosa?»

«Aveva scoperto che eravamo noi! Ha scritto alla mail abbinata al cellulare, QUEL cellulare, cazzo!»

Alex aveva trattenuto il fiato e un fiotto di ammirazione insieme. Li aveva scoperti. Quella tizia tutta parolacce e smalto per le unghie li aveva scoperti, e ce l'aveva fatta in pochi giorni. Ora sarebbe stato necessario metterla a tacere per un po'

ho ancora tre gabbie vuote

e poi via, se ne sarebbero andati, quello era un segnale, un cazzo di segnale.

«Non fate più niente finché non arrivo. Lei dov'è?»

Lucio aveva esitato, e in un attimo Alex lo aveva saputo, senza margine di dubbio. Perché Lucio l'amava ma la temeva anche, e sapeva che poche cose l'avrebbero fatta arrabbiare. Tra queste c'era disobbedirle, trasgredire alle regole, soprattutto la prima, e qual era la prima regola?

Noi non uccidiamo nessuno.

«La situazione ci è sfuggita di mano» aveva ammesso il ragazzo.

No, non "ci". "Ti" è sfuggita.

Anche di questo era stata sicura subito. Ma ora non poteva pensarci.

«Non fate niente. Niente, tranne respirare. Arrivo.»

Aveva spento il telefono e chiuso gli occhi. Poi lentamente le labbra avevano iniziato a compitare parole, guanti in lattice, cuffie da doccia monouso quelle degli hotel che sono nel mobiletto del bagno, qualcosa per pulire, il portatile col cavo, il kit nel cassetto. Si era alzata e aveva preparato una borsa di tela. Aveva guidato piano, facendo un giro lungo per evitare telecamere e semafori, aveva parcheggiato lontano, aveva mandato un messaggio a Lucio

APRIMI

ed era salita usando le scale. I due uomini erano lì dietro

la porta, terrorizzati, gli occhi grandi come quelli del lupo cattivo. Alex si era rivolta a Fermo non ammettendo intromissioni da parte di Lucio.

«Dimmi com'è andata.»

Fermo, di solito poco loquace, le aveva vomitato addosso tutte le parole trattenute per una vita, la chiamata di Lucio alla casa del vecchio che gli spiegava come la donna stesse per incastrarli, la richiesta di accompagnarlo a parlare con Betta, perché Betta a lui avrebbe aperto, la reazione della donna nel vedere Lucio, il tentativo di difendersi, lui che la teneva a terra, Lucio che le chiudeva la bocca e le premeva sul collo forte fino a quando lei non aveva smesso di muoversi.

«È stato un incidente» aveva concluso, come se toccasse a lui giustificarsi.

Alex aveva buttato un occhio al corpo e poi aveva iniziato a impartire ordini. Dovevano mettersi le cuffie da doccia e i guanti, poi controllare il cellulare di Betta e il suo computer, perché era esattamente quello che avrebbe fatto la polizia. Dopo un breve giro in casa aveva scoperto che l'avvocatessa amava il bondage, c'era tutta l'attrezzatura, parecchie foto sul cellulare che la ritraevano legata con un tizio che lei aveva già visto ma così nudo non riusciva a collegare a niente. Non importava, impose ai due di metterla sul letto e di legarla esattamente come nelle foto col tizio, passandole una delle corde intorno alla gola, sarebbe sembrato un gioco erotico finito male. Collegò il telefono al suo tablet e scaricò tutto, poi aumentò al massimo la luminosità sul telefono di Betta, allungò la durata dell'accensione dello schermo e fece partire un film in streaming così da far scaricare completamente la batteria. Andò nella posta di Betta e cancellò l'unica mail che aveva inviato a loro, non toccò altro e lasciò il computer in stand-by, sarebbe sembrato sospetto se anche quello fosse stato scarico. Rientrata in camera da letto diede a Lucio una pelle di daino.

«Ora tu ti concentri, ripercorri a ritroso tutti i posti in cui sei stato da quando sei entrato a ora. E in tutti i posti passi questo e cancelli le tue impronte. Hai capito?»

Lucio aveva annuito con vigore, i capelli appiccicati alla testa e il bordo del labbro superiore imperlato di sudore. Alex non aveva dato nessuna pelle di daino a Fermo, e questo era un messaggio chiaro a entrambi. Lucio era più spaventato da un possibile crollo di Fermo che dalla morte di Betta.

«Ci penso io» gli aveva detto.

Prima di uscire disse loro di stare immobili in ingresso e passò la casa con la scopa elettrica. Qualche vicino si sarebbe potuto lamentare per il rumore a quell'ora di notte, magari sarebbe venuto a bussare, e quello sarebbe stato un guaio, ma non poteva permettere che rimanessero capelli di Lucio in giro. Svuotò il contenitore, lo pulì per bene e rimise tutto via. Quindi andò in camera da letto e si accoccolò accanto a Betta.

«Non mi sei mai piaciuta. Ma stavi facendo bene, era tutto giusto, niente da dire.»

Esitò, si costrinse a guardarla lì, tutta nuda e legata, una bella donna, molto curata, tanto diversa da lei. Scosse la testa.

«Mi dispiace, io non lo sapevo.»

Gli occhi le andarono sul comodino. Sotto a un paio di orecchini vistosi, vicino a un diffusore per essenze c'era un biglietto da visita. Lo prese tra due dita e lesse

ANNA BARONI
INTERPRETE

poi un indirizzo di Modena. Betta aveva annotato a penna: *rimborso per Argo*. Ricordò la stronza sotto la pioggia, quella che voleva denunciare Argo. Lo mise in tasca, tornò dai due, uscirono nel silenzio più completo, Alex chiuse con le chiavi di Betta e si portò via il mazzo, era tutto tempo guadagnato.

«Dove hai messo l'auto?» chiese a Lucio.

«Due vie più in là.»

«Siete venuti assieme?»
«Sì.»
«Allora non tornate assieme, nel caso qualche telecamera avesse inquadrato l'auto. Fermo, tu hai un altro posto dove stare per qualche giorno?»
L'uomo cercò di riflettere, ancora molto scosso.
«Casa di mia cugina, è vuota, ci vengono solo un paio di volte all'anno.»
«Ti porto lì, non passare dall'appartamento del vecchio, ci organizziamo dopo per prendere la tua roba.»
Lo fece salire sull'auto e non aspettò un minuto di più, gli fece l'iniezione mentre si stava ancora allacciando la cintura. Non avvisò Lucio, tanto lo sapevano entrambi che sarebbe andata così, e cercò di pensare in fretta. Un omicidio è un omicidio

(Lucio)

la casa era pulita ma potevano esserle sfuggiti mille dettagli, sarebbe bastata un'impronta, un capello, una goccia di sudore nel punto sbagliato, doveva considerare tutte le ipotesi. Avrebbero trovato il corpo
quando?
quasi certamente il mattino dopo, c'erano sei-sette ore di margine

(è)

in cui sistemare le cose. Dovevano depistare la polizia, far cadere i sospetti su
chi?
qualcuno che li tenesse occupati finché non si mettevano al sicuro. Chi era quel tizio nei video con Betta? Sapeva di conoscerlo ma non le andava a fuoco.

(un)

Poi le tornò in mente tutto insieme, era un collega di Lena, uno che lavorava in hotel. Di nuovo ebbe la sensazione che la vita le stesse dando un segno.
Betta scopava con un collega di Lena.
Mise a fuoco i dettagli, si chiamava Gianluca, era un fi-

ghetto, forse aveva corteggiato la povera collega triste, senza successo, e aveva ripiegato sull'amica.

Lena ad Assisi. Betta morta. Gianluca scopava con Betta.

(assassino)

Mise insieme un piano d'emergenza mentre guidava diretta al capannone, Fermo riverso sul sedile accanto al suo, un intero mondo di convinzioni che le crollava miseramente addosso.

Farò accusare un innocente.

Rinchiuderò un amico.

(Lucio è un assassino)

Era andato tutto nel migliore dei modi, con una facilità che aveva fatto sentire Alex ancora più sporca. Il collega di Lena era stato accusato dell'omicidio di Betta, lei, dopo il viaggio ad Assisi, era sprofondata nella paranoia più nera e Alex, insieme a Lucio, si era procurata un alibi di facciata che reggeva perfettamente. Quel giorno era rientrata al capannone solo a tarda sera, aveva addormentato tutti e affrontato Fermo, chiuso in una gabbia rossa con sopra la scritta

гиена

Per la seconda volta, se non si contava Vasco, aveva rinchiuso in gabbia qualcuno non per meriti ma per opportunismo, costretta dagli eventi e incapace di trovare un'alternativa. Lucio aveva insistito per uccidere Fermo, e di nuovo lei gli aveva detto che non avevano ucciso Domenico, non avevano ucciso Vasco e non avrebbero ucciso nemmeno Fermo.

Ma lui ha ucciso Betta.

Aveva atteso che l'amico si svegliasse e gli aveva parlato.

«Se lascio fare a Lucio lui ti ammazza. Hai capito? Ti ammazza, perché è spaventato, ha paura che tu lo denunci, ma io lo so che non lo faresti, perché ci andresti di mezzo anche tu. Quindi la soluzione è che ci leviamo di torno tutti quanti, un omicidio non è uno scherzo. Ma finché non troviamo la maniera tu devi stare qui »

Fermo si guardava intorno allucinato, ancora sotto l'effetto del narcotico ma abbastanza in sé da capire che si trovava nel mezzo di una follia.

«Non pretendo che tu capisca, non ci provo nemmeno a spiegarti, ma questo è un progetto che sto portando avanti. Non per sempre, io e Lucio ci rendiamo conto che a un certo punto dovremo smettere. Ha delle regole, per te non valgono tutte ma dovrai seguirne alcune, si tratta solo di stare scomodo per un po'. Fermo, tu mi conosci, sono anni che ci conosciamo, non sai tutto di me ma sai abbastanza da poterti fidare. Posso essere pazza, posso essere una fanatica, posso avere un codice morale tutto mio ma non sono una bugiarda. Io da qui ti faccio uscire, ma tu non devi crearmi casini. Ci sono altre persone qui dentro, tre sono fuori gioco, diciamo così, ma le altre sono lucide e presenti. Di' quello che vuoi ma non parlare mai di me o di Lucio o di quello che abbiamo fatto. Se non lo farai ti giuro, ti do la mia parola che sarai sotto la mia tutela e Lucio non ti toccherà. Ma se fai qualche cazzata e rovini il mio lavoro allora non ti garantisco più nulla.»

Fermo l'aveva ascoltata senza interrompere, poi aveva parlato lentamente, come si fa con i matti.

«Io non voglio dire niente su quello che sto vedendo. E non voglio che mi racconti, tientelo per te.» Si era chinato in avanti. «Io ce l'ho un posto dove sparire, non sono una minaccia per voi, non dovete preoccuparvi di me. Lasciami andare.»

Ma Alex era rimasta zitta e gli aveva passato del cibo tra le sbarre, così Fermo aveva iniziato a urlare.

«Sfogati, ne hai diritto. Ora vado a sistemare le cose a casa. Tra poco si sveglieranno tutti. I tre che hai vicino non ti daranno problemi, ma gli altri ti faranno delle domande. Rispondi quello che vuoi, ma ricorda quello che ti ho detto: se vuoi uscire da qui non parlare di noi.»

Aveva accennato ad andarsene, poi era tornata indietro, sentendosi piccola e miserabile.

«Senti, qui c'è una persona che forse potresti conoscere. Vi terrò lontani, ma se vi dovesse succedere di parlargli...» misurò le parole «stai attento a quello che dici.»

Nelle due settimane seguenti le acque si erano calmate, il collega di Lena andava verso la scarcerazione e l'omicidio di Betta sembrava destinato a rimanere un mistero. Alex e Lucio avevano parlato di quanto era successo ed entrambi avevano pianto. Lui temeva che lei non lo amasse più e lei temeva che lui non potesse più essere salvato.

«È stato un incidente, te lo giuro!»

insisteva lui e lei diceva ma sì, ma sì, fingendo di non ricordare che Lucio aveva cercato di uccidere Domenico e chiesto mille volte di sterminare tutti i prigionieri del capannone.

Non ci è nato così, ci è diventato.

Può tornare indietro.

Ma Lucio non era il suo unico problema. Fermo si era fatto più e più aggressivo, non le riusciva di placarlo, gli aveva parlato di "male comune" e di "sacrifici", in fondo lì era al sicuro, nessuno lo avrebbe trovato, ma lui in risposta la insultava, le dava della stronza, della bugiarda, dell'ipocrita, che "male comune", che "sacrifici", lui era lì dentro, lui, non lei. Queste parole le scavavano dentro un solco profondo, perché erano vere.

È troppo facile, per me, che razza di esempio sto dando?

La sua onestà a tutti i costi era stata sostituita dalla più totale arbitrarietà, un delirio di onnipotenza che aveva portato solo guai.

Ma io volevo fare bene.

Aveva bisogno di staccare dal capannone e da Lucio, si era fatta assegnare dalla CO.LI.SAN altri corsi di aggiornamento fuori città per poter restare sola e riflettere. Quella doppia vita la stava uccidendo, l'idea che Lucio fosse un assassino le mangiava il cuore, l'asma era tornata e sembrava non volersene andare più. Dovevano lasciar perdere Lena, avevano sprecato inutilmente energie con lei, che se solo avesse reagito avrebbe salvato Betta. Aveva stabilito una data per la sua fuga con Lucio, se fosse riuscita a procurarsi i documenti

se?

a Natale avrebbero iniziato una nuova vita. Aveva già messo via dei soldi, li teneva nascosti nel cascinale all'interno di un pozzo asciutto e se avesse pianificato tutto per bene

se?

avrebbero potuto viverci per qualche anno. Mancava un solo tassello, e se avesse trovato la forza di metterlo a posto...

se?

davvero, Alex?

se?

L'ossigeno se ne andava, dai polmoni, dal cervello, pensava a sua madre e si sentiva minuscola, una bertuccia, altro che gorilla.

Tu non te ne vuoi andare perché non vuoi lasciare Saverio.

No.

Sì.

Per occupare la mente qualche volta prendeva e andava a Modena a vedere la ragazza che aveva minacciato di denunciare Betta, o Argo, o Lena, o tutti e tre insieme: Anna Baroni. Lucio non lo sapeva, non voleva che si mettesse in mente che volesse prendere qualcun altro, si era già fissato con la ragazza di Parma e faceva fatica a tenerlo a bada. Ma quel che Alex nascondeva anche a se stessa era che quella tizia, l'interprete, per qualche ragione misteriosa la attirava tantissimo. Era il male assoluto, quella, il male assoluto, Cristo santo. La sua era una ferocia facile, immediata, si accaniva a bullizzare con un sorriso chiunque le capitasse a tiro, dalle colleghe meno esperte alle persone dall'aspetto sgradevole, credeva di essere superiore, di essere migliore ed era sua cura far sentire gli altri delle autentiche merde. Alex si mescolava ai gruppi di stranieri a cui faceva da guida turistica e la osservava, mai un capello fuori posto, mai un sorriso che contagiasse gli occhi, una spocchia granitica a tenere tutti a distanza, fredda come il marmo.

Ti sto graziando

pensava guardandola, perché in fondo non c'era nessuna buona ragione per prenderla.

Vedi? Ho riacquistato il buonsenso.

E questo la faceva sentire meglio, per un po'.

Mentre Alex si giostrava tra i corsi, il capannone e le visite ad Anna Baroni, Lucio aveva agito alle sue spalle. L'omicidio di Betta aveva avuto un effetto domino sul suo equilibrio già precario, aveva dimostrato che era in grado di fare una cosa del genere e farla franca, che poteva prendere decisioni senza l'avallo di Alex e soprattutto aveva donato a Lena un'importanza nuova. Era stata colpa sua, lei aveva fomentato Betta e lo aveva costretto a ucciderla. Quindi, nonostante Alex gli avesse detto che basta, tiravano i remi in barca, lui non aveva smesso di seguire Lena. Più Alex si allontanava e più lui si concentrava sull'ex fidanzata di Saverio. Era diventata il suo obiettivo personale, una rivalsa su quel tossico che per la sua donna era tanto importante. Quando lei non c'era si divertiva un sacco a tormentarlo e ad aizzargli contro Vasco attraverso i bigliettini, ma sapeva che era una misera rivalsa. Se c'era qualcuno a cui Saverio teneva era proprio la sua Maria. Così Lucio aveva continuato ad andare a casa del vecchio, a prendere appunti, a tormentare Lena anche in assenza di Alex. Le aveva rubato un gioco del cane, aveva filmato Saverio mentre glielo tirava addosso e lo aveva rispedito alla donna. Gli era sembrata una grande trovata, si era sentito potente, importante perché aveva fatto tutto da solo, del resto il telefono con cui la perseguitavano ormai lo gestiva lui. Ma quando lo aveva detto ad Alex, in partenza per l'ennesima trasferta, non le aveva letto in faccia nessun orgoglio.

«Hai corso un rischio, e se sul pacco trovassero le tue impronte?»

«E chi? Lena mica lo porterà alla polizia.»

Lucio aveva ragione, tutte le volte che la donna aveva provato ad andare alla polizia l'avevano fatta desistere. Le si era seduto accanto.

«Lasciami fare qualcosa. Dammi una possibilità per riparare a quel casino con Betta. Tu hai detto che di Lena non ti importa più, e allora lasciala a me.»

Alex aveva chiuso gli occhi. Era tutto sbagliato, ma ormai poteva giocare solo con le carte che aveva in mano. Nella testa la voce di sua mamma le sussurrava ancora che doveva insistere, la natura vince sempre, non esistono casi disperati, serve solo una buona guida. Ma lei voleva solo riprendere fiato.

«Potrei sparire» aveva detto.

Lucio era trasalito.

«Non intendevo questo.»

«Ma io sì. Faremo finta che me ne sia andata, che ti abbia lasciato. Manderò una mail in azienda e un sms a te, sembrerà un esaurimento nervoso e non diventerà un caso. Servirà anche a Lena, crederà che mi abbia uccisa la stessa persona che ha ucciso Betta.» Gli aveva accarezzato il viso. «Stiamo per andarcene, Lumino. Devo solo fare ancora una cosa, ma il resto è quasi pronto. Se mi fermo al capannone avrò il tempo per occuparmi di tutto.»

Lo aveva stretto forte, il suo bambino, il suo assassino, che restasse pure concentrato su Lena, piuttosto che su tutti gli altri, era un passatempo innocuo.

«E mi lasci qui da solo?»

«Mi hai chiesto una possibilità. Te la sto dando. Ora organizzo tutto.»

Quella sera Lucio le fece un video mentre saliva sul treno e lo conservò per inviarlo a Lena il giorno della sua scomparsa ufficiale, mentre Lucio si creava un alibi facendosi riprendere da tutte le telecamere possibili. Ci fu un'indagine brevissima, qualche appello in tv, tutti tranne Lena pensarono all'allontanamento volontario. L'ansia di Lucio venne interpretata come disperazione. Nel capannone, invece, dopo tanto affanno, Alex si sentiva finalmente a casa.

Da quando Alex aveva sistemato il suo quartier generale in una delle gabbie Fermo aveva iniziato a farle una vera e propria guerra. Aveva iniziato a farle tutti i dispetti possibili, sporcando apposta, sprecando il cibo, aizzandole gli altri contro, soprattutto l'altro "innocente" chiuso lì dentro, Vasco. Non era uno stupido, aveva afferrato perfettamente come funzionavano le cose, la differenza tra lui e gli altri e il suo potere su Alex. Ma aveva sviluppato anche una paranoia potente, non la paura che lei non lo facesse più uscire, ma che là fuori qualcuno beccasse lei e Lucio e li rinchiudesse lasciando gli abitanti del capannone in balia del nulla. Alex si prendeva gli insulti, non reagiva, in fondo Fermo aveva ragione, finché poteva uscire dalla gabbia lei non aveva il diritto di insegnargli proprio niente. L'uomo aveva tenuto fede alla parola data, agli altri non aveva detto nulla di lei e Lucio, pur facendo intuire che sapesse qualcosa di ignoto a tutti. E non aveva detto nulla a Saverio, che di lui non si ricordava e con cui aveva chiacchierato a lungo senza che Alex consentisse loro di vedersi mai in faccia. Quel Saverio era un vero coglione, lo aveva preso in simpatia e aveva blaterato fino alla nausea della sua fidanzata, che insisteva nel chiamare Maria. Aveva ribattezzato anche lui, Mino da "Fermino", e non gli dispiaceva che quei disgraziati lo conoscessero sotto un altro nome. Lui aveva capito che quel tale, quel Saverio, era importante, per Alex. Probabile che anche Lucio lo avesse capito, e questo lo rendeva pericoloso. Alex era pazza, non c'era dubbio, ma c'era pazzia e pazzia. Lucio non sapeva controllarsi, nessuno lo sapeva meglio di Fermo, eppure Alex credeva ancora di poterlo salvare, e la tragedia stava tutta lì. Ogni volta che il fidanzato la chiamava lei tornava a Firenze, si nascondeva a casa del vecchio e supervisionava il suo lavoro con Lena. Le idee di Lucio erano spesso scomposte, sguaiate, non era bravo a condurre il gioco e lei doveva sempre aggiustare il tiro. Gli aveva consentito di usare la droga di Fermo, solo a scopo intimidatorio, e lo aveva visto divertirsi come un bambino, mentre lei non aveva quasi più alcun interesse per Lena. Era contenta che Lucio fosse distratto e non le parlasse più della ragazza di Parma, e dal canto suo cercava di non andare troppo spesso a vedere la sua di ragazza, quella di Modena.

Non prenderemo più nessuno

insisteva a ripetersi, mentre nel capannone sistemava per bene la sua gabbia, quella più brutta in cui aveva ricavato un doppio fondo dove mettere le armi, i cellulari, un tablet, i narcotici e anche il suo nebulizzatore. Per renderla più graziosa aveva scritto con della vernice nera sull'insegna sbiadita

удав

"boa" in cirillico.

Se io fossi un animale tutti mi vedrebbero come un serpente.

Sorrideva, fingendo che non significasse nulla.

Ma un'idea aveva iniziato a prendere forma.

Le pressioni di Lucio avevano spinto Lena a fare delle cose brutte, sbagliate, immorali. Ma lei aveva ubbidito senza ribellarsi mai e questo lo aveva illuso che Alex avrebbe accettato di prenderla. Si erano incontrati alle Cinque Terre, lei indossava un cappello nero con visiera e occhiali da sole, lui come sempre sembrava suo figlio.

«Mi dispiace, Lumino, ma no. Si è comportata male, non è una Santa e ormai lo sappiamo, però non possiamo prenderla, c'è troppa attenzione su di lei.»

Lucio si era rabbuiato e per un po' erano rimasti zitti. Alex si sentiva astratta, sempre più scollata dalla partita che lui stava giocando, ormai erano due campionati ben distinti, lei nel capannone e Lucio dietro a Lena.

Stiamo per andarcene

si ripeteva, ma ormai usciva sempre più raramente, passava ore davanti allo schermo a osservare Saverio, ad ascoltarlo parlare con Fermo, a chiedersi quanto ci sarebbe voluto ancora per liberare la parte migliore di lui. Degli altri le importava poco, li teneva in riga, faceva rispettare le regole ma la loro riabilitazione era in secondo piano. Le importava solo di lui.

«Andiamo a prendere almeno la ragazza di Parma?»

La voce di Lucio l'aveva strappata alle sue fantasie. Per un attimo lo aveva visto per quello che era, un bambino disturbato troppo cresciuto, crudele senza esserne consapevole, fragile, smarrito.

Lo sto lasciando andare.

Per colpa di Saverio.

E così, senza alcuna ragione, gli aveva preso la mano

tanto sarà per poco, qualche settimana

e gli aveva detto

«Va bene».

Lo aveva visto spalancarsi in un sorriso e di nuovo lo aveva amato come prima, il suo Lumino, la sua anima perduta. Erano andati a Parma e Alex aveva osservato questa giovane donna graziosa che aveva fatto a pezzi tutti gli uomini che si innamoravano di lei, a sentire Lucio. Non aveva modo di verificare le informazioni, ma ormai non gli avrebbe negato quella preda, quel capriccio.

Di lei mi occuperò io, non le succederà niente di male.

Presero la ragazza a casa di un tizio, usando il gas per appartamenti, la portarono al capannone e la misero con le altre tre scimmie. Lucio era esaltatissimo, lei sapeva che li avrebbe tenuti al sicuro. In fondo all'anima sua madre le sussurrava

non mollare, Alessandra, insisti. Sii forte, sii il gorilla

e lei sapeva che sì, c'era ancora speranza. Aveva dato istruzioni precise, impedendo alla nuova arrivata, Sveva, di accoppiarsi subito con il povero Yuri, che non vedeva l'ora, aveva fatto delle raccomandazioni a Lucio e si era fatta un ultimo viaggio a Modena. Poi era tornata al capannone, aveva fatto il giro delle gabbie per addormentare tutti e aveva lavorato alla chiusura della sua, inserendo un meccanismo che avrebbe potuto far scattare dall'interno con un perno che poi avrebbe nascosto nel doppio fondo insieme al cellulare, al visore notturno e al fucile col narcotico. Una volta finito si era fermata a guardarla dall'esterno un'ultima volta e aveva deciso.

"Ora che hai imparato, insegna"

aveva detto sua madre, ormai senza labbra, mangiata da tutta quella bontà che non le aveva fatto sconti. Aveva messo i tre pazzi davanti alla gabbia ora destinata al serpente, poi aveva mandato un messaggio a Lucio.

IO ENTRO.

La chiamò dopo nemmeno un minuto.

«Che cosa significa?»

«Avevi ragione quando dicevi che non mi stavo comportando da gorilla. Ho capito dove sbagliavo. Non si insegna dall'alto di una cattedra, non si obbligano i soldati ad allenarsi sotto la pioggia restando al caldo nelle baracche, non si chiede sofferenza senza versare una goccia di sangue. Che razza di maestra fa così? Devo dare il mio esempio nelle loro stesse condizioni. Solo così sarò un buon gorilla.»

Lo aveva sentito urlare, piangere, minacciare di venire lì, che l'avrebbe fermata a ogni costo, che le avrebbe fatto a pezzi il gioco, ma Alex sapeva benissimo che erano solo parole. Lucio avrebbe accettato la sua decisione perché semplicemente non aveva scelta. Sentiva la fretta premerle sulla nuca e faceva fatica a tenerla a bada. Aveva aperto il doppio fondo e ci aveva depositato dentro il cellulare spento, il caricabatteria, il fucile carico e, dopo una breve esitazione, i denti. Era rimasta vestita, senza scarpe, le calze smagliate, si era rannicchiata in un angolo e aveva chiuso gli occhi. Dalla gabbia di fronte Giovannino le lanciava brevi occhiate in tralice, mentre passeggiava inquieto avanti e indietro, vicino a lui quel che restava di Domenico le teneva gli occhi aggrappati addosso, Greta dormiva silenziosa nella gabbia accanto. Con le prime luci dell'alba arrivarono i rumori, il risveglio di tutti gli altri.

Alex pensò ai randagi sotto la pioggia.

Alle mucche nel mattatoio.

Agli ultimi giorni di sua madre.

E quando fu pronta scoppiò a piangere.

Greta

Mentre tutti gli occhi erano ancora puntati su Giulio Castagnoli e la sua crisi d'ansia e Karina Lusa e la sua crisi di nervi, Anna Baroni a Modena tornava da un appuntamento di lavoro. Aveva ripreso a fare l'interprete, piano piano, poco alla volta per riabituarsi al contatto con gli sconosciuti. Sua madre l'aveva convinta a prendersi una macchina, basta viaggiare con i mezzi, basta dover attendere per la strada, se avesse avuto un'auto sua all'epoca non l'avrebbero presa. Anna aveva rinunciato a spiegarle che ben quattro degli altri sopravvissuti erano stati rapiti dai loro veicoli, ma con sua madre non si poteva ragionare. Aveva scelto una 500L blu, era l'unica in pronta consegna e a lei non importava molto del colore. Guidare continuava a non piacerle, la innervosiva, come la innervosivano tutti gli incontri sociali, gli appuntamenti, le attese. Parcheggiò davanti all'ufficio di interpretariato che portava il suo nome, un cambiamento fatto in fretta e furia con i vecchi soci per attirare più gente possibile, la pubblicità è l'anima del commercio. Aveva funzionato, non c'era niente da dire. Entrò annusando l'odore di chimico, forse il toner della fotocopiatrice, andò velocemente alla sua scrivania, che era in fondo alla sala, e si chinò ad aprire lo schedario. Lo scoppio avvenne esattamente in quell'istante. La vetrina andò in frantumi e il pavimento prese fuoco a strisce, come se le fiamme stessero tratteggiando dei disegni. I disegni andavano tutti verso di lei, la sua scrivania, la sua sedia, le sue gambe che rinculavano piene di schegge, mentre lì davanti le fiamme si alzavano ululando, immotivate perché non c'era vento, non c'erano materiali infiammabili, eppure divoravano qualcosa che era stato messo lì per loro. Il fuoco arrivò alla sua gonna e lei lo spense sbattendo l'impermeabile, un Burberry nuovo di zecca. Per un attimo fu di nuovo dentro alla sua gabbia, piena di paglia che prendeva fuoco mentre lei cercava di scappare. Allora era stata Sandra, dalla gabbia di fronte, a dirle come spegnerlo, come salvarsi.

Se non ce l'avessi fatta sarebbe uscita?

Avrebbe preso un estintore e mi avrebbe salvato la vita?

Non le risultava che ci fossero estintori, nel capannone. Ma nell'ufficio c'era, oltre una lingua di fuoco. Si scosse, buttò a terra il Burberry, lo calpestò e arrivò all'angolo, armeggiando con il beccuccio, spruzzandosi la schiuma sui piedi e poi davanti, a un passo, a due, mentre tutto l'ufficio ruggiva e i suoi capelli prendevano fuoco, così se l'era spruzzata in testa, uno schiaffo bianco, e non ci vedeva più. Andò alla cieca, spruzzando davanti a sé, il caldo che era insopportabile

anche nella gabbia lo era

ma sono sopravvissuta

calcolando che l'ufficio non era enorme, saranno stati venti metri al massimo, doveva arrivare alla porta, o alla vetrina, sentiva il crepitio del vetro in frantumi sotto le suole, mentre voci la chiamavano

«Di qua! Di qua!»

e infine mani sconosciute la afferravano per i polsi, togliendole l'estintore e issandola fuori, oltre la vetrina. Le sirene si rincorsero, qualcuno portò dell'acqua per gli occhi gonfiati dalla schiuma che non ci vedevano, ci furono i soliti fenomeni che fecero dei filmini col telefono ma ad Anna non fregava nulla, era uscita, era viva, ce l'aveva fatta anche quella volta, così come ce l'aveva fatta quel giorno in cui il suo carrozzone aveva iniziato a bruciare per punirla di un atteggiamento sbagliato.

Allora, ad appiccare il fuoco, era stato Nicola.
A dargli l'ordine, Sandra.

«Non è destino che abbia delle belle mani.»

Anna Baroni si rigirava tra le dita una sigaretta che non poteva accendere. Le ustioni avevano colpito la pelle nei punti in cui era già segnata dalle ferite, ma non sembrava farci caso. La sua deposizione dopo l'incidente aveva causato preoccupazione e imbarazzo nel commissariato di Modena, dove si era presentata il giorno seguente alle cure prestatele in ospedale.

«L'avete presa? Perché è stata lei, lo sapete. È stata lei.»

Contro ogni logica aveva voluto vedere nell'esplosione dell'ufficio la mano di Alessandra Gatteschi.

«È indubbiamente un attentato di stampo mafioso» le aveva concesso l'ispettore a capo delle indagini, che dopo la cantonata presa nel capannone non si sarebbe mai più sbilanciato in vita sua. «Ma la sua conclusione è quanto meno affrettata.»

Si era trattato di una bomba carta molto rudimentale, il danno peggiore in effetti era stato causato dal liquido infiammabile spruzzato sul pavimento.

«No che non è affrettata. È lei. Io lo so che è lei.»

L'uomo aveva trattenuto un sospiro, quanto avrebbe voluto che quella rogna toccasse a un altro.

«Mi ascolti, signorina Baroni, era previsto che lei rientrasse in ufficio?»

«Sono socio dell'ufficio, vado e vengo quando voglio.»

«Sì, ma era previsto che ci rientrasse ieri sera?»

Anna aveva stretto le labbra con ostinazione.

«No, ma non era nemmeno escluso.»

«E se non fosse tornata lei, chi avrebbe aperto stamattina?»

La donna aveva distolto lo sguardo, il fastidio che provava era palpabile, ma aveva imparato che con la polizia doveva trattenersi.

«Fabrizio, o Maddalena, il primo che arrivava.»

«L'innesco e la miccia erano stati collegati all'apertura della porta, chiunque l'avesse aperta l'avrebbe attivata. E magari non sarebbe nemmeno entrato. L'intento, abbastanza ovvio, era distruggere l'interno, come di fatto è successo. Ci sono continuamente episodi simili, magari non qui in città, ma è un atto intimidatorio nei confronti delle attività che danno fastidio.»

Nessuna telecamera aveva ripreso niente e loro non avevano pensato a installarne una, così come un allarme perché nell'ufficio non c'era nulla da rubare, a parte un paio di computer e la fotocopiatrice.

«Quindi lei mi sta dicendo che davamo fastidio? Uno studio di interpretariato?»

«Mi risulta che vi siate presi una fetta consistente del mercato, grazie al suo nome.»

Anna tremava di rabbia.

«Perciò non indagherete perché col vantaggio di essere stata rapita ho fatto concorrenza sleale agli altri?»

«Non ho detto questo» si era difeso l'ispettore. «Certo che ci sarà un'indagine, ma quella di Alessandra Gatteschi non è la nostra prima pista. Non c'è traccia di quella donna dal giorno in cui è fuggita.»

Poi si era alzato in fretta borbottando qualcosa su dei fogli da consegnare, e Anna fu certa che avesse ricevuto un segnale muto dall'uomo seduto nell'angolo. Quando rimasero soli lui non si alzò e lei non si voltò a guardarlo, ma fu come se.

«Sicura che è stata a lei.»

Non era una domanda.

«Certo che è stata lei. Ha già cercato di bruciarmi viva in gabbia una volta che le avevo disubbidito.»

«E com'è che non è successo?»

«Perché sempre lei mi ha salvata, perché era un bluff, un avvertimento.»

Caparzo aveva piegato appena la bocca, facendo sporgere il labbro dubbioso, e anche se non lo stava guardando Anna lo seppe, e questo la mandò in bestia.

«Ma perché non mi deve credere? Chieda agli altri! Chieda

a Nicola, è stato lui a dare fuoco alla mia paglia, con le sue sigarette di merda! Era il suo prezioso braccio destro, magari gli ha chiesto di bruciarmi anche questa volta!»

«Ma Scherillo perché ha da inguaiarsi?»

Finalmente Anna si era voltata, la sigaretta stretta tra le dita.

«Perché là dentro lui lavorava per lei! Era il suo portavoce, il braccio destro! Era quello con tanta acqua e tanto cibo e anche una pistola! Lui comunicava le regole, faceva il bello e il cattivo tempo e io non ci giurerei che non sapesse che lei era lei.»

«Ma lui dice che 'a robba erano tutte cose guadagnate, buona condotta, e la pistola non era carica.»

Il tono di Caparzo rimaneva pacato, sull'orlo della noia.

«E se si sbagliasse? Se vi sbagliaste tutti e io avessi ragione? Se fosse stato di nuovo Nicola?! Può almeno andare a controllarlo?»

«Posso, sì.»

Era una concessione.

«Sembra che lei non voglia credere a niente, né che la maledetta troia sia ancora là fuori né che stia cercando di finire quello che ha iniziato. Non se l'è presa anche con una delle scimmie? I suoi colleghi mi hanno detto che con la bionda è successo un casino.»

«No.» Caparzo si era alzato con aria rassegnata. «Quello era solo agitazione da femmina.»

Come la tua

era sottinteso.

«Quindi mi sono agitata anche io, dandomi fuoco?»

Le si era piazzato davanti.

«Vabbuò, io a Scherillo lo controllo, epperò tu devi pensare a stare bene prima, e a qualcun altro che non vai a genio poi.»

«Vado stasera in una clinica specializzata che ha trovato mia madre, grazie per la premura. Cercheranno di farmi riavere delle mani decenti» aveva detto Anna alzandosi. «Per il resto non so a chi non dovrei andare a genio, non ha visto come mi amano tutti?»

«Fai del bene e scorda, fai del male e pensa» aveva recitato il poliziotto, e aveva aggiunto: «'E mani non hanno importanza. 'E mani non raccontano niente».

A casa di Nicola Scherillo, Francesco Caparzo ci era andato davvero.

«Non si vede da qualche giorno»

avevano raccontato i vicini, insieme ai dettagli di quella notte di qualche tempo prima in cui lo avevano sentito urlare

«Sembrava terrorizzato»

mentre le tende del suo appartamento prendevano fuoco. Scuotendo la testa il poliziotto aveva chiamato i suoi superiori. Cosa gli ordinavano di fare? Non era un reato non essere in casa, del resto non c'era nemmeno il furgone che Scherillo aveva recuperato dopo anni di prigionia, doveva aspettare? Aveva atteso in macchina che terminasse il conciliabolo a chilometri di distanza, gli pareva di sentirli, mica puoi irrompere a casa di qualcuno così, sì, ma sarebbe il terzo sopravvissuto che dà di matto in pochi giorni, che poi alla Lusa non è successo proprio niente e la Baroni è rimasta ustionata per sbaglio, ma se poi salta fuori qualcosa e vedono che non abbiamo indagato? Finalmente gli avevano dato il via libera, che fosse chiaro e cristallino a tutti che forzava la serratura solo per il timore che Scherillo fosse stato colto da un malore, MALORE, Caparzo, hai capito, chiama pure un'ambulanza con i lampeggianti belli accesi e falla piazzare lì davanti, che la vedano tutti. Si era radunata una piccola folla prima ancora che il mezzo arrivasse, era bastato il nome dell'eroe, l'eroe, l'eroe venuto a trovare il sopravvissuto, per far accorrere la gente. Caparzo aveva avvisato per tre volte che sarebbe entrato, con voce tuonante, e poi aveva aperto la porta con un trucchetto da poliziotto che strappò un piccolo applauso. In casa Scherillo non c'era. In compenso c'erano polvere pirica, polvere da sparo, legnetti e liquidi accendifuoco, colla, corda, carta da macellaio, pastelli a cera e un foglietto con su scritto a pastello l'indirizzo dell'ufficio di Anna Baroni. Caparzo non aveva toccato niente e aveva chiamato di nuovo Firenze, da cui Ridenti aveva chiamato la stazione di Poggibonsi che aveva mandato una prima squadra per catalogare tutto.

«Alla fine la Baroni aveva ragione» aveva commentato l'ispettore.

Sul tavolo di Scherillo c'era anche la ricevuta di un pacco destinato a Giovanni Sangiorgi, di Faenza, ex marito di Karina Lusa. E c'era una lista con tutti gli indirizzi dei sopravvissuti del capannone, alcuni con una sottolineatura, come Yuri Vignoli, Karina Lusa, Sveva Cugini e Anna Baroni.

«Stava preparando qualcosa. Questi stanno tutti impazzendo» era stato il commento di un poliziotto.

Caparzo aveva aggrottato la fronte senza rispondere.

Giulio era disperato.

I giornali raccontavano che Nicola non si trovava, e lui ci stava malissimo, perché anche Nicola gli mancava, anche se lo aveva sempre deriso, perché nel capannone era una delle certezze, teneva il tempo, lo scandire dei giorni, era il maestro delle regole, senza Nicola sarebbero stati tutti più smarriti. Perché ora non si trovava? Dopo l'incendio aveva chiamato anche Anna, in una specie di clinica, perché era una strega, era cattiva, lo diceva sempre anche Saverio, ma era anche lei uno dei suoi legami. Dall'altra parte del telefono lei lo aveva ascoltato in silenzio dichiararsi preoccupato, memore di quell'altro incendio nel capannone, e come stava, eh, come stava?

«Chi ti ha suggerito di chiamarmi?»

Giulio era scoppiato a piangere, ecco, lo vedeva?, lei era cattiva, non si meritava la sua apprensione, non si meritava che le volesse bene nonostante tutto. E anche questa volta Anna lo aveva ascoltato e poi aveva detto

«È già venuta da te? Ti ha lasciato la carta e i pastelli?»

facendogli spalancare la bocca, perché credeva di essere

stato l'unico a ricevere il pastello blu, ne era stato certo, certissimo, l'I Ching aveva detto che era un segno solo per lui. Ma Anna aveva riso, ed era stata una risata cattiva e piena di rabbia che nascondeva una vibrazione piccola piccola cacciata giù in fondo. Quella vibrazione era paura, ed era strano, perché Anna non aveva mai paura.

«Sei un ingenuo, Giulio. Ci prenderà tutti, uno alla volta. Ma tu eri uno dei suoi preferiti, magari non ti fa niente.» E prima di interrompere aveva aggiunto in fretta: «Stai attento a Nicola».

Terrorizzato, Giulio aveva chiamato anche Yuri. Yuri aveva chiamato Karina. Karina aveva chiamato Sveva. Sveva aveva chiamato Giorgio, ma Giorgio non le aveva risposto. La ragazza non aveva nessuna intenzione di farsi sfuggire un'occasione tanto ghiotta, così, previa allerta data ai giornalisti, era andata a prendere Karina e insieme si erano presentate a casa dell'obeso.

«Ho detto a Yuri di andare a trovare Giorgio, magari con lui ci parlerà» aveva spiegato loro.

Non gliene fregava niente di Yuri, ma per ovvie ragioni non potevano stare insieme nella stessa stanza, tuttavia escluderlo da ogni protezione sarebbe sembrato crudele e quindi controproducente.

«Non dobbiamo più stare soli. Se nessuno ci protegge lo faremo tra di noi» aveva annunciato alle telecamere prima di chiudersi in casa con i suoi ex compagni di sventura.

«È un segno» aveva sentenziato Giulio. «Significa che dobbiamo riprenderci le nostre vite esattamente da dove le abbiamo perse.»

Sveva e Karina lo avevano guardato con un sopracciglio alzato.

«Lei non vuole che abbiamo paura» aveva insistito lui. «Dobbiamo tornare al punto di partenza e dimostrarle che siamo pronti a riprendere in mano le redini del nostro destino.»

«Vaffanculo» aveva borbottato Karina.

«Tesoro, io al punto di partenza non ho voglia di tornarci» gli aveva sorriso Sveva.

«Io so qual è il mio, so dove ha preso me» si era vantato Giulio. «È una chiusa sul Po. E se succede qualcosa a qualcuno di voi» aveva fissato insistentemente Karina «io ci torno, e chiuderò il cerchio del destino.»

Era partita così, un po' in sordina, la psicosi del ritorno di Alessandra Gatteschi. Un incidente, due incidenti, una scomparsa, una chiara intimidazione, cos'altro avrebbero dovuto aspettare? Il tam tam aveva preso l'avvio su internet, il giorno dopo sarebbe apparso sui giornali locali e solo l'indomani era possibile che ne parlassero anche quelli nazionali.

Ma non ce ne fu il tempo.

Diversamente da quanto si sapeva, la donna cieca conosciuta come Bella, che molte volte in quattro anni di prigionia era stata chiamata Greta, un nome e una famiglia ce li aveva avuti, tantissimo tempo prima. Si chiamava Yordanka Denkova ed era la settima di dieci figli di una coppia di contadini bulgari, che l'avevano ceduta, a undici anni, a dei parenti che l'avrebbero tenuta con loro a Pleven. A quindici anni Yordanka era rimasta incinta di un coetaneo, costretta ad abortire e poi spedita in una sartoria dove veniva pagata con vitto e alloggio. A diciassette anni era finita in un appartamento per prostituirsi con altre tre ragazze. Da Pleven era stata mandata a Sofia, dove era rimasta fino ai venticinque anni, quindi aveva accettato di scappare con un'amica per passare il confine e andare a lavorare in un locale di Istanbul. Gli anni in Turchia erano stati buoni, se n'era andata dopo il colpo di stato del 1980 a causa delle simpatie politiche del suo datore di lavoro, ed era finita prima in Grecia e poi in Italia. Aveva vissuto in Puglia e Basilicata, un cliente le aveva offerto di stare da lui, ma poi la picchiava e lei era scappata, rubandogli ventimila lire per prendere il primo treno disponibile. Era rimasta a Salerno il tempo di finire i soldi e ricominciare a prostituirsi, ma ben presto aveva iniziato ad avere male agli occhi. Non conosceva nessuno, non avrebbe saputo a chi chiedere aiuto, l'italiano lo parlava pochissimo e male. Aveva cominciato a bere per distrarsi dal dolore, chiudendosi nel sacco a pelo che aveva trovato in una discarica abusiva, negli anni ne avrebbe cambiati altri due. L'occhio destro aveva smesso di vederci quando si era spostata vicino ad Avellino, nel 1990. Un medico che l'aveva visitata grazie ad alcune volontarie della Caritas le anticipò che anche il sinistro se ne sarebbe andato, facendoglielo capire a gesti. Yordanka aveva sputato per terra. Si era mossa sempre più a nord, negli anni seguenti, andando in cerca del freddo, salendo su treni regionali che non pagava e da cui veniva cacciata poche fermate dopo perché puzzava. A Firenze si era fermata perché, una volta in città, non era più stata capace di ritrovare la stazione. Dall'occhio sinistro vedeva solo luci e ombre, distingueva i colori e questo le consentiva di andare in giro, spostandosi ogni giorno di un centinaio di metri e basta. Non chiedeva l'elemosina ma gliela davano lo stesso, per il resto frugava nei cestini, vicino ai locali c'erano sempre avanzi. Gli altri barboni a volte la aiutavano e a volte la cacciavano via, i più gentili le portavano i bricchi di vino con il tappo già svitato. Da molto tempo Yordanka non parlava più e a fatica intuiva le cose che volevano dirle gli altri. Ci sentiva perfettamente, ma le parole e le lingue si confondevano nella sua mente, impastandosi insieme e perdendo ogni senso. Stava accampata da qualche giorno vicino a Ponte alla Badia quando aveva sentito una voce di uomo che le parlava. Non aveva capito una parola, ma il tono era ostile. Yordanka si era voltata dall'altra parte. Quella notte l'uomo era tornato e le era piombato addosso, caricandola su una specie di furgoncino e portandola via, sacco a pelo e tutto. Avevano viaggiato tanto, lei aveva preso a pugni ogni cosa in quello spazio stretto, non le piaceva stare chiusa. Poi l'uomo l'aveva tirata fuori, caricata in spalla come un animale e portata da qualche parte. Fondo duro, un rumore di metallo, la voce dell'uomo sempre più cattiva, poi un lungo silenzio. Yordanka aveva toccato il pavimento di legno, quindi le pareti di metallo e le sbarre. Le sfuggiva la definizione di "gabbia", era più facile pensarsi in prigione, e fu questo il concetto che si fece avanti, era in prigione, l'avevano arrestata. Si oppose nel solo modo che conosceva, voltando le spalle al mondo. Nessuno si accorse mai della sua scomparsa come nessuno si era mai accorto della sua presenza. Il giorno dopo era arrivato un suono nuovo, una voce diversa, sempre maschile, che urlava e urlava e urlava e le dava tantissimo fastidio, così lei aveva preso ancora a pugni la parete, e ancora, e ancora. L'uomo cattivo era tornato, aveva lasciato cibo e acqua, aveva parlato, l'aveva picchiata con un bastone o comunque con qualcosa di duro, se n'era andato di nuovo ed era tornato ancora. Il tempo si era fatto astratto, Yordanka ogni tanto colpiva le pareti della sua prigione in segno di protesta e il metallo vibrava facendo un rumore confortante, BONG! L'altra voce non se n'era più andata, aveva portato suoni diversi, ma mai parole, nemmeno una, quelle lei le distingueva ancora, anche se non sapeva cosa significassero. Si era abituata alla galera, finché c'erano cibo e acqua e qualche volta ancora vino lei non si lamentava. Poi era arrivata la terza voce, maschile anche quella, la voce di un ragazzo, il suono del pianto. Andava e veniva con la voce dell'uomo cattivo, mentre quella che urlava non se ne andava mai. Poi la quarta voce, e quella Yordanka se la sarebbe ricordata sempre, perché era la voce di una donna, una donna dopo tanti uomini, tanto tempo. Anche la voce della donna non se n'era più andata, mentre la voce dell'uomo cattivo l'aveva sentita un'ultima volta, una sola, poi basta. Con la voce della donna erano arrivate anche le sue mani e il suo odore, se ne era difesa a lungo, poi l'aveva lasciata fare, perché era buona e gentile, la puliva e la pettinava, a volte la abbracciava. Aveva cercato di farla uscire dalla prigione, ma Yordanka non voleva, adesso lei stava bene lì, dove non faceva mai freddo e aveva sempre da mangiare. La donna le aveva tolto i vestiti e il vino ma le aveva messo delle coperte e cibo finché voleva. Ogni tanto le faceva una puntura, e dopo ogni puntura sentiva una voce nuova, in prigione. Le voci erano diventate tante, alcune le davano noia, e allora colpiva le pareti di metallo, BONG!, altre erano piacevoli. A volte qualcuno piangeva, a volte tornava anche la voce del ragazzo, insieme a quella della donna. Era andata avanti così per un tempo che non avrebbe saputo dire. Poi si era svegliata in mezzo alla luce, odori diversi, voci nuove. Non aveva avuto paura subito, ma non amava i cambiamenti. Era finita dentro a più letti in cui non riusciva a dormire, troppo morbidi, la soffocavano, poi l'avevano vestita e si era strappata tutto di dosso, quindi un lungo sonno, mani e piedi legati, ancora i vestiti, altre voci, altre parole, un viaggio sdraiata e poi la nuova prigione, piccola, calda. Era rimasta lì dove c'erano ancora voci nuove, che si tenevano sempre basse e morbide. Le portavano da mangiare e la lasciavano dormire per terra, i bisogni dentro a delle grosse mutande paffute. Yordanka era rimasta sul chi vive per l'odore di ospedale, poi ci aveva fatto l'abitudine. La prigione non era poi una brutta cosa. Finché non aveva sentito il rumore.

Nella casa di cura Villa Doria, situata sulle colline di Prato, c'erano quasi solo pazienti psichiatrici. Un paio di casi di demenza senile erano stati accolti perché i pazienti avevano avuto manifestazioni violente, ma in generale le diagnosi si assomigliavano tutte. La villa a tre piani era d'epoca, restaurata benissimo e dipinta di un color crema pallido, molto rilassante. Le stanze disponibili non erano molte, una quarantina, quasi tutte singole, salvo casi in cui i pazienti non avevano dimostrato alcuna propensione a danneggiare se stessi o gli altri. La stanza del secondo piano occupata da Yordanka Denkova, da tutti conosciuta solo come "Bella", aveva le sbarre alle finestre e la porta che poteva essere aperta solo dall'esterno. Il letto era fissato al pavimento così come il comodino e la poltrona, ma nell'insieme l'effetto era accogliente, i colori tenui, gli angoli smussati, i tessuti morbidi. La donna dormiva per terra, in generale si tendeva a contenere i pazienti nei letti con le sponde, ma visto il suo tragico vissuto e la sua ritrosia a salire sul materasso le avevano consentito di stare lì. Bella non usciva praticamente mai dalla sua stanza, quando una delle operatrici, Annabella o Marina in genere, la accompagnava fuori lei manifestava subito un disagio profondo, diventando prima nervosa e poi aggressiva. Per il resto era la paziente ideale, non socializzava ma nemmeno creava problemi, bisognava solo tenerla pulita e in ordine. La casa di cura aveva fatto una bellissima figura, accogliendola a titolo gratuito, e un paio di volte, con tutte le accortezze del caso, la stampa era venuta a fare un servizio su di lei, in un caso anche con la presenza di altri ex sequestrati, che lei non aveva dato segno di riconoscere. Due erano le occasioni in cui il personale non si trovava a passeggiare avanti e indietro nei corridoi: la prima era durante i turni di attività mattutine, quando i pazienti si trovavano tutti al piano terra e le stanze venivano pulite, la seconda era dopo la messa a letto, perché era il momento in cui, dopo aver chiuso i pazienti, gli operatori consumavano la cena. Quella sera di fine novembre i pazienti avevano mangiato alle 18.30 e alle 20 operatori e inservienti si erano chiusi nella sala per consumare il pasto. I soli due pazienti oggettivamente pericolosi erano stati sedati per consentire agli altri di dormire. Bella era già per terra nel suo angolo, sopra a un tappetino di spugna e coperta con un plaid di pile. Sentì la porta aprirsi ma non ci pensò neanche a voltarsi. Non successe niente per qualche secondo, finché, da una distanza fin troppo breve, non arrivò il rumore

BONG!

Bella si raddrizzò di scatto, voltandosi d'istinto nella direzione giusta. Conosceva quel suono: quello era il rumore della sua vecchia prigione. Per quanto il mondo trovasse gli anni trascorsi nel carrozzone come un vero abominio, per Bella la sua prigione era un rimpianto struggente. Non aveva mai avuto un posto per sé, eccezion fatta per quei tre lati di metallo, la base di legno e le sbarre. Là dentro si era sentita al sicuro, più di quanto non accadesse ora nella casa di cura.

Qui tutti le mettevano le mani addosso, la ribaltavano, imboccavano, le infilavano e sfilavano il pannolone, là non la toccava nessuno, tranne la donna buona dalle mani gentili che ogni tanto veniva a trovarla. C'era pace, nella prigione, molto meno baccano, meno gente.

BONG!

Il rumore tornò, e dal corridoio arrivò anche la flebile protesta di qualcuno da una delle stanze di fianco. Bella si mise carponi e seguì con le mani il riverbero del suono, fino alla porta. Si mise in piedi e uscì. Non vedeva niente, il corridoio deserto, le luci basse per favorire il sonno di tutti. La sua era l'ultima stanza, quando la costringevano a uscire girava sempre a destra, quindi seguì il corridoio. Non era spaventata e nemmeno era curiosa, aveva superato cose del genere da molto, voleva solo tornare a casa.

BONG!

Il rumore si era allontanato, ed era anche salito. Bella passò accanto a tutte le stanze, sfiorando le porte una dopo l'altra per non perdere la direzione. Faceva quel tratto avanti e indietro ogni giorno mentre la stanza veniva pulita, e lo faceva di malavoglia, scrollandosi di dosso le mani della ragazza di turno, tutte che le cantilenavano le stesse nenie. Il corridoio finì, incontrò la porta dell'ascensore grande e il cancello della scala che scendeva. Per lei il mondo finiva lì, non le era mai successo di muoversi nella direzione opposta e affrontare le scale che salivano, non sapeva nemmeno che ci fossero. E invece, girando a sinistra dall'alto arrivò il quarto colpo.

BONG!

Bella si staccò dall'ascensore e fu sola nel vuoto, senza sapere cosa si frapponesse tra lei e la sua amata prigione. Seguì il suono, la testa piegata indietro, le mani avanti. Inciampò sul primo gradino e quasi rovinò sulla scala, le dita ad acchiappare una sbarra della balaustra, sbarre, suono, tutti buoni segni. Salì i gradini con lo stesso metodo che aveva usato mille anni prima per quelli delle chiese, lato del piede a colpire e poi su, lato del piede e poi su, andava che era una bellezza, la scala curvava e lei dietro. Quando i gradini finirono su un cancelletto aperto si mise di nuovo carponi finché non incontrò un muro, e poi di nuovo in piedi, in attesa, in ascolto.

BONG!

Questa volta sì, questa volta era vicino, quello era un colpo niente male, chiunque fosse a richiamarla nella sua prigione sapeva bene il modo in cui la colpiva. Forse era lei, quella donna buona dalle mani gentili, forse la stava riportando a casa un passo alla volta. Sentì qualcosa di fresco che le correva tra i polpacci, un'aria diversa da quella calda e spessa dei corridoi, aria di fuori. Si mosse in quella direzione, le mani a seguire il muro e le porte nuove. Lei voleva il suo giaciglio, la sua paglia, la quiete del conosciuto. Invece arrivò a un termosifone bollente, sopra il quale stava sospeso un muro di freddo. Bella brancolò in avanti, ma non c'era niente, solo aria su aria, aria calda sotto, aria fredda sopra. Aspettava il prossimo colpo e con un frammento d'istinto avvertì che chi lo produceva era proprio lì, accanto a lei. Poi la spinta dietro alle spalle e subito due morse alle caviglie. Quindi l'aria fresca, freschissima, tanta, che le correva ovunque addosso mentre il suo corpo faceva una singola capriola, la prima da oltre sessant'anni. Infine il suolo.

Il corpo di Yordanka Denkova, detta Bella, fu scoperto alle tre del mattino dagli inservienti che si erano messi a cercarla per tutta la struttura, dopo che due controlli erano falliti perché dallo spioncino della stanza chiusa si vedeva un fagotto a terra, risultato poi essere solo il cuscino avvolto da un plaid. I cancelletti delle scale erano tutti chiusi e quando fu chiaro che fosse precipitata da una finestra del terzo piano anche quella risultò chiusa, le sbarre esterne bloccate da un giro di chiave. La casa di cura non aveva telecamere di sorveglianza per questioni di privacy. Apparentemente nessuno era entrato, nessuno era uscito. Quando arrivò il medico legale trovò stretto nella mano di Bella un mozzicone di pastello rosso.

E fu allora che chiamarono Francesco Caparzo.

8 ottobre 2017

Se fosse stata il classico professore pazzo, avrebbe preso appunti segreti che un giorno la polizia avrebbe scovato e decodificato, ma le giornate di Alex nella gabbia erano uguali a quelle di tutti gli altri. Non stava acquisendo dati nuovi rispetto al solito, nessuna informazione aggiuntiva sugli elementi del suo riformatorio personale, ma imparava un sacco di cose su se stessa. Nelle settimane precedenti aveva dormito comunque nella sua gabbia, sdraiata su un sacco a pelo, ma nel resto del giorno entrava e usciva. Anche adesso avrebbe potuto, eppure non lo faceva. La prigionia era una questione mentale, e anche se lei prigioniera non lo sarebbe stata mai, lo stesso avrebbe dovuto avvicinarsi il più possibile alla condizione che vivevano gli altri. Non aveva più usato il nebulizzatore per l'asma, per esempio, così che la percepissero come malata, provando compassione. Si era affidata alla sua volontà.

Respira, Alessandra, respira.

Da quella che per tutti era la posizione di partenza, in mezzo ai non comunicanti, era riuscita a scambiare qualche parola con Nicola, che stava su uno dei due lati corti, e Saverio, dall'altra parte. Le avevano dato informazioni contrastanti, com'era ovvio, Nicola armato delle sue certezze e Saverio delle sue fantasiose teorie. Mentre simulava il panico sconvolto di una donna appena sequestrata, Alex si era interrogata sul personaggio che avrebbe dovuto interpretare. Doveva portare una parte di sé, senza mentire troppo, lavorare di omissioni. Nicola le aveva già detto che non era apprezzato parlare della vita fuori da lì e se gli avesse ubbidito avrebbe dimostrato di essere intelligente, lungimirante e sottomessa.

Ma devo avere una ragione per stare qua dentro.

La verità non funzionava

perché no?

essere una cattiva maestra non sarebbe stato compreso

perché no?

non senza tirare in ballo esempi

perché no?

o nomi

perché no?

o Lucio.

Lucio.

Lucio era una verità che potesse raccontare? Il suo fallimento con lui?

Se non mento ma ometto loro penseranno che vengo punita a causa di Lucio perché sono stata manchevole con lui. Penseranno a un tradimento. Penseranno che sono una donnaccia.

Era accettabile, ma era una motivazione fragile per essere stata rinchiusa.

A meno che.

A meno che loro non avessero creduto che Lucio fosse il loro carceriere.

E fu questa la storia che raccontò.

Lucio non accettò mai la sua scelta e per un pezzo non andò al capannone.

Continuava a scriverle e a chiamarla, ma quando era in gabbia di fronte agli altri lei non rispondeva e lui doveva arrangiarsi. Non gli piaceva.

«Non puoi mollarmi così da solo! Non puoi startene là una settimana, isolata, a fare la finta prigioniera senza nemmeno sapere se sono morto o vivo!»

Alex gli aveva promesso che a settimane alterne avrebbe messo la sua gabbia in una posizione che le consentisse di uscire, si procurò un registratore in cui imprimere i suoni di un lungo attacco d'asma, lo avrebbe lasciato nella gabbia fino all'esaurimento della batteria, se qualcuno le avesse chiesto qualcosa avrebbe finto di essere svenuta. Non gli diceva mai quanto le piacesse stare rinchiusa, quanto si sentisse più se stessa là dentro che fuori, vicina a Saverio con cui poteva finalmente parlare, che della faccenda di Lena non gliene fregava più niente. Fingeva interesse, però, gli dava dei consigli perché capiva che per lui era ancora importante. Ne parlavano quando si trovavano nel cascinale, ormai l'unico posto in cui lei si sentiva a suo agio fuori dalla gabbia.

«Potresti spingerla a fare qualcosa di davvero brutto.»

«Di brutto come?»

«Ci sono dei limiti oltre i quali nessuno di noi andrebbe nemmeno per proteggere la cosa più importante che ha. Tu, per esempio, uccideresti un cane, per me?»

Il ragazzo era rimasto interdetto solo un attimo, poi aveva scosso piano la testa.

«Bravo, perché mi feriresti.»

«Quindi se Lena fa qualcosa del genere poi la prendiamo?»

Era un'idea fissa che non si levava dalla testa. Alex sorrise.

«Prima faglielo fare.»

Non ci era riuscito. Lena sembrava inabissarsi sempre più in una deriva morale, ma agiva solo perché Lucio la spingeva a farlo, e secondo Alex questa non era una buona motivazione. Lui masticava amaro, Lena aveva riempito tutti i vuoti lasciati dalla sua compagna, che viveva serena la sua nuova vita in gabbia, sfruttando tutto il tempo che le serviva per progettare un futuro che gli sembrava lontanissimo. Non gli aveva riferito del suo incontro faccia a faccia con Saverio, e di quanto aveva sperato ancora, segretamente, che l'avrebbe riconosciuta. Non era successo, ma in lui era emersa un'empatia tutta particolare verso la nuova arrivata a cui aveva subito affibbiato il nomignolo di "Sandra". Era stato sincero e premuroso, perché la vedeva come una persona più in difficoltà di lui.

Ci siamo quasi, Saverio, sento che ci siamo.

A metà estate si era sentita pronta ad affrontare il passo più grande, di cui ancora non aveva parlato con Lucio.

Non capirebbe.

Ma il tempo era venuto. Aveva addormentato tutti, anche Giovannino e Greta, poi era andata a salutare Fermo, annunciandogli che era quasi finita.

«Devi tener duro ancora per poco.»

Lui l'aveva guardata con scetticismo, la loro era una pace armata. Trovarsela davanti senza la protesi ai denti, nuda, magra, i capelli che dopo qualche mese iniziavano a essere di due colori e un rantolo continuo che le usciva dalla gola, gli aveva fatto ammettere che era geniale. Sembrava quella messa peggio, lì dentro. Tirandosi in ombra le aveva fatto un applauso silenzioso che lei aveva apprezzato. E ora la lasciava andare via dandole l'ennesima fiducia.

«Va bene, ma fai alla svelta.»

Era stato addormentato anche lui, Alex aveva girato i carri, mettendo il proprio discosto, aveva dato una pulita generale e solo allora aveva fatto venire Lucio.

«Vado a fare una cosa importante, questa settimana, è una sorpresa. Occupati tu del capannone, basta che ci vieni un paio di volte, non c'è molto da fare, ho preparato tutto io. Prendo la Polo, okay?»

Lucio non aveva obiettato, le aveva detto che avrebbe finito lui di sistemare e lei era partita. Ci era voluta esattamente una settimana per fare tutto e quando era tornata aveva in tasca due documenti falsi corredati di fotografie sbiadite che potevano ricordare i lineamenti suoi e di Lucio. Una parte di lei ancora si opponeva all'idea di abbandonare quell'ecosistema perfetto che aveva costruito intorno a sé, un'altra si sentiva sollevata perché lontano da lì si sarebbe occupata solo di Lucio. Superata la dogana lo aveva chiamato ma lui non le aveva risposto. A notte fonda aveva parcheggiato l'auto vicino al cascinale abbandonato, e scendendo aveva avvertito improvvisamente una strana fretta, l'urgenza di andare subito alle gabbie. Era entrata nel capannone e aveva sentito un odore diverso, acido, come se tutti avessero sudato molto di più, in quei giorni d'estate. Aveva ascoltato il russare di Giovannino, vicino alla porta, e si era affrettata a prendere il fucile e a mettersi il visore notturno per addormentare tutti, voleva far girare subito i carri. Andava a ogni gabbia, controllava tutto e poi sparava. Prima le scimmie, poi Nicola, poi Vasco, che dormiva voltandole le spalle. Poi si era girata dall'altro lato e non si era più mossa. Fermo era lì, una massa bianca nel buio. Sentì l'odore della morte prima ancora di avvicinarsi. Si forzò a muoversi, andò alla gabbia vicina, quella di Saverio, ma Saverio dormiva, come pure Giulio. Quando poté posare il fucile si arrampicò sul carrozzone rosso, che aveva l'accesso sul tetto, e si calò dentro. Il corpo di Fermo era più magro di quanto non ricordasse, rigido e freddo, forse un po' gonfio sull'addome. Non c'erano segni di ferite, per un attimo coccolò il pensiero che fosse stato un infarto, un ictus, qualcosa. Poi si voltò a guardare il resto della gabbia. Non c'era niente. Né cibo né acqua. Lucio lo aveva lasciato morire di fame.

Le aveva giurato di non essersi accorto, di aver fatto tutto per bene, forse si era dimenticato di mettere il cibo e l'acqua a Fermo perché non era abituato a occuparsi tutto da solo del capannone, del resto lei se n'era andata, lui aveva dovuto anche fare delle foto a Saverio mentre era ancora addormentato per spedirle a Lena, gli era solo passato di mente. E poi, quando era tornato a metà settimana, lo aveva già trovato così e ormai che poteva fare? Lei era all'estero, irrintracciabile, aveva preferito non dirle nulla. Alex non gli aveva risposto, piegata in due dal dolore e dalla colpa.

Sarebbe uscito.

Qualche giorno e sarebbe uscito.

Aveva tolto il telo dal trattore e lo aveva portato davanti alla gabbia di Fermo.

«Ma cosa fai?» aveva chiesto Lucio.

«Non possiamo portarlo via con l'auto, è troppo pericoloso. Lo lasciamo qui in campagna, il più lontano possibile.»

«Ma seppelliamolo, no?»

Lo aveva fulminato.

«Voglio che lo trovino. Voglio che lo portino a casa.»

Avevano attraversato campi incolti e sentieri, fino a lasciare il corpo a molti chilometri di distanza, in un fosso insieme al mazzo di chiavi di Betta. Un trattore in campagna è quasi invisibile, in agosto, e del resto non incrociarono nessuno. Per tutto il tempo Lucio aveva insistito con la sua versione, e Alex lo aveva ascoltato mentre risistemava tutte le gabbie e lavava il carrozzone della iena. Poi gli aveva detto

«Vai a casa»

ed era rientrata nel suo. Non riusciva più a pensare alla fuga, alla salvezza, a tornare in un mondo più reale di quello, il solo posto in cui riusciva a stare, il solo in cui meritasse di stare era quello.

Forse ha ragione Lucio, forse dovrei uccidere tutti, compresi noi due.

Aveva pianto per l'intera settimana e Giulio, che aveva assistito alla morte di Mino, l'aveva seguita a ruota. Vasco li aveva derisi

«Avete capito cosa succede a fare gli stronzi qua dentro?»

ma dal lato sinistro del suo carrozzone era arrivato un rumore lieve, una sfarfallata, qualcosa che colpiva il bordo del suo.

«Saverio vuole darti la mano» le aveva riferito Giulio, che per cose simili si commuoveva sempre.

Alex aveva messo apposta la sua gabbia attaccata a quella di Saverio, sperava in qualcosa, una parola buona, un gesto gentile, compassione per Mino. Ed erano arrivati tutti e tre.

«Ha fatto bene. Ha fatto bene a ribellarsi, è morto con tutta la sua dignità. È meglio morire lottando che sopravvivere calpestati.» "pam!"

Vasco li aveva seppelliti di risate, ma Alex aveva sporto il braccio fuori dalla gabbia e le sue dita avevano toccato quelle di Saverio.

«Non è stata colpa di nessuno, Sandra, non potevamo impedirlo.»

Io sì.

Erano passati i giorni, poi le settimane. Lucio tormentava Lena, chiedeva ad Alex "posso fare questo?", "posso fare quello?", lei verificava blandamente e poi rispondeva di sì, sì, fai quello che vuoi, basta che stai attento. Firenze le sembrava un altro pianeta, lontanissimo, in cui forse un tempo aveva vissuto. Se poteva non ci tornava che per poche ore, giusto il tempo di sistemare i pasticci del fidanzato, e poi correva a rifugiarsi nella gabbia. Continuava a ripetersi che era tutto pronto, lei e Lucio se ne sarebbero potuti andare in qualsiasi momento, aveva preparato una borsa con vestiti e documenti e l'aveva nascosta nel cascinale insieme a un sacchetto con alcuni cellulari da pochi soldi, aveva fatto il pieno alla Polo ed era stata attenta a muoverla ogni tanto per avere la batteria carica, aveva persino comprato a un mercatino dell'usato un piccolo generatore a benzina. Era davvero tutto pronto.

Ora ce ne andiamo.

Ma passavano i giorni, Saverio chiacchierava con Giulio, le scimmie bisticciavano, Lucio trascinava Lena sempre più in basso, Alex gli costruiva piani fantasiosi che lui faticosamente metteva in atto ed erano sempre lì. Immobili.

Dobbiamo andarcene, è il momento.

Ma non voleva, non poteva, non erano più le sue vittime ad aver bisogno di lei, era lei che aveva bisogno di loro. Ogni volta che era sul punto di cedere piazzava il suo carrozzone davanti a quello di Fermo e restava a fissarlo, a pensare a tutto quello che poteva essere e non era stato.

Non posso più vederla, quella gabbia vuota.

Sentiva il buonsenso premere, protestare a gran voce che lì dentro non c'era più nulla da fare, ma lei non voleva ascoltarlo. Così aveva chiamato Lucio

«Devi venire ad aiutarmi»

e insieme erano partiti per Modena.

Il giorno del trentatreesimo compleanno di Marilena Bacarelli avevano rapito Anna Baroni.

La guardava dormire supina, un abito verde indosso, i capelli appena spettinati, aggraziata come una principessa, la gabbia di Fermo a incorniciarla.

«Perché l'abbiamo presa?» le aveva chiesto Lucio.

Alex non poteva rispondergli che lo aveva fatto per essere costretta a rimanere ancora un po', perché aveva bisogno di concentrarsi su qualcuno che non fossero né lui né Saverio, perché quella donna rappresentava tutto quello che lei non era, anche se non aveva colpe precise e definite come quelle di Nicola, o Karina, o Giulio, che tutto era sbagliato in lei, e cercare di cambiarla l'avrebbe fatta sentire meglio.

«Per vendicare Betta» gli aveva invece risposto.

«E Lena, allora?»

Lena, l'eterna spina nel fianco.

«Non ci sono più gabbie vuote. Tranne quella troppo piccola.»

«E allora? Mettiamola lì.»

Aveva di nuovo quel tono vorace da bambino ingordo.

In fondo potrei anche metterla nella gabbia piccola, tanto stiamo per

OH, PIANTALA!

«Ci vuole ancora un po' di tempo»

gli disse per tenerlo buono.

Anna era una sfida completamente nuova, Alex passava gran parte del tempo dietro il monitor a osservarla, del tutto dimentica di Lucio o di Lena o di qualunque cosa esistesse fuori dal capannone. Non le aveva lasciato cibo o acqua, nei primi giorni, per vedere come avrebbe reagito, ed era rimasta sorpresa dalla tempra della ragazza, decisa a non piegarsi. La settimana dopo, seguendo lo schema, l'aveva messa con Giulio e Saverio, e lì era successo.

A Saverio Anna piaceva.

Non si erano mai visti, era un gioco di voci, le aveva dato un soprannome strano, "signorina", ma interagiva con lei molto più che con chiunque altro, si infervorava e l'aggrediva, poi si calmava e cercava di consolarla, sembrava uno di quei bambini dell'asilo che tirano le trecce alla bambina che gli piace.

Ma non può.

Non può piacergli una così.

Eppure stava succedendo, nel giro di poche ore, i due carrozzoni messi a L, le loro voci che si cercavano, si rincorrevano. Anna lo blandiva, bisognosa di conforto, e Saverio si mostrava spavaldo, forte di una forza che non aveva. Ma lei non lo capiva

è troppo concentrata su di sé, scema, ottusa

e Alex non era nella posizione per poter intervenire, loro due si sarebbero trovate di fronte solo nella settimana seguente. Aveva seguito le loro chiacchiere per tutta la notte, ascoltato ogni parola, osservato la scena tenendo il monitor in grembo nella sua gabbia, rodendosi il cuore per ogni confidenza, ogni tenerezza. E quando all'alba credeva che stessero finalmente per mettersi a dormire

no

Anna, su richiesta di Saverio, si era tolta una benda che Alex le aveva messo per curare una piccola infezione al piede

no no

aveva sporto la mano fuori, sfiorando le dita di lui come aveva fatto con lei alla morte di Fermo

no no no

e aveva passato a Saverio il pezzo di stoffa.

no no no no no, è una regola, una regola ferrea, niente deve passare da una gabbia all'altra, perché Giulio non glielo dice?

Ma Giulio dormiva e Saverio osservava quella benda non

troppo lunga e poi si guardava intorno, provava a girarla intorno alle sbarre

non farlo

poi tentava di stringersela al collo

dio, non adesso, andavi così bene, non adesso

e infine faceva un doppio cappio, se lo assicurava intorno alla gola, poi si inarcava e infilava l'altro passante nella caviglia.

Quindi iniziava a tirare.

Alex era saltata fuori dalla sua gabbia, aveva preso il fucile e addormentato tutti quelli che avrebbero potuto vederla, poi era corsa a fermarlo. Forse la benda non avrebbe retto comunque, forse alla fine si sarebbe solo preso uno spavento, ma ci aveva provato, ci aveva provato davvero, dopo tutto quel tempo, a uccidersi.

Avevi imparato.

Aveva imparato, che cos'è successo?

Ma lo sapeva cos'era successo.

Era stata quella donna.

Gliel'ho portata io, sono stata io a decidere di portarla qui.

E ora lei sta rovinando tutto il mio lavoro!

Passò in esame tutte le ipotesi, separarli e non farli mai più incontrare, punirli, terrorizzare lei mettendola accanto a Vasco, l'elemento peggiore di tutto il capannone, liberare lui, liberare lei, ucciderla.

E poi, finalmente, l'illuminazione.

«Prendiamo Lena.»

Lucio l'aveva guardata con gli occhi sgranati, incredulo.

«Ma davvero? Avevi detto che era presto.»

«Ci ho ripensato.»

Con Lena Saverio sarebbe tornato in sé. Era vero, la donna delle sue fantasie non aveva niente a che fare con quell'ipocrita parassita, ma lo avrebbe distratto da Anna, e questo lo avrebbe fatto tornare in sé e alla consapevolezza del suo potenziale.

Poi quando starà meglio ce ne andremo.

Questa volta sul serio.

«E come facciamo? Sarà difficile rapirla, ha un sacco di occhi addosso.»

«Non la rapiremo. La convinciamo a seguirti.»

«Non si fida di me. È sempre sulla difensiva.»

Alex aveva riflettuto, erano seduti su due materassi a terra, nel cascinale, e mangiavano cibo cinese freddo che Lucio aveva portato per imbastire una cena romantica.

«Dobbiamo convincerla che io sia stata rapita insieme a Saverio. Lei pensa che mi abbiano uccisa per colpa sua, giusto? Le daremo la prova che non è così. Useremo la mia vecchia protesi, i denti che sono nel comodino e il mio vecchio telefono su cui metteremo dei filmati di me nuda in gabbia. Tu dirai che stai subendo gli stessi ricatti che sta subendo lei e che hai scoperto dove ci tengono. Ti seguirà, vedrai.»

«E se non mi crede? In fondo è solo la mia parola, potrebbe capire che sono io uno dei rapitori.»

Alex aveva rimestato nel cartoccio con le bacchette.

«Facciamo così. Io vado a casa del vecchio e le mando un messaggio. Le dico, che so, di spogliarsi davanti alla finestra, poi entri tu e cerchi di stuprarla.»

«MA SEI IMPAZZITA?»

«Ascoltami! Prima che tu ci riesca, e vedi di non provarci troppo, io manderò un messaggio a lei e uno a te per fermarvi. Così ci crederà, che siete entrambi sotto il mio controllo. Poi tu le fai vedere le foto e i denti e quando si sarà convinta la porti qui.»

Lucio l'aveva guardata con sospetto.

«Perché ti sei decisa proprio adesso?»

Alex avrebbe voluto essere libera di rispondergli che aveva sbagliato a prendere Anna, che temeva di perdere Saverio, che era stanca e non si fidava più di se stessa, che non avrebbe sopportato di fallire, che doveva fuggire alla tentazione di vivere in gabbia, di cancellare Alex per essere solo Sandra, abbandonare il gorilla per diventare il serpente.

Ma non sono libera.
«Perché le abbiamo dato fin troppe possibilità.»
E in fondo non stava mentendo.

Il giorno stabilito Alex aspettava nella posizione abituale, dietro alla tendina dell'appartamento di fronte, in una mano un telefono con cui filmare tutto, nell'altra quello con cui contattarli. Lena era lì in casa, sola col cane.
VAI DAVANTI ALLA FINESTRA. ORA
aveva digitato, poi, mentre Lena ubbidiva, aveva inviato un messaggio sullo stesso tono a Lucio sul suo telefono. Quindi
SPOGLIATI
di nuovo a Lena ed
ENTRA
a Lucio, quindi iniziò a filmare. Lena ubbidiva, come sempre, senza ribellarsi. Lucio entrò nell'appartamento, accolto con gioia da Argo. Alex sorrise.
Guardalo lì com'è teso, lo stupratore.
Meno male che non vuole farlo di mestiere.
Lucio si avvicinò a Lena e cominciò a farla piegare per stenderla a terra, rigida lei e rigido lui, entrambi con gli occhi che guizzavano verso la sua finestra.
Sta facendo resistenza?
Non si capiva, glielo avrebbe raccontato lui più tardi, ora doveva solo andare vicinissimo al mettere in atto la cosa e quindi li avrebbe fermati. Non era preoccupata, per niente.
Poi successe.
Come avrebbe dovuto chiamarlo? Un imprevisto? Quell'imprevisto era una montagna di carne che piombò nella stanza buttandosi addosso a Lucio. Un uomo, un uomo enorme, mai visto prima, bianco, rasato, muscoloso. Iniziò a picchiarlo, con una violenza mai vista. E lei era lì, paralizzata come un animale notturno davanti ai fari dell'auto. Non aveva il controllo, non esisteva nessun controllo, quella be-

stia lo stava ammazzando e lei non riusciva a muoversi. Fu Lena a farlo, ad aggrapparsi all'uomo

lo conosce

e parlargli. Finalmente i pugni si fermarono e la bestia si voltò verso di lei, guardando dritto alla finestra.

LO SA!

Lo vide partire verso la porta e finalmente uscì dalla paralisi. Si avvolse la testa con una sciarpa, infilò il berretto, prese le chiavi, i cellulari, cos'altro poteva avere lasciato? e uscì. Stava per prendere le scale

oddio, Lucio, cosa ti ha fatto, Lucio?

quando la razionalità riuscì a raggiungerla.

Non andare giù. Vai su. Vai al terrazzo in cima, dove stendono la biancheria. E vacci PIANO.

Era appena arrivata alla porta in cima alle scale quando sentì il tonfo, diversi piani sotto di lei. Il suono di una mandria impazzita che abbatte le porte e galoppa sui gradini.

Ma chi è, in nome di Dio, chi è?

Uscì all'aperto, accostò piano la porta, si allontanò tra i fili per stendere e rimase in attesa. Un minuto, due minuti.

Ora arriva.

Sono in trappola.

L'istinto di fuggire in qualunque modo era forte, ma non si sarebbe buttata giù, non era una soluzione contemplabile, doveva sapere come stava Lucio, e aveva da portar da mangiare agli altri e mettere la pomata sulle piaghe di Giulio, non si sarebbe buttata giù, aveva ancora troppo da fare, eppure aveva anche tanta paura, da quanto non aveva una paura così, istintiva, primordiale?

I minuti passavano, non arrivava nessuno.

Ragiona. Conosce Lena. La sorvegliava, perché lei non ha chiamato aiuto, quindi era già pronto a intervenire. E l'ha lasciata lì in casa, da sola, con Lucio

dio, Lucio

senza nessuno che la protegga. Se non mi trova può pen-

sare che sia uscita e stia andando da lei. Deve tornare da Lena, DEVE.

Dopo mezz'ora decise che era il momento. Lo avrebbe fatto a viso scoperto, tanto se quell'uomo le stava tendendo un agguato non sarebbe stata una sciarpa a salvarla. Aprì la porta, scese le scale, un piano dopo l'altro. Non c'era più nessuno. Sentì che chiamavano l'ascensore a piano terra, aspettò che salissero e poi semplicemente uscì dal palazzo. Lucio non l'avrebbe contattata, non c'era modo, avrebbe dovuto scoprire da sola cosa gli fosse successo e chi fosse quell'uomo.

Un Nemico.

Il primo nemico vero, attivo, non passivo, concreto, non ideale, qualcuno che si era messo contro di lei, proprio lei.

No, non ci si è messo lui. Me l'ha messo Lena.

Il Nemico si chiamava Francesco Caparzo. Alex pensava che sarebbe stato più facile rintracciarlo, grande e grosso com'era, invece le ci era voluto parecchio impegno. Lucio era in ospedale, non c'era stata denuncia, Lena doveva avere inventato una scusa plausibile e l'uomo che lo aveva assalito era stato zitto. Alex era andata in reparto per vederlo, una cosa di pochi secondi, era entrata di notte, indosso un camice da chirurgo, berretto e mascherina. Da fuori, alta com'era, sembrava un uomo. Un passaggio rapido nel reparto di medicina generale e lo aveva individuato in una camera. Si era fermata sulla porta senza entrare. Era messo male ma non aveva nulla di grave, superato il dolore fisico e lo spavento avrebbe pensato lei a rimetterlo a nuovo. Aveva picchiettato due volte col dito sul bordo metallico del battente. Lucio aveva aperto subito gli occhi pesti, si erano guardati senza un gesto poi era potuta andare via sollevata: la situazione non gli era sfuggita di mano, era stato bravo. Da quel momento si era concentrata sul Nemico. Sapeva di non doverlo cercare CON Lena ma INTORNO a Lena. L'avevano sorvegliata per mesi senza mai rilevarne la presenza, quindi significava che voleva nascondersi a loro come loro si nascondevano a lui.

Caccia i cacciatori

aveva pensato. A quel punto si era concentrata su un cerchio di sorveglianza molto più ampio, quei due dovevano ben incontrarsi da qualche parte, e i posti sicuri erano pochi: l'albergo, la casa di Lena, forse qualche area cani in cui lei portava Argo. Non l'aveva visto in nessuno di questi e non lo avrebbe visto affatto se non fosse stata parcheggiata al posto giusto al momento giusto. Una volante della polizia era passata pigramente davanti alla casa della fidanzata di Saverio, in uno degli interminabili controlli di routine che venivano fatti davanti alle abitazioni di persone considerate di interesse. Di norma quando queste volanti passavano Alex, appostata nel fuoristrada di Domenico, si metteva a discutere animatamente al telefono spento e non guardava mai fuori. Quel giorno si era potuta permettere un berretto da baseball ben calzato sulla fronte e un paio di occhiali. La macchina della polizia era passata e lei aveva solo intuito la figura del poliziotto seduto al posto del passeggero. Lo aveva notato perché oscurava del tutto la visuale del finestrino.

Possibile?

Ne conosceva, di uomini grossi, ma grosso così le sembrava una coincidenza enorme.

Forse me lo immagino io così gigantesco, avevo una visuale dall'alto ed ero spaventata, non posso essere sicura che fosse davvero così.

Ma aveva sollevato Lucio come un fuscello, va bene la paura, va bene l'agitazione, ma sapeva cosa aveva visto. Si era appostata fuori dalle varie stazioni di polizia e a quella di San Giovanni lo aveva visto. Era lui, senza alcun dubbio, e sì, era gigantesco come le era sembrato. Non lo aveva seguito, perché temeva che se ne sarebbe accorto. Avrebbe usato mezzi laterali, forse più lunghi ma di certo più sicuri.

Lena si è rivolta alla polizia? Sul serio?

No.

No, di questo era certa.

Era troppo spaventata e aveva eseguito gli ordini come meglio le era riuscito, la polizia non lo avrebbe consentito, nemmeno per tenderle una trappola.

E quindi?

Lo ha assoldato, ne ha assoldato uno solo, come un detective privato, ma lo ha scelto che sapesse muoversi sul campo.

Destabilizzante. Lena aveva agito. Alex si sentiva smarrita, il quadro non andava più a fuoco, il dubbio di essersi sbagliata ricominciava a sgomitare.

La Santa di Saverio avrebbe chiamato la polizia.

La gattamorta che ho conosciuto io avrebbe ubbidito e muta.

Ma questa terza Lena, questa Lena chi è?

Si era concentrata sul poliziotto, ne aveva saputo il nome, Francesco Caparzo, lo stato di servizio, la mancata carriera, un paio di trascorsi interessanti, anni prima, nella celere di Napoli. Si era avvicinata con grande prudenza, lo aveva visto andare e venire, sempre con quell'aria bovina e spenta. Poi improvvisamente, a metà di un percorso scompariva, cosa che sembrava impossibile, con la sua mole, ma ce la faceva, usava i parcheggi sotterranei, gli svincoli multipli, forse aveva più di una macchina, come lei, ma riusciva a uscirle completamente dal radar.

Sei bravo, Nemico.

In pena per Lucio e in attesa che avesse modo di rifarsi vivo, una volta rientrato dall'ospedale dove Lena continuava a visitarlo, Alex andava e veniva dal capannone, filmava Saverio, si occupava di Anna e, chiusa nel cascinale, smontava e rimontava i piani già fatti.

Perché adesso non erano più solo in due, a giocare, ma in tre.

Giorgio

C'era una ragione, se non si era mai sposato.

Giorgio Guccione non voleva rotture di palle, le aveva evitate come la peste per tutta la vita, e se c'era una strada facile per avere rotture di palle quella era prendere moglie. In tanti gli avevano detto bravo, sei stato furbo, ma altrettanti avevano scosso la testa sentenziando "un bell'uomo come te". E lo era, sempre stato, poi con quel portamento fine, elegante, faceva sempre bella figura comunque fosse vestito, e aveva fatto bella figura anche da nudo, dato che nudo ci era stato tre anni e mezzo.

Quando si era svegliato in ospedale l'uomo era seduto accanto al suo letto, la testa lucida, gli occhi stretti a esaminarlo.

«Pure 'a barba vi faceva»

aveva detto, e Giorgio nel dubbio non aveva risposto nulla, perché non voleva rotture di palle, soprattutto dai poliziotti, e quello era un poliziotto. Francesco Caparzo non lo avrebbe definito "omertoso" perché era una parola che non gli piaceva, ma calzava come un guanto a quell'infermiere alto dai capelli grigi e il sorriso pronto. Aveva risposto a tutte le domande dell'ispettore Ridenti senza dire davvero niente

«L'hanno rapita l'11 agosto 2014»

«Mi pare che fosse estate, sì»

«Non era una domanda, glielo stavo confermando» scivolando intorno alla verità, solo sfiorandola, come si fa con le donne in quei balli troppo complicati per essere eseguiti in balera. Aveva rilasciato un memoriale pieno di buchi e omissioni, farcito di "forse" e "non ricordo bene", gli psicologi con cui aveva parlato erano rimasti perplessi, avevano scomodato l'immarcescibile shock post-traumatico e avevano detto che per sommi capi i suoi ricordi corrispondevano a quelli degli altri.

Non era così.

Giorgio Guccione si ricordava molte più cose degli altri perché aveva l'abitudine di stivare le informazioni come uno scoiattolo, nozioni di norma slegate tra loro che esibiva nelle conversazioni per mostrarsi brillante. Non gli importava di quello che sapeva, gli importava di QUANTE cose sapeva. E in quel capannone di cose ne aveva viste parecchie. Aveva assistito a lotte di potere, complotti per la rivoluzione, tentati suicidi, omicidi, pestaggi e sì, anche uno stupro. E mai una volta aveva fatto niente per tentare di intervenire, fermare, dare l'allarme. Lui non voleva rotture di palle, e là dentro il solo modo per non averne era stare buono in un angolo, osservare e tacere. Questo gli avrebbe consentito di rimanere lì dentro altri tre anni, o trenta, o per sempre. Come tutti aveva avuto un momento di celebrità, era stato in televisione, aveva rilasciato un paio di interviste esclusive e poi se ne era tornato a casa. Aveva dovuto sostenere altri cinque incontri con gli psicologi per poter riprendere il lavoro, e non appena possibile si era rimesso la sua divisa bianca ed era tornato nella casa di cura.

Allora, e solo allora, quando la sua vita aveva ripreso la stessa identica forma che aveva prima di essere rapito, aveva iniziato il censimento dei ricordi.

Lo aveva notato già in mezzo agli studenti, sulla gradinata della piccola arena in cui si teneva il corso. Era un uomo di mezz'età con indosso una maglia scura e un gilet multitasche, magro, nervoso, che in mezzo a tutta quella gioventù stonava.

Ti sei preso un po' tardino

aveva considerato Giorgio, poi aveva continuato a esporre le sue mansioni all'interno della RSA. Lo chiamavano spesso nelle scuole per infermieri a parlare di quell'ambito specifico, visti anche i recenti scandali, le telecamere piazzate da carabinieri e polizia che non avevano di meglio da fare che gettare un'ombra su tutti loro. Avevano controllato, lui e i colleghi, che non le avessero messe anche da loro, giusto per prudenza, e pareva che no, l'avessero scampata. Non che succedesse chissà che, qualche volta volavano due sberle o uno sculaccione, quando le cariatidi non si muovevano, a darli erano soprattutto Mario e Debora, lui invece aveva dalla sua la forza, quando non collaboravano li prendeva di peso ed era finita lì. Non faceva vocine, non si ammorbava in estenuanti spiegazioni, non perdeva tempo, faceva quello che doveva fare e se le mummie non erano d'accordo peggio per loro. Mai un richiamo in tanti anni, e da tutti i parenti rompiballe e piagnucolosi mandavano sempre lui a parlare, perché si presentava bene e veniva creduto subito, qualunque storia raccontasse. Insomma, là dentro ne avevano sessanta, non è che potessero accontentare tutti i capricci, se erano accompagnati da un pensiero magari sì, ma altrimenti funzionava come una catena di montaggio, uno via l'altro. La direzione lo mandava ai corsi perché più di tutti era professionale, rassicurante, aveva una bella voce e faceva sembrare una missione edificante pulire il culo ai vecchi, e poi gli davano un piccolo bonus che faceva sempre comodo. Il tizio col gilet gli era venuto incontro all'uscita, la faccia scura, e Giorgio aveva sorriso, perché sorrideva sempre quando vedeva rogne all'orizzonte, tipo i parenti che arrivavano urlando perché al loro vecchio erano venute le piaghe.

«Sei un bugiardo» gli aveva detto quel tizio, andandogli a un centimetro dalla faccia.

Giorgio aveva respirato il suo fiato, cercando tracce dolciastre, di alcol o droga, ma non c'era niente di niente.

«Forse mi confonde con qualcuno.»

«Tu vendi un sacco di merda a questi ragazzi, e magari loro ti credono e pensano di andare in missione. Invece a te non frega niente della fragilità capillare o della disfagia, o dei vecchi in generale.»

E perché dovrebbe fregarmene?

ma non lo disse. Quello era un matto, aveva l'aria di essere forte, ma era più basso di lui e stava facendo una sceneggiata, come i cani che abbaiano ma non mordono. Gli bastò ignorarlo e quello se ne andò via com'era venuto, sicuramente aveva un parente nella struttura e per questo era venuto a cercare di rompergli le palle. Ma Giorgio non si faceva rompere le palle da nessuno.

Si erano ritrovati di notte sul fondo della gabbia, nell'angolo sinistro che era di Giorgio, se appena poteva andava a rifugiarsi lì.

«Voi sapete perché ci ha presi?»

fu la domanda bisbigliata a fior di labbra.

«Io ho fatto ammazzare dei negri. Gli ho venduto una macchina marcia e loro si sono schiantati» aveva raccontato Yuri.

«Odio i miei figli» se n'era uscita Karina.

«Io faccio soffrire gli uomini» era stata l'ammissione di Sveva.

«Maltratto i vecchi» aveva detto lui.

Si erano guardati bene in faccia, loro quattro che dividevano la stessa gabbia, quelli che lo scemo del villaggio, Saverio, aveva ribattezzato "scimmie". Si erano riconosciuti e dichiarati per quello che erano, sapevano di far parte di una specie di spedizione punitiva che, per criteri ben precisi o per casualità, aveva fatto cadere l'attenzione del rapitore su di loro. Gli altri tre sapevano i propri perché, Yuri e Sveva sapevano il quando, solo Karina sapeva il dove, ma lui, lui sapeva il chi. Aveva indicato loro l'uomo sdraiato nella gabbia di fronte, una gabbia lunga e piatta, di colore verde, e aveva detto

«È lui.»

Gli altri si erano asserragliati nell'angolo, standogli addosso.

«Come lo sai?»

«È venuto a un corso che tenevo, mi ha fatto una scenata davanti a tutti, me lo ricordo benissimo.»

«E cosa voleva?»

«Diceva che ero un bugiardo, che non me ne fregava niente dei vecchi. Che era vero, ma me lo ha detto in un modo che mi ha fatto paura.»

«Quindi ti ha preso per punirti?»

«Per punirci tutti, sì. Ma se ci comportiamo bene non ci farà niente. È importantissimo che non lo guardiamo mai, che non gli parliamo mai e soprattutto che non gli diamo un nome.»

«Perché non possiamo dargli un nome?» si era stupito Yuri.

«Nicola ha detto che è la legge.»

Karina lo aveva guardato fisso, quella storia l'aveva già raccontata a lei, quando erano soli, e la versione che stava dando adesso agli altri due era leggermente ritoccata. Ma alla fine aveva scrollato le spalle e si era rifugiata nella sua posizione, gli altri l'avevano seguita. Giorgio era rimasto nel suo angolo a soppesare le informazioni che aveva dato agli altri tre rispetto a quello che si era tenuto via per eventuali tempi cupi. Faceva così sempre, con tutti, stivava munizioni da tirare fuori come un coniglio dal cilindro, e ne aveva per tutti, per Nicola che nascondeva i cerini nelle fessure del legno, per Giulio che un paio di volte si era costretto a vomitare, per Vasco che una notte aveva pianto, per Saverio che aveva provato a soffocarsi con un braccio intorno al collo, per Karina e Yuri che quando credevano lui dormisse avevano scopato, per Sandra che non aveva avuto il ciclo per due mesi e per Mino che un giorno, a bassa voce, aveva detto

«Quando li addormenti vieni qui».

Si era presentato in segreteria, diceva di voler visitare la struttura per sistemarci sua madre, e Giorgio lo aveva riconosciuto subito. Era il tizio che lo aveva aggredito dopo il corso agli studenti di infermieristica. Quando l'addetta glielo aveva portato dicendo

«Guccione, gli fai fare tu un giro?»

il tizio aveva finto di non riconoscerlo, e Giorgio aveva fatto altrettanto. Gli aveva mostrato ogni posto, la stanza con la vasca sollevabile, la palestra, la zona ricreativa, e quello lo ascoltava annuendo, senza fare domande. Era autunno inoltrato, faceva abbastanza freddo, ma lui stava con addosso una semplice maglia di cotone e un giubbottino leggero. Alla fine del tour gli aveva teso la mano

«La ringrazio per il suo tempo, signor Gior-gio Guc-cione» aveva scandito.

E se quando lo aveva sentito sbraitare non si era granché preoccupato, quella volta il sorrisetto, la stretta salda e il suo nome erano riusciti a inquietarlo. Ma non aveva detto nulla a nessuno perché era un potenziale cliente e non voleva avere rogne con la direzione, metti mai che dicesse di aver desistito dal mettere lì la madre per colpa sua. Con un po' di sforzo se ne era dimenticato, aveva proseguito la vita di sempre, era andato a messa così tutti lo avrebbero considerato una brava persona, si era scopato una tizia sposata che non avrebbe potuto avanzare pretese, aveva assistito all'agonia di una vecchia, assistito tecnicamente, perché erano in attesa che liberasse il letto e allora ritardare un po' l'applicazione delle flebo avrebbe aiutato ed era andato a pescare. Andava in un laghetto privato fuori da Ca' dei Frati, il suo amico Beppino gli aveva detto che i proprietari non ci andavano mai, a loro interessavano solo i terreni, non il lago, nessuno gli avrebbe rotto le palle. E così aveva preso l'abitudine di passarci le giornate libere, quando c'era un po' di sole, esche belle, la canna giusta, aveva perfino una barchetta da uno, rossa, che aveva comprato dieci anni prima attraverso un annuncio sul giornale e che lasciava sempre lì, tirandola in secca e coprendola con un telo verde. Non aveva mai detto a nessuno di quel posto, non voleva che a qualche collega venisse in mente di raggiungerlo, ci mancava solo che lo infestassero i pescatori della domenica. Ma quel giorno, sull'altra riva del lago, c'era quell'uomo. Era lì, in piedi, fermo a braccia conserte e lo osservava. Giorgio si era spaventato, gli avrebbe pure urlato qualcosa, ma non voleva che lo sentisse nessuno, in fondo si stava facendo i cazzi suoi su una proprietà privata e non voleva rotture di palle. Era tornato a riva e scappato a casa, al lago non sarebbe andato per un po'. Servì a poco, la domenica seguente aveva giocato a carte con gli amici in una bocciofila, sarà anche stata un posto da vecchi ma era tranquillo. L'uomo era entrato, era andato al bancone e aveva chiesto un caffè. E per la prima volta in vita sua, forte della presenza di tanti testimoni, Giorgio era stato sul punto di alzarsi, andare lì e affrontarlo. Ma poi l'uomo era stato raggiunto da un ragazzo che gli aveva scoccato un'occhiata, e così aveva lasciato perdere, se un testimone c'era anche dall'altra parte meglio non fare casino. Aveva smesso di uscire, controllava dalla finestra di casa se l'uomo si fosse appostato sul marciapiede di fronte, non rispondeva al telefono se non conosceva il numero e al lavoro ci andava con un collega che passava a prenderlo. A Natale era andato da alcuni parenti, certo che al suo ritorno avrebbe trovato qualcosa che non andava in casa. Invece nulla, l'uomo non si era mai più fatto vedere. Con grande cautela Giorgio aveva ripreso a uscire, prima da solo poi con qualche donnina. Con la bella stagione aveva ripreso anche a pescare, ora del Natale seguente non se n'era ricordato più, nemmeno quella volta che, per uscire dal sentiero del lago si era ritrovato il passaggio ostruito da un vecchio fuoristrada, ma il guidatore aveva accostato, messo fuori il braccio e fatto cenno di passare. Lo aveva superato con un gesto di ringraziamento verso il ragazzo al volante e nemmeno per un istante gli sembrò di riconoscerlo.

Sta fingendo

era stato il suo primo pensiero quando aveva visto l'uomo sdraiato nella gabbia verde, completamente nudo. Era immobile e lo fissava.

Ha aspettato tutto questo tempo.

Non aveva avuto il minimo dubbio che fosse lui, era solo un po' più magro, un po' più grigio, ma del resto era trascorso del tempo. A mente gli era sembrato che fossero circa due anni, ma non ne era sicuro. Aveva ricostruito il periodo, il corso all'università, il lago, non poteva essere gennaio, perché spesso ghiacciava, doveva averlo visto l'ultima volta intorno a dicembre, sì. Pensava alla sensazione di quella sera, quando camminava tutto solo per la strada. Due mani forti che lo prendevano da dietro e la puntura. Due mani forti ma che gli erano arrivate da sotto l'ascella, qualcuno meno alto di lui.

Ho solo creduto di non averlo più visto.

Gli ci era voluto parecchio per tentare di instaurare una comunicazione.

«Sono Giorgio Guccione, ti ricordi? Ma certo che ti ricordi. E tu invece? Perché me lo devi avere detto, quella volta alla casa di riposo, ma non me lo ricordo, scusa.»

Aveva chiacchierato a vanvera ancora un po', poi era scesa la notte e con essa lo sferragliare di una gabbia che si apre e poi i colpi con qualcosa di lungo e duro e pungente e lui che gridava

«SCUSA! SCUSA! NON LO FACCIO PIÙ!»

pur non sapendo cosa stesse promettendo. E quindi aveva smesso, di guardarlo, di parlargli, non voleva in alcun modo infastidirlo o rompergli le palle, se doveva stare buono e tranquillo lo avrebbe fatto. Aveva aspettato, perché era così che funzionava.

Poi era arrivata Karina e aveva insegnato tutto anche a lei, poi a Yuri e alla fine a Sveva. Tutti avevano seguito le sue indicazioni e si erano comportati benissimo, non guardavano il loro carceriere e non gli rivolgevano la parola. Sembrava che alla fine fosse tutto lì, una questione di buona condotta. Del resto a un certo punto lui aveva avuto rapporti con Karina, che era una donna sposata, e pure con Sveva, a dirla tutta, ma se lo facevano nei giorni giusti non venivano puniti. Così era andato tutto liscio.

Almeno fino all'arrivo di Anna.

Non si era più fatto scovare dai giornalisti, la sua ultima apparizione pubblica era stata al manicomio di Bella, quando avevano dovuto mettere in scena il gruppo unito e tutte quelle cazzate. Non c'erano tutti, mancava ovviamente l'altro pazzo, quello che loro avevano chiamato "il Rosso" ma che in realtà si chiamava Giovannino qualcosa, mancava il ciccione che non si poteva spostare e mancava il povero Yuri, che era stato messo alla gogna per niente. Anna Baroni c'era, proprio lei che non aveva voluto mai partecipare a cose come quella, riunioni, interviste collettive, lei faceva la primadonna senza nessun titolo ma lì, a trovare quella vecchia che aveva sempre disprezzato, ci era venuta. Forse lo aveva fatto per il poliziotto, chissà. Lei e Sveva non si erano parlate, si odiavano, Anna era quasi riuscita a farla ammazzare da Yuri, lui se lo ricordava bene, aveva visto tutto come aveva visto anche le altre cose che era stata capace di fare quella stronzetta con la puzza sotto al naso. Ma non lo aveva raccontato, meglio tenersele da parte. E lì, in mezzo a quelle luci finte, al brusio, all'ipocrisia di un legame in negativo se n'era accorto: Anna era spaventata. Non da loro, certo che no, e neppure gli sembrava il tipo da temere uno come Caparzo, ma era tesa, aveva paura.

Di cosa?

È tutto risolto, ormai.

Giorgio non credeva a nessuna delle ipotesi ufficiali,

quelle che dipingevano Sandra come una specie di gorgone che aveva soggiogato prima il fidanzato e poi il padre di lui. Era ovvio che non l'avessero mai vista né ascoltata, che non si fossero neppure presi il disturbo di guardare bene le fotografie di quei tre. La fisiognomica insegna che le sfaccettature del carattere sono ben visibili nei tratti somatici, e lì avevano due uomini, uno molto bello e uno molto duro, a confronto con una donna incredibilmente brutta e bisognosa di attenzioni. Sandra aveva dei soldi, gli avevano detto, e quei soldi erano man mano spariti dal suo conto senza ricomparire più. Quindi? Nessuno sapeva come girasse il mondo? Padre e figlio avevano messo in piedi quella follia, avevano bisogno di finanziamenti e lei era stata tirata in mezzo. Una quarantenne con un ragazzino, santo cielo, se l'immaginavano la fatica di farselo venire duro con lei? LEI era stata soggiogata, LEI era stata manipolata, quei due si sarebbero comunque scannati, presto o tardi, la mela non cade lontano dall'albero. Ma la gente credeva alle favolette, certo che era scappata, sarebbe scappato pure lui, e non lo aveva fatto da sola perché si era rivolta all'unico uomo che le era rimasto. Dove andava una così, siamo seri? Eppure Anna la pensava diversamente, Anna era spaventata. E pure Yuri, sì, anche lui lo era, aveva un paio di messaggi in segreteria in cui gli chiedeva di non lasciarlo da solo, perché gli altri avevano fatto gruppo dopo la morte di Giovannino. Gruppo per cosa? Per contrastare le paranoie di Giulio, che trascorreva la vita a letto a spippolare sul cellulare? Di Karina che temeva di perdere dei figli che prima o poi avrebbe ammazzato, di Sveva che da perdere avere solo la popolarità? Si era tenuto lontano apposta da loro e da tutte queste cazzate. Giorgio non aveva paura. La sua paura era morta sparata in faccia in una gabbia lunga e verde, che Sandra continuasse pure a scappare insieme a Saverio, per lui andava benissimo. Purché nessuno venisse a rompergli le palle. Ma c'erano deroghe a questa regola, e infatti Francesco Caparzo era andato a trovarlo. Bla bla bla, immane tragedia, bla bla bla, esaurimento nervoso, bla bla bla, cattiva gestione. Che il Rosso avrebbe fatto una brutta fine era nell'aria da sempre, Bella era decrepita, probabilmente si era fatta un favore. A Giorgio non importava, e no, non era spaventato. Tutti avevano avuto un tracollo nervoso, Karina, Giulio, Yuri, Anna, era ampiamente prevedibile. Immaginava che quella di Sveva dovesse essere paura di facciata, doveva adeguarsi al trend, se tutti avevano paura allora toccava anche a lei. Ma lui no, lui non era come loro, lui era un uomo solido con solide certezze. E poi era un uomo prudente, non lo avrebbero più preso alle spalle. L'anno nuovo era iniziato da un po', la primavera alle porte, una bella temperatura, l'ideale per pescare.

Ma chi lo ammazzava?

La chiamata non arrivò alla scrivania di Francesco Caparzo, ma sul suo telefono personale. Lui non aveva mai avuto la pazienza di scrivere i nomi, aveva una maniera tutta sua di memorizzarli attraverso una serie di cifre. Nicola Scherillo era 4183. Quando era arrivata la telefonata, Caparzo aveva staccato dal lavoro da venti minuti appena ed era rientrato in casa con una pizza nel cartone. L'aveva appoggiata a terra e aveva risposto.

«Pronto.»

Dall'altra parte il silenzio. Un silenzio assoluto, totale, nessun fruscio, nessun'eco, nessun riverbero di rumori lontani, traffico, voci, uccelli, nulla. Caparzo era rimasto immobile ad ascoltare per un minuto, poi aveva preso dal comodino un secondo telefono, un muletto che teneva pronto per le emergenze, e con quello aveva contattato il commissariato.

«C'è una chiamata aperta sul numero mio, arriva dal telefono di Nicola Scherillo, dovete tracciarmela.»

Mentre prendeva l'auto, il vivavoce che gli restituiva sempre quel silenzio senza che la linea cadesse, Caparzo aveva pensato a cosa dire, nel caso Scherillo fosse stato davvero all'altro capo e lo stesse ascoltando. Non gli veniva nulla. A tre minuti dall'arrivo in commissariato decise di deviare, tornò indietro, prese una strada contromano per guadagnare tempo e si fermò davanti alla casa di Marilena Bacarelli. Suonò il clacson, non poteva scendere, lo suonò una, due, tre volte. Si aprì una finestra, una vecchia decrepita si affacciò al portoncino, alla fine arrivò anche lei. Le parlò dal finestrino abbassato.

«Vai dai parenti tuoi. Adesso»

e ripartì. In commissariato erano già un pezzo avanti sul segnale, lui appoggiò il cellulare acceso sulla scrivania, tutti lo guardavano aspettando di sentire qualcosa.

«Ma ha parlato?»

«No.»

Arrivarono le prime indicazioni e, prima che il segnale venisse tracciato definitivamente, Francesco Caparzo era già in auto.

Sul laghetto a Ca' dei Frati continuava a non esserci nessuno. Dopo quasi quattro anni Giorgio aveva ritrovato la sua barchetta dove l'aveva lasciata, sepolta dalle foglie che nascondevano il telo che la copriva ma in buone condizioni. Le aveva dato una sistemata, buttando fuori il relitto di un vecchio alveare sotto la seduta, e l'aveva spinta con soddisfazione in acqua. Era andato in mezzo al lago e aveva pescato per due ore buone, prendendo un persico piccolo e tre cavedani. Li aveva fotografati, pensando di mandare l'immagine a Beppino, poi aveva titubato, metti che quello si autoinvitasse a cena, ma la vanità aveva vinto. Aveva guardato sulla riva dove per l'ultima volta aveva visto Domenico Donadio prima di incontrarlo al capannone e si era chiesto come avesse fatto ad arrivare laggiù, così lontano dal sentiero principale, speriamo bruci all'inferno. Aveva sistemato i pesci in un secchiello quando si era accorto che sul fondo della barca c'era una cosa: un mozzicone di pastello a cera bianco, così consumato che sembrava un sassolino. Lo aveva preso e se l'era girato tra le dita. In gabbia aveva scritto pochissimo, anche quando gli era stato lasciato a disposizione il pastello per tutto il giorno.

Era bianco?

Non importava, era roba passata, lo lanciò nel lago.

Io credo che fosse bianco.

Aveva ripreso a remare, meglio tornare a riva prima che venisse buio.

Io sono sicuro che fosse bianco.

Scosse la testa, ma il pastello non voleva andarsene via. Pensò all'alveare sotto la seduta. Gli alveari difficilmente si staccano da soli, figuriamoci poi se era stato costruito sotto il telo, come aveva fatto a staccarsi?

Magari

no.

A pochi metri dalla riva tirò su i remi, respirò a fondo e poi si piegò in avanti, la testa sotto la seduta. C'era una scritta, la vide al contrario, ma non ebbe nessun dubbio sul suo significato.

Non si deve dare un nome al coccodrillo.

Iniziarono a tremargli le mani.

Il coccodrillo è morto.

Davvero?

Afferrò i remi e iniziò a vogare come un dannato verso la riva.

I colleghi di Sassuolo, gli stessi di un anno prima, le teste chine quasi fosse stata colpa loro. Il medico legale chiamato molto prima del suo arrivo. L'ambulanza inutile con le luci spente davanti al capannone.

«Dove sta?»

«Nella stessa gabbia della volta scorsa.»

Ma questa volta Nicola Scherillo non era nudo, e questa volta non c'erano cibo e acqua nel suo carrozzone. Era morto da qualche giorno, il cuore saltato prima che gli organi collassassero per mancanza di nutrimento e idratazione, diceva il medico legale. Aveva la bocca spalancata, gli occhi semiaperti e un pugno chiuso. Caparzo sapeva cosa ci avrebbero trovato dentro, una volta apertolo. Il suo furgone era parcheggiato lì dietro, nessuno lo aveva visto arrivare, quel posto dopo un anno non lo sorvegliava più nessuno.

«La madre del proprietario non ne vuole sapere e non c'erano gli estremi per un sequestro»

cercavano di giustificarsi i poliziotti, con tutto che la zona non era di loro competenza. A terra, davanti alla gabbia, c'era il telefono di Nicola, la chiamata ancora attiva.

«Dice che si è chiuso lui qui dentro?»

«E certo. Se n'è morto, poi due giorni dopo s'è pensato di risorgere, che aveva da telefonarmi, e se n'è morto ancora.»

Il dattiloscopista era in arrivo, ma Caparzo sapeva che non avrebbero trovato impronte, né lì dentro né nel furgone né sul cellulare. Avevano fatto le cose per bene, questa volta. Perché il punto non era aver ucciso Nicola, e nemmeno era averlo fatto trovare con quella telefonata. Il punto era che avevano fatto venire lì lui.

E se lui era lì non poteva essere altrove.

Giorgio aveva appena trascinato la barca a riva e si era guardato intorno per vedere se ci fosse qualcuno. Nel silenzio del sole che calava solo gli uccelli facevano baccano. Si era sporto per prendere il secchiello con i pesci quando aveva sbattuto forte la fronte contro il bordo della barca.

Sono scivolato?

Il tempo di rialzarla ed era piombato giù in acqua, a faccia sotto. Erano solo due spanne, ma non poteva rialzarsi, c'era un peso, tremendo, enorme, dietro al collo. Qualcuno che gli era salito a cavalcioni sulla testa e lo teneva giù. Sgroppò, spinse, trattenne il fiato e cercò di andare in avanti, ma la melma gli impedì qualunque movimento. Pensò che i coccodrilli sono anfibi, possono vivere sia in acqua che sulla terra, e il suo lo aveva preso a cavallo tra due mondi, tra la riva e il lago, tra la gabbia e la libertà. Era un uomo robusto e ci mise quattro minuti per morire.

Il corpo rimase a galleggiare vicino alla barchetta per due giorni.

L'ispettore Ridenti aveva fatto bloccare tutte le vie in entrata e in uscita, chiedendo che nessuno si avvicinasse. Il corpo era stato spostato ma il medico legale aveva voluto aspettare il parere della Scientifica prima di portarlo via. Morte per annegamento, non c'era nessun dubbio, ma c'erano segni di lotta, oltre a un solco sulla fronte compatibile con una caduta.

«Non è stato un incidente, non ci si riducono così gli stivali solo cadendo in acqua, ci sono chiaramente i segni di scalciamento. È stato tenuto sotto.»

Una rogna indicibile per Ridenti, che aveva dato ordine di non toccare niente. La Scientifica era arrivata in pompa magna, avevano preso tutte le impronte possibili, non aveva piovuto e la zona era bella nitida.

«Ci sono tracce che sono state cancellate, stivali da uomo grandi, direi oltre il 45, ma sono passati sopra le impronte con una pala o qualcosa di simile, un lavoro certosino» avevano detto.

La barca era stata ribaltata e sotto al sedile era stata trovata la scritta: NARCISO.

«Che significa? Che era vanitoso?»

Ridenti aveva scosso la testa. Tutti lo guardavano aspettando che lo dicesse per primo, almeno alla squadra. Ma lui avrebbe voluto tanto che lo facesse qualcun altro.

«Dove diavolo è Francesco Caparzo?»

aveva domandato, ma nessuno lo sapeva, aveva chiesto in fretta e furia un periodo di vacanza ed era irrintracciabile. Non gli era rimasto che chiamare il vice questore aggiunto Gambino.

«Che facciamo?»

«Non abbiamo scelta.»

«Credevo fosse finita.»
«È anni luce dall'essere finita, Patrizio.»
Così con l'aria del condannato a morte aveva risalito insieme a due agenti il viottolo tra i boschi sino ad arrivare al sentiero e lì si era avviato fino allo sbarramento dietro al quale c'erano i giornalisti.
«Farò solo un paio di dichiarazioni, niente domande. Giorgio Guccione è stato trovato cadavere vicino a una barca, all'interno di questa proprietà dove ci è stato riferito che venisse a pescare di tanto in tanto. I primi rilievi non fanno pensare a una morte naturale. Non posso dirvi altro.»
Ma ovviamente glielo avevano chiesto subito.
«È stato ucciso da Alessandra Gatteschi?»
«Sappiamo solo che è venuto, ha pescato e che poi è deceduto, il resto sono speculazioni.»
E si era voltato per andarsene.
«Però non è vero» aveva bisbigliato uno dei due agenti.
«Non è vero cosa?»
«Non è vero che aveva pescato.»
«Cosa dici, ma se il suo amico, quello che ha dato l'allarme, ci ha detto che gli aveva mandato la foto dei pesci, è grazie a quella che lo abbiamo trovato.»
«Ma non c'erano pesci nella barca. Il secchiello era vuoto. Mi sta dicendo che chi lo ha ammazzato ha liberato i pesci?»
Ridenti sentì quella strizzata di viscere che tanto odiava.
Se Guccione è stato ucciso
se Scherillo non si è chiuso in gabbia da solo
se la cieca non è caduta
se Marinoni non ha avuto un incidente
qualcuno avrebbe voluto la sua testa.
Ma prima lui avrebbe chiesto quella di Francesco Caparzo.

27 febbraio 2018

Il piano era fallito, non c'era più nessun piano.

Alex giocava su due tavoli, presa tra due fuochi. Da una parte sapeva che Francesco Caparzo stava indagando su Lena, e questo metteva in pericolo lei e Lucio, dall'altro, nel capannone, Saverio regrediva giorno dopo giorno a causa dell'influenza che Anna aveva su di lui. E lei aveva due documenti stranieri, una macchina col pieno e abbastanza soldi da poter vivere con tranquillità per un po', ma non poteva muoversi.

Devo stare calma e ragionare.

La situazione con Lena andava fatta sbollire almeno fino a quando Lucio non si fosse ripreso. Per un po' non avrebbe potuto rimettere piede a Firenze, quindi si sarebbe concentrata sul capannone e soprattutto su Anna. Appena tornata dall'ospedale aveva fatto girare i carri e si era messa davanti a lei, così che potessero parlarsi faccia a faccia, la povera Sandra remissiva e senza denti che le consigliava di abbassare la testa e Anna che, come da copione, l'aveva derisa. Allora Alex aveva ordinato a Nicola di incendiare la paglia del suo carrozzone, pronta a intervenire se qualcosa fosse andato male.

Tanto ormai ce ne andiamo, non me ne frega niente se mi vede, esco quando voglio.

Ma non era stato necessario, Anna aveva seguito le istruzioni che le aveva dato e si era salvata.

Ora capirà che se ubbidisce le cose funzionano.

Ma Anna non imparava, nonostante Alex fingesse di venire punita al posto suo, nonostante le avesse raccontato di avere assistito alla morte di Mino come punizione estrema, una bugia che non avrebbe avuto modo di verificare, lei se ne fregava e trascinava Saverio con sé. Per l'intera settimana Alex non aveva potuto controllare il telefono, ma al giro dei carri si era presa una mezz'ora per leggere tutti i messaggi di Lucio, finalmente tornato a casa. Diceva che Lena si era convinta del rapimento di Alex, che aveva completa fiducia in lui e che intendeva ingannare il poliziotto. Lui sapeva del telefono, ma non aveva capito chi c'era dietro, lo aveva controllato fino ad allora ma adesso lei glielo avrebbe nascosto. Le aveva inviato tutte le informazioni su Caparzo che Alex già aveva, più una serie di dettagli del suo rapporto con Lena.

LEI HA PAURA DI LUI

scriveva Lucio. Il salvatore a cui lei aveva chiesto aiuto sembrava che con il tempo si fosse trasformato in un secondo persecutore, e questo gettò l'ennesima nuova luce su Lena.

Resiste a noi e resiste a lui.

È più forte di quanto non credessi.

A diventare ogni giorno più debole, invece, era Saverio. Una parte di lui, fragile e infantile, si era fatta più e più evidente man mano che si sviluppava quella che lui riteneva essere una relazione vera e propria con Anna. Li aveva messi lontani e lui parlava sempre di lei, della sua signorina, scavandole dentro un pozzo di amarezza. Alex ne soffriva, anche fisicamente, il ciclo le era saltato dal mese precedente e aveva avuto una paura indicibile di essere incinta, ma era solo stress, il fallimento che la divorava dentro.

L'unica cosa che vorrebbe Lucio
è il mio più grande terrore.

D'istinto avrebbe voluto rivalersi su quella spocchiosa piccola bastarda, ma in quella settimana Anna si era ammalata. Niente di che, una bronchite con febbre alta. Certo, trascurandola si sarebbe potuta trasformare in qualcos'altro, proprio in quel periodo in cui il solo infermiere disponibile non poteva intervenire, che disdetta.

Noi non uccidiamo nessuno.

Il gorilla aveva prevalso sul serpente e Alex l'aveva curata, così come aveva fatto con tutti, era bastato darle i farmaci giusti.

Piegati, Anna.

Fai un favore a tutti e piegati.

Ma Anna non si era piegata e la settimana dopo aveva aizzato Saverio contro le scimmie.

Se restano insieme distruggerà quel che di buono c'è in lui.

L'opzione Lena era tramontata, nel mazzo restavano solo carte che non voleva pescare.

Scelse la meno dolorosa.

Scese fin quasi a Firenze per parlarne con Lucio, prima di definire il tutto. Era ancora traumatizzato, i segni del pestaggio si vedevano poco ma quelli sull'anima erano evidenti.

«L'ho rivisto, Alex. È un mostro, te lo giuro.»

Si erano trovati in un albergo a ore per coppiette e ne avevano approfittato, scaricando nel sesso tutta la tensione, la paura, la distanza che si stava creando tra loro, cercando di ricompattare una frattura invisibile.

«Senti, sto programmando la partenza, ma prima dobbiamo finire quello che abbiamo iniziato»

gli disse lei per la milionesima volta. Lucio l'ascoltava, la testa appoggiata sul suo seno, sempre più figlio e meno compagno.

«Diamo un ultimatum a Lena, o fa quello che le diciamo o uccidiamo Saverio.»

«Lo uccidiamo davvero?»

bisbigliò lui e Alex nemmeno gli rispose.

«Quando avrà fallito, e fallirà, perché tu farai in modo che fallisca, le manderò un video in cui sembrerà che lo abbiamo ucciso davvero. Lo girerò col visore notturno, sarà meno nitido.»

«E poi la prendiamo?»
un bisbiglio ancora più sottile. Alex aveva tirato dritto.
«A questo punto lei si rassegnerà, o darà di matto, non lo so. Ma se convinciamo lei convinciamo anche il poliziotto. E quando le acque si saranno calmate, ce ne andremo via.»
Lucio si era tirato su di scatto.
«E Lena? Non la prendiamo più?»
In un altro momento gli avrebbe spiegato tutto con calma, che no, perdio, non avrebbe avuto senso, ma allora voleva solo che tutto funzionasse, e così gli rispose
«Ma sì, ma sì, la prendiamo per ultima».
Non si era resa conto di avergli fatto una promessa, che Lucio credeva nella sua parola più che in qualunque altra cosa. Così non comprese mai che lui si stava comportando in maniera ligia e impeccabile solo per avere, un giorno, la sua ricompensa, fu felice di vederlo collaborativo e basta. Ognuno dei due aveva una parte di piano da portare a termine, Alex predispose tutto a Firenze perché non ci fossero intoppi e poi tornò al capannone. Addormentò tutti e girò i carrozzoni perché quello di Saverio fosse vicino alla porta. Lo lavò bene, gli fece la barba e gli diede un bacio sulla fronte.
«Ci vediamo presto.»
Poi accostò la griglia della sua gabbia senza chiuderla.
Lui se ne accorse il giorno dopo, la prima volta che toccò le sbarre. Ebbe paura e poi intravide una possibilità di fuga. A quel punto Alex aveva dovuto solo aspettare che si aprisse un varco e uscisse dal capannone.
Poi lo aveva seguito e gli aveva sparato.

Si era svegliato vestito dentro alla cisterna del cascinale, Alex era seduta sul bordo del cancello che gli bloccava ogni possibilità di uscire.
«Stanno dando di matto, là dentro. Pensano che tu sia morto»
erano state le sue prime parole. Si era aspettata che Saverio facesse ancora peggio dei suoi compagni, Anna che gridava e

incolpava tutti, Giulio che piangeva a dirotto, gli altri chiusi in un silenzio lugubre e che si chiedevano chi sarebbe stato il prossimo. Invece Saverio si era alzato in piedi e l'aveva guardata con stupore assoluto, incredulità. Alex gli aveva detto tutto, del Mombello, della sua vita sprecata, dell'idea di salvarlo con quel metodo così poco ortodosso ma efficace

«Sei cambiato. Sei diventato una persona migliore»

e lui aveva ascoltato ogni parola guardandola con gli occhi azzurri spalancati. E quando lei aveva finito le aveva semplicemente dato le spalle e si era coricato sul materasso. Non le aveva parlato mai più, benché nelle settimane seguenti lei tornasse ogni volta che ne aveva la possibilità per raccontargli cosa succedeva nel capannone, di Giulio che era bravissimo e cercava di farcela da solo, e per promettergli che se ne sarebbero andati presto, era tutto pronto perché lei e Lucio partissero, aspettavano soltanto il momento buono. Non era vero, non del tutto, non era il momento buono che lei aspettava. L'operazione a Firenze era andata come previsto, Lena aveva fallito e aveva ricevuto il filmato della finta uccisione di Saverio, ripresa notturna, uno sparo nel buio, lui che cade, ed era caduto davvero, col rischio di farsi pure male. Lucio diceva che si era totalmente spenta, svuotata.

«È il momento di prenderla! Ora hai una gabbia libera!»

le aveva riferito

«Prima devo finire una cosa.»

Tolta di mezzo la minaccia a Saverio, tra lei e Anna era iniziata una vera e propria guerra, ad armi impari ma pur sempre guerra. Sparito il ragazzo Anna si era chiusa completamente, sembrava che nulla potesse scuoterla. Così Alex aveva deciso di impartirle una lezione esemplare, isolandola con soltanto Nicola e Vasco, istruiti per tormentarla. Non l'avrebbero portata allo stremo, ma qualche giorno di terrore le avrebbe fatto bene. Lei nel frattempo avrebbe aggiustato un po' di cose per il loro trasferimento all'estero, qualche giorno per sistemare la casa che aveva individuato, portare generi di prima necessità e il generatore così da poter trasferire il resto in un viaggio unico. Toccava a Lucio controllare il capannone, quella volta gli aveva dato un ordine ferreo, che non perdesse d'occhio la situazione. Le era venuto il dubbio che potesse parlare con Saverio, in sua assenza, dirgli cose che non avrebbe dovuto, ma scelse di fidarsi. Appena varcato il confine, al ritorno, le era arrivato il messaggio

ANNA HA BUTTATO CIBO E ACQUA FUORI DALLA GABBIA. SI STA LASCIANDO MORIRE

e solo un qualche dio bizzarro che l'aveva presa a benvolere non l'aveva fatta fermare da nessuna pattuglia mentre percorreva l'autostrada a velocità folle, parcheggiava sgommando, entrava di corsa nel capannone senza traccia di Lucio, prendeva il fucile, addormentava i suoi inutili aguzzini e la salvava.

«PERCHÉ MI FAI QUESTO?» aveva urlato alla donna addormentata, una flebo cacciata in vena, prima i fluidi, poi il nutrimento portato di corsa da Lucio.

«Ma perché la salvi? Se vuole morire che muoia!» aveva protestato.

«Non vuole! Non lo vuole davvero!»

ed era stremata, perché Anna stava vincendo, stava vincendo e lei non riusciva a segnare nemmeno un punto. Poi le era venuta un'idea di cui si sarebbe pentita per sempre.

«Mettiamole Vasco nella gabbia. Reagirà, deve reagire. E le servirà avere paura, sarà un buon insegnamento. Non lasceremo che le succeda nulla, staremo pronti, Vasco è tutto parole e niente fatti, secondo me avrà il timore di essere punito e cercherà di ingraziarsela con le buone. Ma lei in questo modo capirà che vuole vivere.»

Non era andata per niente così.

Attraverso lo schermo lei e Lucio avevano assistito al disvelamento della vera natura di Anna, e quando avevano capito quello che stava facendo, per Vasco era già troppo tardi.

Lo avevano sepolto nel boschetto.

«Non ci tieni che trovino anche lui?»

era stato il commento sarcastico di Lucio. Ad Alex bruciavano gli occhi per tutte le lacrime che non riusciva più a versare. Un secondo innocente era morto, il suo prigioniero preferito era regredito a uno stato larvale, la donna che aveva rapito solo per motivi egoistici la stava mettendo in croce e Lucio voleva una sola cosa.

«Puniscila. Uccidila e mettiamo Lena al suo posto.»

Alex aveva liquidato la sua richiesta con un

«Non ora».

Era tornata nel capannone ed era entrata nella gabbia di Anna, profondamente narcotizzata.

Negli ultimi giorni, mentre la teneva d'occhio, quando Anna invece di abbassare la testa davanti alle proprie colpe aveva iniziato a istigare le scimmie, Alex aveva notato dei movimenti strani, sul lato sinistro del carrozzone, di cui non si sarebbe mai accorta se la situazione non avesse richiesto una sorveglianza eccezionale. Era andata in quel punto a guardare ma non vedeva niente, solo montagnette di sterco che quella settimana per punizione non avrebbe pulito.

Però.

Uscì, prese il cellulare, rientrò e fotografò le montagnette. Poi iniziò a disfarle e a riporle da un lato. Sotto le montagnette c'erano alcune schegge del fondo del carrozzone, una abbastanza grande. Alex le sfilò con grande attenzione, osservando il legno sottostante. Era umido, marcito a causa degli anni e dell'umidità. La verità la colpì tutt'insieme.

Sta scavando.

Sta facendo un buco.

Sta cercando di scappare.

Si voltò a guardare la donna addormentata. Era la peggiore, lì dentro, ed era la prima che cercasse un'alternativa concreta alla redenzione. Fino a quel punto era piena di sé, incredibile. Rimise a posto tutto, aiutandosi con le foto, e decise che le avrebbe dato una mano, l'avrebbe messa da sola, sul lato corto, dove avrebbe creduto di essere al riparo, così che potesse lavorare al suo progetto.

In fondo poteva regalarle un'illusione.

Anna aveva scavato.

Alex l'aveva lasciata da sola una settimana e lei aveva scavato.

Le si era messa di fronte, cercando di parlarle, di farle confessare qualcosa, ma lei di giorno non aveva detto una parola e di notte aveva scavato.

In quei giorni toccava a Lucio occuparsi di Saverio, cosa che continuava a non piacerle, e sorvegliare il capannone di tanto in tanto, Alex era in una posizione troppo esposta, aveva Anna davanti e Giulio di fianco, non sarebbe potuta uscire tranne che per un'emergenza.

E di punto in bianco, in pieno giorno, Lucio era entrato e si era messo al centro, al suo tavolo.

Era rimasto davanti a lei a fissarla, aveva spostato alcune cose, facendosi sentire bene dagli altri e di nuovo l'aveva guardata, in un gesto di sfida. Alex si sentiva a disagio, quello era il suo spazio, la sua vita segreta, e non voleva condividerla con lui. Era una cosa tra lei e loro, tra lei e Anna, che Lucio si dedicasse a Lena o a qualunque altra sciocchezza, ma non lo voleva lì. Eppure eccolo, ed ecco che la fissava.

Non deve succedere. Noi due non dobbiamo perderci.

Ma qualcosa era già successo, perché Lucio le aveva scritto sempre di meno, si erano visti raramente, mentre lei era distratta, procedeva con la guerra ad Anna, usando gli altri prigionieri, e Anna le ritorceva contro le sue stesse armi mettendoli gli uni contro gli altri, usando i più fragili, Yuri, per esempio. Gli aveva quasi fatto uccidere Sveva e solo un ripensamento dell'ultimo minuto l'aveva salvata dalla furia di Alex, costretta a separare le scimmie, mettere lui da solo e salvare la più giovane di loro, Sveva, tanto promettente. Resisteva soltanto perché voleva che Anna finisse di scavare, voleva che facesse quel maledetto buco e che uscisse dal suo carrozzone, così avrebbe potuto fare come aveva fatto con Saverio, inseguirla, riprenderla e sbatterla di nuovo in gabbia, proprio in quella di lui, che era rimasta vacante.

È l'unica lezione che imparerai, Anna, ma la imparerai, eccome!

Ci era voluto un altro mese, ma alla fine c'erano quasi. Alex aveva misurato la parte scavata ed era sicura che ad Anna mancasse soltanto un giorno, forse due. Saverio era tranquillo nella cisterna, aveva preso un po' di peso, gli aveva portato qualche libro e le era parso che lo apprezzasse. Gli altri erano tutti addormentati e aveva mandato un messaggio a Lucio

ANNA ESCE, QUESTIONE DI ORE. LA GABBIA DI SAVERIO È PRONTA

poi aveva riposto il cellulare e si era messa ad aspettare. Verso sera Anna si era svegliata e dopo il tempo necessario per riprendersi aveva ultimato il lavoro. Era stata bravissima, aveva sfondato i bordi del buco e ci si era infilata dentro. Per un attimo ad Alex era sembrato che non ci passasse, ma poi ce l'aveva fatta.

Ti sei liberata.

Goditi questa sensazione, perché ora ti prendo.

Era andato tutto come nei piani, Anna che si muoveva libera per il capannone, lei che apriva la sua gabbia, Anna che sentiva il rumore e iniziava la fuga verso la porta, lei che accendeva il visore notturno e si sistemava il fucile contro la spalla.

La porta aperta.

Il buio della notte.

Il corpo nudo di Anna che correva.

Aveva preso la mira.

Poi come un ronzio conosciuto.

Aveva girato il capo a destra e attraverso il filtro verde del visore notturno aveva visto due luci.

Una macchina.

Fu un effetto domino di pensieri, l'eliminazione diretta delle ipotesi migliori in favore di quelle peggiori.

Se non è Lucio
se non è qualcuno che si è perso
se sa che sono tutti qui
se sa che io sono qui...

La donna nuda in fuga verso il bosco era passata in secondo piano, che scappasse, che morisse di freddo, ci avrebbe pensato dopo. Alex era rientrata in fretta e furia, liberandosi degli stivali di gomma e della tuta mentre correva. Aveva aperto la gabbia di Domenico e nascosto il fucile nel doppio fondo. Prima di chiudere aveva preso una fiala di narcotico, le stava perfettamente nel pugno, il piccolo ago con ancora su il cappuccio di protezione. Da fuori arrivarono due spari.

Fucile.

Lucio aveva il fucile di Domenico in macchina. Era Lucio? Lucio così imprudente, che arrivava dal sentiero diretto, che sparava ad Anna, non il narcotico ma proiettili veri?

Non posso esserne sicura.

Aveva richiuso la gabbia ed era tornata nella sua, facendo ruotare il perno con mani tremanti. Poi aveva sollevato l'asse per rimetterlo dentro e aveva buttato un occhio sul cellulare muto. Sette chiamate di Lucio, dodici messaggi.

Cosa aveva da dirmi, di così urgente?

Ma da fuori era tornato il rombo del motore, lo aveva sentito farsi sempre più vicino, la frenata, la ghiaia che schizzava ovunque. Aveva ricoperto l'asse di paglia e si era messa sdraiata, tendendo l'orecchio. Il tempo scorreva lentissimo.

Lucio?

La porta si era aperta. Era qualcuno, qualcuno che si muoveva tra le gabbie, ma non lui, non lui, perché l'avrebbe cercata, avrebbe parlato, capendo che tutti gli altri erano addormentati.

Anna?

Che non fosse fuggita, lo avesse disarmato in qualche modo, si fosse presa il fucile e fosse rientrata per darle la caccia?

Improbabile.

E comunque non sa che sono io.

Forse no, ma forse l'aveva vista rientrare, forse aveva intuito dall'altezza che potesse essere lei, forse era stata aiutata dalla luce dei fari. Forse, forse, forse. Chiudendo gli occhi seguì i movimenti impercettibili, cauti. Poi di colpo altri rumori, passi, una corsa da fuori, e altri suoni trattenuti, lì dentro, che si allontanavano sempre più da lei. E infine la voce di Lucio che rimbombava ovunque.

«DOBBIAMO ANDARE VIA! C'ERA IL COLLARE DI ARGO NEL BAGAGLIAIO! DOBBIAMO ANDARE VIA!»

E in un attimo le fu chiaro: Lucio aveva preso Lena. Senza consultarla, facendo di testa sua, era già un grande risultato che fosse ancora viva. Lei era entrata per prima.

Il collare? Cosa c'entra il collare?

Il collare di Argo aveva un tracciatore GPS. Lucio doveva aver gettato il cellulare di Lena, ma se tracciavano il collare li trovavano.

Va bene, scappiamo, è tutto pronto.

Alex si mise seduta, controllando la fiala nella mano e iniziando a spostarsi per sollevare l'asse, prendere il perno e uscire.

La addormentiamo e la lasciamo qui.

Mandiamo un messaggio a qualcuno per liberarli tutti.

«LENA!» urlò Lucio.

Stava per rispondergli, richiamarlo a sé, ma c'era qualcosa di strano nella sua voce, gli si era rotta sulla "e".

«È qua dentro! È dentro, l'ho vista entrare! Mi ha iniettato... non so cosa...»

Sentì che stava venendo verso di lei, si spostò alla destra della gabbia. Ed eccolo che spuntava oltre il bordo, sconvolto, tremante, in un bagno di sudore, le due mani strette sul fucile.

Sembra malato.

Avrebbe dovuto essere arrabbiata e spaventata, ma c'era dell'altro, sentiva qualcosa di enorme che stava incombendo su loro due, in quel preciso momento, qualcosa di simile al karma.

Se non fossi stata così concentrata su Anna, se avessi visto i messaggi...

Alex allungò la mano tra le sbarre. Lucio batteva i denti.

«Il collare... non l'avevo visto... dobbiamo andare, quelli arrivano...»

Di colpo Lena urlò e Lucio si voltò di scatto

«LENA!»

scappando via, mentre Alex scostava la paglia per sollevare di nuovo l'asse e lui andava verso l'altro lato del capannone, verso la gabbia di Saverio.

«È stata un'idea del babbo, non mia!» straparlava Lucio altrove. «A lui glielo ha detto un tizio che c'era questo posto. E lui è venuto a vedere, e gli è venuta questa idea, che queste gabbie erano perfette per le persone! E poi ha detto che se non mi svegliavo fuori metteva dentro anche me! E io mi sono...»

Un tonfo, Lucio era caduto. Alex sollevò l'asse, mentre lui parlava ancora.

«Tanto non scappi, Lena, da qui non scappa nessuno.»

Ed eccolo che le ripassava davanti, gli occhi spiritati, l'andatura strana, troppo sbilanciata in avanti.

«Dobbiamo eliminare... le tracce...! Esci!»

Cercò di agguantarlo al volo ma lo perse per un soffio.

Cosa gli ha dato? Cosa CAZZO gli ha dato?

Infilò la mano sotto l'asse, prese il perno e allora udì il suono, così chiaramente che le forze scemarono, le dita ancora rattrappite intorno al pezzo di metallo.

Qualcuno correva.

Correva da fuori verso il capannone. Per un attimo non riuscì a muoversi.

Lucio, scappa!

Ma Lucio era con Lena, le stava parlando.

«Hai trovato la tua gabbia? Non c'è via d'uscita. Lena. Né per te né per noi. Saverio aveva ragione.»

Quel qualcuno era entrato, passi pesanti. Una parte di lei voleva urlare, dire a Lucio di stare attento, ma un'altra parte, istintiva e nascosta, le fece rimettere giù il perno e risistemare l'asse. Si spostò con la testa dall'altro lato, a sinistra, perché era da lì che adesso venivano le voci.

Dio, Lucio, accorgiti di lui!

Ma Lucio, laggiù, bisbigliò qualcosa che lei non riuscì a sentire.

Poi lo sparo, sempre del fucile.

«Tu e il tuo piano di merda» fu l'ultima frase di Lucio.

Quindi un secondo sparo. E non era il fucile.

Lucio?

«Agente Francesco Caparzo, i colleghi sono sulla strada, stanno per entrare! Abbiamo noi la ragazza!»

Un fischio lungo, penetrante, nelle orecchie, mentre si metteva sdraiata.

Lucio.

Ora lo sento, vedrai che si lamenta, vedrai che il poliziotto lo arresta.

Invece niente.

Sentiva la voce dell'uomo che parlava a Lena, la voce di Lena che gli rispondeva, ma nessuna voce di Lucio. Un altro suono, invece, da fuori. Sirene. Alex respirava, cercava di respirare, nessun pensiero a prendere forma. Era finita, no? Era finita, per forza. Anche se nessuno diceva il suo nome, anche se nessuno la cercava. Strinse forte i pugni e avvertì la superficie liscia della fiala. Cosa se ne faceva, ormai?

Ormai.

Lucio.

Bastava che aprisse la mano, la lasciasse rotolare via. Invece aprì le gambe, sfiorò il cappuccio per sentire che fosse ben saldo e la infilò dentro lentamente, come aveva fatto con mille tamponi. Auto che frenavano, voci, passi. Chiuse gli occhi, abbandonando le membra.

Lucio.

Qualcuno si era avvicinato e lei era rimasta così, come morta. Una mano le aveva sfiorato le dita e poi il braccio.

«Alex» aveva detto la voce lacrimosa di Lena, maledetta lei, prima di andare oltre.

Poi varie luci puntate in faccia, gente che girava intorno al carrozzone e apriva il gancio sul retro. Rumori metallici, e lei immobile. Lo stetoscopio sul cuore e lei immobile. Una coperta addosso, mani a sollevarla, la superficie liscia della barella, il freddo fuori, le luci azzurre e gialle che le sfioravano le palpebre. Poi l'ambulanza era partita. Una donna le parlava, non c'erano altre voci.

Sono solo due, uno alla guida, l'altra qui dietro.

Azzardò un moto, un lamento. La donna tornò verso di lei, le mise la mano sulla fronte. A coprirla c'era una specie di cartoccio di alluminio e grazie a quello poté mettersi la mano davanti alla vagina mentre spingeva. Poi, finalmente aprì gli occhi. La donna, un paramedico, si chinò di nuovo su di lei, commossa. Alex aprì la bocca e mosse le labbra.

«Cosa?» chiese quella.

Si mise con l'orecchio a portata di fiato e l'ago le si infilò nel collo. Alex spinse dentro mezza dose, quella gemette ma niente di più. Le cinghie non le permettevano molto, sfilò il braccio destro e le diede il pugno più forte che poteva, mirando alla tempia, non alla faccia. Non era stato chissà che gran colpo, ma fece abbastanza effetto da consentirle di sganciarsi, raggiungere la donna e dargliene altri due. Aveva addosso una casacca e le prese solo quella poi andò a bussare contro la finestrina dell'autista. Lui si voltò, non vide nessuno, rallentò quanto bastava, fece scorrere la finestrina e si prese l'altra mezza dose. Alex lo colpì con un affare pesante che aveva trovato dentro. Scese per capire dove si trovassero, era ancora una strada secondaria, la provinciale era lontana. Trascinò fuori la donna e la mise a bordo strada, spingendola giù verso il fosso. L'uomo era grosso, pesante, ma riuscì a trascinare anche lui fino all'erba. Ripartì subito, buttando dal finestrino il cellulare dell'uomo e spegnendo la radio. Andava per automatismi, la strada la conosceva, doveva solo levarsi di torno e fare un paio di giri per tornare indietro, a qualche chilometro in linea d'aria rispetto al capannone. Gli ultimi 500 metri li percorse al buio, parcheggiando l'ambulanza vicino a quello che un tempo era stato il fienile. La Polo blu era lì accanto, pronta da anni.

Lucio.

Non adesso.

Alex entrò nel cascinale, prese le due borse già pronte. Dalla prima sfilò degli abiti e si vestì completamente, abbandonando la casacca da paramedico. Poi prese i documenti, quindi la pistola di Nicola con i proiettili e i cellulari. Ne attaccò uno all'accendisigari della Polo e accese il quadro. Poi tornò al fienile, con una torcia in mano. La puntò sul cancello e disse solo

«Ce ne andiamo».

Mise la luce a terra, aprì la porticina, calò la scala, puntò torcia e pistola e attese. A Saverio ci volle circa un minuto per riuscire a venir su. Non guardò né lei né la pistola, andò subito alla macchina. Alex lo seguì, lo fece salire e si mise alla guida. Accese il motore e poi il cellulare in ricarica. Era solo al 5%, ma per quello che doveva fare sarebbe bastato. Andò nei messaggi, il destinatario era uno di quelli più frequenti, per quanto quella scheda non venisse usata da quasi tre anni. Digitò

VENGO A PRENDERTI, MARIA

e non sarebbe stata l'unica che avrebbe cercato.

Invió e spense.

Parte Seconda

1

Non esistere è una delle cose più difficili da fare.

Miroslav Bajrami lo sapeva bene e si sforzava di esistere il meno possibile. Aveva studiato con grande attenzione tutti gli uomini della zona, come si vestivano, come camminavano, quella tipica espressione ottusa di deriva contadina difficile da imitare. Aveva trascorso ore davanti allo specchio per cancellare dal viso tutte le tracce di vitalità, imparando a spegnersi. Faceva la spesa una volta sola al mese, girando per quattro mercati in modo da non dare nell'occhio, mai acquistare troppa merce tutta in un posto, qualcuno avrebbe potuto notarlo, ehi, avete visto quel montanaro che si è preso venti chili di patate? Lui ne prendeva due reti alla volta e poi si faceva trenta chilometri in auto, una Polo blu un po' ammaccata, fino al prossimo centro abbastanza grande da consentirgli di confondersi nella folla. Si spostava nelle zone tra Kozbunar, Shturovo e Vrteshka, tutte a ridosso delle montagne, se poteva scegliere preferiva strade interne e poco trafficate. La benzina era l'ultima cosa da prendere, rigorosamente ai distributori automatici, e poi difilato a casa, perché se lo avessero fermato una tanica era comprensibile, tre no. Aveva preso anche l'acqua, questa volta, pur se c'era il raccoglitore per quella piovana, ma certi inverni erano strani, non pioveva mai. Il mese prima la scorta era finita e a nessuno fa piacere scegliere tra bere e lavarsi, quindi meglio non replicare. Era andato tutto bene, nessuna occhiata strana, il cassiere dell'ultimo ipermercato era conciato peggio di lui. A venti minuti da casa svoltò nel percorso sterrato e cominciò a sentirsi meglio. La polvere si sollevava per aggrapparsi ai paraurti, conferendo all'auto la giusta aria vissuta. Non aveva incrociato nessuno, era un'ora buona, alle sei del pomeriggio non c'era gente nei campi, si iniziava a buttare la legna nelle stufe e a preparare la cena. Passò davanti alla via per il rudere con la staccionata e tirò dritto. Il cuore rallentava, rallentava, sembrava sul punto di fermarsi. Un chilometro dopo svoltò in un sentiero che moriva in un campo incolto e fermò l'auto. Aveva visto bene? Quante volte era passato davanti alla proprietà del rudere con la staccionata? Una al mese come minimo, ma in realtà più spesso, ogni volta che doveva procurarsi un attrezzo o delle batterie. Diciamo sei viaggi, dodici passaggi, ogni volta prestando la massima attenzione ai dettagli. La proprietà era chiusa da una semplice catena a cui era appeso un cartello arrugginito che diceva забрането да се внесува, vietato entrare. Era lì da sempre, da almeno una decina d'anni. E quel cartello pendeva un po' a destra. Nient'altro, una leggera pendenza, la catena era simbolica, agganciata da un paletto all'altro, sarebbe bastato tirarla su di un anello e il cartello si sarebbe raddrizzato. E oggi era dritto. Poteva aver visto male, ma no, non vedeva mai male, le abitudini non si ingannano. Quindi qualcuno lo aveva fatto? Qualcuno aveva staccato e riattaccato la catena, spostandola di un anello? Ma chi? Per entrare bastava passare di lato, non c'era recinzione, la catena avrebbe impedito solo il passaggio di un veicolo. Quella proprietà era abbandonata, nessuno la voleva, nemmeno lo stato, era solo un cumulo di sassi e mattoni mezzo crollato, lo sapeva, l'aveva messa nel suo mazzo di ipotesi, e l'aveva scartata non perché troppo malandata ma perché troppo a ridosso della strada, aveva bisogno di un posto più isolato e difficile da individuare. A qualcun altro invece adesso interessava? Sarebbe stato un bel problema. Scese dall'auto e si avviò lentamente attraverso l'erba secca, raggiungendo il prima possibile il sottobosco di foglie marce che avrebbero attutito i rumori. Fece il giro largo, se qualcuno avesse visto l'auto sul sentiero pazienza, avrebbero pensato a un cacciatore o a un cercatore di funghi, ma lui non doveva essere notato, lui non esisteva. Dopo cinque minuti buoni intravide il tetto coperto di muschio, poi le finestre con le persiane marcite che pendevano storte dalle cerniere. Decise di restare a distanza di quindici metri, in un punto sopraelevato, spostandosi di tronco in tronco. Raggiunta la posizione che aveva in mente vide l'auto. Grigia, un grigio scuro, non avrebbe saputo dire marca e targa, da quella posizione era impossibile. Non fece altro, rimase dov'era, abbastanza rami intorno da non essere visto, i vestiti dei colori giusti per mimetizzarsi. Aspettò. L'ombra passò dietro al vetro, solo per un attimo. Quindi era vero. Catena staccata, auto parcheggiata, qualcuno in casa. Era un guaio, le prossime settimane sarebbero state caotiche, organizzare il trasferimento, spegnere tutti gli apparecchi finché non ci fossero stati centinaia di chilometri di distanza, smontare il generatore... E poi l'ombra ripassò davanti al vetro, questa volta più lentamente. Così enorme che occupava tutta la finestra, perfettamente riconoscibile anche con il berretto calato fin sulle sopracciglia. Miroslav si prese un secondo, due, tre, mentre delle fitte lancinanti si facevano sentire nel basso ventre.

Sapevo che sarebbe successo.

Il pensiero non fu di nessun conforto. Non aveva delle settimane, aveva delle ore. Arretrò seguendo le proprie tracce, gli occhi chiusi per ascoltarsi e avere la certezza di non fare rumore. Tornò all'auto, buttò un'occhiata al sedile posteriore stipato di roba, sapendo che nel bagagliaio c'erano le taniche. Avrebbe dovuto lasciarne metà, forse di più. Tornò lentamente alla strada, si rimise in marcia facendo attenzione a non superare mai i sessanta all'ora. A sinistra al primo crocevia, a sinistra anche al secondo su quella che ormai non si poteva più chiamare strada, poi dentro bruscamente sulla salita a destra, l'erba a schiaffeggiare la carrozzeria già segnata di graffi. Mancava poco al tramonto. I due pali incrociati erano lì dove li aveva messi, anche i piccoli segnali a lato, dei sassolini che sarebbero crollati con qualunque spostamento, erano al loro posto. Solo allora poté accelerare in vista della casa. Le luci erano spente, ma il fuoco nel camino faceva comunque un po' di luce. Fermò l'auto girandola già con il muso in avanti, meglio non fare troppe manovre col buio, e il buio sarebbe arrivato presto. Piombò sulla porta, dette due giri di chiave e si buttò dentro.

«Dobbiamo andare!»

Kiril Selmani si alzò dalla sedia davanti al camino.

«Abbiamo un'ora. Se ce la facciamo in meno è meglio» gli disse.

C'erano solo due stanze in quella costruzione, quella enorme con il camino e quella più piccola con il letto. Kiril andò lì dentro e tirò fuori le due borse che erano sempre pronte. A terra c'erano molti libri, sepolti da mozziconi di candela, fogli, penne, pennarelli. Aprì una delle borse e li buttò dentro finché fu possibile farceli stare, poi controllò, ne sostituì due e richiuse il tutto.

«Devo smontare il generatore» insistette Miroslav. «Non possiamo comprarne un altro. I cavi pazienza, ma il motore ci serve. Le borse e quel che riesci a mettere insieme, poi faremo una selezione del cibo.»

Kiril rimaneva immobile.

«Cosa c'è?» lo apostrofò.

Indicò i suoi pantaloni, Miroslav abbassò lo sguardo e vide una macchia rossa che si era allargata sul tessuto beige. Per un attimo fu solo smarrimento, ma che giorno era? Poi

«Ma porca troia, mi sono scordata! Ma quanto deve durare ancora questa tortura, quanto devo diventare ancora vecchia?»

e iniziò a sbottonarsi mentre Kiril estraeva un altro paio di pantaloni dalla valigia meno piena.

«Li lascio qui, tanto il sangue non viene via. E poi c'è già abbastanza dna dappertutto, gli facilito solo le cose.»

Corse a una borsa termica rigida che conteneva le medicine e il materiale sanitario e prese un assorbente.

«Forse ho macchiato la macchina. Vai a vedere.»

Gli lanciò le chiavi al volo, sfilandosi i pantaloni, ma a metà operazione alzò lo sguardo e lo vide ancora lì, sulla porta, l'espressione paziente.

«Oddio, scusa.»

Si frugò dentro alla camicia ed estrasse dalla fasciatura che comprimeva i seni un filo con appese altre due chiavi. Corse dall'uomo, si chinò e fece scattare il meccanismo della catena che gli teneva imprigionato il piede.

«Tira giù la spesa e tieni la metà esatta di tutto, solo le cose da mangiare. E solo qualche bottiglia di acqua.»

Lo vide uscire

ora scappa

e subito aprì il cassetto del tavolo, tirò fuori una pinza, un cacciavite, la pistola, del nastro da elettricista e andò verso il generatore. Fuori il motore della Polo partì. La luce stava calando, doveva staccare tutto finché ci vedeva ancora. Lo sentì rientrare.

«È a posto?»

Lui fece di sì.

«Okay, metti tutti gli attrezzi nella borsa delle medicine e sistemala con le valigie.»

Ci misero altri venti minuti, sacrificando una delle taniche perché altrimenti il generatore nel bagagliaio non ci sarebbe stato.

«Se ci fermano diciamo che è per la nostra casa in campagna.»

Restava una sola cosa da fare, ed era tacito che toccasse a lei. Con la seconda chiave che portava al collo andò alla stufa di ghisa della camera da letto e fece scattare il lucchetto che teneva la catena bloccata alla sua base. La avvolse tutta, sempre pesantissima, undici metri che andavano dalla camera da letto alla porta ma non oltrepassavano la soglia, più i giri che le aveva fatto fare intorno alla stufa. La scaricò a terra dietro il sedile di guida.

«È come avere un passeggero in più.»

Ed era una grande verità.

Partirono alle porte del buio senza voltarsi indietro per vedere la casa dove avevano vissuto nascosti nell'ultimo anno, i fari spenti per prudenza, il motore ai minimi giri. Raggiunsero la strada e solo allora si misero la cintura e accesero le luci.

Svoltarono verso il confine, facendo finta di non saperlo.

«Signora Linora Metaj?»

La donna aveva alzato gli occhi, bella, la pelle candida, i capelli castani. Non gli assomigliava molto, eppure era identica a lui. Alex aveva fatto due passi avanti e le aveva teso la mano.

«Mi chiamo Alessandra, sono la fidanzata di suo figlio Lucio.»

Era seguito un silenzio molto lungo, qualcun altro avrebbe potuto pensare che non l'avesse capita, ma la mano era ancora lì nella sua e le dita stringevano, così Alex le diede il tempo di cui aveva bisogno.

«È vivo»

le aveva risposto, e in quelle due parole era racchiuso tutto l'inferno che Domenico Donadio aveva fatto passare alla moglie. Si erano chiuse in casa, Linora aveva fatto del tè e accompagnava a ogni movimento una parte di racconto.

«Il bambino era solo suo, secondo lui, una cosa sua. Io non potevo insegnargli, non potevo giocare, solo guardarlo quando era via. E poi neanche quello.»

Parlava ancora un buon italiano, qualche sbavatura qui e là e un forte accento ma non aveva dimenticato.

«Un giorno mi ha detto di andare via. Io non volevo, ero la sua mamma, non lo lasciavo. Ma lui ha detto che potevo andare via senza niente o andare via con un po' di soldi, ma prima di farmi prendere mio figlio lui lo ammazzava. Così ha detto, e io lo sapevo che era vero, perché Domenico lo conoscevo. Se cercavo di prendere Lucio lui lo ammazzava. E allora ho preso i soldi e sono venuta via. E Lucio è rimasto vivo.»

Aveva annuito e Alex l'aveva imitata perché sapeva che quel compiacimento era giustificato: lo aveva salvato davvero, il suo bambino. Non le disse niente del rancore di Lucio, ci sarebbe stato tempo. Lui non sapeva che sarebbe andata da lei, che l'aveva rintracciata senza troppa fatica già un anno prima, che le era bastato sapere il nome e poi chiedere a certi amici di cercarla. Gli aveva detto solo che sarebbe stata all'estero una settimana, avrebbe badato lui al capannone, per una volta, d'estate poteva prendersi anche un paio di giornate libere. Aveva voluto incontrarla da sola proprio per proteggerlo, metti che Domenico avesse avuto delle ragioni, una volta in vita sua. Invece era una donna deliziosa, dolce, non aveva fatto obiezioni sul suo aspetto o sulla sua età, anche se erano quasi coetanee. Ascoltava i racconti di Alex bevendosi ogni parola, il suo bambino che era diventato un uomo, che aveva studiato e ora lavorava in ospedale, che si era emancipato dal padre. Una versione riveduta e corretta, ma in sostanza nessuna bugia. Anche se non era quello lo scopo della visita aveva provato a buttargliela lì.

«Io e Lucio stiamo pensando di venire via dall'Italia. Rifarci una vita, tutto da capo, in un posto nuovo dove non conosciamo nessuno.»

Linora aveva abbassato lo sguardo sul cellulare, dove troneggiava un'immagine pensierosa di Lucio.

«Via da Domenico?»

No, Domenico non è più in grado di nuocergli.

Ma non era quello che le conveniva rispondere.

«Sì, anche da Domenico. In un posto dove non ci cercherebbero. Magari da qualche suo parente...»

«No, niente parenti» era stata la risposta secca.

Non le avevano perdonato quel matrimonio che avrebbe

dovuto portare fortuna e soldi alla famiglia e che invece non era servito a nulla, se non a farla tornare in patria più vecchia e più povera di prima. Linora aveva stretto il telefono, quasi l'immagine del figlio iniziasse a farle male.

«Mia mamma non era di Kosovo ma di Macedonia. Da piccola mi ha portata nel villaggio dove era cresciuta ma non c'era più niente. Là la terra è cattiva e se ne sono andati tutti. Anche fuori dal villaggio è pieno di case lasciate lì vuote, fin su nella montagna. Strade dove non va nessuno. Quello è un posto sicuro.»

Alex aveva aperto un'applicazione con le mappe e si era fatta indicare la zona.

«Non ci troveranno là? Sicura?»

«Sicura.»

Si erano sorrise. Linora le aveva accarezzato la guancia.

«Se vuole può venire a trovarci»

aveva detto Alex, ma la donna aveva scosso la testa.

«Se io vado via da casa tutti lo notano. E allora cercano me e trovano voi.»

Per ringraziarla Alex le aveva inviato, facendo molta attenzione, tutte le foto di Lucio sul suo cellulare, e la donna si era sciolta in pianto, le mani che sfioravano lo schermo e poi si ritraevano. Scuoteva la testa e sorrideva, mentre diceva

«È uguale a Domenico»

e Alex avrebbe tanto voluto dirle di no.

Avrebbe tanto voluto dirle di no.

«Signora Linora Metaj?»

La donna aveva alzato gli occhi, i segni profondi lungo la bocca, i capelli precocemente ingrigiti, l'abito nero appeso su un mucchio di ossa. Lo aveva guardato come fosse stato trasparente.

«Si ricorda di me?»

Aveva fatto cenno di sì, senza alcuna ironia, perché chi si sarebbe potuto dimenticare di un mostro simile, più muscoli che anima, che un anno prima era venuto da lei a dirle che suo figlio era morto. Non scappato, non in galera ma sottoterra. Ed era venuto a dirglielo lui, che ce l'aveva mandato.

«Stava a sparare a una donna. Non c'era scelta.»

Ma a lei non importava, cosa poteva cambiare sapendo che il suo bambino aveva ammazzato della gente, che era un torturatore, un sadico, un pazzo criminale? L'unico successo della sua vita, riuscire a salvarlo, era appena fallito. Non se l'era presa con quell'uomo, era indifferente al suo falso cordoglio, voleva solo rientrare e cancellare tutte le foto sul cellulare, dimenticare che Lucio avesse avuto una vita dopo quell'ultima volta che l'aveva visto entrare nella scuola materna per mano a Domenico. Ma c'era qualcosa che quel poliziotto era venuto a cercare e non se ne sarebbe andato prima di averla avuta.

«Lei ha mai conosciuto la fidanzata sua? Una donna alta, con i capelli rossi, o magari di un altro colore, il naso grande?»

Le aveva mostrato una foto, soppesando con attenzione il modo in cui avrebbe reagito.

Ma quell'uomo era un principiante.

Niente ti insegna a fingere come qualche anno trascorso con Domenico Donadio, e così, proteggendo d'istinto l'unica persona che le aveva donato una gioia in quegli ultimi anni, Linora aveva risposto

«Che brutta».

Il poliziotto aveva esitato, poi le aveva presentato le sue condoglianze, aveva spiegato che per la sepoltura ci sarebbe voluto del tempo, la tomba anonima per evitare atti vandalici eccetera eccetera. La madre gli aveva detto che facessero quel che volevano, non la riguardava. Francesco Caparzo aveva chinato la testa, un gesto ibrido tra un inchino e una richiesta di scuse per averle ammazzato il figlio, e lei non si era tenuta e aveva detto

«Sono tanto contenta che prima di morire ha ucciso Domenico. Tanto, tanto contenta».

Il poliziotto se n'era andato, e oggi rieccolo lì. Niente divisa, questa volta, niente scorta di poliziotti, solo lui in abiti civili.

«Non credo che sono una persona che ha voglia di vedere, o di parlarci. E però io ho bisogno di lei.»

Lo aveva fatto entrare, aveva preparato il tè anche a lui, si erano seduti negli stessi posti occupati da lei e dalla fidanzata di Lucio, in uno dei giorni più belli della sua vita. Caparzo aveva girato il cucchiaino nella tazza, poi aveva bevuto un sorso e alla fine

«Io oltre a suo figlio ho ammazzato a tante persone»

aveva detto. Linora aveva aspettato.

«Alcune mentre che facevo il lavoro mio. Alcune no. Prima che a suo figlio ho ammazzato uno, soltanto perché stava nel posto sbagliato. E prima 'nu collega e 'na guaglioncella. A tante persone ho ucciso, che non sono un uomo buono.»

La donna aveva annuito.

«Ma io lo so. E anche lei deve saperlo, che suo figlio non era un uomo buono manco lui.»

Linora aveva trattenuto il respiro.

«Perché la cattiveria non si nasconde. Assassino lui, assassino io.»

Faceva fatica a parlare, dire non era il suo forte.

«Ma lei non era come a noi. Alessandra non era come a noi. Alessandra non ha ammazzato a nessuno. E io mi sono fatto certo di questa cosa. È un anno che inseguo la testa sua con la mia e non torna che ha voluto uccidere a tanta gente. Non ci credo. Ma l'altri sì. L'altri credono tutto. E le vogliono male, un male che non si merita.»

La donna aveva bevuto un sorso a sua volta senza mescolare. Il tè era amaro.

«Io credo che lei è venuta qui. E lo credo perché abbiamo trovato il telefono suo. E lei era brava, aveva dentro tutte quelle cose che fai fatica a rintracciarla, però qualcosa, coi mesi, abbiamo tirato fuori. Dal paese era uscita, e no una volta, tante. Ma era prudente, arrivava al confine e spegneva tutto, pure la scheda levava, credo che usava altri telefoni. Ma una volta il suo lo ha acceso. Sempre senza dentro niente, usando un trucco, era brava, davvero brava, ma ha lasciato una traccia, e quella traccia era qui intorno, e per me qui intorno era qui.»

Linora aveva girato il cucchiaino, ora il tè era troppo dolce.

«Lei lo voleva bene, a suo figlio. E per come l'ho capita non lo lasciava senza un rifugio quando 'e cose andavano male. S'era preparata un piano per scappare e nascondersi, lei e lui, un piano che li portava dove non li trovavano. E le cose poi sono andate male, e anche peggio. Non ho uomini con me, non sto registrando, pure nudo mi posso mettere, non ho niente. Nessuno ha in mano questa informazione, io solo. Perché nessuno vuole quello che voglio io, e io voglio salvarla, a Alessandra.»

Un sincero stupore si dipinse sul viso della madre di Lucio.

«La cacciano in tanti. E alcuni che la cacciano se la prendono non la mettono in galera. Alcuni se la prendono la mettono insieme al figlio suo, ma no un colpo solo, piano, che se lo gustano.»

Il cucchiaino iniziò a tremare.

«Io non credo che lei lo sa. Credo che è ancora troppo nascosta. Ma quando lo viene a sapere allora farà come lei, farà la madre. E le madri quando devono proteggere i figli non pensano.»

Linora annuì, una lacrima che scendeva.

«Voleva riportarle a Lucio suo, vero?»

La donna scosse la testa.

«Voleva salvarlo. Anche lei.»

Francesco Caparzo annuì.

«E dove lo voleva salvare?»

Il pane si stava ammorbidendo grazie all'olio del tonno. Era rimasto avvolto nella carta stagnola e appoggiato sopra le bocchette del riscaldamento per l'ultima mezz'ora di viaggio. Avevano deviato dalla strada principale qualche chilometro prima, così da poter consumare la cena lì, al buio in uno slargo di terra battuta.

«Taglialo a metà e prenditi la parte più grande»

aveva detto Alex allungando il coltello a Saverio. Lui aveva esitato, perché il coltello non si poteva toccare, lei non glielo dava mai il coltello, all'inizio. Poi lo aveva preso e aveva fatto le porzioni giuste. Avevano mangiato lentamente.

«Dobbiamo dormire un po', c'è tanta strada da fare» sospirò lei.

Si sporse indietro sul sedile posteriore e prese una grossa coperta. La stesero e si misero sotto, calandosi per bene i berretti in testa.

Potrebbe uccidermi nel sonno.

Potrebbe andarsene.

Delle due ipotesi la preoccupava più la seconda. Non era mai stato bravo a cavarsela da solo, non avrebbe saputo dove andare, come orientarsi, con quel freddo rischiava di smarrirsi in qualche bosco dove non lo avrebbero più ritrovato. Col coltello almeno si sarebbe potuto tenere l'auto.

Dovrei avere maggiore fiducia in lui.

In fondo gli ho insegnato tutto quello che so.

Lo osservò dormire, la barba rada, i capelli rasati a zero come i suoi, le occhiaie perenni. Non aveva messo su molto peso da quella notte di tanto tempo prima, quando lo aveva fatto fuggire nudo in mezzo alla campagna per poi addormentarlo. Quando si era svegliato e si era accorto di essere vestito aveva avuto perfino più paura che durante la fuga.

L'abitudine, che brutta bestia.

Non aveva mai più sentito il suono della sua voce, da allora. Non quando rimaneva solo nella cisterna e lei fingeva di andarsene sperando di sentirlo almeno piangere, non quando nel pieno della notte si era precipitata a liberarlo

«Ce ne andiamo»

senza fornirgli nessuna spiegazione. Lo aveva minacciato con la pistola di prendere un documento con la foto di un altro che in comune con lui aveva solo l'aspetto giovane e gli occhi azzurri.

«Nessuno guarda le foto, alla frontiera dove ci presenteremo, guarderanno la macchina e come saremo vestiti, lo so perché ci sono passata mille volte.»

Allora lei mostrava una normalissima carta d'identità italiana, adesso si sarebbe presentata con un documento maschile, fingendosi un agricoltore macedone, e se qualcuno avesse sospettato qualcosa gli avrebbe sparato, cercando di mirare a una spalla. Ma non era stato necessario, dopo quattro ore uscivano dall'Italia, dopo altre sette entravano in Macedonia, il tramonto seguente lo avevano visto attraverso il vetro rotto di una finestra. Si erano spostati di casa in casa per due settimane, poi avevano trovato quella in cui avrebbero vissuto per più di un anno. Alex lo aveva tenuto legato mani e piedi fino a quando non era andata a comprare la catena. Poi, come aveva fatto il prete con il cane feroce, gli aveva lasciato sempre più libertà di azione, aspettandosi che da un momento all'altro Saverio le sarebbe saltato alla gola.

Non era successo.

Saverio non aveva mai provato a fuggire o a ribellarsi, aveva ubbidito alle sue indicazioni, si erano spartiti i compiti per mantenere il rudere in condizioni dignitose ed era diventato abbastanza bravo a cucinare. Leggevano gli stessi libri e d'inverno sorseggiavano vin brulé davanti al fuoco mentre Alex gli raccontava di qualche impresa animalista. Mai, nemmeno una volta, le aveva parlato. Si spiegava a gesti, non voleva scrivere, se non riusciva a farsi capire batteva stizzito il piede e allora lei si metteva d'impegno a ricominciare tutto da capo, come dovesse risolvere una sciarada. Non aveva mai insistito perché lui la perdonasse e ricominciasse a parlarle, pensava che fosse un giusto contrappasso per essere stata un'insegnante mediocre.

Ma ho fatto del mio meglio.

Quando sentì il suo respiro farsi lento e regolare tirò

fuori dalla tasca il telefono. Lo aveva preso a una bancarella insieme a una scheda nuova, non le avevano chiesto documenti e lei non aveva fatto domande. Teneva la batteria carica e ogni tanto lo usava per chiamare il servizio informazioni, così che non glielo disattivassero. Aveva registrato solo un numero in rubrica, l'unico che avrebbe potuto contattare se si fosse trovata nei guai.

Come adesso.

Scrisse un sms, poche parole, chiuse gli occhi e lo inviò. Attese qualche minuto, in bilico su mille dubbi, la copertura di zona, l'utente che poteva aver cambiato numero, l'ipotesi di mettersi in trappola da sola. Ma poi il piccolo schermo si illuminò, nel messaggio c'erano solo delle indicazioni stradali e delle coordinate. Sorrise e guardò di nuovo Saverio.

Parlami.

Ma era solo un sogno, piccolo e irraggiungibile. Scivolò nel sonno pensando che se non fossero stati né il coltello né la fuga, con le prime luci dell'alba sarebbero ripartiti.

In fondo mancava solo un centinaio di chilometri al confine con la Grecia.

Neanche la soddisfazione della polvere che gira in aria. Si era mosso con lentezza da una stanza all'altra, se stanze si potevano chiamare, che lui ci era cresciuto in un posto simile e lo sapeva cosa significava stare ammassati in cinque in uno spazio che era per due. Ma le case di campagna questo erano, posti dove stringersi, in tante strette diverse, alcune che pure ti ammazzano. Lui era stato fortunato, oppure bravo, o tutte e due le cose, perché oggi era ancora vivo e capace di ricordare e sfruttare il ricordo. Aveva misurato le stanze con i passi, ogni volta ascoltando il suono della suola sul legno, un berretto a coprire la testa rasata, gli occhi azzurri apparentemente immobili che guardavano ovunque. Non c'era più nessuno in quel rudere che un secolo prima era forse una cascina, ma le tracce erano fresche ed evidenti.

Ieri.

Forse stanotte.

Due materassi a terra, un vecchissimo piano cottura attaccato a una bombola, il camino con una griglia e il gancio per un paiolo, un water portatile di quelli da handicap, due poltrone diverse, libri, vestiti, bottiglie di acqua, legna da ardere, benzina, cibo. Ne aveva segnate circa duecento, di quelle costruzioni, su una mappa che si era fatto con pazienza basandosi sulle immagini satellitari. Erano posti che sulle carte ufficiali quasi non esistevano, figlie di una sottocultura in cui nessuno controllava quello che la gente faceva sulla terra propria. Posti inutili, dimenticati, mangiati da una vegetazione che aveva vinto lei. Posti che nessuno avrebbe visitato. Posti in cui nascondersi. Ne aveva girati trentasette, prima di arrivare a quello, ed era stato meticoloso, era entrato in tutti anche quando c'era una catena a impedire il passaggio, sempre attento a rimetterla com'era.

E lei lo ha saputo.

Non immaginava come, non immaginava quando, ma doveva essere andata così.

Forse che l'ha avvertita la madre di Donadio?

No, la Gatteschi non era tipo da mantenere rapporti con chi ci sarebbe potuto andare di mezzo, correva i suoi rischi da sola.

O quasi.

Ora avrebbe dovuto sbrigarsi, ma lo stesso rimase fermo ad assaporare il momento ancora un po', gli occhi aperti perché quella cosa degli occhi chiusi era per fessi, per deboli, per mezzi uomini, e lui non era nessuna delle tre cose. Era un bravo agente, questo sì. E un bravo investigatore. Lo dimostrava quella baracca sconnessa sul punto di crollare, persa in una campagna riarsa e maltrattata a casa del diavolo. Nessuno ci era arrivato, solo lui. In quel momento il telefono nella sua tasca vibrò. Lo accendeva solo un'ora al giorno, se era fortunato non se ne accorgevano. Quella sera gli era andata male. Fu tentato di lasciarli chiamare, ma era un uomo prudente, e così rispose.

«Caparzo, dove diavolo sei?»

«Un permesso, ispettore Ridenti.»

«Be', non era un buon momento per prendersi un permesso! Scherillo lo hai trovato tu, non ti sembrava il caso di seguire l'indagine?»

«Non era competenza mia.»

Sentiva Ridenti mordersi la lingua, perché quelle erano parole sue.

«Be', rientra alla svelta, perché ne hanno ucciso un altro.»

«A chi hanno ucciso? Scherillo era un incidente, o no?»

«Non Scherillo, e nemmeno la vecchia o il matto, Caparzo, non fingere di essere un idiota! Hanno ammazzato Giorgio Guccione! E sono stati quei due, cazzo! Torna subito!»

No che non sono stati quei due.

Ma lo stesso era una brutta notizia. Perché lui lo aveva sempre saputo che erano tutti omicidi, mentre lei, la Gatteschi, forse non lo sapeva, isolata in quella fine del mondo. Solo questo, solo l'isolamento l'aveva salvata.

E lui l'aveva appena fatta uscire dalla tana.

2

Aveva guidato inerpicandosi per le strade di campagna, di notte, costeggiando il lago Doyran. Aveva una mappa cartacea e poche indicazioni, ma un buon senso dell'orientamento. Aveva visto la luce lampeggiare e aveva spento i fari, lasciando l'auto su uno sterrato. Aveva fatto un segnale a sua volta con la torcia, finché le due luci non si erano incontrate. Alex aveva un berretto di lana rosa calato fino alle orecchie, i capelli rossi spuntavano a ciuffi da sotto il bordo. Francesca vestiva completamente di nero, forse sperando di confondersi con il buio.

«Continuavo a pensare che non saresti venuta.»

«Come sta tuo padre?»

Francesca l'aveva guardata e aveva scrollato le spalle. Poi si era allontanata ed era tornata trascinando un ragazzino di circa dodici anni, i capelli ricci e neri con un ciuffo rosso, gli occhi scuri allungati, intensi, alto quanto lei.

«Lui è Filippo.»

Alex aveva frugato un po' nella borsa a tracolla e aveva tirato fuori una carta d'identità.

«No, si chiama Andrea. Andrea Mazzolini.»

Il documento era del 2006, quattro anni prima, e mostrava un bambino castano che non assomigliava quasi per nulla al ragazzino.

«Scadrà l'anno prossimo, la madre lo ha fatto fare per

un'attività extrascolastica ma poi non lo ha più utilizzato, nemmeno si accorgerà di non averlo più. Ed è ovvio che in un simile lasso di tempo un bambino cambi parecchio. Comunque vedrai che non gli daranno più di un'occhiata, io nel mio ho i capelli neri, fai tu.»

Francesca Adamopoulos le aveva gettato le braccia al collo ed era scoppiata a piangere. Alex aveva incrociato lo sguardo torvo del ragazzino e le era venuto da sorridere. Per lui quello era un sopruso bello e buono, non ci aveva visto nulla di male a spacciare un po' per strada, tutti i suoi amici lo facevano, la crisi era esplosa l'anno prima, nel 2009, i soldi non giravano, suo padre aveva perso tutto, il negozio, la macchina, aveva perfino tentato di darsi fuoco, cosa c'era di male a tirar su due soldi? Ma sua sorella non era d'accordo, prima aveva provato con le buone, poi con le cattive e alla fine non le era rimasto che quello.

«Lo hanno individuato la settimana scorsa, ho un conoscente in polizia, mi ha detto che sarebbero venuti a prenderselo, così l'ho nascosto finché ho potuto. Non sta andando più a scuola e mio padre non riesce...» le morirono le parole in bocca, suo padre non riusciva a fare molte cose.

«D'accordo» aveva tagliato corto Alex. «Trieste, giusto?»

«Sì, ci sono dei parenti di mia madre, lì.»

«Poi dovrete aggiustarla, in qualche modo.»

Francesca aveva annuito.

«In qualche modo.»

Aveva preso il viso del fratello tra le mani e lo aveva baciato più volte, lui che teneva la testa bassa e si sforzava di non piangere, le cuffiette rosse infilate nelle orecchie. Alex gli aveva indicato la direzione con la torcia, i piedi ancora sul confine tra Macedonia e Grecia. Non era spaventata, aveva passato troppi confini con troppi cani, un cucciolo d'uomo non avrebbe fatto grande differenza. Il trucco stava tutto nell'atteggiamento, non ci sarebbero state noie con l'Albania, il Montenegro, forse qualcosa in Bosnia o in Croazia, il passaggio in Slovenia era quasi uno scherzo, ma l'importante sarebbe stato il controllo con l'Italia, in quel momento avrebbe dovuto dare a Filippo il suo telefono per giocarci e, mentre controllavano i documenti, strillargli

«Ti ho detto basta! Me lo scarichi, dammelo qui!»

e prenderglielo in malo modo. Cose da madre, sempre rassicuranti. Aveva preso da terra lo zaino con le cose del ragazzo.

«Faremo tre tappe, così da avere un po' di souvenir, magari attacchiamo anche un paio di adesivi all'auto. Vedrai che andrà bene.»

Francesca le aveva preso le mani. Insieme avevano partecipato a diversi salvataggi, avevano combattuto contro la mattanza di randagi in Ucraina e nel 2007 erano scese in piazza a Belgrado con l'Alliance for Animal Rights. C'erano dieci anni di differenza tra loro e migliaia di chilometri di distanza, ma quando aveva avuto davvero bisogno era a lei che la ragazza italo-greca si era affidata.

«Tu non stai salvando solo lui, stai salvando anche me e mio padre.»

Alex le aveva fatto una carezza.

«Chiedimi qualsiasi cosa, Alessandra. Qualsiasi cosa.»

Per prima aveva individuato la luce

«Eccola»

e poi la figura magra, ferma tra gli alberi. Non si vedevano da anni, e in quegli anni non era certo Francesca quella più cambiata. Alex aveva abbassato la torcia e per un attimo era rimasta in attesa di vedersi accendere fari e altre luci, che qualcuno avrebbe gridato "POLIZIA" e Francesca avrebbe detto "mi dispiace". Aveva atteso e in fondo, molto in fondo, aveva sperato. Non era stato facile, niente. Ma poi Francesca l'aveva abbracciata piano, quasi temesse di spezzarla, e Alex aveva sentito la tensione scemare via.

«Per un po' ho pensato che ti fossi uccisa. Avresti dovuto scrivere prima.»

«Non era prudente. E poi non volevo crearti guai.»

C'era dell'altro, la paura del giudizio, la vergogna per essere scappata, il timore di venire respinta. Ma Francesca le aveva sfilato il berretto, accarezzando i capelli rasati, solo qualche millimetro, poi le guance scavate e infine le aveva stretto le spalle. Alex sapeva che aspetto aveva.

«Mi sono finta un uomo. Per anni mi hanno dato del trans, mi è sembrata una scelta logica.»

Avevano sorriso. Francesca era diventata una bella donna, i capelli castani, gli occhi scuri, grandi, l'aria di chi ha preso in mano la vita stando attenta a non stringere.

«Devi lasciare qui la macchina, andiamo a piedi. Più avanti ho un furgoncino, con quello andremo a Cherso e domani fino a Salonicco. Potrai restare lì qualche giorno, ma è meglio se continui a spostarti, finché non si calmano le acque.»

Alex era rimasta interdetta, ma prima che potesse chiedere un rumore alle sue spalle aveva fatto sobbalzare entrambe. Un'ombra pallida si era avvicinata, solo di qualche passo. Francesca lo aveva guardato con gli occhi sbarrati, poi era tornata su di lei.

«Non ci credo. È ancora vivo.»

«Certo che è vivo.»

Alex aveva allungato una mano verso Saverio e lui si era avvicinato, senza però toccarla. Francesca era sembrata spaventata per la prima volta, aveva alzato le mani.

«Allora forse io non ho capito.» Aveva tirato fuori il cellulare. «Mi hai scritto: "Ho bisogno di un posto in cui nascondermi". E io ti ho fatta venire qui, perché pensavo...» Non riusciva a finire la frase.

Alex era confusa, non capiva perché la presenza di Saverio sconvolgesse tanto Francesca.

«Ascolta, io ti posso spiegare quello che ho fatto, anzi, forse no, non posso perché nemmeno io lo so più bene. Ma ti giuro che non volevo fare del male a nessuno, li avrei liberati tutti quanti.»

La presenza di Saverio era una granitica smentita delle sue parole, Francesca però non badava a lui.

«Io non parlo di quello. So che... immaginavo che la situazione ti fosse sfuggita di mano. Ma dopo pensavo... credevo che...» Rimase sospesa un attimo. «Ma tu in questi giorni dov'eri?»

Alex non capiva la domanda. Non capiva il perché della domanda. Che fosse latitante era un dato di fatto, no?

«Ero qui. In Macedonia, ero qui. Siamo rimasti nascosti per un anno in una casa abbandonata. Ma perché me lo chiedi?»

Di colpo era venuto il suo turno di avere paura.

«Non hai un cellulare, non ti colleghi? Non controlli?»

Alex avrebbe voluto risponderle che sì, certo, lo aveva fatto, un mese dopo la loro fuga era andata in un internet point ed era passata da un portale di notizie locali a un banner che faceva la pubblicità a un concerto, quindi da un articolo su una cantante italiana a un sito finalmente nella sua lingua, e da lì ai siti di news, così che la cronologia non destasse sospetti e potesse verificare che stessero tutti bene, a che punto fossero le indagini, la macchina del fango su Yuri, che se la meritava tutta, le accuse infamanti a lei e quelle tragicamente vere a Lucio, lo aveva fatto, sì, per qualche tempo, poi non aveva più trovato granché, un sacco di articoli sulla piccola Sveva, un'intervista a suo padre che si era ben guardata dal vedere e così aveva smesso, aveva smesso perché era già difficile sopravvivere a una cosa del genere senza tormentarsi, girare il coltello nella piaga, erano tutti salvi, ora doveva solo salvarsi lei, lei e Saverio, certo, lei e Saverio. Invece in risposta alla domanda di Francesca aveva solo scrollato la testa, no, non aveva un telefono che facesse niente più che telefonare, non si collegava, non controllava.

«Cosa succede?»

Aveva gli occhi grandi, Francesca, occhi belli, la sua vita nelle mani e nessuna possibilità, ora, di non stringere.

«Li stanno uccidendo, Alessandra. I tuoi prigionieri. Pensavo fossi stata tu, tutti pensano che sia tu, e io credevo...

non lo so, credevo che fossi impazzita ma non ti avrei voltato le spalle. Per questo...»

aveva infilato una mano nei pantaloni e aveva estratto una piccola pistola.

«Solo se mi avessi costretta. Ma ti avrei nascosta, davvero.»

Alex non la sentiva nemmeno.

Aveva la punta delle dita insensibile, i polpacci le formicolavano, che strana sensazione. Era lì ma non c'era più. Si era voltata a guardare Saverio, quel poco che restava di Saverio, così come poco era quello che restava di lei. E i suoi occhi le sembrarono buchi neri pieni di niente. Mentre il dolore le risaliva nei nervi e nei muscoli, come una belva feroce verso la testa, ad azzannarla con la consapevolezza che

i suoi figli

le persone che aveva cercato di salvare stavano morendo per colpa sua

allora

Saverio svenne.

Le luci dei lampeggianti si riflettevano sul grigio della Seat Toledo mentre la scortavano lungo l'autostrada. Il corpo di Giorgio Guccione era stato portato a Firenze, insieme a quello di Nicola Scherillo, mentre non era stato richiesto il trasferimento di quello della donna senza nome chiamata "Bella" né la riesumazione di quello di Giovannino Marinoni, per il quale c'era già un referto. Patrizio Ridenti non avrebbe mai ammesso con quanta ansia avesse atteso l'arrivo di Francesco Caparzo, richiamato d'urgenza dall'estero per occuparsi con lui del caso. Aveva cercato ogni modo per attribuirgli delle responsabilità, ma di fatto non c'era stata nessuna leggerezza da parte del poliziotto, anzi, se non fosse stato per lui l'autopsia di Marinoni non sarebbe stata mai effettuata. Ed era proprio da quella che adesso dovevano partire.

«Spiegami di nuovo questa cosa dei pastelli» gli aveva chiesto a bruciapelo.

«I pastelli l'usavano a scriversi i bigliettini nelle gabbie.»

«Questo lo so, ma secondo te perché i cadaveri hanno tutti o quasi un pastello vicino?»

«Tutti, no quasi. Se non li abbiamo trovati non vuol dire che non c'erano.»

Ridenti trovava irritante questo atteggiamento, mentre si muovevano sotto le luci velenose al neon del corridoio di anatomopatologia.

«Marinoni, la cieca e Scherillo li avevano in mano, ma non c'era un biglietto, non avevano scritto nulla. Invece Guccione non aveva il pastello ma aveva una scritta.»

«Che non l'ha scritta lui, ma il pastello c'era, magari che è caduto.»

Erano entrati e Caparzo aveva esitato. Vicino al corpo di Giorgio Guccione, accanto al medico che si occupava generalmente di tutte le loro autopsie, c'era quella strana dottoressa che aveva conosciuto ad Alessandria, Giuditta Licari.

Capace che ha detto le cose che sapevamo solo noi due.

«È un piacere rivederla» lo accolse, tendendo quella mano paffuta da bambina.

«Abbiamo convocato la dottoressa Licari per capire che collegamento ci possa essere tra tutti e quattro i decessi» si affrettò a dire Ridenti mentre i due si salutavano, un orco e una bambina, l'uno la custodia dell'altra. «Considerato che lei ha avuto modo di analizzare il primo...»

«Ma il primo non era un decesso» aveva puntualizzato lei sorridendo. «Era un delitto.»

«Questa è un'ipotesi.»

«No, questa è una certezza.»

La donna era andata con tutta calma a prendere una cartelletta e i tre uomini erano rimasti lì, appesi a tre disagi differenti.

«Vedete, quando l'agente Caparzo» lo aveva indicato con la manina tesa «ha richiesto l'autopsia per il signor Marinoni io sono rimasta sorpresa. Che autopsia richiede lo schiacciamento da massi? Ma mi sono resa subito conto che, data l'indagine pregressa, l'agente Caparzo» manina tesa «avesse premura di non lasciare nulla al caso. Così insieme abbiamo ipotizzato tutti gli scenari, compreso che il Marinoni non fosse perito per il crollo ma per qualche altra causa.»

Ridenti sveva sgranato gli occhi.

«Come altra causa? Per esempio?»

«Poteva averlo morso una vipera. Incapace di comprendere cosa gli stesse succedendo poteva essersi sentito male, aver cercato riparo sotto al casotto che, ahimè, è crollato.»

Caparzo non aveva sorriso, ma non ci era andato lontano.

«Oppure, dato che c'era un forte temporale, poteva essere stato colpito da un fulmine?»

«Dottoressa, ma sta scherzando?» era intervenuto l'altro medico. Lei lo aveva inchiodato.

«Improbabile. Ma possibile.»

Aveva sfilato dei fogli dalla cartella.

«Il tossicologico era negativo, le analisi sugli organi non hanno determinato patologie pregresse, neanche cardiache, quindi tutto bene. Però» aveva allungato loro due fotografie, immagini di pelle squarciata, non belle da vedere «pochissimo sanguinamento dalle lacerazioni. E come sapete, questo è indice che non c'è pressione sanguigna. Quindi le pietre cadono, lo lacerano e lui non sanguina.»

«Era già morto» confermò l'altro medico, e Caparzo ebbe l'impressione che la Licari solo per educazione non gli staccasse il collo per il tono di condiscendenza che usava con lei.

Pure lui pensa che vale meno perché è femmina.

Pure io lo penso qualche volta.

E ci sbagliamo.

«Allora sono andata in cerca della causa della morte, ed era indubbiamente un trauma cranico, abbastanza profondo, sulla parte posteriore della testa. Che era la parte poggiata a terra. C'erano pietre sotto? Sulla base delle immagini della Scientifica direi di no. Quindi gli è crollato un casotto sulla fronte ma lui si è sfondato la nuca con la terra, e come ben vedete i conti non tornano. Perciò mi sono presa la briga di fare un calco dell'avvallamento della scatola cranica e confrontarlo con le pietre refertate sul luogo del delitto, ma nessuna corrisponde. La pietra che lo ha ucciso non faceva parte di quel casotto, e nemmeno si trovava lì intorno. Quindi non è morto lì.»

Ridenti era allibito.

«E perché non ce le ha dette prima, queste cose?»

«Perché non me le avete chieste. Il caso è stato chiuso, me lo ha comunicato lei, non se lo ricorda? Io ho terminato l'indagine e redatto le conclusioni perché sono meticolosa, ma nessuno di voi me le ha chieste.» Tese la manina. «Nemmeno l'agente Caparzo.»

E invece Francesco Caparzo le conclusioni le aveva lette eccome, ma lo aveva fatto in una maniera così confidenziale che nemmeno la dottoressa Licari lo aveva saputo. O forse no.

«Quindi sono tre delitti accertati. Marinoni, Scherillo, Guccione.»

«Anche la donna, ispettore» era intervenuto il medico, in cerca di un po' di luce propria. «La finestra doveva essere aperta usando un perno che si infilava al posto della maniglia, è impossibile che lo abbia fatto lei, considerato poi che è stata ritrovata chiusa.»

«Ammettiamo che siano quattro» disse finalmente Ridenti. «Ammettiamo che i pastelli siano una firma. Ammettiamo che la psicosi che la Gatteschi stia terminando il lavoro iniziato sia giustificata, come la fermiamo? Non abbiamo un'immagine, un'impronta, una traccia, niente.»

«Le leviamo il pane.»

Caparzo aveva parlato rivolto al cadavere di Giorgio Guccione, così gonfio da essere diventato finalmente brutto.

«Io dico che li uccide in ordine. Chi ha preso per primo l'ammazza per primo. Giovannino, 'a vecchia, Scherillo e Guccione, e questi due sappiamo per certo che sono in ordine. Abbiamo la lista dell'altri, vediamo chi viene dopo e li mettiamo sotto sorveglianza.»

L'ispettore si stava già disperando all'idea di quella botta di notorietà in negativo, quando Caparzo aveva aggiunto

«Ma li mettiamo a coppie».

Tutti lo avevano guardato, perfino la Licari era incuriosita.

«A coppie? E perché?»

«Perché non si fidano a noi. Avete visto che si sono organizzati a trovarsi tra loro, se li isoliamo capaci che scappano. No, li dobbiamo mettere uno e uno. E guardarli. E ascoltarli. Perché è così che fa lei, e uguale dobbiamo fare noi, ma prima.»

Aveva passato gli occhi su ciascuno di loro.

Chi è responsabile, qui?

«Come se li dovessimo uccidere noi.»

Saverio aveva aperto gli occhi su un soffitto rosso, dopo che da sempre tutti raccontavano che in Grecia le case fossero solo bianche, dentro e fuori. Aveva sentito subito l'odore, poi il cucchiaio gli era arrivato alla bocca.

«Devi mangiare, dobbiamo rimanere in forze.»

Alex era accanto a lui con addosso una specie di peplo azzurro che in un altro contesto sarebbe sembrato ridicolo.

«Mi sono vomitata addosso. Francesca mi sta procurando degli altri vestiti, non li aveva della mia taglia.»

Aveva gli occhi così rossi e gonfi, non si capiva come potesse vederci. Saverio aprì la bocca e prese un cucchiaio di minestra. Lo tenne lì, non riusciva a inghiottire. La guardava.

«Giulio è vivo» aveva detto lei, e solo allora Saverio aveva inghiottito. «Francesca mi ha fatto vedere, aveva fatto lo screenshot di tutte le pagine, così so cosa è successo.»

Lo aveva imboccato con la minestra e con le notizie, per primo avevano preso Giovannino, che come si fa a prendersela con uno come Giovannino, lui era tanto buono, non faceva male a nessuno, un altro cucchiaio, poi Bella l'hanno buttata giù dalla finestra come uno straccio, lei che non voleva mai muoversi, ancora minestra, con Nicola sono stati crudeli, hanno fatto come con Fermo, come con Mino, te lo ricordi Mino, sì che te lo ricordi, tu c'eri quando è morto, mentre io no, ho detto che c'ero ma non c'ero, ero dalla madre di Lucio e a prendere i nostri documenti, così a Nicola hanno fatto quello che Lucio ha fatto a Fermo, e non riesco, non so immaginarlo, non voglio immaginarlo di nuovo, il fondo della ciotola e poi l'ultimo, Giorgio, tre giorni fa, annegato in quel laghetto dove andava, c'ero stata con Lucio, ma gli avevo detto di no, si lasciano troppe tracce in posti come quello, impronte, pneumatici, e invece di tracce non ce ne sono, sembra, niente tracce e sono morti tutti e quattro. E dicono che sono stata io.»

Aveva messo giù la ciotola e si era coperta il viso con quelle mani enormi che tante volte erano state scambiate per mani da uomo. Saverio si era messo seduto, era davvero tutta rossa, quella stanza, ovunque fossero, e lui stava sdraiato in uno dei due lettini, forse la camera dei bambini di una casa delle vacanze, chissà.

«Senti, io ho pensato...» aveva detto Alex. «Non so chi è, se è un emulatore o qualcun altro che mi odia. Magari è Marta, te la ricordi Marta? O Astrid. O quel collega di Lena, Gianluca, te lo ricordi Gianluca Savelli? Quello accusato del delitto di Betta, che è scomparso. O magari non è nessuno, magari ciascuno di loro ha il suo assassino, Giovannino lo ha ucciso uno del paese, Bella un angelo della morte, Nicola la camorra e Giorgio un marito geloso, ecco fatto. Ma se c'è anche solo una possibilità che abbia a che fare con me io questa cosa devo fermarla.» Lo aveva guardato. «Mi costituisco.»

Saverio non aveva cambiato espressione.

«Insomma, io sono stanca. Ci ho provato, ho fatto del mio meglio, ho tentato di essere un gorilla e di fare di te un gorilla, e il risultato eccolo qui. Pazienza io, pazienza, ma tu» le si spezzò la voce «e loro no. Non così, scappare va bene, tanto quel mostro ci sta addosso, ci aveva quasi trovati, lo sai, no? E allora che mi prenda e sia finita, tu sarai libero e loro vivranno.»

Nessuna reazione.

«Chiamo e mi costituisco. Mi arrendo, va bene?»

Allora Saverio l'aveva afferrata per il polso, forte.

«Tu non devi temere niente» gli aveva detto. «Tu non c'entri, sei una vittima.»

Ma la mano non la lasciava. Aveva gli occhi sbarrati, fissi nei suoi. "Giulio" dicevano quegli occhi.

«Andrà tutto bene, gli altri saranno sani e salvi, tutti quanti. Giulio, ovviamente, ma anche Yuri, Karina, Sveva» e a fatica «Anna. E Lena. Potrai tornare da lei, o andare da Anna, sei libero di scegliere.»

La mano aveva stretto ancora più forte. Poi con la testa Saverio aveva fatto no.

«No cosa, tesoro? No cosa? Tu ce la farai senza di me, figurati se non ce la fai.»

Un no ancora più vigoroso.

«E allora cosa? Hai paura di quello che possono fare a me? Che mi facciano del male?»

Saverio aveva esitato, poi di nuovo no.

«Hai paura per Giulio?»

Non aveva annuito, ma le aveva lasciato la mano.

«Hai paura per Giulio.»

Gli si inumidirono gli occhi. Alex rimase un attimo a pensare.

«Pensi che non si fermeranno solo perché mi costituisco.»

Una lacrima.

«Pensi che li uccidano per farmi del male.»

Saverio annuì e si asciugò gli occhi.

«Perché pensi questo?»

Lentamente l'aveva guardata, e Alex aveva capito.

«Perché è quello che faresti tu se potessi.»

Lentamente Saverio aveva annuito. Alex aveva piegato la testa di fronte a quell'ennesima sconfitta. Non le restava quasi nulla per cui combattere. Quasi.

«Però se non mi costituisco... non posso nemmeno continuare a nascondermi con loro che muoiono come mosche. Ti pare? Perciò non mi resta che, non so, ammazzarmi in diretta mondiale, così tolgo di mezzo tutte le motivazioni, oppure...» lui la incoraggiò con gli occhi «oppure torno e li salvo.»

Saverio aveva annuito. E Alex aveva sorriso.

Francesca aveva procurato loro dei vestiti e il giorno dopo li aveva portati a Salonicco, dove si erano potuti lavare e sistemare. Aveva proposto ad Alex un paio di baffi finti, ma lei li aveva rifiutati ridendo

«Mi bastano i miei».

Dalla macchina aveva portato con sé poca roba, la pistola di Nicola, i documenti e circa settemila euro in contanti, quel che rimaneva delle loro scorte. Francesca aveva procurato due biglietti per la nave che da Igoumenitsa andava fino a Bari, usando i loro documenti falsi.

«Ho chiesto il favore di non rompervi le scatole, ci sarà una persona fidata agli imbarchi, andate da lui. Fin sulla nave sarete al sicuro, dopo dovrete affidarvi a Dio.»

Quando Saverio si era addormentato Alex l'aveva raggiunta

«Dimmi quello che devo sapere»

e Francesca le aveva raccontato della visita di quell'uomo, due settimane dopo che lei e Saverio erano fuggiti dall'Italia.

«Hanno rintracciato tutti i tuoi contatti, tutti i volontari con cui hai lavorato, tutti gli animalisti, perfino quelli di Greenpeace. Sono andati a casa di ciascuno e hanno cercato dappertutto, mi hanno chiesto il cellulare e il computer, avevano un mandato internazionale. Ero finita su una lista, ed era una lista scritta molto bene. Quindi fai attenzione.»

«E lui?»

Francesca si era irrigidita. Non le piaceva ricordare l'incontro con quel poliziotto gigantesco che sembrava fatto di pietra.

«Lui è arrivato subito dopo tutti gli altri, prima sembrava un commando di bufali, dopo è stato diverso. Non mi ha fatto nessuna delle domande che mi aspettavo, mi ha chiesto dei cani, di Lucio, della nostra amicizia, mi ha fatto delle domande strane. Le domande che farebbe un parente, ecco. Quello non voleva capire cos'hai fatto o perché, quello stava ricostruendo la tua testa. E lo faceva come se ci fosse voluto entrare davvero.»

E ce l'ha quasi fatta.

Se è arrivato al rudere vicino al nostro ce l'ha quasi fatta.

Non riusciva ad avere paura di Francesco Caparzo, l'antico Nemico. Sapere di averlo alle costole la innervosiva ma non la spaventava.

Ha ucciso Lucio.

Era vero, ma Lucio aveva appena ucciso Domenico, erano circostanze straordinarie.

Perché non soffro, Lucio?

Perché non riesco più a soffrire per te?

Promise a Francesca che sarebbe stata prudente e la donna l'aveva abbracciata.

«Mi dispiace avere pensato che fossi un'assassina.»

«In fondo lo sono, solo che non uso le mie mani.»

Il mattino dopo Francesca Adamopoulos aveva accompagnato Miroslav Bajrami e Kiril Selmani al porto di Igoumenitsa. Erano saliti con una macchina con targa greca, una vecchia Micra verde che non avrebbe sfigurato in un telefilm del tenente Colombo. Entrambe avevano cercato fino all'ultimo di convincere Kiril a rimanere lì, almeno fino a quando non fosse finito tutto, ma lui non aveva detto una parola ed era salito sulla nave. Arrivati a Bari Alex aveva guardato il molo, per capire se avrebbe trovato un comitato di benvenuto a sirene spiegate. Non c'era nessuno. Una volta a terra aveva allungato duecento euro a Saverio e gli aveva detto

«Puoi andare»

ma lui si era allacciato la cintura di sicurezza, e allora erano partiti.

3

«State scherzando, vero?»

Per primi erano entrati gli agenti, poi era arrivato Caparzo e infine, trascinando i piedi come se fossero stati di cemento, aveva fatto il suo ingresso Yuri.

«Io qui non ce lo voglio!» aveva sbraitato Anna, e subito il ragazzotto si era fermato, a metà tra lo zerbino e il pavimento. Caparzo gli aveva messo la mano dietro alle scapole e lo aveva spinto dentro.

«E purtroppo non è cosa che si mette ai voti.»

Le tre coppie erano state pianificate per esclusione, sapendo che c'erano delle evidenti incompatibilità che avrebbero reso difficile la vita agli agenti di sorveglianza.

«È per 'nu poco 'e tempo.»

«E perché a casa mia? Potevo andare io a casa sua!»

«Vabbuò, andiamo a casa sua» aveva concesso Caparzo, muovendosi verso la porta, ben sapendo che la signorina Baroni avrebbe enormemente schifato il miserabile appartamento di Vignoli.

«No, va bene, stiamo qui, va bene. Ma spiegatemi perché. Perché insieme, e perché insieme a lui!»

«Perché è l'unico che ti vuole. A lui lo accettavano anche altri, attè no.»

«Giulio mi avrebbe voluta.»

«E no che non t'ha voluta.»

Anna aveva stretto le labbra, Yuri guardava a terra cercando di sparire.

«Non è sicuro che è stata la Gatteschi a fare quelle cose...»

«Si dice "ammazzare gli altri"» lo aveva interrotto Anna,

«...ma è possibile che sì, che è stata lei. O qualcuno che si passa per lei o che vuole farsi bello come lei, l'ipotesi sono ancora buone tutte. E per essere sicuri che non succede più niente...»

«Quindi che non muoia nessun altro.»

«...vi state un po' insieme, che soli è sempre peggio.»

Anna lo aveva squadrato da sotto in su.

«Io glielo avevo detto. Glielo avevo detto e lei non mi ha creduto» gli aveva sibilato. Sembrava una di quelle cagne che ti mostrano i denti per metterti al tuo posto.

Gira gira sempre che animali sono.

«Io credo sempre a tutto, e non credo a niente. Non è credere il mestiere mio, io devo sapere, e basta.»

Avevano fatto loro delle raccomandazioni semplici, non uscire mai separatamente, avvisare la scorta di ogni spostamento e non prendere iniziative.

«È come tornare ai bei vecchi tempi in gabbia.»

Anna aveva indicato il divano.

«O questo o la castrazione chimica. E di notte mi chiudo dentro.»

Yuri si era messo seduto, la testa bassa, ancora meno capelli dell'ultima volta che Caparzo lo aveva visto, forse lo stress. Il poliziotto gli si era avvicinato e gli aveva messo la mano sulla spalla.

«È per poco, sì?»

Yuri aveva annuito con gratitudine, poi insieme all'eroe della patria si era ritirata gran parte delle truppe, erano rimasti due poliziotti dentro e due da basso, fuori dal palazzo.

«Perché voi pensereste di accamparvi nel mio soggiorno?» Anna aveva aperto la porta. «Lui lo tengo perché non posso fare diversamente, ma voi andate fuori, se volete vi portate due sedie.»

Erano rimasti soli, Yuri con lo sguardo a terra, Anna a braccia conserte, gli occhi fissi su di lui. Non si erano mai più rivisti dall'ultimo giorno in gabbia. Ci erano voluti parecchi minuti prima che lui trovasse il coraggio di guardarla. E poi aveva detto

«Mia regina».

«Qualcuno ci segue.»

Saverio si era voltato a guardare, le occhiaie profonde e livide a testimoniare che quella prima notte in patria l'avevano trascorsa entrambi svegli, parcheggiati ai margini di un uliveto in cerca di un riposo che non era venuto.

«È due auto dietro di noi, una macchina grigia. Non riesco a capire la marca, ma è una berlina.»

Lui era rimasto con la fronte sul poggiatesta, poi aveva allungato la mano verso il cellulare che Francesca aveva dato loro, una sottomarca ma con la fotocamera e le mappe, che in quel momento facevano comodo. Aveva scattato tre foto, la terza era quella buona e l'aveva mostrata ad Alex.

«Sì, quella.»

Erano sulla provinciale, avevano appena superato Castelluccio dei Sauri e li aspettava ancora un bel pezzo di campagna.

«Niente autostrade» aveva stabilito Alex. «Anche se è più facile che qualcuno noti la macchina straniera, su una strada minore almeno non avremo telecamere.»

Ed era andata liscia per un pezzo, velocità controllata, finestrini abbassati. Poche auto, nessuno aveva fretta. Poi le era parso che quella vettura grigia avesse svoltato insieme a loro, fermandosi un attimo, come a volergli dare lenza. E allora ci aveva badato. Era molto indietro, ma restava sempre lì.

«Magari va dove stiamo andando noi» aveva ipotizzato.

Ma al primo bivio aveva preso a sinistra, per Deliceto. Dietro di loro la prima auto era passata, poi la seconda, poi la terza, quella grigia. Saverio si era voltato a guardarla con espressione interrogativa.

«Aspetta» aveva detto Alex, ed era entrata in un sottopasso. «Guida tu. Vai avanti piano» aveva aggiunto lasciandogli il volante e scendendo. Si era avvicinata all'imbocco e aveva guardato fuori. Campi a perdita d'occhio, il serpente di cemento che si snodava liscio ed evidente sotto il sole, e laggiù in fondo un puntino che aspettava.

Un puntino grigio.

Il rombo del motore la scosse e per la prima volta l'idea

sta scappando

la colse di sorpresa. Si immaginò voltarsi e correre dietro alla macchina che se ne andava via, le sembrò di vedersi come Olivia di Braccio di Ferro, le mani a sollevarsi i pantaloni troppo larghi che Francesca le aveva dato. Ridicola. Patetica. Attraversò il sottopasso e le arrivò addosso una puzza tremenda, eppure molto familiare. Un trattore stava scendendo, sgasando a più non posso, e Saverio si era spostato per fargli posto. Ora era lì a bordo strada, faceva un metro alla volta, il motore al minimo, in attesa. Alex trottò verso di lui e fece anche un cenno di saluto al contadino.

Si ricorderà di me.

Chi se ne frega.

Risalì in macchina mentre Saverio si spostava di nuovo sul sedile del passeggero.

«Ci stanno tracciando, se ci fermiamo si fermano anche se non ci vedono» gli disse. «Abbiamo qualcosa sulla macchina. Dobbiamo trovarne un'altra.»

«Io non ero là dentro. Non ero lì, non è giusto.»

Marilena Bacarelli piangeva e piangeva, la borsa con pochi abiti, lo spazzolino e oggetti presi a caso stretta al petto, mentre viaggiava verso Bologna circondata di lampeggianti.

«S'è evitato, ma poco poco mi sbagliavo e c'eri dentro anche tu» aveva detto Caparzo. Era stata una richiesta diretta di Giulio Castagnoli, quella di essere accoppiato con lei.

«Sarà come avere di nuovo vicino Saverio» aveva piagnucolato, le mani strette vicine al viso come se potesse trattenere il ricordo dell'amico.

«Era amico suo, non amico mio. E poi amico cosa, che si sono trovati a condividere quell'orrore! Come fa a considerarlo un rapporto reale? Lui nemmeno lo conosceva, Saverio, non sapeva come fosse fuori, quando aveva una vita, quando aveva me!»

E giù a piangere, ancora e ancora. Ma Caparzo era stato fermo, gentile più di quanto non fosse abituato a essere, ma fermo.

«Anche che tu davvero non c'entravi, loro sono cinque, ci voleva uno a fare il paio.»

A casa di Giulio c'erano due infermiere, dopo la morte di Giorgio si era molto agitato ed era stato deciso di tenerlo monitorato.

«Ma io sto meglio, sono dimagrito!» era la lagna che tutti fingevano di ascoltare, compresa Lena.

«Devo stare qui con lui? Non posso andare nell'appartamento di sopra?»

«No! Di sopra no!» si era opposto l'obeso e tutti erano stati accondiscendenti, in fondo c'era una cameretta anche da basso, Lena avrebbe avuto la sua privacy, Giulio era inchiodato a letto, c'erano poliziotti dentro e fuori, cos'altro si poteva chiedere? Lena era rimasta sdraiata, completamente vestita, la borsa ancora chiusa al suo fianco, gli occhi al soffitto. Pensava che sarebbe rimasta semplicemente così per sempre, immobile a sentirsi sgretolare dentro, poi lo aveva udito

«Maria. Psst, Maria».

Potrebbe andare peggio. Potrebbe essere Caparzo.

Aveva aperto la porta ed era rimasta sbigottita: Giulio era in piedi accanto al suo letto, il dito grassoccio premuto sulle labbra.

«Non dire niente. Sono riuscito a farli andare via» aveva bisbigliato. «So fingere di russare fortissimo, quando faccio così se ne vanno sempre in cucina.»

Lei gli aveva guardato le gambe livide, eppure non barcollava.

«Loro non lo sanno, ma io so stare in piedi e posso camminare. L'altro giorno sono arrivato alla porta da solo. Mi sto allenando. E quando sarò pronto uscirò, prenderò la macchina e non mi troveranno più.»

«Ma perché?» anche lei aveva preso a sussurrare. «Dove vuoi andare, sei matto?»

Giulio aveva fatto un passo verso di lei, uno solo, e per un attimo aveva quasi perso l'equilibrio.

«Tornerò nel posto dove mi ha preso. È una chiusa sul Po, l'ho trovata cercando col satellite il posto dove aveva lasciato la mia macchina. Solo così capirà che sono cambiato, che sono in grado di prendere in mano la mia vita, e mi lascerà in pace. La polizia non può difenderci, Maria. Non la conoscono. Ma noi due invece sì. Tu come Alex, vero? Io come Sandra.»

Aveva mosso un altro passo e Lena aveva annuito velocemente, come se questo avrebbe potuto fermarlo.

«Quando è venuta qui, l'altra sera, avrebbe potuto farmi qualsiasi cosa, e invece non lo ha fatto. Invece ha giocato, ha giocato a bussare. Solo questo. E poi se n'è andata senza farmi niente. E credo di sapere perché.»

Un altro passo.

«Per Saverio. Saverio ci sta proteggendo. È lui che ci difende. Ma non potrà continuare a farlo finché la polizia si metterà di mezzo e ci impedirà di dimostrare cosa siamo diventati.»

Un rumore dalla cucina gli impedì di avanzare ancora. Giulio rimase in piedi e da quella posizione iniziò a russare forte, un suono raccapricciante e incredibilmente realistico. Prese ad arretrare e tornò al letto. Lena pensava che non ce l'avrebbe fatta, invece si mise sdraiato da solo, e quando fu con la testa sul cuscino disse la cosa più incredibile che potesse uscirgli dalla bocca.

«Non ti preoccupare, quando scappo ti porto con me.»

Le macchine erano due. Si erano portati dietro quella grigia ancora per un po', poi era stata sostituita da un'utilitaria più piccola, nera. Questa volta Alex aveva intuito che fosse una Peugeot.

«Forse hanno capito che lo sappiamo, ma tanto ormai non fa differenza.»

Aveva chiesto a Saverio se sapesse fare quella cosa con i fili dell'auto, ma lui aveva scosso la testa.

«Frequentare delinquenti non ti è servito a un accidente» aveva scherzato lei.

Dopo varie riflessioni aveva deciso di cambiare strategia e dirigersi a Napoli, sempre senza passare dai caselli

«Avranno già tutte le foto che gli servono, ma io di regali non gliene faccio»

cercando di rendere meno complesso il pedinamento.

Di chi?

Forze dell'ordine, polizia, Francesco Caparzo, aveva importanza? Avevano messo qualcosa sull'auto, forse era stata addirittura Francesca a farlo

allora anche il telefono è sotto controllo

ma non riusciva a trovare una motivazione. Prenderla al confine con la Grecia sarebbe stato semplicissimo, stremata dopo più di un anno di latitanza non avrebbe nemmeno tentato di scappare. E non era successo, quindi secondo lei Francesca non c'entrava.

Perché non ci fermano? Perché non mi arrestano?

Questo era il grande dubbio. Decise all'ultimo e prese per l'aeroporto di Capodichino. Saverio sembrava aver perso interesse nell'inseguimento e guardava fuori dal finestrino. Alex aveva sperato che un ritorno alla civiltà, rivedere la vita scorrere, essere investito da tutti quegli stimoli lo avrebbe scosso. Invece, al di là dell'emozione provata nel sapere che i suoi compagni erano stati uccisi, era rimasto chiuso in se stesso così come era sempre stato da quel lontano dicembre in cui lo aveva fatto uscire dal capannone. Spento, rassegnato. Non si illudeva che fosse la sindrome di

Stoccolma, perché la dipendenza che lui aveva nei suoi confronti era sì emotiva ma senza la forza di un legame. Le ubbidiva come un mulo perché non riusciva a trovare la forza di vedere un'alternativa. Quante volte era rientrata sperando di trovare la catena spezzata a colpi di pietra, la stufa fatta a pezzi, perfino lui morto a terra senza un piede. E invece era sempre lì, seduto a fissare il fuoco o a leggere un libro, immobile nel fisico e nell'anima. Era stata tentata di liberarlo, lo era stata, sì. Ma se lo avesse visto varcare l'uscio e poi sedersi a terra senza sapere dove andare avrebbe finito con l'ucciderlo e poi uccidersi.

Ho scelto la speranza.

Di salvarne almeno uno, uno solo. Arrivarono all'aeroporto ed entrarono nel parcheggio, girando a vuoto per un po', giusto per vedere dove fosse la Peugeot nera.

«Non si esporranno, a un certo punto parcheggeranno e ci osserveranno da lì. Tanto se c'è un tracciatore sulla macchina non rischiano di perderci.»

Era entrata in un parcheggio a pagamento e Saverio aveva osservato con curiosità la sbarra che si alzava e si abbassava.

«Tu non conosci nessun trucco, e nemmeno io conosco nessun trucco. Ma dobbiamo liberarci di questa macchina e possibilmente anche di quelli che ci seguono.»

Parcheggiò e tolse le loro due borse dai sedili posteriori. Esitò un attimo

se mi fido mi fido

e prese il telefono di Francesca. Lo diede in mano a Saverio e gli disse

«Ora senti cosa facciamo».

Le aveva buttato le braccia al collo e le aveva sussurrato nell'orecchio

«Mandami affanculo quando saranno usciti, ora fai l'amica».

Così Karina aveva abbracciato di malavoglia Sveva, le due

scimmie femmine riunite. Caparzo aveva spiegato la situazione a entrambe e Sveva aveva annuito con vigore, senza lasciare mai la mano di Karina.

«Saremo l'una l'angelo custode dell'altra.»

Aveva stabilito che si sarebbe trasferita lei

«Non farei mai allontanare Karina dai suoi bambini»

e che di casa sarebbero uscite solo in coppia e solo scortate dai poliziotti.

«Sarà come essere due principesse!»

Caparzo era sembrato meditabondo, distante, quasi stesse espletando una formalità e volesse andare a occuparsi di qualcosa di più importante. Gli uomini erano usciti tutti, il residence in cui viveva Karina aveva ancora diversi appartamenti vuoti e non era necessario che i poliziotti stessero nel loro. Quando la porta si era chiusa Sveva aveva cambiato faccia.

«Che posto di merda!»

Si era levata le scarpe col tacco ed era andata ad aprire le due valigie che si era portata. Karina la guardava senza dire una parola, averla intorno le dava un senso di familiarità che non le piaceva ma non riusciva a evitare. Aveva pensato che le sarebbe piaciuto avere lì anche Yuri e Giorgio. Poi si era ricordata che Giorgio era morto.

«Vediamo di capirci» aveva detto Sveva. «Io non ho niente contro di te, davvero, non posso dire che mi hai trattato come una sorella ma nemmeno mi hai dato addosso, e questo l'ho apprezzato.»

Aveva indossato una tutina di cotone e ora si stava spalmando della crema idratante sulle braccia. Aveva sorriso, un sorriso proprio adorabile

«Però io la pelle non ce la lascio per colpa tua.»

Karina aveva sentito la sua voce dire

«Vaffanculo»

e Sveva aveva riso.

«Come ai vecchi tempi, eh? No, va bene, ci sta. Lo capisco, insomma, fossi nei tuoi panni sarei terrorizzata. Però sto dicendo sul serio, al primo movimento strano, al primo rumore che non mi torna, se annuso l'aria e l'odore non mi piace io me la do a gambe. E non ti aspetto, anzi, ti prego di andare nella direzione opposta. Perché quello che ci è successo mi ha cambiato la vita enormemente in meglio, però a me piace fare la vittima, non esserlo. E non intendo saltare i turni, okay?»

Karina l'aveva guardata torva.

«Non ho capito.»

Sveva le aveva lanciato un'occhiata in tralice, poi, appurato che non scherzava, aveva iniziato a contare sulle dita della mano.

«Il Rosso. Bella. Nicola. Giorgio. Sono stati presi in questo ordine, giusto? Be', il Rosso e Bella non si sa, ma gli altri due sì. E sono stati uccisi nello stesso ordine. Quindi adesso a chi tocca?»

Aveva dondolato il mignolo e Karina aveva sentito improvvisamente le gambe molli.

«Prima di me ci sono ancora Giulio e Yuri, e magari prima di allora saranno riusciti a fermarla. Ma ora siamo su una terra di confine, da un lato i vivi, dall'altro i morti, e sulla linea indovina chi c'è?»

Era andata ad alzare l'aria condizionata, mentre Karina cadeva pesantemente seduta sul divano.

«I miei bambini» aveva detto.

«Oh, piantala con i tuoi bambini, Sandra non se la prenderà con i tuoi bambini, non dà colpi di sponda, ha pazienza, ha tempo, aspetterà il momento buono con te. Sai quanto sa essere meticolosa.»

Si era seduta sul divano accanto a lei e aveva inclinato la testa, una vera bambolina di ceramica.

«Gli unici bambini di cui le importa siamo noi.»

Claudio Imperato aveva pregustato quel viaggio in Australia per mesi. Non c'era nessuna ragazza ad aspettarlo ma onde alte come non ne avrebbe trovate mai sulle spiagge italiane, che per carità, belle, ma l'oceano era un'altra cosa. Mancavano due ore alla partenza e lui aveva trovato un punto perfetto in cui sedersi: sole di sbieco dalla vetrata e aria condizionata sopra la testa. Aveva messo le cuffiette e si stava godendo il momento quando un'ombra aveva coperto il sole.

«*Kade se običaite? Ne možam da go najdam*» gli avevano chiesto.

Era un uomo alto, magro, con gli occhiali da sole e una borsa in spalla. Gli sventolava davanti un dépliant dell'aeroporto con la mappa sui vari posti dove andare.

«Scusi, non ho capito.»

«*Carinskiot?*»

Indicava un simbolo sulla mappa.

«Ah, la dogana.» Si era alzato seguendo l'uomo che girava la mappa in tutte le direzioni e aveva guardato le scritte in alto, prima a destra e poi a sinistra. Finalmente aveva individuato il simbolo su un pannello. «Dogana, di là.»

L'uomo aveva indicato il simbolo e aveva ripetuto

«*Carinskiot*»

sorridendo con una bocca di denti finti.

«*Blagodarenie.*»

Claudio si era rimesso seduto e aveva ripreso ad ascoltare la musica, mentre un secondo uomo, più magro del primo e con una sottile barba bionda, lasciava il posto accanto al suo. Una settimana dopo, mentre rientrava nel suo albergo a Torquay, aveva ricevuto un avviso della polizia, che la sua auto, una Tiguan bianca parcheggiata nel settore della lunga sosta, era stata ritrovata sul luogo di un crimine. Era uscita dal parcheggio regolarmente, pagando con il tagliando che aveva lasciato sul cruscotto, giusto mentre lui faceva check-in all'aeroporto. Solo allora, controllando la tasca esterna dello zaino, si era reso conto di non avere più le chiavi. La polizia lo aveva rassicurato, cose simili succedono continuamente, e, a parte qualche macchia di sangue, la macchina non aveva un graffio.

L'uomo alla guida della macchina grigia e l'uomo alla guida della macchina nera si erano incontrati. Uno dei due era rimasto fuori dall'aeroporto, l'altro era entrato per cercarli. Dopo che i due ricercati avevano parcheggiato ne era sceso uno solo, quello biondo, ed era entrato subito nel terminal, mentre l'altra, la donna rasata, non si era vista.

«È impossibile che vogliano prendere un volo»

si erano detti, in aeroporto i documenti vengono controllati con più attenzione che in una capitaneria di porto greca. Forse dovevano incontrare qualcuno, avevano concluso. La macchina era sempre ferma lì, il segnalatore non si muoveva, e così avevano perso tempo a guardare in tutte le direzioni invece di raggiungerla subito. Quando lo avevano fatto l'avevano trovata vuota, ben parcheggiata e con il tagliando in vista. Dei due nessuna traccia. Avevano girato tutto l'aeroporto in preda a un panico sempre maggiore, ben sapendo di non poter attirare l'attenzione né di poter verificare alcuna telecamera. Alla fine si erano rassegnati e avevano fatto la telefonata.

«Li abbiamo persi. Non la macchina, loro due. All'aeroporto di Napoli, avevano sicuramente un complice che li aspettava.»

«No, che complice. Vi ha fatto il trucco e ci siete cascati.»

Caparzo aveva spento il telefono e aveva sorriso.

Sveglia che sei.

Adesso sai che devi stare prudente.

Non aveva detto nulla di ciò che aveva trovato in Macedonia, non aveva detto nulla dell'incontro con la madre di Lucio Donadio, non aveva detto nulla della fuga di Alessandra Gatteschi verso la Grecia, unica direzione possibile perché era là che avrebbe potuto chiedere aiuto.

Dato che l'amica sua mai avrebbe parlato.

Francesca Adamopoulos era stato il suo Polo Nord fin dalla prima volta che l'aveva incontrata. Conosceva quel tipo di donne, le ammazzi ma non tradiscono, i loro uomini, i loro figli, la loro famiglia che si allargava a prendere tutti quelli che ritenevano di dover proteggere. Erano donne-

mante, con ali spropositate e un pungiglione sempre pronto. Non era riuscito a ricostruire esattamente cosa la legasse alla Gatteschi, ma non dovevano essere solo cose di animali, c'era altro. Aveva spremuto tutti i volontari con cui aveva trafficato negli ultimi vent'anni, rimbecilliti fanatici attaccati a idee che nemmeno erano parenti della realtà, e tutti l'avevano tradita un pochino, alla Gatteschi, chi aveva ceduto su questo e chi su quello. La Adamopoulos no. Avevano minacciato di ribaltarle la casa e lei aveva detto accomodatevi. Avevano intercettato le sue chiamate per mesi e lei durante le conversazioni li salutava. L'aveva fatta seguire dagli stessi due che avevano preso la nave inseguendo la Micra verde e regolarmente riusciva a seminarli, per poi prendersi gioco di loro, ricomparire e magari offrirgli un caffè.

È della stessa pasta sua

aveva pensato. Se fosse toccato a lui decidere, se fosse stato Alessandra Gatteschi e si fosse sentito in trappola, era a lei che si sarebbe rivolto. E così era stato. Una volta messole il sale sulla coda era corsa a chiedere aiuto all'amica, come aveva previsto Caparzo.

Solo, la sorpresa.

Non era sola.

Esistevano le vittime collaterali, chi meglio di lui lo sapeva? Persone che si trovano nel posto sbagliato al momento sbagliato e rischiano di rovinare piani perfettamente progettati. Chiamala sfortuna, chiamalo destino, andava a finire sempre nella stessa maniera. L'ultimo che era capitato tra i piedi a Caparzo era quel collega della Bacarelli, quello che si era invaghito di lei, si era scopato l'avvocatessa ed era finito indagato per omicidio. Aveva fatto anche comodo a tutti, per un po'. Ma poi si era messo a seguirla, a ficcare il naso, a fissarsi anche lui su Donadio ed era finito tra i piedi suoi, in un momento sbagliatissimo. Non che Caparzo fosse dispiaciuto, aveva fatto quello che doveva fare, aveva difeso la fanciulla in pericolo anche quella volta, e ora il povero Gianluca Savelli era cibo per pesci.

Chi era riemerso dalle acque, invece, era Saverio Bartolomei.

Caparzo avrebbe scommesso mille a uno che la Gatteschi lo avesse perso lungo la strada. Non diceva uccidere, quella donna non uccideva nessuno, ma che lo avesse lasciato andare, e poi si sa, se sei imbecille e ti trovi in un ambiente sfavorevole un incidente ti capita. Invece gli avevano mandato le foto ed era lui, era proprio lui, una leggera barbetta, niente capelli, le ossa di fuori come sempre. Un uomo di niente che tutte volevano.

Saverio Bartolomei, che grande mistero.

Si sgranchì il collo e fece scrocchiare le dita.

Ora che tutti i pezzi erano sulla scacchiera poteva organizzare l'attentato a Karina Lusa.

4

Non avrebbero dovuto essere lì.

Ma appena superata Firenze Saverio, senza nemmeno guardare, aveva allungato la mano davanti ad Alex, verso la leva dell'indicatore di direzione, e l'aveva alzata per segnalare la svolta a destra.

«Andiamo da Karina, Saverio, da Giulio passiamo dopo.»

Ma lui aveva preso il volante, sempre con la stessa mano, e aveva iniziato a sterzare mentre si avvicinavano al bivio. Alex aveva accostato e gliene aveva dette un sacco e una sporta, tra tutte le opzioni quella di schiantarsi su un'auto rubata era decisamente la più imbecille. Ma quando aveva accennato a riavviare, Saverio aveva di nuovo allungato la mano, senza mai guardarla, alzando prima la leva e girando poi il volante, direzione Bologna. Stava lì, la testa bassa, gli occhi fissi sul bauletto del cruscotto, e per la seconda volta in tutto quel tempo la contestava.

«Perderemo tempo. Se succederà qualcosa a Karina mentre saremo da Giulio non me lo potrò mai perdonare.»

Ma Saverio restava immobile, fisso nella sua richiesta: prima Giulio. Così avevano svoltato a destra ed erano arrivati a San Pietro in Casale poco prima di sera. Alex gli aveva consegnato le chiavi dell'auto

«Guida tu, io sono più riconoscibile»

e si erano mossi a cerchi concentrici verso la casa di Giulio, lei che gli indicava dove girare, memore di tutte le volte in cui con Lucio lo avevano pedinato fino a casa. Era un paese piccolo, ordinato, molto verde, difficile non farsi notare. C'erano dei poliziotti in borghese parcheggiati davanti alla villetta, e questo era un buon segno, anche se avrebbe complicato loro la vita.

«Lo tengono d'occhio, anche se nessuno finora è stato colpito in casa, se non vogliamo considerare "casa" quel manicomio orribile in cui avevano messo Greta» aveva detto Alex masticando amaro. «Di buono però sul retro c'è il giardino. Possiamo parcheggiare in una delle strade parallele e arrivarci attraverso le altre case, hanno tutte i muretti bassi.»

Erano tornati indietro verso Bologna, Saverio aveva preso da mangiare in un centro commerciale, avevano aspettato il buio nel parcheggio e poi erano tornati nel paese, deserto. I poliziotti erano ancora lì, il piano di sopra della casa tutto spento, due luci accese di sotto.

«Lo vediamo e andiamo via» era stata la minaccia, e Saverio non aveva protestato.

Per la prima volta andava avanti lui, si muoveva basso, superava i muretti, i cancelletti tozzi, sfiorava i rami degli alberi e non la aspettava. Alla fine era stata lei a prenderlo per un braccio e trattenerlo prima che si avvicinasse troppo.

«Solo guardare» aveva detto ancora.

Già prima di essere rapito Giulio dormiva in soggiorno e non più nella camera a piano terra, quindi fu quella la finestra verso cui si rivolsero. E, novella Giulietta, l'obeso apparve. Si stava spostando dal letto verso il televisore, un passo alla volta, con metodo, appoggiandosi a una stampella ma senza deambulatore.

Alex rimase paralizzata.

Giulio cammina.

Si era sempre raccontata che fosse possibile, ma vederlo era tutta un'altra cosa. Si voltò verso Saverio, i suoi occhi brillanti, le labbra schiuse in un sorriso di meraviglia appena accennato.

È felice. Dopo tanto tempo.

Istintivamente allungò la mano verso la sua e la prese. Saverio la lasciò fare, mentre Giulio arrivava al televisore, diceva qualcosa tra sé, si voltava e riprendeva ad andare, e loro due lì a osservarlo come dei genitori orgogliosi davanti a un bambino che muove i primi passi. E poi lei era entrata nel profilo della finestra. Gli era andata accanto e aveva sistemato la stampella, controllando con lo sguardo dove mettesse i piedi.

Lena.

Lena con i capelli corti, molto più magra di allora, Lena con Giulio, Lena davanti a Saverio. Alex si sentì riempire di freddo, di nuovo consapevole dei suoi denti finti, il naso grande, i capelli rasati, i vestiti da uomo. Consapevole di avergli messo una catena alla caviglia per un anno. Non voleva guardare Saverio, non voleva conoscere la sua reazione, con che occhi vedeva la sua fidanzata, Maria la Santa, dopo quattro anni. Ma poi Giulio inciampò. La mano di Saverio strinse la sua fino a farle male mentre l'obeso roteava il braccio, perdeva la stampella e si aggrappava al bordo del letto. Lena lo aveva sostenuto come poteva e lui non era caduto. Solo allora Alex si era voltata verso Saverio e lui l'aveva lasciata andare, arretrando verso i giardini confinanti. Erano tornati alla macchina e una volta saliti lei gli aveva detto

«Puoi restare»

anche se questo le avrebbe scatenato addosso la caccia di tutti i cani rabbiosi che la polizia potesse sguinzagliare. Saverio sembrò pensarci su, seriamente. Poi scosse appena la testa e si mise la cintura.

Non lo sta facendo per me

era la sua unica certezza.

Dopo una settimana di reclusione Sveva e Karina stavano diventando matte. Erano uscite due volte, entrambe per impegni di Sveva, i poliziotti a scortarle fuori, i poliziotti a scortarle dentro. Caparzo aveva posto dei limiti alla scimmia più piccola, niente bagni di folla, niente discoteche o centri commerciali, solo impegni con poche persone presenti e verificabili. Lei aveva trillato di sì davanti a lui, ma aveva storto il naso quando era rimasta sola.

«Sono migliaia di euro che perdo ogni giorno!»

Si rifaceva scattando ossessivamente foto che il suo social media manager poi postava su Instagram. Lei commossa davanti al tramonto, lei che giocava con la schiuma nella vasca, lei che faceva il broncetto davanti a un uovo al tegamino che aveva bruciato apposta. Non l'avevano autorizzata a mostrare che si trovasse con Karina e così faceva la misteriosa: "Dalla località segreta è tutto! Grandi sorprese in attesa per voi!". A scattarle le foto, anche se era contro il regolamento, erano i poliziotti che le sorvegliavano dall'appartamento accanto, abbindolati dalle sue moine.

«Non c'è niente di male, è solo una foto, noi dobbiamo interagire, interagiamo anche così.»

Karina si rifiutava di farlo. A lei tutta quella roba dei social e della popolarità non interessava. Aveva passato un brutto periodo dopo il falso allarme alla scuola materna, l'avevano costretta a tornare dalla psicologa e quella volta si era sforzata di risponderle, così avrebbe favorito il riavvicinamento con i suoi figli. Ed era miracolosamente successo, soprattutto su pressione del più piccolo, che era rimasto colpito dal suo tentativo di salvarlo all'asilo. MIA MAMMA E UNA SUPEROINA! aveva scritto a caratteri cubitali sopra un disegno che la raffigurava col mantello mentre gli stava in piedi addosso. Giovanni lo aveva fotografato e, contro il parere della suocera, glielo aveva mandato. Karina aveva sentito gli occhi bruciare, ma non aveva pianto fino ad allora e non avrebbe pianto nemmeno adesso. Da quando era chiusa in casa sotto sorveglianza, Giovanni le aveva portato Rosa e Luca in visita due volte e Sveva li aveva intrattenuti con i suoi birignao, i bambini a guardarla come una principessa, quella signora che avevano visto tante volte in tv. Karina lasciava fare, preparava panini con la mortadella e restava sul divano a vederli mangiare, mentre quell'altra ridacchiava offrendo biscottini fatti con le sue mani a tutti, anche ai poliziotti. Stare chiusi lì dentro la tranquillizzava, e dopo che Rosa si era seduta a mangiare vicino a lei aveva avuto la sensazione di non volere altro, nella vita. Ma poi se ne erano andati e Sveva aveva ricominciato con la sua lagna.

«Io non posso vivere così, sono una creatura sociale, ho bisogno di uscire, respirare, vedere gente! Non che tu non sia uno spasso, ma se non la prendono alla svelta giuro che mi immolo, vado a ballare, mi faccio uccidere ma almeno morirò felice.»

Karina aveva il sospetto che avesse cercato di sedurre almeno uno dei loro angeli custodi, perché lo avevano cambiato con un altro più avanti negli anni e più granitico, che di foto non ne scattava. Sveva se l'era presa con lei.

«Io non capisco come fai a non fare niente! Ti sembra normale questa situazione? Perché non chiedi di essere portata in un luogo segreto, o di essere rinchiusa da qualche parte? Almeno noialtri saremmo liberi, tocca a te!»

Karina andava in camera sua e la lasciava a frignare in soggiorno. Per lei sarebbe andata benissimo ogni ipotesi, ma Caparzo aveva deciso così e si faceva come voleva lui. Il giorno del servizio si era alzata a fatica, gli occhi gonfi per un principio di raffreddore, in fondo non faceva ancora molto caldo. Sveva era tutta eccitata, sarebbe andata su un set fotografico e avrebbe posato per una linea di abitini estivi, ma le avevano anche promesso alcuni scatti extra da usare come avrebbe preferito. Karina andava a rimorchio, senza facoltà di scelta. Quindi si vestì comoda e si diede appena una pettinata. Il cellulare era carico, avrebbe giocato per tutto il tempo, visto che Caparzo imponeva loro di metterli in modalità aereo ogni volta che lasciavano il residence. Si preparò ad annoiarsi.

Inutilmente.

«Sei impazzito, Caparzo?» gli aveva detto Ridenti.

Ma lui aveva tirato fuori la carta firmata dal vice questore e l'ispettore aveva dovuto mandar giù il rospo: la Bestia lo aveva bellamente scavalcato.

«Abbiamo fatto alla maniera sua e mo' quattro morti bastano.»

Aveva fatto cuocere il superiore nel suo brodo, recandosi per primo sul luogo del crollo di Marinoni, al manicomio della vecchia, al capannone da Scherillo e quello sempre ad accusarlo di eccesso di zelo. Poi quando Giorgio Guccione era stato ammazzato lui era via, lontano, e questo aveva gettato un'ombra su Ridenti. Perché non aveva avuto la prontezza di Caparzo? Perché aveva sempre tirato indietro, in un eccesso di prudenza che era costato la vita a quattro persone? L'opinione pubblica la pensava come il vice questore, era venuto il momento che l'indagine passasse nelle mani di colui che ne aveva veramente diritto, e Caparzo aveva messo in atto il suo solito piano: giocare di anticipo. Era un metodo che appagava la sua mania di controllo, sapere sempre tutto, il prima, il durante e il dopo gli dava la sensazione di avere il destino in pugno. Quindi aveva detto

«Qualcuno li ammazza e va nell'ordine in cui sono stati rapiti. Che è la Gatteschi o un altro non importa, sappiamo come fa. Aspetta che son soli e lontano dalle cose loro. Allora che possiamo fare? Li sorvegliamo sempre, appestando la vita loro e la nostra? No. Li sequestriamo noi. Mettiamo pressione. Lo facciamo agitare. Ma no che lo sappia, non diciamo che siamo noi, facciamo dei rapimenti fatti per bene così da rompere l'equilibrio. Così gli tocca azzardare, e poi, quando sbaglia, lo prendiamo».

Era parso a tutti un buon piano, migliore di quello di Ridenti, che consisteva nell'aspettare e basta. Caparzo aveva detto solo la mezza messa, la sua idea era un po' più articolata, ma gliel'avevano accettata e allora andava già bene così. Ci aveva lavorato insieme ai quattro colleghi della scorta, lo avrebbe evitato volentieri ma non aveva avuto scelta. Bisognava trovare una buona occasione e un buon posto, i poliziotti avrebbero finto di farsi distrarre da una cosa plausibile, un allarme antincendio, per esempio, e non appena Karina Lusa fosse rimasta da sola loro l'avrebbero fatta sparire. Ma ci dovevano essere testimoni, doveva essere un rapimento credibile, e la Lusa non doveva venire avvisata, capace che non avrebbe recitato bene o che si sarebbe rifiutata, con quella storia dei figli non si sapeva mai. Il servizio fotografico a Sveva Cugini era una buona occasione, avevano imposto una location nel nome della pubblica sicurezza, il MIC di Faenza, il Museo Internazionale delle Ceramiche. Lo avrebbero chiuso e avrebbero usato una bella sala grande, poco personale, il fotografo e il suo staff, tutti ignari. Un lavoro pulito pulito. E dopo Caparzo avrebbe messo in atto la seconda parte del piano.

Solo che non ci sarebbe stato un "dopo".

Non sempre la psicologia inversa funziona.

Il servizio andava avanti da un paio d'ore, Sveva aveva indossato gonnelline e camicette e vestitini, era stata pettinata riccia e sbarazzina e poi liscia e spettinata, prima truccata acqua e sapone e ora tinte pastello. Il fotografo le diceva che era nata per quello e lei rideva tutta frizzantina. Karina era su una poltroncina in fondo alla sala, ogni tanto l'assistente andava a offrirle qualcosa, un caffè, una bibita, sicura che non volesse fare due foto anche lei? Le avrebbero vendute a parecchio, ma Karina non alzava mai gli occhi dal cellulare e diceva soltanto

«No»

aspettando che quella tortura finisse e potesse rientrare a casa. I poliziotti, al secondo cambio d'abito che Sveva faceva disinvoltamente davanti a tutti, avevano detto che avrebbero aspettato fuori dalla sala, i ragazzi delle luci si lamentavano continuamente di uno sfarfallio, il fotografo decretò che era il momento dell'abito lungo e aveva chiesto all'assistente un obiettivo diverso. Mentre i tecnici portavano fuori quelle specie di ombrelli bianchi e il fotografo li seguiva brontolando che non era quella la lente che aveva chiesto, Karina e Sveva erano rimaste sole.

«Allora, come ti sembrano? Ho visto un paio di provini ed erano un incanto.»

«Sì»

aveva risposto l'altra, perché aveva imparato che era l'unica maniera per farla tacere. Ma Sveva si era sfilata l'abitino e aveva iniziato a spiegare come fosse la luce a fare il grosso del lavoro, avvicinandosi, solo con la biancheria addosso, alle vetrate, alzando il cellulare e cercando di farsi un selfie che suggerisse ma fosse anche ingannevole, sfruttando il bel rossetto rosa antico che aveva ancora addosso

e aveva guardato fuori.

Non si era mossa più.

Karina aveva notato l'improvviso silenzio e aveva alzato la testa.

«Cosa c'è?»

«Non c'è più nessuno»

aveva risposto Sveva con un filo di voce.

«Sono di là.»

La ragazza era arretrata, aveva allungato la mano verso un accappatoio che era lì a disposizione, casomai avesse freddo, ma lei diceva che oh, io freddo non ne ho mai, piuttosto ho sempre caldo, e invece adesso sì, adesso aveva freddo.

«Come mai non tornano?»

Karina aveva abbassato definitivamente il cellulare.

«Sono andati a prendere delle cose di là. Che cos'hai?»

Sveva si era voltata, aveva ancora addosso un chilo di trucco ma le era sembrata pallida.

«Non mi piace, c'è troppo silenzio.»

Parlava senza tono, come un ragazzino che ripete a memoria una lezione che non ha capito. Karina si era alzata lentamente ma Sveva le era passata di corsa davanti

«No, vado io»

verso la porta. Aveva provato una, due volte, senza convinzione, e aveva detto

«È chiusa».

Non furono le parole e non fu il tono, stridulo eppure piatto, fu il terrore negli occhi della ragazza a spaventarla.

«Oh, ma Sveva, cosa c'è?»

In lontananza risuonò un ronzio, come un allarme, e allora Sveva si scosse e corse da lei.

«Ci hanno chiuso dentro e ora suona un allarme, non mi piace, non mi piace per niente, dobbiamo uscire!»

«Ma da dove?»

«Dall'altra parte, dietro i pannelli!»

Sveva era scattata di corsa, e Karina le era andata dietro, la porta c'era, erano uscite dall'altra parte, in una delle sale espositive. Lì il ronzio si sentiva di più.

«È L'ALLARME ANTINCENDIO!»

aveva gridato Sveva, ed era andata a sinistra, sicura, come se lei quel posto lo conoscesse già, mentre in tutta la sua vita Karina, che viveva lì, non ci era mai entrata.

«Non mi piace. Non mi piace, non mi piace, non mi piace. Andiamo fuori dalla pattuglia!»

strillava l'altra correndo, avvolta nell'accappatoio, diretta verso chissà cosa, e lei le andava dietro, del resto perché no?

"Io me la do a gambe. E non ti aspetto, anzi, ti prego di andare nella direzione opposta."

Le venne in mente tutto insieme. Perché la seguiva? Fino a quel giorno Sveva le aveva intimato di non farlo, che se toccava a lei toccava a lei, non voleva essere travolta. Eppure ora la stava guidando.

È normale, se ti dicono di non fare una cosa tu la fai.

In quel momento la ragazza si voltò indietro, con gli occhi che andavano oltre lei, a destra e sinistra, cercando

chi?

qualcuno. E a Karina venne un dubbio tremendo.

Lei lo sa.

Lo sa chi mi vuole ammazzare.

Maledetta piccola vipera.

Così invece di seguirla si buttò tutta a destra, verso un

corridoio che le sembrava più luminoso, e da lì a destra ancora, finché non vide una porta tagliafuoco e ci si buttò addosso con tutto il peso.

Fuori. Aria.

Un secondo allarme prese a suonare.

Karina sentì la mano che le afferrava il braccio e pensò che Sveva era piccola ma aveva delle mani forti. Poi si voltò e prima di vedere sentì la bocca della pistola sullo stomaco.

«Zitta e sali sulla macchina.»

Non l'ho mai vista così da vicino

pensò.

Poi si fece pipì addosso.

Sveva correva, correva e non sapeva perché.

Ho sempre detto, ho sempre pensato, ho sempre creduto

ma quello che si dice, si pensa e si crede non necessariamente è la verità. Lei diceva, pensava, credeva di non avere paura di Sandra, che le mancasse, che provasse per lei più affetto che qualunque altra cosa.

E poi l'aveva vista.

Là fuori, oltre la vetrata, a bordo strada, un berretto in testa, occhiali da sole, abiti da uomo, ma poteva non riconoscerla, poteva non saperlo fino in fondo alle viscere che era lei?

Aiuto

aveva pensato, e Sandra aveva fatto un movimento, forse l'aveva vista a sua volta.

«Cosa c'è?»

le aveva chiesto Karina, e Sveva sapeva cosa dovesse dire, nelle ultime settimane non aveva fatto altro che parlare sopra le righe, intortare la compagna perché al momento giusto le obbedisse.

Attieniti al piano.

Era previsto che il fotografo uscisse e restasse con uno dei due poliziotti che gli avrebbe fatto delle domande mentre l'altro chiudeva la porta. Poi sarebbe scattato l'allarme antincendio e a quel punto lei avrebbe dovuto spingere Karina verso la seconda uscita, solo che in quel momento non suonava nessun allarme e non vedeva nessun poliziotto e soprattutto Sandra era lì, lì dove non doveva essere, perché tutti lo dicevano da sempre che se n'era andata e anche se lei non faceva che evocarla aveva creduto che fosse vero.

Attieniti al piano.

«Non c'è più nessuno.»

Si era accorta di essere in mutande

davanti a Sandra

si era vergognata, aveva messo l'accappatoio e aveva ripetuto

«Come mai non tornano?»

mentre cercava di ricordarsi l'ordine dei movimenti, dovevano uscire dalla porta e andare a sinistra verso la zona dedicata al personale, lontano dalle finestre

dove c'è Sandra

nella saletta riunioni, lì la aspettava Caparzo, che avrebbe fatto salire Karina su un furgone e l'avrebbe portata via. Lei avrebbe testimoniato di non averla più vista, avrebbe avuto una nuova fetta di riflettori e poi magari chissà, anche una particolare benevolenza da parte del suo poliziotto preferito.

«Non mi piace, c'è troppo silenzio.»

Parlava meccanicamente, senza pensare, poi si era ricordata della porta, doveva fingere di cercare di aprirla, ma aveva le mani molli, prive di forza.

Non voltarti, se la vedi di nuovo impazzisci.

Vai dai poliziotti.

Vai da lui!

«Oh, ma Sveva, cosa c'è?» le aveva chiesto Karina.

Dio, se lo sapessi, amica mia.

E finalmente l'allarme, finalmente il segnale, l'allarme che le consentiva di scappare, via verso la salvezza, Francesco aiutaci, non stiamo facendo finta, non stiamo facendo più per finta, e ad alta voce aveva urlato

«È L'ALLARME ANTINCENDIO!»

sperando la sentissero, che qualcuno corresse da loro, ma intanto aveva imboccato la direzione giusta, ecco la zona magazzino, ecco la porta, ecco la maniglia, e ci si era buttata contro mentre un secondo allarme più forte iniziava a suonare. Un enorme corpo roccioso la accolse, e mentre cadeva sulle ginocchia lui chiedeva

«Dove sta? Dove sta l'amica tua?»

e lei iniziava a gridare

«È FUORI! È QUA FUORI! È QUA FUORI!»

e poi tutti cominciavano a correre

e lei rimaneva lì

sola.

La macchina correva

«A destra»

uscendo da Faenza verso la campagna

«Là in fondo prendi per Marzeno»

e Karina sentiva la vita che le scivolava via man mano.

Meglio a me che ai miei figli, meglio a me che ai miei figli.

La sentiva muoversi, voltarsi, controllare il cellulare e poi dare ordini. Non la guardava, non poteva, teneva gli occhi sulla pistola che si era infilata tra le cosce e aspettava che da un momento all'altro la prendesse. Invece a un certo punto Sandra l'aveva messa a terra sotto ai piedi, e le aveva toccato la fronte.

«Come stai? Paura? Scusa, eh, scusa ma ho improvvisato. È scattato l'allarme e ho perso la testa. Ho pensato che c'eravamo e allora...»

Karina respirava con la bocca, gli occhi alla pistola a terra. Poi Sandra si era chinata a occuparle tutto il campo visivo.

«Non sono stata io. Karina, gli altri quattro, non sono stata io.»

C'era qualcosa di strano in lei, qualcosa che non le tornava. La voce era la sua, e anche gli occhi, e adesso era pelata, ma non era quello.

Ha i denti.

Un pensiero stupido, in quel frangente.

«Saverio, quando puoi ti fermi?»

Sentendo quel nome Karina aveva alzato lo sguardo e aveva visto per la prima volta l'autista. Aveva la barba ed era vestito, non lo aveva mai visto vestito, eppure.

«Saverio?»

Lui si era infilato in un sentiero di campagna ed era andato tra due filari di betulle. Aveva spento il motore ma non si era voltato. Karina aveva lanciato un'occhiata a Sandra, che le aveva fatto cenno di sporgersi, e così sì, così lo aveva visto. Non erano mai stati amici, non si erano praticamente mai parlati, lui disprezzava le scimmie, le derideva a ogni occasione, eppure vederlo vivo fu un'emozione straziante, come ritrovare un fratello. Gli accarezzò il viso e lo trasse a sé in un abbraccio. Saverio si lasciò abbracciare, non contraccambiò il gesto ma lo accolse.

«Non sono stata io» ripeté Sandra. «Ci siamo nascosti per un anno, eravamo in Macedonia, saremmo ancora lì se Caparzo non ci avesse trovati.»

Karina tornò a guardarla.

«L'ho saputo da poco, una settimana fa. E sono subito tornata indietro. Se lo avessi saputo prima sarei rientrata prima, ma non lo sapevo. Non lo sapevo, Karina.»

La guardava, non smetteva di guardarla.

«Hai i denti.»

Alex si toccò la bocca.

«Sì, be', ce li avevo anche là dentro, solo che li toglievo per voi. Due protesi, avevo. Ma una l'ho data a Lucio per...» non finì la frase.

Karina sentì le emozioni alternarsi, la paura, la rabbia, il senso di perdita.

«Se non sei stata tu perché eri là fuori?»

«Perché non volevo che ammazzassero anche te. Sarebbe il tuo turno, se è vero che vanno in ordine. Era qualche giorno che vi seguivamo.»

«Sei d'accordo con Caparzo?»
«No.» Alex aveva quasi riso. «Con Caparzo no.»
E allora Karina le aveva tirato un pugno in faccia. Forte, in mezzo al viso. Alex aveva sbattuto indietro e Saverio era rimasto lì, immobile, come se non riuscisse a capire cosa fosse successo. Karina aveva preso la pistola da terra e gliel'aveva puntata addosso, poi l'aveva premuta sulla fronte di lei.
«FIGLIA DI PUTTANA!» aveva gridato.
«Lo so» aveva detto Alex strizzando gli occhi.
«MI HAI RUBATO LA VITA!»
«Non era una bella vita. Io volevo che lo capissi.»
«ERA LA MIA! LA MIA ERA, NON LA TUA!»
«ERA BRUTTA!» aveva gridato di rimando Alex. «ED ERI BRUTTA TU!»
«TU SEI MATTA! SEI MATTA! COME FAI A NON CAPIRLO CHE SEI MATTA?»
Karina aveva premuto forte la canna della pistola, ancora, e ancora, gli occhi di Alex chiusi, quelli di Saverio sbarrati. Poi aveva iniziato a piangere.
«Vaffanculo, non ne avevi il diritto...»
Lentamente Alex aveva afferrato la pistola, l'aveva prima abbassata, poi messa a terra, senza lasciarle mai le mani.
«Io volevo salvarvi. Non volevo fare niente altro, volevo salvarvi.» Ma mentre lo diceva aveva iniziato a piangere anche lei. «E anche adesso voglio salvarvi.»
«Ma non puoi» aveva risposto Karina.
L'aveva guardata e aveva ripetuto
«Non puoi».
E mentre Alex la abbracciava piangendo, e mentre lei ricambiava l'abbraccio, e mentre anche Saverio le seguiva nel pianto, nessuno dei tre si rese conto che in quel preciso istante stavano testimoniando esattamente il contrario.

5

Aggio sbagliato.

Ma questa volta non c'era possibilità di redenzione.

Era stato sospeso con effetto immediato, la notizia tenuta riservata quanto possibile per non aizzare l'opinione pubblica. Aveva fatto di testa sua, di nuovo, tenendo per sé parte del piano, l'idea di coinvolgere Sveva Cugini e di tenere all'oscuro la vittima, il fotografo, il personale del museo, così da creare una situazione fuori controllo.

«Cosa volevi fare, Caparzo?»

Lui non aveva potuto rispondere, così come non aveva risposto ad alcune domande, un anno prima, facendo il finto tonto. C'erano cose che doveva sapere solo lui, perché questa era la sua missione.

Era.

Era stata.

Ora avrebbero smontato tutto il suo piano, separato i sopravvissuti, gestito la faccenda come una caccia all'uomo. La Cugini era stata portata in un luogo segreto e interrogata su tutto quello che aveva visto, Alessandra Gatteschi, com'era vestita, cos'aveva fatto, come fosse stata certa che si trattasse di lei. A sostegno della sua testimonianza c'erano le riprese delle telecamere esterne al museo che la mostravano avvicinarsi lungo la strada, lentamente, con prudenza.

Poi guardare verso la vetrata e improvvisamente reagire al suono dell'allarme antincendio. Mettere la mano in una tasca, estrarre la pistola e correre lungo la vetrata, osservare cosa succedeva dentro, cambiare direzione e sostanzialmente seguire la fuga interna delle due donne dalle finestre. Poi assistere all'uscita della Lusa. Poi prenderla. Avevano tutto, il modello dell'auto e la targa, ma a causa del piano fallace di Caparzo c'era stato il tempo perché si allontanasse prima che qualcuno capisse cosa fosse successo. Per qualche chilometro le varie telecamere avevano registrato il passaggio dell'auto bianca, poi niente.

«Conosce la città, sapeva da che parte andare.»

Il cellulare di Karina Lusa, già in modalità aereo, era stato spento ed evidentemente la scheda estratta, perché anche la più piccola traccia era stata persa. Caparzo aveva consegnato pistola e distintivo senza una parola o un cenno di protesta. Si era allontanato sulla sua auto mentre Ridenti organizzava la caccia ad Alessandra Gatteschi, cercando di ricostruire dove intendesse portare la Lusa, forse di nuovo al capannone, forse in un covo segreto. Caparzo si lasciò tutto alle spalle, apparentemente diretto a casa per fare mea culpa, ma al casello non prese per Firenze.

Al contrario di Ridenti, lui sapeva dove andare.

Giulio aveva avuto una crisi. Gli avevano detto che la sua sicurezza era compromessa, Ridenti in persona gli aveva raccontato del ritorno di Alessandra Gatteschi e del rapimento di Karina, e lui aveva pianto, si era coperto il viso con le mani, aveva chiesto all'infermiera dell'acqua. Poi però gli avevano riferito che Caparzo era stato sollevato dall'indagine e che Lena doveva andarsene. Allora aveva iniziato a tremare, gli occhi spalancati, viso e collo che diventavano prima rossi, poi viola, e tutti avevano avuto paura. Era stato chiamato un medico, gli avevano fatto un'iniezione tranquillante e per tutto il tempo la manona dell'obeso era stata aggrappata alla mano dell'ex fidanzata del suo migliore amico.

Lei aveva guardato l'ispettore con un'espressione di supplica riassumibile in un

MI PORTI VIA DI QUI!

ma Ridenti aveva titubato. Marilena Bacarelli poteva essere spostata in una località protetta, ma Giulio Castagnoli no. E se gli veniva un infarto perché lo aveva separato da quella donna la sua carriera era finita.

«Deve capirlo, se state insieme è più difficile per noi proteggervi.»

«Io non posso alzarmi da solo, che protezione mi volete dare?» Poi piangeva e si lamentava. «Karina è morta, tocca a me, tocca a me, ora viene a prendere me!»

Ridenti si era rivolto al medico.

«È possibile portarlo via da qui?»

«È possibile, ma non è prudente, in queste condizioni lo stress potrebbe essergli fatale.»

Lena era lì, la mano chiusa nella morsa di Giulio.

«Non ci separeranno per sempre, non appena tutto finisce tornerò a trovarti» gli promise.

«Non mi lasciare anche tu» l'aveva supplicata l'uomo, e lei aveva abbassato gli occhi. Quando finalmente il farmaco lo aveva fatto assopire l'ispettore le aveva parlato.

«È una sua scelta, decida lei. Se lui si tranquillizza potremmo trasferirvi insieme, ma non è possibile spostare lui oggi, stasera.»

Lena aveva guardato la finestra.

«La casa sarà sorvegliatissima, abbiamo auto all'imbocco della strada e raddoppieremo gli uomini anche qui dentro. Del resto» aveva cercato di convincerla «la Gatteschi in questo momento è in fuga con un ostaggio e non pensiamo che la prima cosa che vorrà fare sia venire qui e cercare di prendersene un altro di duecento chili.»

Lena era rimasta in silenzio, poi finalmente lo aveva chiesto.

«Era sola?»

Ridenti aveva aspettato quella domanda tutta la sera.

«C'era qualcun altro alla guida dell'auto, ma non era visibile. Ha un complice, questo sì, ma non le posso dire se sia o meno il suo fidanzato.»

«Però non è possibile nemmeno escluderlo.»

Ridenti aveva scosso la testa.

«Allora resto. Due giorni. Poi mi portate via da questo inferno.»

La notizia della ricomparsa di Alessandra Gatteschi era trapelata, insieme a un fotogramma che la ritraeva davanti al MIC di Faenza. La psicosi riprese esattamente da dove aveva lasciato, iniziarono ad arrivare segnalazioni e la polizia si trovò costretta a inviare una descrizione dell'auto alle agenzie. Il telefono di Giovanni venne messo sotto immediata sorveglianza, per quanto tutti sapessero che non si trattava di un rapimento a scopo di riscatto. Lui non avrebbe saputo come dirlo ai bambini, che si stavano riabituando all'idea che la mamma fosse di nuovo una della famiglia, così scelse il silenzio, mangiandosi il cuore per tutta la notte. Alle 7 del mattino sua madre entrò nella stanza in cui dormiva insieme a Rosa e Luca, il suo cellulare stretto in mano e gli occhi grandi grandi.

«È lei.»

Giovanni si portò con fatica il telefono all'orecchio, da quanto gli tremava la mano.

«Sono io. Sto bene. Vieni a prendermi.»

«Avviso la polizia.»

«No.» La voce di Karina era stranamente tranquilla. «Tracceranno la chiamata e arriveranno da soli. Vieni tu. E porta i bambini.» Poi, dopo un'esitazione: «Voglio tornare a casa».

E Giovanni capì.

In tante occasioni Patrizio Ridenti avrebbe voluto essere altrove. A volte si chiedeva perché avesse scelto quel mestiere, forse all'inizio gli era sembrato eroico ma era bastata una manciata di anni per capire che c'era più politica che azione e più rogne che soddisfazioni. Quella era un rogna.

«Si sono barricati in casa.»

Mentre sguinzagliava tecnici e squadre che cercassero tracce della Tiguan bianca lui si era occupato di Castagnoli e della Bacarelli, la coppia più complessa da gestire. Aveva avvisato i colleghi di Modena di occuparsi di Yuri Vignoli e Anna Baroni, che li avvisassero di quanto avvenuto e spiegassero loro la necessità di essere spostati eccetera eccetera. Lo aveva chiamato il responsabile di zona, che gli aveva detto che i due si rifiutavano di uscire di casa. Ridenti aveva invocato la calma, calma per carità, e si era messo in macchina, perché Karina Lusa andava ritrovata in vita e Alessandra Gatteschi andava

ammazzata

sbattuta in galera, ma non potevano permettersi nemmeno di perdere il controllo dei sopravvissuti. Era arrivato all'appartamento in affanno, la bocca acida per carenza di zuccheri, e aveva chiesto un ragguaglio.

«Non hanno fatto che litigare fino a ieri, anzi, era lei che urlava a lui, un'arpia, in macchina lo faceva sedere dietro e si metteva davanti perché non lo voleva accanto, lo ha trattato come un cane e lui zitto, a subire. Poi stasera abbiamo bussato ed evidentemente lo avevano già sentito alla tv o alla radio, o qualcuno li ha avvisati, perché han detto che non aprivano e che da qui non si spostavano. Soprattutto lei ce ne ha dette di ogni, che li avremmo fatti uccidere, che siamo degli incapaci, e lui le è andato dietro. Poi abbiamo sentito i mobili che si spostavano e credo che abbiano messo tutto dietro la porta e davanti alle finestre. Adesso non ci rispondono nemmeno più, li sentiamo bisbigliare ogni tanto ma hanno spento i telefoni, non riusciamo nemmeno a chiamarli. Così abbiamo aspettato lei.»

Ridenti si era avvicinato alla porta.

«Signor Vignoli? Signorina Baroni? Sono l'ispettore Ridenti, possiamo parlare?»

Un tramestio all'interno, seguito da un bisbiglio. Poi Vignoli gridò

«Dov'è Caparzo?».

Ridenti alzò gli occhi al cielo, sarebbe mai finita quella condanna?

«L'agente Caparzo si sta occupando delle indagini» mentì.

«Non è vero! Lo avete licenziato!»

Social maledetti, manica di spioni.

«È solo una cortina di fumo per far abbassare la guardia alla Gatteschi, signor Vignoli» mentì ancora più forte.

«Parlo solo con Caparzo!»

La tiritera che tornava.

«Evitiamo casini, suonate ai vicini e vedete se si riesce a entrare dai balconi comunicanti.»

L'appartamento era al primo piano e aveva un unico affaccio sul cortile posteriore, i balconi in cemento erano separati da quelli limitrofi da semplici pannelli di vetro. I poliziotti suonarono ai due appartamenti di fianco, in uno non c'era nessuno, nell'altro aprì un uomo dall'aria spaventata che li fece subito accomodare. Dal suo balcone videro che le tapparelle di quello di Anna Baroni erano abbassate fino in fondo. Scavalcarono e si fecero passare dei piedi di porco, ma c'erano i fermi e non riuscirono a entrare.

«La porta è blindata?»

«Sì.»

«D'accordo.» Ridenti si fece sfuggire un lunghissimo sospiro. «Trovatemi Caparzo e portatelo qui.»

Era stato il panico.

Un senso di emergenza insieme a un senso di impotenza. I due agenti in auto si erano detti che per fortuna non faceva più tanto freddo, alle due di notte bastava accendere ogni tanto per restare al caldo. I quattro in casa si erano fatti il caffè, a turno andavano a fare il giro della villetta, controllavano il sonno dell'obeso e quello della ragazza e poi rientravano in cucina. Quel tizio russava così forte che si sentiva anche con la porta chiusa. Non si era vista anima viva e dalla radio non arrivavano aggiornamenti. Poi quello al posto del passeggero aveva detto

«Ehi»

indicando una delle finestre del piano di sopra. C'era una luce arancione che andava e veniva. Poi veniva. Poi veniva ancora e rimaneva.

«Ma cos'è?»

«Cazzo, va a fuoco.»

Erano scesi dall'auto, uno era corso a chiamare i colleghi, l'altro era salito, ma la porta era chiusa.

«Dove sono le chiavi?»

Erano andati di sopra in tre, uno era uscito per controllare tutte le finestre e gli altri due avevano svegliato la ragazza e l'obeso.

«Al piano di sopra c'è un piccolo incendio, dovete uscire per prudenza.»

«Ma come fa, Giulio?» aveva detto lei, sconvolta.

E prima che il poliziotto le rispondesse che la situazione era sotto controllo l'uomo si era sollevato sulle braccia gelatinose e aveva detto

«Di sopra ci sono le mie bombole dell'ossigeno!»

e questo aveva cambiato tutto. Mentre di sopra due agenti con le armi spianate si giravano l'appartamento in cerca di Alessandra Gatteschi e altri due buttavano secchiate d'acqua sul fuoco che aveva attaccato tende, tappeto e anche un copridivano sintetico, i restanti poliziotti entrarono gridando che c'erano delle bombole di ossigeno che rischiavano di esplodere, generando il panico. Chiamarono i colleghi, emergenza, che venissero i pompieri subito, e un'ambulanza per portare via Castagnoli, poi corsero in cerca delle bombole, che effettivamente erano in uno sgabuzzino e andavano portate fuori, e furono davvero una manciata di minuti, cinque o sei, in cui lasciarono il piano di sotto incustodito. Cinque o sei per salvare la vita a tutti, avrebbero detto. Il suono del rumore forse lo avevano sentito, il cancello che si apriva, ma in quel momento nessuno pensava che potesse accadere. Invece con l'avvicinarsi della prima sirena uno di loro, lo stesso che aveva dato il primo allarme, si era affacciato e semplicemente il pick-up non c'era più. Credette fosse stata la ragazza, era l'unica spiegazione possibile, l'uomo era invalido, non stava nemmeno in piedi.

E invece quella notte Giulio Castagnoli era riuscito quasi a correre.

Giulio aveva insegnato a Lena come aprire la botola che portava al piano di sopra. Lei non gli aveva chiesto perché, era solo una delle mille cose che riempivano l'enorme vuoto delle loro giornate. Lo aveva fatto una volta, era anche salita a buttare un occhio all'appartamento della madre, poi era scesa e aveva richiuso, mentre Giulio si allenava a camminare di nascosto nei lassi di tempo in cui i poliziotti li lasciavano soli. La bilancia diceva che il suo peso era sceso a 180 chilogrammi ma lui continuava a lamentarsi con il fisioterapista per il dolore alle ginocchia, non posso stare in piedi, fa troppo male. E faceva davvero male, ma non abbastanza da farlo desistere. Giulio si era messo in mente che da quell'appartamento che lo teneva prigioniero sarebbe uscito con le sue gambe, poi sarebbe salito in auto e sarebbe andato nell'unico posto che avrebbe guarito la sua anima.

«Lì sono caduto e lì mi rialzerò.»

Lena ascoltava i suoi deliri mistico-filosofici senza commentare, la mente altrove. Poi era arrivata la notizia del rapimento di Karina, e come da copione, Giulio si era disperato, avevano chiamato il medico e alla fine Lena aveva promesso a Ridenti che sarebbe rimasta lì ancora due giorni. Era notte quando la sua porta si era aperta.

«Maria.»

Si era abituata a quei risvegli notturni, ma questa volta era diverso, ed era diverso perché Giulio era vestito. Non lo aveva mai visto con indosso qualcosa di differente da un pigiama.

«Adesso ce ne andiamo.»

Le aveva detto dove trovare un accendino al piano di sopra.

«Dai fuoco alle tendine, quelle della cucina che sono sintetiche. Stai tranquilla, che il gas è chiuso. Poi scendi subito e aspettiamo che se ne accorgano. Dirò che ci sono le bombole, sono mezze vuote ma secondo me non se ne accorgeranno. Ci teniamo pronti, quando saranno tutti su prendiamo l'auto.»

Lena aveva esitato, era una follia, se li avessero fermati sarebbe stato un disastro. Ma non riusciva più a reggere la situazione, e quello era un modo come un altro. Aprì la botola mentre Giulio fingeva di russare più forte del solito e salì. Le balenò in mente un altro incendio, quello nello studio di Anna Baroni, ma cercò di scacciare subito l'idea. Poi diede fuoco alle tendine, ridiscese e chiuse la botola. Per tutta l'operazione non aveva impiegato che cinque minuti.

«Ora torniamo a letto e aspettiamo.»

Era andata esattamente come aveva detto Giulio, e adesso si trovavano su una statale, lanciati a 120 all'ora verso Ferrara. Lei aveva il telefono in mano

«Cosa faccio, lo spengo?».

«No» aveva detto Giulio, spavaldo. Finalmente era autonomo, poteva fare qualcosa senza l'aiuto di nessuno. «Anche io ho il mio, possono rintracciarci e raggiungerci, ma non siamo dei fuggitivi, non possono costringerci a rimanere rinchiusi.» L'aveva guardata. «Io sono stato rinchiuso abbastanza.»

Lena chiuse gli occhi. Forse non nel modo che diceva Giulio, ma era stata rinchiusa anche lei.

Erano fermi nelle campagne intorno a Buda, ancora lontani da San Pietro in Casale. Avevano fatto fatica a trovare un boschetto in cui ripararsi.

«È proprio Pianura Padana, questa»

aveva osservato Alex, allungando una mela a Karina. Era

buio da circa un'ora e nessuna macchina della polizia o elicottero era ancora passato da quelle parti.

«Arriveranno» aveva concluso.

Karina aveva mangiato, ancora confusa per quello che Alex le aveva detto.

«Io non posso nasconderti. Non per sempre, e di certo non dove mi nasconderò io, perché mi cercheranno, eccome se mi cercheranno. E mi troveranno, anche. Vero, Saverio? Ci troveranno tutti e due. Ma prima proverò a fermare chi sta facendo questa cosa. Magari non mi riuscirà, ma ci voglio provare. Ora ti ho portata qui, e ti lascerò in una di queste cascine, quella più comoda, con un sacco a pelo, cibo e acqua. Tu devi restare qui finché non mi sarò occupata di tutti gli altri, e quando te lo dirò chiamerai la polizia e ti farai venire a prendere. Tieni il telefono spento, accendilo una volta sola al giorno, al mattino, quando ti svegli, e inserisci questa scheda. È greca, ha pochi soldi, ma non fa niente, è attiva e deve solo ricevere. Io ti manderò un messaggio all'alba. Se vedi il messaggio spegnilo di nuovo fino al mattino dopo. Per tre giorni. Dopo chiami la polizia.»

«E se non lo ricevo?»

Alex aveva sorriso e Karina non aveva chiesto altro.

Avevano parlato un po', le spiegazioni le erano sembrate assurde, completamente folli, eppure alla fine tutto quel groppo di rabbia che aveva sempre avuto dentro si era sciolto. Non avrebbe saputo dire cosa provasse per quella donna, era un sentimento nuovo che non aveva definizione, positivo, negativo, piacevole, sgradevole, non lo sapeva. Ma era forte.

«Quindi andate da Giulio?»

«Sì. Ci proviamo. Dipende da cosa troveremo, probabilmente prima dovremo cambiare ancora la macchina.»

Saverio sedeva al suo posto, al buio, senza partecipare. Alex aveva spiegato a Karina che non le parlava da quasi un anno e mezzo.

«Quando sarà tutto finito lo farà» aveva tentato di rassicurarla. «Magari non con me» e di nuovo aveva sorriso, e Karina non capiva da dove la tirasse fuori la capacità di sorridere sapendo cosa le sarebbe successo, quello che aveva fatto, quello che era.

«Con Giulio non sarà facile come con me.»

«Oh, non ne ho dubbio. Non posso portarlo via di peso. Ma forse riuscirò a convincerlo a uscire.»

Karina era rimasta perplessa.

«Come "uscire"?»

«Giulio cammina.»

«Giulio cammina?»

Saverio aveva annuito, per la prima volta si ricordava di essere lì.

«Lo fa di nascosto, credo abbia in mente di scappare dalla polizia. E se volesse scappare verso di noi ci faciliterebbe le cose.»

Karina si era guardata le mani.

Non dirlo.

«Si è saputo del mio rapimento? Insomma, credete che la notizia sia uscita?»

Alex aveva scosso le spalle, come se la cosa non la riguardasse, e Saverio aveva acceso la radio. Avevano ascoltato per qualche minuto, poi il ragazzo aveva spento di nuovo.

«Direi che la notizia è uscita.»

Non dirlo.

Karina aveva fissato quell'ombra nera che al buio finiva di mangiare un pezzo di mela e cercò di ricordarsela nuda, senza denti, con i capelli metà rossi e metà grigi, a fingere attacchi d'asma.

"Oh, ce l'ho davvero. Solo che non prendevo la medicina."

Si sforzò tantissimo, ma non c'era niente da fare, non riusciva a ricordarla, questa nuova Sandra aveva completamente sostituito la precedente.

Dovrei odiarla.

Aprì la bocca e disse

«Io so dove vuole andare Giulio».

Il cancello era chiuso con una catena e un lucchetto nuovo. Caparzo aveva con sé un tronchese e si limitò a tagliare una maglia laterale, poi l'avrebbe unita con del fil di ferro, così che la catena sarebbe sembrata integra. Aprì, entrò con l'auto e andò a nasconderla dietro all'edificio principale. Nei giorni precedenti si era fatto dare la lista dei turni d'intervento alla chiusa e sapeva che per almeno quarantotto ore non sarebbe venuto nessuno. Non poteva essere sicuro che Castagnoli avrebbe cercato di venire lì quella notte, ma aveva seguito i preparativi che aveva fatto, la botola, le passeggiate, e gli erano parsi significativi. Se fosse successo, qualcuno avrebbe trovato la telecamera che aveva piazzato nel soggiorno dell'obeso e sarebbe andata com'era giusto che andasse, lo avrebbero accusato e forse condannato, lui avrebbe ammesso la colpa e semplicemente avrebbe spiegato che senza quell'espediente non sarebbe riuscito a salvare nessuno.

A fare tutto pulito non si fa niente.

L'informazione della piccoletta, di Sveva, era stata buona, come buone erano tutte le sue informazioni. Era stata lei a dipingere il quadro vero di quanto successo nel capannone, e non solo per quel che riguardava l'emerso ma soprattutto il sommerso. Aveva una buona capacità di osservazione e aveva visto bene chi e che cosa fossero i suoi compagni. Aveva lavorato per lui sin dal primo giorno, prima involontariamente, poi per scelta. Lo aveva aiutato a fare le coppie, gli aveva dato buoni input per rapire Karina, aveva pure stilato un piano per se stessa. E poi la Gatteschi era tornata e aveva mandato tutto a puttane.

E perché è tornata?

Perché l'ho stanata.

Questo gli faceva gioco, ormai era stata presa all'amo e avrebbe seguito la lenza, e la lenza forse non la teneva lui ma poco ci mancava.

Io sto un passo avanti perché so che il ciccione verrà qui.

E qui ci sto io.

"Lei non vuole che stiamo lì ad aspettare di morire. Vuole

che reagiamo, così capisce che abbiamo imparato la lezione. Per questo io devo tornare là, per dimostrarle che so da dove deve ripartire la mia vita" aveva detto Castagnoli. E dalle telefonate che stavano arrivando sul telefono di Caparzo, i colleghi, la Centrale, perfino lo scemo di Ridenti, il viaggio del ciccione era iniziato. Caparzo spense l'apparecchio, si guardò bene intorno cercando un posto in cui nascondersi e si preparò ad aspettare.

Il pick-up si era fermato davanti al cancello chiuso, i fari alti che illuminavano il lucchetto facendolo scintillare.

«E adesso?» aveva chiesto ingenuamente.

«Non avevi pensato che fosse chiuso?» gli aveva fatto eco Lena. «Ma sei almeno sicuro che sia qui?»

Giulio aveva chiuso gli occhi, ascoltando e annusando l'aria.

«Sono sicuro.» Poi le aveva indicato il retro con il pollice. «Lì ci dovrebbe essere una borsa con degli attrezzi, guarda se c'è un martello.»

Lena si era sporta indietro.

«A cosa serve un martello in una macchina lo sai solo tu.»

«Chi non ha degli attrezzi in un pick-up americano?»

La donna era emersa col martello.

«Spacco il lucchetto? Diventa una violazione di proprietà privata, Giulio, ci mettiamo nei guai.»

«Il martello è mio, nei guai ci vado io. Spacca.»

Lei era uscita e aveva colpito il lucchetto tenendo il martello con due mani. Ci aveva messo un po', la catena si era spezzata prima del lucchetto ed era caduta a terra. Il cancello si era aperto senza un cigolio ed erano entrati. Erano passati accanto all'edificio principale

«Non qui, eravamo molto vicini all'acqua»

muovendosi verso un magazzino secondario che mostrava una lunga serie di finestre rotte. Giulio aveva spento il motore e aveva sospirato

«Ed eccoci qui».

Lena tremava, aveva addosso un senso di umido e vischioso, d'estate quel posto doveva essere un nugolo di zanzare.

«E adesso?»

«Entriamo.»

Era scesa per prima e gli era andata accanto, pronta a tentare di sorreggerlo se fosse inciampato. I fari erano spenti, ma nel pick-up perfetto c'è sempre anche una torcia potente e con quella, un passo alla volta, andarono alla porta del magazzino.

«È aperta.»

Lena lo disse senza alcun tono, ma Giulio non aveva paura, non voleva avere paura, voleva solo tornare là dentro, vicino all'enorme tubo ricurvo, qualunque cosa fosse, a sentire i ganci nella schiena, a ricordare, a rinascere. Il fascio di luce illuminava a terra, mentre i passi di libertà dell'obeso passavano da quindici a venti a ventotto, e a ogni passo le ginocchia gli facevano più male, ma a casa aveva superato i cinquanta, poteva farcela.

«Fammi vedere un po' in giro» le disse con voce strozzata mentre le si aggrappava al braccio.

Lena iniziò a sventagliare la torcia a destra e a sinistra, non c'era molto da vedere, tubi, delle specie di vasche, pompe, macchinari arrugginiti che non avevano senso per nessuno dei due.

«Eccolo!» strillò Giulio con il tono di un bambino che ha appena intercettato Babbo Natale.

«Dove?»

«A destra! A destra!»

E mentre cercava di ritrovare qualunque cosa avesse visto il suo compagno di viaggio, Lena per un attimo ebbe l'impressione di illuminare un viso. Fu una paura primitiva la sua, una paura che aveva una faccia e un nome, una paura che la fece urlare e balzare indietro, e di conseguenza strappò a Giulio il suo unico appiglio. Mentre il fascio di luce sventagliava sulle travi del soffitto un rumore sordo rimbombò per tutto il magazzino. Il buio disse

«Agg'a fa' attenzione, piccere'»

e questa volta fu il turno di Giulio di urlare. Lena puntò la luce verso la voce, trovò una gamba, la perse, la riprese e salì alla testa.

Non finirà mai.

«Agente Caparzo? Agente Caparzo, è lei? Mi aiuti, agente, mi sono fatto male!» iniziò a lagnarsi Giulio, e Lena ebbe l'improvvisa consapevolezza di quanto sapesse essere scaltro, come tutte le persone che dipendono dagli altri.

Sta cercando di mostrarsi debole.

Sta cercando di fargli pena.

Sentì i passi del poliziotto, e poi, pur nel mezzo di quel senso di acquatico e marcio, il suo odore non-odore.

«Pensavi che non sapevo quello che facevi, piccere'?»

Gli puntò la luce in faccia e vide il suo sorriso cambiare, mutarsi in stupore e poi in dubbio e poi

SÌ

in qualcosa di simile alla paura. Il colosso tremò, cadde sulle ginocchia, gli occhi a cercare Giulio, che prima di tutti aveva sentito ciò che non era possibile sentire e per primo aveva capito ciò che non era possibile capire. Poi crollò a solo una spanna dall'obeso.

Il ronzio pervase il capannone.

Poi si accesero le luci, basse e azzurrine, asettiche in quel regno di sporcizia.

Tra le spalle del poliziotto spuntava una cartuccia di narcotico di metallo, di quelle per animali di grossa taglia. In piedi in cima a una piccola piattaforma, Anna Baroni abbassò il fucile da caccia e si sfilò il visore notturno.

«Oddio!» gridò Giulio.

Lena spense la torcia, fece due passi avanti e disse

«Perché non hai aspettato ancora un po', così mi veniva un infarto?».

6

Anna fumava e tossiva, come se non avesse mai messo in bocca una sigaretta prima di quel giorno. Lena rigirava il bicchiere nervosa, solo acqua perché temeva che lui le avrebbe sentito nel fiato qualunque altro odore.

«Come sei venuta qui?»

«Col treno, ho lasciato l'auto, con il cellulare dentro, a casa dei miei.»

«Acceso?»

«Acceso. Qualche volta non gli rispondo e lui lo sa.»

Si erano trovate in un bar a Bologna, zona neutra. Anna era reduce dalla visita a Bella insieme a tutta l'allegra compagnia dei sopravvissuti, e sapeva che Caparzo sarebbe stato trattenuto dai giornalisti e le autorità locali. Per questo si erano incontrate quel pomeriggio, perché erano certe che lui non le avrebbe scoperte.

Quel che sapevano l'una dell'altra non era edificante. Per Anna, Lena era la fidanzata fallita che non era riuscita in nulla, salvare Saverio, capire chi fosse davvero Sandra, sfuggire a Lucio Donadio, ribellarsi a Caparzo. Per Lena, Anna era la donna malvagia chiusa nella gabbia della iena, che sosteneva di essere il nuovo amore di Saverio, che aveva istigato i compagni alla violenza e che tutti odiavano. Provavano un mutuo disprezzo latente. E un poderoso bisogno reciproco.

«Allora, secondo te dove sono nascosti?» aveva chiesto Anna.

«Non lo so. Alex aveva un sacco di giri, conosceva animalisti, ambientalisti, anche all'estero. Potrebbe averlo portato ovunque.»

Avevano bevuto e fumato ancora un po' nell'aria fresca di aprile.

«Non li troveranno, quindi.»

«No. È brava a nascondere le cose.»

Anna aveva allungato la mano verso il dispenser dei tovaglioli.

«Allora, se questa è Alex...» poi aveva avvicinato il posacenere «e questa è Sandra... tu ne conosci una, e io conosco l'altra. E poi ce n'è una terza, che non conosce nessuna di noi, ma che è un po' di tutte e due. Quella si è presa Saverio. Quella.»

Il germe di un'idea si era depositato in loro durante il loro viaggio dal capannone all'ospedale. Non si erano più viste, non si erano mai cercate, ma in ciascuna era maturata una convinzione: avevano una cosa in comune, una cosa che era stata sottratta a entrambe, una cosa che creava tra loro un legame più forte di qualunque altro. Così Anna aveva pensato di contattare Lena fuori dagli schemi, lontano dai riflettori e dalla polizia, e soprattutto, soprattutto lontano da Francesco Caparzo. Ed eccole lì.

«Se uniamo le cose che sappiamo potremmo rimettere insieme i pezzi.»

Ma Lena aveva scosso la testa.

«Se non ci è riuscito Cecco non ci riusciremo nemmeno noi.»

«Perché lo chiami Cecco?»

«È come vuole che lo chiami.»

«E quanto ci ha provato, lui?»

«Tanto. Un anno. Per tutto il tempo in cui lei mi ha tormentata fingendosi qualcun altro. Ci è andato vicino, vicinissimo. E sai perché? Perché loro due sono uguali. Lui riusciva a fare le stesse cose che faceva lei, a giocare allo stesso gioco, con le stesse carte, costringendo anche me a giocare. Eppure ha perso. E io ho perso con lui» aveva concluso.

Anna l'aveva guardata, sospesa tra il disprezzo per la fidanzatina perfetta, che perfetta non era, e la curiosità verso quel gioco misterioso.

«Allora spiegami lui. Spiegami Caparzo come ragiona. Cosa farebbe, al posto nostro, per riavere indietro Saverio. Perché se è vero che lui e Sandra sono uguali allora forse abbiamo un enorme vantaggio.»

Lena aveva avvertito un immediato senso di pericolo, il timore superstizioso che se avesse parlato di lui in qualche modo lui lo avrebbe saputo. Ma poi l'aveva vista, dentro agli occhi di quella donna così diversa da lei, la fame, la stessa fame sua di riavere Saverio

chi sceglierebbe, tra noi?

e capì che se c'era una strada per ottenere una risposta, per riaverlo, quella strada l'avrebbero dovuta trovare insieme.

Così iniziò a raccontare.

Francesco Caparzo sentiva che lo stavano trascinando, ma non riusciva ad aprire gli occhi. Non era addormentato, ma nemmeno era sveglio, il corpo non rispondeva ai comandi e la mente impastava insieme realtà e fantasia.

Mi hanno fatto una trappola.

Io pensavo che l'avevo fatta a loro e loro l'hanno fatta a me.

Due donne, due femmine, due che aveva creduto di avere in pugno sin dalla prima intercettazione.

«È sbagliato andare a cercarla! Dobbiamo costringerla a tornare!»

avevano detto, nascoste nella macchina della Bacarelli in quello che aveva creduto essere il loro primo incontro segreto, e lui aveva pensato che era d'accordo, sì, l'idea era buona, ad avere un'esca, ma le esche erano finite. O no?

«Non tornerà mai, ha già tutto quello che vuole. Si è presa Saverio, perché dovrebbe tornare?»

«Per gli altri.»

Gli altri.

La notte era ancora fredda, gli avevano avvolto la testa e la schiena in un telo di plastica che frusciava mentre lo portavano fuori, una che pilotava

«A destra, da quella parte, verso il canale»

e l'altra che ubbidiva.

Non sei tu che comandi, eh, piccere'? Non sei mai tu.

In lontananza un animale si lamentava, ma lui lo sapeva che non era un animale

"Mo' si' grande, si 'nu grande guaglione"

e provò qualcosa, una specie di rammarico per quell'uomo grande e grosso che moriva di paura dentro al magazzino, sapendo che l'unica persona che poteva salvarlo stava per morire.

«Dobbiamo farlo scavalcare lì.»

Si era incuriosito quando aveva scoperto che le due fidanzate di Saverio Bartolomei si volevano parlare, e che mai si dovevano dire? Bisticciarsi l'uomo che si era preso una terza donna? Lui aveva promesso alla Bacarelli di levarle tutte le telecamere e i microfoni da casa, ma si sa, qualcosa resta sempre, è distrazione. E così, tra la macchina e il telefono, aveva seguito il primo incontro e pure il secondo, così aveva pensato che anche casa della Baroni magari aveva bisogno di un po' di controllo, e pure il telefono suo.

Stai facendo come prima, France', stai facendo come per Donadio e guarda com'è finita.

Ma la coscienza è un pulcino che pigola e la presunzione un leone che ruggisce, così di nuovo non aveva detto niente a nessuno e di nuovo era andato avanti ad ascoltare e guardare quelle due che pianificavano di terrorizzare gli altri, bastavano quattro cose, un mucchio di pastelli, qualche ricordo personale e persino un vecchio messaggio nella segreteria della Bacarelli, la voce della Gatteschi che diceva

"Ciao stella, sono io. Volevo solo sapere come te la cavavi. A poi".

«L'avevo tenuto per non dimenticarla» aveva raccontato.

Una buona idea

vero che la Gatteschi solo con le emozioni sbagliava

ma un piano debole, nessuno torna dalla salvezza per due minacce a vuoto, il loro piano era infantile, le avrebbero scoperte subito e lui si sarebbe goduto la scena dal fondo di un canale, lo sforzo per sollevarlo, prima le gambe, no, prima le spalle, deve andare giù tutto insieme a faccia sotto, che c'è poca acqua.

Aveva sentito la schiena scivolare su cemento e metallo, poi una corsa verso il gelo, l'acqua, il corpo piegato con un braccio sotto.

Nell'acqua ho buttato il corpo di Gianluca Savelli.

È giusto che nell'acqua finisco pure io.

Ma il liquido gli scorreva intorno, un orecchio ancora all'aria, il resto sotto appena mezzo metro d'acqua.

Gira la testa.

Ma non si muoveva, le narici piene.

Se puoi pensare e puoi tenere il fiato puoi pure girare la testa.

Poco poco.

Le sentì allontanarsi di corsa, forse pensavano di aver finito con lui, forse si erano spaventate per qualcos'altro.

Poco poco, France'.

Aiutati con l'acqua.

L'ossigeno stava finendo, provò ad abbassare il mento, di appena un centimetro, due.

Metti tutta la forza!

Tutta la forza a destra, France'.

Ruotò il collo mentre i polmoni si arrendevano, l'acqua entrò, ma da una sola narice, e fu un bene perché il riflesso della tosse gli diede un'altra piccola scossa e anche la seconda narice emerse. Respirava. Gelato, quasi paralizzato ma respirava, a bagno in un canale putrido. Riuscì a sollevare la palpebra emersa verso un cielo nero con poche stelle.

"Ciao stella, sono io. Volevo solo sapere come te la cavavi. A poi."

Non se la cavava bene.

E quando sentì i passi pensò che fossero loro due che tornavano per finirlo, e ci sarebbe voluto poco.

Ma non erano loro.

Lena lo aveva guardato rotolare giù, in attesa di un fiotto di gioia, trionfo, liberazione. Invece non aveva provato niente. Quando era morto Giovannino le si era rotto qualcosa dentro, ma Anna l'aveva presa per i capelli e aveva gridato

«O lui o Saverio! Vuoi che sia Saverio?»

e una volta accettato quello aveva accettato tutto. Anna era rimasta a guardare con lei.

«È caduto nella trappola come King Kong.»

Rientrando nel magazzino, verso i lamenti di Giulio, Lena le aveva chiesto

«Da quanto tempo era arrivato?».

«Un paio d'ore. All'inizio ho pensato che foste voi, poi ho visto l'auto.»

Ora dovevano riorganizzarsi. Il piano originale non aveva previsto quattro morti e un sequestro, ma il piano originale, stilato in quel bar di Bologna, l'unica volta in cui Caparzo non le aveva sorvegliate, mirava a stanarla.

«Non sopporterà che le vengano attribuite cose che non ha fatto. Quando ci ha provato il tuo Cecco ha reagito molto male, e adesso che non ha più Lucio a frenarla commetterà un errore.»

Anna aveva proposto i pastelli dopo averne visto uno, quel pomeriggio, in mano a Bella.

«Li lasciamo a tutti, in posti vari, insieme a quella merda di carta da macellaio. Penseranno a come li usavamo nel carrozzone e avranno paura.»

Ma per ogni impeto di Anna, Lena opponeva la cautela e la razionalità.

«Cecco se ne accorgerà. Lui mi controlla, traccia il mio cellulare, ho sicuramente ancora delle cimici in casa e anche nell'auto, mi chiama sempre non appena salgo. Capirà cosa stiamo facendo.»

Anna ci aveva riflettuto e aveva detto

«Che capisca».

Lena aveva trasalito.

«Non starà mai dalla nostra parte.»

«No, infatti non me l'aspetto, ma quanto ci scommetti che nemmeno ci denuncia? Pensa a quello che ha fatto con te, quando era solo lui a cercare di beccare lei e quella merda del fidanzato, pensaci! Non è un poliziotto integerrimo, è proprio come lei, a lui interessa solo vincere. Non ci sputtanerà, il massimo che potrà succedere è che ci venga a fare un richiamino, e allora noi cercheremo di tirarlo dentro, di farlo lavorare con noi, più siamo e meglio è.»

Lena si era opposta

«Io non faccio niente con lui»

e Anna aveva colpito basso

«Allora di riavere Saverio non te ne frega un cazzo».

Ci erano volute notti insonni e giorni di pianto, ma alla fine Lena aveva ceduto. Insieme loro due avevano tutte le informazioni che servivano, Anna aveva stivato ore e ore di racconti nel capannone, ricordava le abitudini della madre di Giulio e la superstizione di Nicola, e poi c'erano state le infinite confessioni di Yuri che le aveva detto tutto ciò che riguardava le scimmie, dalla pesca di Giorgio ai figli di Karina alle scopate di Sveva. Lena aveva imparato da Caparzo come sviare l'attenzione della polizia, mettersi in mostra per nascondersi e sfruttare le tracce telematiche, inoltre aveva una mente schematica che traduceva in termini pratici le idee di Anna. Si erano sempre potute alternare per avere un alibi a turno. Se Anna pedinava Giovannino sui monti, Lena inviava il pacco ai figli di Karina, se Anna terrorizzava Giulio, Lena copriva di liquido infiammabile le candele di Nicola. La palla passava sempre dall'una all'altra, entrambe parlavano poco con i sopravvissuti e molto con Caparzo, aspettandosi sempre un segnale da parte sua, ma tranne alcune frasi sibilline dette a Lena

"Statt'accuorta, piccere'. Perché non sai mai come vanno le cose. Tu non ci pensi, ti infili in qualcosa e questo ti cade addosso"

lui non interveniva.

«Ci sta lasciando fare. Lavoriamo per lui, questo crede. Perché sa che quello che facciamo funzionerà.»

Ma non era successo. Inutili i pastelli, inutili gli spaventi, le piccole angherie, nemmeno Caparzo aveva preso sul serio le intimidazioni con cui man mano colpivano i sopravvissuti del capannone.

«Qualcuno deve farsi male» era stata la proposta di Anna.

Ma Lena aveva detto di no, era troppo rischioso, avrebbero attirato l'attenzione su di loro, la polizia si sarebbe messa di mezzo.

«Non se succede a me» aveva risposto l'altra.

Lena aveva pianificato i tempi per l'incendio, Anna si era procurata i componenti, avevano provocato la crisi di Giulio e la crisi isterica di Karina perché Caparzo sarebbe stato distratto, e così era andato in scena l'attentato allo studio di traduzione. Eppure non era servito, nessuna traccia di Alex, silenzio di Caparzo. Così la volta seguente, quando di farsi male sarebbe toccato al Rosso, Anna aveva colpito forte.

«COSA FAI?» aveva gridato Lena, ma lei aveva alzato la pietra ancora e ancora.

«Adesso vedrai che viene.»

Ma Alex non era venuta.

E nemmeno dopo il volo di Bella.

E nemmeno dopo il ritrovamento di Nicola.

E nemmeno dopo che in due avevano tenuto Giorgio sott'acqua.

Caparzo sapeva tutto, e le aveva lasciate fare.

Fino a Karina.

Non era mai stato nella divisione narcotici e non aveva grandissima esperienza di sostanze stupefacenti. Ma da tutte le confidenze fatte dai colleghi e da tutti i rapporti letti una sola cosa aveva imparato.

Controlla il respiro.

E supino nell'acqua fino al collo, intorpidito dal freddo, Francesco Caparzo respirava.

Se sapevano cosa facevano ero morto.

Un pensiero razionale a cui aggrapparsi. Qualunque cosa gli avessero iniettato non doveva essere un preparato specifico per addormentare tigri o rinoceronti, perché a quell'ora sarebbe bell'e che affogato.

La Gatteschi sapeva le cose giuste, e Donadio padre pure, loro si sono arrangiate.

Respirava e ricordava tutte le volte in cui aveva pensato "ora basta, le fermo". All'inizio non le credeva capaci, poi, davanti al cadavere di Giovannino Marinoni, si era fatto venire un dubbio.

T'aggio insegnato tutto, e alla fine hai imparato, piccere'?

Ma dopo che la Baroni aveva recuperato le chiavi dentro al manicomio ed era successo quel che era successo alla vecchia, il dubbio era diventato una certezza.

Pure un'altra buona maestra hai avuto.

Nicola Scherillo gli aveva detto che a uccidere Vasco Zavatta era stata la Baroni, lui non aveva visto, ma le voci gli erano arrivate. Caparzo non gli aveva creduto del tutto, Scherillo era paranoico e raccontava tante belle storie. Avrebbe dovuto credergli, invece, sapeva che il suo scetticismo rappresentava una grande fetta di colpa, che quei cocci erano anche suoi.

La devo salvare.

Guardava il cielo nero sopra di lui, muoveva piano le dita delle mani, respirava e non si chiedeva chi fosse la persona che doveva salvare. Era stato lì che aveva sentito i passi

tornano

ma non erano di due persone e non venivano verso di lui,

verso il canale. Avevano seguito lo scroscio pigro del fiume diretti al magazzino.

Vai via

È una trappola, vai via.

Allora il pugno si strinse.

Giulio piangeva e si lamentava

«Non voglio morire, vi prego, non voglio morire»

mentre Lena chiedeva ad Anna

«Hai una dose anche per lui?».

«Meglio fargliela con la siringa e tenermi le due fiale che ho pronte.»

Aveva allungato a Lena una borsa nera da cui aveva estratto dei guanti in lattice, una boccetta e una siringa.

«Oddio! Dio! Dio!»

aveva strillato Giulio, e Anna si era innervosita.

«Smettila, imbecille. Ma non lo hai capito che sei il solo che non possiamo ammazzare?»

Lena gli si era accoccolata accanto e lo aveva disinfettato al braccio.

«Ti ricorda niente, questo?» gli aveva detto sorridendo.

«Mi aveva disinfettato anche lei.»

«Sì, lo hai raccontato tantissime volte. Te lo giuro, noi due non avremmo saputo come occuparci di te, sei stato tu a darci l'idea. E se non avessi avuto questo colpo di testa di scappare e venire qui stanotte ti ci avremmo attirato noi. Avremmo diffuso la foto del gancio, vedi?» Lo aveva indicato con un cenno del capo mentre infilava l'ago e poi, abbassando la voce «È un simbolo».

«Allora non lo farete?»

aveva piagnucolato lui. La donna aveva scosso la testa.

«Ha preso Karina, gliel'avrà raccontata lei la storia di questo posto. E vedrai che verrà.»

Giulio iniziò a battere le palpebre.

«Perché sei così cattiva anche tu, Lena?»

Lei aveva accompagnato il lento crollo della sua testa.

«Me lo avete insegnato voi.»

Si era voltata verso Anna e l'aveva vista attenta, tesa.

«Cosa?»

«Un rumore. Non lo so. Mettiti a terra.»

Lena si sdraiò accanto a Giulio, come se a essere narcotizzati fossero stati entrambi. Anna si rimise nella posizione da cui aveva sparato a Caparzo e caricò il fucile. Puntò all'ingresso del magazzino, guardò nel mirino di precisione e rimase ad ascoltare. Sciabordio, un uccello notturno, un leggero scricchiolio.

Passi.

Puntò il fucile esattamente sulla maniglia e finalmente seppe come si era sentita Alex quella notte in cui l'aveva vista fuggire dalla gabbia e l'aveva inseguita.

Avevi ragione, brutta troia, è una sensazione bellissima.

Vide la maniglia abbassarsi, alzò di poco la canna e trattenne il fiato fino a quando il viso di Saverio non occupò tutta la visuale.

Non poteva stare in piedi, ma carponi era completamente sott'acqua, quindi Caparzo ruotava, ora sopra, ora sotto, battendo le mani sulle pareti di cemento.

C'è la scaletta, c'è sempre.

Respirava profondamente, da quando si era mosso le dita delle mani e dei piedi si erano riempite di spilli e questo era un buon segno. Non si stava snebbiando quanto voleva, aveva comunque in circolo qualcosa, un tranquillante, un antipsicotico, una miscela chimica che aveva lo scopo di tenerlo buono e possibilmente farlo affogare, e non sarebbe bastata la volontà per fargliela smaltire.

Ma non si butta giù così 'a Bestia.

Respira, France', respira!

I piedi ogni tanto toccavano il fondo e li usava per darsi una spinta fuori e prendere a pacche la parete del canale.

È da questa parte, perché da qui m'hanno buttato.

Una convinzione basata su niente, ma che si rivelò giusta:

le dita trovarono la scaletta. Toccò il metallo e alzò gli occhi su quella parete che sembrava infinita. Non si era mai fermato davanti a nulla, in vita sua, a nulla, alle mani di sua madre, al bastone di suo padre, alle cariche dei manifestanti, ai proiettili, eppure davanti a quei pioli si fermò. Sapeva di essere debole, e sapeva che se avesse mancato la presa, a metà strada come in cima, una seconda caduta lo avrebbe probabilmente ucciso. Eppure non era quello. Era che se fosse risalito in cima e avesse cercato di risolvere quello schifo avrebbe potuto fallire di nuovo, un fallimento senza appello. Lì nell'acqua era una vittima del fato, là fuori sarebbe stata colpa sua.

Poi un urlo.

Un urlo che arrivava dal magazzino.

Un urlo della sua fanciulla da salvare.

E allora non fu per lei che afferrò il primo piolo.

Ma lo afferrò.

Anna abbassò il fucile, le luci azzurrognole del magazzino che creavano un'aureola intorno alla figura del ragazzo là in fondo, sulla porta.

«Saverio.»

Fu appena un sussurro, ma sufficiente perché Lena alzasse la testa. Entrambe lo sapevano che sarebbe stato possibile, che senza dubbio sarebbe stata la mossa più intelligente da parte di Alex, mandare avanti Saverio per farsene scudo, in fondo non era quello che aveva fatto finora?

Eppure successe lo stesso.

Lena si alzò da terra mentre Anna scendeva dalla sua postazione, iniziarono a correre insieme e insieme rovinarono su di lui, come se stessero cercando di assorbirlo con i loro corpi. Il nome, mai urlato, solo sussurrato, Lena che ritrovava la consistenza del suo corpo, l'odore, il calore, Anna che lo imparava attimo dopo attimo mentre gli occhi si riprendevano tutto quello che avevano osservato nel capannone. Lui lasciava fare, lo sguardo smarrito, un pupazzo imbottito di paglia. Quattro mani gli tennero il viso, il petto, le spalle, lo trascinarono dentro, rapaci, mentre una riprendeva il fucile e l'altra gli si metteva davanti a protezione.

«Dov'è?» ringhiava Anna

ma Saverio non le stava a sentire, si guardava intorno, cercava. E poi vide Giulio. E finalmente si scosse, staccandosi da Lena che tentava di trattenerlo, andò là, vicino al grosso tubo ricurvo, si accoccolò a terra accanto all'amico e gli sfiorò il viso, le spalle, poi prese a spingerlo da un lato per rimetterlo dritto, mentre le due donne gli andavano accanto e

«Tranquillo, sta dormendo, è solo un sedativo».

«Se lo è fatto prescrivere mia madre per me, ha un amico medico»

lo rassicuravano. Così si era chinato e gli aveva dato un bacio su ogni guancia, sorridendo.

«Amore, perché non parli?» gli aveva chiesto Lena.

«Forse è un bene che tu non senta cos'ha da dire» rispose Anna per lui.

E le puntò il fucile alla testa.

Le avevano viste rientrare veloci dal canale. Cosa avessero fatto laggiù non era chiaro, ma Alex aveva tranquillizzato Saverio

«Non può essere Giulio, non ce l'avrebbero fatta a portarlo lì da sole, fidati, io lo so».

Avevano lasciato la Tiguan sulla riva del Po

«È qui che avevamo messo l'auto di Giulio»

ed erano arrivati alla chiusa risalendo l'argine, una cosa non troppo difficile, visto che il livello era basso. Avevano visto il pick-up e non c'era stato molto altro, solo una decisione da prendere. Fino a qualche minuto prima Alex era stata certa che dietro a tutto ci fosse Caparzo. Lui, il Nemico, che per ben due volte era stato sul punto di prenderla. Lo aveva immaginato lapidare Giovannino, spingere Greta, affamare Nicola e annegare Giorgio, ed era stata colta da un'amarezza profonda perché in fondo anche per lui aveva sperato. Poi le aveva viste. E vederle le aveva dato uno strano sollievo, una tregua alla disperazione e all'astio per il dolore procurato alle sue creature, che tanto amava.

Avrei dovuto prevederlo.

Loro sono irrecuperabili.

Saverio non aveva mostrato sorpresa né emozioni, le due donne della sua vita erano due assassine, eppure non gli faceva effetto.

O forse è tutto sommerso e deve ancora emergere.

«Ascolta» gli aveva sussurrato. «Abbiamo solo due opzioni. La prima è che io entri e le uccida. Non è garantito che ci riesca, non ho mai ucciso nessuno, ma lo abbiamo detto, me lo hai fatto capire tu che non si fermeranno. E questo ci porta alla seconda ipotesi, cioè che ci fermiamo tutti. Loro sono dentro con Giulio, e se non sono stupide Giulio è ancora vivo. Allora tu vai lì e dai loro quello che cercano. E ti prendi la tua libertà, io non ho più niente da insegnarti.»

Saverio aveva guardato anche lei come avrebbe poi guardato le altre due, senza espressione.

«E mentre tu le tieni impegnate io chiamo la polizia e mi consegno. Dico dove siamo, dico che ci sono anche loro, dico di venirci a prendere. Magari proprio a Caparzo, no? Loro ci prendono tutti e sarà finita.»

Saverio non le aveva fatto nessun cenno, si era solo mosso, aveva superato l'erba e aveva raggiunto la ghiaia. Alex lo guardava allontanarsi con la pistola pronta in mano e il telefono nell'altra.

Non gli faranno del male.

E Giulio è vivo.

Lo vide accanto alla porta, abbassare la maniglia ed entrare.

Attese.

Attese.

Attese ancora.

Poi sollevò il telefono, compose il 112 e sentì Lena urlare.

«Cosa stai facendo?»

«Prendo una decisione, Lena.»

Saverio guardava Anna con gli occhi sgranati e istintivamente si spostò davanti a Giulio.

«No, lui non lo tocco, stai tranquillo. È una cosa tra me e lei, una delle due è di troppo.»

Lena aveva alzato le mani lentamente.

«No, amore, non è che ti puoi arrendere, non funziona così. È proprio che non posso lasciarti in vita, capisci? Sai un mucchio di cose, e se anche la polizia dovesse trovare le intercettazioni di Caparzo, senza di te le cose sarebbero immensamente più facili, per me e Saverio.»

Aveva fatto scattare il fucile e Lena aveva gridato.

«NON URLARE, CRETINA! VUOI CHE QUELL'ALTRA ENTRI? DAVVERO? NON LO SAI CHE È QUA FUORI AD ASPETTARE IL MOMENTO BUONO!»

«Ti prego, Anna... ti prego...»

«Tanto devo farvi fuori tutte e due, non importa in che ordine. Preferisci farti uccidere da lei? Sei libera di uscire.» Poi si era rivolta a Saverio. «Tu non guardare, non sarà un bello spettacolo.»

«Anna, ti prego, TI PREGO!» gridava Lena, e Anna avanzava, un passo, due passi. «NON MI FARE QUESTO! NON MI FARE QUESTO! SAVERIO, AIUTAMI!»

Ma Saverio non si muoveva, sempre attaccato a Giulio, sempre con quegli occhi vacui e colmi di terrore. Così Lena aveva cominciato a correre e a gridare

«AIUTO! AIUTO!»

e sì, Alex era entrata e aveva spianato la pistola, esplodendo un colpo.

Anna si era buttata a terra un attimo prima che dietro di lei, da qualche parte, un pezzo di intonaco si staccasse. Saverio si era coperto le orecchie. E Lena aveva affondato nella pancia di Alex una spanna di lama di puro acciaio texano.

Del resto, chi non ha un coltello a serramanico, su un pick-up?

7

Uno sparo quando lui era forse al decimo piolo.

Dopo la fanciulla in pericolo anche quell'altra aveva cominciato a urlare, sembrava una lite furiosa ma Caparzo non ci credeva, non dopo tutto quel silenzio, non dopo che lui era stato fregato, non dopo che lo avevano trascinato via trattenendo ogni respiro.

La stanno chiamando.

A lei.

E così aveva alzato un'altra volta la mano e un'altra volta il piede, trascinando il quintale del suo corpo verso il bordo, nonostante il viscido sul ferro, nonostante il ronzio in testa, nonostante la nausea.

Respira, France', respira.

E poi era arrivato il colpo di pistola e lui quasi aveva mollato la presa.

Un colpo solo.

Aveva ascoltato, immobile nel gelo della notte.

Un colpo solo.

Un colpo solo è buono.

Aveva guardato in alto, era quasi in cima.

Lena non aveva detto niente, si era limitata ad afferrarle il braccio mentre il coltello rimaneva piantato dov'era. Anche Alex non aveva detto niente e aveva messo anche la seconda mano sulla pistola, girando insieme all'altra in una specie di valzer. Accanto a loro la porta aveva rimbombato, mentre la fiala di narcotico esplodeva sul metallo.

«CAZZO!»

aveva gridato Anna, lanciandosi verso di loro col fucile. Era arrivata e aveva colpito Alex con la canna, su una spalla, come un re che investe un cavaliere, poi lo aveva girato dalla parte del calcio e l'aveva colpita sulla schiena, poi sull'altra spalla, ma la pistola restava lì.

«USA IL COLTELLO!»

aveva gridato Lena, e Anna lo aveva fatto, lo aveva sfilato per colpire il braccio, poi il braccio opposto, e finalmente una mano aveva ceduto. Si era aggrappata anche lei alla pistola e aveva affondato di nuovo la lama, stavolta sul petto, incontrando qualcosa di duro, probabilmente lo sterno. E allora, ruotando in tre, la pistola era schizzata via, a terra, a qualche metro, e le tre donne si erano trasformate in un groviglio, un laocoonte di gambe e braccia e mani che si passavano il coltello, un colpo una e un colpo l'altra. Aggrappato a Giulio Saverio tremava come una foglia, mentre le altre due gli gridavano

«Saverio, non guardare!»

«È quasi finita, amore»

e avevano ragione, perché Alex perdeva sangue dalla bocca e le sue gambe si piegavano in avanti, anche lei con gli occhi su di lui

Saverio non guardare

e uno strano sollievo nelle membra che cedevano

è quasi finita, amore

mentre scivolava a terra, pancia sotto, sangue ovunque, e le donne che tanto lo amavano si preparavano a giustiziarla a turno.

Poi da fuori un suono forte, metallico, vicinissimo alla porta, che le aveva paralizzate.

Senza quel rumore le cose sarebbero andate diversamente.

Il bordo ruvido del canale era la cosa più bella che avesse mai toccato.

Francesco Caparzo non si sentiva più le gambe, ma loro si muovevano lo stesso ed era il solo fatto di cui gli importasse. Non provò nemmeno ad alzarsi in piedi, strisciare o gattonare erano le massime ambizioni a cui poteva aspirare in quel momento. Si guardò intorno e vide dove si trovava il magazzino, erano una ventina di metri, e davanti c'era parcheggiato il grosso pick-up dell'obeso. Andò in quella direzione, cercando di rimanere concentrato sul respiro, la circolazione, le risposte dell'organismo che man mano si facevano più pronte. Voleva arrivare alla macchina. Non poteva immaginarsi di entrare in un magazzino dove si urlava e si sparava armato solo di intenzioni e a cavallo di un corpo drogato. Aveva bisogno di un'arma. E lui quel pick-up lo conosceva, lo avevano fatto analizzare dopo il ritrovamento di Castagnoli, sapeva che era zeppo di cianfrusaglie, tra cui una cassetta degli attrezzi piena di roba.

Un cacciavite.

O un martello.

Erano meglio di niente, anche se gli sembrava di ricordare che ci fosse pure uno di quei coltelli a serramanico alla James Dean. C'era quasi, quando sentì le voci, molto più distinte, delle due donne.

«Saverio, non guardare!»

«È quasi finita, amore.»

Guarda il casino che hai fatto fare, Bartolomei.

Sapeva cosa stava succedendo là dentro. Lo sapeva pure se nessuno aveva più sparato, lo sapeva perché le voci erano due e non c'era una terza.

Ma se le fermo, forse.

Forse.

Si issò sul lato della macchina e aprì lo sportello. La cassetta era lì, vicino a un berretto e a una palla da rugby. Buttato sul sedile c'era un martello, e lo avrebbe preso se lì sotto, tra i due sedili dietro, non l'avesse vista: una mazza da baseball.

Questa posso non essere preciso.

Così l'aveva presa, era uscito dall'abitacolo e la testa aveva preso a girargli con una forza tale che seppe subito che sarebbe svenuto.

NON SVENIRE, RESPIRA, FRANCE'!

Ma rovinò sul cofano, con la mazza stretta tra le due mani.

Il suono fuori.

Anna che si ferma.

Lena che si ferma.

Si guardano, si voltano, il coltello ce l'ha Anna, il sangue cola dalle mani di entrambe.

E Alex guarda la pistola.

Sa che le basterebbe una spinta per arrivarci, solo puntare i piedi e spingere, perché le fa male tutto, la schiena, le spalle, la pancia, tanto, tanto la pancia, ma non ha perso il sangue necessario per non avere forze, e basta una spinta sola, lei lo sa.

Sii forte, Alessandra

le dice sua madre.

Fai vedere che non ti arrendi, sii il gorilla.

Così in quell'attimo di tregua punta i piedi, spinge, allunga il braccio e mette la mano sul calcio della pistola.

I colpi sono due, e Francesco Caparzo si sveglia.

È sdraiato sul cofano di una macchina e per un minuto non si rende conto. Poi ricorda, e quegli spari, quei due spari gli danno la forza di tirarsi su con la mazza in mano, cercare un equilibrio che non trova ma decide che fa lo stesso e poi cammina, poco, male, tutto curvo in avanti, peggio di come aveva camminato il proprietario dell'auto quando aveva percorso quei pochi metri, nemmeno un'ora prima.

Arriva alla porta del magazzino, solleva la mazza e la apre.

Quando entra il rumore dello sparo lo assorda e per un attimo pensa che fosse destinato a lui

bell'impresa, France', muori come il povero stronzo

ma lo investe una pioggia di vetri che lo rimette in ginocchio e scopre di essere ancora vivo. Lascia la mazza e finalmente guarda.

La mano le trema, è così nera di sangue che la pistola dovrebbe scivolare da tutte le parti, invece la tiene, la tiene ancora, e di nuovo lui la stima, la stima tantissimo, pure se è femmina.

Se ci conoscevamo in un'altra vita, Alessa'.

I corpi delle altre due donne invece sono più vicini a lui, una è già morta, l'altra ha dei fremiti, e lui quei fremiti li conosce bene. Le si avvicina carponi, perché vuole guardarla e vuole che lei lo guardi, prima di morire. Marilena Bacarelli è stata colpita poco sotto la gola, e forse i suoi occhi non vedono già più, ma se vedono, l'ultima cosa che resterà loro impressa è il viso di Caparzo su di lei, che le sussurra

«Dovevi chiedere a me, piccere'. Io lì stavo. Io qui sto».

Quando lei non freme più Caparzo passa oltre, ha visto la mano spostarsi, la pistola abbassarsi, e non vuole. Arriva in tempo, questa volta, la ferma e la leva dalla tempia. Alessandra Gatteschi è più brutta di quel che ricordava, e il sangue che le esce dalla bocca e dal naso non aiuta.

La guarda, si guardano.

«Agente Francesco Caparzo» le dice a bassa voce, con dolcezza. «Ti dichiaro in arresto.»

E lei sorride, e sorride anche lui. Poi lei gira gli occhi, verso un angolo a destra, e anche lui guarda e li vede, l'obeso, che dorme, e un'altra creatura, la più miserabile che sia mai esistita, aggrappata alle carni molli dell'amico.

La Gatteschi guarda loro e poi guarda lui.

«Ci penso io. A loro ci penso io.»

E improvvisamente, da un esilio lontanissimo in cui era stata messa in ceppi una vita prima, la coscienza di Francesco Caparzo galoppa fuori, emerge, lo azzanna davanti a quella donna che il mondo condannerà come un mostro mentre era migliore di lui, migliore di tutti quelli che si trovano in quel capannone, i vivi e i morti. Così prima che se ne vada glielo promette

«Lo dico io. Lo dico a tutti che non sei stata tu. Anche della Bacarelli, io so tutt'e cose. La verità dico»

ma subito le vede negli occhi l'allarme, la paura, e non riesce a muoversi, la testa si sposta appena ma fa di no

no

no, e lui non capisce

«No perché? Daranno tutta la colpa attè»

e di nuovo una questione di millimetri, lei fa di sì.

«Vuoi che danno tutta la colpa attè. Anche dei morti che non sono morti tuoi.»

E lei sorride.

E sorridendo muore.

Caparzo resta da solo con tre cadaveri e nessuna storia buona da raccontare

ma non è la prima volta

un'inutile coscienza e una decisione da prendere. Ricomincia a gattonare verso l'angolo con un tubo ricurvo, l'ammasso di carne e il parassita che vi rimane aggrappato.

«Tu stai bene, sì?»

Il parassita lo guarda, e ha lo sguardo di tutti i bambini che si sono persi dall'inizio dei tempi. Per la prima volta in tutta la sua vita Francesco Caparzo prova pena. Gli mette una mano sul viso, è così magro che ci sta dentro tutto.

«Ascolta, adesso ti dico cosa facciamo, e come ti dico così è. Pe' tutti. Vabbuò?»

Il parassita schiude la bocca e con una voce arrugginita dal silenzio risponde

«Sì».

Era l'alba fuori dal magazzino quando gli uccelli d'acqua dolce si alzarono in seguito all'echeggio di uno sparo.

E dopo appena un minuto risuonò il secondo.

Se possibile l'eroe d'Italia era stato amato ancora di più.

Non aveva ucciso il mostro ma ci aveva provato, e per farlo si era preso una pallottola alla spalla. Alessandra Gatteschi era armata, il giorno in cui aveva attirato con un tranello Giulio Castagnoli, Marilena Bacarelli e Anna Baroni nella famigerata chiusa sul Po. Aveva pianificato una strage e ci era quasi riuscita, uccidendo le due donne. Ma l'intervento di Caparzo, narcotizzato da quella terribile strega e gettato nella chiusa da cui era stoicamente risalito nonostante tutto, le aveva impedito di uccidere anche Castagnoli. Armato di un coltello a serramanico di proprietà dell'obeso, l'uomo aveva lottato corpo a corpo con l'assassina ed era riuscito ad atterrarla, quando lei gli aveva sparato. Messa alle strette, consapevole di non poter più fuggire, lei aveva riservato l'ultima pallottola a se stessa, quale miglior ammissione di colpa?

Non tornava un cazzo.

L'ispettore Ridenti lo sapeva, ma non aveva testimoni attendibili, perché Caparzo era stato davvero drogato e anche Castagnoli, quindi tutte le lacune dei loro racconti erano più che giustificate. Il terzo testimone, Saverio Bartolomei, versava in condizioni psichiche pietose, aveva uno stato di trauma pregresso ed era sotto shock, oltretutto parlava pochissimo e con fatica, quindi quel che raccontava andava preso con le pinze.

La testimone chiave, strano a dirsi, era stata Karina Lusa, ritrovata nelle campagne di Buda dal marito.

«Lei era completamente fuori, completamente. Saverio lo aveva piegato, ubbidiva come un robot. Non lo so perché non mi ha ammazzata, credo che fosse a corto di munizioni e volesse tenersi le pallottole per le altre due. O forse le ho fatto pena perché le ho parlato dei miei figli, sono l'unica con dei bambini.»

Era tornata a casa, si diceva, il marito l'aveva riaccolta, rediviva per due volte.

Yuri Vignoli era stato arrestato e poi rilasciato, pare avesse aiutato in assoluta buona fede la Baroni a raggiungere i suoi compagni alla chiusa, bloccando i poliziotti per consentirle di scappare dal suo balcone a quello dei vicini.

«Diceva che alla riunione condominiale loro non avevano voluto cambiare la vecchia finestra, che erano dei tirchi e che se gli dava una bella spinta si sarebbe aperta, così poteva uscire dalla porta nell'altro corridoio e non farsi vedere»

aveva raccontato piangendo, spezzato alla notizia della morte della donna. Era andata come aveva detto lui, con l'auto della madre la Baroni aveva raggiunto gli altri nella chiusa e lì aveva incontrato la Gatteschi.

«Ma come lo sapevano che l'appuntamento era lì, perdio! Come hanno fatto a comunicare, che non ci sono messaggi o biglietti o niente?»

aveva sbraitato Ridenti, ma il vice questore aggiunto Gambino gli aveva detto

«È morta, Patrizio! Vivaddio quella donna maledetta è morta, non puoi far finta di essere contento?».

Francesco Caparzo, con la spalla fasciata, venne reintegrato con tante scuse, aveva continuato a sorvegliare le potenziali vittime nonostante lo avessero sollevato, che nobiltà d'animo. Chissà cosa sarebbe successo se non avesse seguito Castagnoli e la povera Bacarelli, che tragedia. Benevolmente lui mise a disposizione tutti gli elementi dell'indagine che aveva raccolto e rilasciò un memoriale colabrodo che venne accolto come il vangelo. Il caso era chiuso, non importava a nessuno sapere come. Anna Baroni e Marilena Bacarelli ebbero dei funerali di Stato, due donne coraggiose che avevano combattuto fino all'ultimo per l'uomo che amavano. Sveva Cugini salì sul leggio a parlare per loro e la gente venne travolta dalla commozione.

Ora che il mostro era morto, il paese era salvo.

«Non è obbligato.»

L'uomo fece di sì, spaventapasseri in una giacca troppo grande per lui. Qualunque indumento lo sarebbe stato, il vuoto che si portava addosso non era riempibile. Tante erano state le interviste che aveva rifiutato tramite l'avvocato di famiglia, che filtrava le richieste, senza nemmeno chiedere chi fosse a proporsi. Faceva ancora fatica a parlare, era stato zitto per quasi due anni e la voce tornava a strappi, ribellandosi. Ma lo aveva sempre saputo, che prima o poi avrebbe dovuto dare delle risposte, altrimenti non lo avrebbero mai lasciato in pace. La polizia aveva acquisito tutte le informazioni che servivano, ogni tanto si facevano vivi per uno o due dettagli, ma avevano trovato riscontri per ogni singola parola, luoghi, persone. Ci erano volute due settimane perché, dal nulla, si facesse uscire dalle labbra il nome della Conduttrice Empatica a cui avrebbe concesso l'unica intervista, e suo padre lo aveva guardato con un misto di sconcerto e riprovazione, non era certo una figura autorevole. Ma c'era un perché, se l'aveva scelta. Era sempre molto pacata e amava le pause a effetto. In quelle pause lui si sarebbe potuto rifugiare per trovare la forza di dire la frase seguente, e quella dopo ancora.

Alessandra continuava a vederla.

In un angolo della stanza, quando si svegliava di notte, nascosta dietro alle frotte di giornalisti, quando spiava dalla finestra, nello specchio dietro di lui, sempre.

«Non se ne andrà mai» diceva in silenzio, muovendo solo le labbra per non ascoltarsi.

Lo avevano visto tre psicologi, uno della polizia, uno in ospedale e uno assoldato da sua madre che sperava ancora di scassinargli il cervello. Tutti avevano convenuto che sarebbe stato un lavoro lungo, solo il terzo gli aveva fatto intendere, con maggiore onestà, che non sarebbe guarito mai. Un sacco di paroloni, Saverio Bartolomei avrebbe potuto riassumere la situazione con una frase più semplice: del vecchio se stesso non era rimasto niente. Nulla del figlio scapestrato di quella famiglia perbene, nulla del fidanzato prevaricatore della compianta Marilena Bacarelli, nulla del prigioniero esagitato di cui Anna Baroni si era innamorata, nulla dell'ostaggio alienato di Alessandra Gatteschi.

Era tutto finito.

E lui con esso.

Luci, rumori, gente, ancora luci.

«Non è obbligato» ripeté l'avvocato, a cui importava del buon nome della famiglia Bartolomei – che lo pagava – più di qualunque altra cosa. Saverio fece ancora di sì e andò a sedersi sulla poltroncina in mezzo allo studio. La conduttrice gli sfarfallò davanti, si erano già incontrati nei camerini, gli aveva chiesto se volesse sapere le domande e le aveva risposto di no. Allora gli aveva chiesto se ci fossero argomenti che voleva evitare e le aveva risposto di nuovo di no. Sarebbero stati in diretta, ogni parola definitiva, e a lui stava bene dirle una volta sola. Quando gli occhi si abituarono un po' ai fari guardò verso il pubblico, in cerca.

Finché lo vide.

Era voluto venire, stava lì, in un angolo, vicino alle uscite, una montagna d'uomo, il braccio bloccato dal tutore. A volte qualcuno gli si avvicinava e gli porgeva un foglio o un blocchetto. Lui, l'eroe, lentamente prendeva la penna e firmava. I più sfrontati gli chiedevano delle foto, lui non protestava, la cosa era trascurabile, mosche che volano intorno alla merda, che ci vuoi fare?

L'ospite d'onore alzò la mano, una via di mezzo tra un cenno di saluto e un richiamo. Caparzo non rispose, non ce n'era bisogno.

Anche lui non mi lascerà mai.

Saverio lo aveva saputo nell'istante stesso in cui gli aveva messo la mano sulla faccia, una cosa istintiva, ferina. Da quell'istante era stato sotto la sua protezione, perché era nella natura di Caparzo avere qualcuno di cui occuparsi, a cui invadere la vita come una mareggiata, da considerare territorio proprio. Questo fatto avrebbe dovuto inquietarlo, sapeva molte cose di quell'uomo, nessuna bella, Alessandra ne parlava come di uno spauracchio, colui che un giorno sarebbe arrivato a strapparle il cuore. Ma Saverio non lo temeva, non c'era più niente che quell'uomo potesse fargli. Se occuparsi di lui dava un senso alla sua vita non aveva nulla in contrario.

Avere un senso era una buona cosa.

La conduttrice si sedette, gli assistenti scapparono via a farsi gesti silenziosi. Una lucina rossa si accese sotto l'occhio della telecamera e le domande iniziarono a srotolarsi. Gli chiese come stava. Gli chiese del rapimento. Gli chiese della gabbia e del rudere in Macedonia. Gli chiese della catena alla gamba e del viaggio in Grecia. Gli chiese del magazzino in riva al Po. E poi, dopo una lunga pausa che serviva da rincorsa, gli chiese di lei.

«Come ti trattava, Alessandra Gatteschi?»

«Ti considerava un suo prigioniero o un suo complice?»

«Avevi paura di lei?»

«Cosa ti mancava di più?»

«Hai mai creduto che saresti stato liberato?»

E con fatica Saverio parlava, lentamente, senza balbettare, raccontava le cose che aveva vissuto come se descrivesse vecchie fotografie scattate da qualcun altro. Non era lì e non tornava nemmeno indietro, sospeso in un tempo neutro, ibrido. Cercò di nuovo con gli occhi il poliziotto, temendo che fosse solo un'ombra senza volto. Ma invece eccolo, la sola cosa rimasta reale. Era sganciato, da tutto e da tutti, alla deriva, altrove. Sentiva ancora la voce che gli parlava, ma avvertiva una sensazione strana, di pressione alla testa, aria troppo calda e densa, occhi che ronzano.

«Saverio?»

Riconobbe il suo nome e guardò la donna davanti a lui senza riconoscerla. Poteva essere chiunque. Non era importante.

«Saverio, quando ti trovavi là dentro, chiuso in gabbia, eri uno dei pochi che non avesse un'insegna a indicare che animale rappresentassi per Alessandra Gatteschi.»

Una pausa lunga, lunghissima.

«Ma tu lo hai capito? Sai che animale eri?»

E successe.

Prima piombò in sé dall'altrove, di colpo presente.

Poi tornò indietro tutto insieme.

La mano si era lanciata in avanti con tutta l'energia possibile, spinta da un residuo di vita, e le dita sporche di sangue lo raccontavano bene. I polpastrelli avevano toccato il calcio della pistola, lasciando tre sbaffi di rosso sul legno, poi le due donne avevano preso Alessandra per le caviglie per trascinarla indietro, mentre cercavano di decifrare i rumori che venivano da fuori. Il suo corpo aveva segni ovunque, la lama era entrata nelle cosce, nella schiena, sulle braccia. L'avevano colpita a caso, ora forte, ora piano, e adesso l'avrebbero finita. Lei aveva sollevato gli occhi verso di lui in un ultimo tentativo di proteggerlo, l'iride che spariva sotto le palpebre. Era stato un saluto, una richiesta di scuse, tante altre cose. Di lei sarebbero rimasti tre sbaffi rossi sul legno.

Tre sbaffi rossi sul legno.

Poi la donna con i capelli più lunghi

come si chiamava?

non mi ricordo

aveva esitato. Un'intuizione le aveva fatto inclinare la testa in una posa da bambola

sogno o son desta?

come se improvvisamente si fosse trovata in un film. Quindi il boato, che l'aveva spinta indietro spezzandole lo sterno. L'espressione era rimasta la stessa, incredula, quasi smarrita, perché della morte non aveva fatto in tempo a essere consapevole. L'altra sì. Aveva visto, aveva capito e si era sollevata con gli occhi spalancati, ruotando su se stessa e cercando di abbassarsi nel contempo. Tutta quella fatica aveva portato il secondo colpo a prenderla accidentalmente in un punto improbabile, difficile da centrare anche per un tiratore esperto, il lato sinistro del collo, quasi all'attaccatura della spalla. Lo spruzzo di sangue aveva investito il corpo di quella già a terra, e l'odore metallico si era fatto fortissimo mentre anche lei stramazzava in una giusta agonia. Nel silenzio che era seguito Alessandra aveva emesso un risucchio, un suono simile a un nitrito, quasi buffo. Facendo leva sul mento aveva alzato la testa e lo aveva guardato da sotto in su. Eccolo lì Saverio, fuori dall'angolo e dritto in piedi, le gambe divaricate, la pistola in mano. Eccolo lì, che aveva scelto. Eccolo lì, che non tremava più, non avrebbe più tremato. Il cane che aveva salvato il prete. Con i denti pieni di sangue gli sorrise

«Hai capito».

Non ci sarebbe stato altro tempo, la donna aveva buttato di nuovo avanti la mano.

«Dammela!»

Saverio non aveva esitato un istante, le aveva appoggiato la pistola nel palmo e cercato di aiutarla.

«No! Nell'angolo!»

Aveva ubbidito senza esitazione, tornando da Giulio, l'aveva osservata strisciare verso di lui, girarsi supina, pulire il calcio dalle sue impronte e puntare l'arma da qualche parte, in alto.

Rumori da fuori, entrambi erano consapevoli di chi sarebbe arrivato, ed era stato giusto, è così che finiscono le storie. Alessandra aveva sorriso. Aveva sorriso anche Saverio.

«Ora che hai imparato, insegna» erano state le ultime parole di lei.

«Grazie» era stata la prima di lui.

Alessandra aveva puntato la pistola sopra la porta e mentre sparava Caparzo si era buttato dentro.

«Ma tu lo hai capito? Sai che animale eri?» gli aveva chiesto la conduttrice.

E rientrando in sé Saverio aveva cercato gli occhi di Caparzo.

Li aveva trovati.

E aveva risposto

«Io ero il gorilla».

Ringraziamenti

Questo libro è stato scritto in un anno molto difficile di cui porta le tracce.

È stato importante avere vicine le persone che mi hanno consentito di scriverlo comunque, dandomi un sostegno a volte letterale e a volte letterario.

Rispetto ai libri precedenti ci sono state minori complicazioni tecniche, ma per quelle poche Simone Bazzanella è sempre il mio referente di fiducia sul complesso mondo della telefonia italiana ed estera.

Grazie a Laura Ferraccioli e Mara Massari per le informazioni sulle chiuse del Po, a Panagiota Sarridou per le informazioni sulla Macedonia e a Paolo Mura per la consulenza sugli effetti degli oppioidi.

All'indispensabile Alessandro Piras della Polizia Scientifica va la mia sempiterna gratitudine per non farmi scrivere fesserie sulla gestione delle scene del delitto.

Ringrazio come sempre Davide Occhicone e Francesco Rainone che hanno revisionato il linguaggio di Nicola (pur essendo per un quarto napoletana da sola non ce la faccio) e Claudio Falco per la preziosa consulenza in extremis.

Grazie alle mie undici beta lettrici, in ordine strettamente alfabetico: Natascha Baratto, Rosanna Emmolo, Elena Fedolfi, Sara Giustini, Simona Midolo, Alessandra Pastorello, Caterina Porcellini, Monica Sanna, Maddalena Scillieri, Silvia Zanardini, Veronica Zuccher che in tempi e con modalità diverse sono state il mio polso per tutta la stesura. Avere un punto di riferimento nella tempesta è sempre fondamentale.

Ringrazio anche le tre lettrici lambda: Elisa Albertini, Cristiana Geraci e Daniela Vaccher che hanno letto *Vengo a prenderti* senza aver mai letto *Zoo* o *Io so chi sei* così da potermi fornire una percezione esterna di tutta la faccenda.

Ringrazio la mia agente Laura Ceccacci che vive ogni volta il brivido della consegna molto più di me (ma è un'altra che si fida, come faccia non lo so).

Dovrei fare un monumento alla mia editor Francesca Lang, che in uno dei periodi più ingestibili della mia vita non ha mai mancato di farmi sentire il suo sostegno, sia umano che professionale, senza farmi pressione, certa più di quanto non lo fossi io che sarei riuscita ad arrivare alla fine di questa storia.

Infine le mie tre colonne, Mauro, Cristina, Tiziano, che credono in me più di chiunque altro e se non avessi loro mi smarrirei più spesso.

Grazie alla mia famiglia, a Matteo, Virginia, Ginevra, Melania, ai miei cani Garrett, Heidi e Mia, a Cordelia che se n'è andata a tradimento, a mia madre che stringe i denti e a mio padre che come ultimo libro sul comodino ha messo *Io so chi sei*.

Questi tre libri sono state delle belle montagne russe.
Mi mancheranno un po'.